KNAUR

Für Leyla

KAPITEL 1

Ich holte aus und schleuderte ihm meinen Drink ins Gesicht. Normalerweise neigte ich nicht zu Wutausbrüchen. Ich würde sogar sagen, dass ich ziemlich friedvoll war und einen kühlen Kopf bewahren konnte. Doch diesmal war es nicht so.

Inbrünstig feuerte ich das Glas hinterher und ließ dabei ein nicht gerade damenhaftes Grunzen erklingen.

»Ella!«, schrie Jason empört und duckte sich gerade noch rechtzeitig. Das Glas zersprang geräuschvoll an der Wand hinter ihm, was das ganze Restaurant verstummen ließ.

»Verschwinde!«, kreischte ich und wich zurück. Meine Wangen brannten vor Scham. Ich konnte spüren, dass alle Augen auf uns gerichtet waren. Auf *mich*. Das irregewordene Blondchen.

Wütend rieb Jason sich den Long Island Ice Tea aus den Augen und starrte mich so fassungslos an, als wäre ich diejenige gewesen, die soeben die Ich-habe-dich-betrogen-Bombe hatte platzen lassen. »Das ist nicht dein beschissener Ernst, El. Ich dachte, ich bedeute dir etwas!«

Ich ballte die Hände zu Fäusten, um sie daran zu hindern, über den kleinen Tisch zu langen und ihn zu erdrosseln. »Du erzählst mir, dass du mit Erica schläfst, und stellst dann infrage, *ob du mir etwas bedeutest?*« Knurrend packte ich den Brotkorb und feuerte ihn in sein Gesicht. Diesmal schaffte es Jason nicht, auszuweichen, und fluchte, als der Korb ins Schwarze traf.

»Zur Hölle, Ella! Du bist durchgeknallt!«

»Nein, mit dir zur Hölle! Es ist vorbei!«

»Ich weiß, ich habe ja auch eben mit dir Schluss gemacht!«

Ich zitterte vor Wut und vor Schmerz und hasste mich für die Tränen, die mir in die Augen schossen. Mir war so schlecht. Meine Knie waren weich. »Verschwinde, Jase. Ich will dich nie wiedersehen. Du bist ein krankes, verlogenes –«

Eine Hand packte meinen Arm und ließ mich abrupt verstummen.

Ich blickte auf und schnappte nach Luft. Ein Sicherheitsmann sah finster auf mich hinab und verstärkte seinen Griff. »Miss, ich muss Sie bitten, umgehend das Restaurant zu verlassen.«

Ich biss mir auf die Lippe und blickte verstohlen zu Jason. Es war, als würde ich plötzlich einem vollkommen Fremden gegenüberstehen und nicht meinem Freund – jetzt Ex-Freund.

Er funkelte mich noch immer voller Verachtung an, ein Ausdruck, den ich auf seinem Gesicht noch nie gesehen hatte und der mir glatt das Herz in der Brust in Stücke riss. Krümel klebten ihm in den blonden Haaren, und sein halber Oberkörper war getränkt in Long Island Ice Tea. Ich wünschte, es wäre mir egal gewesen, wie selbst das seiner durchtrainierten Figur schmeichelte. Zur Hölle mit Sportlern! Ich hatte Football sowieso noch nie gemocht. Und das hatte ich jetzt davon – zwei vergeudete Jahre meines Lebens. Zwei!

Er schüttelte angewidert den Kopf. »Das ist allein deine Schuld, Ella. Ich wollte in Ruhe mit dir über die Sache reden, wie Erwachsene das eben so machen. Aber du tickst vollkommen aus. Erica hatte recht, ich hätte dich schon vor Monaten abservieren sollen.«

Seine Worte versetzten mir einen so heftigen Schlag in die Magengrube, dass ich die Zähne zusammenbeißen musste, um nicht zu Boden zu gehen.

Bevor ich etwas erwidern oder noch etwas in sein blödes Gesicht werfen konnte, zerrte der Sicherheitsmann mich auch schon zum Ausgang. Von jedem Tisch, den wir dabei passierten, und vom Barbereich musterte man mich, als wäre ich eine Verbrecherin oder so was. Es war der wohl erniedrigendste Augenblick meines Lebens.

Ich liebte das *Black Birch*. Jason und ich waren einmal im Monat hergekommen, und wir kannten die Speisekarte in- und auswendig. Seitdem ich einundzwanzig war, kamen wir sogar her, um an der Bar Drinks zu trinken. Hier hatte ich Jasons Eltern kennengelernt, und hier hatte sogar unser erstes Date stattgefunden. Wir hatten unsere Jahrestage hier verbracht, und zu besonderen Anlässen hatte Jase mir immer einen Drink spendiert.

Tja, anscheinend war sein heutiges Anliegen *so* besonders für ihn gewesen, dass er mir meinen liebsten Drink spendieren musste.

Bitterkeit stieg in mir auf. Erica war meine Freundin. Sie war in meiner Lerngruppe, und ich hatte sie zu Beginn des Semesters meinen Freundinnen vorgestellt, sie in unsere Gruppe integriert und sie zu den Mädelsabenden eingeladen. Sie wusste alles über Jase und mich. Jeden noch so kleinen Herzschmerz hatte sie sich angehört, wie eine gute Freundin das eben tat, und hatte mir immer wieder den Rücken gestärkt.

Ihr Verrat grub sich so fest in meine Brust, bis ich das Gefühl hatte, nicht mehr atmen zu können.

Ich stolperte vor die Tür, als der Sicherheitsmann mich losließ, und drehte mich zu ihm um. Ich musste ein bezauberndes Bild abgeben. Fleckige Wangen, glasige Augen und zitternde Hände.

»Tut mir leid«, sagte ich kleinlaut.

Er schwieg und verschränkte bloß die Arme vor der Brust. Ich entdeckte ein Geschirrtuch, das in seine Hosentasche gesteckt war.

Das wurde ja immer besser. Er war kein Sicherheitsmann. Er war der Barkeeper, und wenn ich es richtig verstanden hatte, war dieser auch der Besitzer des *Black Birch.*

Ich stöhnte auf und rieb mir mit den Händen über das Gesicht. Ich wusste, was auf mich zukam, doch ich musste es von ihm hören. »Habe ich Hausverbot?«

Der Mistkerl lachte tatsächlich auf. »Und wie Sie Hausverbot haben. Schönen Abend noch, Miss.«

»Aber ich –«

Er zog die Tür hinter sich zu und ließ mich verstummen.

Bewegungsunfähig stand ich da. Die Geräusche aus dem *Black Birch* drangen nur noch gedämpft zu mir durch, irgendwo in der Nähe hupte ein Auto, und das leise Rauschen eines Flugzeuges vibrierte weit über mir in der Nacht.

Einatmen.

Ausatmen.

Einatmen.

Du schaffst das.

Ich konnte nicht glauben, dass das gerade wirklich alles passierte. Das war ein böser Traum, weiter nichts. Zwischen Jason und mir lief es doch gut. Das *musste* ein böser Traum sein. Ich konnte Menschen einschätzen, dafür hatte ich schon immer ein Gespür gehabt. Ich kannte meinen Freund. Wir hatten einfach so gut zusammengepasst. Er, der begabte Quarterback, und ich … seine nicht zu nerdige und nicht zu tussihafte Freundin. Wir hatten vielleicht öfter gestritten, aber gepasst hatte es trotzdem immer.

Nun, ganz offensichtlich war das nicht die Wahrheit. Ich war eine Idiotin. Und ich hatte mir eine verdammte Lüge vorleben lassen.

Mein Magen krampfte sich zusammen. Seit letztem Sommer, hatte Jason gesagt. Er und Erica trafen sich schon seit letztem Sommer. Jetzt war es Anfang September, das war ein ganzes verdammtes Jahr. Die Hälfte unserer Beziehung. Wie konnten er und Erica mir das antun? Wie konnten sie so falsch, so widerlich sein?

Ich raufte mir die Haare und lief ziellos die Straße hinunter. Meinen Mantel hatte ich in der Garderobe hängen lassen, aber das war mir egal. Ich traute mich nicht, wieder hineinzugehen und ihn zu holen.

Nach einer gefühlten Ewigkeit zog ich mein Handy aus der Hosentasche und öffnete den Gruppenchat mit meinen Freundinnen. Heiße Wut packte mich.

Drei Sekunden nachdem ich Erica Odell aus der Chatgruppe geworfen hatte, wurde ich auch schon angerufen.

Es war Summer.

»Hey«, sagte ich müde.

»Was ist los, El? Wieso hast du Erica rausgeschmissen?«

Meine Zunge wollte sich weigern, die Worte zu formen. »Erica und Jason schlafen seit letztem Sommer miteinander. Er hat mich gerade abserviert, und ich habe ab jetzt Hausverbot im *Black Birch.*«

Summer schwieg. Vermutlich überlegte meine beste Freundin gerade, ob ich mir einen schlechten Scherz mit ihr erlaubte.

Ich dachte bereits, sie hätte aufgelegt, als sie plötzlich in den Hörer kreischte und mir fast das Telefon aus der Hand fiel.

»Ist das dein Ernst? Dieses verlogene Miststück! Ella, es tut mir so leid. Das hast du nicht verdient. Die beiden werden in der Hölle schmoren!«

»Ist schon okay, Summer. Ich –«

»Hast du den Verstand verloren? Nichts ist okay!«

Sie hatte recht. Nichts war verdammt noch mal okay.

»Weißt du was, El? Ich werde jetzt Ericas Mutter anrufen und auspacken. Ich erzähle ihr alles, auch die Sache mit dem Koks auf der Verbindungsparty letzten Monat.«

Ich öffnete den Mund und schloss ihn kurz darauf wieder. Ehrlich gesagt war es mir nur recht.

»Karma, Baby«, knurrte Summer. »Sie werden bekommen, was sie verdienen!«

»Danke«, murmelte ich.

»Wo bist du jetzt?«

Ich sah mich um. Die Straßen waren leer und wurden nur vom orangenen Licht der Laternen beleuchtet. »Keine Ahnung, ich bin nach dem peinlichen Rausschmiss einfach losgelaufen. Ich besorg mir gleich irgendwo ein Taxi.«

»Soll ich dich holen kommen? Ich will nicht, dass du nachts allein durch die Straßen läufst. Vor allem nicht in deinem Zustand.«

»Nein, ich glaube, ich muss jetzt allein sein. Kannst du Savannah Bescheid sagen? Ich habe keine Lust, das alles noch mal zu erzählen.«

Summer atmete hörbar aus. »Klar, wie du willst. Aber ruf mich sofort an, wenn du kein Taxi findest, verstanden?«

»Klar. Hab dich lieb«, sagte ich und legte auf. Meine Finger kribbelten. Ich hatte das Bedürfnis, mein Handy, so fest ich nur konnte, auf den Boden zu pfeffern. Am liebsten hätte ich einfach alles zerschmettert, inklusive mich selbst. Ich war so wütend, dass ich befürchtete, in Flammen aufzugehen.

Erst als ich erstickt nach Luft schnappte, bemerkte ich, dass ich weinte. Es waren tiefe, heftige Schluchzer, und sie schüttelten mich.

Unbeirrt lief ich weiter. Ich wischte mir im Sekundentakt die bitteren Tränen von den Wangen und schlang die Arme um meinen Oberkörper. Der kühle Spätsommerwind drang durch meinen dünnen Pullover und ließ eine Gänsehaut auf meinen Armen zurück.

Als ich eine nach Rauch stinkende Bar passierte, hörte ich die kleine Glocke ihrer Tür läuten. Lachende Stimmen durchschnitten die Stille der Straßen. Ich lief schneller in der Hoffnung, sie durch pure Willenskraft verstummen lassen zu können. Gott, ich hasste Spaß. Und Menschen und Gelächter und alle Typen dieser Welt. Mit dem heutigen Tag schwor ich offiziell der Liebe ab. Vielleicht hatte Summer mit ihrem zynischen Gejammer recht; diese verlogenen, selbstgefälligen, rückgratlosen –

»Hey, Süße!«, rief jemand hinter mir, gefolgt von Gelächter.

Ich ballte die Hände zu Fäusten und beschleunigte schluchzend meine Schritte.

»Nicht so schnell!«

»Du hast einen ziemlich heißen Hintern!«

Ich blieb stehen und wirbelte wutentbrannt herum. »Halt den Mund!«

Es waren drei Kerle. Ich erkannte keinen von ihnen wieder, worüber ich insgeheim froh war. Das hätte mir gerade noch gefehlt, dass mich jemand so sah, den ich kannte.

Einer von ihnen vergrub die Hände in den Hosentaschen und schlenderte dümmlich grinsend auf mich zu. Mein ganzer Körper bebte. Na schön – sollte er versuchen, mich anzufassen, würde ich ihm definitiv zwischen die Beine boxen.

»Du siehst traurig aus«, sagte er und blieb vor mir stehen. Er stank nach Alkohol und Rauch und hatte ein Ziegenbärtchen.

Erst würde ich ihn schlagen, dann würde ich ihm sagen, dass er hässlich war.

Wow, ich war echt in Kampflaune. Ella 1.0 war wohl heute Nacht gestorben, da ihr das Herz aus der Brust gerissen worden war, und Ella 2.0 war eine Schlägerbraut und fies.

»Soll ich dich aufheitern?«, fragte er und grinste breiter.

»Ich passe. Du stinkst und bist nicht mein Typ.« Ich funkelte ihn an. »Und wenn du mir noch näher kommst, wirst du dir wünschen, es nie getan zu haben.«

Seine Freunde brachen erneut in Gelächter aus und warfen die Köpfe zurück.

Ziegenbärtchens Grinsen wurde breiter. Seine geröteten Augen wanderten nach unten und verharrten auf meinen Brüsten. »Ich wünsche mir vor allem, das Gesicht in denen zu vergraben.«

Intuitiv verschränkte ich die Arme vor meiner Brust und wich zurück. Trotz meiner Wut konnte ich spüren, wie mein Puls sich beschleunigte. Ich sollte weglaufen. Sofort. Ein ungutes Gefühl beschlich mich, doch etwas sagte mir, dass es bereits zu spät war, um still und heimlich das Weite zu suchen.

Mir wurde kalt.

»Mann, belästige die Kleine nicht so«, mischte sich einer von Ziegenbärtchens Freunden ein. Er und der andere traten ebenfalls näher. Sie trugen aufgeknöpfte Polohemden und hatten zu viel Gel in den Haaren. Einer von ihnen taumelte stark. »Sieh mal, sie zittert. Nimm sie in den Arm, Connor, und sag ihr, dass es dir leidtut, was meinst du?«

Das Blut in meinen Adern gefror, und der Atem blieb mir im Hals stecken. Ich war wie betäubt. *Lauf weg. Lauf weg. Lauf weg.*

Ich konnte mich jedoch nicht bewegen.

»Kommt noch einen Schritt näher, und ich tue euch weh«, warnte ich mit dünner Stimme. Mein ganzer Körper war zum Zerreißen angespannt. Ich war bereit, mich zu verteidigen. Zumindest würde ich, sollte einer von ihnen eine plötzliche Bewegung machen, schreien und hoffen, jemand würde mich hören. Jetzt wünschte ich mir, ich hätte Summer zum Selbstverteidigungskurs im Frühjahr begleitet. Ich war ein Paradebeispiel für unüberlegte Dämlichkeit. Drei betrunkene Kerle hatten mich in die Enge getrieben. Oh Gott. Nicht gegen einen von ihnen hätte ich auch nur eine Chance gehabt.

Eine Hand legte sich auf meine Schulter, und ich schrie aus vollem Hals.

»Scheiße, die Kleine ist verrückt!«

Einer von ihnen legte mir einen Arm um die Hüfte. Er oder ein anderer lachte, und ich stieß mit dem Rücken so fest gegen die Hauswand hinter mir, dass mir die Luft aus der Lunge gepresst wurde. Unfähig, an etwas anderes zu denken, als mich von diesen Händen zu befreien, schlug ich panisch um mich. *Nein. Das kann nicht passieren. Das darf nicht passieren!* Das Blut rauschte in meinen Ohren wie ein Wasserfall, und das Herz galoppierte durch meine Brust, als wäre es wild geworden und wolle ausbrechen. Der Gestank von Rauch und Alkohol und Schweiß umgab mich, und das Lachen der Kerle sowie ihre Worte vermischten sich zu einem undefinierten Brei.

Plötzlich wurden die Hände von mir weggerissen.

Ich keuchte und plumpste wie ein Sack Kartoffeln zu Boden. Jemand zerrte die Kerle fort von mir, alle drei.

»Verschwindet«, sagte eine tiefe Stimme, die zu keinem der Typen gehörte.

Mit aufgerissenen Augen beobachtete ich, wie ein großer, breitschultriger Mann sich vor den Betrunkenen aufbaute.

»Verpiss dich!«, knurrte Ziegenbärtchen angriffslustig und machte taumelnd einen Schritt auf ihn zu. Im Schein der Laterne wirkte sein Gesicht rot und glänzte schwitzig. »Das hier geht dich nichts an! Kümmer dich um deinen eigenen Scheiß.«

»Tut so, als wärt ihr nie hier gewesen, und ich folge euch nicht«, drohte der Unbekannte. Seine Jeansjacke war dreckig, und eine löchrige Kapuze war ihm tief ins Gesicht gezogen. Meine Augen huschten hin und her. Was genau ging hier gerade vor sich?

»Komm schon, Connor«, raunte einer der Hemdträger und hielt seinen Freund zurück. »Du weißt, was dein alter Herr tut, wenn du dich wieder in eine Schlägerei verwickeln lässt.«

»Wir gehen doch jetzt nicht einfach!« Ziegenbärtchen musterte den vermummten Typen, als würde er einen wie ihn zum Frühstück verspeisen – obwohl der Mann doppelt so breit war wie er selbst. Dann spuckte er vor ihn auf den Boden. »Erst recht nicht, wenn so was wie das da aus der Gosse gekrochen kommt und glaubt, uns den Spaß verderben zu können.«

Den Spaß verderben.

Stöhnend lehnte ich den Kopf gegen die Wand und grub die Finger in meine Knie. Mir wurde noch schlechter, als mir bereits war. *Wieso* hatte ich mich nicht von Summer abholen lassen? Wo war mein gesunder Menschenverstand, wenn ich ihn brauchte? Und wieso zum Teufel geschahen so viele furchtbare Dinge innerhalb eines einzigen Abends?

Die Stimme meines Retters klang mit einem Mal gefährlich. »Hör auf deinen Freund. Verschwindet, bevor es euch noch leidtut.«

»I-ich rufe die Polizei«, meldete ich mich zu Wort. »Mein Abend ist schon beschissen genug.«

»Tu nicht so, als hättest du nicht von uns angesprochen werden wollen, Schlampe«, knurrte Ziegenbärtchen und funkelte mich wütend an.

Im nächsten Moment hatte sich der Vermummte vor ihm aufgebaut. Er sagte etwas, was ich nicht hören konnte. Doch die Augen der Jungs richteten sich auf mich, die Polohemdträger wichen zurück. Sie zerrten Ziegenbärtchen gewaltsam mit sich und warfen uns letzte vernichtende Blicke zu, ehe sie sich umdrehten und die Straße hinunter flüchteten.

Ich stieß hart den Atem aus, als mich eine Mischung aus Adrenalin und Erleichterung so sehr überschwemmte, dass mir schwindelig wurde. Meine Hände waren kalt und gleichzeitig schwitzig. Vielleicht hatte ich ja irgendeinen Gott verärgert, der es sich nun zur Aufgabe machte, mein Leben zu zerrupfen.

Als mich jemand an der Schulter berührte, schrie ich erschrocken auf.

»Es ist okay, sie sind weg«, sagte mein Retter beschwichtigend und bot mir eine Hand an.

Mein Mund war trocken. Von den betrunkenen Mistkerlen war nichts mehr zu sehen. Wir waren allein.

Zögernd ergriff ich seine Hand und ließ mir auf die Beine helfen. Sobald ich stand, wich er so schnell vor mir zurück, als hätte er sich verbrannt.

Wir starrten uns an. Im Licht der Laternen sah ich endlich sein Gesicht – mehr oder weniger. Die Kapuze hüllte seine Augen noch immer in Schatten, und er hatte einen dunklen, dichten Vollbart. Mehr konnte ich nicht sehen.

»Willst du dir kein Taxi rufen?«, fragte er leise, als ich nichts anderes tat, außer dazustehen und ihn anzustarren.

»D-doch«, sagte ich kleinlaut und senkte den Blick.

Mit heißen Wangen holte ich mein Telefon hervor und wählte den Taxidienst. Bevor ich die Nummer anrief, blickte ich noch einmal auf. Er beobachtete mich.

»Danke«, murmelte ich.

»Ist schon okay«, erwiderte er wie aus der Pistole geschossen.

Ich schüttelte den Kopf. »Ich meine das ernst. Danke. Ich fühl mich wie der größte Vollidiot. Keine Ahnung, wieso ich mich mit denen angelegt habe.«

Er zuckte mit den Schultern. »Ich habe mich noch nicht entschieden, ob ich dich unglaublich naiv oder mutig finden soll.« Er bemerkte wohl, wie ich die Augenbrauen zusammenzog, denn er fügte hinzu: »Vielleicht ist es ein bisschen von beidem.«

Ich rief das Taxiunternehmen an und bestellte mir einen Wagen, indem ich, ein wenig umständlich, über Google Maps meinen Standort bestimmte. Währenddessen klebten meine Augen auf dem Asphalt, und ich spielte nervös mit meinen Haaren herum. Ich fröstelte, sowohl äußerlich wie auch innerlich. Vielleicht sollte ich auswandern. Zumindest ein anderer Bundesstaat würde es schon tun. Hauptsache, weit weg von dem, was hier gerade passiert war – und von Jason und Erica. Konnte ich mir sicher sein, nicht im falschen Film zu stecken? Jase hatte mich wirklich und wahrhaftig nach zwei Jahren Beziehung abserviert. Und das hier …

Als Schritte erklangen, blickte ich auf. Mein Retter hatte sich umgedreht – und ging. Gleichzeitig kam ein Taxi um die Ecke gebogen, das ganz offensichtlich meins sein musste.

»Hey!«, rief ich ihm hinterher. Er blieb nicht stehen.

»Wo gehst du hin?«

»Gern geschehen«, sagte er bloß und machte sich nicht einmal die Mühe, sich zu mir umzudrehen.

Er verschwand einfach hinter der nächsten Ecke.

KAPITEL 2

Ich rückte in der Warteschlange auf. Das Café war voller Menschen, die mindestens so müde aussahen, wie ich mich fühlte.

Mein erster Kurs begann erst in einer halben Stunde. Ich musste zugeben, ich war an die andere Seite von Fletcher gefahren, nur um Kaffee zu holen, damit mich niemand dabei erwischen konnte, wie ich mich versteckte.

War das erbärmlich? Oh ja, mit großer Sicherheit.

Ob mir das egal war?

Definitiv.

Ich hatte mich das komplette Wochenende in meiner Wohnung verschanzt, ausschließlich Pizza vom Lieferservice gegessen und wie ein Baby geheult. Meine Freundinnen Summer und Savannah hatten vorbeikommen wollen, doch ich hatte mit Ausreden um mich geworfen und das Handy ausgeschaltet. Ich hatte allein sein müssen, um meine Wunden zu lecken und zu trauern. Ich hatte immer gedacht, dass ich nicht in der Lage wäre, inbrünstig zu hassen. Ella Johns, 21 Jahre alt, der sarkastische Sonnenschein von nebenan. Doch die beiden hatten mir das Gegenteil bewiesen. Ich konnte sehr wohl hassen, und zwar so sehr, dass mir schwindelig wurde. Und das war ja nicht mal alles. Wenn es mir nicht gut ging, schlief ich normalerweise die meiste Zeit, doch diesmal konnte ich es nicht, weil ich immer wieder daran denken musste, was in dieser Straße passiert war, nachdem ich aus dem *Black Birch* geworfen wurde. Das alles war mir einfach zu viel. Wenn ein gebrochenes Herz wenigstens den Vorteil gehabt hätte, den Heißhunger abzustellen, dann hätte ich mich mit den Worten »Wer schön sein will, muss leiden« retten können. Doch nicht einmal das war der Fall.

Jason war so kalt gewesen. Er hatte nicht einmal mit der Wimper gezuckt, als er mir im Restaurant alles gestanden hatte. Wenn man es überhaupt so nennen konnte. Er hatte den Eindruck gemacht, als hatte er es schnell hinter sich bringen wollen, wie eine lästige Aufgabe, die ihm übertragen worden war. *»Ich hätte dich schon vor Monaten abservieren sollen.«* Ich konnte nicht fassen, dass *mein* Jason so was zu mir sagte. Ich war *seine* Ella. Und wie sollte ich es meiner Mutter beibringen? Nach dem Tod meines Dads war Jase für mich und meine Familie da gewesen.

Ein Knoten bildete sich in meinem Hals. Die Art von Knoten, der ich schon seit langer Zeit verboten hatte, aufzutauchen.

Ich dachte an meinen Dad.

Nicht nur an dieses Wort: *Dad.* Ich dachte an sein Gesicht, die Grübchen, die er mir vererbt hatte, und die vielen Lachfalten um seine warmen Augen herum. Das dunkelblonde Haar und an seinen Geruch. Ich dachte an sein furchtbares Lieblingspolohemd mit dem orangefarbenen Kragen und sein lautes Lachen, wenn er einen absolut nicht komischen Witz gerissen hatte, was Mum immer dazu gebracht hatte, die Augen zu verdrehen und gequält zu grinsen.

Wenn mein Vater bloß hier gewesen wäre … Ich wollte meinen Kopf an seine Schulter lehnen, jetzt mehr denn je. Ich wollte, dass er mir zur Aufmunterung seine berühmte heiße Schokolade machte, die jeden noch so dunklen Tag aufhellen konnte. Mit Marshmallows, Schlagsahne, Streuseln und extra viel Schokolade. Ich wollte mit ihm und Mum am Coldwater River spazieren gehen und über das Leben philosophieren. Und am liebsten wollte ich von ihm in den Arm genommen werden. So fest, dass mich nichts und niemand mehr zerbrechen konnte.

Ich zwang mich, nicht daran zu denken, wie ausgemergelt er ausgesehen hatte, besonders während seiner letzten Monate im Krankenhaus. Wenn ich mich an ihn erinnerte, wollte ich ihn so in Erinnerung behalten, wie ich ihn kannte. Voller Tatendrang und Lebensfreude und mit einem fröhlichen Funkeln in den warmen Augen.

Doch er war nicht mehr da. Es gab nur noch Mum, Tante Kat und mich. Wir waren es ihm schuldig, dass wir weiterlebten, auch wenn er es nicht tat, und dass wir versuchten, glücklich zu werden. Anders hätte er es nicht gewollt. Das sagte meine Mutter zumindest immer wieder, und ich wusste, dass es stimmte.

Ich atmete tief durch. Meine Augen brannten, was mich mit aller Kraft blinzeln ließ. *Hör auf damit. Nicht daran denken. Nicht davon runterziehen lassen. Das ist Regel Nummer 1. Erst wieder auf dem Friedhof, nur dort, nirgendwo anders.*

Und jetzt stand ich also hier, als Dritte in der leidigen Schlange des Coffeeshops, mit violetten Schatten unter den Augen, und blinzelte angestrengt, um nicht schon wieder in Tränen auszubrechen. Von denen hatte ich in den letzten Tagen genug gehabt. Wenn Dad mich so sehen könnte, wäre er bestimmt enttäuscht. Ich konnte nicht zulassen, dass dieser letzte Freitagabend von nun an bestimmte, wer und wie ich war. Dazu durfte ich es nicht kommen lassen. Das musste ich um jeden Preis im Keim ersticken.

Als ich endlich an der Reihe war, bestellte ich fünf glasierte Donuts, zwei Croissants und zwei Bagel, ein Stück Red-Velvet-Kuchen, dann noch einen Chai Latte und eine Flasche grünen Smoothie – Letzteres, um mir einzureden, dass meine Ernährung noch nicht vollkommen verdorben war.

»Die Lerngruppe wird sich über das Frühstück freuen«, log ich und lächelte schwach, als der Barista mit hochgezogenen Augenbrauen zusah, wie ich die volle Papiertüte und die Getränke entgegennahm. Ich flüchtete, bevor ich noch im Erdboden versinken konnte.

Gerade als ich alles in meinem kleinen Auto vor dem Café verstaut hatte, blickte ich auf und … sah *ihn.*

Meine Hände hörten auf, herumzukramen. Ungläubig starrte ich auf die andere Straßenseite.

War das überhaupt möglich?

Er ließ sich gerade auf eine Sitzbank fallen und lehnte das Gesicht der frühen Morgensonne entgegen.

Er war es, da war ich mir sicher, und das, obwohl ich ihn Freitagnacht kaum hatte erkennen können. Doch diesmal sah ich ein Gesicht.

Ein Gesicht, das vollkommen lädiert war.

»Oh mein Gott«, flüsterte ich. Hastig krabbelte ich aus dem Auto, blickte die Straße auf und ab und rannte auf die andere Seite. Er hatte mich noch nicht bemerkt.

Erst als ich mit flachem Atem vor ihm stand, regte er sich. Das Herz rutschte mir in die Hose, und ich hielt die Luft an. Irgendwie hatte ich ihn weniger … einnehmend in Erinnerung gehabt. Doch seine Schultern waren breit und seine Arme muskulös, was mich augenblicklich einschüchterte. Das wellige braune Haar reichte ihm bis unter das Kinn, und der Bart, welcher dunkler war als seine Haare, war voll und ein wenig verwildert.

Leicht neigte er den Kopf zur Seite und sah mich an. Seine Augen waren von einem strahlenden Hellgrau und schienen mich zu durchbohren. Außerdem war eines leicht zugeschwollen, und seine rechte Wange war dick und aufgeplatzt. Die Wunde war nicht frisch, das Blut war trocken. Doch er sah furchtbar aus. Er sah *gefährlich* aus. Und vermutlich war es das Beste, wenn ich einfach ging und mich nicht umdrehte.

»Hi«, sagte ich, unfähig, den Blick von ihm zu lösen.

Er blinzelte mich an, was beinahe ungläubig wirkte. »Da bist du ja.«

»D-da bist du ja?«, wiederholte ich.

»Man sieht sich immer zwei Mal im Leben. Damit hätte sich das erledigt.« Er schloss die Augen und lehnte das Gesicht wieder gen Himmel, womit für ihn offenbar das Gespräch beendet war.

»Oh«, murmelte ich. Vermutlich hatte er recht. Es war nichts weiter als Zufall, dass wir uns hier begegneten. Unbeholfen stand ich neben der Bank und biss mir auf die Lippe. Seine geschlossenen Augen erlaubten es mir, ihn genauer anzusehen. Seine Jeansjacke war schmutzig und löchrig, ebenso seine schwarze Jeans. Getrocknetes Blut klebte in seinem Bart. Er sah wirklich aus, als könnte er eine lange, heiße Dusche gebrauchen. Aber auch ohne den Schmutz und das Blut war seine Haut nicht blass. Eher so, als würde er viel Zeit draußen verbringen. Ich fragte mich, wie sein Gesicht aussehen würde, hätte er nicht diesen Vollbart gehabt – und wenn die eine Hälfte seines Gesichts nicht so geschwollen gewesen wäre.

Mir wurde plötzlich kalt, als mich eine Erkenntnis überkam.

»Du bist ja immer noch hier«, sagte er mit seiner tiefen, rauen Stimme, ohne seine Haltung zu verändern.

»Waren die das?«, platzte es aus mir heraus. Ich ballte die Hände zu Fäusten. »Die Kerle von Freitagabend? Haben sie dir das angetan?«

Jetzt öffnete er doch die Augen und sah mich mit finster zusammengezogenen Brauen an, was grimmiger nicht hätte aussehen können. »Misch dich nicht in Dinge ein, die dich nichts angehen, Kleine. Belassen wir es dabei, dass du sicher nach Hause gekommen bist.«

»Hast du schon gefrühstückt?«

Das schien ihn kalt zu erwischen. Er wirkte perplex. »Was?«

»Du weißt schon – Kaffee, Tee, Sandwiches oder Müsli oder Porridge.«

Er setzte sich aufrechter hin und musterte mich nun um einiges aufmerksamer.

»Magst du Bagel?«, fragte ich hastig, bevor er Nein sagen konnte. »Ich habe auch Donuts, wenn dir so was lieber ist. Lass mich dich einladen.« Ich biss mir wieder auf die Lippe. »Bitte«, fügte ich hinzu. Das war immerhin das Mindeste, was ich tun konnte. Himmel, wäre ich nicht gewesen, wäre er nicht zusammengeschlagen worden. Es war meine Schuld! Weil ich zu verletzt und zu stolz gewesen war, um mich von Summer abholen zu lassen. Ein Frühstück war vielleicht nicht alles, aber ein Anfang.

Er seufzte schwer und fuhr sich durch das zerzauste Haar.

»Du musst doch bestimmt ans College. Hast du keine Kurse?«

»Ich gehe nicht hin.« Beschämt bemerkte ich, wie trotzig ich klang.

Mein Herz vollführte einen Sprung, als die Bedeutung meiner Kurzschlussreaktion zu mir durchdrang. Oh Gott. Ich hatte noch nie einen Kurs geschwänzt. Andererseits war ich Ella 2.0. Wer wusste schon, was alles in mir schlummerte?

Mein Retter wirkte nicht überzeugt, doch ich schob das Kinn nach vorne und verschränkte die Arme. Mit dieser Haltung hatte ich in meiner Kindheit bereits meine Eltern herausgefordert – auch wenn in meinem Fall herausfordern bedeutete, dass ich um mehr Taschengeld, Briefpapier oder Actionfiguren gebettelt hatte. Vielleicht hätte ich rebellischer sein sollen, so wie Summer.

»Du wirst mich nicht in Ruhe lassen, bis ich Ja sage, oder?«, brummte er.

Ich lächelte ihn an. »Vermutlich nicht.«

»Na schön.«

Erstaunt beobachtete ich, wie er aufstand und seinen Nacken dehnte. Er musterte mich eindringlich und vergrub die Hände in den Jackentaschen. Irgendetwas an seinem Blick drang bis unter meine Haut und wollte mich dazu bringen, woanders hinzusehen.

»Du willst frühstücken gehen?«, fragte er. »Dann gehen wir frühstücken.«

Ein triumphierendes Grinsen stahl sich auf meine Lippen.

»Ich heiße übrigens Ella«, sagte ich und streckte meine Hand aus.

»Ella«, wiederholte er leise. Er ergriff meine Hand und drückte sie sanft. »Ich bin Ches.«

»Cool. Ist das ein Spitzname? Steht Ches für Chester?«

Er verzog keine Miene, nickte aber. »Ja. Genau.«

Ich räusperte mich und schüttelte seine Hand, was sich jedoch irgendwie fehl am Platz anfühlte. Seine Berührung machte mich nervös.

Ernsthaft, Ella?

Hastig wich ich zurück und drehte mich zur Straße um. Als sie frei wurde, eilte ich auf die andere Seite. Großartig. Jetzt machte mich schon der Händedruck eines Fremden nervös. Vielleicht war mein Körper ja kaputtgegangen. Der Herzensbruch konnte andere wichtige Organe zerschmettert haben und den Teil in mir, der für das Zuordnen von Reaktionen verantwortlich war. Was kam wohl als Nächstes? Ein Orgasmus, sobald ich einen Schmetterling fliegen sah?

»Wo gehen wir hin?«, fragte Ches hinter mir.

»Zu mir«, sagte ich, ohne nachzudenken. Dann erstarrte ich erschrocken und blickte über die Schulter. »I-ich meine, wir können auch im Auto essen. Das Café ist bloß voll, und –«

»Gehen wir hin, wo immer du willst«, unterbrach er mich.

Ich drehte mich zu ihm um und lächelte vorsichtig. Vermutlich hielt er mich für eine Irre. Was zum Teufel stimmte nicht mit mir?

Wir erreichten mein Auto, und ich fischte den Schlüssel aus meiner Jeanstasche.

»Du kannst die Tüte auf die Rückbank legen«, sagte ich, ehe ich mich auf die Fahrerseite fallen ließ und die Tür zuzog. Einen Moment später tat Ches es mir nach und stellte wortlos den Pappbecherhalter mit den Getränken auf seine Knie. Erst als er mit mir in meinem Auto saß, fiel mir auf, wie klein es wirklich war. Zumindest im Vergleich zu ihm. Er war nicht nur verblüffend breit, sondern auch groß.

Was tust du hier, Ella Johns?

Ich startete den Motor und fädelte mich in den Verkehr ein. Fieberhaft überlegte ich, was ich sagen konnte, während sich die Stille zwischen uns ausbreitete. Es war ein Fehler, dass ich ihn zum Essen eingeladen hatte. Er wirkte nicht so, als säße er gerne hier, und meine Mutter würde mir jetzt wohl sagen, dass es vor allem ein Fehler war, ihn *verdammt noch mal zu mir nach Hause eingeladen zu haben.*

Ich räusperte mich. »Also, Ches«, sagte ich langsam. »Gehst du auch aufs College?«

Er schnaubte leise, woraufhin ich ihm einen flüchtigen Blick zuwarf. Mit finsterer Miene starrte er aus dem Fenster. »Sehe ich so aus, als würde ich aufs College gehen?«

Meine Wangen wurden heiß. Ich wusste nicht, was ich erwidern sollte. Jetzt konnte man mir zumindest nicht mehr vorwerfen, ich hätte nicht versucht, ein Gespräch anzufangen.

»Tut mir leid«, murmelte Ches nach einem Moment. »Nein. Ich gehe nicht aufs College.«

Ein überraschtes Lächeln machte sich auf meinen Lippen breit. *Schon besser.* »Und was machst du dann?«

»Hör mal, wir müssen das nicht tun. Du schuldest mir nichts.«

»Ich lade dich doch nur zum Essen ein.«

»Nein, du versuchst wiedergutzumachen, dass ich dir Freitagabend geholfen habe. Fakt ist aber, dass jeder vernünftige Mensch an meiner Stelle so gehandelt hätte. Das wäre so was wie unterlassene Hilfeleistung gewesen, hätte ich nicht eingegriffen.«

Ich murmelte etwas und blieb an einer roten Ampel stehen.

Ches lachte auf, was mich zusammenzucken ließ. »Hast du mich gerade Arschloch genannt?«

Ich zuckte mit den Schultern. »Machst du immer so ein Drama, wenn dich jemand zum Essen einlädt?«

Er schien kurz darüber nachzudenken. »Nein, mache ich nicht. Liegt vermutlich daran, dass mich nie jemand zum Essen einlädt.«

»Tja«, sagte ich und konzentrierte mich wieder auf die Straße. »Jetzt schon.«

Fletcher war zwar kein weißer Fleck auf der Landkarte, jedoch auch keine gigantische Metropole. Es war groß genug, um als Stadt zu gelten, gleichzeitig aber auch so klein, dass man den Überblick behielt.

Bereits ein paar Minuten später bog ich in meine Straße ab und parkte den Wagen neben dem Haus. Ches trug Tüte und Getränke und folgte mir zur Tür.

Das Haus, in dem sich meine Wohnung befand, war nichts Besonderes. Es lag zwar nicht in Uninähe, dafür aber in einer ruhigen Gegend von Fletcher. Die Fassaden der Nachbarhäuser bestanden wie bei meinem aus roten Ziegelsteinen, was mich vor zwei Jahren, als ich eingezogen war, so sehr verwirrt hatte, dass ich mich mehr als einmal in der Tür geirrt hatte. Niemals hätte ich die Wohnung ergattern können, hätte meinte Tante Kat nicht ihre Kontakte spielen lassen. Meine Tante kannte jeden in der Stadt und schien jederzeit und immerzu über alles Bescheid zu wissen. Manchmal konnte das wirklich gruselig sein.

»Die Eingangstür ist kaputt«, erklärte ich, als ich sie aufdrückte, ohne meinen Schlüssel zu benutzen. »Der Hausmeister wollte sich schon vor Wochen darum kümmern, aber er schiebt es dauernd vor sich her. Außerdem ist meine Klingel kaputt, deswegen rufen mich meine Freunde meistens an, bevor sie kommen, oder sie klopfen einfach.«

Ich hatte keine Ahnung, wieso ich plötzlich so plapperte. Vermutlich gab es kaum etwas, was Ches weniger interessierte, als die Defekte in meinem Wohnkomplex.

Als wir die Treppenstufen im Haus hinaufgingen, wurde ich zunehmend nervöser. Nüchtern betrachtet war ich ein Idiot. Ich lud einen Fremden, der noch dazu nicht ungefährlich aussah, zu mir nach Hause ein. Andererseits hatte er mir geholfen und es war meine Schuld, dass er zusammengeschlagen worden war. Ich konnte mir kaum vorstellen, dass eine Grußkarte mit den Worten *»Danke noch mal, und sorry für die blauen Flecken!«* besser angekommen wäre.

Ich steckte den Schlüssel ins Schloss meiner Wohnungstür und trat ein.

Ches hatte recht. Ich tat das hier nur, um meine Schuld zu begleichen. Es hätte wohl vollkommen gelangt, ihn ins Café einzuladen oder im Auto die Donuts zu essen.

Das erkannte ich, als ich über die Schulter blickte und ihn ein wenig unsicher im Türrahmen stehen sah.

»Äh, komm doch rein.«

Ches schien einen ganzen Moment lang zu überlegen, ehe er offenbar einen Entschluss fasste und zögernd eintrat.

Meine Wohnung war klein. Der Flur war eng, und ich hatte bloß zwei winzige Wohnräume. Ein Wohnzimmer mit Küchenzeile, in welches ich ein Sofa und einen Esstisch gequetscht hatte, und mein Schlafzimmer. Das Badezimmer war ebenfalls äußerst überschaubar, und die Waschmaschine stand im Flur. Das war kein Scherz. Es war, als hätte sie tief im Inneren gehofft, ein Sideboard zu werden, doch ihr Schöpfer hatte ihr eine andere Funktion zugeteilt. Ich gab ihr nun lediglich die Möglichkeit, ihr Selbst auszuleben. Und ich musste irgendwie mit den ziemlich mies gelegten Leitungen zurechtkommen, das war aber nur zweitrangig.

»Du kannst die Sachen auf den Esstisch stellen«, sagte ich überflüssigerweise. Es war der einzig freie Platz. Auf der Arbeitsfläche meiner kleinen Küche standen noch immer ein Putzeimer und etliche schmutzige Lappen – ich war am Wochenende so wütend gewesen, dass ich die ganze Wohnung geschrubbt hatte.

»Was möchtest du trinken?«, wollte ich wissen und bedeutete Ches, sich an den Tisch zu setzen. Überall an den Wänden hingen

Bilder von mir und meinem Dad, meiner Mum, Tante Kat und meinen Freunden – mit Ausnahme der neuerdings leeren Rahmen, von denen es mehr gab, als ich gehofft hatte. Außerdem stand neben der Küchenzeile ein Regal voller Bücher, welche ich mit Lichterketten umwickelt und mit kleinen Topfpflanzen und Kakteen dekoriert hatte. Mein bester Freund Mitchell sagte immer, ich wäre das wandelnde Pinterest-Klischee einer Literaturstudentin. Er hatte mich sogar ausgelacht, als ich mir ein Küchenbrett aus Marmor gekauft hatte, und mich für verrückt erklärt.

»Hast du Kaffee?«, erkundigte sich Ches und ließ sich auf einen Stuhl nieder.

Mit einem Satz war ich an meiner Küchenanrichte und riss eine der Schranktüren auf. »Klar, ich mach die Kaffeemaschine an.«

Während ich herumwerkelte, überlegte ich fieberhaft, was ich als Nächstes sagen konnte. Ich wollte Ches nach den Blessuren in seinem Gesicht fragen, doch ich traute mich nicht. Außerdem wollte ich wissen, wieso er diesen griesgrämigen Gesichtsausdruck draufhatte.

Eines Tages würde meine Neugierde mich noch so richtig ins Schlamassel befördern.

»Ella«, erklang es leise hinter mir.

Ich erstarrte. Dann drehte ich mich um und begegnete stahlgrauen Augen. Er hatte die Unterarme auf den Knien abgestützt und musterte mich durch lange Wimpern hindurch.

Wie in Zeitlupe klemmte ich mir eine Strähne hinter das Ohr. »Was ist?«, fragte ich.

Er deutete mit dem Kinn neben mich. Seine Augen verloren an Düsterkeit und wurden von Belustigung erhellt. »Der Stecker ist nicht drin. Ich fürchte, wir werden hier noch sehr lange sitzen, wenn wir darauf warten, bis der Kaffee fertig ist.«

Ich wirbelte zur Maschine herum. Verdammt, er hatte recht. Ich musste den Stecker wohl beim Putzen rausgezogen haben.

Die nächsten fünf Minuten, bis der Kaffee fertig war, waren die reinste Qual. Ich konnte seine Augen im Nacken spüren und widerstand dem Drang, mich erneut zu ihm umzudrehen.

Als die letzten Tropfen in die Tasse fielen, feuchtete ich ein sauberes Küchentuch mit warmem Wasser an und reichte ihm den fertigen Kaffee.

Ches gab einen seltsamen Laut von sich. »Ernsthaft? Eine Einhorntasse?«

»Ich gebe nicht jedem meine Lieblingstasse«, erwiderte ich und verschränkte demonstrativ die Arme vor der Brust. *Nur dann, wenn die anderen schmutzig sind* – aber das musste er ja nicht wissen.

Es kostete mich Mühe, nicht zu grinsen, als ich ihn da so sitzen sah. Ich hätte es nicht schlechter treffen können als mit dieser bauchigen Tasse. Das Horn war von einem strahlenden Gold und glitzerte, und die Tasse hatte ein süßes Gesicht mit großen niedlichen Augen.

»Brauchst du Zucker und Milch?«, fragte ich und biss mir auf die Lippe, um nicht zu lachen.

Er schüttelte bloß den Kopf und trank einen Schluck. Währenddessen setzte ich mich und schob meinen Stuhl vor seinen, bis unsere Knie sich berührten.

Seine Hand verharrte, und er musterte mich mit verengten Augen. »Was genau machst du da?«

»Dir klebt getrocknetes Blut im Gesicht«, erklärte ich schüchtern und hielt den feuchten Lappen hoch.

»Oh«, sagte er leise und stellte die funkelnde Tasse ab. Einer seiner Mundwinkel hob sich zu der Andeutung eines Lächelns. »Ich muss ganz schön furchterregend aussehen, was?«

Ich erwiderte das Fast-Lächeln mit einem richtigen. »Ein wenig. Darf ich?« *Er ist groß genug, um sich selbst den Schmutz aus dem Gesicht zu wischen, Johns. Mach dich nicht lächerlich – lächerlicher als ohnehin schon.*

Doch Ches schloss den Mund und nickte knapp. Ein Okay. Er würde mir erlauben, ihm das Blut aus dem Gesicht zu wischen, und das, obwohl wir einander fremd waren.

Zaghaft streckte ich den Arm aus und tupfte seine Wange ab. Sofort zuckte er zusammen, was mich vor Schreck ebenfalls zusammenzucken ließ. »Scheiße, tut mir leid! Ich wollte dir nicht wehtun.«

»Schon in Ordnung. Ich halte mehr aus als dich.« Er zwinkerte mir zu. Die Geste hätte bei jedem anderen seltsam gewirkt, doch irgendwie fand ich es … nett.

Ich arbeitete so vorsichtig, wie ich nur konnte. Ches zuckte nicht noch einmal zusammen, doch ich sah, dass er die Zähne zusammenbiss. Die Schwellungen zu berühren musste höllisch wehtun. Ich an seiner Stelle hätte vermutlich geheult und gejammert.

»Das meiste bekomme ich nicht ab«, ergab ich mich und lehnte mich zurück. Nicht, dass ich das Blut nicht hätte runterbekommen *können.* Es lag aber ein Unterschied darin, ob man ein lädiertes Gesicht abtupfte oder darüber schrubbte wie über hartnäckige Flecken in einem Kochtopf.

»Willst du duschen?«, fragte ich, was mich vermutlich genauso überraschte wie auch Ches. »Wenn d-du möchtest, kann ich auch deine Sachen mitwaschen. Die sehen aus, als hättest du die Nacht auf der Straße verbracht.«

Für einen Moment trat ein seltsamer Ausdruck in sein Gesicht, den ich jedoch nicht deuten konnte, und er verspannte sich sichtlich. Im nächsten Moment war der Ausdruck jedoch fort, und er wandte den Blick ab. »Ich dachte, du wolltest mich zum Essen einladen und nicht zum Duschen.«

Hitze kroch meinen Hals hinauf. »Na ja, ich dachte nur gerade, vielleicht würdest du das wollen. Mir geht es nach einer heißen Dusche immer besser.«

Prüfend wanderte sein Blick über mich, so als würde er mich studieren. Ich fühlte mich mit einem Mal nackt, und das, obwohl ich ein weißes T-Shirt und Bluejeans trug. Ich räusperte mich und fuhr mir durch die Haare.

Die Anspannung in Ches' breiten Schultern wollte einfach nicht verschwinden, doch ich konnte sehen, dass er über meine Worte nachdachte.

Als er schließlich aufstand und seine schmutzige Jacke auszog, strahlte ich ihn an.

Schnaubend schüttelte er den Kopf – und es kam dem Lachen aus dem Auto sehr nahe. »Du bist verdammt seltsam, Kleine. Aber ich nehme das Angebot an.«

Triumphierend strahlte ich ihn an und sprang auf. »Ich hole dir Handtücher!«

KAPITEL 3

Ich tigerte durch die Küche. Im Sekundentakt blickte ich zur verschlossenen Badezimmertür, durch die der gedämpfte Klang von rauschendem Wasser drang.

Er stand unter meiner Dusche.

Ein fremder Kerl war hier in meiner Wohnung und stand unter meiner Dusche, und ich hatte erst heute seinen Namen erfahren.

Stöhnend rieb ich mir mit den Händen über das Gesicht und ließ mich auf einen Küchenstuhl fallen. Ganz offensichtlich war ich wirklich zu einem neuen Menschen mutiert. Das hier sah mir gar nicht ähnlich. Vielleicht sollte ich irgendwem davon erzählen. Es wäre vielleicht sogar das Beste, wenn ich die Polizei einschaltete, damit sie die Typen von Freitagabend finden konnten. Wer weiß, vielleicht wollte Ches ja Anzeige gegen sie erstatten.

Die Erinnerung an die Kerle sorgte dafür, dass sich mein Magen zusammenzog. Ich wollte sie nicht damit davonkommen lassen, was sie ihm angetan hatten – und mir vielleicht angetan hätten, wenn Ches nicht …

Nein. Nein, nein, nein.

Das Duschwasser hinter der Badezimmertür wurde abgestellt, was mich aus meinen Gedanken riss.

»Ella?«, erklang eine noch immer ungewohnt tiefe Stimme durch die Tür.

Hastig trat ich vor das Badezimmer. »Ja?«, erwiderte ich durch das Holz hindurch.

Es blieb einen Moment lang still. Dann hörte sich Ches' Stimme an, als würde er genau vor der Tür stehen.

»Wo ist meine Hose?«

Ich blinzelte. »Was?«

»Meine Hose. Sie liegt nicht mehr auf dem Regal neben der Tür.«

Ich spürte, wie mir heiß wurde. Natürlich lag sie nicht mehr dort. Nachdem Ches das Angebot mit der Dusche angenommen hatte, war ich in meinem übereifrigen Helferdrang davon ausgegangen, dass das auch für das Angebot mit der Waschmaschine galt. Also hatte ich, als er unter die Dusche getreten war, die Tür einen Spaltbreit geöffnet, blind den Arm hineingestreckt und seine Sachen genommen.

Er hätte doch protestiert, wenn er das nicht gewollt hätte, oder? Aber so gesehen ... hatte er meinen diebischen Arm durch das Duschwasser hindurch vielleicht einfach nicht bemerkt.

Mein Kopf zuckte zur Seite, ich warf einen Blick über die Schulter auf die Waschmaschine und dann wieder auf die Tür. Ich hatte den Schnellwaschgang genommen, aber selbst der würde noch ewig dauern.

»Oh verdammt«, flüsterte ich, während mein Herz sich dazu entschloss, einfach stehen zu bleiben. Panisch blickte ich mich um. »Ich glaube, ich habe sie in die Waschmaschine gesteckt.«

Er schwieg. »Und was soll ich jetzt anziehen?«

»I-ich bin sofort wieder da!« Ich rannte in mein Schlafzimmer und riss die Schubladen meiner Kommode auf, wühlte mich durch T-Shirts und Wäsche, die ich erst am Vortag zusammengelegt hatte. Ches hatte keine Kleidung. Natürlich. Großartig, wer würde so ein Detail übersehen? Ich natürlich. Ches konnte von Glück reden, dass ich prinzipiell nur in übergroßen Shirts schlief.

Eilig zog ich ein großes, zerknittertes T-Shirt aus der letzten Schublade, rappelte mich auf und eilte zurück in den Flur.

»Ich habe ein T-Shirt für dich gefunden!«, sagte ich atemlos zur geschlossenen Tür.

Hinter ihr blieb es still, ehe nach einem Moment ein Räuspern erklang. »Und eine Hose?«

Mein Blick wanderte wieder zur Waschmaschine. Träge drehte sich die Kleidung darin durch die Trommel und saugte sich mit Seifenlauge voll. *Du bist das jämmerlichste Sideboard, das ich je gesehen habe!*

Ich strich mir die Haare hinter die Ohren und wollte etwas sagen, doch kein Wort löste sich von meinen Lippen.

Zu meinem Entsetzen sah ich, wie sich die Türklinke senkte. Ich wich erschrocken zurück und stieß mit dem Rücken gegen die Wand. Ches zog die Tür auf – mit nichts am Leib bis auf zahlreiche Wassertropfen und einem Handtuch um seine Hüften. Seine Haare waren nass und nach hinten gekämmt, und sein Gesicht wirkte sauber und frisch. Herausfordernd sah er mich an. Mein Blick blieb verräterisch lange auf dem sonnengeküssten Oberkörper hängen, der nur aus Muskeln zu bestehen schien. Wirklich *sehr* schönen Muskeln. Verboten attraktiv und sehnig, wie man sie sonst an echten Menschen nie sah. Mein hastiger Blick entdeckte jedoch auch unzählige blaue Flecken und silbrige Narben, überall auf seiner Haut. Besonders auf Rippenhöhe. Irgendwo in meinem Hinterkopf läuteten Alarmglocken. Ich wollte wissen, woher all die Verletzungen stammten. Ich wollte ihn fragen, doch ich traute mich nicht. Außerdem befand ich mich gerade mitten in einer Reizüberflutung und war nicht in der Lage, eine halbwegs geistreiche Frage zu stellen.

Ein glitzerndes Rinnsal lief zielsicher von seinem Bauchnabel auf den Saum des Handtuches zu und …

Du fängst jeden Moment an zu sabbern. Reiß dich zusammen!

Mit brennenden Wangen richtete ich den Blick auf den Boden und hielt ihm das T-Shirt hin. Beschämt stellte ich fest, dass ich ihn weitaus länger als einen flüchtigen Augenblick angestarrt hatte. Gegafft war wohl der passendere Ausdruck. Sein bloßer Anblick sorgte bereits dafür, dass mir das Herz wie wild gegen die Brust klopfte. Er war mit Abstand der attraktivste Kerl, dem ich je begegnet war. Und das, obwohl Ches gar nicht mein Typ war. Bärte waren überhaupt nicht mein Ding, lange Haare erst recht nicht. Doch irgendetwas hatte er an sich, was mich dazu brachte, ihn anstarren zu wollen.

Ches nahm mir das Shirt mit einem trockenen Schnauben aus der Hand. »Vielleicht hätte ich auf meine Eltern hören und nicht mit einer Fremden nach Hause gehen sollen. Jetzt hat es mich schon meine Hose gekostet.«

Ha, er hatte einen Witz gerissen! Ich war so fertig mit den Nerven, dass ich kurz davor war, in hysterisches Lachen auszubrechen.

»Es tut mir so leid!« Ich flüchtete in die Küche. »Ich, äh, kann die Nachbarn nach einer Hose für dich fragen.«

Ches folgte mir. »Mach dich nicht lächerlich, Ella. Wer fragt denn seine Nachbarn nach einer Hose?«

»Wenn du mir deine Größe verrätst, fahre ich schnell in die Mall und hole dir eine.«

Er hob eine Augenbraue und schien sich das Lächeln zu verkneifen. »Ernsthaft? In die Mall?«

»Hast du eine bessere Idee?« Gab es auch etwas, worin ich gut war? Nicht einmal hilfsbereit konnte ich sein!

Er zuckte mit den Schultern, offenbar ganz die Ruhe in Person. »Ich weiß nicht, was du heute vorhast, aber ich kann warten.« Seine hellgrauen Augen verloren ein wenig an Härte und bekamen einen sanfteren Ausdruck. Er schien bemerkt zu haben, wie unfassbar peinlich mir die ganze Situation war.

Als ich mich setzte und endlich den Mut aufbrachte, seinen Blick zu erwidern, sah ich, dass er tatsächlich lächelte. Er machte sich zwar über mich lustig, aber dafür war es ein schönes Lächeln, das bis zu seinen Augen reichte und diese in kleine Lachfalten hüllte.

Seltsamerweise beruhigte es mich. Es war, als würde mich sein Blick erden.

»Ich habe heute noch nichts vor«, erwiderte ich schließlich. »Wir könnten ja erst mal frühstücken, oder?«, fragte ich, während ich fasziniert beobachtete, wie er sich das T-Shirt über den Kopf zog und sich setzte. Mein Mund wurde trocken, und meine Augen weiteten sich.

Grundgütiger.

»Wieso nicht«, erwiderte Ches und griff nach seiner Einhorntasse. »Ich bin am Verhungern. Und du?«

Ein Kichern entschlüpfte mir, und ich schlug mir hastig eine Hand vor den Mund.

Misstrauisch verengte er die Augen, doch sein Vollbart zuckte verdächtig, so als würde ein Lächeln seine Lippen umspielen. »Was ist?«

Ich stand auf, um die Kaffeemaschine wieder einzuschalten.

»Ach, gar nichts«, log ich und verkniff mir ein Grinsen.

Auf dem T-Shirt, das überall bis kurz vor dem Zerreißen gespannt war, stand in großen schwarzen Lettern SHERLOCK IS MY BOYFRIEND. Zeitgleich hielt er die glitzernde Tasse in der Hand und zog einen glasierten Donut aus der Tüte auf dem Tisch.

Dafür werde ich höchstwahrscheinlich in der Hölle landen. So muss sich Frankensteins Erfinder gefühlt haben – ich habe ein Monster erschaffen.

Ches blickte an sich herunter. Unbeeindruckt zuckte er mit den Schultern. »Hm. Sherlock. Schon mal gehört.«

Unglaube erfüllte mich. »Ernsthaft? Du kennst Sherlock nicht? Das ist die beste Serie der Welt, wie kannst du sie nicht kennen?«

»Ich kenne Sherlock«, erwiderte er und biss in den Donut. »Hab es nur nicht gelesen.«

»Und die Serie?«, hakte ich nach. Ich machte ihm frischen Kaffee und setzte mich, ehe ich meinen mittlerweile kalten Chai Latte und den grünen Smoothie vor mir platzierte. Langsam ließ die Anspannung in mir nach. Auch wenn mir noch immer bewusst war, dass Ches nichts trug, bis auf ein Handtuch und mein Sherlock-Shirt.

»Ich gucke kein Fernsehen«, erwiderte er ungerührt und führte das strahlende Einhorn an seine Lippen.

Ich nahm einen großen Bissen von einem Bagel. »Was machst du dann? Irgendwelche Hobbys? Was ist dein Job?«

Er zuckte mit den Schultern. »Was studierst du?«

Ich hob die Augenbrauen. Er hatte meine Frage einfach ignoriert.

»Literatur«, antwortete ich langsam.

»Und gefällt es dir?«

Diesmal war ich es, die mit den Schultern zuckte. »Ja. Was machst du, wenn du nicht studierst?«

»Dies und das. Kommst du aus Fletcher, oder bist du zugezogen?«

Ich seufzte frustriert, was er mit unschuldig hochgezogenen Brauen quittierte. »Ich meine es ernst. Erzähl mir von dir, Ella Johns.«

Meine Augen wurden groß. »Woher kennst du meinen Nachnamen?«

»Er steht auf dem Schild neben deiner Haustür.« Belustigung blitzte wieder in seinen Augen auf.

»Oh«, murmelte ich und biss von meinem Bagel ab. Jeder Bissen war mechanisch, und das Essen fühlte sich trocken im Mund an. Ich wusste nicht, wieso ich von mir erzählte, wo er mir mehr als offensichtlich zu verstehen gegeben hatte, dass er nichts Persönliches über sich preisgeben würde. »Ich komme von hier«, sagte ich. »Meine Mutter und meine Tante leben auch hier. Und du?«

Er zuckte wieder mit den Schultern, was mich beinahe verrückt machte. »Was hörst du für Musik?«

»Weißt du was?«, fuhr ich ihn an. »Du könntest meine Fragen zur Abwechslung auch beantworten, anstatt sie einfach zu ignorieren!«

Er klopfte sich die Hände über der Tüte ab und brummte unzufrieden. »Na schön. Ich jobbe bei einem Freund in einer Autowerkstatt, habe keinen Collegeabschluss, komme von der Ostküste, habe nichts für Popmusik übrig und rede nicht gerne über mich. Sonst noch was?«

Trotzig verschränkte ich die Arme vor der Brust. »Wie alt bist du?«

Er lehnte sich zurück und verschränkte ebenfalls die Arme vor der Brust.

Mir fielen fast die Augen aus dem Kopf. Oh Gott, wenn das T-Shirt reißen sollte – was definitiv jeden Moment passieren konnte –, würde ich keinen anständigen Satz mehr hervorbringen können. Sehnen traten auf seinen Unterarmen hervor. Seine Hände waren groß und wirkten rau, und doch wusste ich, dass sich sein Händedruck sanft angefühlt hatte. Sauber und mit den zurückgekämmten nassen Haaren wirkte Ches wie ein anderer Mensch. Himmel noch mal, er war wirklich … heiß.

Ich wandte mich etwas energischer dem Essen zu. Ich war nicht nur unhöflich und wenig hilfsbereit, jetzt gaffte ich ihn auch noch an. Schon wieder.

»Sechsundzwanzig.«

Irritiert blickte ich auf. »Was?«

»Du hast eben gefragt, wie alt ich bin. Ich bin sechsundzwanzig Jahre alt.«

Okay, Ella. Konzentrier dich endlich und sei nett. Ich nahm meinen Chai Latte und trank einen Schluck. »Schön.«

Stille breitete sich zwischen uns aus.

Nach einer Weile und einem Bagel später sagte ich: »Ich, äh, bin einundzwanzig«, was die Stille, die daraufhin wieder folgte, unfassbar peinlich machte.

Wir aßen schweigend weiter. Ich hielt den Kopf gesenkt, doch ich konnte spüren, wie Ches mich beobachtete. *Du Idiotin. Hättest du doch einfach deine Klappe gehalten.*

Die stetig zunehmende Anspannung in der Luft brachte mich noch um.

Ich konnte einfach nicht widerstehen – ich hob den Kopf und sah ihn an.

Wortlos teilten sich seine Lippen, und er ließ seine Hände auf den Tisch sinken. Er hatte mich beobachtet. Er erwiderte meinen Blick einfach nur und rührte sich nicht. Mit jeder verstreichenden Sekunde wurde mir heißer. Träge glitten seine hellgrauen Augen über mich, aufmerksam, studierten mein Gesicht und meinen Körper. Es war wie ein Bann, und alles in mir kam zum Stillstand. Ich blickte wie gebannt in seine Augen und hatte mit einem Mal das Gefühl, nicht mehr atmen zu können.

Mein Herzschlag wummerte ungewöhnlich laut in meinen Ohren, und mein Hals wurde trocken.

Plötzlich trommelte es wild gegen die Wohnungstür, was mich erschrocken aufspringen ließ und mir einen Schrei entlockte. Der seltsame, intensive Augenblick war vorüber, platzte wie eine Seifenblase, was die reale Welt mit einem Schlag zurückbrachte. Ches zuckte ebenfalls zusammen und blickte alarmiert zur Wohnungstür.

»Ella!«, drang eine helle Stimme durch die Tür hindurch, und es hämmerte wieder. »Ich weiß, dass du zu Hause bist, dein Auto steht unten! Lass mich rein!«

Ich schnappte nach Luft. *Nein, nein, nein.* Der Zeitpunkt war mehr als bloß schlecht.

Natürlich hatte ich die Stimme meiner besten Freundin auf Anhieb erkannt. Summer war hier.

»Wer ist das?« Ches setzte sich aufrecht hin, seine Arme spannten sich an und …

Der Wahnsinn. Seine Arme spannten sich an.

Ich schüttelte die unangebrachten Gedanken von mir und eilte zur Wohnungstür. »Äh, nur eine Freundin.«

Bevor Summer wieder klopfen konnte, öffnete ich die Tür einen Spaltbreit.

Sie versuchte, die Tür aufzudrücken. Ich hielt dagegen.

»Hi. Ich fühl mich nicht so gut«, log ich mehr als lahm und hoffte inständig, dass meine Wangen nicht so rot waren, wie es mich die Hitze auf ihnen vermuten ließ. Probeweise hustete ich ein wenig, doch vermutlich ließ mich das vollends auffliegen.

»Ernsthaft, El?« Sie kräuselte die tiefrot geschminkten Lippen und hob eine Augenbraue. Summer Andrews war mit 1,85 m das größte Mädchen, das ich kannte. Sie hatte ewig lange goldene Haare und trug nie etwas anderes als Röcke und Kleider, um – nach ihren Worten – ihren breiten Hintern und das Hüftgold zu kaschieren, auch wenn weder das eine noch das andere vorhanden war.

»Ich bin total krank«, flunkerte ich weiter. »Ich komme heute nicht zu den Vorlesungen.«

»Ja, ja, so weit war ich auch schon«, erwiderte sie, hielt ihre Handtasche hoch und grinste verschlagen. »Deswegen habe ich auch zwei Flaschen Wein mitgebracht. Wir sollten außerdem eine Voodoopuppe basteln und überall Nadeln reinstecken. Im Internet finden wir bestimmt eine Anleitung. Hast du zufällig Nadeln oder Zahnstocher da? Im Notfall könnten wir auch Ohrringe benutzen.«

Ich war mir nicht sicher, ob ich mich nicht verhört hatte. »Hast du mal auf die Uhr geschaut? Um diese Uhrzeit trinkt man nicht!«

Sie verdrehte die Augen. »Irgendwo auf der Welt aber bestimmt schon. Ich dachte, wir machen heute einfach gemeinsam blau und lästern über Quarterback Satan und seinen kleinen Antichristen, bis uns die Ohren bluten.«

Angespannt hielt ich die Tür weiterhin zu, als Summer wieder versuchte, einzutreten. »I-ich denke, das ist keine gute Idee. Vielleicht ein andermal. Wir könnten uns heute Abend bei dir treffen, was meinst du?« Hoffnungsvoll lächelte ich sie an.

»Was zum Teufel ist los, El?«, fragte meine Freundin verärgert und drückte wieder gegen die Tür. »Wieso willst du mich nicht reinlassen? Ist irgendwas los?« Sie schnappte plötzlich nach Luft, und ihre blauen Augen weiteten sich. Dann funkelte sie mich vorwurfsvoll an. »Oh mein Gott. Jason ist hier, nicht wahr? Du hast ihn, nach allem, was war, wieder ankriechen lassen? *Jason!*«, brüllte sie und drückte diesmal mit der Schulter gegen die Tür, sodass der Spalt noch ein weiteres Stück größer wurde. Sie versuchte, an mir vorbeizusehen, und bekam fleckige Wangen. »Du verdammtes Schwein! Mach gefälligst, dass du da rauskommst, du verlogenes, stinkendes –«

»Summer, sei leise, Jase ist nicht hier!«, zischte ich, doch es war zu spät. Mit einem Ruck stolperte ich zurück, und Summer brauste wutentbrannt in meine Wohnung. »Du kleiner Mistkerl, wenn ich noch einmal sehe, wie du Ella auch nur …«

Sie verstummte schlagartig, als sie Ches erblickte. Wie angewurzelt blieb sie stehen.

Atemlos trat ich an ihr vorbei, doch ich konnte nichts mehr tun. Ihre aufgerissenen Augen waren auf Ches gerichtet, und ihr Mund formte ein verblüfftes Oh.

Ja. *Oh.*

»Morgen«, brummte Ches und trank ungerührt von seinem Kaffee.

Summer neigte den Kopf in meine Richtung und blinzelte mich mehrmals an. Dann blickte sie wieder zu Ches. Das Ganze wiederholte sich ein paar Mal, während meine Knie sich in Pudding verwandelten.

»Ella, das ist nicht Jason.« Sie starrte die Einhorntasse an, dann das zum Zerreißen gespannte Sherlock-Shirt und schließlich das Handtuch, welches er anstelle einer Hose trug. Sie registrierte definitiv auch die nassen Haare.

Ich wusste nicht, ob ich einen Vorwurf oder Ungläubigkeit aus ihrer Miene herauslesen konnte. Mir jedenfalls krachte das Herz in die Hose, und ich öffnete den Mund, ohne zu wissen, was ich sagen wollte. Sprachlos. Ja, das war das richtige Wort.

Summer fasste sich schneller als ich. Sie wandte sich Ches zu, dem sie eine Sekunde später ihre Hand entgegenstreckte und auf ihn zutrat. »Hi, ich bin Summer, Ellas beste Freundin. Und wer bist du, wenn ich fragen darf?«

Ich atmete tief durch, um mich vor dem zu wappnen, was mich gleich erwarten würde. Summer war noch nie auf den Mund gefallen gewesen, und ich kannte keinen Menschen, den man mit ihr vergleichen konnte. Selbst in der Middleschool, als wir uns kennengelernt hatten, war das so gewesen.

Genau das war es, was mir nun Angst machte.

Vollkommen ungerührt ergriff Ches Summers Hand. Seine Miene war unlesbar, und er schenkte ihr nicht mehr als ein höfliches Nicken. »Ches.«

»Hm, Ches«, wiederholte sie interessiert und setzte sich an den kleinen Esstisch. Sie nahm sich ungefragt einen Donut und lächelte erst Ches und dann mich an. »Klingt irgendwie exotisch. Und wo ist deine Hose?«

»Gott, steh mir bei«, flüsterte ich und setzte mich dazu.

Ich bewunderte Ches dafür, wie gelassen er Summers unverblümte Art hinnahm. Doch nicht einmal er konnte verhindern, dass seine Mundwinkel sich hoben. »Ella hat meine Sachen in die Waschmaschine gesteckt. Jetzt müssen wir warten, bis sie gewaschen und getrocknet sind.«

»Du solltest in die Vorlesung gehen, Summer«, sagte ich und setzte mich auf den dritten und damit letzten Stuhl am Tisch.

»Mhm, gleich«, winkte sie ab, ohne mich anzusehen. »Und du und Ella kennt euch schon lange, Ches? Oder war das bloß etwas Einmaliges?«

»Summer, hör auf!« Ich verbarg das Gesicht in den Händen.

Doch Ches machte sich nicht die Mühe, sie aufzuklären, sondern spielte einfach mit. »Klar. Es war etwas Einmaliges. Wir sind quitt, und sobald meine Sachen gewaschen sind, trennen sich Ellas und meine Wege wieder.«

Ich sah Ches durch meine Finger hindurch an und bemerkte, dass seine Augen auf mir ruhten. Er wirkte nachdenklich.

Außerdem fiel mir noch etwas auf: Zu meiner eigenen Überraschung kränkten mich seine Worte.

Enttäuscht verzog Summer die rot geschminkten Lippen. »Na schön.« Sie stand wieder auf, ohne sich jedoch die Gelegenheit entgehen zu lassen, sich noch einen Donut zu nehmen. Sie hielt ihn zwischen den Zähnen fest, während sie in ihre Handtasche griff. »Hier«, nuschelte sie und stellte eine Weinflasche auf den Tisch. Dann stopfte sie sich mit der freien Hand den glasierten Donut in den Mund, ohne dabei ihren roten Lippenstift auch nur ansatzweise zu verschmieren. Ich beobachtete fasziniert und angewidert zugleich, wie sie das Ding scheinbar einfach runterschluckte.

»Dann werde ich hier wohl heute nicht mehr gebraucht«, stellte sie fest. »Viel Spaß noch. Und du«, sie zeigte erbost mit dem Finger auf mich, »rufst mich an, wenn du mich brauchst, verstanden?«

Damit drehte sie sich um und stolzierte mit wehendem Rock aus meiner Wohnung.

KAPITEL 4

»Deine Freundin ist noch seltsamer als du«, murmelte Ches. Ich war mir nicht sicher, ob seine Worte mich beleidigten oder ob ich ihm zustimmen sollte.

Er löste den Blick von der Wohnungstür und wandte sich mir wieder zu. Die Hitze in meinen Wangen nahm endlich ab, was mir das Gefühl gab, so langsam wieder Kontrolle über meinen eigenen Körper zu haben. Kontrolle gab mir Sicherheit. Sicherheit war gut. Doch mittlerweile hatte ich mich seit zwei Tagen nicht mehr in der Bibliothek blicken lassen, stopfte ungesundes Essen in mich hinein und tat unüberlegte, impulsive Dinge, wie Fremde zu mir nach Hause einzuladen und mich komplett aus dem letzten bisschen Konzept bringen zu lassen. Das sprach eigentlich weder für Kontrolle noch für Sicherheit.

»Tut mir leid«, sagte ich nach einem Moment. »Summer ist … speziell.«

»Sie scheint nett zu sein. Sie sorgt sich um dich und möchte dich beschützen.« Seine Miene verdüsterte sich. »Der Kerl, den sie erwähnt hat …«

»Mein Ex-Freund«, erklärte ich schnell, auch wenn sich die Worte noch befremdlich anfühlten.

»Ist er gewalttätig?«

Überrascht hob ich die Augenbrauen. Außerhalb des Footballfeldes konnte Jason keiner Fliege etwas zuleide tun. Wenn er getrunken hatte, wurde er bloß großmäulig, doch da steckte nichts dahinter. Wobei ich das nicht mehr mit hundertprozentiger Sicherheit sagen konnte. Immerhin hatte er mich ein ganzes Jahr lang getäuscht. Wer wusste schon, ob er gewalttätig werden konnte oder nicht?

»Nein, ist er nicht«, erwiderte ich leise. »Jason hätte nie die Hand gegen mich erhoben.«

Ches schien beruhigt und nickte.

»Wegen Freitagabend«, platzte es aus mir heraus. Ich wusste nicht, wieso, aber ich hatte den Drang, es ihm zu erklären.

»Was ist mit Freitagabend?«, fragte Ches argwöhnisch.

Jetzt kommt der peinliche, große Brummer. »Jason hat mich abserviert. In unserem Stammrestaurant. Er schläft seit einem Jahr mit einer meiner Freundinnen, und als er es mir gesagt hat, habe ich ihn mit Sachen beworfen, die auf unserem Tisch standen. Anschließend habe ich Hausverbot erhalten.« Meine Augen begannen wieder zu brennen. Ich hasste die Erinnerung. Ich hasste dieses enge, ekelerregende Gefühl in meiner Brust, das mich daran hinderte, richtig einzuatmen.

Ches atmete hörbar aus. Scheinbar musste er eine Weile darüber nachdenken, was er als Nächstes sagen sollte. »Das klingt ziemlich scheiße. Tut mir leid. Du musst mitgenommen sein. Gebrochene Herzen tun weh.«

Ich nahm eine Haarsträhne zwischen zwei Finger und biss mir auf die Unterlippe. Ches redete nicht sonderlich viel, aber dafür war das, was er sagte, absolut ausreichend. Das alles hier war ein riesiger, stinkender Haufen Mist. Und ja, gebrochene Herzen taten verdammt noch mal weh. »Ich hätte die Typen in der Gasse echt gerne vermöbelt, wenn ich die Kraft und den Mumm dazu gehabt hätte.«

»Mumm«, wiederholte er und lachte leise. »Davon hattest du mehr als genug.«

Ich verspürte plötzlich den Drang, meine Wut auf diese Kerle rauszulassen, und musste die Hände zu Fäusten ballen, damit sie nicht zitterten.

»Wirst du Anzeige gegen sie erstatten? Sie haben dich ganz schön erwischt«, bemerkte ich. Die Schwellungen in seinem Gesicht waren weiter abgeklungen, sodass es nicht mehr ganz so zerschlagen aussah. Jetzt wirkte er bloß noch gefährlich – nicht mehr besiegt.

»Solltest du dir diese Frage nicht selbst stellen?«, erwiderte Ches und hob eine Augenbraue. Er wies mit einer Hand auf die Blessuren in seinem Gesicht. »Das stammt nicht von diesen Vollidioten. Ich bin in einer Bar in eine Rauferei geraten.«

Ich blinzelte überrascht. Es … Es stammte nicht von den Kerlen? War er die Art von Mann, die sich in Schlägereien verwickelte? So hatte er auf mich gar nicht gewirkt. Vielleicht hatte er wieder irgendeinem Mädchen in Not geholfen, so wie mir? War er eher *dieser* Typ? Andererseits wäre ich ziemlich dämlich zu glauben, Menschen einschätzen zu können. Die neusten Ereignisse waren immerhin Beweis genug, dass ich darin nicht besonders gut war.

Ches nickte und wirkte zerknirscht. »Wie ich bereits sagte. Du bist mir überhaupt nichts schuldig, Ella. Für diesen Mist bin ich ganz allein verantwortlich.«

»Dann lass uns alles, was mit Freitag zu tun hat, als vergessen betrachten, okay?« Ich streckte die Hand aus. »Wir sind quitt. Reden wir nie wieder darüber.«

Die Härte wich langsam aus seinem Gesicht, auch wenn es wegen seines Vollbartes nicht einfach war, seine Miene zu deuten. Ches ergriff meine Hand und drückte sie. »Deal.«

Mein Blick wanderte zu seiner großen, warmen Hand, die meine umschloss. Dann seine Unterarme hinauf zu den Schultern. Er roch frisch. Ein winziges Muttermal saß an seinem Hals.

Ches' Berührung machte mich befangen. Mein Körper beschloss, mir überaus deutlich zu machen, dass ich diesen Mann vor mir anziehend fand. Das war wirklich nicht okay. Ich sollte so nicht empfinden, besonders nicht mit einem frisch gebrochenen Herzen. *Das alles wäre einfacher, wenn ich nicht wüsste, wie er ohne T-Shirt aussieht.*

Ches zog seine Hand wieder zurück, und der Moment war vorbei. Er lehnte sich zurück und griff nach der Einhorntasse.

Ich räusperte mich. »Wollen wir vielleicht einen, äh, Film schauen? So vergeht die Zeit schneller, bis deine Wäsche fertig ist.«

»Wie wäre es mit Sherlock?«, fragte er, und ich sah wieder das amüsierte Funkeln in seinen grauen Augen.

Begeistert stand ich auf. »Das sind meine absoluten Lieblingsworte!«

Wo sich das Sofa befand, war überflüssig zu erwähnen. Der Esstisch berührte dessen Rückseite, und ein großer Fernseher hing an der Wand gegenüber. Es war das alte mintgrüne Schlafsofa meiner Tante. Die Sitzfläche war extra breit und weich, und daneben stand ein großer Flechtkorb mit zusammengerollten Wolldecken.

Ches folgte mir mit einer Hand am Handtuch auf das Sofa, und ich reichte ihm verlegen eine Decke. Wortlos nahm er sie entgegen und breitete sie auf seinem Schoß aus. Danach schienen wir uns beide etwas zu entspannen.

Ich schaltete den Fernseher ein und startete Netflix.

Die Serie lief keine Minute, als ich bereits die Zähne in die Unterlippe grub und die Knie an die Brust zog. Das mulmige Gefühl in meinem Inneren wurde stärker, je länger ich über den heutigen Morgen nachdachte. Ches wollte nicht hier sein, und es war meine Schuld, dass er nicht gehen konnte. Er hielt mich für seltsam und meine beste Freundin für noch seltsamer. Wie sollte es aber auch anders sein? Meinetwegen saß er mit einem Handtuch um die Hüften, unter welchem er sehr nackt war, auf meinem Sofa und starrte mit resigniertem Blick auf den Fernseher. Außerdem hatte er mit angehört, wie Summer vorgeschlagen hatte, eine Voodoopuppe zu basteln und diese mit Ohrringen zu erstechen.

Vielleicht waren wir wirklich seltsam.

»Tut mir leid«, sagte ich zerknirscht. Ich traute mich nicht, die Augen vom Fernseher zu lösen. Benedict Cumberbatch war gerade dabei, scharf nachzudenken, und schlug ein Bein über das andere. Wie automatisch begannen meine Lippen, stumm die Dialoge mitzusprechen, und ich war im Kopf bereits fünf Szenen weiter. Machte es mich noch seltsamer, dass ich die erste Staffel komplett auswendig konnte?

»Was tut dir leid?«, fragte Ches neben mir. Ich konnte seinen Blick regelrecht spüren.

Ich stöhnte und verbarg das Gesicht an den Knien. »Das alles hier. Das ist mir so peinlich.«

Plötzlich lachte er. »Ich dachte, wir sind längst über diesen Punkt hinaus. Es braucht schon weitaus mehr als ein wenig nackte Haut, um mich in Verlegenheit zu bringen, Ella.«

Ich spürte, wie mir wieder Röte ins Gesicht schoss, was ihn noch mehr zu amüsieren schien.

Verdammt, ich wurde einfach nicht schlau aus ihm. Er war so verschlossen, doch dann, sobald er lachte, schien diese Wand aus Eis, die ihn umgab, im Sekundenbruchteil zu schmelzen, bis nichts als Wärme seine Augen erfüllte.

»Also«, sagte Ches und fuhr sich durch das immer noch feuchte Haar. »Dann zeig mir doch mal, was an dieser Serie so gut sein soll, dass du sogar ein T-Shirt davon besitzt.«

Dem Schnellwaschgang sei Dank konnte ich gegen Ende der ersten Folge die Kleidung bereits aus der Maschine holen. Ich drehte die Heizung auf und legte die nassen Klamotten darüber.

Die Spätsommersonne fiel hell und warm durch die Fenster und verwandelte den Staub in der Luft in lauter leuchtende Punkte. Wie Glühwürmchen, die gegen die Sonne ein Wettleuchten veranstalteten. Das alles sorgte dafür, dass mir verdammt heiß wurde. Es war wirklich schwer, sich unauffällig Luft zuzufächeln, weshalb ich irgendwann einfach die Fenster aufriss und den klobigen Deckenventilator anstellte.

Mittlerweile waren wir bereits bei der dritten Folge, doch wenn ich ehrlich war, galt meine Aufmerksamkeit nicht Holmes und Watson, sondern dem Mann neben mir. Ich warf Ches immer wieder verstohlene Blicke zu und versuchte, schlau aus ihm zu werden. Mein Gefühl sagte mir, dass er Sherlock mochte, und das wiederum verschaffte ihm mächtig Pluspunkte bei mir.

Als die Folge vorbei war, stand Ches mit der Hand am Handtuch auf, lief ins Badezimmer und schloss die Tür hinter sich. Als er wenige Minuten später voll bekleidet wieder heraus trat, stand ich auf und beobachtete mit zusammengepressten Lippen, wie er sich seine Jeansjacke über die Schultern legte und zur Tür ging.

Für einen Moment war ich fest davon überzeugt, dass er ohne ein Wort einfach gehen würde, doch dann drehte er sich zu mir um und zupfte mit unglücklichem Gesichtsausdruck an seinem verwaschenen grauen Shirt herum. »Ich denke, dass ich genug deiner

Zeit vergeudet habe. Den Rest wird wohl die Sonne trocknen müssen.«

»Klar. Sicher«, erwiderte ich lahm, als er die Tür öffnete. *Sag irgendetwas Geistreiches. Frag ihn irgendwas!*

Ich folgte ihm und schlang dabei die Arme um die Brust. Würde es nun genauso werden, wie Ches es vorhergesagt hatte? Er ging und unsere Wege würden sich wieder trennen?

Wieso zum Teufel machst du dir darüber eigentlich so viele Gedanken? Es könnte dir genauso gut egal sein. Es sollte dir egal sein. Er ist nur irgendein Typ.

Als er schließlich auf dem Flur und ich im Türrahmen stand, drehte er sich noch einmal zu mir um und schob die Hände in die Jeanstaschen. Er verzog das Gesicht, als hätte er soeben wieder festgestellt, dass die Taschen noch nass waren.

»Danke, Ella«, sagte er, und seine tiefe Stimme hallte im Flur nach. Er sah mir in die Augen. »Danke für das Frühstück und die heiße Dusche.«

»Und Sherlock«, fügte ich mit einem scheuen Lächeln hinzu. Er erwiderte es schief. »War tatsächlich gar nicht so übel.« Er hob die Hand zum Abschied und lief die Treppen hinunter.

»Bis dann«, sagte ich noch leise, ehe ich die Wohnungstür schloss und anschließend die Stirn gegen das Holz sinken ließ.

Es war wirklich alles andere als übel gewesen.

KAPITEL 5

Mein Handy vibrierte, als ich am nächsten Morgen auf dem Campusparkplatz den Motor abstellte. Ich fischte es aus meiner Handtasche.

Summer: *Wo bleibst du? Hast du Popcorn dabei? Ich erwarte nämlich eine hammermäßige Story von dir!*

Ich seufzte, schulterte meine Tasche und stieg aus dem Auto. Die kühle Morgenluft schlug mir entgegen, und ich schüttelte mich ein wenig.

Die Sonne versteckte sich noch hinter einem der mit Efeu bewachsenen Wohnheime der Fletcher University, welche neben dem Parkplatz in den blauen Himmel ragten. Studenten strömten heraus und steuerten, so wie ich, den breiten gepflasterten Weg an, welcher zwischen penibel gemähten Rasenflächen zum Campusgelände führte. Hatte ich schon erwähnt, dass ich mir an diesem Morgen unfassbar schäbig vorkam? Ich war bloß in Jeansshorts, ein weites, altes Top und Chucks geschlüpft, ehe ich verschlafen meine Wohnung verlassen hatte. Es grenzte an ein Wunder, dass ich tatsächlich noch Zähne geputzt und Deo aufgetragen hatte.

Ich tippte Summer nüchtern zurück: *Bin gleich bei Dakota Hall. Und das kannst du vergessen, die einzigen Stories, die es heute zu hören gibt, sind die alten von Shakespeare! Bis gleich.*

Ich wappnete mich innerlich vor dem Kreuzverhör. Wie viel hatte Summer Savannah erzählt? Zwar erzählten wir uns sonst immer alles, doch der Gedanke, sie und Sav könnten darüber gesprochen haben, ohne dass ich dabei war, fühlte sich falsch an. Vielleicht aber auch, weil es sich grundsätzlich falsch anfühlte, darüber zu sprechen.

Ich seufzte und unterdrückte ein Gähnen. Höchstwahrscheinlich sah ich aus wie ein übermüdeter Zombie auf Koffeinentzug.

Gestern Nacht, als ich nicht hatte schlafen können, hatte ich alte Bilder und Videos von Jason und mir in meinem Instagram-Archiv gefunden. Sie hatten alle möglichen Gefühle in mir hochkochen lassen, doch allem voran war es Wut. Das war wesentlich besser als Trauer, auch wenn ich beinahe dazu verleitet worden wäre, ins Auto zu steigen und zum Campus zu fahren, um etwas Dummes zu tun. Gewisse Wohnheimfenster mit Eiern bewerfen, zum Beispiel. Oder mit Molotowcocktails. Oder erst mit Eiern und dann mit Molotowcocktails, auch wenn ich keinen blassen Schimmer hatte, wie man so einen herstellte. Letztendlich hatte ich aber nichts dergleichen unternommen. Ich hatte mich bloß wieder auf meinem Bett zusammengerollt und darauf gehofft, rasch einzuschlafen, um nichts mehr fühlen zu müssen. Drei Stunden später hatte auch schon mein Wecker geklingelt.

Ich passierte die großen Magnolienbäume mit ihren dichten Blätterdächern, welche den Weg zu *Dakota Hall* zierten. Überall waren Studenten zu sehen, die auf dem Weg zu ihren Kursen und Vorlesungen waren. Die Fletcher University war zwar nicht so renommiert wie die großen Colleges der *Ivy League,* aber nichtsdestotrotz ein verdammt gutes College, sogar das zweitbeste des Bundesstaates. Manche der Bauten waren mit Efeu überwuchert, andere wiederum strotzten vor Modernität. *Buchanan Hall* bildete das Herz des Campus. Es war das älteste und größte Bauwerk, ganz im klassischen viktorianischen Stil, mit roten Ziegelsteinen, weißen Wachtürmen und weißen Fensterläden. Dort befanden sich das Auditorium und die Hörsäle der Rechtswissenschaften. *Labor House* war für Naturwissenschaften und Medizin, *Millard Hall* für alle medienbezogenen und wirtschaftsbezogenen Studiengänge, während *Dakota Hall* Literatur, Sprachwissenschaften und Künste abdeckte. Dann gab es noch eine Bücherei, das Verwaltungsgebäude, die Sportanlagen, die Cafeteria und die Wohnanlage. Die Fletcher University war wie eine kleine Stadt in der Stadt.

Für meine Verhältnisse war ich spät dran. Normalerweise blieb mir morgens noch eine gute halbe Stunde, bis die Kurse begannen. Heute waren es gerade mal fünf Minuten. Aber vielleicht war das gar nicht so schlecht. So würde ich dem Kreuzverhör über Ches entgehen können.

Ich entdeckte meine Freundinnen bereits von Weitem, hauptsächlich weil Summer so hervorstach – sie trug ein luftiges rosafarbenes Kleid, über welches ihre goldenen Haare flossen, und dazu kniehohe Wildlederstiefel mit schwindelerregenden Absätzen. Damit hatte sie definitiv die Zwei-Meter-Marke erreicht.

Sie und Savannah standen neben den Steinstufen, die zur weißen Eingangstür von *Dakota Hall* hinaufführten, und hatten die Köpfe zusammengesteckt. Im Gegensatz zu Summer war Savannah klein, hatte rotbraunes Haar und jede Menge Sommersprossen im Gesicht. Sie trug eine filigrane goldene Nerdbrille auf der Nase und war der zarteste, elfenhafteste Mensch, den ich kannte. Sie trug einfache Schnürschuhe, ein Latzhosenkleid und ein bunt gepunktetes T-Shirt darunter. Der Kontrast zwischen dem Musicals-liebenden Bücherwurm und Fletchers Shoppingqueen hätte größer nicht sein können.

Savannah bemerkte mich als Erste. Ihr Gesichtsausdruck wurde mitleidig, und sie kam mir mit ausgestreckten Armen entgegengelaufen. »Es tut mir so leid, Ella!« Ehe ich sie davon abhalten konnte, schloss sie mich auch schon in eine stürmische Umarmung.

Summer gesellte sich zu uns und tätschelte mir lächelnd den Kopf, so wie man es bei einem kleinen Hund tun würde. »Mach dir nicht die Mühe, Savy. Ich glaube, jemand hat Ella in den letzten Tagen bereits ausgiebig getröstet.«

Savannah ließ mich los und sah mit verwundertem Blick von mir zu Summer. »Was soll das denn heißen? Wolltest du deswegen nicht besucht werden?« Im nächsten Moment boxte sie mir gegen den Oberarm – so fest, dass ich nicht nur vor Schmerz, sondern auch vor Überraschung aufschrie. »Au! Verdammt, Sav! Sonst ist doch Summer die Gewalttätige, nicht du!«

»Wir wollten für dich da sein, und du hast uns die ganze Zeit abgewürgt!«, schimpfte Savannah. »Du hättest nur etwas sagen müssen, und wir hätten uns einen Vernichtungsplan für Quarterback Satan und Antichrist ausgedacht. Wir hätten alle Staffeln von Teen Wolf bingen und Lieferdienstpizza vernichten können!«

»Antichrist?«, wiederholte ich und rieb mir die Schulter.

Summer zuckte mit den Achseln und warf die langen Haare zurück. »*Bodenloses Miststück ohne Selbstachtung* war uns ein zu langer Titel. Und jetzt erzähl uns alles über diesen halbnackten Adonis, der das Wochenende bei dir verbracht hat!«

Savannah schnappte nach Luft. »Bitte w*as?*«

Wenigstens wusste ich nun, dass die beiden noch nicht darüber gesprochen hatten. Vermutlich hatte sich Summer das aber auch nur aufgespart, um genau diesen Moment mitzuerleben.

Ich machte ein böses Gesicht. »Es hat kein halbnackter Adonis das Wochenende bei mir verbracht. Das ist ein Missverständnis.«

»Aha«, erwiderte Summer wenig überzeugt und stemmte die Hände in die Hüften. »Dann erklär uns doch mal, was dieser Kerl ohne Hose – frisch geduscht wohlgemerkt – frühmorgens bei dir zu suchen hatte.«

»Wieso zum Teufel kenne ich seinen Namen noch nicht?«, japste Savannah. »Ich will alles wissen!«

Ich hob verteidigend die Hände und trat einen Schritt zurück. »Ich meine es ernst, Leute. Es ist wirklich ein Missverständnis. Er hat mir aus der Klemme geholfen und ich habe ihn zum Frühstück eingeladen, um mich zu revanchieren. Ehrlich, er … er war bloß halbnackt, weil seine Kleidung dreckig und blutig war. Ich wollte ihm einen Gefallen tun.«

Meine Freundinnen horchten auf. Summer wirkte mit einem Mal ernüchtert, und der Schalk wich aus ihren blauen Augen. »Hast du gerade blutig gesagt?«

Ich seufzte und erzählte ihnen schließlich von Freitagabend.

Savannah legte bestürzt eine Hand vor den Mund. Summer schlug mir wütend auf dieselbe Schulter, auf die auch Sav zuvor geschlagen hatte.

»Großer Gott, au!«, heulte ich auf. »Wieso müsst ihr mich andauernd schlagen?«

»Hättest du mein Angebot nicht ausgeschlagen, wäre ich sofort gekommen. Du weißt, dass ich alles stehen und liegen gelassen hätte.«

»Ich weiß. Ich weiß.« Ich presste die Lippen zusammen. Hätte ich mich von ihr abholen lassen, wäre der Zwischenfall nie passiert. Andererseits hätte ich auch Ches nicht kennengelernt. Und ehrlich gesagt, seit er gestern meine Wohnung verlassen hatte, hatte ich mir über unser Zusammentreffen ziemlich den Kopf zerbrochen.

»Wie geht es dir jetzt, El?«, fragte Savannah und ergriff meine Hand. »Kommst du damit klar? Kann ich irgendetwas für dich tun? Willst du die Polizei einschalten wegen dieser Typen?« Die Sonne kam endlich hervor und spiegelte sich in ihrer Brille.

Ich wich ihrem Blick aus. »Keine Sorge, mir geht es gut. Und ja, ich werde noch Anzeige gegen Unbekannt erstatten. Keine Ahnung, ob das etwas bringt, aber ich werde es diesen Arschlöchern nicht so einfach machen und gar nichts unternehmen.« Ich erwiderte ihren Händedruck und zog sie zum Eingang von *Dakota Hall.*

»Tut mir leid, dass ich dich schon wieder geschlagen habe«, nuschelte Summer und folgte uns.

»Das sollte es auch«, sagte ich und warf ihr einen Blick über die Schulter zu. Ich lächelte, auch wenn es vermutlich erschöpft wirkte.

Andere Studenten waren ebenfalls auf dem Weg zur Vorlesung und liefen mit uns die breite Treppe in den ersten Stock hinauf. Als wir den Hörsaal erreicht und uns in die vordere Mitte gesetzt hatten, drehte sich Summer mit dem Stuhl in meine und Savannahs Richtung. »Wirst du ihn wiedersehen?«

»Was?«, fragte ich verdutzt, während wie auf Kommando mein Herz einen Sprung machte.

Sie verdrehte die Augen. »Du weißt genau, was ich meine. Dieser Ches. Wirst du ihn wiedersehen?«

»Keine Ahnung«, sagte ich wahrheitsgemäß und kramte in meiner Handtasche.

»Habt ihr Nummern ausgetauscht?«, bohrte Summer weiter. »Wie gut stehen deine Chancen, von ihm flachgelegt zu werden?«

Savannah unterdrückte ein Lachen. Meine Miene entgleiste einen Moment. »Ich habe nie behauptet, von ihm flachgelegt werden zu wollen.«

Summer seufzte überaus theatralisch. »Du hättest diesen Kerl sehen müssen, Savy. Hatte ein bisschen was von Thor und von Jesus.« Sie überlegte kurz. »Hmm, *Thorsus.*«

»Thorsus?«, fragten Savannah und ich im Chor.

Summer zuckte mit den Schultern, als sei es das Plausibelste der Welt, und packte ihren Ordner auf den Tisch. »Der Kerl hatte einen Vollbart und lange Haare! Genau wie Jesus. Und sein Körperbau hat mich an Thor erinnert. Ergo *Thorsus.* Kapiert? Und er ist wirklich heiß. Jason ist im Gegensatz zu ihm ein kleines gerupftes Hühnchen.«

Jason.

Savannah lachte über Summers Witz, und ich versuchte, mein Lächeln aufrechtzuerhalten.

Großartig. Es hatte nur den Klang seines Namens gebraucht, um mich wieder daran zu erinnern, wie unfassbar schwer es war, die Mundwinkel zu heben.

Unser Professor betrat den Hörsaal, und die Gespräche verebbten. Die komplette Vorlesung über hing ich mit dem Kopf im Nirgendwo. Ich konnte weder zusammenhängende Mitschriften führen noch einen Gedanken festhalten. Ich war ruhelos, und sosehr ich auch versuchte, es zu unterdrücken, lag ein Gefühl von Einsamkeit auf meiner Brust wie ein schwerer Stein.

Später am Tag machten wir uns auf den Weg zur Mensa. Ich hörte zu, wie meine Freundinnen über irgendein Serienfinale redeten, das am Vorabend ausgestrahlt worden war, während ich verstohlen nach gewissen Personen Ausschau hielt, denen ich unter keinen Umständen begegnen wollte. Bei all den dicken grünen Sträuchern und den Bäumen auf dem Campusgelände würde ich mich einfach hinter den nächsten Busch werfen, um mich zu verstecken, sollte ich Jason oder Erica erblicken.

Wir öffneten die Glastüren der Cafeteria und stellten uns in die Schlange an der Essensausgabe. Ich hatte das Gefühl, als würde mich jeder Mensch in diesem Raum anstarren. So als wüsste jeder, dass Jason und ich Schluss gemacht hatten. Gott, vermutlich war ich bereits das Gespött von ganz Fletcher. Panisch sah ich mich um. Überall waren Studenten, und es strömten immer mehr in die Cafeteria oder auf die dazugehörige Terrasse. Mein Unterbewusstsein wusste, dass ich überreagierte und dass nicht einmal ein Fünftel der Menschen auf diesem Campus wusste, wer ich war, und dennoch wollte sich mein Herzschlag nicht beruhigen. Ich war paranoid.

Die Luft war erfüllt von lauten Stimmen, dem Schaben von Stühlen über den Linoleumboden und dem schweren Geruch des Mittagessens. Aber es starrte mich niemand an. Trotz des Gefühls von tausend Ameisen in meinem Nacken blickte kaum einer in meine Richtung.

Ich atmete tief durch und biss die Zähne zusammen.

Es sind bloß die Nerven. Fahr einen Gang runter.

»Hola«, erklang eine Stimme neben mir, ehe sich eine hübsche Latina mit dunklen Haaren zu uns in die Reihe gesellte.

»Carla!«, sagte Savannah und strahlte über das ganze Gesicht. »Ich dachte, du wolltest heute früher nach Hause gehen.«

»Planänderung.« Carla zog das Handy aus der Hosentasche und tippte mit zusammengezogenen Augenbrauen darauf herum.

Carla Santos hatte einmal zu meinen Freundinnen gezählt. Ob das noch immer so war, konnte ich nicht so recht sagen, obwohl wir oft zusammen zu Mittag aßen oder gemeinsam lernten. Zu Beginn der Highschool hatte sie nämlich plötzlich damit angefangen, alles und jeden um sich herum auf Abstand zu halten, und das bis heute. Sie zu fragen, was passiert war, nützte nichts. Die Mauer um sie herum war undurchdringlich. Mittlerweile hatten wir uns damit abgefunden, doch es hatte eine Zeit gegeben, in der ich wütend auf sie gewesen war. Ich hatte mich verraten gefühlt. Summer hatte sich sogar ein ganzes Jahr geweigert, auch nur ein Wort mit Carla zu wechseln. Nur Savannah blieb eisern, ignorierte es einfach und überschüttete sie genauso sehr mit ihrer Liebe wie uns auch.

»Was ist denn mit Ella los?«, fragte Carla, so als wäre ich tatsächlich gar nicht da.

Na bitte. Wenigstens bei ihr funktionierte mein magischer In-Luft-auflösen-Trick.

»Hast du es noch nicht gehört?«, fragte ich trocken und drehte mich zu ihr um.

Sie hob bloß eine dunkle, perfekt gezupfte Augenbraue.

Ich unterdrückte einen missmutigen Laut und erklärte ihr kurz und knapp die Lage. Es hatte noch nie eine Geschichte gegeben, die ich bereits nach so kurzer Zeit so leid war zu erzählen. Währenddessen ließen wir uns unsere Essenstabletts vollladen und suchten uns draußen auf der Terrasse einen Tisch. Wir wählten einen neben einer großen gepflegten Wiese, die den Blick auf die ausladende Sportanlage freigab.

»Ich hätte dir von Anfang an sagen können, das Kirkpatrick ein stinkender Esel ist«, meinte Carla, als ich zu Ende gesprochen hatte, und nahm sich ein labbriges Stück Pizza von ihrem Tablett. Carlas spanischer Akzent war nicht stark, doch stark genug, um bemerkt zu werden. Manchmal, wenn sie wütend wurde oder etwas getrunken hatte, wurde er ausgeprägter und sie rollte sogar das *»R«*.

Ich verzog das Gesicht und schob mir eine Pommes in den Mund. »Danke, Carla. Du findest immer die richtigen Worte, wenn es jemandem schlecht geht.«

»Oh, Mitchell kann das aber auch prima«, murmelte Savannah.

»Wisst ihr, warum ich es liebe, wenn Carla jemanden beschimpft?«, fragte Summer kauend und schob sich ebenfalls eine Pommes in den Mund. Ihr knallroter Lippenstift hielt dabei wie eh und je stand, ohne zu verschmieren. »Sie benutzt Tiernamen. Es ist kreativ und gleichzeitig irgendwie effizient. Jason hat tatsächlich Ähnlichkeit mit einem stinkenden Esel.«

Jemand ließ sich auf den Platz neben mich fallen, was mich erschrocken zusammenfahren ließ.

»Großer Gott, Mitch!«, sagte ich und fasste mir an die Brust, als ich Savannahs großen Bruder neben mir erblickte. »Du hast mich fast zu Tode erschreckt!«

Mitchell grinste bloß. »Dir auch einen schönen Tag, Elmo.«

Ich verpasste ihm halbherzig einen Klaps auf den Arm. »Du sollst mich doch nicht so nennen.«

»Ich kann einfach nicht anders.«

Elmo hatte mich Mitchell die gesamte Kindheit über genannt. Aus Ella war *El* geworden und darauf schließlich *Elmo,* als wir festgestellt hatten, dass ich Elmos Stimme ziemlich gut imitieren konnte.

Mitchell Moore war groß, breitschultrig, sommersprossig im Gesicht – und ein absoluter Überflieger. Wo auch immer er war, er verbreitete gute Laune, war der Stimmungsmacher auf jeder Verbindungsparty und bester Schwimmer unseres Schwimmteams. Abgesehen davon war er so ziemlich die einzige männliche Person, die Jason in meinem Freundeskreis geduldet hatte. Mitchell, Summer, Savannah und ich. Wir hatten schon immer eine Einheit gebildet. Wir kannten uns unser halbes Leben und waren ein paar der wenigen an der Fletcher University, die auch tatsächlich in Fletcher aufgewachsen waren.

Mitchell musterte mich, während er sein Pizzastück zusammenrollte – ich kannte wirklich sonst niemanden, der Pizza auf diese Weise aß.

»Savy hat es mir erzählt. Wie geht es dir?«

»Bestens«, brummte ich.

»Ohne Jason bist du besser dran, Ella. Jetzt geht es nur noch bergauf, du wirst sehen.«

»Jeder ist besser dran ohne Jason Kirkpatrick«, murmelte ich und rammte meine Gabel in den Salat.

»Wo du recht hast, hast du recht«, stimmte Summer mir zu. »Ich habe nie ein Geheimnis daraus gemacht, dass ich Quarterback Satan nie gemocht habe.«

Mitchell zuckte mit den Schultern. »Das Footballteam würde wahrscheinlich auch davon profitieren, wenn sie endlich Todrick zum Quarterback ernennen würden. Seit letztem Jahr verlieren sie andauernd. Es ist eine echte Tragödie, sich das mit anzusehen.«

Ich beobachtete die Leute, während wir aßen, um sicherzustellen, dass mich niemand beobachtete, während ich meine Pommes aufaß. Mein Körper war angespannt und meine Hände kalt, obwohl der Tag heute genauso heiß war wie der Rest des vergangenen Sommers. Der einzige Gedanke, der es schaffte, mich ein wenig zu erden, war das Bild von stahlgrauen Augen. Augen, die von Wärme erfüllt wurden, sobald ein Lachen das Gesicht erreichte …

Schon klar. Es war dämlich. Aber ich wollte es nicht hinterfragen, solange es funktionierte. Das Bild von Ches oder die Erinnerung an seine Stimme schlichen sich immer wieder zurück in mein Gedächtnis und beruhigten mich irgendwie. Wie zum Beispiel jetzt.

»Du solltest ihm wehtun, Ella«, schlug Carla vor und blickte von ihrem Smartphone auf, auf welchem sie schon wieder herumgetippt hatte.

Ich hob die Augenbrauen. »Ich will aber nicht ins Gefängnis.«

»*Aye,* ich habe ja auch nicht gesagt, dass du mit einer Machete auf ihn losgehen sollst. Nur ein wenig Rache, mehr nicht. Vielleicht ein toter Fisch in seinem Sicherungskasten oder im Lüftungsschacht.« Ein böses Lächeln legte sich auf ihre vollen Lippen, was mir ehrlich gesagt etwas Angst einjagte.

Mitchell stupste mich mit dem Ellbogen in die Seite. »Hör nicht auf Santos. Ihr Plan würde definitiv im Knast enden.«

»Halt die Klappe, Kaulquappe!«, fuhr Carla ihn an. »Irgendetwas muss Ella doch unternehmen! Hier geht es um Ehre. In der Not isst der Teufel eben auch mal Brot.«

Ein Lachen entwich mir und Savannah, und Summer verschluckte sich.

»Was ist?«, fragte Carla herausfordernd und verschränkte die Arme vor der Brust.

Ich schüttelte den Kopf und winkte ab. »Ach, nichts.«

Als Mitchell zur Antwort ansetzte, widmete ich mich meinem Mittagessen etwas eifriger. Wir wussten alle, was gleich passieren würde. Carla hatte es nicht so mit Redewendungen, und sie hasste es, wenn Mitchell sie korrigierte.

»Äh, ich bin mir ziemlich sicher, dass der Teufel in der Not Fliegen isst und kein Brot.«

»Dich hat niemand gefragt!«

»Ich möchte nur verhindern, dass Elmo Schwierigkeiten bekommt.«

Meine Hand mit einer Pommes erstarrte auf halber Strecke, als ich zum Terrassendurchgang blickte. Jegliches Denken wurde innerhalb eines Sekundenbruchteils eingestellt und ich ließ die Pommes fallen. Sie landete in meinem Nachtisch.

Nein. Dafür bin ich noch nicht bereit.

Mein Herz blieb stehen, bis es doppelt so schnell weiterschlug.

»Was ist los, Ella?«, fragte Summer alarmiert und folgte meinem Blick. Dann schnappte sie nach Luft. *»Shit.«*

Es wäre wohl nichts weiter als Wunschdenken gewesen, zu glauben, dass Ches plötzlich hier auftauchen würde. Denn natürlich war es nicht Ches, den ich dort stehen sah. Es war jemand, den ich nie wiedersehen wollte.

»Oh«, sage Savannah leise, und wir beobachteten, wie Jason Kirkpatrick die Terrasse der Cafeteria betrat. Den Rucksack lässig von einer seiner Schultern hängend, suchte er mit den Augen die Tische ab, während er zwei Milkshakes in den Händen hielt. Seine blonden Haare waren zerzaust, so als käme er geradewegs vom Footballtraining, und er trug ein weißes T-Shirt, welches sich um seinen drahtigen Sportlerkörper schmiegte.

Alles in mir zog sich zusammen, und ich bekam schlagartig keine Luft mehr.

Er hatte *Milkshakes.* Das war eine weitere unserer Traditionen gewesen: Jeden Dienstag hatte Jase mit einem Shake auf mich gewartet, weil noch vor Beginn der Mittagspause sein Training endete und er anschließend mit den Jungs einen Stopp im Campuscafé machte. Ich konnte gar nicht glauben, dass dieser Anblick, Jason mit den Milkshakes in den Händen und suchendem Blick, noch letzte Woche ganz normal für mich gewesen war. Er hatte hier bei uns gesessen, wie auch sonst immer, und ein unglückliches Gesicht gezogen, weil er es hasste, Zeit mit meinen Freunden zu verbringen. Wie immer. Überhaupt hatte er meistens einen ziemlich missgestimmten Eindruck gemacht und es grundsätzlich nicht gemocht, wenn er gezwungen war, mich mit irgendwem zu teilen. Ich hatte immer geglaubt, er würde bloß so grimmig dreinschauen, weil er Summer und die anderen nicht mochte – was auf Gegenseitigkeit beruhte – oder ich irgendetwas getan hatte, was ihm die Laune verdarb. Aber eigentlich war er bloß ein Arschloch, das lieber woanders hatte sein wollen als bei mir. Bei *jemand* anderem. Allmählich ergab alles einen Sinn.

Jetzt allerdings hatte ich das Gefühl zu ersticken, doch nicht vor Trauer, wie ich eigentlich damit gerechnet hätte. Die Wut, welche ich bereits Freitagabend verspürt hatte, kam heiß und brodelnd zurück. War das Jasons Art, sich bei mir zu entschuldigen? Mit einem gottverdammten Milkshake? Glaubte er, damit wäre alles getan, ich würde ihm verzeihen, wir würden essen gehen, miteinander schlafen, und alles wäre wie zuvor?

Mir fiel auf, dass etwas nicht stimmte. Irgendetwas war anders …

Einer der Shakes war ganz unverkennbar Chocolat-Chip – Jasons Lieblingsshake. Der andere jedoch war nicht wie immer rosa, wie mein liebster Strawberry-Shake, sondern weiß, mit honigfarbenen Wirbeln darin.

Ich stand mit wackeligen Knien von der Bank auf und taumelte zurück. Meine Beine wurden bleischwer und gleichzeitig weich wie Pudding.

Da endlich bemerkte Jason mich. In der Sekunde, als unsere Blicke sich trafen, sah ich, wie Erica neben ihm auftauchte. Sie nahm mit einem breiten Lächeln auf den Lippen den befremdlichen Becher entgegen, stellte sich auf die Zehenspitzen und küsste Jason leidenschaftlich.

»Ich glaube, mir ist schlecht«, flüsterte ich. Meine Wut verflog so schnell, wie sie gekommen war. Meine Augen brannten. Ich wollte einfach nur, dass es aufhörte. Es sollte aufhören. Doch die beiden legten sich so richtig ins Zeug.

Savannah keuchte. »Meinen die das ernst?«

Carla fluchte auf Spanisch, was alles andere als freundlich klang.

Das Bild, wie dieses hübsche, kurvige Mädchen mit den kurzen schwarzen Haaren meinen Ex-Freund bei lebendigem Leibe auffaß, würde sich wohl für immer in meine Netzhaut einbrennen. Hatte ich sie wirklich zu unseren Spieleabenden und der Lerngruppe eingeladen, ohne zu merken, was für eine falsche Schlange sie war?

»Jetzt ist mir auch der Appetit vergangen«, sagte Mitchell.

Summer knurrte und sprang auf. Ihre Wangen und ihr Hals hatten rote Flecken bekommen, ihre Augenbrauen waren finster zusammengezogen, und ihre Lippen waren zu einer schmalen Linie zusammengepresst. »Die ziehen doch nur aus einem einzigen Grund so eine Show ab. Na warte!«

Ich sah zu, wie meine beste Freundin losmarschierte. *Barbie in der mordlustigen Killer-Edition.* Sie hatte ganz offenbar genug Wut für uns beide in sich.

Erst als sie genau vor Erica und Jason stand, wurde sie von ihnen bemerkt. Ericas Augen weiteten sich, und sie löste sich so schnell von Jason, als hätte sie sich verbrannt. Doch weder sie noch Jason hatten genug Zeit, um zu Wort zu kommen. Von Weitem und durch das Stimmengewirr konnte ich nicht verstehen, was Summer sagte. Doch ich konnte sehen, wie andere, die in der Nähe saßen, sich lachend die Hand vor den Mund schlugen.

Dann holte Summer aus, verpasste Jason eine schallende Backpfeife, riss den beiden ihre Shakes aus den Händen und pfefferte sie zu Boden, sodass der halbe Inhalt auf Ericas Beine spritzte.

Wir sahen mit offenem Mund zu, und ich wusste nicht, ob ich lachen sollte. Ich hatte noch nie gesehen, wie Summer tatsächlich jemandem eine reingehauen hatte. Sie hatte zwar eine blühende Fantasie und jede Menge Temperament, aber so weit war es bis jetzt noch nicht gekommen.

»Dafür liebe ich sie«, murmelte Carla und begann zu klatschen. Savannah stieg mit ein und seltsamerweise auch der Tisch neben uns.

In Highschool-Filmen hätten nun wahrscheinlich alle angefangen zu lachen, oder alle hätten zu jubeln begonnen. Erica hätte einen zickigen Abgang gemacht, und Jason hätte eine beleidigte Miene gezogen. Doch die Realität sah anders aus. Ich konnte sehen, wie drei oder vier Leute aus unserem Literaturkurs mit ihren Smartphones Bilder machten, um den historischen Moment festzuhalten. Doch der Rest hatte sich schnell sattgesehen, tuschelte kurz darüber und widmete sich dann wieder dem Mittagessen. Erica machte keinen wutentbrannten Abgang, sondern stand einfach nur stocksteif da. Jason ebenfalls.

Summer kehrte mit zufriedener Miene an unseren Tisch zurück und setzte sich wieder.

»Das war ziemlich befreiend«, sagte sie und warf sich die Haare über die Schultern. Als sie meinem Blick begegnete, erblasste jedoch der triumphierende Ausdruck in ihrem Gesicht. »Oh Gott. Hätte ich das nicht tun sollen? Alles in Ordnung, Ella?«

Ich lächelte sie an. Meine Beine weigerten sich aber immer noch, wieder Platz zu nehmen. »Doch. Doch, das war der Wahnsinn. I-ich denke nur, dass ich lieber gehen sollte. Ich gehe. Wir sehen uns später, Leute.«

»Soll ich dich begleiten?«

Ich schüttelte mechanisch den Kopf, während ich hastig meine Tasche schulterte und nach dem Tablett griff.

»Lass nur«, sagte Mitchell und schob meine Hand zur Seite. »Ich nehme es später mit.«

»Danke.« Ich hob zum Abschied die Hand, ehe ich flüchtete. Nicht etwa durch die Cafeteria, sondern geradewegs über die Wiese in Richtung des Parkplatzes. Ich wollte weinen. Ich wollte lachen. Ich wollte schlafen. Doch letztendlich fuhr ich einfach nur nach Hause, kochte mir einen Tee und kehrte nicht für die anderen Vorlesungen zum Campus zurück.

Der Rest der Woche verwandelte sich in einen Brei aus großen Mengen Pizza, Eiscreme und den Mitschriften meiner Freundinnen, weil ich es selbst nicht schaffte, welche anzufertigen. Ich versuchte, mich abzulenken. Ich dachte an andere Dinge. Besonders der Gedanke an Ches war eine willkommene Ablenkung. Immer wieder rief ich mir unser Zusammentreffen ins Gedächtnis und fuhr sogar noch einmal in den Coffeeshop, vor welchem ich ihn getroffen hatte. Doch Fehlanzeige. Er hatte nicht wieder auf der Bank auf der anderen Straßenseite gesessen und ein sehr geschundenes Gesicht der Sonne entgegengeneigt.

Ich raffte mich sogar dazu auf, mir morgens die Haare zu machen und ein wenig Make-up aufzulegen. Seit dem Milkshake-Fiasko hatte sich meine Ich-werde-von-jedem-angestarrt-Paranoia noch weiter verstärkt. Und diesmal war es sogar nicht nur Paranoia. Anscheinend hatte sich mittlerweile rumgesprochen, was zu der kleinen Show in der Mittagspause geführt hatte. Irgendjemand hatte kurz darauf getweetet: *»His Milkshake brings all the girls to the graveyard«,* was sogar über dreißig Retweets erhalten hatte. Ich war mir nicht ganz sicher, ob mir der Spruch in den Rücken fiel oder ihn stärkte. Also hatte ich ein paar Sommerkleider aus meinem Schrank gefischt, die ich seit Ewigkeiten nicht mehr gesehen hatte, damit der Pizzakäse in der Öffentlichkeit wenigstens auf würdevolle Kleidung tropfen konnte.

Mein Plan für das Wochenende beinhaltete einen dreitägigen Filmemarathon im Pyjama, einen Besuch in der Bibliothek und ein Anruf bei meiner Mum. Ich hatte noch nicht den Mut gefunden, ihr die Trennung zu beichten, und ich hatte schon eine Weile nicht mehr mit ihr gesprochen. Ich konnte mich nicht erinnern, je so lange nicht mit ihr gesprochen zu haben, und wunderte mich gleichzeitig, wieso sie noch nicht angerufen hatte. Ob sie wusste, dass etwas nicht stimmte?

Es war früher Samstagabend, und ich saß, wie auch am Tag zuvor, mit einer Schüssel Mikrowellenpopcorn auf dem breiten mintfarbenen Polster meines Sofas. Donnernde Soundeffekte hallten durch meine Wohnung, und auf dem Bildschirm schoss ein junger Anakin Skywalker in einem Sternenjäger durch ein explodierendes Raumschiff.

Das Hämmern an der Tür erschreckte mich so sehr, dass ich aus Versehen die Hälfte des Popcorns verschüttete und einen Schrei losließ. Fluchend stellte ich die Schüssel ab, stoppte den Film und lief zur Tür. »Wer ist da?«, rief ich angespannt. Die verdammte Haustür musste endlich mal repariert werden. Jeder Spinner konnte zu jeder Zeit einfach ins Treppenhaus gelangen. Vielleicht hätte ich mir auch einfach ein zweites Schloss besorgen sollen oder eine Alarmanlage.

Es klopfte wieder. »Ella, wir sind es! Mach auf!«

Überrascht kam ich der Aufforderung nach. Insgeheim war ich

erleichtert. Ich hatte schon befürchtet, Jason würde vor der Tür stehen.

»Hast du etwa schon deinen Pyjama an?« Summer starrte mich mit aufgerissenen Augen an. »Oder hast du ihn immer noch an?«

Sie trug ein knappes paillettenbesetztes Kleid und hatte sich die blonden Haare zu einem hohen Pferdeschwanz zurückgebunden. Ihr Make-up war alles andere als dezent, die Lippen wie immer knallrot und die Schuhe wortwörtlich weit entfernt von niedrig – mit anderen Worten: Sie sah umwerfend aus.

»Was macht ihr hier?«, fragte ich irritiert. Hinter Summer stand Savannah. Sie trug ein enges schwarzes Kleid und silberne Riemchensandalen. Durch das Make-up war kaum mehr etwas von ihren Sommersprossen zu sehen, und sie trug Kontaktlinsen.

Moment mal. Savannah war der Inbegriff von Ich-bleibe-lieber-zu-Hause-und-lese-ein-Buch. Was um alles in der Welt war hier los? Wieso hatten sich die beiden so aufgebrezelt?

»Wir gehen auf eine Party«, erklärte Savannah strahlend, so als sei es das Selbstverständlichste der Welt – nur, dass ich wusste, dass Savannah keine Verbindungspartys mochte. Hatte sie sich heute Abend nicht sogar irgendeinen besonderen Schwarz-Weiß-Film im Kino ansehen wollen?

»Du hast zwanzig Minuten, um dich fertig zu machen – oder sagen wir lieber eine Stunde.« Summer schob mich zur Seite, um einzutreten. »Du bist hoffentlich allein, oder müssen wir wieder mit halbnackten Männern rechnen?«

»Erstens vielen Dank auch, und zweitens, ja, ich bin allein. Ich kann heute nicht mehr weggehen, ich trage schon meinen Pyjama!« Ich folgte meinen Freundinnen.

»Das sehen wir, Granny«, erwiderte Summer, setzte sich auf das Sofa und platzierte die Popcornschüssel auf ihrem Schoß. »Und bevor das Ding noch anwächst, solltest du es lieber loswerden und dir ein Kleid anziehen. Schluss mit Trübsal blasen!«

Ich verschränkte die Arme und sah sie trotzig an. »Hier bläst niemand Trübsal. Ich mache dieses Wochenende bloß einen *Star Wars*-Marathon.«

Savannah seufzte und setzte sich an den Küchentisch. »Allein? Das ist die Definition von Trübsal blasen, Ella. Außerdem hast du die Filme doch schon tausend Mal gesehen.«

Summer stopfte sich eine Handvoll Popcorn in den Mund. »Hier die Kurzfassung: *Pew, Pew, Boom, Peng, Luke, ich bin dein Vater!* Und jetzt, wo wir das geklärt haben, geh duschen und zieh dich um. Das hier ist eine Intervention. Der *Star Wars*-Filmeabend ist vorbei, heute schlägst du ein neues Kapitel auf, aus dem du als absolut glücklicher Single hervorgehen wirst!«

Ich hob die Augenbrauen. »Intervention? Wohl eher Invasion.« Am liebsten hätte ich sie alle beide rausgeschmissen, doch als ich meine Freundinnen so ansah, wurde mir klar, dass sie das hier nicht taten, weil sie unbedingt auf diese Verbindungsparty gehen wollten. Sie taten das hier für mich.

Mein Hals wurde eng. Und irgendwie hatte Summer ja recht. Allein die Vorstellung, Jason könnte mir am Ende des Abends egal sein, war verlockend. Ich sollte es ihm und Erica nicht gönnen, am Boden zu sein. Vielleicht war es wirklich keine schlechte Idee, auszugehen.

Ich gab mich geschlagen und schlurfte ins Badezimmer.

»Richtige Entscheidung, Süße!« Summer applaudierte und pfiff. »Benutz aber nicht diese blumige Bodylotion, die stinkt!«, rief sie mir dann hinterher, was mir ein Lachen entlockte.

Ohne mich umzudrehen, zeigte ich ihr den Mittelfinger und schloss die Tür hinter mir.

Eine Stunde später steckte ich meine Brieftasche und mein Telefon in eine kleine Umhängetasche und schlüpfte in ein Paar schwarze Stilettos, die ich schon seit Ewigkeiten nicht mehr getragen hatte. Zuletzt auf dem Geburtstag meiner Tante Kat.

Die Sonne war mittlerweile untergegangen, als ich zurück ins Wohnzimmer ging. Der Himmel vor den Fenstern war von einem tiefen Zwielicht erfüllt, und meine Freundinnen saßen am Esstisch und unterhielten sich.

»Okay, wir können gehen«, sagte ich und zupfte an meinem Ausschnitt herum.

Savannah schnappte nach Luft. »Wow, du siehst fabelhaft aus! Es steht dir unheimlich gut. Wieso hast du es noch nie angezogen?«

Ich blickte an mir herunter. »Ich hatte bis jetzt noch keine Gelegenheit dazu.« Das war nicht wirklich der Grund. In Wahrheit hatte ich mich nicht getraut, es während des Sommers anzuziehen, weil das mit hoher Wahrscheinlichkeit meinem Freund, jetzt Ex-Freund, nicht gefallen hätte. Das Kleid hatte ein sommerliches, cremiges Gelb, fiel in drei hauchdünnen Lagen bis auf die Mitte meiner Oberschenkel und lag am Dekolleté eng an. Ich trug meine blonden Haare offen, und sie fielen mir in Wellen über die Schultern.

»Heiß«, sagte Summer anerkennend und lächelte. »Du siehst wirklich toll aus, Ella.« Sie stellte die leere Popcornschüssel ab und stand auf. »Wir sollten aufbrechen, das Taxi müsste jeden Moment hier sein.«

»Was ist das überhaupt für eine Party?«, fragte ich, während ich eine Sekunde lang überlegte, noch schnell das Popcorn aufzusaugen, welches auf dem Sofa und dem Boden verteilt lag. Dann entschied ich mich jedoch dafür, dass später noch genug Zeit dafür war. Ich folgte Summer und Savannah zur Haustür. Summer behauptete immer, es erfordere viel Talent, Geschick und Übung, einen erfolgreichen Abend auf die Beine zu stellen, was in Wahrheit jedoch nur bedeutete, dass sie in fünf verschiedenen Gruppenchats aktiv war, die sich allesamt um das Thema Partys drehten.

»Austin und seine Kumpels starten wieder einmal den Versuch, aus ihrem Verbindungshaus einen Club zu machen.«

»Typisch«, erwiderte ich lächelnd und schloss hinter uns ab, ehe ich mich am Treppengeländer festkrallte, um mit meinen Stilettos nicht umzuknicken. Gott, ich war es wirklich nicht mehr gewohnt, hohe Schuhe zu tragen. Nein, halt. Ich war es noch nie gewohnt gewesen. Irgendwann würde bestimmt wieder der Punkt des Abends erreicht sein, an welchem ich mir die Schuhe ausziehen würde, nur um Sekunden später in die Glasscherbe einer Bierflasche zu treten. Dennoch schaffte ich es wie durch ein Wunder unfallfrei bis vor das Haus, wo tatsächlich schon das Taxi wartete. Wir stiegen ein, und Summer gab dem Fahrer die Adresse durch. Er starrte ihr für einen unangenehm langen Moment auf die Beine, bis sie mit den Fingern schnipste und ihn fragte, ob er auch vorhätte, loszufahren. Er bekam einen hochroten Kopf und rollte mit dem Wagen zurück auf die Straße.

Savannah und ich lachten.

»Oh, was ich dich die ganze Zeit schon fragen wollte, Ella«, sagte Sav dann unvermittelt. »Gibt es irgendwelche Neuigkeiten über Jesus-Thor? Hast du ihn zufällig noch mal getroffen?«

Mein Herz machte einen Satz. »W-was?«

»Oh ja, gib uns *Thorsus*-News!« Summer drehte sich auf dem Beifahrersitz zu uns um. Ihre Augen leuchteten, und mit einem Mal lag jegliche Aufmerksamkeit auf mir – außer die des Fahrers, welcher immer wieder auf Summers Beine schielte.

»Es gibt keine News«, sagte ich wahrheitsgemäß. »Wenn ich ehrlich bin, hab ich mich damit abgefunden, dass ich ihn nie wiedersehen werde. Fletcher ist groß. Den Rest meines Lebens bin ich ihm nicht über den Weg gelaufen, also wird es jetzt auch nicht wieder passieren. Ich habe ihm nur geholfen, nachdem er mir geholfen hat, gar keine große Sache. Und wir haben gefrühstückt, auch keine große Sache. Wieso macht ihr eine große Sache draus? Es war ja kein One-Night-Stand oder so was.« Erst als ich zu Ende gesprochen hatte, fiel mir auf, wie sehr man heraushören konnte, dass ich mir wirklich wünschte, noch mal auf Ches zu treffen – zumindest konnte ich es heraushören. Verdammt, ich klang regelrecht verzweifelt.

»Okay«, sagte Summer lang gezogen. »Meine nächste Mission ist es also, *Thorsus* ausfindig zu machen, weil er anscheinend ganz schön Eindruck bei dir hinterlassen hat.«

»Hat er nicht!«

Selbst Savannah hob eine Augenbraue, was mich demonstrativ die Arme verschränken ließ. »Daran liegt es nicht, wirklich. Es war einfach etwas, das nicht zu mir passt. Es passt nicht zu Ella Johns, solche Begegnungen zu haben oder nachts auf der Straße überfallen zu werden wie Bella in *Twilight.* Das ist nicht mein Ding. So was passiert nur in Filmen, vor allem der Teil, in dem man von einem Fremden gerettet wird. Und vor allem«, sagte ich und hob eine

Hand, als Savannah den Mund öffnete, um etwas zu sagen, »passiert es am allerwenigsten mir, einen nackten Kerl unter der Dusche zu haben, der anschließend stundenlang ohne Hose in meiner Wohnung sitzt.«

»Ich habe eine Theorie, was seine Person betrifft«, verkündete Summer. »In Wahrheit ist Ches ein Rockstar, der mit seiner Band für einen Gig nach Fletcher gekommen ist. Anschließend hat er sich in einer Bar volllaufen lassen, geriet in eine Schlägerei und verbrachte die Nacht auf der Straße, weil er sein Hotel nicht mehr finden konnte und jemand sein Handy geklaut hatte. Tja, und dann kamst du ins Spiel. Vermutlich wirst du in ein paar Monaten das Radio anmachen und hören, wie eine raue, männliche Stimme voller Schmerz davon singt, dich wiedersehen zu wollen.«

»Klingt spannend«, sagte Savannah mit leuchtenden Augen. »Und total dramatisch. Oder aber Ches ist ein Spion, der gerade ein Drogenlabor wie bei *Breaking Bad* hat auffliegen lassen und mit seinem Partner gegen ganz viele Feinde kämpfen musste. Anschließend war er gezwungen, unterzutauchen, und da seid ihr euch begegnet.«

»Ich dachte, Spione haben keine Partner«, bemerkte ich und hob eine Augenbraue.

Sie zuckte mit den Schultern. »Dann eben ein Geheimagent.«

»Hm.« Summer nickte und setzte sich wieder gerade hin. »Die Version gefällt mir auch ganz gut. Meine klingt allerdings romantischer.«

»Der Plan für heute Abend klingt aber noch viel besser«, sagte Savannah und drückte meine Hand. »Wir werden heute Nacht den Spaß unseres Lebens haben, ohne von Traurigkeit zurückgerissen zu werden, okay?«

Ich schluckte und blickte auf unsere Hände. Savannah war der einzige Mensch, den ich kannte, der sich wirklich und wahrhaftig mit tiefer Traurigkeit auskannte. Ihr fiel es vielleicht sogar noch schwerer als mir momentan, regelmäßig das Haus zu verlassen, um unter Menschen zu kommen.

Ich erwiderte ihren Händedruck und lächelte ebenfalls. »Darauf kannst du Gift nehmen.«

KAPITEL 6

Ich stieß einen Schrei aus und hüpfte wild zum Takt der Musik. Eventuell hatte ich gerade schon einmal geschrien, oder aber es war ein einziger nicht enden wollender Laut, den ich da von mir gab. Um das jedoch beurteilen zu können, waren die Musik und die Stimmen zu laut und ich zu betrunken.

Es stand fest. Das neue Kapitel meines Lebens begann tatsächlich heute Nacht. Ella 2.0 würde Dinge tun, die die alte Ella nicht einmal ausgesprochen hätte. Das hatte ich mir fest vorgenommen. Oder bereits umgesetzt? Ich wusste es nicht mehr. Vielleicht war es auch der Tequila, der mich durcheinanderbrachte. Ich hatte den Ballast auf meinem Herzen genauso von mir gekickt wie die nervigen Stilettos von meinen Füßen, die es mir zu sehr erschwert hatten, auf der Kücheninsel zu tanzen. Die Musik und der Bass waren laut, und ich war mir ziemlich sicher, angefeuert zu werden, als ich die Arme in die Luft hob, die Augen schloss und mich treiben ließ. Ich musste Jason gar nichts heimzahlen. Ich musste den Schmerz und die negativen Gefühle einfach nur loslassen. *Shake it off,* wie Taylor Swift in einem meiner Lieblingssongs sang. Die beste Rache war Gleichgültigkeit, oder? Ich würde kein Körnchen Kraft mehr darauf verschwenden, mir selbst leidzutun. Ich war eine unabhängige, schlaue junge Frau, die auch ohne einen Freund glücklich sein konnte. War ich an Jasons Seite wirklich zu einem Zombie mutiert? Hatte ich mir den ganzen Mist wirklich gefallen lassen? Hatte ich mein Glück von ihm abhängig gemacht?

Verdammt, ja.

Ja, das hatte ich.

»Die Shots gehen auf mich!«, brüllte ich und reckte mein Glas in die Luft. Ich hörte Jubel und setzte das Glas an, nur um einen Moment festzustellen, dass es bereits leer war. Oh. Wann hatte ich das denn getrunken?

»Huch!«, stieß ich keuchend aus, als ich mich mit einem dumpfen

Schlag plötzlich in den Armen von irgendwem wiederfand anstatt auf der Kücheninsel.

Ich blinzelte in ein Gesicht. Schwarze kurze Haare, grüne Augen, markante Nase und dünne Lippen.

Ah. Ja genau. Austin. Das war Austin. Mitchells bester Freund. Er wohnte hier und organisierte mit seinen Kumpels die Party.

Grinsend klopfte ich ihm auf die Schulter. »Wieso bin ich hier und nicht da oben?« Ich zeigte auf die Kochinsel.

Austin lachte laut und setzte mich ab. Die Welt drehte sich, und ich schwankte kurz.

»Du bist sehr betrunken, Süße!« Er musste die Stimme anheben, als jemand den Hip-Hop noch lauter drehte. Der Bass wummerte durch das gesamte Verbindungshaus, und ich wurde das Gefühl nicht los, dass er und seine Freunde den kompletten Campus eingeladen hatten. Es war brechend voll. Nicht nur hier in der Küche, sondern überall, was dazu geführt hatte, dass ich Summer und Savannah schon vor einer Weile verloren hatte. Mein letzter Stand der Dinge war gewesen, dass Summer und ein Haufen andere in Unterwäsche in den Pool gestiegen waren.

»Das ist super!«, sagte ich lächelnd und blickte nach unten. Wann hatte er wieder seinen Arm um mich gelegt? Ach ja, richtig. Ich war geschwankt. Oder hatte die Welt geschwankt? Keine Ahnung.

Austin lehnte sich nach unten, bis seine Lippen mein Ohr streiften. »Ich bin echt froh, dass du hier bist, Ella. Sonst bist du noch nie auf meine Partys gekommen.«

»Jaaa«, sagte ich lang gezogen. »Jason hasst deine Partys. Er wollt nicht, dass ich herkomme.«

»Echt jetzt? Aber Jason ist doch dauernd hier. Na ja, ist ja auch egal. Wenn ich mich entscheiden müsste, würde ich auch viel lieber dich hier haben als ihn.« Er gab mir einen Kuss auf die Wange.

»Oh«, ich verzog das Gesicht und wischte mir über die Wange. Wenn Austin Alkohol trank, wurde er ziemlich körperlich und flirtete, was das Zeug hielt. Ich hatte ihn echt gern, und wenn er nüchtern war, benahm er sich nie so. »Mach das nicht, Austin.«

»Wieso nicht?«

»Weil man das nicht macht! Du riechst nach Jäg … Jägr … Jägerlnm …«

»Jägermeister«, half er mir auf die Sprünge, und ich nickte lächelnd. »Total eklig.«

Er lachte und schüttelte den Kopf. »Du bist wirklich süß, Ella.«

»Hunger!«, sagte ich seufzend und löste mich von ihm. Ziellos öffnete ich verschiedene Schränke in der Küche, bis ich schließlich eine Packung *Lucky Charms* fand. Dabei trat ich in irgendetwas Nasses. Vermutlich Bier. Barfuß auf einer Party zu sein war nicht so schön, andererseits schweiften meine Gedanken sofort wieder ab. Ich hatte Hunger, und ich hatte Beute gefunden, die ich augenblicklich verputzen würde.

»Äh, lieber nicht«, sagte Austin, der plötzlich wieder hinter mir stand. »Die stehen da schon seit über einem Jahr. Aber ich habe noch eine Packung Oreokekse auf meinem Zimmer.«

Ich spürte, wie er mir erneut eine Hand um die Mitte legte und meinen Rücken an seine Brust zog. Er roch nach Alkohol, Rauch und Aftershave. »Wenn du willst, können wir hochgehen und sie aus meinem Zimmer holen«, raunte er mir ins Ohr.

»Klar«, flötete ich, stieß ihn ein wenig unsanft zur Seite und marschierte los.

»Ella!«, rief jemand, als ich mich bis zur Treppe durchgekämpft hatte.

Mitchell winkte mir zu und drückte sich an tanzenden, sehr knapp bekleideten Mädchen vorbei, die auf ihren High Heels eigentlich gar nicht in der Lage sein sollten, so zu tanzen.

Seine Wangen waren von der stickigen Hitze hier im Haus ganz rot, die hellbraunen Haare zerzaust, und er hielt eine Flasche Wasser in der Hand.

»Mitch!«, rief ich entzückt und klatschte in die Hände. Eine Sekunde später musste ich mich auch schon am Treppengeländer abstützen, um nicht das Gleichgewicht zu verlieren. Ich strich mir ein paar Haarsträhnen aus dem Gesicht und rappte mit lauter Stimme meine Lieblingsstelle aus dem laufenden Hip-Hop-Track mit. Nur das Kopfnicken hätte ich vielleicht lieber sein lassen sollen. Es sorgte dafür, dass sich alles nur noch schneller drehte.

Mitchell lachte schallend und verschränkte vor mir die Arme vor der Brust. »Du bist ja total dicht! Das habe ich schon lange nicht mehr erlebt. Ein paar meiner Freunde haben schon erzählt, dass du auf Tischen getanzt haben sollst.«

Ich gluckste und hielt mir eine Hand vor dem Mund. »Vielleicht ein wenig.«

»Die anderen wollen weiterziehen.«

»Wer sind die anderen?«, nuschelte ich und fächerte mir Luft zu. Gott, es war so warm hier. Und ich hatte immer noch Hunger.

»Savy und Summer natürlich.«

»Da bist du ja, Süße!«

Austin erschien und schob sich zu Mitchell und mir durch. »Ich dachte, wir wollten uns ein paar Oreokekse holen«, er zwinkerte mir zu und verpasste mir wieder einen nassen Schmatzer auf die Wange.

Erwartungsvoll blickte ich zu Mitchell. Dass Austin sich diesmal an mich ranschmiss, war neu. Sonst fielen nur Mädchen aus dem ersten Semester in sein Beuteschema.

Mitchell verkniff sich ein Grinsen und schien sich offenbar daran zu hindern, die Szene zu kommentieren. Sein ältester Freund machte sich an eine seiner besten Freundinnen ran, und das, obwohl Austin und ich in den letzten Jahren zusammengenommen noch nie so viele Worte gewechselt hatten wie am heutigen Abend.

Aber ich wollte nicht mit Austin hoch in sein Zimmer gehen. Ich war vielleicht betrunken, aber nicht blöd. Er versuchte mich mit Keksen zu locken, so wie man eine Maus mit einem Stück Käse locken würde. Sobald sie in der Falle war, würde sich diese schließen, und das mit einem ohrenbetäubenden …

»Peng!«, rief ich und fächelte mir weiter Luft zu. Ich blickte zu Austin und kicherte, als ich seine verwirrte Miene sah. »Das war die Mausefalle. Aber ich will deinen Käse gar nicht. Ich will Pizza.«

»Alles klar, Elmo, Zeit für dich zu gehen.« Mitchell legte mir einen Arm um die Schultern und führte mich in Richtung Ausgang.

»Wohin geht ihr?«, rief uns Austin nach und kam hinterher.

»Ja, wohin gehen wir, Mitchy?«

»Die Mädels sind hungrig und wollen woanders weiterfeiern.«

»Ich liebe meine Freundinnen«, seufzte ich. »Wir haben sogar gleichzeitig Hunger!« Ich hatte gar nicht gewusst, wie unglaublich schwer es war, das Wort »gleichzeitig« auszusprechen. Ich brauchte drei Versuche und war mir bei dem Endergebnis nicht einmal sicher, ob es nun wirklich korrekt war. Reden war furchtbar anstrengend.

Austin hängte sich an uns dran, und wir traten aus dem überfüllten, lauten Verbindungshaus. Selbst die Veranda war voller Leute, die entweder tanzten oder mit Drink und Zigarette dastanden und sich unterhielten. Ein Dutzend von ihnen waren wohl Sportler. Sie trugen Jacken mit der Aufschrift der Fletcher University und dem Emblem mit dem Greifen – das Wappentier und Maskottchen unserer Sportmannschaften.

»Go, Griffins!«, grölte ich mit in die Luft gereckter Faust, woraufhin ich von mehreren Quellen ein zustimmendes Jubeln erntete.

Mitchell half mir über den gepflasterten Weg im Vorgarten, bis wir endlich auf dem Bürgersteig standen. Savannah und Summer warteten dort bereits auf uns, und ich fiel ihnen um den Hals.

»Ella, wo zum Teufel warst du?«, fragte Summer überraschend streng. »Hier sind übrigens deine Schuhe.«

»Ich war tanzen«, erwiderte ich unschuldig.

»Ja, und damit sollten wir schleunigst weitermachen. Nur anderswo. Am besten weit weg von hier. Komm mit.«

Ich verzog das Gesicht und musterte meine beste Freundin. Weshalb auch immer sah sie nach wir vor makellos schön aus. Ihr roter Lippenstift saß noch immer perfekt, obwohl die Haare im Pferdeschwanz feucht waren vom Schwimmen im Pool.

»Wieso willst du unbedingt gehen? Hier ist es doch lustig«, protestierte ich, als sie mich zu Mitchells Auto zog. Ganz der verantwortungsvolle große Bruder hatte er mal wieder nichts getrunken. War Mitchell überhaupt schon jemals betrunken gewesen?

»Glaub mir, du willst nicht hierbleiben«, sagte Savannah und öffnete die Beifahrerseite. Sie und Summer setzten mich in den Wagen, ehe sie hinten einstiegen. Mitchell startete den Motor, und wir fuhren los.

»Doch!«, erwiderte ich und verzog das Gesicht. »Die Party war toll. Ich wollte bleiben.«

Summer seufzte. »Fremdgehendes Arschgesicht ist eben eingetroffen, und ich wollte dir ein weiteres Zusammentreffen ersparen.«

Ich blinzelte gegen das Karussell in meinem Kopf an. »Oh.« Die Vorstellung Jason zu begegnen ... machte mich nicht fertig. Tatsächlich! Ob es der Tequila war? Hatte er mich einfach nur betäubt? Falls ja, genoss ich den Augenblick. Wenn wirklich gerade Jason auf der Party aufgekreuzt war, konnte dort noch so gute Stimmung herrschen. Nicht einmal Ella 2.0 würde den Abend auf derselben Party verbringen wie Quarterback Arschgesicht.

Ich kicherte.

»Was ist?«, fragte Savannah.

»Quarterback Arschgesicht«, erklärte ich. »Das klingt lustig. Wieso ist Austin eigentlich mitgekommen?«

»Mir war langweilig«, erklang es hinter mir.

»Aber ist das nicht deine eigene Party?« Ich versuchte, mich umzudrehen, gab es jedoch schnell wieder auf.

»Meine Mitbewohner werden die Leute schon unterhalten.«

Die restliche Fahrt verging wie im Flug. Ein Flug mit lauter Loopings und Pirouetten, aber immerhin ein Flug. Wir fanden uns fünfzehn Minuten später in einer Bar wieder, welche es war, konnte ich aber nicht sagen. Summer, Savannah und ich stießen mit Margaritas auf unser Singledasein an, ehe wir alle gemeinsam zur nächsten Bar übergingen. Meine Laune stieg immer weiter, bis ich das Gefühl bekam, die ganze Welt umarmen zu können. Wir lachten und tanzten ausgiebig und ließen uns vom Nachtleben treiben.

»Nimm dir jemanden mit«, schlug Summer zum wiederholten Male vor, als wir einen Laden namens *Coa* irgendwo auf der North Side verließen. Dieses Viertel von Fletcher war bekannt für seine Clubs und Bars. Es besaß ein industrielles Flair, ohne den typischen

Charme von Fletcher abzulegen; rote viktorianische Backsteingebäude neben modernen Betonklötzen. Abgesehen davon nahmen es viele der Läden nicht ganz so streng mit der Ausweiskontrolle, vor allem bei jungen Studentinnen.

»Ach, ich weiß nicht …«, sagte ich und warf einen Blick über die Schulter. Mitchell und Austin schlenderten hinter uns, während Austin eine Zigarette rauchte.

Je weiter wir die Hauptstraße der North Side hinaufliefen, desto mehr veränderte sich auch die Art von Leuten, die uns entgegenkamen. Anstatt einer ganzen Armada angetrunkener Studenten waren es jetzt nur noch eine Handvoll. Dafür waren viel mehr Nicht-Studenten unterwegs. Die Kneipen und Bars in dieser Gegend waren grundsätzlich keine Orte, an denen man viele Leute in unserem Alter antraf. Bog man noch ein Stück weiter die Straße rauf links ab, würde man irgendwann das *Black Birch* erreichen. Ich fragte mich, in welche Richtung ich am Abend des Jason-Desasters gelaufen war. Ins Industriegebiet? In Richtung North Side? Ich wusste es nicht. Vielleicht würden wir hier ja noch einmal auf Ches treffen. Wenn das *Black Birch* so nah war, war er es vielleicht auch. Aufregung kribbelte in meinem Nacken.

»Was soll's«, sagte ich leichthin und zuckte mit den Achseln. »Vielleicht nehme ich wirklich jemanden mit nach Hause. Bin Single. Darf das jetzt.«

Summer klatschte begeistert in die Hände. »Darf ich dir einen aussuchen?«

»Ich mach das«, sagte ich streng und hob warnend den Finger.

»Ha! Du denkst an Thorsus«, schlussfolgerte sie messerscharf.

»Oh, das wäre toll!«, träumte Savannah. »Dann sehe ich ihn auch endlich mal. Hoffentlich hat er Freunde dabei. Loki oder Benedict Cumberbatch.«

Es zu leugnen hatte keinen Zweck. Allein die Vorstellung ließ mich aufseufzen. »Ich denke oft an ihn«, sprach ich meine Gedanken aus. »Ist das komisch? Kenn ihn ja nicht mal so richtig.«

»Ha! Dann stehst du doch auf ihn!«, sagte Summer und stupste mir mit dem Ellbogen in die Seite. »Vielleicht finden wir ihn hier ja. Dann kannst du ihn mit nach Hause nehmen. Den Weg kennt er ja bereits.«

Ich konnte nicht anders, als zu kichern, obwohl ich wusste, dass ich entrüstet hätte sein sollen.

Jemand hinter uns rief uns etwas zu, woraufhin Summer sich zurückfallen ließ, um sich mit den Jungs zu unterhalten. Sie lachte laut mit ihnen, und Sav und ich schlossen uns ihr einen Moment später an.

Wir kamen auf der Straße jetzt nur noch langsam voran. Austin legte mir andauernd seinen Arm über die Schultern oder blies mir schief grinsend Rauch ins Gesicht.

»Willst du noch etwas trinken, Süße?«, fragte er stark lallend und zündete sich eine neue Zigarette an. Die Menge des heutigen Abends könnte bestimmt ein ganzes Päckchen füllen.

Ich gähnte. »Ich will nur einen Burger mit extra Tomaten. Oder Tacos. Oder Pizza.«

Als ich mich aus seinem Arm wand und wieder neben Summer auftauchte, verzog sie die roten Lippen. »Wieso bist du nicht bei Austin? Er ist perfekt. Na ja, fast. Zumindest für heute Abend.«

»Will nicht. Er stinkt.«

»Ich dachte, du willst dir jemanden mit nach Hause nehmen. Das hast du gesagt. Und Thorsus haben wir noch nicht gefunden.«

»Doch nicht. Meinung geändert.«

Jemand zog mich zur Seite, und ich taumelte in einen Raum. Im nächsten Augenblick wurde mir klar, dass wir ein Lokal betreten hatten. Die Welt drehte sich wirklich höllisch schnell. So langsam verflog mein Hoch. Jemand sollte das Karussell langsamer schalten. Ich hatte Mühe, meine Orientierung zu behalten.

Die Musik war laut und der Raum dunkel. Unsere Gruppe drang vor bis zu einer Bar, und jemand bestellte Tequila-Shots. Es war viel los. Wir tanzten auch hier, obwohl ich jetzt sehr schnell immer müder wurde. Die Zeit verschwamm wie der Raum vor mir.

»Ella!«, erklang Savannahs erschrockene Stimme.

Ich drehte mich zu ihr um und blinzelte sie verwirrt an. »Schrei nicht so.«

»Siehst du nicht, wo wir sind?«

Ich blinzelte noch einmal, um mich zu konzentrieren, und sah mich um.

Dann erstarrte ich und wurde für einen Wimpernschlag stocknüchtern.

Wir waren im *Black Birch.* Das hier war die Bar des *Black Birch!*

Großer Gott, wieso waren wir hier?

»Summer, wir müssen gehen!«, lallte ich panisch. Ich nahm ihr hastig den Tequila aus der Hand, den sie gerade trinken wollte, und stellte ihn zurück auf die Bar. »Ich darf nicht hier sein, ich habe Hausverbot!«

»Was?«, rief Summer über einen Song von Nicki Minaj hinweg.

»Hausverbot!«, wiederholte ich brüllend. »Ich hab hier Hausverbot!«

Summers Augen wurden groß. »Oh. Verdammt, Ella, das habe ich total vergessen. Wir gehen sofort!«

»Hausverbot?«, wiederholte der Kerl hinter der Bar.

Ich blickte zu ihm und schnappte nach Luft.

Oh nein.

Das war er wieder. Der Kerl, der mich aus dem *Black Birch* geschleift hatte, als ich auf Jason losgegangen war. Der Barkeeper. Der verdammte Besitzer dieses Ladens.

Die Erkenntnis trat im selben Augenblick in seine Augen.

»Alles in Ordnung?« Austin erschien neben Summer und machte einen noch viel betrunkeneren Eindruck als wir beide zusammen. »Wieso has' du Hausverbot, Puppe?«

Ich ignorierte ihn und griff nach Summers Hand. »Komm, verschwinden wir von hier.«

»Miss?«, erklang die Stimme des *Black Birch*-Besitzers.

Ich drehte mich langsam um, und mein Herz rutschte mir in die Hose.

Der Barkeeper musterte mich streng, die lächerlich muskulösen Arme vor der Brust verschränkt. »Ich begleite Sie jetzt nach draußen, alles klar?«

»Woah, immer langsam!«, sagte Austin und trat schwankend zwischen uns. Er sah den Kerl durchdringend an. Seine Augen waren feucht und rot. »Was fällt dir ein, so mit meiner Süßen zu reden? Wir gehen nirgendwohin.«

»Austin, ist schon okay …«

»Ihr werdet das Lokal augenblicklich verlassen und euch hier nie wieder blicken lassen.«

Austin baute sich vor dem Mann auf, auch wenn er kleiner war. »Und was, wenn nicht, Kumpel?« Er gab seinem Gegenüber einen unvermittelt festen Stoß und funkelte ihn herausfordernd an. Erschrocken bemerkte ich, dass Austins Freunde ebenfalls dazugekommen waren und die Stimmung umgeschlagen war. Wann waren die alle hierhergekommen?

Er schubste den Besitzer des Ladens wieder, diesmal noch heftiger, sodass dieser einen Schritt nach hinten treten musste.

»Leg dich nicht mit den Falschen an, Großer«, stichelte er.

»Noch ein Wort, und ich rufe die Polizei«, sagte der Barkeeper leise und lehnte sich bedrohlich in Austins Richtung. Doch dieser schien nur darauf gewartet zu haben, denn er holte plötzlich aus und schlug ihm mit der Faust ins Gesicht.

»Nein!«, rief ich panisch und sprang dazwischen, aber es war aussichtslos. Als der große Mann wütend zum Gegenschlag ausholte, bekam ich den Schwung seiner ausladenden Bewegung ab, was mich hart auf den Boden beförderte.

Ich konnte Summer und Savannah nicht ausfindig machen, und die Welt drehte sich nun zu sehr, als dass ich hätte aufstehen können, also musste ich panisch und hilflos vom Boden aus zusehen, wie die Rauferei begann und immer mehr Personen daran teilnahmen. In diesem Moment war ich mir sicher, dass der Abend nicht mehr schlimmer enden konnte, doch da hatte ich die Sirenen noch nicht gehört, die wenige Minuten später erklangen. Oder waren es mehr als Minuten? Ich hatte kein Gefühl für Zeit mehr. Das war in diesem Durcheinander wohl schlichtweg nicht möglich.

Es war das reine Chaos.

KAPITEL 7

Mir war kalt, und ich fühlte mich grauenhaft. Die Arme um den Oberkörper geschlungen, ließ ich mich von einem Officer durch das Revier führen. Auch wenn es laut dem Polizisten gerade mal zwanzig Minuten gewesen waren – für mich war klar, dass ich nie wieder eine Ausnüchterungszelle von innen sehen wollte. Mittlerweile schmerzten meine Füße in den Schuhen bestialisch. Savannah und Summer waren schon von Mitchell abgeholt worden. Er war es auch gewesen, der die Polizei gerufen hatte, als alles aus dem Ruder gelaufen war. Mitchell hätte mich ebenfalls mitnehmen können, doch ich hatte darauf bestanden, meine Mum anzurufen und mich von ihr fahren zu lassen. Mein berauschter Kopf hatte gerade wirklich eine Umarmung nötig, und die wollte ich nun mal von niemand anderem als von meiner Mum. Es hatte einige Minuten gedauert, bis mir dämmerte, dass das vielleicht nicht meine hellste Idee gewesen war. Doch unser perfekter Abend hatte in einem Tränenausbruch geendet, als wir plötzlich in einem Streifenwagen gesessen hatten. Erst hatte Savannah zu schluchzen begonnen und die Polizisten angefleht, nichts in ihre Akte einzutragen – was sowieso nicht passiert wäre, da wir nichts getan hatten –, dann hatte ich auch zu heulen angefangen … einfach nur so. Alkohol war eine böse Sache. Und da war es wahrscheinlich so was wie ein Urinstinkt, in so einer Situation seine Mum anrufen zu wollen.

Das redete ich mir zumindest ein.

Austin und ein paar andere, die die Schlägerei angefangen hatten, mussten die ganze Nacht in der Ausnüchterungszelle verbringen, weil sie so betrunken und malträtiert waren, dass sie nicht einmal mehr wussten, wie sie hießen. Der Besitzer des *Black Birch* hatte der Polizei nichts von meinem Hausverbot gesagt, und wir waren eigentlich nur von den Officers mitgenommen worden, weil wir einiges getrunken und mitten im Getümmel gesteckt hatten. Mit anderen Worten, wir hatten wirklich Glück gehabt. Glück im Unglück.

Als ich den Eingangsbereich des Reviers betrat, welcher sich noch immer gefährlich drehte, stand meine Mutter bereits bei einer Polizistin und sagte etwas. Ihre goldenen Locken waren wirr hochgesteckt, und sie trug Jacke und Strickpullover über ihrem Pyjama. Sie sah verschlafen und gehetzt aus. Mein schlechtes Gewissen nagte an mir. Es hatte ewig geklingelt, ehe sie endlich abgehoben hatte.

Als wir uns ihr näherten, blickte sie auf.

»Ella, was um alles in der Welt ist passiert?« Sie stürzte zu mir und schloss mich in die Arme.

»Bringst du mich nach Hause, Mum?«, lallte ich bloß in ihren Trenchcoat und vergrub das Gesicht an ihrer Schulter. Ein Ächzen entfuhr mir. »Will einfach nur nach Hause.«

Der Officer wünschte uns eine gute Nacht und sprach noch irgendeinen guten Rat aus, der weniger Alkohol und besseren Umgang beinhaltete.

»Ella Johns«, begann meine Mutter streng, während wir das Revier verließen. Sie reichte mir ihren Trenchcoat, welchen ich mir dankbar über die Schultern legte.

»Du bist mir eine Erklärung schuldig. Was, um Himmels willen, hat das hier zu bedeuten?«

»Tut mir leid, Mum. Das war so alles nich' geplant.«

Ihr Auto stand neben dem Eingang und blinkte, als sie die Türen öffnete. »Wir waren nur zur falschen Zeit am falschen Ort.«

»Das glaube ich gerne«, murmelte sie, während wir einstiegen. Ich seufzte erleichtert auf. Im Wageninneren war es wohlig warm, und die Sitzheizung war an.

Es waren kaum noch Autos unterwegs, was für Fletcher ungewöhnlich war, selbst zu so später Stunde. Immerhin lag das Polizeirevier in der Nähe der *Fletcher Mall,* welche zu den größten Malls im Bundesstaat gehörte.

»Apropos falscher Ort, Ella«, sagte meine Mutter. »Willst du mir vielleicht erklären, wieso du Hausverbot im *Black Birch* hast? Hat das vielleicht etwas damit zu tun, dass du und Jason euch getrennt habt?«

Mein Mund klappte auf. Ich starrte sie erschrocken an. »Woher weißt du das denn?«

Sie streckte die Hand aus und drückte mein Knie. Ein verständnisvoller Ausdruck trat auf ihr Gesicht. »Du hast es mir vorhin am Telefon erzählt, Liebling.«

Ich war fassungslos. »Wirklich?« Daran konnte ich mich gar nicht erinnern. Verdammter Tequila.

Erschöpft lehnte ich den Kopf nach hinten und schloss die Augen.

Okay. Und Augen wieder auf. Definitiv keine gute Idee, sie bei dem Vibrieren und Poltern zu schließen.

»Tut mir leid«, wiederholte ich nuschelnd. »Auch dass ich dich mitten in der Nacht aus dem Bett geklingelt hab. Wie spät ist es überhaupt?«

»Du weißt, dass du immer mit mir reden kannst, Ella. Es ist übrigens kurz vor vier Uhr. Ich würde das eher als Morgen und nicht als Nacht bezeichnen.«

Mein schlechtes Gewissen wurde immer größer. So spät hatte ich sie noch nie aus dem Bett geschmissen.

»Ich weiß, dass ich mit dir reden kann Mum, aber ich komm zurecht. Ich muss nich' immer mit allem zu dir und Tante Kat kommen.«

»Also bitte.« Meine Mutter lachte auf und bog auf einer großen Kreuzung ab. »Darum geht es doch gar nicht. Das war nie Thema, auch nicht nach dem Tod deines Vaters.«

»Du hast genug eigene Probleme. Wollte dich damit nicht belasten.«

Sie schwieg einen Augenblick. Laternenlicht und das Leuchten von Ladenschildern fielen flackernd ins Wageninnere. Die Erschütterungen durch die Unebenheiten auf der Straße gefielen mir ganz und gar nicht, doch die Stille und die Wärme der Sitzheizung waren eine Wohltat.

»Liebling, ich hoffe, es ist der Alkohol, der dich so einen Schwachsinn sagen lässt«, sagte Mum erschreckend ernst. »Wenn dir etwas auf dem Herzen liegt, bin ich für dich da. Das war schon immer so.

Und wenn dir jemand das Herz bricht, ist es meine Pflicht, für dich da zu sein und dem Übeltäter alle Knochen zu brechen.«

Ich lachte auf. »Mum, jetzt klingst du schon wie Summer!«

»Na, ist doch so! Das ist der Mutterinstinkt. Ich will mein Kind schützen und behüten.«

Sie schenkte mir ein Lächeln, und ich erwiderte es halbherzig.

»Ich wollte dir und Kat von der Trennung erzählen. Ich war nur noch nich' so weit. Es euch zu sagen, hätte es zu real gemacht. Ich konnt' das noch nicht.«

Wir bogen ein paar Augenblicke später in meine Straße ein, und das Auto kam am Straßenrand zum Stehen. Die plötzliche Stille im Wagen drückte auf meine Ohren.

Im nächsten Moment schloss Mum mich in eine Umarmung. »Schatz, das ist in Ordnung. Und so wie es aussieht, war Jason sowieso nicht der Richtige für dich. Ich bin dir nicht böse, auch für heute Nacht nicht. Du sollst nur wissen, dass ich für dich da bin, wenn es dir schlecht geht, ja?«

»Dann bist du auch nich' wütend, dass Jase und ich nich' mehr zusammen sind?«

Sie verzog das Gesicht. »Ich bin sehr wohl wütend, aber nicht, weil ihr nicht mehr zusammen seid. Die Jungs, die du mit nach Hause bringst, können noch so nett und charmant sein. Wenn sie mein Baby verletzen, haben sie einen neuen Erzfeind. Zwei, wenn du deine Tante Kat dazurechnest.«

Ich erwiderte die Umarmung fest. Ein Kloß bildete sich in meinem Hals. »Danke, dass es dich gibt. Du bist wirklich die Beste.«

Sie küsste meinen Scheitel und strich mit den Fingern durch meine Haare, so wie sie es früher immer getan hatte, um mich zu trösten. »Ich weiß. Ich bin eine tolle Mum.«

In diesem Moment nahm ich aus dem Augenwinkel eine Bewegung wahr.

Ich blinzelte in die Dunkelheit. Die Straße war leer und leuchtete durch das Licht der Laternen warm.

Doch vor meiner Eingangstür, die in tiefe Schatten gehüllt war, rührte sich wieder etwas – entweder das, oder es fiel mir noch immer schwer, meinen Blick zu fokussieren. Jemand war da. Dort war eine Gestalt. Sie wirkte seltsam vertraut und doch …

Ich schnappte nach Luft.

Heilige. Scheiße.

Es war Ches.

»Mum, ich muss gehen!«, sagte ich abrupt und löste mich von ihr. Mein Herzschlag dröhnte plötzlich laut in meinen Ohren.

»Ich komme noch mit hoch«, sagte sie und streichelte sanft meine Wange. »Nicht, dass du in diesen Schuhen noch die Treppen herunterfällst. Ich kann dir einen Kakao machen, wenn du willst. Oder du packst ein paar Sachen zusammen und kommst ein paar Tage zu Kat und mir.«

»N-nein«, sagte ich ein wenig zu schnell, schnallte mich ab und schälte mich aus ihrem Trenchcoat. »Danke, aber ich bin müde. Und muss ins Bett. Außerdem kann ich nich' mit zu euch wegen Poppy.« Poppy war Mums Mopsweibchen, eine zauberhafte, kleine Schnarchnase – nur hatte ich leider Gottes eine Hundehaarallergie. Es war ein Fluch.

»Und du willst sicher keinen Kakao?«, fragte sie verblüfft. »Früher konntest du so besser einschlafen.«

»Hast du 'ne Ahnung, wie viel Tequila ich getrunken hab? Davon würde ich mich übergeben.« Ich legte ihr die Hände auf die Schultern und sah sie eindringlich an. »Du brauchst wirklich nich' mit hochzukommen. Versprochen. Ich bin groß und kann das.«

Sie musterte mich misstrauisch. Ihre klugen Augen hatten mich schon immer durchschaut, doch dieses Mal hakte sie nicht weiter nach und seufzte stattdessen. »Na schön, ich gebe auf. Aber schreib mir, sobald du morgen aufgestanden bist. Kat und ich könnten zum Frühstück vorbeikommen.«

Mein Blick huschte noch einmal in Richtung meiner Haustür. Er war immer noch da.

»Äh, ja. Cool. Klingt toll. Machen wir. Danke nochmal fürs Fahren und fürs Reden, hab dich lieb!« Eilig drückte ich ihr einen Kuss auf die Wange und stieg aus dem Auto.

»Woah.« Die Welt wankte mit einem Mal um einiges stärker, und ich hielt mich kurz am Wagen fest, um mein Gleichgewicht wiederzufinden. Dann trat ich zurück und beobachtete ungeduldig, wie der Motor startete, die Scheinwerfer aufleuchteten und meine Mutter davonfuhr.

Ich hastete zu meiner Haustür. Das Geräusch meiner Absatzschuhe war der einzige Laut, der durch die Straße hallte, und die Aufregung erweckte alle meine Sinne zum Leben. Was hatte er hier zu suchen?

Als Ches mich sah, stand er auf und nahm die Hände aus seiner abgewetzten Jeansjacke. Sein kinnlanges Haar war zurückgekämmt, und sein Vollbart … war fort. Er sah ganz anders aus. Sein Gesicht wirkte plötzlich wie das eines anderen. Nur Stoppeln zierten seine überaus markanten Wangen und machten jede zuvor versteckte Kontur rasiermesserscharf.

Er ist tatsächlich hier! Vor meinem Haus, mitten in der Nacht!

Bevor ich mich daran hindern konnte, rannte ich den letzten Meter zu ihm, schlang die Arme um seinen Hals und vergrub das Gesicht an seiner Schulter. »Hi«, sagte ich und schloss die Augen. Es fühlte sich unglaublich gut an, Ches zu umarmen. Er war so verdammt groß, und er roch gut. Wieso roch er so gut? Roch er immer so?

Sein Körper war angespannt.

Zwei Wimpernschläge vergingen, ehe er zögerlich die Umarmung erwiderte. Seine festen Arme schlossen sich um meine Taille. Dabei streiften seine Hände die nackte Haut meines tiefen Rückenausschnitts, was eine plötzliche Gänsehaut in mir auslöste.

»Ella, bist du okay?«

»Es geht mir gut«, erwiderte ich und löste den Kopf von seiner Schulter. Wir sahen uns an, und ich legte ihm eine Hand auf die stoppelige Wange. Er sah gut aus. Wusste er das? Dass er hinreißend aussah? Summer hatte recht. Eine gewisse Ähnlichkeit mit Thor bestand tatsächlich.

Bei der Berührung weiteten sich seine Augen vor Überraschung.

»Ches, was machst du hier? Nicht, dass ich mich nich' freuen würde, ich denke manchmal an dich.«

Seine Augenbrauen erreichten beinahe den Haaransatz, und sein Mund verzog sich zu einem Lächeln. »Ella, wie betrunken bist du?«

Ich lächelte auch. »Nur ein bisschen. Eigentlich wollte ich heute gar nicht ausgehen. Ich wollte nur *Star Wars* gucken, dann war ich plötzlich im Gefängnis, und jetzt bist du hier.«

Sanft löste er meine Hand von seinem Gesicht und sah mich ernst an. »Deswegen bin ich hierhergekommen. Ich habe zufällig den Aufruhr auf der North Side mitbekommen und gesehen, wie du und deine Freunde in den Streifenwagen gesetzt wurdet. Was ist passiert?«

»Du warst da?«, fragte ich überrascht.

Er nickte und trat einen Schritt zurück, bis wir uns nicht mehr berührten. »Ich war auf dem Weg nach Hause.«

»Es war nichts«, winkte ich ab. »Wir haben gefeiert, aber dann war da plötzlich die Polizei, und wir wurden festgenommen.«

Ches sah mich an, so als würde er darauf warten, dass ich fortfuhr. Falls er jedoch glaubte, dass ich in diesem Zustand eine gute oder auch nur willige Geschichtenerzählerin war, lag er meilenweit daneben.

»Klingt nach einer abenteuerlichen Nacht«, sagte er schließlich.

Ich nickte und schlang die Arme um mich. Eine Gänsehaut bedeckte meine Arme, denn mittlerweile war von der Wärme des Sommers nichts mehr übrig. Die Nacht hatte sie vollends verschlungen, bis nichts mehr als Kälte die Dunkelheit erfüllte.

»Hast du etwa die ganze Zeit hier auf mich gewartet?«, fragte ich leise und sah zu ihm auf.

Er wich meinem Blick aus. »Ich … wollte sicherstellen, dass es dir gut geht.«

Ich musste schlucken. Jason hätte das niemals getan.

»Das ist nett«, flüsterte ich. Als ich einen Schritt nach vorne machte, knickte plötzlich die Welt zur Seite, und ich schnappte nach Luft. In der nachsten Sekunde schlossen sich auch schon Arme um mich und hielten mich fest. »Immer langsam! Vielleicht ist es besser, wenn ich dich nach oben bringe.«

Ich hielt mich an seinen Schultern fest und konzentrierte mich auf meine Füße, damit so was nicht noch einmal passierte. Doch meine Füße waren nicht in der Lage, meine Aufmerksamkeit zu halten. Ches hatte wirklich tolle Schultern. Sie waren breit und stark. Ich mochte breite und starke Schultern. Ich war mir nicht sicher, aber ich glaubte, Ches genau das mitzuteilen.

»Wo ist dein Schlüssel, Ella?«

Ich griff in meine kleine Umhängetasche und reichte ihn ihm.

Da plötzlich beugte er sich runter, schlang einen Arm um meine Kniekehlen und hob mich hoch. Unsere Gesichter waren mit einem Mal nur noch Zentimeter voneinander entfernt.

»Was machst du denn da?«, keuchte ich und sah ihn mit großen Augen an.

»Ich sorge dafür, dass du unfallfrei in deiner Wohnung ankommst«, erwiderte er und trat mit mir auf den Armen durch die kaputte Eingangstür ins Treppenhaus.

»Ich kann laufen!«

»Das bezweifle ich. Du bist total betrunken.« Er trug mich, als wöge ich nicht mehr als eine Puppe.

Ich hielt bemüht den Saum meines Kleides fest, welches gerade dabei war, mehr preiszugeben als beabsichtigt, während er die Stufen erklomm. Verdammt noch mal, wenn sich die Welt nur ein klein wenig langsamer gedreht hätte, hätte ich klarer denken können! Und klarere Gedanken schienen mir in diesem Augenblick geradezu lebenswichtig.

Vor meiner Wohnung setzte Ches mich sanft ab. »Da wären wir.« Er schloss die Tür auf, und ich ließ mich von ihm in die Wohnung führen. Dabei schaffte ich es sogar, in einer graden Linie zu laufen, und war unheimlich stolz auf mich.

Ches schaltete die kleine Lampe neben dem Fernseher an und drehte sich zu mir um. Seine Miene veränderte sich. Er sah mich an, diesmal richtig, mit einem gewissen Staunen in den Augen. Es war fast so, als sähe er mich hier im Licht der kleinen Lampe zum ersten Mal, und die Art und Weise, *wie* er mich ansah, raubte mir den Atem. Er erlaubte sich, seinen Blick über meinen Körper wandern zu lassen, über die Beine, das Kleid, meinen Hals bis zu meinem Gesicht.

Unweigerlich beschleunigte sich mein Puls.

Ches räusperte sich und wandte verlegen den Blick ab. »Ich sollte jetzt gehen. Kommst du zurecht?«

»Warte.«

Ich trat einen Schritt auf ihn zu. Meine Hände fanden ihren Weg auf seine Brust und strichen darüber. Gott, sie fühlte sich genauso gut an, wie sie aussah. Der Alkohol machte mich forsch. Der Drang, ihn zu berühren, erfüllte meinen ganzen Körper, und meine Hände glitten nach oben und streiften ihm die Jacke von den Schultern. »Geh nicht. Bleib hier.«

Die Jacke fiel zu Boden. Ches beobachtete mich, und seine Augen schienen sich zu verdunkeln. »Das ist keine gute Idee.« Sein Blick hielt meinen gefangen. Den Worten zum Trotz spürte ich, wie seine Hände meine Taille umschlossen. Finger berührten den tiefen Rückenausschnitt meines Kleides, und Hitze knisterte auf meiner Haut.

»Was soll's«, sagte ich atemlos. Meine Kehle wurde immer trockener. »Ich habe nie gute Ideen.«

»Nein. Du hast Alkohol getrunken. Nur ein Arsch würde bleiben.«

Er löste sich von mir und brachte Abstand zwischen uns. Seinem Gesichtsausdruck nach zu urteilen, frustrierte ihn das – zumindest interpretierte ich die tiefe Furche zwischen seinen Augenbrauen so.

»Du kannst hier auf dem Sofa schlafen«, schlug ich lächelnd vor und setzte mich auf ebendieses. Noch immer lag darauf und auf dem Boden darum herum Popcorn. Mit Mühe löste ich die Riemchen an meinen Schuhen und zog sie aus. »Oder du schläfst in meinem Bett. Es ist groß genug für zwei.«

Bitte lass mich das nur gedacht und nicht ausgesprochen haben.

Ches rieb sich mit den Händen über das Gesicht und stieß ein Stohnen aus. Er schwieg. Ich biss mir auf die Lippe und beobachtete ihn dabei. *Wow, Ella, jetzt hast du den Vogel vollends abgeschossen.*

»Sofa«, sagte er mit rauer Stimme. Er ließ sich neben mich auf das Polster sinken. »Ich kann auf dem Sofa schlafen, wenn dich das glücklich macht.«

»Okay«, sagte ich, unfähig, die Augen von ihm zu lösen. Was genau hatte diese Anziehung zwischen uns ausgelöst? War es der Alkohol? Der fehlende dichte Bart, der nun den Blick auf sein schönes Gesicht freigab? Die Luft um uns herum sirrte jedenfalls vor Elektrizität, und ich hatte eine Gänsehaut.

»Dann gehe ich jetzt ins Bett«, flüsterte ich.

Ich machte keine Anstalten aufzustehen. Wir starrten uns einfach nur an. Wäre es nach mir gegangen, hätte ich das noch tun können, bis die Sonne aufging.

Gott, seit wann war ich so aufdringlich?

Ches beugte sich langsam vor, bis unsere Gesichter sich fast berührten. Ich schluckte. Ich wollte mit einem Mal nichts sehnlicher, als seine Lippen auf meinen zu spüren.

Seine Hand legte sich auf meine Wange, und seine Lippen berührten meine Stirn. Ich hielt die Luft an.

Ches' Stimme war tiefer, als er wieder sprach. »Gute Nacht, Ella.«

KAPITEL 8

Die Götter waren alles andere als gnädig mit mir, denn ich wachte mit einem geschichtswürdigen Kater auf. Zumindest bestand keine Gefahr, die nächsten Stunden über der Kloschüssel zu hängen. Das musste ein gutes Zeichen sein von den Katergöttern.

Stöhnend vergrub ich das Gesicht in meinem Kissen und drehte mich auf den Bauch. Meine Glieder waren schwer und steif, und ein spitzer Druck saß hinter meinen Schläfen. Das Zimmer war zu hell. Wieso konnte es nicht dunkel sein? Das wäre um einiges angenehmer gewesen.

Blind tastete ich zwischen den Laken nach meinem Handy und öffnete widerwillig die Augen, als ich es nicht fand. Das Licht im Schlafzimmer war gleißend hell, und ich grollte auf. Wo war mein verdammtes Telefon? Wieso lag es nicht neben mir? Es lag immer neben mir, wenn ich ins Bett ging.

Und dann trafen mich die Erinnerungen vom gestrigen Abend wie eine Bombe. Schlagartig war ich wach.

»Oh, *Scheiße!*« Ich setzte mich kerzengerade auf und blickte an mir herunter. Jepp, ich trug noch immer das gelbe Kleid. Der Stoff war total verknittert und übersät mit Flecken von verschütteten Drinks.

»Au«, jammerte ich und fasste mir an den Kopf. Der Schmerz hinter meiner Stirn pochte bestialisch, so als hätte man einen wütenden Bullen in meinem Hirn freigelassen, der nun blindwütig versuchte, mit seinen Hörnern einen Ausgang zu bohren.

Ich hievte mich aus dem Bett und fischte meine Tasche vom Boden auf. Mein Handy und die Geldbörse waren noch immer darin, und ich stellte erleichtert fest, dass ich noch 14 Prozent Akku übrig hatte. Was ich ebenfalls hatte, waren jede Menge verpasste Anrufe und ungelesene Nachrichten.

Ich setzte mich zurück aufs Bett, lehnte mich gegen das Kopfende und schloss das Ladegerät an. Müde rieb ich mir über die trockenen

Augen, was schwarze Krümel auf meiner Hand hinterließ. Es war gerade mal halb neun. Halb neun! Wie lange hatte ich geschlafen? Vier Stunden? Ich überflog mein Postfach. Nachrichten von Summer, Savannah, Mitchell, Mum, den Gruppenchats von diversen Lerngruppen und …

Jason.

Ich blinzelte. So früh am Morgen und schon blieb mir das Herz stehen.

Mein Finger schwebte über der Nachricht. Jason hatte sich seit unserer Trennung nicht mehr bei mir gemeldet.

Schmerzhaft zog sich mein Herz in meiner Brust zusammen. Oh Gott. Wieso jetzt?

Ich konnte nicht widerstehen und öffnete die Nachricht.

Gesendet um *02:47 Uhr.* Das hatte ich gar nicht mitbekommen. Andererseits war ich um diese Uhrzeit schwer beschäftigt gewesen.

Du fehlst mir, El. Ich bin ein Riesenarschloch, und ich vermisse dich. Können wir bitte reden? Es macht mich krank, dich nicht mehr in meinem Leben zu haben. Ich vermisse dich jeden Tag und will bei dir sein. Bitte ruf mich zurück. Ich liebe dich.
Dein für immer, J ♥

Die Katergötter hatten sich geirrt, und zwar gewaltig.

Mir war mit einem Schlag kotzübel.

Dreizehn verpasste Anrufe von Jason Kirkpatrick und vier Mailboxnachrichten, die letzte von vor zwei Stunden. Ich drückte energisch auf die Tastensperre, klaubte ein paar Klamotten zusammen und ging ins Badezimmer. Ich duschte besonders heiß und schmierte mir so viel Shampoo auf den Kopf, dass sich meine Haare matschig anfühlten. Mit zusammengepressten Augen ließ ich das Schaumwasser über mein Gesicht laufen. Ich sollte traurig sein, oder? Stattdessen war ich wütend.

Ungläubig schnaubte ich und lehnte mich gegen die kalten Kacheln. Ein Knoten saß mir im Hals und hinderte mich am Schlucken. Tja, es schien wohl ganz so, als sei ich nicht die Einzige, die gestern zu tief ins Glas geblickt hatte. Nur hätte ich lieber fünf Nächte am Stück im Gefängnis verbracht, als auch nur noch ein weiteres Wort mit diesem verlogenen, betrügenden Widerling zu wechseln. *Argh!* Wie konnte er es wagen, mit dieser Tour bei mir anzukommen? Ob ich zurückschreiben sollte? … Nein.

Nein, auf keinen Fall.

Ich beeilte mich, im Badezimmer fertig zu werden, föhnte meine Haare, cremte mich ein – *nicht* mit der blumigen Bodylotion – und schlüpfte in gemütliche Klamotten. Als ich die Badezimmertür öffnete und mir die kühlere, trockenere Luft meiner Wohnung entgegenschlug, erstarrte ich.

Ich hatte doch etwas vergessen.

Ches.

Er war hier gewesen. Ganz sicher. Es gab zwar ein paar Gedächtnislücken, aber dass er hier gewesen war, konnte ich mir unmöglich eingebildet haben. Letzte Nacht hatte ich mich ihm regelrecht an den Hals geschmissen.

Oh nein. Nein, nein, nein, nein.

Panisch sprang ich zurück in den Türrahmen und spähte um die Ecke, um einen Blick auf das Sofa zu erhaschen. Doch ich war allein. Es sah nicht so aus, als hätte jemand darauf geschlafen. Nichts wies darauf hin, dass Ches hier gewesen war. Erleichtert sackten meine Schultern nach unten, und ich rieb mir über die Augen. Vielleicht hatte ich das alles ja doch bloß geträumt. Ich musste es geträumt haben. Wer konnte mir schon beweisen, dass Ches hier gewesen war? Es war ohnehin absurd. Er hatte dazu absolut keinen Grund. Wir waren quitt. Unsere Begegnung war kurz und schmerzlos gewesen. Flüchtig. Und nur weil ich in betrunkenem Zustand den Wunsch gehabt hatte, ihn noch einmal sehen zu wollen, würde das Schicksal von »Ich hasse dich und zerstöre dein Leben, Ella!« bestimmt nicht zu »Ich erfülle alle deine Wünsche!« übergehen.

Ich füllte mir an der Küchentheke ein Glas Wasser, um zwei Schmerztabletten einzuwerfen, und schüttelte die Gedanken von mir. Dann beschloss ich, ein wenig aufzuräumen, um die Nerven zu beruhigen. Das war mein Ding. Putzen gab mir das Gefühl von Kontrolle.

Nachdem ich mein Handy mit den Bluetoothboxen verbunden hatte, erfüllte das neue Album von *Shawn Mendes* die Wohnung und hob augenblicklich meine Stimmung. Ich sang leise mit, während ich Teller abwusch und meinen Basilikum goss. Nichts bekämpfte einen Kater und schlechte Laune so gut wie eine aufgeräumte Umgebung. *Clean room, clean mind.* Ich staubte ab, handelte mir von einem meiner Kakteen einen schmerzhaften Stachel ein, knipste die Lichterkette an meinem Bücherregal an, kochte Kaffee, zündete eine Duftkerze an und öffnete die Fenster, durch welche das gleißende Licht der Morgensonne drang.

Die Musik wurde durch einen eingehenden Anruf jäh unterbrochen.

Ich nahm das Telefon von der Küchenzeile und warf angespannt einen Blick auf das vibrierende Display.

Erleichtert nahm ich ab. Es war nicht Jason.

»Guten Morgen«, sagte ich und strich mir eine Haarsträhne aus dem Gesicht.

»Hab ich dich geweckt?«, ächzte Summer mit einer so kratzigen Stimme, als hätte sie zehn Jahre kettengeraucht und täglich Whiskey getrunken. »Bitte bring mich um. Ich will sterben, Ella.« Sie stöhnte theatralisch.

Ich pflanzte mich auf mein Sofa und gähnte herzhaft. »Wie schlimm ist dein Kater?«

»Kater? Ugh, du meinst wohl eher dieses gigantische Uhrzeitvieh. Das ist wütend und hasst mich. Ich habe letzte Nacht übrigens einen Kerl mit nach Hause genommen, der sich eben rausgeschlichen hat.«

Ich blinzelte ungläubig. »Was? Aber ich dachte, Mitchell hätte dich bei deiner Wohnung rausgelassen. Wie um Himmels willen hast du das schon wieder geschafft?«

»Na ja, du weißt doch, dass nicht weit von meinem Wohnkomplex ein Vierundzwanzig-Stunden-Supermarkt ist. Ich hatte Lust auf Käsecracker und da war dieser Typ, der Milch gekauft hat.«

»Wer kauft um vier Uhr morgens Milch?«

»Das habe ich mich zunächst auch gefragt. Dann ist mir aber klar geworden, dass ich um vier Uhr morgens in voller Ausgeh-Montur in einem Supermarkt stand, um Käsecracker zu kaufen.«

»Hast du ihm angeboten, seine Milch zum Kochen zu bringen?« Ich grinste breit, als ich versuchte, es mir bildlich vorzustellen.

Summer lachte laut und stöhnte anschließend. »Nein. Oh verflucht, diese Kopfschmerzen.«

»Und wie ist es dann dazu gekommen, dass du ihn mit nach Hause genommen hast?«

»Ich habe ihn gefragt, ist doch klar«, antwortete sie, so als wäre es absolut selbstverständlich. »Eigentlich war er nicht mein Typ, aber ich bin irgendwie auf die glorreiche Idee gekommen, austesten zu müssen, ob ich nach unserer Zeit im Knast nicht vielleicht lesbisch geworden bin – ich habe absolut nichts gegen das Lesbisch-Sein. Ich war bloß neugierig, ob etwas an dem Knast-Klischee dran ist.«

»Du warst doch gerade mal fünfzehn Minuten im Gefängnis, Summer.«

»Ich war eben betrunken und wollte es herausfinden.«

»Zu welchem Ergebnis bist du gekommen?«

»Nicht lesbisch, glaube ich. Aber vielleicht braucht es gründlichere Experimente, ich gehe der Sache bald genauer nach. Wie geht's dir? Bist du gut nach Hause gekommen?«

Ich lehnte mich tiefer in das Sofa. »Ich, äh, irgendwie schon.«

»Irgendwie? Hat dich Nancy nicht abgeholt?«

»Doch, schon. Aber Ches war auf einmal da.«

Summer schwieg. »Du verarschst mich. Auf dem Revier?«

»Nein! Vor meiner Haustür, als ich hier ankam.«

»Ernsthaft? Was hat er um diese Uhrzeit vor deiner Wohnung gewollt?«

»Er hat gesehen, wie wir von der Polizei abgeführt wurden. Danach hat er vor meiner Tür gewartet, bis ich wieder zu Hause war. Er sagte, er hätte sichergehen wollen, dass es mir gut geht.« Ich musste lächeln. Zumindest dieser Teil meiner Erinnerungen war noch schön.

Summer seufzte. »Man, das ist so süß. Welcher Kerl tut so was? Bitte sag mir, dass du ihn mit nach oben genommen hast.«

Ich zog die Beine an die Brust und vergrub das Gesicht in den Knien. »Summer, es war furchtbar. Ich bin ihm um den Hals gefallen wie ein nerviges kleines Mädchen, und er musste mich hochtragen! Ich habe auf Ella-betrunkene Art und Weise versucht, ihn zu verführen, aber ich glaube, ich bin dabei eingeschlafen. Ich habe ihn angebettelt, auf der Couch zu übernachten, weil ich nicht allein sein wollte. Irgendetwas stimmt doch nicht mit mir!«

Summer lachte auf, wobei ihre heisere Stimme brach. Dann gab sie wieder ein schmerzerfülltes Jaulen von sich.

»Das ist nicht witzig!«, jammerte ich. »Wieso habe ich das getan?«

»Ist er also nicht die Nacht über geblieben?«

»Natürlich ist er nicht geblieben!«

»Warst du wenigstens so frei, ihn nach seiner Nummer zu fragen?«

»Nein.« Ich stöhnte. »Ich wünschte, ich hätte sie, dann könnte ich mich bei ihm entschuldigen.«

»Wenn du dann schon dabei bist, kannst du ihn ja nach einem Date fragen. Ich meine, dir und deinen dauerhaft rasierten Beinen fallen bestimmt einige Arten ein, für den holprigen Start mit euch beiden aufzukommen.«

Ich konnte nicht anders, als im nächsten Moment mit Summer zusammen loszuprusten.

Wir redeten ein paar Minuten lang über den gestrigen Abend, und Summer berichtete mir, mit viel zu vielen Details, von ihrem One-Night-Stand. Ich überlegte, ob ich ihr von Jasons Kontaktversuchen erzählen sollte, entschied mich dann jedoch, dass es auch bis Montag warten konnte.

Es klopfte an der Tür, und ich stand auf. »Summer, ich muss jetzt auflegen. Wenn ich mich richtig erinnere, hat meine Mutter gestern angekündigt, heute mit Tante Kat zum Frühstück vorbeizukommen.«

»Sicher, ich schreib dir später«, sagte Summer. »Wenn ich mich bis heute Abend wieder bewegen kann, komme ich vorbei, und wir können mit Savannah dämliche RomComs gucken.«

Ich klemmte mein Handy zwischen Ohr und Schulter und öffnete die Tür. »Ja, das klingt großart…«

Das Telefon fiel klappernd zu Boden.

Mit offenem Mund starrte ich auf die Person vor mir – die definitiv *nicht* meine Mutter war. Groß, gut aussehend und breitschultrig füllte die Gestalt den Türrahmen aus.

Ich blinzelte. »Äh.«

»Ausgeschlafen?«, fragte Ches und hielt eine große braune Tüte in die Luft. »Ich habe Frühstück geholt.«

Seine Haare waren an den Spitzen noch feucht. Er trug schwarze Jeans und ein verwaschenes dunkles Holzfällerhemd, das bis auf die Mitte seiner gebräunten Unterarme hochgerollt war.

»I-ich …« Geistesgegenwärtig, wie ich war, fiel mir wieder ein, dass ich nichts trug, bis auf sehr, sehr kurze Shorts und ein altes T-Shirt von meinem Dad, auf welchem *»Eat. Sleep. Run. Repeat.«* stand. Ich verschränkte die Arme vor der Brust.

»Was machst du denn hier?«, fragte ich, wobei meine Stimme höher und nervöser klang als sonst.

Sein Blick wanderte vielsagend zu der Tüte. »Ich habe nicht viel schlafen können und bin vor einer Weile gegangen, um zu duschen und Frühstück zu besorgen.«

Ich trat zur Seite und ließ ihn eintreten. Er roch sauber und gut und nach frischem Kaffee. Wie benommen hob ich mein Telefon vom Boden auf, das bei dem Sturz prompt seinen Akku verloren hatte, und folgte Ches. Mein Bauch kribbelte aufgeregt, auch wenn ich versuchte, mir nichts anmerken zu lassen. *Vor einer Weile gegangen?*

»Wenn du mir sagst, wo ich das Zeug hinstellen soll, dann ist es ganz dein.«

»W-Wohnzimmertisch«, antwortete ich. »Ich bin gleich wieder da.« Ich floh in mein Schlafzimmer und zog mir das Erste über, was ich zu greifen bekam. Es war der Pullover der Fletcher University mit dem Logo vorne drauf. Ich hatte ihn mir extra zwei Nummern zu groß gekauft, damit ich förmlich darin schwimmen konnte. Noch nie hatte ich einen besseren Anlass dafür gefunden. Ich fühlte mich gleich um einiges wohler. Doch als ich ins Wohnzimmer zurückkehrte, fiel mir auf, dass ich vielleicht lieber noch eine längere Hose angezogen hätte. Es wäre mir allerdings zu peinlich gewesen, noch einmal in meinem Schlafzimmer zu verschwinden und mich umzuziehen, also blieb ich, klemmte mir die Haare hinter die Ohren und atmete tief durch.

Ches war dabei, zwei große Pappbecher aus der Tüte zu befreien und sie auf den Couchtisch zu stellen. Ich holte Milch aus dem Kühlschrank, nahm mir meine Einhorntasse aus dem Schrank und setzte mich zu ihm auf das Sofa. Ich gab etwas in meine Tasse, ehe Ches meinen Pappbecher an den Rand setzte und mir eingoss.

»Also …«, setzte ich ganz locker an, als er in die Tüte griff und einen belegten Bagel herausholte. »Du hast also hier auf dem Sofa geschlafen?«

»Nicht sonderlich viel, aber ja.« Er verharrte in der Bewegung und musterte mich einen Moment lang. »Kannst du dich überhaupt noch an gestern Nacht erinnern?«

»Natürlich«, sagte ich, vielleicht ein wenig zu schnell. »An alles.« Ich hätte mir *wirklich* gewünscht, es wäre nicht so gewesen. Genau genommen war es das erste Mal, dass ich mir einen gehörigen Filmriss wünschte. Die Scham drohte mich jeden Moment im Erdboden versinken zu lassen, und ich nahm hastig einen großen Schluck Milchkaffee.

»Es tut mir so leid, Ches!«, sprudelte es aus mir heraus. »Betrunken bin ich total anstrengend, ich wollte dich nicht bedrängen oder nerven, das ist mir so peinlich. Gott, ich hoffe, du bist mir nicht böse.«

Er lächelte. Nicht nur ein wenig, sondern richtig. Verwirrt blinzelte ich ihn an und beobachtete erstaunt, wie die Erheiterung sein ganzes Gesicht leuchten ließ.

Verdammt, sein Lächeln war nicht nur schön, es war umwerfend. Jetzt, wo der Bart fort war, kam es erst so richtig zur Geltung.

»Ella, wäre ich angepisst oder hätte ich gehen wollen, wäre ich nicht hier und hätte dir kein Frühstück gebracht. Sieh es als Gegenleistung für das letzte Frühstück. Und du warst ausgesprochen süß. An deiner Stelle würde ich mir darüber keine Gedanken mehr machen.«

Ich murrte ein »Danke« und nahm mir einen glasierten Donut aus der Tüte. Süß. *Süß?* Wir hatten wirklich verschiedene Auffassungen von diesem Wort. Dennoch fiel mir eine kleine Last vom Herzen. Und ein winziger, kichernder Teil meines Hirns freute sich darüber, dass er mich süß genannt hatte.

Dämlich.

»Was hast du gestern Abend beim *Black Birch* gemacht?«, fragte ich und begann zu essen.

Ches zuckte mit den Schultern, sagte jedoch nichts. Ich verzog das Gesicht. Also das Schweige-Spiel schon wieder.

Er bemerkte meinen Blick und räusperte sich. »Ich war unterwegs.«

»Ah«, erwiderte ich. Toll. Genauso gut hätte er auch gar nichts sagen können.

»Mit Freunden«, fügte er hinzu. Er lehnte sich zurück und aß eine Weile stumm. Als ich bereits glaubte, dass das Gespräch beendet war, sagte er plötzlich: »Wir … sind in einer Bar etwas trinken gegangen.«

Ich konnte nicht anders – ich lachte auf.

»Was ist?« Er zog die Augenbrauen zusammen.

»Bei dir klingt das wie ein Mordgeständnis vor Gericht.«

Er dachte darüber nach und kratzte sich schmunzelnd das Kinn. »Wir sind ins *Leo's* gegangen, haben Billard gespielt und Bier getrunken. Eigentlich wollte ich nicht so lange bleiben, aber Creed und Vince haben mich herausgefordert. Meine Ehre stand auf dem Spiel, also wurde es spät.«

Ich verdrehte die Augen. »Wieso geht es bei euch Kerlen eigentlich immer gleich um Leben und Tod?«

»Alles andere ist doch kein Anreiz, zu gewinnen.«

»Und wer hat gewonnen?«

Ches grinste. »Ich natürlich.«

Ich schüttelte den Kopf und trank noch einen Schluck. Dass er jedoch weitersprach, überrumpelte mich so sehr, dass ich beinahe alles wieder ausgespuckt hätte.

»Vince ist so was Ähnliches wie ein Arbeitskollege. Creed ist mein bester Freund. Vor drei Jahren sind wir zusammen nach Fletcher gekommen.«

Er aß weiter, so als sei nichts, aber ich sah deutlich, wie angespannt er war, als hätte es ihn einiges an Überwindung gekostet, mir das zu erzählen. Tatsächlich war ich mehr als überrascht.

»Wieso ausgerechnet Fletcher?«, fragte ich, auch wenn mir noch viel mehr Fragen auf der Zunge lagen.

Er spannte sich an. »Creed wollte hierher. Ich bin einfach nur mitgezogen. Was genau ist gestern eigentlich passiert?«

Sein Themawechsel war plump, doch ich nahm es hin.

»Ich war gestern auch mit Freunden in einer Bar, aber mein Abend hat im Gefängnis geendet. Klingt dramatischer, als es war. Wir waren da keine ganze Stunde.«

»Was hast du ausgefressen?« Ein belustigtes Funkeln trat in seine Augen. »Hast du wieder ein paar Jungs vermöbelt?«

»Diesmal habe ich gar nichts getan!«, verteidigte ich mich, lächelte jedoch. »Wir sind nur irgendwie in dem Laden gelandet, für den ich Hausverbot bekommen habe. Tja, und einer der Kerle aus unserer Truppe ist auf den Besitzer losgegangen, als der mich rausschmeißen wollte.« Die Erinnerung war mehr als lebhaft und alles andere als schön. Nüchtern hatte ich Austin wirklich gern, aber betrunken war er ein wenig anstrengend.

Ches schüttelte den Kopf und starrte mich an. »Dann steht es wohl fest.«

»Was steht fest?«

»Du bedeutest Ärger.«

Ich biss mir auf die Lippe. *Nicht rot werden. Sag irgendetwas, aber nicht rot werden!*

Ches' Mundwinkel zuckte, und er strich sich die Haare nach hinten, ohne den Blick von mir zu lösen.

Die Hitze schoss mir ins Gesicht. Ich aß weiter, um meine Verlegenheit zu überspielen. *Unmöglich, bei diesem Typen die Fassung zu bewahren.*

Als wir fertig waren, schlug Ches vor, eine Folge *Sherlock* anzumachen. Das überraschte mich fast noch mehr als die Tatsache, dass wir schon wieder zusammen gefrühstückt hatten. Ich wusste nicht, wieso er bleiben oder weshalb er mit mir Zeit verbringen wollte.

Nicht, dass ich mich beschwert hätte. Doch es verwunderte mich. Und ich war wirklich froh, dass er eine Hose trug.

Begeistert schaltete ich den Fernseher an und kuschelte mich in die vielen Kissen auf meinem breiten Sofa. Die Folge startete, und ich unterdrückte ein Gähnen. Der Kaffee wirkte absolut gar nicht.

Wir redeten nicht, während das Intro auf dem Bildschirm erschien. Das hier war definitiv etwas anderes, als mit Savannah, Summer und Mitchell Filme zu sehen. Ches' bloße Anwesenheit sorgte trotz aller Müdigkeit dafür, dass ich mich nicht auf die Serie konzentrieren konnte.

Ich dachte daran, was Summer über ihn gesagt hatte, und wagte einen verstohlenen Blick in seine Richtung. Von der Schwellung im Gesicht war zum Glück nichts mehr zu sehen, und die aufgeplatzte Wunde auf seinem rechten Wangenknochen heilte gut. Seine Nase sah aus, als sei sie in der Vergangenheit schon einige Male gebrochen worden, und jetzt, wo nur noch Stoppeln seine Wangen beschatteten, wirkte sein Gesicht ebenmäßig und ausdrucksstark, wie die Typen, die bei männlichen Outdoormarken gern als Aushängeschild benutzt wurden. Kurzum: Er sah aus wie ein grübelnder, heißer Herzensbrecher. Ich seufzte. Wie war es noch mal dazu gekommen, dass so jemand plötzlich frühmorgens neben mir auf meinem Sofa saß?

Als Ches den Kopf drehte, um meinen Blick zu erwidern, sah ich hastig zum Fernseher und versuchte, sehr konzentriert zu wirken. Ich konnte spüren, wie seine Augen länger als bloß einen Augenblick auf mir verweilten. Er musterte mich ebenfalls.

Mein Mund wurde trocken.

Wie benutzt man noch mal Hände? Wo tut man sie hin, um ganz natürlich zu wirken?

Ich wickelte eine Haarsträhne um meinen Finger und schlang die andere Hand um meinen Bauch. Das wirkte bestimmt vollkommen natürlich. Ich war die Entspanntheit pur.

Plötzlich lehnte sich Ches zu mir, bis unsere Schultern sich berührten, und mir stockte der Atem.

»Wer war es?« Der tiefe, klare Klang neben meinem Ohr drang bis unter meine Haut, und ein Schauer erfasste mich.

»Was?«, fragte ich irritiert und wandte ihm den Kopf zu. Sein Gesicht befand sich genau vor meinem. Er verfolgte mit den Augen die Geschehnisse auf dem Fernseher und hob eine Augenbraue, ohne mich anzusehen. »Der Mörder. Wer ist es?«

»Keine Ahnung«, murmelte ich. Er roch nach Kernseife und etwas Eigenem, Dunklem, das mich dazu bringen wollte, mit der Nase seinen Hals entlangzustreifen, um mehr davon zu riechen. Vielleicht sogar dazu, ihn mit den Lippen zu erkunden, um herauszufinden, ob er auch genauso …

Woah! Halt, stopp!

»Ich dachte, du bist ein eingefleischter Sherlock-Fan.« Ches ertappte mich auf frischer Tat dabei, wie ich ihn anstarrte.

»J-ja, das bin ich auch«, sagte ich, was es nicht besser machte. Mein Magen schlug einen Purzelbaum. Großer Gott, wo war mein Hirn, wenn ich es brauchte? »Ich, äh, bin nur etwas neben der Spur.«

Er lächelte schief. »Verkatert und übermüdet lasse ich mal als Entschuldigung gelten.«

Er verweilte in der Position, an mich gelehnt, und machte keine Anstalten, von mir abzurücken. Also rührte ich mich auch nicht und tat so, als wäre das vollkommen normal. »Du solltest das jetzt noch gar nicht fragen«, sagte ich, während ich Benedict Cumberbatch bei einer Nahaufnahme tief in die klugen Augen sah. »Sie haben gerade erst die Leiche gefunden! Wieso willst du jetzt schon wissen, wer der Mörder ist?«

»Wenn ich weiß, was mich erwartet, kann ich mich besser auf die Details konzentrieren.«

Ich warf ihm einen Blick zu. »Das nimmt einem doch die ganze Überraschung.«

»Ich mag Überraschungen nicht.«

»Echt jetzt? Ich dachte, jeder mag Überraschungen. Zumindest die schönen.«

»Ich habe aber lieber die Kontrolle. Ich springe nicht gern ins kalte Wasser. Damit habe ich schlechte Erfahrungen gemacht.«

Ich hob die Augenbrauen. »Ach ja? Was denn für welche?«

Er öffnete den Mund … und schloss ihn wieder. Erst glaubte ich, er würde bloß überlegen. Doch er erwiderte tatsächlich nichts.

»Tut mir leid«, sagte ich. »Das geht mich nichts an.«

»Ist schon okay. Ich habe ja gesagt, ich rede nicht gerne über mich.«

»Du wirst aber besser«, versicherte ich. »So langsam kann man tatsächlich ein ganz normales Gespräch mit dir führen.« Ich schenkte ihm ein feixendes Lächeln.

Er lachte. »Hat dir eigentlich schon einmal jemand gesagt, wie unverschämt du bist, Ella?«

»Bitte was?« Entrüstet fasste ich mir an die Brust. »Ich bin höflich und zuvorkommend!«

»So nennt man das also, ja?« Er verschränkte die Arme, was dafür sorgte, dass unsere Schultern sich noch mehr berührten. »Auf mich machst du einen ziemlich frechen Eindruck.«

»Dafür bist du ein alter Brummbär.«

Er blinzelte mich verwirrt an. »Den Ausdruck habe ich ja noch nie gehört.«

»Echt nicht? Vielleicht gibt es den in deiner Heimat nicht.«

»Ich komme aus Maine, nicht von einem anderen Planeten.«

Aha. Maine also.

Ich sah wieder zum Fernseher und grinste, obwohl meine Wangen immer noch glühten. »Das ändert nichts an der Tatsache.«

»Hm«, machte er bloß. Nach ein paar Augenblicken sagte er: »Wegen dir habe ich den Anschluss verloren. Es wäre wirklich besser, wenn ich wüsste, wer der Mörder ist.«

»Informationen sind wertvolles Gut. Was bekomme ich denn im Gegenzug?«

Er drehte seinen Kopf wieder zu mir, mindestens genauso überrascht wie ich. Hatte ich gerade wirklich so offenkundig mit ihm geflirtet?

Seine hellgrauen Augen musterten mich aufmerksam. Es fühlte sich an, als würde sich die Luft um uns herum um mindestens zehn Grad aufwärmen, und jeder Zentimeter auf meiner Haut kribbelte unter seinem Blick.

Seine Lippen teilten sich, und seine Stimme klang so tief, dass ich augenblicklich eine Gänsehaut bekam. »Was willst du denn im Gegenzug, Ella?«

Ich sank tiefer in die Polster. Ich machte vielleicht – hoffentlich – nicht den Eindruck, doch ich wurde panisch. Wie antwortete man auf so eine Frage souverän? Hätten wir uns nicht gegenübergesessen, sondern gesimst, hätte ich schon längst Summer mein Handy in die Hand gedrückt, damit sie mir half, die richtigen Worte zu finden. Ich selbst hätte mindestens zwanzig Minuten gebraucht, um darauf etwas zu erwidern. Doch Ches saß unmittelbar vor mir, so nah, dass ich ihn berührte, dass seine Körperwärme zu mir durchdrang.

Ich zuckte mit den Schultern, lässig und vollkommen unbekümmert. »Wenn du es errätst, gebe ich dir die Information umsonst. Wie klingt das?«

Ella Johns, du bist ein schlagfertiges, kleines Genie.

Ches lächelte, doch eine nachdenkliche Furche trat zwischen seine Augenbrauen. »Wie viele Versuche habe ich?«

Ich tat, als würde ich einen Augenblick lang überlegen. »Drei.«

»Sehr großzügig.« Er nickte und rieb sich mit einer Hand über das Kinn. »Hm. Vielleicht Kuchen?«

Ich lachte auf. »Den Namen eines Mörders gegen Kuchen? Ist dir eigentlich klar, was für ein miserables Angebot das ist? Hältst du mich für so verfressen?«

»Hey, das habe ich nicht gesagt! Ich dachte bloß, dass du Kuchen magst. Als wir das letzte Mal gefrühstückt haben, waren da mindestens fünf Donuts in der Tüte.«

Ich presste die Lippen zusammen. »Aber das war bloß Frustessen! Normalerweise esse ich nicht …« Ich hielt inne. »Na schön. Ich mag eben Süßes. Du hast trotzdem nur noch zwei Versuche.«

Er sah mich lange an. Ich hatte das Gefühl, als wären sich unsere Gesichter näher gekommen. Ich konnte seinen Atem auf den Lippen spüren und winzige Flecken in seiner Iris ausmachen, die von Nahem aussah wie flüssiges Silber.

Erst da fiel mir auf, dass ich mich gegen ihn lehnte. Und er sich an mich.

»Geld«, sagte er schließlich, ohne auch nur eine Sekunde den Blick von meinen Augen zu nehmen. »Informationen kauft man meistens. Oder?«

Mein Hals fühlte sich viel zu eng an. Es kostete mich wirklich Kraft, den Blick nicht auf seine Lippen zu lenken. »Wenn ich das annehmen würde, würde das ja bedeuten, dass ich käuflich bin. Bin ich nicht. Noch ein Versuch.«

Ich wusste selbst nicht, was ich eigentlich wollte. In diesem Spiel gab es keine richtige Antwort. Hätte er tatsächlich Kuchen gehabt, hätte ich diesen wahrscheinlich ohne zu zögern angenommen. Es ging bloß um eine Folge *Sherlock,* welcher keiner von uns auch nur die geringste Aufmerksamkeit schenkte. Und doch brannte ich darauf, zu wissen, was er als letzte Antwort vorschlagen würde. Er wirkte so konzentriert, als würde alles von dieser letzten Antwort abhängen.

»Tut mir leid«, sagte er schließlich leise. Seine Stimme klang rauer. »Ich gebe auf.«

»Dann wirst du wohl den Rest der Folge in Unwissenheit leben müssen«, erwiderte ich und rang mir ein Lächeln ab.

Auch Ches lächelte jetzt, was dazu führte, dass meine Augen sich doch auf seinen Mund hefteten. Verdammt. Ich saß in der Falle. Denn sein umwerfendes Lächeln wirkte auf mich absolut entwaffnend. Seine Lippen sahen weich aus, seine Zähne gerade.

Ich zwang mich, wieder aufzublicken, als sein Lächeln verblasste.

Doch was mich erwartete, sorgte dafür, dass mein Herz einen vollen Schlag lang aussetzte.

Ches' Blick hatte sich verdunkelt, und nun war er es, der auf meine Lippen starrte.

Ich konnte nicht mehr atmen. Die Luft zwischen uns war aufgeladen und knisterte, wie der flüchtige Abstand zwischen zwei elektrischen Magneten, kurz bevor sie aufeinandertrafen.

Ich war mir todsicher, dass er jeden Moment den Kopf senken würde, um mich zu küssen. Es fühlte sich wie etwas an, was unvermeidbar, unaufhaltbar war.

In diesem Moment erklang vom Fernseher ein lauter Soundeffekt. Ches zuckte kaum merklich zusammen.

Er blinzelte mich an, und einen Herzschlag lang sah er mir wieder in die Augen. Dann räusperte er sich und setzte sich wieder gerade hin.

Hastig tat ich es ihm nach. Unsere Schultern berührten sich nicht mehr, doch das Herz schlug mir noch immer bis zum Hals.

»Ich, äh, gehe mal aufs Klo«, sagte ich und stand auf. Es kostete mich große Mühe, nicht ins Badezimmer zu rennen.

Ich schloss die Tür hinter mir, schaltete das Licht an und umklammerte das Waschbecken.

Die Person, die aus dem Spiegel zurückstarrte, sah ziemlich aufgewühlt aus. Abgesehen von erschreckend dunklen Ringen unter den Augen, waren ihre Augen geweitet und ihre Wangen rot. Ich presste die Lippen zusammen, was jäh Grübchen in mein Gesicht zauberte.

Tief durchatmen. Es ist absolut nichts zwischen euch passiert.

Abgesehen davon natürlich, dass du fast gestorben wärst, als er dich nicht geküsst hat.

Ich drehte den Wasserhahn auf und hielt meine Hände unter den kalten Strahl. So hatte ich mich bei Jason nie gefühlt. Das Verlangen, ihn küssen zu wollen, hatte mir nie den Atem geraubt. Ich hatte Bauchkribbeln verspürt, sicher, doch es hatte sich nie so gewaltig angefühlt.

Als sich mein Puls endlich beruhigt hatte, drehte ich das Wasser wieder ab. Dann kämmte ich mir noch hastig durch die blonden Haare, ehe ich die Tür wieder öffnete.

Ches saß noch immer auf dem Sofa, als ich zurückkehrte. Offenbar hatte er die Folge noch einmal von vorne gestartet.

Wortlos setzte ich mich wieder neben ihn und zog die Beine an die Brust.

Es war nicht so, dass wir uns ignorierten. Doch wir schwiegen uns an und verfolgten die Geschehnisse auf dem Bildschirm mit höchster Konzentration. Verlegenheit lag greifbar in der Luft und vermischte sich mit der unverkennbaren Anziehung, die noch immer zwischen Ches und mir herrschte. Mein Körper war sich dem seinen in jeder Faser bewusst.

Gegen Mitte der Folge brannten meine Augen vor Müdigkeit. Die vergangene Nacht hatte mich gezeichnet, und ich konnte nichts dagegen tun. Mit jeder Minute wurde es schlimmer. Ches' Schulter war mehr als verlockend neben meinem Kopf, aber ich traute mich nicht, mich noch einmal an ihn zu lehnen. Auch wenn ich es wollte. Wirklich.

»Ich liebe diese Stelle«, murmelte ich nach einer Weile, während Sherlock und Watson durch London jagten. Mein Körper fühlte sich schwer an, wie Blei. »Du kannst dir mittlerweile bestimmt denken, wer das Opfer ermordet hat.«

»Hm …«, machte Ches bloß.

Ein Seitenblick verriet mir, dass seine Augen mehr geschlossen als offen waren. Unter ihnen lagen mindestens so tiefe Schatten wie unter meinen.

Stimmt ja. Wenn ich bereits kaum geschlafen hatte, dann er noch weniger.

Ich gab mir wirklich Mühe, doch letztendlich landete mein Kopf doch an seiner Schulter. Ich seufzte erleichtert. Es fühlte sich gut an. Und noch besser sogar fühlte es sich an, die Augen zu schließen. Nur kurz, für einen Augenblick, um das müde Brennen zu lindern.

Ein plötzliches Zucken in meinem Bein machte mich für ein paar Sekunden wieder wacher, und ich überlegte befangen, ob ich mich aufsetzen sollte. Doch der Gedanke verflüchtigte sich, als Ches mit einem tiefen Atemzug seinen Kopf an meinen lehnte. Seine Haarspitzen kitzelten mich auf der Wange, und meine Lider schlossen sich wieder. Ein warmes Gefühl breitete sich in meiner Brust aus, und ich zog die Beine an, bis meine Knie seinen Oberschenkel streiften.

Dann senkte sich Dunkelheit über mich und hüllte mich in tiefen Schlaf.

Es war nichts Bestimmtes, was mich aufweckte. Mein Körper beschloss einfach irgendwann, wach zu werden. Nur langsam sickerte die Benommenheit aus meinem Kopf. Ich atmete tief ein und kuschelte mich enger … an einen Körper.

Schläfrig öffnete ich ein Auge. Das Erste, was ich wahrnahm, war, dass die Sonne nicht mehr in meine Wohnung schien. Das Licht im Raum war gedämmt. Und das da, genau vor meinem Auge und unmittelbar unter meiner linken Gesichtshälfte, war ein Flanellhemd. Ein Flanellhemd, das sich sanft und regelmäßig hob und senkte.

Im nächsten Moment war ich hellwach. Mein Hirn analysierte die Lage innerhalb eines Sekundenbruchteils. Ches und ich befanden uns beinahe in derselben Position wie in der, in welcher wir eingeschlafen waren. Nur, dass wir tiefer auf das breite Polster gerutscht waren, sein Arm um mich geschlungen war und ich mich in seiner Armbeuge in einer halb liegenden Position befand. Sein Kopf ruhte auf der Rückenlehne. Eines meiner Beine lag über seinem Schoß und …

Finger rührten sich auf der Mitte meines Oberschenkels.

Ich verschluckte mich beinahe an meinem Atem. Meine Augen schnellten zu Ches' Hand, die schwer und warm auf meinem Bein lag.

Heilige Mutter Gottes.

Wir kuschelten.

Was sollte ich jetzt machen? So tun, als würde ich noch schlafen und warten, bis er auch wach wurde? Oder sollte ich mich langsam von ihm lösen und beten, ihn dabei nicht aufzuwecken?

Vorsichtig zog ich meine Hand zurück, die zur Hälfte zwischen meiner Wange und seiner Brust eingeklemmt gewesen war.

Sein ruhiger Atem geriet aus dem Takt, und ich erstarrte.

Langsam hob ich den Kopf. Ches' Gesichtszüge wirkten ebenmäßig und entspannt. Seine Augen waren geschlossen. Er wirkte gelöst, und die Furche zwischen seinen Augenbrauen war fort.

Doch dann sah ich, wie er schluckte und ein Muskel in seinem Kiefer zuckte.

Keiner von uns rührte sich, und doch war ich mir sicher, dass er genauso sehr wusste, dass ich wach war, wie ich, dass er es war.

Seine Hand schmiegte sich sanft an meinen Oberschenkel, federleicht und vorsichtig, was meine Vermutung augenblicklich bestätigte. Wie ein Blitz folgte eine Gänsehaut seiner Berührung und zuckte durch meine Adern. Ich schloss die Augen, versuchte, nicht die Luft anzuhalten.

Ganz still lagen wir da. Ich traute mich nicht, mich aufzusetzen und den Moment zu zerstören.

Das ist doch verrückt. Wir sind uns praktisch fremd. Nur im Vergleich zu Summer und ihren flüchtigen One-Night-Stands wären wir so was wie alte Bekannte.

Ich ignorierte die nervöse Stimme in meinem Kopf und legte mutig meine Hand auf Ches' Brust. Wieder geriet sein Atem aus dem Takt, was meinen Herzschlag beflügelte. Der Arm, der mich hielt, zog mich kaum merklich fester an sich.

Ich war hellwach, sowohl mein Geist wie auch mein Körper. Das hier fühlte sich gut an. *Er* fühlte sich gut an.

Die Brust unter meinen Fingern war fest und wohlgeformt. Sein Duft war fremd und vertraut und wohlig zugleich. Es fehlte nicht mehr viel, und ich hätte einfach meine Nase in seinem Hemd vergraben und tief eingeatmet.

Ich erstarrte, als sich seine Hand von meinem Bein löste, und mein Puls beschleunigte sich. Ich fragte mich, was als Nächstes geschehen würde … da strich Ches sanft über mein Haar.

Woah.

»Ella?«, fragte er leise. Der tiefe Klang vibrierte unter meinem Ohr.

Langsam hob ich den Blick. Er sah mich mit wachsamen Augen an. Verlangen und Verwunderung lagen in ihnen.

Etwas in mir machte klick, so als würde es einrasten. Das plötzliche und überwältigende Bedürfnis, ihn zu küssen, sorgte dafür, dass sich meine Kehle zuschnürte und die Welt ins Wanken geriet.

Gott, ich wollte ihn *wirklich* küssen.

»Wir sind wohl eingeschlafen«, murmelte er. Wieder zuckte ein Muskel in seinem Kiefer.

Ich wollte mich aufsetzen, mich von ihm zurückziehen, um mein irrationales Verlangen zu zügeln, doch Ches machte keine Anstalten, seine Arme von mir zu lösen. Also tat ich es auch nicht.

»Offensichtlich«, flüsterte ich zurück.

Seine Augen hefteten sich für einen gefährlich langen Moment auf meine Lippen. Die schönen, stahlgrauen Augen verdunkelten sich, und er atmete tief ein.

Oh bitte. Bitte tu es einfach.

Doch er tat es nicht. Schon wieder. Stattdessen setzte er sich auf, und innerhalb eines Sekundenbruchteils saß ich ebenfalls aufrecht, nahm mein Bein von seinem Schoß und räusperte mich.

Gott, war das seltsam. Warum zog er sich immer wieder zurück? Vielleicht interpretierte ich alles auch einfach falsch? Vielleicht bildete ich mir bloß ein, dass diese Anziehung auf Gegenseitigkeit beruhte, und er versuchte, mir auf möglichst sanfte Art zu verstehen zu geben, dass er nicht interessiert war.

Deswegen stand er vermutlich auch auf, die Augen überall hin gerichtet, nur nicht auf mich. »Ich, äh, sollte … Vielleicht wäre es besser, wenn ich …«

»Ja, sicher. Klar.« Ich stand ebenfalls auf und schlang die Arme um mich. »Wir haben bestimmt Stunden geschlafen.«

Er blickte an die Wanduhr. »Drei Stunden, um genau zu sein.«

»Wow, ganz schön lang.«

»Total lang.«

Wir sahen uns wieder an, und ich wusste nicht, ob ich laut lachen, schreien oder im Erdboden versinken sollte. Wie verhielt man sich in einem solchen Moment? Dafür gab es bestimmt kein Handbuch. Immerhin war nichts zwischen uns passiert. Wir waren nur auf dem Sofa eingeschlafen, keine große Sache. Es war ja kein One-Night-Stand oder so was gewesen.

Doch warum fühlte es sich dann so gewaltig an, als wären wir über Grenzen gestiegen, die zuvor unumgänglich gewesen waren?

Der physische Abstand zwischen uns tat dem keinen Abbruch. Die Luft zwischen uns sirrte geradezu vor Spannung und war beinahe so dick, dass man sie schmecken konnte.

Ches spürte es auch, das konnte ich sehen. Er ballte die Hände zu Fäusten, entspannte sie wieder und vergrub sie schließlich in den Taschen seiner Jeans. Das dunkle Holzfällerhemd war ein wenig knittrig und seine Haare am Hinterkopf zerzaust, aber vielleicht machte ihn das sogar noch anbetungswürdiger.

Er zeigte mit dem Daumen zur Tür. »Ich sollte gehen.«

»Danke für das Frühstück.«

»Nichts zu danken.«

Keiner von uns rührte sich. Der Abstand zwischen uns war nicht groß, was mir in jeder Faser meines Körpers bewusst war. So, wie seine Augen mich musterten, war ich auch damit nicht allein.

Was zum Teufel passiert hier? Wieso fühlt es sich an wie eine Naturgewalt?

Seine Augen schlossen sich, und er atmete tief durch. Als er sie wieder öffnete, wirkte er gefasster, drehte sich um und ging zur Wohnungstür.

Ich atmete mühsam durch und folgte ihm. Meine Knie fühlten sich weich an, und das Blut in meinen Adern kribbelte.

Als Ches die Tür öffnete, lehnte ich mich mit einer Schulter gegen die Wand, so lässig ich es irgendwie konnte.

»Wird das jetzt eigentlich immer so sein?«, fragte ich.

Er drehte sich zu mir um und runzelte die Stirn. »Was meinst du?«

»Unsere Begegnungen; unerwartet und purer Zufall.« Es war ein Fakt, dass ich weder gut im Flirten war noch allzu direkt sein konnte, wenn tatsächlich auch mal was davon abhing. *Frag ihn doch einfach nach seiner verdammten Nummer und wann ihr euch wiederseht!*

Ches fuhr sich mit den Fingern durch die Haare. Mir fiel auf, dass er das öfter tat. Aus Unbehagen oder aus Verlegenheit? »Ich weiß es nicht, Ella. Das finden wir wohl raus, wenn es wieder so weit ist.« Einer seiner Mundwinkel hob sich zu einem schiefen sexy Lächeln, das mir den Rest gab.

»Wir sollten Nummern austauschen«, sagte ich endlich und lächelte mutig. »Wer weiß, wann ich wieder in eine Schlägerei verwickelt werde, an der du zufällig mitten in der Nacht vorbeikommst. Wir könnten essen gehen oder wir …«

Ich wurde mitten im Satz unterbrochen, als Ches den Kopf senkte und mich küsste.

Seine Lippen waren weich und warm und pressten sich auf meine. Doch so schnell, wie der Kuss gekommen war, war er auch schon wieder vorbei. Ches seufzte und fuhr mit dem Daumen meine Wange entlang.

Ich öffnete die Augen, hatte nicht einmal gemerkt, dass ich sie geschlossen hatte.

Dann endlich schaltete mein Hirn. Gerade als Ches einen Schritt zurücktreten wollte, weil ich starr wie eine Statue dagestanden hatte, legte ich meine Hände um seinen Hals, stellte mich auf die Zehenspitzen und küsste ihn zurück.

Ein tiefer Laut entwich seiner Kehle, und er schlang die Arme um mich. Er überbrückte auch den letzten Abstand zwischen uns und erwiderte den Kuss mit einer Intensität, die mir den Atem raubte.

Hitze schoss durch meinen Körper. Seine Lippen glitten sanft und bestimmt über meine. Es war ein erstes Herantasten, ein erstes Erforschen, doch gepaart mit einem Hunger, der mich in die Knie zwingen wollte.

Ich küsste Ches mit genau diesem Hunger zurück, schmolz unter dem Gefühl seiner Hände und dem leichten Kratzen an seinem Kinn dahin.

Zehn Herzschläge später lösten wir uns voneinander und starrten uns atemlos und mit großen Augen an. Mein Herz galoppierte wie wild. Ich war mir nicht sicher, ob das gerade wirklich passiert war oder einer reinen Wunschvorstellung entsprach.

»Tut mir leid«, sagte er mit belegter Stimme. »Ich hätte dich nicht küssen sollen. Ich hätte gar nicht erst herkommen sollen, das Ganze war ein Fehler.«

»Ja, ein Fehler«, wiederholte ich, genauso kurzatmig. Ich wollte noch etwas hinzufügen, irgendetwas Geistreiches. Schließlich nickte ich bloß, vergrub die Hände in seinen unfassbar weichen Haaren und drückte meine Lippen wieder auf seine.

Ein Stöhnen entfuhr mir, als er den Kuss augenblicklich und leidenschaftlich erwiderte. Im nächsten Moment spürte ich plötzlich hart die Wand an meinem Rücken. Ches kickte mit dem Fuß die Tür zu und schlang die Arme um mich.

Ein Laut entwich meinen Lippen. Der Schluss, zu welchem ich schnell kam, war, dass ich mehr wollte. Oder genau das hier, nur für immer.

Ich küsste ihn drängender, mutiger. Er zog meine Unterlippe zwischen seine Zähne und knabberte an ihr, was meinen Verstand endgültig in Schall und Rauch verwandelte. Als ich meinen Mund öffnete, brachte er seine Zunge ins Spiel, und er umspielte damit genüsslich die meine, was einen elektrischen Stromschlag geradewegs durch meinen ganzen Körper jagte. *Oh Gott.* So war ich in meinem ganzen Leben noch nicht geküsst worden.

Ich schlang ein Bein um seine Hüfte, und er packte es am Knie, hob mich mit einem Ruck hoch und trat zurück, bis mein Rücken den Halt an der Wand verlor. Doch als ich mich mit einer Hand an seiner Brust abstützte, um aufrecht zu bleiben … versteifte er sich plötzlich.

Dann ging alles ganz schnell.

Ein schmerzerfüllter Laut entwich ihm, und im nächsten Moment knickten ihm die Knie weg.

Wir landeten unsanft auf dem Boden, ich auf ihm drauf, wobei ich ihm eine gehörige Kopfnuss verpasste.

»Au!«, stieß ich hervor und setzte mich auf, stützte mich gedankenlos noch einmal auf seiner Brust ab, und … er krümmte sich und schrie auf.

»Tut mir leid!« Hastig krabbelte ich von ihm runter. »Was ist passiert? Was habe ich getan? Was fehlt dir? H-hast du einen Herzinfarkt, oder so was? Ches!«

Auf dem Holzboden liegend rollte er sich auf die Seite und presste sich die Hand auf die Brust. Sein Gesicht war zu einer schmerzerfüllten Grimasse verzogen.

Plötzlich wurde mir eiskalt, und mein Kopf leerte sich. *Zusammenbrechen. Ein großer Körper, der sich vor Schmerz ganz klein machte, um dem Leid zu entfliehen, auch wenn es kein Entfliehen gab. Bedrohliche Stille, die von nichts als schweren Atemzügen erfüllt war.*

Meine Brust wurde so eng, dass ich glaubte zu ersticken. Das Bild von Krankenhäusern, der Geruch von Desinfektionsmittel und das ausgemergelte Gesicht meines Dads erschienen vor meinem inneren Auge.

Ich streckte die Hände nach Ches aus. Panik ließ Tränen in meine Augen schießen. »Ich fahre dich ins Krankenhaus.«

»Nein, Ella«, stieß er hervor, kniff die Augen zusammen. »Es ist nichts. Gib … Gib mir nur eine Minute.«

»Du brauchst ganz offensichtlich ärztliche Hilfe, und ich werde nicht tatenlos hier herumsitzen, während du einen Anfall hast!«

»Das … ist kein Anfall. Ich habe mich nur verletzt. Du hast dich auf dieser Stelle abgestützt. Es ist kein großes Ding. Ich muss nur kurz … zu Atem kommen.«

Angespannt saß ich neben ihm auf dem Boden und grub die Fingernägel in die Handballen. Es brachte nichts. Sie zitterten noch immer. Mir war schlecht, so als wäre der böse Kater von heute Morgen vollends zurück und hätte mich wieder eisern im Griff.

Es ist nicht wie bei Dad. Er ist nicht krank. Es ist nicht dasselbe.

Nach und nach beruhigte er sich und rieb sich über die Brust. Langsam atmete er aus und öffnete die Augen. Sein Blick ging ins Leere.

»Ches?«, fragte ich leise. Vorsichtig legte ich ihm eine Hand auf den Arm. Er setzte sich auf und rieb sich mit den Händen über das Gesicht. »Es ist nichts, Ella«, wiederholte er murmelnd, diesmal nachdrücklicher. »Es geht mir gut.«

»Nach nichts sah das aber nicht aus!«

»Belassen wir es dabei, es ist nichts, worüber du dir Sorgen machen müsstest.«

Ich funkelte ihn an. »Ich habe deine Brust quasi nur berührt, und schon sind wir zu Boden gesegelt. Wenn du in meiner Wohnung krepierst, habe ich sehr wohl ein Recht zu wissen, was los ist. Sonst kann ich dir nicht helfen.«

»Du musst mir nicht helfen, und ich krepiere auch nicht. Ignorier es einfach, bitte.« Seine Miene war jetzt hart und verschlossen. Irgendetwas hatte sich verändert, als hätte er eine Mauer um sich herum errichtet.

»Wie hast du dich verletzt?« Ich legte ihm meine Hand an die Wange, doch er reagierte nicht ansatzweise. Obwohl wir uns eben noch so nahe gewesen waren, war nun nicht mehr zu ignorieren, wie fremd wir uns zugleich noch immer waren. Ich hatte kein Recht, ihn auf diese Weise zu berühren, das spürte ich deutlich. Also ließ ich die Hand wieder fallen.

Ches sah mich an, und seine Miene wurde ein wenig weicher. Vermutlich gab der Ausdruck in meinen Augen preis, wie aufgewühlt ich war.

»Was ist mit deiner Brust, Ches?«, versuchte ich es noch einmal, auch wenn ich es vermutlich nicht hätte tun sollen. Ich streckte die Hand aus und strich mit den Fingern über den Kragen seines Flanellhemdes.

»Es ist nichts«, flüsterte er. Doch die Art und Weise, wie er es sagte, strafte seine Worte Lügen.

Meine Hand lag noch immer an seinem Kragen. Er schob sie nicht fort, was mich Mut fassen ließ.

Vorsichtig öffnete ich einen Knopf und wartete auf eine Reaktion. Darauf, dass er meine Hand wegschlug oder aufsprang und ging. Doch er beobachtete mich bloß angespannt.

Ich öffnete noch einen Knopf, dann einen weiteren.

»Ella …« Ches presste die Lippen zusammen, eine stumme Bitte, die mich augenblicklich innehalten ließ.

Nach kurzem Zögern öffnete er jedoch selbst einen Knopf, ohne die Augen von mir zu lösen. Noch ein Knopf, noch einer, der letzte …

Der Stoff glitt zur Seite.

Und ich erstarrte.

»Oh mein Gott«, flüsterte ich und schwebte mit den Fingerspitzen über seiner Brust.

Glatte, gebräunte Haut über harten Muskeln und … Blutergüsse. Tiefdunkle Schatten bedeckten seine Brust wie unheilvolle Gewitterwolken. Er sah aus, als sei er unter den Reifen eines LKWs geraten und ich wollte mir nicht ausmalen, was solch schlimme Male verursacht haben könnte. Das hier waren keine gewöhnlichen blauen Flecken. Sie sahen wirklich gefährlich aus, und mein Bedürfnis, ihn ins Krankenhaus zu fahren, meldete sich wieder, diesmal schrill und alarmierend. Ich war vollkommen erschüttert, so sehr, dass mir eiskalt wurde. Kein Wunder, dass er sich unter Schmerzen gekrümmt hatte!

»Ches, w-was ist dir passiert? Hattest du einen Unfall? Hat dir jemand wehgetan? Kann ich irgendetwas tun? Bist du sicher, dass ich dich nicht ins Krankenhaus fahren soll?«

Er verspannte sich plötzlich und kämpfte sich auf die Beine. »Ich hätte nicht herkommen dürfen.«

Ich rappelte mich ebenfalls auf und hielt ihn am Arm fest. »Warte! Du kannst doch jetzt nicht einfach gehen. Das sieht wirklich schlimm aus!«

»Ich bin gestürzt«, sagte er mit angespanntem Kiefer und löste seinen Arm aus meinem Griff.

Ich funkelte ihn an. Er war auf keinen Fall bloß gestürzt, und dass er mich so offensichtlich anlog, machte mich wütend.

Er begann, sein Hemd wieder zuzuknöpfen, und ging zur Tür.

Ich hastete ihm hinterher und fluchte. »Verdammt noch mal, Ches!«

Er drehte sich zu mir herum und rieb sich mit der Hand über das Gesicht. »Hör zu, Ella. Was eben passiert ist, war ein Fehler. Ich hätte dich nicht anrühren dürfen. Vergiss einfach, dass es passiert ist. Ich muss jetzt gehen.«

Mein Mund klappte auf. *Vergessen, dass es passiert ist? Will der mich verscheißern?*

Ches gab mir keine Gelegenheit, noch etwas zu sagen, sondern verschwand so schnell aus meiner Wohnung, als wäre ich sehr viel mehr als ein zerzaustes Mädchen mit erhitzten Wangen, welches er eben noch geküsst hatte. Er floh, als hätte er eben den größten Fehler seines Lebens begangen.

KAPITEL 9

Am nächsten Morgen lief ich durch die offene Tür von *Parcell House,* einem der Wohnheime auf dem Campus. Es war Sonntag, und ich war mit Savannah, Summer und Carla in Savannahs Wohnheimzimmer zum Lernen verabredet. Eine Lern-Session konnte ich gerade wirklich gut gebrauchen. Ich hatte in letzter Zeit total den Anschluss verpasst. Außerdem war ich froh, meine Wohnung verlassen zu können, obwohl frühe Morgen und Sonntage eine tödliche Kombination für mich darstellten. Letzte Nacht hatte ich kaum geschlafen, weil ich so aufgewühlt gewesen war. Ich konnte einfach nicht fassen, was passiert war und dass Ches meine Welt so dermaßen auf den Kopf gestellt hatte. Ich wollte ihn gar nicht mit Jason vergleichen, aber ich tat es natürlich trotzdem. Vielleicht, weil mein Leben momentan so absurd war. Jason hatte es nie gemocht, sich lange mit Rumknutschen aufzuhalten. Er mochte es generell nicht sonderlich und hatte weder seine Zunge, seine Zähne noch irgendetwas anderes ins Spiel gebracht als seine dämlichen Lippen. Ich hatte seine Küsse immer für träumerisch und innig gehalten, aber nach dem, was ich gestern erlebt hatte, kamen sie mir langweilig und dröge vor.

Was natürlich nichts an der Tatsache änderte, dass Ches einfach davongestürmt war. Ich war wütend und vor den Kopf gestoßen und machte mir Sorgen um ihn.

Das Wohnheim war totenstill, was vermutlich an der Uhrzeit lag. Soweit ich wusste, hatten gestern in Campusnähe einige Verbindungspartys stattgefunden. Ich hievte mich die letzten Stufen des dritten Stockwerks hinauf und keuchte. Mein Atem war flach, und mir war heiß. Es war wirklich höchste Zeit, dass ich wieder damit begann, Sport zu machen.

Parcell House war alt und abgenutzt. Nicht einmal der Efeu, welcher die rote Ziegelsteinfassade des Gebäudes überwucherte, konnte verstecken, dass es dringend ein paar Sanierungen nötig hatte.

Savannah liebte es trotzdem, wegen all der Geschichte, die in den Mauern steckte. Unzählige Studenten aus den verschiedensten Studiengängen, mit den unterschiedlichsten Träumen hatten schon hier gelebt. Ich kannte niemanden, der sich für diese Tatsache so begeistern konnte wie Sav. Ich hatte nie auf dem Campus wohnen wollen, sondern immer von meinen eigenen vier Wänden geträumt. Außerdem hatte ich immer gehofft, dass Jason eines Tages bei mir einziehen würde und wir so den ersten bedeutsamen Schritt in unserer Beziehung täten.

Dämlich. Ich weiß.

Am Ende des Gangs klopfte ich an die Tür und trat ein.

»Da bist du ja!«, rief Savannah, als ich die Tür hinter mir schloss. Sie saß mit Carla auf ihrem Bett und hatte irgendwelche Musikclips von Musicals auf dem Laptop laufen, so wie eigentlich immer. Er rauschte laut, weil die Lüftung des Rechners auf nichts als ein Monstrum von Bettdecke traf, das genau wie die vielen Kissen im Harry-Potter-Stil gehalten war und die Karte des Rumtreibers zeigte. Unpassenderweise trug Savannah einen Weihnachts-Onesie, obwohl es gerade mal September war. Ihr Pferdeschwanz war zerzaust, und die goldene Nerdbrille saß tief auf ihrer sommersprossigen Nase.

»Ich bin seit vier Uhr wach«, verkündete sie stolz und prostete mir mit einer Tasse zu. »Vom antiken Theater bis zum späten Mittelalter – frag mich, was du willst. Ich weiß alles, Ella. Einfach *alles.*« Ihr Lächeln wirkte ein wenig irre – es fehlte nur noch, dass ihre Augenlider zu zucken begannen.

»Ihr sind vor einer Stunde die Sicherungen durchgebrannt«, murmelte Carla, und ich grinste. Savannah studierte Theaterwissenschaften, was man ihrer Hälfte des Wohnheimzimmers deutlich ansah. Ein gigantisches Poster vom Broadway-Musical *Hamilton* hing über ihrem schmalen Bett neben einer Pinnwand mit alten Theater- und Kino-Tickets, unzähligen Fotos und einer Abbildung der Freiheitsstatue. Und überall stapelten sich Bücher. Sie bildeten sogar den Tisch für einen kleinen Wasserkocher und die Ablage diverser Tassen und Tee-Packungen. Sav war ein Nerd und lebte mit jeder Faser dafür.

Summer war noch nicht da, was kaum verwunderlich war. Sie kam meistens zu spät. Dafür saß Mitchell auf Savannahs Schreibtischstuhl und tippte ebenfalls in sein Handy. Seine Haare waren nass. Vermutlich war er im Schwimmtraining gewesen.

Herrgott, es war gerade mal neun Uhr, wieso zum Teufel waren Mitchell und Savannah Moore so unfassbar aktiv?

Mitchell grinste mich an. »Hey, Knastbraut. Schön zu sehen, dass auch du wieder auf freiem Fuß bist.«

Ich schnaubte belustigt. »Ernsthaft? Knastbraut?«

»Schau dir Savannah doch mal an, sie ist knallhart und rau wie die Straße geworden.«

Carla blickte auf und starrte Mitchell an. Es wirkte beinahe angewidert. »*Dios mio,* sag nie wieder *knallhart und rau wie die Straße.* Ich weiß nicht, ob ich dann lachen oder weinen soll. Leute wie du sagen so was einfach nicht.«

»Leute wie ich?«, wiederholte Mitchell in gespielter Entrüstung. »Reduzierst du mich auf meine Herkunft?«

»Ich reduziere dich auf die Tatsache, dass du ein nerviger Sportlertyp bist.«

»Oh, na dann. Damit kann ich leben, Prinzessin.«

Carla machte ein finsteres Gesicht. Diesen Spitznamen, den Mitchell ihr verpasst hatte, hasste sie schon seit der Highschool.

Ich stellte meine Tasche zwischen einem limitierten Schuber von »Die Tribute von Panem« und Savannahs Bett ab.

»Summer verspätet sich«, sagte Savannah. »Sie ist gestern noch auf eine der Verbindungspartys gegangen.«

Vermutlich würde Summer müde und zerstört sein, absolut nicht bereit, um mit uns zu lernen.

»Wieso wundert mich das nicht?«, fragte ich und schlüpfte aus meinen Schuhen.

Savannah packte den überhitzten Laptop weg und klopfte zwischen sich und Carla auf das Bett. Gerade als ich mich setzte, öffnete sich die Zimmertür und Summer schneite herein. »Hi, Ladys!«, flötete sie in einem wehenden türkisfarbenen Kleid und mit klimpernden goldenen Armreifen – sie wirkte alles andere als verkatert und zerstört von einer durchzechten Nacht. »Ich habe Schokolade, Sprühkäse aus der Dose und Käsechips dabei. Wir können sofort loslegen.« Sie breitete sich neben Savannahs Bett aus, indem sie ihre riesige Handtasche im Leopardenprint leerte und all die Sachen auf den Boden kippte, die sie soeben aufgezählt hatte. Dann setzte sie sich im Schneidersitz auf ein Kissen, das mit irgendeinem Buchzitat bedruckt war. »Zumindest«, verkündete sie und löste die Kappe vom Sprühkäse, »sofort, nachdem wir alle Els skandalöse Neuigkeiten gehört haben.«

»Was meinst du?« Ich wusste genau, was sie meinte. Doch obwohl ich Summer schon mein ganzes Leben lang kannte, schaffte sie es immer wieder, mich mit ihrer Direktheit zu überrumpeln.

»Neuigkeiten?«, fragte Savannah mit großen Augen. »Wieso weiß ich davon noch nichts?«

»Ich wollte dir heute davon erzählen«, sagte ich kleinlaut.

»Was sind es für Neuigkeiten? Gute oder schlechte?« Auch Carlas Aufmerksamkeit war wohl geweckt worden. Sie hob eine perfekt gezupfte Augenbraue und musterte mich. »Spuck aus, was hast du angestellt, Ella?«, fragte sie. »Gibt es Nacktfotos von dir? Ein Sextape?«

Schockiert schnappte ich nach Luft. »Nein! Wie kommst du denn darauf?«

»Wegen dir und Jason natürlich. Diesem Idioten traue ich alles zu. Du kannst von Glück reden, dass ihr keine öffentliche Schlammschlacht führt. Trennungen können noch viel hässlicher ausarten als eure.«

»Denkt ihr dabei auch alle an Toby und Rachel?«, schaltete sich Mitchell ein und drehte sich auf dem Schreibtischstuhl im Kreis. »Mann, das war echt schmutzig.«

Savannah warf ihn mit einem Kissen in Herzaugen-Emoji-Form ab. »Klappe halten dahinten, großer Bruder! Das ist ein Gespräch unter Frauen, dir wurde nur gestattet zuzuhören!«

Mitch deutete an, mit den Fingern seine Lippen abzuschließen, und warf den imaginären Schlüssel über seine Schulter.

»Oh nein.« Summer grinste von einem Ohr zum anderen. »Viel besser. Stimmt's nicht, El?«

Ich seufzte ergeben. Sie würde ja sowieso nicht lockerlassen. Also erzählte ich in knappen Worten von dem Kuss und wie unausweichlich er gewesen war. Ich erzählte auch, dass wir auf dem Sofa eingeschlafen waren. Dabei quietschte Savannah so sehr, dass ich schon befürchtete, dass irgendein Glasbehälter platzen könnte. Oder das Fenster. Summer hatte ihre Hand in mein Knie gebohrt und mich angesehen, als hätte ich ihnen soeben gestanden, eine zweite Zunge zu haben, auf der ich laufen und radschlagen konnte. Doch als ich Ches' Verletzungen erwähnte, veränderte sich ihr Gesichtsausdruck.

»Bist du sicher, dass es Thorsus gut geht?«, fragte sie besorgt. »Und bist du sicher, dass es dir gut geht?«

»Nein, natürlich nicht!«, erwiderte ich, aufgebrachter als beabsichtigt.

»Thorsus?«, fragte Carla verwirrt, ehe Summer es ihr schnell erklärte.

»Ich habe absolut keinen blassen Schimmer, was passiert ist. Er hat gesagt, ich soll vergessen, dass wir uns überhaupt geküsst haben! Ist das zu glauben? Was fällt ihm ein?!«

»Männer«, schnaubte Carla verächtlich und rümpfte die Nase. »Erst verdrehen sie dir den Kopf, und dann zischen sie wieder ab.«

Ich sah, wie Mitch Luft holte, um etwas darauf zu erwidern, den Mund jäh aber wieder schloss, als er dem drohenden Blick seiner Schwester begegnete.

»Vielleicht denke ich auch einfach zu viel«, fuhr ich fort, jetzt, wo ich meinen Frust endlich rauslassen konnte. »Er ist viel älter als ich. Er küsst bestimmt dauernd ein ganzes Dutzend Frauen und es geht spurlos an ihm vorüber.«

»*Dios mio,* warst du schon immer so weinerlich?« Carla legte mir eine Hand auf die Schulter und sah mich durchdringend an, als wäre ich eine Idiotin. »Hör zu, Ella. Du kannst dir entweder den Kopf zerbrechen, bis du alt und grau bist, oder du gehst zu ihm und stellst diesen Kerl zur *Rede.*« Bei dem letzten Wort rollte sie das *R.* »Aber hier rumsitzen und jammern ist entstellt.«

Das klang nach einem bescheuerten Plan. Außerdem hatte ich doch keine Ahnung, wo ich Ches suchen sollte!

»Äh, falsches Wort, Carla«, schaltete sich Savannah ein. »Entstellt passt nicht in den Kontext.«

Carla fluchte auf Spanisch. »Dann ist es halt bescheuert oder dumm oder lästig oder fürchterlich.«

»Ich mein ja nur«, erwiderte Sav achselzuckend. »Du hast mir gesagt, ich soll dich verbessern, wenn du Fehler machst.«

Carlas Englisch war nahezu makellos. Außer wenn sie schnell sprach oder sich aufregte, denn dann bekam sie nicht nur einen Akzent, sondern brachte auch alle möglichen Dinge durcheinander. Und wenn sie dazu überging, auf Spanisch zu schimpfen, war einem dringend geraten, schnell das Weite zu suchen.

»Zurück zu Ella«, sagte Savannah daher hastig, wandte sich mir wieder zu und schob ihre Brille zurecht. Ein Funkeln lag in ihren Augen. »Ihn zur Rede stellen klingt gut. Ich will ihn unbedingt mal sehen! Das ist tausend Mal aufregender als Netflix.«

Summer klatschte enthusiastisch in die Hände. »Außerdem gibt es natürlich noch eine wichtige Frage, um allgemeine Umstände zu klären. Willst du ihm deine Liebe gestehen oder dir bloß von ihm den Verstand rausvögeln lassen?«

Jegliche Farbe wich mir aus dem Gesicht, und ich starrte meine beste Freundin mit blanker Miene an. Bilder von Ches und mir liefen vor meinem inneren Auge ab, und wie ein Gummiband, das zurückschnellte, trat das Blut wieder in mein Gesicht und verwandelte es in eine glühende Tomate.

»N-nichts von beidem?«, piepste ich.

»No.« Carla hielt einen manikürten, glitzernden Finger vor mein Gesicht. »Wenn dir dieser Mann keine neuen Wege zu Gott offenbart hat oder Meth verkauft, ist es entweder Liebe oder Sex.«

Stille. Wir starrten Carla an.

»Das klingt logisch«, sagte Summer schließlich und lachte. Wir stimmten alle mit ein, wobei ich vielleicht etwas hysterischer klang als die anderen.

»Irgendwie klingt das logisch und traurig zugleich«, dachte Summer schließlich laut, riss die Tüte mit den Käsechips auf und überhäufte einen von ihnen mit Sprühkäse.

»Daran klingt gar nichts logisch!«, widersprach ich energisch. »Was soll ich jetzt tun?«

»Also erst mal«, sagte Summer mit vollem Mund, »reißt du dich zusammen, El. Du solltest das heilige Internet nutzen, um herauszufinden, wer Thorsus ist und wo er sich so rumtreibt. Wenn das nicht hilft, dann warte, bis ihr wieder aufeinandertrefft. Ich bin mir ziemlich sicher, dass das wieder passieren wird. Euer Kuss klingt viel zu schicksalhaft.« Sie beendete ihre Rede, indem sie sich die Finger leckte.

»Na großartig«, sagte ich sarkastisch und entschied mich, das Thema fallen zu lassen. Das Gespräch würde sich ohnehin bloß im Kreis drehen. Und vielleicht reagierte ich auch über und interpretierte zu viel in die Sache hinein. Ich war immerhin noch emotional angeschlagen. Das änderte sich ja nicht von einen auf den anderen Tag. Summer hatte recht. Ich musste mich zusammenreißen – und zwar, um mich auf die wirklich wichtigen Dinge zu konzentrieren. Also griff ich nach meiner Tasche und holte meine Unterlagen heraus. »Dann sehen wir doch mal zu, dass wir uns Professor Gibsons und Professor Thomas' Stoff reinprügeln.«

Summer machte ein langes Gesicht. »Na schön.« Sie warf mir die Dose mit dem Sprühkäse zu, als wäre er eine magische Waffe, mit welcher man die ganze Welt bezwingen könnte. Ich fing sie in der Luft, schlug meinen Ordner auf und machte mich bereit für den Kampf.

Die Woche verging wie im Flug. Es war Freitagabend, und ich saß mit Savannah in der Campusbibliothek. Wir glichen unsere Mitschriften aus der letzten Vorlesung ab und vernichteten dabei eine Packung saurer Gummischlangen.

Es hatte fast die ganze Woche gedauert, bis ich meinen Freundinnen endlich auch noch gebeichtet hatte, dass Jason mir geschrieben hatte. Weder Summer noch Sav waren davon sonderlich überrascht gewesen, doch ich erntete von Summer einen festen Schlag auf den Oberarm, als ich ihr sagte, dass ich überlegt hatte, zurückzuschreiben. Sie hatte mir das Handy aus der Hosentasche gezogen und einen Screenshot von Jasons Nachricht an Erica geschickt, ehe sie den Kontakt wieder blockiert hatte. Manchmal sagte ihr diabolisches Bösewicht-Lachen mehr als tausend Worte.

Jeden Tag hatte ich Ausschau gehalten, wenn ich von meinem Auto zu meiner Wohnung gelaufen war, doch es hatte mich dort niemand erwartet. Die Enttäuschung wich Ärger, und ich beschloss, Ches' Aufforderung ein für alle Mal nachzukommen und zu vergessen, was passiert war.

Das war, bis Savannahs Handy in der Bibliothek zu vibrieren begann und plötzlich die dramatischen Anfangstöne von *»No One Mourns The Wicked«* aus dem Musical *Wicked* schrill und laut erklangen.

Der ganze Saal schien zusammenzuzucken und strafte uns mit vernichtenden Blicken.

Hastig schnappte Savannah sich ihr Telefon vom Tisch und nahm ab. »Summer?«, zischte sie und versuchte gleichzeitig der Bibliothekarin ein zuckersüßes Entschuldigungslächeln zu schenken. Ich lächelte die Bibliothekarin ebenfalls an, doch sie machte bloß ein warnendes, erbostes Gesicht und ging wieder an ihren Platz.

»Was ist los?«, flüsterte Savannah.

Ich beobachtete sie und sah, wie sie plötzlich große Augen bekam und aufschrie. Bei dem lauten Geräusch zuckte selbst ich zusammen und packte hastig unsere Sachen ein, weil die Bibliothekarin uns bestimmt jeden Moment rausjagen würde. Die griesgrämige Frau hatte Studenten schon wegen kleinerer Übel aus ihren heiligen Hallen vertrieben.

»Ist das dein Ernst?« Savannah versuchte gar nicht mehr, leise zu sein. »Wo genau bist du jetzt? Okay, wir sind so gut wie auf dem Weg!«

»Schnell«, sagte ich, packte Savannah am Arm und zog sie aus der Bibliothek, bevor der Drache beschließen konnte, uns zu fressen.

»Hier.« Savannah hielt mir vor dem Gebäude ihr Handy hin.

»Hey, Summer«, sagte ich, während ich die Stufen hinunterging, und schulterte meine Tasche.

»Steig ins Auto und komm her! Ich glaube, ich habe eben Ches gesehen.«

Ich blieb wie angewurzelt auf dem letzten Treppenabsatz stehen. »*Was?* Wo?«

»Ich bin in der Nähe von den Bahnschienen in Richtung Coldwater. Ich verfolge ihn schon seit zwei Blocks und komme mir vor wie ein Stalker. Was zum Teufel will er hier?«

Grundgütiger.

»Summer, geh nach Hause. Wenn er dich sieht –«

»Er wird mich nicht sehen! Er … Oh. Moment. Ich kenne die Gegend doch. Da vorne ist der Käfig! Unsere Mentoren im ersten Semester haben doch immer damit geprahlt, dass sie im Käfig abhingen, und als ich anfing, mit Scott auszugehen, hat er mich mal mit hierher genommen.«

Der Käfig war ein Szeneclub am Stadtrand von Fletcher. Die Musik, die dort gespielt wurde, war, je nach Veranstaltung, meistens Rock, an manchen Abenden Techno oder abgedrehte Elektromusik, weshalb es kein Ort war, an dem ich oder die anderen je interessiert gewesen waren. Doch mein Interesse war nun wie durch Zauberhand erweckt worden.

Summer schnappte am anderen Ende der Leitung nach Luft. »Er tut es! Thorsus steigt durch ein Loch im Zaun. Das ist übrigens der Eingang. Der Laden ist echt schräg.«

»Schön, er geht an einem Freitagabend auf eine Party«, sagte ich. »Daran ist nichts Ungewöhnliches. Fahr wieder nach Hause, Summer.«

Es war, als hätte sie mir gar nicht zugehört, was durchaus möglich war. »Ich wusste doch, dass ich ihn finde! Beeilt euch, zieht etwas anderes als Pyjamahosen an, und bringt mir irgendetwas Hübsches zum Anziehen mit, ich schicke euch meinen Standort!«

Der Anruf wurde beendet.

»Und?«, fragte Savannah ungeduldig. »Was hat Summer gesagt?«

Letztendlich gab ich nach. Der Gedanke, Ches wiederzusehen, war mehr als reizvoll – auch wenn es daraus resultierte, dass meine beste Freundin ihn aufgespürt hatte wie ein Zollhund einen Koffer voller Drogen. Außerdem war ich noch immer besorgt und wütend und wollte ihn zur Rede stellen.

»Ches ist im Käfig, diesem Club im Industriegebiet.« Ich gab Savannah ihr Telefon zurück und zückte meine Autoschlüssel.

Savs Augen weiteten sich. »Wir gehen da wirklich hin?«

»Wir sollten uns beeilen«, sagte ich grinsend und lief die letzten Stufen der Bibliothek hinunter. »Summer wartet auf uns, und wir müssen eine Party sprengen!«

KAPITEL 10

»Das ist die schlechteste Idee, die Summer je hatte!«, jammerte ich, von jeglichem Übermut verlassen.

»Oder die beste«, erwiderte Savannah schulterzuckend, während ich das Auto am Straßenrand parkte. Wir standen eine Straße von dem Standort entfernt, den Summer uns geschickt hatte. In diesem Teil von Fletcher gab es tatsächlich nichts. Keinen Verkehr, keine Geschäfte, keine Fußgänger. Nur heruntergekommene Lagerhallen, verlassene Zugwaggons auf lahmgelegten Bahnschienen und triste, stille Gebäude. Selbst wenn der Käfig ein Ort gewesen wäre, an dem Musik nach meinem Geschmack lief, hätte ich mich niemals getraut, nachts allein durch die Straßen des Industriegebietes zu laufen. Jede Ecke sah aus wie das Tatort-Setting einer Folge *Castle* oder *Navy CIS.*

Savannah lehnte sich nach vorne, um ihre nicht vorhandene Frisur im Seitenspiegel zu überprüfen. Der wirre Dutt auf ihrem Kopf war noch genau derselbe wie heute Mittag. Wenigstens sah es bei ihr immer aus wie gewollt. Wenn ich den ganzen Tag mit einem Dutt herumgelaufen wäre, hätte ich nach spätestens zwei Stunden ausgesehen wie eine Vogelscheuche, die sich bei einer Cabriofahrt zu weit aus dem Fenster gelehnt hatte.

Wir hatten uns nicht rausgeputzt, da wir verblüffenderweise heute nicht in Yogahosen in der Bibliothek gewesen waren, sondern tatsächlich ganz normale Kleidung getragen hatten, als wären wir zivilisierte, nicht-studierende Menschen. Doch jetzt, wo meine impulsive Aufregung verflogen war und bloß kitzelnde Nervosität zurückgelassen hatte, wünschte ich mir, ich hätte mich doch noch ein wenig zurechtgemacht. Für niemand Bestimmten, einfach nur für mich.

Die Straßenlaternen waren vor fünf Minuten angesprungen, und der Himmel verdüsterte sich immer mehr.

»Da ist sie ja«, sagte Savannah erleichtert, schnallte sich ab und stieg aus. Ich tat es ihr nach, als ich Summer erblickte. Die große Blondine kam in goldenen Riemchensandaletten auf uns zugejoggt.

»Na endlich!«, rief sie atemlos. »Das wurde auch langsam Zeit. Es werden immer mehr Leute!«

Voller Skepsis zupfte ich an meinem T-Shirt. »Können wir einfach so da rein? Haben die auch sicher keinen Dresscode?«

»Natürlich nicht«, spottete Summer und verdrehte die Augen. »In solchen Schuppen gibt es doch keine Dresscodes. Eben ist ein Kerl im Anzug neben einem in Lederkutte durch das Loch im Zaun gestiegen. Wir fallen da drin nicht auf, da sind lauter bunte Vögel – Habt ihr mir was zum Anziehen mitgebracht?«

Summer schien das Ganze zu genießen, denn das Funkeln in ihren blauen Augen sprach Bände. Das war typisch für sie. Summer liebte Abenteuer.

Ich versuchte, mir ein Lächeln zu verkneifen.

»Auf dem Rücksitz ist ein Kleid, das du mal bei Sav liegen gelassen hast«, sagte ich, und unsere Freundin machte sich gleich daran, die Tür aufzureißen und sich aus ihrer roten Bluse zu schälen – mitten auf dem Bürgersteig.

»Ich könnte doch auch so gehen!« Summer wirbelte zu Savannah und mir herum, mit nichts als einem winzigen, schwarzen Spitzen-BH an sich, der ihre üppigen Brüste mehr oder minder bedeckte.

»Nein!«, sagten Sav und ich gleichzeitig mit Nachdruck, woraufhin Summer eine beleidigte Schnute zog – wohlgemerkt noch immer auf dem Fußgängerweg.

»Summer, jetzt zieh dich endlich um!«, befahl ich und lachte. Sie ließ sich auf die Rückbank fallen und kämpfte sich dabei dramatisch ächzend aus ihrem weißen Hosenrock. Summers Körper war beneidenswert. Sie hatte endlos lange Beine, war kurvig und doch straff und immer ein wenig gebräunt, was mittlerweile sogar natürlich aussah, seit sie nicht mehr so oft ins Sonnenstudio ging. Es war mir ein Rätsel, dass ausgerechnet sie am meisten von uns über sich selbst nörgelte. Besonders über ihre Nase, die sie für zu groß befand. Sie war selbstbewusst, intelligent und die Art Mädchen, die nur mit dem Finger schnippen musste, damit jeder Kerl nach ihrer Pfeife tanzte.

Nachdem sie in das Kleid aus grünem Velour geschlüpft war und die langen blonden Haare aus dem Rückenausschnitt gezogen hatte, drückte sie mir ihren berühmt-berüchtigten roten Lippenstift in die Hand.

»Benutze ihn weise, junger Padawan.«

»Wie benutzt man Lippenstift denn nicht weise?«

»Indem man ihn auf den Zähnen trägt und übermalt. Ach, halt still und gib wieder her!«

Summer nahm ihn mir wieder weg, packte mein Kinn und befahl mir, die Lippen locker zu lassen, als ich diese automatisch spitzte.

»So«, sagte sie zufrieden und trat einen Schritt zurück. »Besser. Aber …« Ihre Augen wanderten an mir herunter, was mich ebenfalls nach unten blicken ließ. »Was?«

»Na ja. Dein T-Shirt …«

Hatte ich es doch gewusst. Es war total ungeeignet. Ich trug einen Jeansrock, schwarze Chuck Taylors und ein blaues Shirt mit der Aufschrift *stay home club.* Meine blonden Haare waren wie immer offen, und ich war ungeschminkt – bis auf die knallrote Farbe, die nun samtig und feucht auf meinen Lippen lag. Eigentlich hatte ich vorgehabt, heute nur zu lernen und anschließend mit Sav, Summer, Mitchell und seinem Mitbewohner Todrick Karten zu spielen und Pizza zu essen. Das Übliche eben an einem Freitagabend. Nicht auf verdächtig wirkende Partys am Rande der Stadt zu gehen.

»Trägst du noch was drunter?« Bevor ich antworten konnte, packte Summer den Saum meines Shirts und riss ihn nach oben. Ich quietschte auf und zog ihn wieder herunter.

Savannah prustete los. »Du trägst bei den Temperaturen ein Unterhemd?«

»Mein BH macht komische Abdrücke, wenn ich keins trage!«

Summer grinste. »Perfekt, es ist Schwarz. *Komm, zieh dich für mich aus, Baby.*«

Ich lachte gequält und zog mir mein Shirt über den Kopf. Das Unterhemd gab viel zu viel preis, hatte nur dünne elastische Träger – und voilà: BH-Abdrücke. Wieso mussten Hersteller auch alle nach dem Ganz-oder-gar-nicht-Prinzip gehen? Gar nicht: langweilig, hautfarben, unförmig. Ganz: Schleifen, Spitze und Push-up. Himmel noch mal.

Ich zupfte frustriert an dem Stoff. »Das sieht aus, als hätte ich Akne auf den Brüsten. Mit Akne habe ich eigentlich vor drei Jahren abgeschlossen, das bringt dunkle Erinnerungen zurück. Abgesehen davon sehe ich lächerlich aus!«

»Machst du Witze?« Savannah starrte auf mein Dekolleté. »Du siehst superheiß aus, Ella! Da will man sofort …« Sie grabschte mir an die Brust. Kreischend schlug ich ihre Hand weg. Summer lachte laut und wir begannen, rumzualbern.

Es war zwar höchst unwahrscheinlich, dass meine Chancen auf ein Wiedersehen stiegen, indem ich roten Lippenstift und freizügigere Sachen trug, aber wenigstens half es meinem Selbstbewusstsein auf die Sprünge. Es war genau das, was Summer immer predigte; Make-up und hübsche Sachen dienten in erster Linie einem selbst.

Dennoch zog ich unauffällig meinen Rock ein Stück herunter und fuhr mir durch die Haare, um sie besser in den Griff zu bekommen. Ich war zwar wild, aber so wild auch nun wieder nicht.

»Bereit?« Summer hakte sich bei mir unter.

»Aber so was von«, sagte ich mit neuem Mut, ehe wir aufbrachen.

In der Nebenstraße waren tatsächlich einige Leute unterwegs. Ich blickte die Straße in die Richtung hinauf, aus der sie kamen, und fragte mich, ob man auf diesem Weg bis zum *Black Birch* gelangte. Irgendwann bestimmt. Ich fragte mich außerdem, ob Ches im Käfig gewesen war, bevor wir uns zum ersten Mal begegnet waren. Aber am allermeisten fragte ich mich, was wohl passieren würde, sollten wir gleich tatsächlich aufeinandertreffen.

Ich entschied, meine Sorgen mit Summer und Sav zu teilen.

»Hm«, dachte Savannah laut. »Du hast mehrere Optionen. Du könntest die Leute dort zum Beispiel einfach nach ihm fragen, bis du ihn gefunden hast.«

»Auf keinen Fall«, erwiderte ich sofort. »Das wirkt total verzweifelt. Wahrscheinlich tauchen dort regelmäßig irgendwelche

Mädchen auf, die Ches suchen, weil er sie erst geküsst hat und anschließend verschwunden ist.«

»Ab hier kein Schlachtplan mehr«, sagte Summer bestimmt. »Genau das ist unser Schlachtplan – keinen zu haben. Wenn ihr euch dort drin trefft, sollst du auf keinen Fall so wirken, als wärst du seinetwegen dort. Deswegen sollten wir nicht nach ihm suchen, sondern Spaß haben und den Rest dem Zufall überlassen.«

»Wow.« Savannah klopfte Summer auf die Schulter. »Ich bin beeindruckt, Summer. Das klingt tatsächlich nach einem guten Plan. Bist du krank?«

Summer grinste. »Ich war noch nicht fertig: Zuallererst gehen wir an die Bar, trinken Margaritas, bis uns die Musik gefällt, und rocken anschließend die Tanzfläche, dass diesen Szene-Hipstern Hören und Sehen vergeht!«

»Ein Glück, es geht ihr gut«, sagte ich und seufzte erleichtert, ehe wir zu lachen begannen.

Wir erreichten das Loch im rostigen, hohen Zaun, von welchem Summer berichtet hatte. Es war so groß, dass keiner von den vielen Leuten sich bücken musste, um durchzupassen. Der Zaun umgab ein großes verlassenes Fabrikgelände und reichte mindestens drei Meter in die Höhe. Lange Schornsteine ragten von der verlassenen Anlage in den Himmel, und wie verstreute Bauklötze waren Backstein- und Betongebäude in verschiedensten Größen aneinandergereiht. Rostige Brüstungen teilten LKW-Ladezonen ein, auf denen abgewetzte Sofas und alter Sperrmüll standen, und fensterlose Türen waren mit Brettern vernagelt. Graffitis leuchteten an den Wänden, und bunte Veranstaltungsplakate des Käfigs zierten jede freie Wandfläche, die in Richtung der Straße zeigte. Ich wusste noch nicht, ob ich diesen Ort unheimlich oder faszinierend finden sollte.

Das Vibrieren eines Basses wummerte in der warmen Abendluft, gefolgt von einem Hauch von Musik.

»Hey, seht ihr die?«, fragte Summer und deutete die Straße hinauf. »Da vorne. Savannah, wohnen die Goth-Mädels da vorne nicht auch in *Parcell House?*«

Savannah machte ein erschrockenes Gesicht. »Du hast recht! Ich kann mich bloß nicht an ihre Namen erinnern. Die mit den glänzenden schwarzen Stiefeln und den abrasierten Haaren am Hinterkopf studiert jedenfalls mit Arden Philosophie.«

Es traten immer mehr Leute durch das Loch im Zaun und verschwanden zwischen den Gebäuden. Ich fragte mich, weshalb die Leute in zwei entgegengesetzte Richtungen liefen. Fanden auf dem Gelände mehrere Partys statt? Ein frustrierter Laut entwich mir. Verdammt, woher sollte ich dann wissen, ob ich überhaupt auf derselben Party wie Ches war? Der nicht vorhandene Schlachtplan klang plötzlich mies. Ich war nicht wie Summer. Ich konnte nicht einfach mit den Schultern zucken und entscheiden, dass es mir egal war. Selbst jetzt, wo wir den Käfig noch nicht einmal betreten, sondern gerade erst den Zaun erreicht hatten, hielt ich bereits Ausschau nach ihm.

»Oh, da vorne!«, rief Savannah plötzlich und packte meinen Arm. Das Herz in meiner Brust überschlug sich, und ich schnappte scharf nach Luft. Sofort sah ich mich hektisch um.

Savannah deutete ein Stück voraus. »Ist das *Lenny?*«

»Lenny?« Irritation mischte sich in das Adrenalin in meinem Blut. Ich folgte ihrem Blick; zwei Mädchen überquerten gerade die Straße. Eine von ihnen zog alle Blicke auf sich. Sie war gertenschlank, hatte borstenkurze, leuchtend grüne Haare und war äußerst knapp bekleidet.

Wow.

Die andere kannte ich, was mich verblüffte. Wenn auch nur vom Sehen. Sie ging auch auf die Fletcher University – das musste Lenny sein. Manchmal aß sie zusammen mit Carla zu Mittag, oder sie lernten auf der Wiese vor dem Verwaltungsgebäude. Ich hatte noch nie mit ihr gesprochen, bis auf einmal, als ich mir in der Bibliothek einen Textmarker von ihr geborgt hatte. Lenny besaß ein kühles, ernstes Gesicht, hatte ihre kastanienbraunen Haare streng in einem Ballerina-Dutt zusammengebunden, lauter Metallringe in den Ohren und schwamm förmlich in ihrer übergroßen schwarzen Kleidung.

»Wer zum Henker ist Lenny?«, fragte Summer.

Sav stöhnte und drehte sich zu unserer Freundin um. »Ernsthaft jetzt? Lenny ist Carlas Mitbewohnerin.«

Ich runzelte überrascht die Stirn. Das war auch mir neu. »Oh, echt?«

»Warte mal«, sagte Summer und verschränkte die Arme vor der Brust. »Erstens: Lenny ist ein Mädchen? Welches Mädchen heißt denn *Lenny?* Und zweitens: Woher weißt du, dass Carla eine Mitbewohnerin hat und wie sie heißt, und wieso wissen wir das nicht?«

Sav zuckte mit den Schultern. »Tja, ich hänge eben gerne mit Carly ab und frage sie solche Dinge.«

»Aber Summer hat recht, Carla gibt absolut gar nichts von sich preis«, fügte ich hinzu.

»Wenn man sich Zeit nimmt und es langsam angeht, ist Carla genau wie früher, ich schwöre es. Es braucht nur … Zeit. Jede Menge davon, genauer gesagt.«

Summer sah Sav lange an. Ihre Augenbrauen schoben sich zusammen, entspannten sich wieder, und sie runzelte die Stirn. Ich konnte ihre Miene nicht ganz deuten, aber vermutlich wusste sie in diesem Moment selbst nicht, was sie fühlte. Sie schien es nicht zu mögen, dass Carla sich Sav anvertraut hatte, ihr jedoch nicht. Vielleicht verletzte es sie sogar.

»Wie auch immer«, sagte sie betont gleichgültig und beobachtete wieder die beiden gegensätzlichen Mädchen, die gerade auf den Zaun und damit auch auf uns zukamen. »Ist ja auch egal.«

»Lenny!«, rief Savannah in diesem Moment und winkte wild.

Lenny fuhr so heftig zusammen, als hätte ihr jemand Eiswasser über den Kopf geschüttet. Mit einem Ruck zuckte ihr Kopf in unsere Richtung, und ihre Augen wurden riesengroß.

Einen Moment später standen wir direkt voreinander. Lenny trug weite schwarze Jeans, ein übergroßes schwarzes T-Shirt und Doc Martens. Sie sah wie der letzte Mensch auf Erden aus, von dem ich gedacht hätte, dass er mit Carla zusammenwohnte.

»Heilige Scheiße«, sagte Lenny. »Savannah, was zum Teufel macht ihr denn hier?« Sie warf ihrer Begleitung einen Blick zu. »Geh schon mal vor, Gigi. Ich komme gleich.«

Die große Dürre mit dem skandalös kurzen Kleid musterte uns drei, als wären wir unerwünschte Eindringlinge. Sie schob das Kinn nach vorne und stolzierte auf ihren gigantischen Plateauabsätzen durch das Loch im Zaun.

Der Himmel wurde immer dunkler und die Menschen, die herkamen, immer skurriler. Bunte Vögel, im wahrsten Sinne des Wortes. Jede Menge Menschen in Lederkutte, jede Menge rote Bandanas an sehr tief sitzenden Jeanshosen einiger Latinos. Dann waren da noch die anderen Studenten, von denen es doch mehr gab, als ich erwartet hätte, und einige schwarz gekleidete Leute mit dunklem Make-up und langen schwarzen Mänteln – trotz der Temperaturen.

»Was machst du hier, Sav?«, zischte Lenny, als ihre Freundin fort war. Dann sah sie mich und Summer misstrauisch an.

Savannah machte ein betroffenes Gesicht. »Danke für den herzlichen Empfang. Wir wollen nur ein bisschen feiern, deswegen sind wir hier.«

Lennys Blick glitt über ihre Schulter und dann wieder zu uns. »Ihr wart doch noch nie hier, oder? Nichts für ungut, aber das ist überhaupt nicht eure Szene. Ihr habt hier nichts zu suchen.«

»Nichts für ungut«, wiederholte ich ihre Worte kühl. »Aber wie wir unsere Freitagabende gestalten, geht dich nichts an. Das ist ein öffentlicher Club.«

»Genau«, pflichtete Summer mir bei und verschränkte die Arme. »Wir sind aus demselben Grund hier wie du, *Lenny.*«

Lenny lachte auf. »Scheiße, nein, das bezweifle ich! Aber wenn ihr feiern wollt, dann bitte. Geradeaus und immer den Studenten nach.«

Ich packte Savannah und Summer an den Armen. »Es war geradezu entzückend, dich kennenzulernen. Bis dann.«

Savannah winkte ihr noch einmal zu, als wir durch das Loch traten, was Summer grollen ließ. »Wieso winkst du ihr? Sie war furchtbar!«

»Eigentlich ist Lenny ganz nett. Sie ist wohl einfach überrascht, uns hier zu sehen.«

Summer brummte etwas, was nicht sonderlich nett klang. So wie Lenny gesprochen hatte, hatte es unheilvoll geklungen. Meine Nervosität kehrte zurück.

Wir folgten dem Klang der Musik, so wie viele andere auch. Das Gelände des Käfigs wirkte verwahrlost. Unrat türmte sich in vergessenen Winkeln, welche immer mehr von der Dunkelheit verschluckt wurden. Das Grundstück war betoniert und unbeleuchtet, bis auf zwei große, blaue Container. Vermutlich war das die Abendkasse.

Wir hielten auf die Container zu und liefen unter einer Brücke hindurch, welche weit über uns zwei Lagerhallen miteinander verband.

»Was ist das für ein Ort?«, murmelte ich und legte den Kopf in den Nacken.

»Irgendwie unheimlich«, sagte Savannah. »Wenn es euch nichts ausmacht, würde ich gerne nicht ganz so lange bleiben wie das letzte Mal, als wir ausgegangen sind. Ehrlich gesagt, fühle ich mich heute nicht besonders.«

Ich sah meine Freundin an, doch sie starrte auf den Boden vor uns, während die blauen Container immer näher kamen. In ihnen befand sich offenbar die Abendkasse. Dahinter lag das größte von allen Gebäuden, mit riesigen, eingeschlagenen Rundbogenfenstern.

»Sav?«, fragte ich und ergriff ihre Hand. »Wie schlimm ist es? Auf einer Skala von eins bis zehn?«

Auch Summer war nun aufmerksam. Sie warf Savannah einen besorgten Blick zu.

Sav sah uns noch immer nicht an und presste die Lippen zusammen. »Es ist in Ordnung, wirklich. Eine solide Fünf.«

»Hey, du sagst sofort Bescheid, wenn du nach Hause gehen willst, okay?«, sagte Summer nachdrücklich.

Savannah ging nicht oft aus. Oft ging es ihr nicht gut, was auf der Highschool noch um … einiges schlimmer gewesen war. Ihr Kopf war schon immer ihr größter Feind gewesen, und manchmal, wenn sie wieder eine schlechte Phase bekam, konnte sie deswegen keine Vorlesungen besuchen, weil ihr Körper sich weigerte, das Bett zu verlassen. Oder sie wollte mit niemandem von uns sprechen, zog sich zurück, wie eine Schnecke in ihr Häuschen.

»Wieso hast du vorhin nichts gesagt?«, fragte ich und drückte ihre Hand. »Du hättest nicht mitkommen müssen, das weißt du doch, Sav.«

»Genau deswegen! Ich wollte mitkommen. Ich möchte Thorsus kennenlernen und Zeit mit meinen besten Freundinnen verbringen.«

»Na schön«, sagte Summer und warf sich die Haare über die Schulter, als wir das Ende der Schlange bei den blauen Containern erreichten. »Dann geht die erste Runde auf dich, Party-Animal.«

Etwa fünfzehn Minuten später prangten verschmierte Stempel auf unseren Handgelenken, und wir folgten den anderen Leuten in die große Halle. Die Rockmusik war mittlerweile laut, und die Luft wurde wärmer. Ich konnte den Dunst einer Nebelmaschine riechen. Die Luft schimmerte in blauer und violetter Neonfarbe, da die Garderoben- und WC-Schilder aus glühenden Leuchtstoffröhren bestanden.

Zielstrebig gingen die Leute auf ein großes Metalltor zu, welches offenbar wieder nach draußen führte. Meine Neugierde und mein Unbehagen wuchsen. Ich fühlte mich fehl am Platz. So wie Lenny gesagt hatte; wir gehörten nicht hierher, und das spürte ich in diesem Augenblick am ganzen Körper.

Musik und Stimmengewirr wurden lauter und erreichten schließlich ihren höchsten Pegel, als wir durch das Tor in einen großen Innenhof traten. Es war brechend voll. Die Leute feierten und tanzten, so als wären sie schon seit Stunden dabei, und nicht, als wäre gerade erst die Sonne untergegangen. Über uns ragten mächtige Metallstreben durch die Wände, was mich voller Staunen bemerken ließ, dass das hier gar kein Innenhof war. Es war eine gigantische Lagerhalle – nur ohne Dach. Das fehlte, zumindest größtenteils. Die dicken Metallstreben waren mit leuchtenden Schläuchen umwickelt. An den niedrigsten beiden Stahlträgern waren sogar Dinge befestigt. Discokugeln, bunte Lichter – und sogar ein verdammtes Motorrad, welches an schweren Ketten von der Metallstrebe hing.

Ein Motorrad! Reifen, durch welche schummrige Glühbirnen leuchteten, Lenkräder und drei Piñatas hingen ebenfalls dort. War dieser Ort real? Er hatte etwas Magisches, etwas Verbotenes.

Meine Augen glitten verstohlen über die Köpfe der Menschen hinweg, auf der Suche nach einer bestimmten Person …

»Da vorne ist die Bar!«, sagte Summer über die laute Musik hinweg. Sie zog uns am Rand der Tanzfläche entlang.

Die Bar war voll. Drei Barkeeper hielten die Leute bei Laune, öffneten Bierflaschen, schenkten Whiskey und Schnaps aus und nickten dabei mit den Köpfen zur Rockmusik. Wir stellten uns an und warteten.

Ich war unfähig, etwas anderes zu tun, als durch die Gegend zu starren. Savannah hatte ebenfalls große Augen, nur Summer wirkte ganz cool. Doch ich bemerkte, wie auch sie sich immer wieder umsah oder wie ihr Blick hinauf zum weit entfernten Himmel und den vielen Stahlträgern glitt, die viele Meter über uns von den Lichtschläuchen erleuchtet wurden.

Ein paar ältere Männer in Lederkutten standen ebenfalls an der Bar. Sie blickten zu uns herüber und musterten uns von oben bis unten. Ihre Bärte waren lang, und sie hatten unzählige Tattoos. Einer von ihnen kratzte sich im Schritt, und ich glaubte, mich übergeben zu müssen, als er meinen Blick erwiderte und sich grinsend über die Lippen leckte. Hastig sah ich woanders hin.

Wir sollten gar nicht hier sein.

Summer bestellte Margaritas, die wir kurz darauf von einem der Barkeeper in Empfang nahmen.

»Auf Summer«, sagte ich. »Und deine absolut tödlichen Ideen!«

Savannah lachte, und Summer verbeugte sich spöttisch.

Margaritas auf leeren Magen zu trinken, war vermutlich eine ganz furchtbare Idee, aber heute hatte ich nicht vor, die Kontrolle zu verlieren. Es würde einfach bei wenigen Drinks bleiben.

Wir spielten ein dämliches Spiel, das daraus resultierte, dass wir die Musik nicht mochten. Erst fing Savannah mit einem Luftgitarrensolo an, während ein Song lief, in dem gar kein Gitarrensolo vorkam, dann versuchte Summer das zu toppen. Letztendlich bestand das Spiel darin, dass wir versuchten, immer einen noch dämlicheren Move zu finden als den vorherigen. Wir sahen dabei vermutlich unfassbar albern aus, aber es hob meine Laune so schnell an, dass ich mich tatsächlich entspannte und begann, den Abend zu genießen. Nach einer Weile hörte ich sogar auf, verstohlen mit den Augen nach Ches zu suchen. Summer hatte recht: Ich sollte es dem Zufall überlassen. Früher oder später mussten wir einfach wieder aufeinandertreffen, da war ich mir sicher.

Nachdem wir unsere Drinks geleert hatten, fühlte ich mich leicht und kribbelig. Wir tanzten neben der Bar und beobachteten Menschen, zu denen wir uns hirnrissige Lebensgeschichten ausdachten. Vom gescheiterten Politiker bis hin zum Alien in menschlicher Hülle war alles dabei.

»Der da«, sagte Savannah, »der ist Pornofilm-Regisseur und schreibt in seiner Freizeit Fanfictions zu One Direction.«

Wir lachten so sehr, dass mir der Bauch schmerzte.

»Seht ihr die da?«, fragte ich und zeigte auf eine dunkle Frau, deren weiße Dreadlocks bis zu ihren Knien reichten. »Eine esoterische Steuerberaterin, die verdammt gut im Kickboxen ist.«

»Mann, das klingt total cool!«, sagte Sav. »Klingt wie eine Anti-Heldin aus dem DC- oder Marvel-Universum. Wir sollten sie fragen, ob wir ein Foto von ihr machen dürfen, um es bei Pinterest hochzuladen!«

Summer lachte. »Niemals!« Sie blickte sich um und zeigte auf einen ziemlich gut aussehenden Kerl mit breitem Kreuz und einem strahlenden Lächeln, der auf der anderen Seite der Bar, neben der Tanzfläche stand. »Seht ihr den Typen da? Er wird mir den nächsten Drink spendieren.«

Genau in diesem Moment blickte der hübsche Typ zu uns herüber, und Savannah und ich sahen sofort verlegen weg. Doch Summer erwiderte den Blick herausfordernd und lächelte ihm zu.

»Summer in ihrem natürlichen Lebensraum«, flüsterte ich Savannah ins Ohr, was sie prusten ließ.

»Aber der dahinten«, sagte Savannah und zeigte auf einen anderen, hinter mir, »der ist bestimmt … oh, der kommt auf uns zu.

Oh mein Gott, e-er hat mir gerade in die Augen gesehen! Er hat *gewunken!*«

Summer grinste. »Man verwandelt sich nicht in eine Steinstatue, sobald ein Mann einem in die Augen sieht, Sav.«

Summer und ich drehten uns um, und wieder flatterte mein Herz vor freudiger Erwartung in meiner Brust.

Doch es war nicht Ches. Der Mann, der auf uns zukam, sah vollkommen anders aus. Er war nicht groß, nur ein kleines Stück größer als ich, und hatte wulstige, aufgeblasene Muskeln, wie diese Bodybuilder, die zu viele Steroide schluckten und innerhalb von drei Wochen ohne Sport schon wieder alle Muskeln verloren. Er trug ein enganliegendes schwarzes Hemd, das ein ganzes Stück aufgeknöpft war, sodass noch mehr Muskeln zum Vorschein kamen, dazu Jeans und Bikerstiefel. Außerdem trug er eine riesige, teuer wirkende Uhr und hatte ein charmantes Lächeln auf den Lippen. Seine Haare waren rabenschwarz und gekonnt in Form gebracht. Er war wirklich überhaupt nicht mein Typ, und doch war er auf eine gewisse Art und Weise attraktiv. Er verströmte etwas, das nicht nur ich zu bemerken schien. Die Leute machten ihm Platz, ohne dass er mit der Wimper zucken musste. Seine Augen sprangen zwischen meinen Freundinnen und mir hin und her, als er uns erreichte. Letztendlich landete sein Blick auf mir, und er schenkte mir ein Lächeln.

»Ihr drei seht aus, als hättet ihr eine Menge Spaß.«

»Oh ja, den haben wir«, sagte Summer sofort und schlang die Arme um Sav und mich. »Heute ist Mädelsabend.«

Der Fremde lächelte noch immer und nickte. »Hört sich gut an. Ich habe euch hier noch nie gesehen.«

Ohne sie auszusprechen, schwang eine Frage in seinen Worten mit, und ich fragte mich, wieso jeder so ein verdammt großes Ding daraus zu machen schien, dass wir im Käfig waren.

»Wir sind zum ersten Mal hier«, erklärte ich und lehnte mich dabei näher zu ihm, damit er mich besser verstehen konnte. Offenbar verstand er das als Einladung, denn seine Hand berührte im nächsten Moment wie beiläufig meinen Arm, und er lehnte sich ebenfalls zu mir.

»Großartig!« Er lächelte geheimnisvoll. »Ich bin übrigens Rory.« Er ergriff meine Hand und hielt sie ein wenig zu lange. Er musterte mich eingehend, aber zumindest wirkte es nicht so ungeniert wie zuvor bei den alten Männern an der Bar. Sein Blick war neugierig und interessiert.

»Monica«, erwiderte Summer an meiner Stelle und ergriff Rorys Hand als nächste. »Und das hier sind Phoebe und, äh … Rachel.«

Ich verkniff mir ein Lachen. Seit Wochen tat Summer nichts anderes, als alle Folgen der Serie *Friends* zum hundertsten Mal anzuschauen. Diese falschen Namen waren die schlechtesten Decknamen der Welt.

Doch Rory machte nicht den Anschein, als würde er ihre kleine Lüge durchschauen, und reichte stattdessen auch Savannah die Hand. »Sehr erfreut.«

Sav lächelte bloß zerknirscht und wirkte eher so, als würde sie gleich vor Scham umfallen. Ihr Gesicht war knallrot angelaufen.

»Dürfte ich euch ein paar Willkommensdrinks spendieren, Ladys?«

Summer strahlte Rory begeistert an. »Unbedingt!«

»Was möchtet ihr trinken?«

»Margaritas«, sagte Savannah, was so plötzlich kam, als hätte sie gar nicht vorgehabt, überhaupt etwas zu sagen. Ihr Gesicht war knallrot, und sie zog ihren Kopf sofort wieder ein. So war Sav immer, wenn Männer in der Nähe waren, die zur Abwechslung mal nicht ihr Bruder oder dessen Mitbewohner Todrick waren. Es war ein Wunder, wenn sie überhaupt ein Wort hervorbrachte.

Rory bedeutete uns, dass wir warten sollten, drehte sich um und ging zur Bar.

Sobald er nicht mehr zu sehen war, klatschte Summer mit uns ab. »Vielleicht hab ich mich geirrt, der Laden hier ist gar nicht so schlecht!«

Als ob uns das Universum beweisen wollte, dass etwas an ihrer Theorie dran war, schob sich im nächsten Moment der gut aussehende Typ von der Bar an ein paar Leuten vorbei. Er kam zielstrebig auf uns zu, den Blick auf Summer gerichtet. Aber das wunderte weder Sav noch mich. Sobald Summer ihre Flirtgeschütze ausgefahren hatte, ergab es sich immer, dass irgendwer den Abend über um sie herumschwirrte.

Ihr neues potenzielles Opfer hatte ein markantes Gesicht, ein breites Kinn und dunkle, kurz geschorene Haare. Er wirkte selbstbewusst und entspannt.

»Hi«, sagte er über die Rockmusik hinweg und lächelte Summer an, was ein Grübchen auf seiner Wange erschienen ließ. Es verfehlte seine Wirkung nicht – Summer schmolz regelrecht dahin.

»Herzlich willkommen im Käfig.«

»Danke!« Summer strahlte und spielte mit ihren Haaren.

Sav und ich warfen uns einen Blick zu, und ich musste mir auf die Wange beißen, um nicht zu lachen.

»Darf ich euch vielleicht Drinks ausgeben?«, fragte der Typ und vergrub die Hände in den dunklen Jeans. Er trug ein graues T-Shirt, in welchem ein beeindruckend gut trainierter Körper zu stecken schien.

»Sorry, aber dafür kommst du zu spät.« Summer zuckte mit einem kecken Lächeln die Schultern. »Jemand ist dir zuvorgekommen und gerade an der Bar, um genau das zu tun.«

»Verdammt.« Sein Lächeln wurde breiter. »Also war ich doch zu langsam. Dann geht aber der nächste Drink auf mich.«

»Sehr nett von dir. Hat unser süßer Wohltäter denn auch einen Namen?«

»Oh, ich bin Creed.« Er reichte uns einmal der Reihe nach die Hand. Sein Händedruck war fest. *Creed.* Irgendetwas klingelte in mir bei diesem Namen. Irgendwo hatte ich ihn schon einmal gehört, da war ich mir sicher.

Bei Summer ließ Creed seine Hand länger verweilen, ohne die Augen von ihr zu lösen. »Und wie heißt ihr?«

»Monica, Phoebe und Rachel.« Summer zeigte der Reihe nach auf uns.

Creed legte den Kopf in den Nacken und lachte laut. »Lass mich raten, *Monica.* Du heißt Geller mit Nachnamen, deine andere Freundin Rachel heißt Green und sie«, er deutete auf Savannah, »ist Phoebe Buffay.«

Summers blaue Augen leuchteten auf. »Ich glaube, wir sind Seelenverwandte. *Friends* ist meine Lieblingsserie.«

Creed grinste. »Wer nimmt denn so unkreative falsche Namen?«

»Ganz meine Rede«, pflichtete ich ihm bei und tätschelte Summers Schulter. »Jeder kennt *Friends.*«

»Vorhin hat es funktioniert!«

»Ausnahmen bestätigen die Regel.«

»Alles klar, Mädels. Werdet ihr mir jetzt auch eure echten Namen verraten?«

Summer zog eine Schnute. »Du bist ein Spielverderber, Creed. Summer Andrews.« Sie hielt ihm noch einmal die Hand hin. »Das sind Ella und Savannah.«

»Sehr erfreut, Creed Parker mein Name.« Er ergriff Summers Hand und küsste ihre Fingerknöchel.

In diesem Moment spürte ich, wie jemand hinter mich trat. Noch mehr aber sah ich, wie Creed sich versteifte. Er ließ Summers Hand los, als hätte er einen Stromschlag verpasst bekommen, und das Lächeln auf seinem Gesicht zerfiel.

Alarmiert spannte ich mich an. Eine Hand legte sich sehr tief auf mein Kreuz, und ein Margarita erschien vor meiner Nase.

»Lass es dir schmecken, Süße.« Rory trat neben mich und stieß mit einem breiten Glas, in welchem eine bernsteinfarbene Flüssigkeit schwamm, mit mir an. Einer der Barkeeper hatte ihn begleitet und reichte auch Savannah und Summer ihre Drinks.

»Oh, äh, danke«, sagte ich verlegen.

Rory lächelte, als er Creed sah, doch es erreichte seine Augen nicht. Es wirkte zu glatt und zu kalt.

Mir war nicht wohl. Ich beobachtete die beiden und nahm ein paar Schlucke von meinem Drink.

»Schön, dich zu sehen, Creed«, sagte Rory im Plauderton. »Kümmerst du dich gut um meinen Köter?«

Dunkle Wut flackerte unvermittelt in Creeds Augen auf. Sein Kopf wandte sich mit einer ruckartigen Bewegung zu uns, ehe sein Blick sich wieder auf Rory heftete. »Rachel, Phoebe, Monica, ich denke, ihr solltet jetzt gehen. Jetzt sofort.«

Summer und ich tauschten beunruhigte Blicke.

»Jetzt sei nicht so ein Spielverderber. Wir haben hier eine gute Zeit und wollen ein wenig Spaß haben.« Rorys Finger schlossen sich fest um meine Taille, was mir einen erschrockenen Laut entlockte. Es fühlte sich furchtbar falsch an. So wie er mich berührte, kam ich mir vor, als sei ich soeben zu seinem Besitz geworden.

»Vielleicht bist du es, der lieber gehen sollte, Creed«, fuhr Rory fort, noch immer lächelnd.

Creed ballte die Hände zu Fäusten und sah uns an. Etwas an seiner Haltung strahlte eine gewisse Machtlosigkeit aus. Er schien sich zurückzuhalten, und ich fragte mich, weshalb. Vermutlich wäre es ein Leichtes für ihn gewesen, Rory die Meinung zu sagen, doch … er tat es nicht.

»Nur ein gut gemeinter Rat«, sagte er zerknirscht an uns gewandt, »verschwindet von hier und kommt nicht wieder zurück.«

Summer hob die Augenbrauen. »Etwas dick aufgetragen, findest du nicht?«

Doch Creed antwortete nicht darauf. Er drehte sich um und ging davon.

Wir starrten ihm hinterher.

»Ernsthaft?«, schnaubte Summer. »Er hat mir nicht einmal seine Nummer gegeben!«

Rory lachte. »Creed war schon immer ein seltsamer Kerl.«

Er bedeutete uns, mit ihm zu kommen, und wir begaben uns an einen Stehtisch neben der Tanzfläche. Die kurze Begegnung zwischen Creed und Rory hatte dafür gesorgt, dass die Stimmung auch weiterhin angespannt war.

Wir stießen noch einmal mit unseren Drinks an, und ich versuchte, das seltsame Gefühl einfach von mir zu schütteln. Allem Anschein nach stand etwas zwischen ihnen – aber das ging uns nichts an. Nach diesem Abend würden wir sowieso keinen von ihnen je wiedersehen. Wir waren nicht hier, um Geheimnisse aufzudecken, sondern um *keinen Plan* zu verfolgen. Aus Summers Mund hatte sich das zwar definitiv logischer angehört, doch ich war entschlossen, dem Nicht-Plan weiterhin treu zu bleiben. Vielleicht würde ich Ches treffen, vielleicht auch nicht.

Es dauerte trotzdem eine Weile, bis ich mich wieder entspannte, und noch ungefähr doppelt so lang, bis auch Savannah so weit war. Und das, obwohl nicht nur Summer ihr Möglichstes tat, damit wir mit ihr feierten und Spaß hatten. Auch Rory war sehr entgegenkommend, herzlich und charmant. Es war leicht, mit ihm zu feiern, es machte sogar Spaß. Vor allem schien mein Kopf immer benebelter zu werden, was Rory wiederum noch netter machte.

»Gehen wir tanzen!« Summer leerte ihren Drink in einem Zug und wischte sich mit dem Handrücken über den Mund.

Unglaube machte sich in mir breit, als ich sie so beobachtete. »Wie?«, fragte ich und schüttelte den Kopf. »Wie kann es sein, dass dein verdammter Lippenstift einfach nicht verschmiert? Das ist doch nicht normal.«

Die Welt drehte sich, als sie lachte und mich und Savannah auf die Tanzfläche zog. Okay, nach diesem Drink würde ich auf Wasser umsteigen. Sollten Ches und ich uns begegnen, wollte ich mich nicht schon wieder so unfassbar zum betrunkenen Idioten machen. Einmal war einmal zu oft. Es war noch mehr als die Hälfte von meinem zweiten Cocktail übrig. Ein guter Zeitpunkt, um mit dem Trinken aufzuhören.

Wir tanzten und lachten und spielten wieder unser Spiel mit den dämlichen Tanzmoves.

Zwei Songs später hatte ich mich endlich wieder entspannt und alles um mich herum vergessen.

»Geht ihr auf die Fletcher University?«

Ich drehte mich um und erblickte Rory. Er tanzte mich an. Erst da bemerkte ich, dass er die Frage nicht laut genug gestellt hatte, sodass Sav und Summer sie vermutlich gar nicht gehört hatten.

»Ja«, erwiderte ich und nippte an meinem halbvollen Glas. »Wir sind jetzt im zweiten Jahr.«

»Und wie gefällt es dir bisher? Rachel war dein Name, richtig?«

Ich nickte, darum bemüht, ernst zu bleiben, obwohl ich loskichern wollte. »Genau. Rachel! Es gefällt mir gut. Es ist anstrengend, aber es macht Spaß.«

»Das hört sich doch vielversprechend an.« Rory hob immer wieder die Hand zum Gruß oder nickte irgendwem zu.

»Und was machst du?«, fragte ich. »Hast du irgendwas mit dem Käfig zu tun? Du scheinst die Leute hier gut zu kennen.«

Er dirigierte uns noch tiefer auf die Tanzfläche, rein in die Menschenmenge, wobei seine Hand wieder mein Kreuz berührte. Ich konnte Sav und Summer nicht mehr sehen, aber sie waren bestimmt nicht weit.

»Gewissermaßen bin ich so was wie ein Sponsor für den Käfig«, erklärte Rory mit einem bedachten Lächeln auf den Lippen. Tatsächlich wirkte es überhaupt nicht überheblich oder arrogant. Das gefiel mir. Er war nett. Und er roch maskulin, nach Aftershave, mit einer scharfen Unternote.

Es war ein seltsames Gefühl, einen Mann anzusehen und ernsthaft in Erwägung zu ziehen, ihn einfach anzuflirten. Vor allem, da ich doch eigentlich gar nicht interessiert war. Ich musste ganz dringend diese Langzeitbeziehungs-Mentalität loswerden, die sich in den letzten zwei Jahren bei mir eingenistet hatte, sonst würde das mit meinem geplanten One-Night-Stand nie etwas werden. Nicht, dass ich vorhatte, mit Rory zu schlafen! Gott bewahre. Immerhin war er viel zu alt für mich – sicher noch älter als Ches. Aber es war so langsam an der Zeit, das Denkmuster der alten Ella Johns endlich loszuwerden.

Bist du das nicht schon losgeworden, als du und Ches wild rumgeknutscht habt?

Ich verdrehte die Augen wegen meiner eigenen Gedanken. *Klappe da oben!*

Rory lächelte und hob sein Glas. Wir stießen an, und ich nahm einen Schluck.

Ich wusste nicht, wie Rory es anstellte, doch er nahm mir mein Unbehagen, tanzte mit mir und wurde nicht ein einziges Mal zu aufdringlich. Ich hatte richtig Spaß. Die Musik war auch nicht so schlecht, wie ich gedacht hatte, sondern gefiel mir irgendwie. Sie weckte meine Sinne und beflügelte mich. Ehrlich gesagt, war es sogar mehr als das. Ich fühlte mich gut und gleichzeitig wie in Watte gepackt. Die Lichter über uns an den Metallstreben wirkten irgendwie bunter und greller, und die schwüle, warme Luft fühlte sich weicher auf meiner Haut an.

Wo Ches wohl war?

Ich seufzte auf. Allein die Vorstellung, er könnte hier irgendwo sein, versetzte mich in Aufregung.

Rory und ich tanzten ausgelassen und lachten zusammen. Seine Hände verirrten sich nie an Orte, wo sie nicht hingehörten. Irgendwann jedoch ergriff er meine Hand und zog mich mit sich.

»Wo gehen wir hin?«, fragte ich kurzatmig.

Er schenkte mir ein geheimnisvolles Lächeln. »Das ist vielleicht eine nette Party, aber es ist nicht der Käfig, Herzchen.«

»Was ist mit meinen Freundinnen?«

»Ich möchte ihn dir nur zeigen. Danach kommen wir wieder her, versprochen.«

Mir wurde mulmig zumute, als wir die Garderobe passierten. Rory schien es zu bemerken und blickte sich im nächsten Moment um. Er rief nach jemandem, ehe eine alte Frau mit schwarzen, dicken Tattoos am Hals hinter dem Tresen der Garderobe aufblickte.

»Alice, begleitest du meine Freundin Rachel und mich in den Käfig?«

Alice musterte mich und hob eine Augenbraue. »Du willst so ein unschuldiges, kleines Ding dorthin mitnehmen?«

Er lachte. »Wieso nicht? Wir wollen bloß ein wenig Spaß haben. Stimmt's, Rachel?«

Seine Worte hätten glaubwürdiger geklungen, hätte er mit *mir* anstelle meiner Brüste gesprochen. Ich blickte an mir hinunter und stellte erschrocken fest, dass mein Unterhemd viel zu tief hing. Mit heißen Wangen riss ich es hoch, was Rory wieder lachen ließ. Dann nahm er mich bei der Hand, und die Geste duldete keinen Widerspruch. Ein wenig erschrocken stellte ich fest, dass meine Gedanken nicht mehr mitkamen. Sie fühlten sich schwer an. Sogar meine Zunge fühlte sich schwer an.

Wir liefen nach draußen, begleitet von der Garderoben-Frau Alice. Tatsächlich beruhigte es mich ein wenig, dass sie dabei war. Alles in allem war es wahrscheinlich nicht klug, überhaupt mit Rory mitzugehen, doch ihre Anwesenheit gab mir Sicherheit.

Die Nachtluft war kühler als die Luft auf der Tanzfläche und pechschwarz, auch wenn nichts davon so richtig zu mir durchdrang. Nur das Licht einer Handy-Taschenlampe, die Alice in der Hand hielt, erhellte unseren Weg.

Mein Kopf fühlte sich seltsam leicht und kribbelig an. Es war dunkel und feucht, und unsere Schritte hallten, so als befänden wir uns in einem sehr großen Raum. Ich wusste nicht, wie lange wir unterwegs waren, dafür hatte ich kein Zeitgefühl mehr. Doch wir stiegen viele Treppenstufen hinab und irgendwann wieder hinauf. Es dauerte nicht lange, und ich hörte wieder Musik. Tatsächlich klang sie um einiges besser als auf der Tanzfläche, die wir gerade verlassen hatten. Den Song, der gerade spielte, kannte ich sogar: *Come As You Are* von Nirvana.

Schließlich blieb Alice stehen und öffnete vor uns eine schwere Eisentür – und mir stockte der Atem. Das war kein Raum, nicht mal eine weitere Tanzfläche. Wir standen am oberen Rand einer gigantischen Halle. Wie in einem Amphitheater reichten mit Sitzen bestückte Treppenstufen weit nach unten. Die schiere Größe der Halle sorgte dafür, dass mir noch schwindeliger wurde. Es waren sicher ähnlich viele Menschen hier wie drüben auf der Tanzfläche, doch sie verloren sich förmlich in der überwältigenden Weite der Arena. Dieser Ort hier war mit nichts vergleichbar, was ich jemals gesehen hatte, am allerwenigsten mit der Party, auf welcher wir eben noch gewesen waren. Hier oben auf den Rängen standen etliche Sofas willkürlich herum, auf welchen sich einige Paare tummelten, und Dutzende Motorräder, Reifen und Lichter hingen an schweren Ketten an den Metallstreben unter der Decke weit über uns. Und dort, in der Mitte des trichterförmigen Stufenkreises, fiel schwefelweißes Licht auf eine riesige Konstruktion aus Metallstreben und stählernem Maschendraht. Zwei muskelbepackte Männer waren dort drin, bewegten sich geschmeidig umeinander herum, bis einer von ihnen blitzschnell vorschoss, den anderen umklammerte und in die Luft hob, als wöge er nichts. Die ganze Arena schien zu erbeben, als ein massiger Körper kurz darauf ungebremst auf dem Boden aufschlug.

Ich konnte nur stehen und starren.

Ein Kampf. Sie kämpften dort drin!

Etliche Menschen drängten sich dicht um den Ring und feuerten die Männer an, während mindestens ebenso viele andere scheinbar unbeeindruckt direkt daneben weiter feierten und tanzten.

Ich starrte immer noch. »*Das* ist der richtige Käfig?«, flüsterte ich mit schwerer Stimme. Obwohl ich erschöpft war, fühlte ich mich plötzlich wieder unfassbar lebendig. Ich spürte, wie Adrenalin durch meine Adern schoss. Mein Puls wurde schneller. Wie konnte dieser Ort hier existieren? Wir waren in Fletcher. Die ruhige, kleine Stadt, in der ich schon mein ganzes Leben verbracht hatte. Wie war das möglich? Ich hätte doch wenigstens etwas hören müssen hierüber!

»Das ist er«, erklärte Rory mit einem spitzbübischen Lächeln. »Nur wenige Außenstehende dürfen herkommen. Aber du.« Er hielt mich am Arm fest und drehte mich zu sich herum. Trotz des spärlichen Lichts sah ich, wie sich seine Pupillen weiteten. Mit den Fingerspitzen zeichnete er die Linie meines Halses nach, weiter über meine Schulter, dann über meinen Rücken. Ich erstarrte regelrecht und sah Rory mit großen Augen an.

»Ich habe sofort gemerkt, dass du etwas Besonderes bist, Täubchen.«

Ein Teil von mir wollte zurückweichen, doch der andere Teil benahm sich seltsam. Das war nicht Ella 2.0. Irgendetwas in mir sorgte dafür, dass es mir gleichgültig war, dass dieser Fremde mich betrachtete und berührte wie sein neustes Eigentum.

Rory lehnte sich zu mir, bis ich nichts anderes mehr riechen konnte als sein schweres Aftershave. »Wenn ich ehrlich bin, wollte ich dich bloß entführen, um dich ganz für mich zu haben, Kleines«, gestand er und legte mir eine Hand auf das Kreuz, um mich die Stufen hinab zu dirigieren. Unten angekommen, drehte er sich zu mir um. »Jetzt hast du den echten Käfig gesehen. Du bist jetzt eine von uns.« Er tippte mir mit dem Finger ans Kinn und grinste.

Mein Hirn brauchte eine Weile, um seine Worte zu verarbeiten. Denken fühlte sich schwer und zäh an. »Eine von euch?«, fragte ich. »Ich möchte keinem Club oder so beitreten.«

Rory legte den Kopf in den Nacken und lachte bellend. Dann beugte er sich plötzlich zu mir runter und küsste meine Wange, gefährlich nah an meinem Mundwinkel. Ich zuckte zurück.

»Kein Club, Täubchen. Versprochen. Ich will dich nur für mich.« Seine Augen funkelten triumphierend, und ich fragte mich erneut, wie alt er eigentlich war. Nicht mein Typ und viel zu alt für mich.

Ist doch egal, dröhnte eine Stimme in meinem Kopf. *Ist doch egal. Wie auch immer. Einfach treiben lassen.*

Rory führte mich weiter auf eine Tanzfläche. Die Musik dröhnte in meinen Ohren, immer wieder unterbrochen von dem vibrierenden Bass der Stimmen, die die Kämpfer im Käfig anzählten. Aber ich dachte nicht mehr darüber nach. Nicht einen einzigen Gedanken. Mein Kopf war leer. Selbst als die Menge sich teilte und ein riesiger Kerl mit blutigem, aufgedunsenem Gesicht die Bühne verließ, war es mir schlicht total egal. Der Alkohol hatte heute einen wirklich sonderbaren Effekt auf mich. Dabei hatte ich doch gar nicht so viel getrunken …

Egal. Total egal!

Rory und ich tanzten wieder. Ich versank in den Klängen und vergaß die Welt um mich herum. Meine Hände trieben über mir in der Luft, ich legte den Kopf in den Nacken und schloss die Augen. Der Bass und das Schlagzeug vibrierten und wummerten durch meinen ganzen Körper. Der hektische Song gefiel mir irgendwie. Er passte hierher, er erweckte mich zum Leben.

Mittlerweile war ich froh, dass ich bloß das schwarze Unterhemd trug. Meine Haut glühte. Kein Scherz, sie stand kurz davor, Feuer zu fangen. Es kam mir so vor, als befänden wir uns in der Mitte eines Vulkans. Gott, mir war so heiß! Die Luft war stickig und schwül. Ich brauchte dringend eine Abkühlung. Wieso war es so verdammt heiß?

Zeit verging. Oder auch nicht.

Ich konnte nicht sagen, wann der Moment kam, doch irgendwann spürte ich, dass Rory mich hielt. War ich umgefallen? Nein … nein, war ich nicht. Oder vielleicht doch? Ich konnte mich nicht erinnern. Ich hatte getanzt. Aber vielleicht waren mir die Beine weggeknickt.

Die plötzliche Orientierungslosigkeit ließ mich nach Luft schnappen. Mein Kopf war benebelt und gleichzeitig klar, ich war müde und zugleich berauscht. All die Lichter an den Metallstreben irritierten mich und machten mich nervös.

Rorys Hände wanderten meine Seiten hinauf. Und ehe ich mich versah, glitten seine Finger wie beiläufig über meine Brüste.

Noch immer tanzend löste ich seine Hände von mir, vielleicht hatte er mich gar nicht absichtlich berührt.

Doch da drehte Rory mich herum, packte meine Taille und presste seinen Körper an meinen Rücken. Seine Hüften machten eine unmissverständliche Bewegung, die mich zu Eis erstarren ließ.

Erschrocken stieß ich einen Laut aus und wirbelte zu ihm herum. Für den Bruchteil einer Sekunde war ich stocknüchtern.

Ich versuchte, mich von ihm zu lösen, doch er beachtete es nicht, oder vielleicht fiel es ihm gar nicht auf. Er packte mit seinen Händen meinen Po und fuhr mit den Lippen mein Ohr entlang. »Suchen wir uns ’ne ruhige Ecke, Süße«, raunte er, und ich spürte im nächsten Moment, wie er Küsse auf meinen Hals presste.

Ein Keuchen entfuhr mir. Das … das fühlte sich gut an. Wieso fühlte es sich so gut an? Ein unverkennbares Gefühl breitete sich tief in meinem Bauch aus, besonders als er mit der Zunge die Haut über meinem Puls kostete.

Falsch! Stopp! Ein Teil meines Hirns schrie diese Worte laut und deutlich, doch ein anderer Teil von mir schloss die Augen, als er wieder meine Brüste berührte.

Mein Hirn war überfordert. Eine Sekunde ließ ich es zu, in der nächsten blitzte wieder Nüchternheit in mir auf, die mich die Augen aufreißen ließ.

»Nein!«, lallte ich, darum bemüht, wieder die Kontrolle zu bekommen. Ich wand mich in seinen Armen. *Kontrolle.* Ich brauchte Kontrolle. Ich hatte sie verloren und ich hatte keine Ahnung, weshalb. Oh mein Gott.

Panik zuckte durch meine Brust.

Das Adrenalin und mein rasendes Herz sorgten dafür, dass ich zumindest für einen Moment wieder klar denken konnte.

Angeekelt stieß ich Rory mit aller Kraft von mir und stolperte einen Schritt zurück. Endlich. Vielleicht war das nicht viel, doch ich hatte es geschafft, mich von ihm loszureißen. Meine Stimme war schrill. »Was machst du da? Hör auf damit!«

Mir war schlecht. Als könnte ich seine widerlichen Küsse ungeschehen machen, rieb ich mir über mein Ohr und meinen Hals und zerrte an meiner verrutschten Kleidung. Ich wich vor ihm zurück, doch er folgte jeder meiner Bewegungen. Vermutlich waren meine Schritte nicht halb so groß, wie ich glaubte, oder er war einfach schneller als ich. Augenpaare beobachteten uns, das konnte ich spüren. Wir erregten Aufmerksamkeit.

»Rachel«, warnte Rory mit einem zerknirschten Lächeln. »Wir haben doch nur ein wenig getanzt. Entspann dich, ja?«

Woah. Was für ein unfassbares, kolossales Arschloch.

Wieder packte er mich, und ich wusste, diesmal würde ich mich nicht befreien können. Sein Blick verhärtete sich, auf unheimlich gnadenlose Art und Weise, als ich mich wieder und wieder von ihm wegzudrücken versuchte. »Jetzt stell dich verdammt noch mal nicht so an und sei nicht so verklemmt, Miststück.«

Panisch blickte ich mich um. Alles war wirr. Wieso unternahm denn niemand was?

Mein Herz pochte wild gegen meine Rippen, und mir war eiskalt. »Lass mich los, Rory!« Ich drückte meine Hände gegen seine Brust. »Wenn ein Mädchen Nein sagt, bedeutet das Nein!«

Er schien mir gar nicht zuzuhören, sondern packte mit schmerzlich festem Griff meinen Kiefer, lehnte sich mit entschlossener Miene nach vorn und presste seinen Mund auf meinen.

Ein entsetzter Laut entwich mir.

Doch plötzlich stolperte ich zwei Schritte zurück und fiel zu Boden. Benommenheit breitete sich in mir aus.

Rory wurde von mir weggerissen. Jemand schlug ihm ins Gesicht, was auch ihn zu Boden beförderte.

Die Leute um uns herum wurden nun vollends aufmerksam auf uns, und ein Raunen war selbst über die laute Musik zu vernehmen. Das alles geschah so schnell, dass die Welt sich noch ein wenig heftiger zu drehen schien. Da stimmte etwas nicht. Wieso war ich so betrunken? Das konnte doch nicht sein.

Im nächsten Moment wurde die Musik in der riesigen Halle abgestellt. Es wurde mucksmäuschenstill, so als würde der gesamte Raum die Luft anhalten. Ein Tinnitus drückte mir auf die Ohren und verursachte mit einem Mal pochende Kopfschmerzen.

Ich blickte auf. Und wäre ich nicht schon am Boden gewesen, dann spätestens jetzt. Ich war wie vom Blitz getroffen.

Dort, vor Rory und mir, stand *Ches.*

Ches war es, der dazwischengegangen war. Seine Brust in dem schwarzen T-Shirt hob und senkte sich schnell, und seine Hände waren zu Fäusten geballt. Sie zitterten.

Heilige. Scheiße.

Das Herz rutschte mir in die Hose. Als sein erzürnter Blick auf meinen traf, wusste ich nicht mehr, wie man atmet. Er machte einen Schritt auf mich zu, bis er genau vor mir stand. Irgendjemand um uns herum half mir dabei, aufzustehen. Meine Knie waren weicher als Pudding.

»Was«, knurrte Ches durch zusammengebissene Zähne, »zum Teufel hast du hier zu suchen?«

Seine Wut haute mich beinahe wieder um. Ich öffnete den Mund, ohne zu wissen, was ich sagen wollte, als Rory sich hinter Ches wieder aufrappelte. Sein Hals war fleckig vor Wut und seine Lippe blutig. Er war außer sich, rasend und wirbelte Ches am Arm zu sich herum. »Wie kannst du es wagen? Du mieser, dreckiger, kleiner Köter, du –«

Ches packte Rory am Kragen und riss ihn mit einem Ruck zu sich heran. Die geschmeidige Gewalt, mit der er sich bewegte, ließ mein Herz bis in die Hose sinken.

Man hätte eine Stecknadel fallen hören können.

Laut genug, dass jeder ihn hören konnte, sagte Ches: »Du fasst sie nie wieder an. Du wirst nicht in ihre Nähe gehen und nicht einmal in ihre Richtung blicken, kapiert?«

Ein beunruhigtes Murmeln ging durch die Menge.

Dann ließ Ches Rory los, drehte sich zu mir um, packte meinen Oberarm und zerrte mich mit sich.

Immer noch völlig verwirrt und benommen stolperte ich ihm hinterher. *Weg, nur weg hier.*

Erst als er mich aus der großen Halle und die vielen Treppenstufen hinunterzog, fand ich meine Stimme wieder.

»Wohin gehen wir?«

»Was hat er dir gegeben?« Er ignorierte meine Fragen einfach und lotste mich durch die schwarze Dunkelheit. Wieder Treppenstufen. Noch mehr Dunkelheit.

»Was?«, fragte ich verwirrt.

»Hast du irgendetwas von Rory angenommen? Hat er dir irgendwas verabreicht?«

Ich stolperte, als wir den Weg entlanghasteten und plötzlich wieder Treppen erreichten. Auch diese zerrte er mich hinauf.

»Warte!«, protestierte ich kurzatmig, während ich unbeholfen neben ihm hertaumelte. »Nicht so schnell!«

»Denk nach, Ella! Was hat Rory dir gegeben?«

Ches war so wütend, dass es mir die Kehle zuschnürte. So laut hatte ich ihn bisher noch nie erlebt.

»N-nur einen Drink! Er hat meinen Freundinnen und mir Drinks spendiert.«

Ches fluchte und blieb stehen, als wir wieder ins Freie traten. Endlich befand sich wieder ein Himmel über mir, auch wenn er stockdunkel und wolkenbehangen war, sodass nicht einmal eine Mondsichel oder Sterne zu sehen waren.

Ches drehte sich zu mir um und umfasste mein Gesicht mit den Händen. Ich schnappte nach Luft bei der plötzlichen Berührung.

Das Licht der beleuchteten Container vor der anderen Halle reichte kaum aus, um etwas erkennen zu können.

Ches musterte mich mit aufgewühlten, stahlgrauen Augen. Doch er drehte meinen Kopf erstaunlich sanft hin und her und untersuchte meine Augen im faden Licht.

»Was schmeckst du?«, fragte er eindringlich.

Ich zog die Augenbrauen zusammen. »N-nichts Bestimmtes.« Dann konzentrierte ich mich. Oder schmeckte ich etwas?

Oh. Tatsächlich. Ich konnte etwas schmecken.

»Es ist süß«, sagte ich schließlich.

»Fühlst du dich betäubt?«

»Hm. Ich fühle mich komisch.«

Meine Worte ließen seine Miene noch finsterer werden. Der Bartschatten auf seinem markanten Gesicht war wieder dichter geworden, und seine kinnlangen Haare steckten in einem winzigen Knoten im Nacken, aus welchem Dutzende Strähnen herausgerutscht waren.

Ich will ihn küssen.

Der Gedanke wirbelte in meinem Kopf wie ein flatterndes Flugblatt, das von einer Böe erfasst wurde. *Nein, ich will ihn nicht einfach nur küssen. Ich will Sex mit ihm haben.*

Die bloße Vorstellung sorgte dafür, dass sich jedes Härchen auf meinem Körper aufstellte und mich ein schwerer Schauder erfasste, der sich an ganz bestimmten Stellen meines Körpers ausbreitete.

»Wie viel von diesem Drink hast du getrunken, Ella?«, fragte Ches barsch. Er beobachtete mich genau.

Seufzend gab ich mich seinem Verhör geschlagen. »Die Hälfte.«

»Bist du dir sicher? Du hast den Drink nicht ausgetrunken? Und es war ganz sicher bloß einer?«

Ich nickte.

Er zog mich wieder mit sich, diesmal jedoch behutsamer. Dabei fluchte er leise und ziemlich beeindruckend. »Rory hat dir *Fairy Dust* in den Drink getan. In geringer Dosis ist es bloß eine Partydroge, vielleicht hast du Glück gehabt.«

Innerlich schrillten bei mir jegliche Alarmglocken. Mir war zum Heulen zumute. Ich hatte noch nie Drogen genommen, geschweige denn welche verabreicht bekommen!

»Fairy Dust«, wiederholte ich. »Davon habe ich noch nie gehört.«

»Es ist nur in der Szene verbreitet. Jemand wie du sollte auch nichts davon wissen. Zwei Ladungen haben in etwa denselben Effekt wie K.o.-Tropfen und werden oft aus denselben Gründen verwendet.« Er warf mir einen langen Blick zu.

»Es geht mir gut«, sagte ich abwehrend und spannte mich an. *Bloß nicht heulen.* Ich konnte jetzt auf keinen Fall in Tränen ausbrechen, auch wenn mein Hals bereits eng wurde.

Gott, hatte ich einen Hunger. Und mir war, trotz der kühlen Luft, immer noch so verdammt heiß.

Wir blieben stehen, und ich erkannte, dass das Loch im Zaun nicht mehr allzu fern war.

»Du und deine Freundinnen werdet augenblicklich von hier verschwinden. Creed fährt euch nach Hause. Ich habe ihm schon Bescheid gegeben, er dürfte jeden Moment hier sein.«

Creed.

Mir klappte der Mund auf, als mich die Erkenntnis traf, und ich stöhnte auf. Natürlich. Wie sollte es auch anders sein mit diesem verdammten Schicksal? Creed war der Typ, mit dem Summer geflirtet hatte. Natürlich hatte ich diesen Namen schon einmal gehört; er war Ches' bester Freund!

»Du kannst nicht einfach darüber bestimmen, ob wir gehen oder nicht! Und lass mich los!« Ich wand meinen Arm aus seinem Griff.

»Doch, das kann ich bestimmen«, herrschte Ches zurück. »Ich habe keine Ahnung, wie zum Teufel du überhaupt erst hier und anschließend ausgerechnet in den Armen von Rory gelandet bist, aber du musst verschwinden, Ella!«

Creed tauchte neben uns auf, Savannah und Summer im Schlepptau. Meine Freundinnen wirkten erst verwirrt und schließlich besorgt, als sie uns sahen. Ich musste wohl etwas durch den Wind wirken. Ehrlich gesagt, fühlte ich mich auch so. Auch wenn über alldem noch immer eine träge Wolke der Leichtigkeit und Gleichgültigkeit schwebte. *Dann bin ich eben hier. Na und? Es war nur eine Party. Und jetzt ist sie vorbei.*

Creed schenkte mir einen entschuldigenden Blick und trat dann zu Ches, um ihm irgendetwas zuzuraunen. Die beiden unterhielten sich kurz, jedoch so, dass ich sie nicht verstehen konnte.

»Creed bringt euch jetzt hier weg«, verkündete Ches.

»Auch schön, dich wiederzusehen«, sagte Summer und hob herausfordernd eine Augenbraue.

Ches beachtete sie nicht, sondern sah mich so eindringlich an, dass ich mich wie ein kleines Kind fühlte, dem auf die Finger gehauen wurde, weil es ungefragt an die Keksdose gegangen war. »Hör zu, Ella. Du darfst niemals wieder herkommen, hast du verstanden?«

Wieder zuckten die Synapsen in meinem Hirn. Ich kochte plötzlich vor Wut, auch wenn ich nicht wusste, woher sie stammte, und riss die Arme in die Luft. »Wieso, Ches? Wieso will die ganze verdammte Welt, dass wir von hier verschwinden? Wenn ich noch eine kryptische Warnung zu hören bekomme, dann explodier ich! Das hier ist doch nur eine Party!«

»Eine Party«, wiederholte er langsam. Seine harte Miene ließ sich keine Reaktion anmerken. Er nickte bloß und trat zurück, während mein Herz hart in meiner Brust wummerte und die Wut meine Ohren rauschen ließ. Das sorgte beinahe dafür, dass ich ihm eine scheuerte.

Creed brachte uns im nächsten Moment fort, und Ches verschwand in der Dunkelheit, ohne sich noch einmal umzudrehen.

KAPITEL 11

Ich schmiss die Wohnungstür hinter uns zu und pfefferte meine Tasche aufs Sofa. Creed hatte die Dreistigkeit besessen, uns mit seinem Jeep bis vor meine Haustür zu fahren. Und er hatte so lange dort gestanden, bis wir hineingegangen waren.

Ich gab einen grollenden Laut von mir und lief geradewegs zum Kühlschrank. Mein Körper kribbelte noch immer, und die Welt schwankte leicht. Drogen. Ich hatte irgendeine verdammte Droge im Blut!

»Willst du darüber reden?«, fragte Savannah vorsichtig, als befürchtete sie, ich würde den nächstbesten Gegenstand nach ihr werfen, nur weil sie mich angesprochen hatte. Sie und Summer ließen sich auf die Stühle am Tisch fallen, und ich holte eine Flasche Schokomilch und drei Gläser hervor.

»Nein!«, fauchte ich, setzte mein Glas an und trank es in einem Zug aus. »Ich will über gar nichts reden. Es gibt nichts zu bereden. Alles ist verdammt prima.«

»Ella.« Summer legte ihre Hand über meine, und ich hielt inne. Sav leerte ihr Glas wie ich in einem Zug, als wäre etwas Härteres darin als bloß Schokomilch.

»Was soll das alles bedeuten?«, fragte ich und fuhr mir mit den Händen durch die Haare. »Ich fühle mich komisch, und der Abend war furchtbar!«

Ich hatte ihnen nichts von dem Fairy Dust erzählt und Creed offenbar auch nicht. Vielleicht war es besser so. Sie würden sich bloß Sorgen machen. Offenbar ließ die Wirkung der Droge bereits nach, denn meine Gedanken drehten sich nun um einiges langsamer, wenn auch noch immer in einem Karussell.

Summer trat neben mich. »Vergiss es, El. Ches ist offenbar ein Idiot. Das ist es nicht wert.«

»Es ist mir sowieso nichts wert gewesen«, erklärte ich und sprang ruhelos wieder auf. »Ehrlich gesagt, ist er mir vollkommen egal.

Gott, worüber reden wir überhaupt? Und ist euch auch so verdammt heiß?« Ich fand ein paar Salzcracker und Sprühkäse im Küchenschrank. Ich hatte noch nie so großen Hunger verspürt. Ich hätte zehn Pizzen und vier Burger gleichzeitig verputzen können.

Gierig nahm ich beides an mich, studierte die Dose und stellte enttäuscht fest, dass sie bereits vor drei Wochen abgelaufen war. Meine Unterlippe zuckte, und heiße Tränen schossen mir in die Augen.

Ich drehte mich zu meinen Freundinnen um. »Der Sprühkäse ist abgelaufen!«

»Gott bewahre«, murmelte Savannah, stand auf und nahm mir die Cracker aus der Hand.

»I-ich bin so wütend!« Ein Schluchzer ließ mich nach Luft schnappen.

»Wegen Ches?«, fragte Savannah und rieb mir mit der Hand über den Rücken.

Ich zuckte zusammen. »Nicht. Nicht anfassen.« Ich wusste nicht, ob es wegen der Horrorszene mit Rory war oder ob es an meinem momentanen Zustand lag, doch es war beinahe unerträglich, von jemandem berührt zu werden.

Wir setzten uns wieder und ich verschränkte die Arme vor der Brust. »Ches ist mir egal.«

»Was ist passiert, als du und dieser Typ plötzlich verschwunden wart?«, fragte Summer. »Hat er …« Ihre Miene wurde blank. Dann blitzte Wut in ihren Augen auf. »Bitte sag mir, dass dieses Schwein nicht irgendetwas versucht hat.«

Ich knickte ein. Ich konnte es einfach nicht länger für mich behalten. »Er … Er hat mir etwas in den Drink getan. Das Zeug heißt Fairy Dust. Ches hat gesagt, es wird erst in einer höheren Dosis gefährlich, und offenbar habe ich nicht viel davon zu mir genommen.« Hastig wischte ich mir eine Träne aus dem Augenwinkel.

»Drogen?«, wiederholte Savannah hysterisch. »Er hat versucht, dich mit einer Partydroge …« Sie sprang auf. Ihre Augen waren aufgerissen, und ihre Brille saß schief auf ihrer Nase. »Rufen wir die Polizei. Du musst diesen Mann anzeigen, Ella!«

»Wie soll ich das machen? Und vielleicht wollte er mich auch gar nicht …« Meine Stimme versagte. Ich brachte es einfach nicht über mich, die Worte auszusprechen. Wie konnte mir nach diesem Abend in der Gasse, in welcher Ches mich gerettet hatte, schon wieder etwas so Furchtbares passieren?

»Vielleicht hat er mir nur ein wenig Fairy Dust gegeben, damit ich mehr Spaß habe. Das Zeug ist immerhin auch eine Partydroge.«

»Ella.« Summer packte meine Schultern. »Wieso zum Teufel versuchst du gerade, dieses Schwein in Schutz zu nehmen?«

Ich keuchte. »Das tue ich überhaupt nicht!« Nicht ihn. Mich nahm ich in Schutz. Wenn ich mir oft genug sagte, dass alles halb so wild war, wie es den Anschein machte, würde ich vielleicht nie wieder darüber nachdenken. Die Erinnerung an Rory drehte mir fast den Magen um.

»Wieso war Ches so wütend?«, fragte ich aufgebracht und griff in die Packung mit den Crackern. Sie schmeckten trocken und wie alte Pappe. »I-ich meine, was interessiert's ihn überhaupt? Wie kann er es wagen, mir einfach zu sagen, was ich zu tun und zu lassen habe?«

»Creed hat besorgt gewirkt«, überlegte Summer. »Und die Leute dort waren verdammt zwielichtig, wenn man ehrlich ist.«

»Und wenn schon!« Inbrünstig wedelte ich mit einem Cracker vor mir in der Luft. »Ich schwöre dem Drama und den Geheimnissen und den Männern ein für alle Mal ab! Ich kaufe mir eine Katze!«

»El, du bist allergisch gegen Tierhaare«, erinnerte mich Savannah vorsichtig.

»Dann eben einen Goldfisch!«

»Nur einen?« Summer stopfte sich ebenfalls einen Cracker in den Mund. »Wer hält denn einen einzelnen Fisch? Denkst du nicht, dass er einsam sein wird?«

Ich blinzelte sie einen Moment lang angestrengt an.

Dann brach ich vollends in Tränen aus. *»Genau wie ich!«*

Die Nacht fühlte sich länger an, als sie vermutlich war. Dem Heulen und den Crackern folgte noch eine halbe Packung trockenes Toastbrot, ein zersprungener Teller, verschwörerische Gespräche und wilde Versprechungen auf das gelobte Singledasein. Sav und ich hatten Summer davon abhalten müssen, Jason anzurufen, um bei ihm zu pöbeln, und wir aßen noch halb gefrorene Tiefkühlpizza, wobei sich Savannah die Finger am Ofen verbrannte.

Wir mussten anschließend wohl auf meinem Sofa eingeschlafen sein, denn als ein lautes, durchdringendes Hämmern an der Tür mich weckte und ich im nächsten Moment erschrocken aufrecht saß, verfärbte sich der wolkenlose Himmel vor den Fenstern bereits.

Savannah stöhnte, und Summer fluchte. »Stell das ab, verdammt.«

Ich stand auf und lief zur Tür. Wenigstens fühlte ich mich wieder halbwegs normal. Nicht mehr betäubt. Nichts drehte sich mehr. Endlich war ich wieder klar im Kopf.

Kaum dass ich die Tür geöffnet hatte, stürmte Ches in meine Wohnung. Ich stolperte zurück, und mein Herz blieb stehen.

Jetzt war ich wach.

»Was zur Hölle sollte das?«, fragte er aufgebracht.

Ich schloss die Tür und drehte mich zu ihm herum. »Dasselbe könnte ich dich fragen. Was fällt dir ein? Und was willst du hier?«

Sein Wangenknochen war blutig und angeschwollen, wie ich schockiert bemerkte. Es schien ihn nicht einmal zu stören.

»Was *mir* einfällt?« Seine Augenbrauen schossen nach oben. »Du bist doch diejenige, die im Käfig aufgetaucht ist!«

»Also ich weiß nicht, in welchem Käfig du warst, aber ich habe dort kein Schild gesehen, das sagte: *Ella Johns muss leider draußen bleiben!*«, schnappte ich.

Ches stieß ein hartes Lachen aus. »Du bist zu zart für den Käfig.«

»Zu zart?« Ich ballte die Hände zu Fäusten. »Du kennst mich doch überhaupt nicht, ich bin alles andere als zart!«

»Und du kennst mich nicht«, feuerte er zurück. »Du hast keine Ahnung, womit du es zu tun hast, Ella!«

Ich verschränkte die Arme und funkelte ihn an. »Und wieso interessiert es dich überhaupt, wovon ich Ahnung habe oder was ich tue und was nicht?«

»Oh, das tut es ganz und gar nicht.«

»Natürlich, *Thorsus*«, kam es in diesem Moment von Summer.

Irritiert drehte ich den Kopf in ihre Richtung. Sie warf gähnend einen Blick auf ihr Smartphone, erhob sich vom Sofa und richtete ihr Kleid. »Deswegen tauchst du auch um fünf Uhr morgens hier auf, um Ella zur Rede zu stellen. Weil es dich nicht interessiert.«

Ihre Haare waren zerzaust, und erschrocken wurde mir bewusst, dass ich vermutlich nicht besser aussah. Hastig strich ich durch das Nest auf meinem Kopf und rieb mir über das Gesicht.

Ches bedachte Summer mit einem erbosten Blick, ehe er wieder zu mir zurückkehrte. Er presste die Lippen zusammen und atmete tief durch die Nase ein und wieder aus. Allmählich schien er sich zu beruhigen.

Mit finsterer Miene funkelte ich ihn an. »Sag mir, wieso du hier bist.«

»Weil ich wütend auf dich bin.«

Summer schaltete sich wieder ein. »Das ist also ein Grund, um jemandem die Tür einzurennen? Sie hat dir nichts getan, und ich wiederhole mich, *es ist fünf Uhr morgens.*« Sie sah mich an. »Ella, die Hausverwaltung muss endlich diese Eingangstür reparieren. Jeder Spinner kann hier einfach ins Haus marschieren.«

»Wir gehen.« Sav setzte sich ihre Brille auf und umfasste verschlafen Summers Handgelenk. »El, ruf an, wenn du uns brauchst.«

»Aber …«, protestierte Summer, doch Savannah zog sie einfach mit sich und schlug einen Moment später die Tür hinter ihnen zu, sodass ich den Rest des Satzes nicht mehr hören konnte. Gedämpft erklang, wie sie auf dem Flur miteinander stritten und die Treppe hinunterliefen.

Ich wandte mich wieder Ches zu. Mein erschöpfter Kopf wollte explodieren.

»Du hast ein beschissenes Timing«, sagte ich und lehnte mich mit einer Schulter an die Wand.

Er verschränkte die Arme. »Vor ein paar Stunden schien ich gerade rechtzeitig gekommen zu sein.«

Ich presste die Lippen zusammen und schwieg. Natürlich hatte er recht. Aber ich brachte es nicht über mich, das zuzugeben.

Ches seufzte angestrengt. »Glaub mir, niemand sonst hätte Rory daran gehindert, von dir zu nehmen, was er will, weil er verdammt noch mal Rory ist.«

Kälte machte sich in mir breit, aber ich zwang mich, meine harte Miene aufrechtzuerhalten. »Wer ist dieser Typ? Was hat er überhaupt zu melden?«

»Eine Menge hat er zu melden. Das ist ja das beschissene Problem.«

»Und weshalb hast du mir dann geholfen, wenn sich doch *niemand* gegen ihn auflehnt?«

Er sah mich nicht an. Sein Körper war angespannt und seine Lippen zu einer strengen Linie verzogen. Er sagte nichts. Kein Wort.

»Was hast du mit dem Käfig zu tun, Ches?« Ich schlang die Arme um mich. »Warum warst du dort? Schluss mit den Geheimnissen. Entweder du sagst es mir, oder du verschwindest sofort und kommst nie wieder zurück.«

Seine Lippen teilten sich, und er blinzelte mich an. Ich wusste, dass das kein besonders wirkungsvolles Ultimatum war, immerhin kannten wir uns kaum, und es wäre schmerzfrei für ihn gewesen, einfach zu gehen, genau wie ich gesagt hatte.

Aber als er auch nach etlichen Sekunden nichts weiter tat, als mich schweigend anzustarren, forderte ich mein Glück noch einmal heraus. Ich erinnerte mich an das, was Rory über den Käfig gesagt hatte. »Ich habe diese verrückte Halle gesehen, Ches. Wenn du mir keine Antworten geben kannst, dann bestimmt irgendjemand anderes im Käfig. Rory hat gesagt, ich bin jetzt eine von euch.«

Es war, als hätte ich Ches einen Fausthieb in den Magen verpasst. Er taumelte zurück, bis sein Rücken gegen die Wand prallte. »Was sagst du da?«, flüsterte er.

Ha. Volltreffer.

Ich hatte zwar alles andere als vor, noch einmal in die Nähe von Rory zu geraten, aber ich provozierte Ches trotzdem. »Entweder Rory wird es mir sagen oder die Polizei. Ich werde ihn nämlich anzeigen. Wegen letzter Nacht.«

»Nein.« Ches schüttelte heftig den Kopf. »Du würdest bloß Öl ins Feuer gießen. Ella, du darfst niemandem erzählen, was du gesehen hast, okay? Vergiss einfach, was passiert ist, auch wenn es hart ist.«

»Wieso sagst du mir nicht einfach, was los ist? Was hast du mit dem Käfig und diesem Rory zu tun? Und wieso siehst du, wenn ich dich sehe, immer aufs Neue so aus, als wärst du in eine Schlägerei verwickelt …«

Noch bevor ich die ganze Frage aussprach, begriff ich, dass ich seine Antwort gar nicht brauchte. Mit einem Mal fiel es mir wie Schuppen von den Augen.

Ches' Verletzungen. Der Käfig. Der Kampf, den ich dort gesehen hatte. Es gab nur einen Weg, diese Puzzleteile logisch zusammenzusetzen.

»Du kämpfst im Käfig.« Meine Stimme war bloß ein Flüstern. »Hab ich recht?«

Er sah mich nicht an. Ein Muskel in seinem Kiefer zuckte, und er schluckte. »Ella, ich versuche, dich zu schützen.«

»Dann gibst du es also zu?«

Er schwieg so lange, dass ich mich fragte, ob er überhaupt antworten würde. Und das allein gab mir die Antwort, die ich brauchte.

Meine Brust wurde eng, bis mir das Atmen schwerfiel.

»Rede mit niemandem über diesen Abend«, wiederholte Ches mit leiser, warnender Stimme. »Du hast keine Ahnung von meiner Welt, und es ist besser, wenn das auch so bleibt.«

»Soweit ich weiß, leben wir in ein und derselben verdammten Welt, außer du willst mir erzählen, dass das Loch im Zaun das Portal zu einer anderen Dimension ist.«

Wir funkelten uns an. Seine Worte ließen das Feuer in meinem Blut noch stärker wüten.

»Na schön, Ella Johns.« Herausfordernd lehnte Ches sich zu mir runter, und ich hielt die Luft an, als unsere Gesichter plötzlich voreinander schwebten.

»Gegenfrage – wieso interessiert es dich überhaupt, was ich tue und was nicht?«

Na großartig. Er versuchte meine eigenen Worte gegen mich zu verwenden. Aber da konnte ich mithalten.

»Das tut es ganz und gar nicht«, antwortete ich vielleicht eine Spur zu trotzig.

Ches beobachtete mich aufmerksam, und ich musste meine gesamte Willensstärke aufbringen, um dem durchdringenden Blick nicht auszuweichen. Ich wünschte, mein Puls hätte sich nicht beschleunigt, nur weil er mir wieder so nah war.

»Du lügst. Genauso sehr wie ich«, sagte er schließlich und richtete sich wieder auf.

Ich öffnete den Mund und schloss ihn wieder. Dann wandte ich mich um und ging mit steifen Schritten hinüber zur Küchenzeile. Ich musste etwas tun, um mich abzureagieren, und Kaffee zu kochen erschien mir da eine sehr sinnvolle Idee zu sein.

Ches folgte mir. »Ella?« Seine Stimme war jetzt wieder sanfter. »Ich muss dich etwas fragen.«

Ich sah ihn immer noch nicht an, sondern holte zwei Tassen aus dem Schrank und stellte sie unter die Kaffeemaschine.

Eine warme Hand legte sich auf meinen Ellbogen. »Das ist wichtig«, sagte Ches und drehte mich zu sich um.

Ich starrte ihn an, noch immer wortlos. Noch immer wütend. Seine Miene wirkte besorgt, fast schon ängstlich. »Hast du Rory deinen Namen verraten? Weiß er, wie du heißt? Hat er irgendwelche Informationen über dich, um dich ausfindig zu machen?«

Verwirrt über seine Frage und die unerwarteten Gefühle in seiner Miene runzelte ich die Stirn.

»Na ja, ich meine, er hat mich gefragt. Aber wir haben falsche Namen benutzt, ich habe ihm nicht –«

Ein überraschtes Keuchen entfuhr mir, als Ches mich plötzlich an seine Brust zog und die Arme um mich schlang.

»Gott sei Dank.« Er atmete in einem Stoß aus, so als hätte er die Luft angehalten.

»Gern geschehen«, murmelte ich. »Himmel. Ches … du bist mir wirklich Antworten schuldig.«

Meine Hände legten sich so selbstverständlich um ihn, als hätten sie es schon Tausende Male getan, und sein Duft und seine Wärme waren erschreckend überwältigend. Ich hatte nicht einmal darüber nachgedacht, sondern die Umarmung instinktiv erwidert.

Er ließ mich los, und ich drehte mich hastig wieder zur Kaffeemaschine. Ich wollte nicht, dass er sah, wie sehr er mich aus dem Konzept brachte.

Ches schwieg so lange, bis ich die Tassen gefüllt und auf den Tisch gestellt hatte.

Als ich ihm einen verstohlenen Blick zuwarf, wie er so neben der Anrichte stand, sah ich, dass er in Gedanken versunken war. Erst als wir uns am Tisch gegenübersaßen, sah er mich wieder an.

»Ihr habt einen Fehler gemacht«, sagte er. »In den Käfig zu kommen, meine ich. Ich habe alles getan, um die Folgen gering zu halten, aber das wird nichts ändern.«

Es war ein absurder Moment, um das festzustellen, aber mir wurde plötzlich bewusst, dass er schon wieder aus der Einhorntasse trank. Für einen Sekundenbruchteil hätte ich fast die Augen verdreht. Doch nur, bis seine Worte in meinem Kopf ankamen und sich Gänsehaut auf meinen Armen ausbreitete.

»Was ist der Käfig für ein Ort, Ches? Von was für Folgen sprichst du? Was für *Kämpfe* sind das, die du dort kämpfen musst?«

Ches stöhnte bloß und lehnte sich zurück. Dunkle Schatten lagen unter seinen Augen. »Wenn ich dich einweihe, gibt es kein Zurück mehr, Ella, verstehst du? Du kannst deinen Freundinnen nichts davon erzählen. Niemandem. Vielleicht wird man sogar dich, deine ganze Familie und deine Freunde durchleuchten und sicherstellen, dass du das Geheimnis bewahrst.«

Mir klappte der Mund auf. War das sein verdammter Ernst? »Du redest, als würde das FBI mich in die Mangel nehmen wollen!«

Er griff nach meiner Hand. Seine Finger schlossen sich um meine, und er sah mich mit angespannter Vorsicht an. »Bist du wirklich sicher, dass du es wissen willst?«

Ich drückte seine Hand. Das Gefühl gefiel mir irgendwie, was für noch mehr Verwirrung in mir sorgte.

»Wird mir oder irgendwem etwas zustoßen?«, fragte ich nervös.

»Nein, auf keinen Fall. Du müsstest schon gegen die Gesetze verstoßen, um bestraft zu werden.«

»Was für Gesetze?«

Eine Furche erschien zwischen seinen Augenbrauen. Ganz offenbar rang er mit sich. »Ich kann dir nur von den wichtigsten erzählen. Der Rest ist nicht dazu bestimmt, an unbeteiligte Ohren zu gelangen. Die ersten drei Regeln sind am ausschlaggebendsten: kein Mord, keine Erpressung und kein Weitergeben von Informationen.«

Ich wusste nicht, ob das ein Scherz war oder nicht. Ein Schauer erfasste mich, und meine Nackenhaare stellten sich auf. »Und wenn ich diese Regeln befolge, wird niemandem etwas passieren, ja?«

»Nein, dafür bürge ich.«

»Dann raus mit der Sprache«, flüsterte ich. Es würde kein Zurück geben. Die Vorstellung war erschreckend, doch irgendetwas in mir sagte mir, dass dieser Zug bereits abgefahren war, als ich Ches zum ersten Mal begegnet war. Ich musste es wissen. Es führte kein Weg daran vorbei.

Es dauerte lange, bis Ches etwas sagte. Er schien nach den richtigen Worten zu suchen.

»Du hast es hier mit Clans und Gangs zu tun, Ella. Mit Teilen der Mafia und noch vielen anderen Organisationen. Der graue Käfig ist einer der wenigen und einer der wichtigsten neutralen Punkte für den Untergrund.«

Ich blinzelte ihn an, nicht sicher, ob ich mich nicht gerade verhört hatte. »Bitte *was?*«

Ich hatte mit vielem gerechnet, doch im Traum nicht damit.

Hatte er eben ernsthaft *Mafia* gesagt?

»Viele kommen hierher nach Fletcher, um Verhandlungen zu

führen oder um Fehden zu schlichten und Wogen zu glätten. Egal wie die Dinge stehen, im Käfig herrschen eigene Regeln und Gesetze. Drei davon kennst du nun schon.«

Ches wollte seine Hand zurückziehen, doch ich hielt sie fest und verschränkte unsere Finger miteinander. Er sah mich durchdringend an, verwundert und erstaunt.

»Was …« Ich räusperte mich. Noch bevor ich die Frage stellte, hatte ich Angst vor seiner Antwort.

»Und wieso bist du dort, im Käfig?«

Ches starrte auf unsere Finger. Er wich ganz offensichtlich meinem Blick aus. »Es ist kompliziert.«

Ich hielt die Luft an, wartete gebannt darauf, dass er weitersprach. Ich hatte das Gefühl, als könnte er bei einer zu hektischen Bewegung oder einem einzigen falschen Wort einfach wieder dichtmachen oder verschwinden, wie ein verletzter Wolf.

Letztendlich seufzte er und zog seine Hand zurück, nachdrücklicher diesmal. Und als er mich wieder ansah, schreckte ich vor der hoffnungslosen Leere in seinen Augen zurück.

»Ich verstecke mich, Ella.«

KAPITEL 12

Ich öffnete den Mund, um etwas zu sagen, doch ich schloss ihn wieder. Keine Ahnung, wie oft ich das an diesem Morgen schon getan hatte. Ich kam mir vor wie ein Fisch, der auf dem Trockenen lag.

Er versteckte sich. Vor was versteckte man sich, wenn man bereits in der Höhle des Löwen saß? Es musste übler sein, als ich gedacht hatte. *Aber wie übel?*

Nein. Es stand mir nicht zu, ihn darüber auszufragen. Ich hatte endlich die Antworten, die ich haben wollte. Vielleicht hatten mir nicht einmal diese zugestanden. Ich war schon immer neugierig gewesen, und auch wenn ich mich im Recht glaubte, nach der letzten Nacht Antworten über den Käfig zu verlangen – das, was Ches gesagt hatte, ging in eine dermaßen andere Richtung, dass ich nicht wusste, was ich denken sollte. Ich fühlte mich schlecht. Wenn er nicht von sich aus davon erzählen wollte, würde ich ihn nicht weiter drängen.

»Okay«, sagte ich also bloß leise.

Ches sah mich an, als wäre ich ein Buch mit sieben Siegeln. Ich wusste nicht, mit welcher Reaktion er gerechnet hatte, doch offenbar war es nicht diese. Wovor versteckte er sich? Was war geschehen, dass seine Miene so düster und verschlossen geworden war und dass er einen Ort wie den Käfig brauchte, um sich zu verstecken? Es war fernab meiner Vorstellungen. Und vielleicht hatte er recht und ich war bloß naiv – ich hatte keinen blassen Schimmer von seiner Welt.

Er erwiderte nichts, sondern nickte bloß – und damit sagte er so viel. Ich konnte Erleichterung spüren, weil ich nicht nachfragte. Dankbarkeit.

Ich stand auf und fuhr mir durch die wirren Haare. Jeder Muskel in mir fühlte sich noch immer steif an von letzter Nacht. »Ich hole dir etwas Eis.«

»Wofür?«, fragte er verblüfft.

»Du hast Blut im Gesicht, Ches. Und deine Wange ist angeschwollen.« Ich öffnete das Eisfach und hörte ihn hinter mir irgendetwas grummeln.

All die Dinge, die er mir gesagt hatte, tobten durch meinen Kopf wie ein wild gewordener Poltergeist. Ich versuchte, eine gefasste Miene zu bewahren, auch wenn ich überhaupt nicht gefasst war. Die verdammte Mafia steckte da mit drin. Ja sicher, wieso nicht? So was hörte ich andauernd, den lieben langen Tag. Jeder aus meinem Bekanntenkreis hatte etwas mit denen am Hut, das war total normal in Fletcher.

»Du hast gesagt, dass es Folgen haben wird, dass wir im Käfig gewesen sind«, sagte ich, während ich Eiswürfel in einen Plastikbeutel ploppen ließ und ein sauberes Küchenhandtuch drum herum wickelte. »Was hast du damit gemeint?«

»Ich weiß nicht, was sie letztendlich für Maßnahmen ergreifen werden, aber sie werden sichergehen wollen, dass du dichthältst. Deine Freunde waren bloß im Bunker, das ist das Alibi der ganzen Organisation; Partys und Raves. Aber du warst im Käfig. Das blieb nicht unbemerkt. Wieso zum Teufel wart ihr überhaupt dort?«, fragte er. »Ist das wirklich die Art von Club, wo du deine Abende verbringst? So hätte ich dich gar nicht eingeschätzt.«

Ich drehte mich zu Ches um und spürte Scham meinen Hals hinaufkriechen. Oh nein. Ich konnte es ihm nicht sagen. *Summer hat dich ein paar Blocks lang verfolgt, weil ich ihr deinetwegen die Ohren vollgejammert habe.* Auf keinen Fall!

Ich drehte mich zurück zur Arbeitsfläche und versuchte zu ignorieren, dass er die Frage überhaupt gestellt hatte. Meine Finger nestelten am Eisbeutel herum. Wenn ich es mir ganz fest wünschte, würde er es vielleicht auf sich beruhen lassen.

Ein Stuhl schabte über den Holzboden.

»Ella«, erklang Ches' Stimme nun genau hinter mir.

»Das ist nicht fair!«, sagte ich, noch immer, ohne mich umzudrehen. »Wenn ich dich etwas frage und du einfach nicht antwortest, ist es okay, aber andersherum nicht?«

Arme erschienen links und rechts von mir auf der Arbeitsfläche, und ich wirbelte herum. Der Abstand zwischen uns war gefährlich gering.

»Wenn du es genau wissen willst, wir gehen dauernd in den Käfig«, sagte ich und reckte das Kinn nach vorne. »Toller Club.«

»Du bist eine grauenhafte Lügnerin. Und mir wirfst du vor, ich hätte Geheimnisse.« Er legte den Kopf schräg. »So läuft das also jetzt? Wie du mir, so ich dir?«

Seine Stimme war leise und so tief, dass mir ein Schauer über den Rücken kroch. Ich wusste nicht, wo ich hinsehen sollte – auf seinen Mund oder seine Augen, diesen dunklen Bartschatten oder das kleine Muttermal an seinem Hals.

»Ganz genau«, erwiderte ich trotzig.

Einer seiner Mundwinkel hob sich, was mir mit einem Mal alles andere als geheuer war.

»Ich könnte jetzt also auch von dir verlangen, dass du dich ausziehst und darauf hoffst, dass ich dir anschließend etwas zum Anziehen gebe? Ein Handtuch und ein T-Shirt zum Beispiel?« Seine Augen funkelten und verengten sich herausfordernd. »Sicher, dass du dieses Spiel mit mir spielen willst?«

Meine Miene entgleiste.

Shit.

Wieso kippte die Stimmung gerade in diese Richtung? Das war kein guter Zeitpunkt, doch mein hormongesteuerter, hinterhältiger Körper führte mich vor, indem er die Worte *ausziehen* und *spielen* in meinem Kopf blinken und leuchten ließ wie eine Reklametafel.

Ches lächelte selbstgefällig, als er meine Reaktion sah, und stieß sich von der Arbeitsfläche ab. »Hab ich mir fast schon gedacht.«

Mit einem Mal überkam mich Ärger.

»Weißt du was?«, fragte ich, überkreuzte die Arme und packte den Saum meines Shirts. »Du hast recht. Das schulde ich dir vielleicht sogar.«

Ich zog es hoch und sah, wie sich seine Augen weiteten. Ein triumphierendes Grinsen machte sich auf meinen Lippen breit.

Doch gerade als das Shirt über meine Brüste glitt, packten es große Hände und rissen es wieder herunter.

»Nicht«, knurrte Ches und drängte mich plötzlich mit seinem Körper gegen die Platte hinter mir. Ein Keuchen entfuhr mir. Dort, wo seine Hände mein Oberteil gepackt hatten, lagen nun feste, lange Finger auf meiner Hüfte. »Das wäre das denkbar Unklügste, was du tun könntest, Ella.«

Sein harter Körper presste sich an meinen und weckte ihn damit zum Leben. Ich lehnte mich in die Berührung, wobei mich die plötzliche Spannung zwischen uns fast überwältigte.

»Wieso?« Meine Stimme klang verräterisch dünn.

Ches' Augen wurden dunkel und tasteten mein Gesicht ab, wanderten tiefer.

»Weil ich …« Er räusperte sich. »Ich sollte nicht einmal daran denken.«

»Woran?«, flüsterte ich, unfähig, seinem Blick auszuweichen.

Unsere Gesichter schwebten so nahe voreinander, dass ich silberne Flecken in seiner Iris entdecken konnte. Ches atmete tief aus, und sein Atem auf meinen Lippen blies meinen Verstand regelrecht fort.

»Woran?«, hakte ich nach.

»Dinge, die nichts für unschuldige, nette Mädchen sind«, murmelte er und beobachtete meine Reaktion aufmerksam.

Großartig, er wusste anscheinend genau, wie man eine Situation wie diese *nicht* entschärfte.

»Ich habe nie behauptet, unschuldig zu sein.«

Es bräuchte nur eine kleine Bewegung und meine Lippen würden auf seinen liegen. Die Berührung seines heißen Atems sorgte bereits dafür, dass mir ein ganzer Schwarm glühender Schmetterlinge durch die Brust flog. Und schon wieder war einer dieser Momente da. Ich sehnte mich so sehr danach, von ihm geküsst zu werden, dass mein Hals mit einem Schlag trocken wurde.

Doch Ches schloss die Augen und schüttelte den Kopf, als könnte er meine Gedanken lesen. Ich spürte, wie er mit sich rang. Dann wich er mit durch und durch angespanntem Körper zurück.

Ich starrte ihn an, verständnislos. »Wieso nicht?«, fragte mein Mund leise, bevor ich ihn daran hindern konnte.

»Weil es mir nicht zusteht.« Er ließ sich wieder auf einen der Stühle fallen. Sein Gesichtsausdruck war gequält, er blickte überall hin, nur nicht zu mir.

Ich klammerte mich an der Arbeitsfläche fest. »Und wer behauptet das?«

»Ich behaupte das.«

Das glaubte er? Das war doch absurd!

Doch so wie es aussah, schien er es tatsächlich ernst zu meinen.

Ich schluckte. *Perplex* war nicht ansatzweise die passende Beschreibung für das, was ich in diesem Moment empfand. Ich war verwirrt und beschämt. Ich sollte nicht so auf ihn reagieren, wie ich es tat. Es war vor allem gerade jetzt ziemlich unangebracht.

Ich nahm den kurzzeitig vergessenen Eisbeutel in die Hand und setzte mich mit meinem Stuhl dicht vor Ches. Meine Knie waren zwischen seinen, und ich lehnte mich vor, so wie schon beim ersten Mal, als er hier gewesen war.

»Du musst das nicht tun«, sagte er, unternahm jedoch nichts, um mich daran zu hindern. Ich nahm mir an seinem sonstigen Verhalten ein Beispiel und erwiderte nichts darauf. Stattdessen konzentrierte ich mich auf ihn und hielt das Eis im Küchentuch an seine geschwollene Wange. Er ließ es tapfer über sich ergehen und zuckte kaum zusammen. Für diese dumme Aktion mit dem Shirt eben hätte ich mir am liebsten selbst eine verpasst. Das Ziehen in meinem Bauch wollte nicht abflauen, und meine Augen wollten einfach nicht aufhören, jedes Detail von ihm zu registrieren. Ich horchte in mich hinein, versuchte es zu ergründen, doch alle Wege endeten bei Ches. Nicht einmal Jason hatte diese Anziehung auf mich ausgeübt. Seine Berührung hatte mich nicht von einen auf den anderen Moment in Flammen aufgehen lassen. Seine Nähe hatte mich nicht befangen gemacht und gleichzeitig belebt. Was auch immer zwischen Ches und mir war, ich hätte es nicht einmal leugnen können, wenn ich es gewollt hätte.

Vielleicht sollte ich einfach reinen Tisch machen. Alles andere hatte mich bisher in ziemlich ungünstige Situationen gebracht. Er wollte wissen, weshalb wir im Käfig gewesen waren? Schön. Ich würde es ihm sagen.

»Es war Summer.«

»Was?«, fragte er und runzelte die Stirn.

»Du hast mich gefragt, wieso wir im Käfig gewesen sind«, erklärte ich widerwillig. »Summer hat … na ja.« *Nein! Ich kann es nicht sagen!* »Sie hat dich gestern in der Stadt gesehen«, stieß ich hervor.

Ches runzelte die Stirn, und zu meiner Überraschung hoben sich seine Mundwinkel in wissender Belustigung. »Sie ist mir gefolgt.«

»Ich weiß auch nicht, wieso sie es getan hat!«, beeilte ich mich zu sagen. »Sie hat angerufen und gesagt, dass wir kommen sollen. Und dann haben wir dort Lenny getroffen. Sie und Savannah kennen sich.«

Ches lachte.

Ich lehnte mich zurück. »Was ist so komisch?«

»Nichts. Aber es ist meine eigene Schuld, dass ihr in die Sache hineingezogen wurdet. Ich habe nicht mal bemerkt, dass sie mich verfolgt hat.«

»Wie konnte das eigentlich passieren? Wenn du dich doch versteckst, wieso bist du dann nicht vorsichtiger?«

»So ist es nicht.« Er nahm mir das Eis aus der Hand und hielt es sich selbst an die Wange. »Der Käfig verschafft mir eine gewisse Art von Unantastbarkeit. Ich glaube nicht, dass mein Aufenthaltsort denen, die ihn herausfinden möchten, lange unbekannt bleibt. Ihr seid der beste Beweis dafür. Aber solange ich im Käfig bin, kann mir niemand etwas anhaben.«

Ungläubig musterte ich ihn. Vor allem starrte ich auf das Eis. »Unantastbar«, wiederholte ich. »Du hast eine komische Definition von *niemand kann mir etwas anhaben.*« Unwillkürlich musste ich an die grauenhaften blauen Flecke auf seiner Brust denken, als wir nach dem Kuss gestürzt waren. Und an sein lädiertes Gesicht, als wir uns vor dem Café begegnet waren.

»Immunität hat ihren Preis«, sagte Ches bitter. »Deshalb kämpfe ich im Käfig – damit er mich schützt.« Er blickte zu Boden, als würde er es nicht ertragen, mir bei diesen Worten in die Augen zu sehen. So als würde er sich schämen. »Aber ich bin nicht irgendein Kämpfer. Ich bin Rorys Kämpfer.«

Ich kochte noch mehr Kaffee. Ches und ich schwiegen uns an, vermutlich, weil wir beide nicht wussten, was wir sagen sollten. Eisiges Entsetzen saß in meinen Knochen. Entsetzen und Ungläubigkeit. In meinem Kopf überschlugen sich meine Gedanken wie tosende, rollende Wellen. *Rorys Kämpfer.* Was zum Teufel meinte er damit?

Immer mehr Puzzleteile fügten sich zusammen. An dem Morgen, als ich ihn auf der Bank vor dem Coffeeshop getroffen hatte, war ich davon ausgegangen, dass die Typen, die mich angemacht hatten, ihn zusammengeschlagen hatten. Dann hatte er mir erzählt, er wäre in eine Rauferei geraten. Doch weder das eine noch das andere stimmte. Er hatte gekämpft. Im Käfig. Er versteckte sich und war Kämpfer.

Aber *Rorys* Kämpfer?

Ich fragte Ches nicht, ob er Hunger hatte, sondern begann einfach damit, ein Frühstück zuzubereiten. Das gab mir Zeit, um nachzudenken. Ich stellte eine Pfanne auf den Herd, erhitzte sie und gab eine große Butterflocke hinein.

»Ella?«

Ich erstarrte. Langsam drehte ich mich um. »Ja?«

Ches saß vornübergebeugt da, die Ellbogen auf den Knien abgestützt. Er wirkte nervös. »Was denkst du?«

Ich biss mir auf die Unterlippe. Hinter mir brutzelte es leise, was mich daran erinnerte, dass ich die Herdflamme kleiner drehen sollte. Stattdessen stellte ich sie ab. Ich konnte jetzt nicht einfach kochen. Das hier war wichtiger.

»Ich weiß es nicht«, erwiderte ich wahrheitsgemäß.

»Hast du …« Er fuhr sich fahrig mit den Händen durch die Haare. »Hast du Angst vor mir?«

Irgendetwas an seinem Anblick, an der Hilflosigkeit, löste ein so heftiges Mitgefühl in mir aus, dass sich mein Herz schmerzhaft zusammenzog.

»Nein, habe ich nicht«, sagte ich wahrheitsgemäß und trat an den Tisch.

»Ich habe keine Angst vor dir, Ches. Außer du tötest Menschen, dann wäre das eine ganz andere Geschichte.« Ich lächelte schwach. Es hatte schon bessere Zeitpunkte für meine schlechten Scherze gegeben.

Aber war es wirklich ein Scherz?

Ich zwang mich wirklich dazu, ihn nicht zu verurteilen. Aber was für ein Mensch musste man sein, um im Käfig zu landen? Was, wenn er wirklich jemanden umgebracht hatte und sich deswegen dort versteckte? Vor dem Gesetz? Wie würde, wie *sollte* ich damit umgehen?

Ches legte seine Hand über meine und drückte sie. »Ich bin kein Mörder und habe auch nicht vor, einer zu werden.«

»Aber worum geht es bei diesen Kämpfen? Wozu das alles?«

»Meistens geht es um Geld«, erklärte Ches nach einem kurzen Moment. »Die Leute schließen Wetten auf die Kämpfer ab. Aber oft werden damit auch Entscheidungen gefällt. Wenn es Streitigkeiten zwischen Clans oder Kartellen gibt oder Unstimmigkeiten zwischen anderen Schattenorganisationen, setzt der Käfig einfach zwei Kämpfer ein. Es ist wie das Werfen einer Münze, bloß dass bei den Wetten eine Menge Kohle fließt. Das Geld sorgt dafür, dass der Käfig neutraler Boden bleibt.«

Er war ihre Münze. Er … wurde so übel zugerichtet, nur damit irgendwer darauf wetten oder eine Entscheidung fällen konnte? Mir wurde schlecht.

»Ches«, keuchte ich fassungslos. »Das ist furchtbar. Wie lange steckst du da schon drin? Gibt es keine Möglichkeit für dich, aufzuhören?«

»Ich tue es aus freien Stücken. Und nein. Es gibt keine Möglichkeit, aufzuhören«, fügte er hinzu, ehe er aufstand. »Ich denke, ich habe dich jetzt lange genug belästigt.«

»Wo wohnst du? Ich fahre dich nach Hause.« Dann stöhnte ich auf, als mir etwas einfiel. »Verdammt. Mein Wagen steht immer noch auf der North Side beim Käfig.«

Sein Gesicht verschloss sich noch mehr. »Nein, Creed hat ihn hergefahren. Der Schlüssel liegt im Handschuhfach. Es ist trotzdem nicht nötig. Ich kann laufen.«

Oh. Ich hatte nicht einmal bemerkt, dass mir jemand meine Autoschlüssel abgenommen hatte. Andererseits hatte ich auch unter Alkohol und Drogen gestanden. Wenn es bloß mein Auto war, das sich jemand unter den Nagel riss, nur um es dann vor meine Haustür zu stellen, war das wirklich mein geringstes Problem.

»Bitte. Lass mich dich fahren«, sagte ich und biss mir auf die Wange. Selbst in meinen Ohren klang das jämmerlich.

Wieder musterte Ches mich mit diesem sonderbaren Blick. Er trat vor mich und hob zaghaft die Hand an mein Gesicht. Die Geste war unerwartet, seine Finger auf meiner Wange waren rau. Und doch zuckte ich nicht zurück. Die Berührung war so zart, dass es mir beinahe das Herz zerriss.

»Wieso willst du mir helfen, Ella?«, murmelte er. »Nach allem, was ich dir eben erzählt habe. Ich bin nicht gut für dich.«

»Ich will dir helfen, ganz einfach, weil ich es will.« Ich lehnte meine Wange kaum merklich in seine Berührung – vielleicht genoss ich das Gefühl sogar mehr, als ich sollte. »Außerdem bestimmst nicht du, was du für mich bist, sondern ganz allein ich.«

»Und was wäre das?«

Wir waren uns schon wieder so nahe, und ich hatte nicht einmal bemerkt, dass wir uns weiter aufeinander zubewegt hatten. Meine Hände legten sich an seine Schultern, und ich hatte keine Ahnung, wann ich mich dazu entschlossen hatte, das zu tun. *Wie zwei Magnete.* Es war, als könnte Ches der Anziehung selbst nicht widerstehen, sonst würden wir nicht schon wieder hier stehen.

Die Hand an meiner Wange glitt nach hinten in meine Haare, umschloss meinen Hinterkopf, und die Enge in meiner Brust verwandelte sich mit einem Mal in ein aufgeregtes Flattern.

»Ich weiß es noch nicht«, flüsterte ich.

Er schluckte, was ich unter meinen Händen spüren konnte.

»Ich fahre dich.« Und ich würde mich nicht davon abbringen lassen.

»Du kannst mich nicht fahren«, beharrte er.

Ich schnaubte. »Natürlich kann ich dich fahren. Ich habe ein Auto und ich –«

»Ella«, unterbrach er mich leise. »Ich habe kein … Momentan wohne ich nicht …«

Er fluchte, ließ mich los und ballte die Hände zu Fäusten.

Ein furchtbares Gefühl breitete sich in meinem Bauch aus. »Sprich weiter«, verlangte ich.

Das konnte nicht sein.

Ches knirschte mit den Zähnen. »Ich habe drei Kämpfe hintereinander verloren. Ich habe … mir das Dach über dem Kopf verspielt.«

Die Worte trafen mich unvorbereitet. »Sie … *Was?*«

»Ich sagte doch, dass im Käfig eigene Regeln herrschen. In meiner Welt muss man sich alles verdienen.«

»Seit wann?«, fragte ich aufgebracht. »Wie lange geht das schon so?«

Er antwortete nicht und machte ein grimmiges Gesicht.

»Ches!«

»Ein paar Wochen.«

Ich blinzelte. »Ein paar Wochen. Okay. Und diese paar Wochen hast du bei Creed oder deinem anderen Kumpel übernachtet.« Es war der letzte Strohhalm, an den ich mich klammerte.

Doch als Ches den Kopf hob und ich sein Gesicht sehen konnte, blieb mir das Herz stehen. In seinen Augen tobte ein Sturm.

»Sie durften nicht«, krächzte er. »Niemand im Käfig darf das. Es ist gegen die Regeln.«

Ich schluckte. »Vielleicht, wenn ich nur –«

»Ich brauche kein Mitleid«, schnitt er mir kalt das Wort ab.

»Das ist kein Mitleid! Ich will nur …« Ich verstummte und biss die Zähne zusammen. Dann fasste ich all meinen Mut zusammen, umschloss sein Kinn mit Daumen und Zeigefinger und zwang ihn, mich anzusehen. »Wo würdest du heute Nacht hingehen?«

Ein gequälter Ausdruck trat in sein Gesicht. »Ella, tu das nicht.«

»Wo, Ches?«

Wieder Schweigen. Mein Herz klopfte fest.

Langsam ließ ich ihn los. Er musste es nicht laut aussprechen. Und die Vorstellung machte mich krank.

»Bleib hier«, sagte ich schließlich langsam.

»Nein.« Seine Antwort kam so heftig und schnell, dass ich zurückschrak »Nein. Auf keinen Fall.«

»Wieso? Wäre das auch nicht erlaubt? Ich gehöre genauso wenig zum Käfig wie der Ort, an dem du momentan schläfst!«

»Ella, das ist *Wahnsinn*«, sagte er nachdrücklich und machte einen Schritt zurück. »Sobald ich wieder ein paar Kämpfe gewonnen habe, darf ich zurück.« Er klang nicht gerade so, als wäre er von seinen Worten überzeugt. »Zumindest glaube ich das. Ich weiß nicht, was jetzt passiert. Ich habe Rory vor einem Haufen Leute ins Gesicht geschlagen. *Fuck.*«

»Ches, ich meine das ernst. Ich habe ein Sofa! Bleib wenigstens so lange, bis du wieder …« Ich musste schlucken, um die nächsten Worte auszusprechen. Sie fühlten sich so falsch an. »Bis du genug Kämpfe gewonnen hast.«

Er raufte sich die Haare, trat zur Küchenzeile und lehnte sich dagegen. Er presste seine Faust gegen den Mund. »Das ist eine furchtbare Idee, Ella. Das ist dir bewusst, oder?« Stöhnend rieb er sich mit den Händen über das Gesicht. »Ich sollte mich von dir fernhalten. Ich bin nicht gut für dich.«

Ich stemmte die Hände in die Hüften. »Ja, das sagtest du bereits. Und ich bedeute Ärger. Wir ergänzen uns wunderbar.«

Sein Kiefermuskel zuckte, und tausend verschiedene Emotionen brannten in seinen Augen, als er mich ansah. »Gott, du meinst es ernst, oder? Du kennst mich doch gar nicht. Außerdem habe ich dir gerade erzählt, dass ich an einem geheimen Ort im Untergrund kämpfe. Wieso … hilfst du mir?«

Ich wusste, dass ich impulsiv und leichtsinnig war. Vielleicht verspürte ich auch des Öfteren den Drang, zu helfen. Doch ich wusste auch, dass ich kein herzloser Mensch war. Und wenn es jemanden gab, der mich alles andere als kaltließ, dann war es Ches. Das Wissen, dass er seine Nächte auf der Straße verbrachte – Himmel noch mal, dass er *obdachlos* war –, bereitete mir beinahe körperliche Schmerzen. Alles in mir sträubte sich bei der Vorstellung.

»Ich meine es ernst«, erwiderte ich. »Bitte bleib.«

Er machte zwei Schritte auf mich zu. Zögerlich nahm er mein Gesicht in seine großen Hände und blickte auf mich hinab, wodurch mein Herzschlag aus dem Takt geriet.

Seine Lippen öffneten sich und zogen damit meine gesamte Aufmerksamkeit auf sich. Das wilde, plötzliche Sehnen danach, ihn zu küssen, zog mir beinahe den Boden unter den Füßen weg.

»Okay«, wisperte Ches so leise, dass ich es mehr sah, als dass ich es hörte. »Aber … Aber nur für ein paar Nächte.«

KAPITEL 13

Ich stand unter dem heißen Duschstrahl und wusch mir hektisch das Shampoo aus den Haaren. Meine Augen juckten vor Erschöpfung, und ein leichter Nebel hatte sich in meinem Hirn festgesetzt.

Er hatte Ja gesagt.

Ches würde ein paar Tage bei mir wohnen. Gar kein Problem. Daran war nichts verrückt. Mein Leben würde sich dadurch überhaupt nicht verändern. Alles würde sein wie immer. Nur, dass Ches nun hier war. Auch wenn es nur ein paar Tage waren, aber er würde hier sein.

Ein Stöhnen entfuhr mir. Ich schnappte, noch im selben Moment, erschrocken nach Luft, als mir wieder einfiel, dass Ches in meiner Wohnung war und mich hier drin wohl oder übel hören konnte.

Ich drehte das Wasser auf lauwarm, ehe ich es abstellte und mit quietschenden Füßen aus der dampfgetränkten Dusche trat.

In Windeseile machte ich mich fertig und schlüpfte in eine Jeans und eine weiße Bluse.

Die geföhnten Haare steckte ich mit einer Klammer hoch und deckte anschließend meine Augenringe mit Concealer ab.

Der Concealer war letztendlich mein Untergang.

Ich verlor mich im Handumdrehen in: *»Ach, ein wenig Mascara kann auch nicht schaden«* und *»Wenn wir schon dabei sind, kann ich auch meine Augenbrauen retten und etwas getönten Lipgloss auftragen.«*

Ich brauchte also zwar deutlich länger als geplant, aber immerhin fühlte ich mich der vorliegenden Situation nun viel besser gewachsen.

Ches saß, mit der glitzernden Einhorntasse in der Hand, am Küchentisch.

Als ich ihn erblickte, überkam mich Erleichterung. Ein Teil von mir hatte schon damit gerechnet, dass er nicht mehr hier sein würde, sobald ich aus der Dusche kam.

Er hob den Kopf, und sein Blick glitt langsam über meinen Körper. Ich schluckte schwer und strich mir eine Strähne aus dem Gesicht.

»Creed hat eben angerufen«, sagte er. »Er will frühstücken gehen. Hast du Hunger?«

Eigentlich wollte ich fragen, ob er Creed hiervon erzählt hatte, doch stattdessen nickte ich. »Ich sterbe vor Hunger. Wann sollen wir los?«

Ches stand auf. »Jetzt.«

Die Sonne schien, als wir meine Wohnung verließen, und die morgendliche Luft war noch kühl. Wow, ich konnte mich nicht erinnern, wann ich zuletzt um diese Uhrzeit – an einem Samstag wohlgemerkt – das Haus verlassen hatte. Meine Nachbarschaft schlummerte noch. Nur ein Jogger und eine alte Dame mit Hund liefen den Bürgersteig entlang.

Wir setzten uns in mein Auto, und ich startete den Motor. »Wo fahren wir hin?«

»Ich lotse dich. Dort vorne rechts abbiegen.«

Die Fahrt dauerte nur zehn Minuten stadtauswärts. Wir unterhielten uns nicht, und ich hatte das Radio aufgedreht, um die Stille zu übertönen. Es kostete mich große Kraft, nicht mitzusingen – *In My Blood* von Shawn Mendes. Es war und würde immer eines meiner Lieblingslieder sein. Und mitzusingen hätte mich ein wenig von der Spannung zwischen Ches und mir befreit. Im engen Wageninneren schien die Luft wie aufgeladen. Nach all den Dingen, die er mir an diesem Morgen anvertraut hatte, wusste ich nicht, wie ich ein unverfängliches Gespräch beginnen sollte.

Wir fuhren raus aus der Stadt in Richtung Mall. Nervös setzte ich den Blinker und rieb mir mit einer Hand über die Jeans, als Ches mich anwies, auf den Parkplatz von *Dew's Waffle House* zu fahren. Es war eines der wenigen Frühstück-Diners, die am Stadtrand von Fletcher noch übrig waren. Die meisten Leute frühstückten entweder in der Stadt oder in der Mall.

Creeds schwarzer Jeep stand bereits auf dem ansonsten leeren Parkplatz. Ich rollte neben ihn und ließ den Motor ersterben.

»Bereust du es schon?«

Ich blickte auf und sah, dass Ches mich beobachtete.

»Nein«, erwiderte ich ehrlich und schnallte mich ab. »Außer es stellt sich jetzt heraus, dass du doch ein gestörter Serienkiller bist. Dann müsste ich dich bitten, mein Auto zu verlassen und zu gehen.« Ich meinte es als Scherz und lachte, aber ein Teil von mir blieb angespannt. Seit Jason dürfte ich eigentlich nicht mehr auf mein Bauchgefühl vertrauen. Ich spielte mit dem Feuer. Mit Ches ging ich ein Risiko ein, ich vertraute blind. Himmel noch mal, ich hatte ihn dazu eingeladen, bei mir zu wohnen! Aber vielleicht war das manchmal so. Im Leben konnte man sich nicht immer bei allem absichern …

Und *vielleicht* versuchte ich mit diesem Gefasel auch einfach meine Nerven zu beruhigen.

Ein Lächeln stahl sich auf sein Gesicht, das absolut entwaffnend wirkte. »Ella, würde ich Leute abmurksen, foltern oder Meth kochen, würde ich es dir höchstwahrscheinlich nicht erzählen. Aber wenn du nachforschen willst, wie rein meine Weste ist, kannst du Creed ausfragen.«

Ich war verblüfft. »Er würde es mir sagen, wenn du ein Mörder wärst?«

»Frag ihn einfach, wie man Kämpfer werden kann.« Er schnallte sich ebenfalls ab. »Es überrascht mich, dass du mich nicht bereits mit Fragen gelöchert hast. Jetzt hast du die perfekte Gelegenheit. Frag Creed aus. Er kämpft zwar nicht oft, aber er kennt sich aus. Und nein«, sagte er, bevor er ausstieg. Seine Augen blitzten belustigt auf. »Vermutlich würde er es dir nicht sagen, wenn ich ein Mörder wäre.«

Ich verdrehte die Augen und stieg ebenfalls aus.

Eine kleine Glocke läutete, als wir das Diner betraten. Es roch nach Kaffee und frischen Waffeln, und mir lief das Wasser im Mund zusammen.

Creed wartete in einer gelb gepolsterten Sitznische am Fenster auf uns. Eine dampfende Tasse stand vor ihm, und er grinste breit, als er uns sah. Er sah frischer aus als letzte Nacht. Jetzt im Tageslicht wirkten seine Schultern und das Kinn noch ein wenig breiter, und die kurzen Haare waren offenbar dunkelbraun und nicht schwarz. Er sah aus wie ein Kerl, der nur spielerisch mit den dunklen Augen zwinkern musste, um die Frauenwelt in die Knie zu zwingen – Gott, er war praktisch Summer, nur in männlich.

»Guten Morgen«, sagte er, ohne die Augen von uns abzuwenden. »Schön, dich wiederzusehen, Ella.«

Ich rutschte auf die Polsterbank. »Ich hätte nicht gedacht, dass du dich darüber freuen würdest«, erwiderte ich und hob eine Augenbraue. Ches setzte sich neben mich, was Creed mit einem noch breiteren Grinsen quittierte.

»Jetzt hör schon auf«, brummte Ches und nahm sich eine Speisekarte. Sein Bein streifte meines, und ich gab mir Mühe, es zu ignorieren. Ich folgte seinem Beispiel und nahm mir ebenfalls eine Karte.

»Wieso sollte ich mich nicht freuen, Ella?«, fragte Creed und breitete einen wohlgeformten Arm über der Lehne der Sitzbank aus. »Ich hätte ja nicht einmal damit gerechnet, dich überhaupt kennenzulernen.«

»Creed«, warnte Ches, ohne von der Karte aufzublicken.

»Reg dich ab, Kumpel, ich bin dein bester Freund. Es wäre seltsamer, wenn du mir gar nichts von ihr erzählt hättest.«

Großartig. Mein Körper war neuerdings für lauter Überraschungen zu haben. Just in diesem Moment offenbarte er mir nämlich, dass ein Teil meines Hirns niemals das vierzehnte Lebensjahr überwunden hatte und bei Creeds Worten kichern wollte.

Eine rundliche Bedienung kam zu uns an den Tisch, und ich nahm mir eine Karte, um sie zu studieren.

»Darf es für euch schon etwas sein, ihr Süßen?«, fragte sie mit einem warmen Lächeln.

»Ja, bitte«, antwortete ich, noch bevor die Jungs überhaupt den Mund öffnen konnten. »Ich hätte gerne die großen *Death By Chocolate*-Pancakes mit extra Speck und doppelt Ahornsirup, ohne Eis und dafür etwas Krokant. Zusätzlich bitte noch eine helle Erdbeer-Waffel mit Sahne.« Ich räusperte mich. »Oh und, äh, haben Sie vielleicht irgendwelche gesunden … grünen Säfte oder so?«

»Tut mir leid, Liebes«, sagte die Bedienung, während sie sich alles notierte. »Ich kann dir Orangensaft anbieten.«

»Den nehm ich! Und einen Latte macchiato.«

Ches und Creed starrten mich mit offen stehenden Mündern an.

Ich rutschte tiefer in die Bank. »Was ist?«

Ches' Mundwinkel zuckte. »Nichts.« Er wandte sich rasch der Bedienung zu. »Ich hätte gerne das Frühstücksmenü Nummer drei.«

»Das nehme ich auch«, sagte Creed. Er warf mir einen Blick zu und zwinkerte. »Und Nummer eins auch. Aus Solidarität.« Die Dame ging und nahm die Speisekarten mit.

»Muss ich fragen, wieso du schon wach bist?«, fragte Ches seinen Freund.

»Nur wenn ich fragen muss, wieso du *immer noch* wach bist. Oder besser gesagt ihr.«

»Wir hatten ein paar Dinge zu klären.«

»Warte, du hast gar nicht geschlafen?«, fragte ich und sah Ches bestürzt an.

Er kratzte sich verlegen am Kinn. »Dafür war keine Zeit. Ich musste die Wogen glätten.«

»Und anschließend ist er zu dir gelaufen«, fügte Creed hinzu.

Meine Augen wurden groß. »D-du bist gelaufen? Das muss doch eine Ewigkeit gedauert haben!«

»Eine knappe Stunde.« Er tat es mit einem Schulterzucken ab, so als sei es nichts.

Ich blinzelte ihn an. Er war mitten in der Nacht zu mir gekommen. Schon wieder und diesmal zu Fuß. Und für was? Weil er wütend auf mich gewesen war. Ich wollte nach seinem Arm greifen oder seiner Hand, um irgendwie zum Ausdruck zu bringen, dass es mich … Tja. Ich wusste nicht, was das für ein Gefühl war, das mich erfüllte.

Das war doch Wahnsinn. Jason wäre nicht einmal an meinem Geburtstag zu mir gelaufen. Es wäre ihm nicht im Traum eingefallen. Im schlimmsten Fall hätte er sich ein Taxi genommen oder hätte mich gefragt, ob ich ihn abholen könnte, wenn sein Wagen nicht angesprungen wäre. Niemand lief für mich, Ella Johns, eine Stunde durch die Nacht.

»Ich bin übrigens echt froh«, sagte Creed, was meinen Blick von Ches losriss, »dass dieser grauenhafte Bart ab ist, Mann. Du hast ausgesehen wie Onkel Steve.«

Ich hatte keine Ahnung, von wem er sprach, doch Ches grinste. In Creeds Gegenwart schien er sich zu entspannen, und die unbekümmerte Miene stand ihm gut.

»Ich habe ganz bestimmt nicht ausgesehen wie Steve.«

»Stimmt. Du hast schlimmer ausgesehen als Onkel Steve. Wenn du dir jetzt noch diesen Wochen-Bart abrasierst, bist du wieder ganz Babyface-Chester aus der Highschool.«

Ein Lachen entfuhr mir, und ich hielt mir eilig eine Hand vor den Mund. »Babyface-Chester?«

»Ich bringe ihn um«, sagte Ches. Er ergriff meine Hand, als wäre es ganz natürlich, das zu tun. »Ich sagte zwar, dass ich es dir nicht verraten würde, wenn ich ein Mörder wäre, Ella. Aber du wirst jetzt spontan meine Wandlung zum Mörder miterleben müssen. Ich könnte ein helfendes Paar Hände ganz gut gebrauchen.«

»Das ist echt traurig«, beschwerte sich Creed grinsend. »Wenn du nicht mal mein zartes Körpergewicht stemmen kannst, solltest du vielleicht öfter die Hanteln in Vincents Werkstatt benutzen.«

Ches wandte sich mir zu. »Vincent ist ein Freund von uns. Er hat eine Autowerkstatt, mit einer Hantelbank in der hintersten Halle.« Wieder blickte er zu seinem besten Freund. »Wenn das dazu führt, ein aufgeblasener Dummschwätzer wie du zu werden, passe ich lieber.«

Ich lachte.

Es war faszinierend, diese Seite von Ches kennenzulernen. Sie fühlte sich so privat an. Er und Creed wirkten eng vertraut miteinander. So gelassen hatte ich ihn bis jetzt noch nicht erlebt.

Unser Essen wurde gebracht, und ich rutschte ein Stück zur Seite, um für meine Riesenbestellung in Angriffsposition überzugehen. Es juckte mich in den Fingern, Fotos von meinem Teller an Sav, Summer und meine Mum zu schicken und sie anschließend bei Instagram hochzuladen. Stattdessen begann ich zu essen.

»Oh Gott«, stöhnte ich kauend auf. Die Pancakes waren heiß, klebrig und süß. »Ich habe so lange keine Pancakes mehr gegessen.«

»Schaffst du das denn alles?« Voller Skepsis betrachtete Ches den Berg auf meinem Teller. Vor allem, als ich ihn in Ahornsirup aus dem kleinen Kännchen ertränkte.

»Ich hoffe es.« Meine Wangen glühten vor Verlegenheit. »Ich mag Süßes.«

»Ich hasse Süßes«, sagte Creed mit vollem Mund und schob noch eine Gabel mit Rührei hinterher. Er und Ches hatten sich ein eher herzhaftes Frühstück bestellt, mit Rührei, Bacon, Hash Browns und Würstchen. »Außer Peanutbutter Cups.«

Creed und ich begannen damit, über Süßes und Snacks zu debattieren. Bei Nachos, Erdnussflips und Popcorn kamen wir auf einen gemeinsamen Nenner, was Creed offenbar so zufriedenstellte, als hätte ich eine Art Prüfung bestanden.

»Also, Ella«, begann er, als unsere Teller fast leer waren. Ich kämpfte mit der letzten durchtränkten Waffelecke und zog mit ihr Bahnen durch einen Teich aus Schokosoße, flüssiger Sahne und Sirup. Creed musterte mich aufmerksam. »Wie ernst meinst du es damit, Ches einziehen zu lassen?«

Meine Hand stockte in ihrer Bewegung. Mein Blick huschte verstohlen zu Ches, und ich sah, wie er sich seufzend über die Augen rieb und seinen Kaffee trank.

»Es ist mir ernst«, antwortete ich, wenn auch nervös. »Ches, du kannst so lange bleiben, wie du willst.«

So lange, wie du willst. Verflixt noch mal, und das Bescheuertste an der Sache war, dass ich es ernst meinte. Ich wollte ihm helfen. Ihn auf der Straße zu wissen, würde mir den Schlaf rauben.

»Du weißt nichts über ihn«, stellte Creed fest. Sein Ton war immer noch locker, aber er hatte die Augen verengt, und sie waren ernsthafter geworden. »Und trotzdem willst du deine Wohnung mit ihm teilen.«

Appetitlos legte ich meine Gabel ab.

»Machst du so was öfter? Fremde Kerle zu dir nach Hause einladen, die du nicht kennst, und sie bei dir wohnen lassen?«

»Creed, das reicht«, befahl Ches knapp.

Ich konnte verstehen, weshalb Creed diese Fragen stellte. Trotzdem kostete es mich Mühe, mir nicht zu sehr anmerken zu lassen, wie empört ich war. »Nein, ich mache das ganz bestimmt nicht öfter. Ich komme gerade aus einer langen Beziehung und hatte nicht viel Kontakt zu Leuten. Und bevor du fragst, Creed, nein, ich durchlebe gerade keine rebellische Phase.«

Er schwieg einen Moment. Dann nickte er ein wenig erleichtert. »Du bist ein gutes Mädchen, Ella.«

»Und kein Hund«, konterte ich trocken.

Er schenkte mir ein breites Grinsen. »Das stimmt.«

»Ella hat auch eine Frage an dich«, sagte Ches.

Verwirrt sah ich ihn an. Er hob eine Augenbraue. »Auf dem Parkplatz …«

Oh, richtig. Ich wandte mich Creed zu. »Wie kann man Kämpfer werden?«

Verdutzt blinzelte Creed. Sein Blick heftete sich auf Ches. »Du hast ihr *davon* erzählt?«

»Sie hat mich gefragt.«

Er sah aus, als würden ihm gleich die Augen aus dem Kopf fallen. »Ernsthaft? Wer bist du, und was hast du mit meinem besten Freund gemacht? Ein nahezu fremdes Mädchen hat dich zu der einen Sache befragt, über die du nicht einmal freiwillig mit mir redest, und jetzt will sie wissen …« Plötzlich legte er den Kopf in den Nacken und bellte vor Lachen. »Will Ella etwa kämpfen?«, Mit bebenden Schultern schüttelte er den Kopf. »Verdammt, Chester! Was hast du ihr versprochen, um in den Käfig zu steigen?«

Ches verschränkte die Arme vor der Brust und verkniff sich ein Grinsen. »Oh, Ella steigt nicht in den Käfig. Sie soll bloß die Voraussetzungen für Kämpfer kennen.«

Creed lehnte sich zurück und hob eine Hand zum Abzählen. »Okay. Lass mich überlegen. Du darfst kein Gangmitglied sein oder involviert in Clans oder andere Organisationen. Das würde dich bei den Kämpfen parteiisch machen. Du darfst nicht drogenabhängig sein, aggressiv veranlagt oder spielsüchtig. Die Polizeiakte wird nicht allzu strikt angesehen, es sei denn, du hast jemanden umgebracht. Damit wärst du auch draußen. Oh, und du darfst keine körperlichen Handicaps aufweisen.« Er redete so entspannt und selbstverständlich darüber, dass ich glaubte, mich zu verhören.

»Hast du gerade die Voraussetzungen für Piloten bei großen Airlines aufgelistet, oder reden wir immer noch von Straßenkämpfern?«, fragte ich.

Ches lächelte schwach und erklärte: »Ella wollte sichergehen, dass ich kein Psychopath bin.«

»Das habe ich nie behauptet!«, widersprach ich, peinlich berührt.

»Ich nehme es dir nicht übel.«

»Dein Instinkt ist gar nicht schlecht, Kleine«, sagte Creed, als unsere Teller abgeräumt wurden. »Wie ich vorhin schon sagte, hat Ches mit Vollbart ausgesehen wie mein Onkel Steve. Und der hat beinahe seinen Nachbarn überfahren, als er ihn beim Zeitungklauen erwischte. Mit Absicht. Man kann nie wissen, was in den Leuten vorgeht.« Er schob sich aus seiner Sitzbank und schenkte mir ein Lächeln, das Summer vermutlich zum Sabbern gebracht hätte. »Du solltest heute Abend mit uns Billard spielen kommen, Ella. Ein Bier geht auf mich.«

»Ich kann nicht«, sagte ich entschuldigend. »Ich muss lernen.« Meine Mum und ich würden außerdem morgen früh das Grab meines Dads besuchen. Wir machten das einmal im Monat und trafen uns anschließend bei ihr und Tante Kat zum Essen.

»Wie du willst«, erwiderte Creed. »Aber du verpasst was. Ich gehe schon mal zahlen, die Rechnung übernehme ich. Wir treffen uns vor meinem Wagen.«

Ches und ich bedankten uns, ehe Creed mit selbstbewussten, federnden Schritten zum Tresen lief.

Ches wandte sich mir zur. »Möchtest du, dass ich morgen verschwinde? Ich möchte nicht stören.«

»Das brauchst du nicht.« Ich presste die Lippen zusammen. »Ich werde wohl den ganzen Tag fort sein. Ich … besuche meinen Dad.« Vielleicht lag es daran, dass er sich mir einfach anvertraut hatte, denn ich hatte das starke Bedürfnis, ebenso offen zu ihm zu sein.

Ches Miene wurde sanft. »Dein Dad wird hoffentlich nicht

durchdrehen, sollte er von meinem temporären Einziehen Wind bekommen.«

»Er wird es nicht mitbekommen. Er ist …« Ich schluckte. Egal wie viel Zeit verging, es würde mir niemals leichtfallen, diese Worte auszusprechen. »Wir besuchen sein Grab. Meine Mum macht das einmal die Woche, ich komme nur einmal im Monat mit.«

Ches schrak kaum merklich zurück. Er wandte den Blick ab. »Oh.«

Ich schloss die Augen. *»Tut mir leid.« »Mein Beileid, Ella.«* Es hatte ein ganzes Jahr vergehen müssen, bis mich die Menschen um mich herum nicht mehr in diesen Worten ertränkt hatten. Es half nicht, auf die Floskeln vorbereitet zu sein. Der Stich, der durch meine Brust fuhr, war immer gleich schmerzhaft. Es haute mich jedes Mal aufs Neue um.

Eine warme Hand schloss sich um meine.

Ich öffnete die Augen und hielt die Luft an. Ches schwieg einen Moment, so als wollte er Worte oder Fragen zurückhalten. »Ella, das tut mir leid«, sagte er schließlich leise.

Und wieder. Ein unsichtbarer Hieb gegen die Brust.

Ich wollte sagen: »Ist schon okay«, aber ich konnte Ches nicht anlügen. Also antwortete ich bloß: »Danke.«

Sein Daumen streichelte über mein Handgelenk. Ich umschloss seine Hand mit meiner anderen und rang mir ein Lächeln ab, ob es nun angestrengt wirkte oder nicht.

»Gehen wir und warten draußen auf Creed«, sagte ich und drängte jegliche Gefühle der Traurigkeit zurück in ihre Box. Die waren für morgen früh. Bis dahin hatten sie in mir nichts zu suchen. Ich würde nicht wieder zum allgegenwärtigen Stimmungskiller werden. Jason hatte mir daraus sogar manchmal einen Vorwurf gemacht.

Gott. Im Nachhinein verstand ich einfach nicht, wie ich nicht hatte sehen können, was für ein Arsch Jason war.

Wir verließen *Dew's Waffle House,* und ich war so vollgestopft, dass ich am liebsten hinausgerollt wäre.

Auf dem Parkplatz angekommen, lehnte ich mich an mein Auto und spielte nervös mit meinen Schlüsseln.

»Hör zu, Ella«, sagte Ches. Er stellte sich vor mich, sodass ich meinen Blick anheben musste. Ein Kribbeln fuhr mir durch den Bauch. Vielleicht würde ich nie darüber hinwegkommen, welche Wirkung er auf mich hatte.

»Ich kann zwar immer noch nicht glauben, dass wir das wirklich tun werden, aber ich möchte, dass du weißt, dass ich dir dankbar bin. Sehr. Ich werde noch etwas von meinem Zeug aus Creeds Wohnung holen müssen. Dort lagert es inzwischen, bis ich … wieder gewonnen habe. Ich komme dann wohl heute Abend.« Er legte die Stirn in Falten. »Ist das für dich in Ordnung?«

»Natürlich!«, beeilte ich mich zu sagen. »Ich halte Montag einen wichtigen Vortrag und werde heute sowieso lernen müssen. Lass dir ruhig Zeit.«

Jepp. Ches zog heute noch bei mir ein.

Mit einem Mal wurde ich aufgeregt.

Ich sah aus dem Augenwinkel, wie Creed das Diner verließ.

»Und du bist dir ganz sicher, Ella?«, fragte Ches leise. »Sicher, dass du das willst?«

»Ja«, erwiderte ich, unfähig, den Blickkontakt zu unterbrechen.

Er schenkte mir ein kleines, hinreißendes Lächeln. Es war nicht wie das Grinsen im *Waffle House.* Dieses hier war nur für mich bestimmt und brachte mich dazu, mir auf die Lippe zu beißen.

»Dann bis heute Abend.« Er streckte die Arme aus, um mich in eine flüchtige Umarmung zum Abschied zu schließen. Und auch ich selbst verspürte das Bedürfnis, ihn noch einmal zu berühren, bevor er ging.

Doch als seine Arme sich um meine Taille schlangen, mein Kopf sich an seine Halsbeuge legte und er sein Gesicht in meinem Haar vergrub, hielten wir beide inne.

Ich schloss die Augen. Ches seufzte. Er vertiefte die Umarmung, und ich zog ihn fester an mich. Meine Hände lagen auf seinem breiten Rücken, und die Spitzen seiner Haare kitzelten meine Wange. Es war, als wären unsere Körper dafür gemacht, sich in die Arme zu schließen. Mein ganzer Körper entspannte sich. Noch nie hatte sich so was Harmloses wie eine Umarmung so vollkommen angefühlt. Ich war mir seiner starken Arme um mich herum nur allzu bewusst. Ches' männlicher, sauberer Duft wurde mir allmählich vertraut und sorgte dafür, dass sich mein Herzschlag beschleunigte. Ich atmete tief ein.

Nur langsam lösten wir uns voneinander, und ich spürte ein Kribbeln durch meine Wirbelsäule rieseln.

»Bis später«, sagte ich und senkte verlegen den Blick.

Ich hatte nicht einmal bemerkt, wann Creed sich in seinen Wagen gesetzt hatte, doch der Motor heulte auf.

»Bis später, Ella«, sagte Ches.

Er zögerte, bevor er in den Jeep stieg, so als verwirrte ihn das, was eben passiert war, ebenso wie mich.

Ich stieg in meinen Wagen, und wir fuhren in entgegengesetzte Richtungen vom Parkplatz.

KAPITEL 14

Summer: *Lebst du noch, El? Seid ihr euch an die Gurgel gesprungen oder ins Bett?*

Ich legte meinen Collegeblock und den Textmarker zur Seite und nahm mein Handy in die Hand. Es war bereits nach neun Uhr abends, und ich hatte schon zwei Nickerchen und vierundsechzig Karteikarten hinter mir.

Ich: *Weder noch. Bin zu Hause und lerne. Morgen Kaffee bei meiner Mum?*
Savannah: *Gib uns Infos!*
Savannah: *Bin übrigens dabei. Gibt es Brownies?*
Ich: *Ja!*
Summer: *Bin auch dabei. Liebe Nancys Brownies.*

Summer schickte ein Selfie in den Chat, wobei man mehr von ihrem gepressten Doppelkinn sehen konnte als von ihrer Grimasse.

Savannah: *Idiot.*

Mein Blick glitt auf die verteilten Papiere auf dem Küchentisch, und ich begann sie zusammenzuschieben. Ich stand auf, setzte einen Topf mit Wasser auf und kramte eine Packung Käse und Makkaroni hervor.

Meine Finger zückten wieder das Telefon und schwebten über dem Tastenfeld. Ich zögerte.

Ich: *Ches und ich haben geredet.*
Summer: … *Und?*

Ich atmete tief durch. Jetzt war es so weit. Sie würden ausflippen.

Ich: *Er wird eine Weile bei mir übernachten.*

Die Sekunden, die vergingen, kamen mir vor wie Stunden.

Nervös fuhr ich mir über die Stirn und schüttete Salz in das Nudelwasser. Mist, das war so dämlich. Ich hätte es mir denken können. Meine Freundinnen würden ausflippen, und Mitchell würde mir höchstwahrscheinlich eine ewiglange Predigt halten.

Plötzlich kamen mehrere Nachrichten auf einmal, und mein Handy wollte gar nicht mehr aufhören, zu vibrieren.

Summer: *W*
Summer: *A*
Summer: *S*
Summer: *?*
Savannah: *ELLA!!*
Savannah: *Was genau ist passiert?!*
Summer: *Eskalation in ihrer natürlichen Umgebung!*
Savannah: *Habt ihr wieder geknutscht???*
Savannah: *Warte mal, als ihr euch zuletzt gesehen habt, habt ihr gestritten!*
Summer: *#CHELLA*
Summer: *#ELLORSUS*
Summer: *#THORSELLA*
Savannah: *LOL. #Chella*
Savannah: *El, antworte!!*
Summer: *Wie ist es dazu gekommen????? Ist das ein schlechter Scherz?*

Ein Wimmern entfuhr mir. Großer Gott, wieso hatte ich überhaupt etwas gesagt? Ich hatte bereits befürchtet, dass sie durchdrehen würden, aber vielleicht hatte ich es unterschätzt. Jedenfalls rutschte mir das Herz in die Hose, und ich rieb mir stöhnend über das Gesicht.

Ich: *Ist eine lange Geschichte. Er hat ein paar Probleme, und ich helfe aus, das ist keine große Sache.*

Savannah: *Aha. Keine große Sache also.*
Summer: *Ha. Ha. Die Untertreibung des Jahrhunderts.*
Savannah: *Denk an Carlas Worte: Gott, Meth, Liebe oder Sex?*
Summer: *Und bitte bilde dir nicht ein, einen Bad Boy in einen Schwiegersohn verwandeln zu können. Christian Grey existiert nicht! LOL.*
Ich: *Ches ist kein Bad Boy, und ich versuche nicht, ihn zu verändern! SoG war außerdem ein blödes Buch. Abgebrochen.*
Savannah: *Weich jetzt nicht vom Thema ab!*
Ich: *Wir waren heute Morgen mit Creed im* Waffle House. *Ches holt noch seine Sachen und kommt heute Abend. Wir haben uns nicht geküsst. Und das alles ist nur temporär! Ich versuche bloß, zu helfen!*
Summer: *Okay, Ella, du drehst grade total durch, oder? Geht's dir gut???*

Ich seufzte. Meine Freundinnen kannten mich einfach zu gut. Vermutlich hätte ich nicht einmal etwas vor ihnen verbergen können, wenn ich es wirklich drauf angelegt hätte.

Ich: *Mir geht es prima. Muss jetzt aber das Handy weglegen.*
Summer: *Ich kann nicht glauben, dass er bei dir einzieht!*
Ich: *Er zieht nicht ein! Er schläft ein paar Nächte auf dem Sofa!*
Savannah: *Na toll, und dabei wollte ich mich gerade vor dem Lernen drücken. Halt uns auf dem Laufenden, ja??*
Summer: *Muss jetzt auch das Handy weglegen. Wir sehen uns morgen bei deiner Mum, Ella. xoxox*

Ich drückte auf die Tastensperre und legte das Telefon zur Seite. Erschöpft sank ich gegen die Arbeitsplatte. Schön. Dann wäre das wohl erledigt. Früher oder später hätte ich es ihnen ja sowieso sagen müssen. Und vielleicht war es ganz gut, Summer dabei nicht gegenüberzustehen.

Je später es wurde, desto nervöser wurde ich. Jetzt, wo der Himmel draußen dunkel war, fühlte es sich mit einem Mal real an. Ches würde bald hier sein, und dann war alles anders.

Ich gab gerade die Makkaroni in eine Pfanne, als es an der Tür klopfte und ich vor Schreck aufschrie. Mit einem Ruck landete die Hälfte der Nudeln auf dem Herd, und ich stellte fluchend den Topf ab.

»Eine Sekunde!«, rief ich und schob mit einem Pfannenwender und einem Löffel die Makkaroni dorthin, wo sie hingehörten.

Hastig wischte ich mir die Hände an meiner Jeans ab. Ich eilte zur Tür, riss sie auf – und dort stand er, mit einem Seesack über der Schulter.

Ches.

Seine Haare waren zerzaust, das schwarze Baumwollshirt spannte um seine muskulöse Brust und gab den Blick auf sonnengeküsste, definierte Arme frei. Er trug abgewetzte Stiefel und eine verwaschene Jeans. Seine Miene hellte sich auf, als unsere Blicke sich begegneten, was dafür sorgte, dass ein warmes Zucken durch meine Brust fuhr.

»Hi«, sagte ich scheu und lächelte. Meine Wangen begannen zu brennen, und ich trat zur Seite, um ihn hereinzulassen. »Ich, äh, mache grade Käsemakkaroni. Ich hoffe, du hast Hunger.«

Ich trat ans Sofa, wo ich einen Stapel frische Laken hingelegt hatte, und legte eine Hand auf das mintgrüne Rückenpolster.

»Und wie.« Er schloss die Wohnungstür hinter sich und räusperte sich, als wir schließlich allein, zu zweit in meiner kleinen Wohnung standen. Nicht, dass es die anderen Male anders gewesen wäre. Doch seine Präsenz, seine bloße Anwesenheit schien den Raum jetzt noch stärker einzunehmen.

Ich klemmte mir eine Haarsträhne hinter das Ohr. »Ich hoffe, das Sofa ist zum Schlafen in Ordnung. Ansonsten kann ich dir morgen eine aufblasbare Matratze besorgen.«

Ches legte seinen Seesack neben dem Sofa ab.

»Du musst das nicht tun, Ella. Das Sofa ist perfekt. Ich bleibe nur, bis ich wieder gewonnen habe.«

Ich verschränkte die Arme und hob eine Augenbraue. »Wenn du noch einmal sagst, dass ich das nicht tun muss, wird dein nächster Kampf gegen mich stattfinden.« Denn das war heute bestimmt schon das fünfte Mal.

Ein Lächeln breitete sich auf Ches' Lippen aus, zunächst verblüfft, dann belustigt. »Ist das ein Versprechen oder eine Drohung?«

Verwirrt blinzelte ich ihn an. »E-eine Drohung.«

So wie Ches' Augen funkelten, hätte er dem wohl gern noch etwas hinzugefügt, doch er schien es sich anders zu überlegen und setzte sich stattdessen an den Tisch.

Er flirtete mit mir.

Hatte ich damit angefangen? Ich war mir nicht sicher. Vielleicht, vielleicht auch nicht. Wow, dabei war Ches noch keine zwei Minuten hier. Das war doch Flirten, oder etwa nicht? Drehte ich gerade durch? Oh Gott, vielleicht hatte Summer recht. Ich war dabei durchzudrehen. Ich erwischte mich dabei, wie ich mir schon wieder die Haare hinter die Ohren klemmte, obwohl keine Strähne entwichen war.

Ich beeilte mich, die Käsemakkaroni fertig zu machen, und belud zwei Teller, ehe ich mich ihm gegenübersetzte. So weit, so gut. Ich war eine fantastische Gastgeberin, der absolute Hammer. So nervös war ich gar nicht. Es fühlte sich fast normal an, mit Ches zusammen an meinem Tisch zu sitzen und zu essen. Immerhin hatten wir das in den letzten Wochen schon mehrmals getan. Ich war nicht betrunken, er nicht halbnackt oder blutig im Gesicht. Das waren doch großartige Vorrausetzungen für einen entspannten Abend.

Ich seufzte. Letztendlich brachten meine stummen Reden gar nichts. Ich war zum Sterben nervös. Ches hingegen strahlte eine unerschütterliche Ruhe aus.

»Vielleicht klären wir vorab ein paar Dinge«, sagte ich nach einer Weile und stocherte in meinen Nudeln herum.

»Ich bin ganz Ohr«, erwiderte Ches wachsam.

Ich schob mir eine Gabel in den Mund und beeilte mich, zu kauen. »Morgen früh fahre ich zu meiner Mum und komme erst abends zurück. Dann bringe ich dir den Ersatzschlüssel für die Wohnung mit. Unter der Woche bin ich meistens bis fünf Uhr am College, und außerdem treffe ich mich einmal die Woche mit meiner Lerngruppe.«

»Das trifft sich gut. Ich arbeite tagsüber bei meinem Freund Vince in der Werkstatt oder trainiere. Montagabend ist mein nächster Kampf. Vermutlich komme ich an den meisten Abenden erst, wenn du schon schläfst.«

Meine Hand verharrte vor meinem Mund. Ches aß einfach weiter, so als hätte er mir gerade erzählt, wie das Wetter kommende Woche werden würde.

»Montag«, wiederholte ich. »Schon?«

Ches nickte. Seine Schultern waren angespannt, und die Furche zwischen seinen Augenbrauen war zurückgekehrt. *»Coin Fights«,* sagte er nur. »Kann ich nicht ausfallen lassen.«

»Coin Fights?«, fragte ich verwirrt. »Was bedeutet das?«

Ich musste daran denken, wie Creed erwähnt hatte, dass Ches nicht gerne über sein Kämpferdasein sprach. So wie es aussah, stimmte es; er wirkte unruhig und saß ein wenig zu aufrecht da. Und obwohl ich schon damit rechnete, dass er meine Frage einmal mehr einfach ignorieren würde, öffnete er tatsächlich den Mund. »Es gibt zwei verschiedene Arten von Kämpfen. *Bets* und *Coins. Coin Fights* sind die Kämpfe, deren Ergebnisse Entscheidungen fällen. Das sind die wichtigen, wie der am Montag. Auf *Bet Fights* wird gewettet.«

»Und gestern … war ein *Bet Fight?*« Ich starrte auf die heilende rosafarbene Wunde über seinem Wangenknochen. Das alles klang so fernab der Realität, dass es mich Mühe kostete, mich nicht nach versteckten Kameras umzusehen. Vielleicht war das alles auch bloß ein Scherz und in Wahrheit war Ches Steuerberater.

Er nickte erneut und aß weiter.

»Spielt es eine Rolle, welche Art von Kampf du gewinnst?«, fragte ich. »Wegen deiner … Wohnung?«

»Es spielt keine Rolle. Hauptsache, ich gewinne«, erwiderte er und leerte sein Wasserglas. »Aber bei den *Coin Fights* geht es um höhere Summen für alle Beteiligten. Es ist also in meinem Interesse, keine Gönner des Käfigs zu verärgern.«

»Vermutlich darf ich mir deine Kämpfe nicht mal ansehen«, feixte ich, wobei es sich mehr wie eine Frage anhörte. Es war nicht so, dass ich darauf brannte, wieder zurückzukehren. Es ging mir um das Prinzip.

Ches sah mich plötzlich so alarmiert an, dass ich zusammenzuckte.

»Du wirst den Käfig nicht mehr betreten, Ella.«

Dieser. Verdammte. Befehlston.

Unangebrachterweise sah ich plötzlich Jasons Gesicht vor mir und wie er mir immer und immer wieder für alles Mögliche Vorschriften gemacht hatte. Während der Beziehung hatte es mir vielleicht nichts ausgemacht. Jetzt aber wollte ich bei der kleinsten Annahme von Kontrollverlust schreien.

Ich biss die Zähne zusammen. »Du versuchst mir wirklich vorzuschreiben, wo ich sein darf und wo nicht? Ich dachte, über diesen Punkt wären wir hinaus!«

»Ich versuche, dich zu beschützen. Der Käfig ist gefährlich, und eine der gefährlichsten Personen dort hat dich unter Drogen gesetzt, um weiß Gott was mit dir anzustellen.«

Er legte ebenfalls seine Gabel ab. Ihm war wohl wie mir der Appetit vergangen.

»Warum ist Rory so gefährlich?«, fragte ich. Allein die Erinnerung sorgte dafür, dass mir Tränen in die Augen schossen. Ches hatte recht. Dieser Mann hätte mir alles Mögliche antun können. Es war ihm sogar egal gewesen, dass wir von Menschen umgeben gewesen waren, als er übergriffig geworden war.

»Für jede Regel, die es im Käfig gibt, findet Rory ein Schlupfloch«, knurrte Ches mit finsterer Miene. »Für jede verbotene Tat hat er einen Handlanger, der sie für ihn durchführt. Körperverletzung, Drogenhandel, sogar Mord. Wenn Rory etwas will, bekommt er es auch. Er ist eiskalt. Und wenn du noch einmal in den Käfig gehst, weiß ich nicht, was er tun wird. Vielleicht interessierst du ihn schon längst nicht mehr. Vielleicht bist du aber auch immer noch sein nächstes Objekt der Begierde, und das Risiko gehe ich nicht ein. Abgesehen davon habe ich noch keine Ahnung, welche Konsequenzen mich nach letzter Nacht erwarten.« Er schluckte. Ich war mir nicht ganz sicher, doch ich glaubte, Angst in den grauen Augen zu sehen. Wenn es keine Angst war, dann sehr großes Unbehagen. Ich wurde aus keiner seiner Antworten schlau. Vielleicht hatte er recht und wir kamen tatsächlich aus verschiedenen Welten. Jede seiner Antworten warf zwei neue Fragen auf, so als hätte der Käfig mehr mit der Hydra gemein als mit einem zwielichtigen Nachtclub. Einer Sache war ich mir zumindest sicher: Rory war ein Knotenpunkt. Ein Knotenpunkt, der für einen tief bestürzten Ausdruck auf Creeds Gesicht gesorgt hatte, als wir ihm zum ersten Mal begegnet waren. Nun ergab seine Reaktion wenigstens Sinn für mich.

Ich versuchte, mir die Gänsehaut von den Armen zu reiben, doch es war ein Ding der Unmöglichkeit. Es war nicht bloßes Alphamännchen-Gehabe, was Ches da von sich gab.

»Welche Rolle spielt Rory?«, fragte ich bedacht. »Er ist kein Kämpfer, oder?«

Ches schnaubte, was sich beinahe anhörte wie ein Lachen. »Nein, Rory ist kein Kämpfer. Er ist einer der Gönner. Leute wie er sorgen dafür, dass die Kämpfe der einzige Anlass für Gewalt im Käfig sind.« Er wandte den Blick ab.

Heiliger Mist. Vielleicht hatte Ches recht. Vielleicht war es wirklich das Beste, wenn ich den Käfig mied. Ich hatte keine Ahnung, auf was ich mich andernfalls einlassen würde. Und wenn wir mal ehrlich waren, war ich mir nicht einmal sicher, worauf ich mich mit Ches eingelassen hatte.

Wieso hatte Rory auch ausgerechnet mich angesprochen? Wieso nicht eine andere?

»Danke für das Essen, Ella. Es hat sehr gut geschmeckt.« Ches stand auf – offenbar wollte er erst mal nicht weiter über den Käfig reden. Er nahm unsere Teller und stellte sie auf die Küchenzeile. Dann drehte er sich langsam zu mir um und räusperte sich. »Ich, äh, würde vorschlagen, wir teilen uns den Haushalt. Wenn du willst, übernehme ich das Einkaufen. Kochen kann ich leider nicht, aber vielleicht bügeln. Und sauber machen.« Er verstummte, wandte sich wieder der Arbeitsfläche zu und schob die Reste zurück in die Pfanne. Klappernd begann er, das Geschirr zu spülen.

»Okay«, erwiderte ich verblüfft. Fasziniert starrte ich auf seinen Rücken und beobachtete, wie sich die Muskeln unter seinem Shirt bewegten. Seit wann war es so attraktiv, einen Mann abspülen zu sehen?

»Danke«, fügte ich hinzu und stand ebenfalls auf. Ich nahm mir ein Küchentuch und trocknete das saubere Geschirr ab. Wir arbeiteten stumm Seite an Seite.

Als wir fertig waren, sprang Ches unter die Dusche, und ich bereitete schon einmal das Sofa für ihn vor. Dazu klappte ich die verstellbaren Armlehnen nach unten, damit er in voller Länge darauf liegen konnte, und holte mein zweites Kopfkissen aus dem Schlafzimmer. Als ich gerade dabei war, es frisch zu beziehen, hörte ich, wie sich die Badezimmertür hinter mir öffnete.

»Hey, Ches«, sagte ich, richtete mich auf und drehte mich um. »Vielleicht können wir …« Die Worte blieben mir im Hals stecken.

Oh.

Wow.

Sein Oberkörper war nackt, und er trug eine lockere Baumwollhose, die tief auf seiner Hüfte saß. Trotz der blauen Flecken auf seiner gebräunten Haut war jeder seiner klar definierten Muskeln zu erkennen.

Jesus, Maria und Joseph. An denen könnte man sich wahrscheinlich die Zähne ausbeißen.

Er rieb sich mit einem Handtuch durch die nassen Haare und kam zu mir herüber.

Mein Mund war trocken, und ich stand stocksteif da.

»Danke, dass du alles hergerichtet hast, Ella.«

»Keine Ursache«, stieß ich hervor.

Ich befahl mir, woanders hinzusehen als auf seinen anbetungswürdigen Oberkörper. Aber es funktionierte nicht. Meine Augen verschlangen ihn regelrecht, und ich konnte nur hoffen, dass er es nicht bemerkte. Ich fühlte mich wie ein durchgedrehtes Hormonmonster.

Er blieb vor mir stehen. »Ich hätte es selbst bezogen. Du hättest das nicht tun müssen.«

Ich zog die Augenbrauen zusammen. »Ich habe doch gesagt, du sollst so was nicht mehr sagen.«

Ein träges Grinsen erschien auf seinem Gesicht. »Dann stehst du also nicht zu deinem Wort?«

»Was?«

Er lehnte sich vor, um das Kissen und sein Handtuch hinter mich auf das Sofa zu schmeißen – und kam mir damit gefährlich nahe. Nicht eine Sekunde glaubte ich, dass er sich dessen nicht bewusst war. Er musste wissen, welche Wirkung er auf mich hatte. Verdammt, ich war aufgeflogen.

Es kribbelte in meinen Fingern. Ich wollte ihn berühren, doch stattdessen biss ich die Zähne zusammen und schloss die Hände zu Fäusten.

Er zuckte mit den Schultern, ein erheitertes Funkeln in den Augen. »Du sagtest, der nächste Kampf würde gegen dich stattfinden, wenn ich wieder so etwas sage. Ich versuche nur, herauszufinden, ob du jemand bist, der zu seinem Wort steht.«

»Ich stehe zu meinem Wort!« Mein Gesicht begann zu glühen. »Aber das bedeutet nicht … ich würde nicht … Ich meine …«

Ches lachte, und seine Finger berührten meine Taille. »Ich ziehe dich nur auf, Ella.«

Ich verzog das Gesicht.

Dann spannte ich mich an und holte zum Schlag aus.

Ich hatte bloß seinen Oberarm anvisiert, doch er fing blitzschnell meine Faust in der Luft und grinste, breit und arrogant.

»Niedlich.« Seine Augen hatten sich nicht eine Sekunde von meinen gelöst. »Mehr hast du nicht zu bieten?«

»Oh doch!« Ich schubste ihn mit meiner freien Hand, doch ich stieß bloß gegen eine unbewegliche Wand aus Muskeln. Wäre er nicht Ches gewesen, hätte ich nun versucht, ihn zu Boden zu ringen – doch er *war* Ches, und ich traute mir selbst nicht. Zu viel

Kontakt, und mein Körper würde sich vielleicht dazu entschließen, eigene Entscheidungen zu treffen. Und das wollte ich möglichst vermeiden.

Obwohl ich nichts lieber getan hätte, als meine Arme um seinen Hals zu schlingen und meinen Mund auf seinen zu pressen.

Himmel.

»Ich verschone dich heute«, sagte ich und reckte das Kinn nach vorne. »Sonst bekommst du noch Angst vor mir und willst wieder gehen.«

»Sehr großzügig von dir, Ella. Warte, dann *soll* ich also nicht gehen?«, fragte Ches neckend. Die Hand, die meine Faust umschlossen hatte, lockerte sich und glitt meinen Arm hinauf. Ein heißer Schauer lief plötzlich über meinen Körper.

»Natürlich nicht!«, schnaubte ich. Dann besann ich mich jedoch. »Ich meine, nein. Sollst du nicht.«

Seine Berührung ließ meinen Atem flacher werden. Die Empfindungen waren so einnehmend, dass sie mir knisternd bis unter die Haut drangen. Federleicht erreichte seine Hand meine Schulter und legte sich mit gespreizten Fingern auf meinen Rücken.

Ich sollte das hier nicht wollen. Nach allem, was er mir erzählt hatte, sollte ich Abstand zwischen uns bringen. Ich durfte nicht so empfänglich für seine Berührungen sein. *Durfte. Hätte. Sollte.* Die Realität sah anders aus.

»Hm«, machte er leise. Seine Augen folgten seiner Hand, und er machte nicht den Eindruck, als hätte er mir zugehört. Er hatte die Lippen geteilt, und eine Falte war zwischen seinen Brauen erschienen.

Das Verlangen schnürte mir den Hals zu. Ich konnte sehen, dass der Schalk in seiner Miene etwas anderem gewichen war. Er spürte es auch, da war ich mir sicher. Sonst hätte er mich nicht so angesehen. So hungrig.

Die Erkenntnis raubte mir den Atem. Sobald wir uns berührten, schienen wir eine eigene, wortlose Sprache zu sprechen.

Ich legte meine Hand auf seinen unteren Rücken und zog ihn zu mir. Seine Haut war kühl und noch klamm von der Dusche.

Ches starrte mich mit diesen durchdringenden Augen an und senkte den Kopf. Seine Lippen streiften kaum merklich meinen Kiefer, wanderten abwärts.

Dann zögerte er. Er wartete meine Reaktion ab, erkannte ich überrascht. Und nicht erst jetzt. Auch als wir uns geküsst hatten, war er nicht blindlings über mich hergefallen. Wir hatten uns gleichermaßen vorgetastet, bis keiner von uns mehr hatte widerstehen können.

»Gute Nacht, Ella«, flüsterte Ches an meinem Hals. Seine Worte klangen nicht nach einem Abschied, eher klangen sie nach einer Ankündigung. Sein Atem kitzelte mich, setzte mich unter Strom. Ich fuhr mit den Fingern seinen festen Bizeps entlang und atmete zittrig ein.

Dann spürte ich, wie seine Lippen die Haut über meinem donnernden Puls berührten. Er küsste die empfindliche Stelle, was mir ein Stöhnen entlockte. Ich lehnte mich gegen ihn und hatte das Gefühl zu schmelzen.

Er zog mich näher an sich, bis es keinen Zentimeter mehr gab, der uns trennte. Sein Mund fühlte sich warm und weich an, und sein rauer Bartschatten kratzte leicht, machte mich schwach und ließ mich erschaudern.

Nur langsam löste er seine Lippen von meinem Hals, und ich lehnte mich mit rasendem Puls zurück.

Er erwiderte meinen Blick mit vernebelten Augen. Irgendetwas in meiner Miene schien ihn jedoch zu ernüchtern, denn im nächsten Moment spannte er sich an und wollte zurücktreten.

Zur Hölle noch mal, dieser Kerl brachte mich noch um den Verstand!

»Nein«, sagte ich und schloss die Hände um seine Nacken, bevor er Abstand nehmen konnte.

»Nein, was?«, raunte er und runzelte die Stirn.

Seine feuchten Haarsträhnen kitzelten meine Finger, und ich vergrub sie in ihnen. Es entlockte ihm ein Seufzen, und er schloss die Augen. »Ich hätte das nicht tun dürfen.«

»Hör endlich auf, das zu sagen.«

Wenn ich mir vorstellte, wie sich seine nackte Haut wohl auf meiner anfühlen würde …

»Ich sollte die Finger von dir lassen«, flüsterte er mit rauer Stimme. »Ich bin ein Arsch, wenn ich das hier ausnutze. Du gerätst noch in Gefahr, wenn ich dem nachgebe.« Ich war mir nicht ganz sicher, ob er zu mir sprach oder zu sich selbst.

Ich wurde mit einem Mal aufmerksam. »Was genau meinst du damit?«

Er seufzte noch einmal, diesmal schwermütiger, und sah mich wieder an. »Ich will nicht, dass du in die Schusslinie gerätst. Nicht noch mehr, um genau zu sein. Der Vorfall gestern Abend hat einiges verkompliziert. Wenn die falschen Personen erfahren, dass es dich gibt, könnten sie dich für eine Schwachstelle von mir halten. Außerdem will ich nicht, dass du … dass du zu einer wirst.«

Mein Mund klappte auf. *Schusslinie. Schwachstelle.* Die Worte gehörten nicht in die Realität, sondern in einen Actionfilm.

Ches seufzte und schloss die Augen. »Deswegen werde ich dich nicht küssen, Ella. Nicht noch einmal.«

Ein Lachen entfuhr mir, bevor ich mich zurückhalten konnte. »Du, äh, hast mich eben geküsst.«

Seine Finger gruben sich in meine Hüfte, und ich war mir sicher, dass er den Preis für widersprüchliche Signale einkassieren würde, gäbe es einen Wettbewerb.

Seine Lippen zuckten, so als würde er sich ein Lächeln verkneifen. »Das war doch kein richtiger Kuss. Es war ein schwacher Moment. Du machst es mir ziemlich schwer, zu widerstehen.«

»Dann tu es nicht.« Mein Herz schlug einen Salto. Ella 2.0 war ja so was von direkt. Bei Jason war ich das nie gewesen. Es war nicht meine Art. Was das anging, war ich nicht mutig. Gewesen.

Ches seufzte gequält und lehnte seine Stirn an meine. Einen Moment lang sagte er nichts, und in mir brach das totale Gefühlschaos aus. Ihm so nahe zu sein, seinen Atem auf meinen Lippen zu spüren, war gefährlich. Unsere Nasenspitzen streiften sich.

»Geh ins Bett und schließ die Tür hinter dir«, raunte er endlich und klang gleichzeitig, als wollte er etwas anderes sagen. »Wir sehen uns morgen.«

Es kostete mich alles an Kraft, meine Arme von ihm zu lösen, doch ich schaffte es. Ches trat von mir zurück, und ich tat es ihm nach.

Ich biss mir auf die Lippe. Das Gefühl, ihn noch einmal berühren zu wollen, traf mich mit einer atemlosen Wucht.

»Warte.« Ich schloss meine Hand noch einmal um seinen Nacken, zog ihn zu mir und presste meinen Mund auf seinen Hals. Seine Haut war warm und glatt und duftete nach ihm, was den fast übermächtigen Wunsch in mir weckte, ihn zu schmecken und zu erkunden.

Ein tiefes Stöhnen entfuhr ihm, und gerade als er seine Arme um mich schlingen wollte, um offenbar der Versuchung doch noch nachzugeben, schob ich ihn hastig von mir weg und starrte ihn mit erhitzten Wangen an.

»Gute Nacht!«, stieß ich hervor und wich noch einen Schritt zurück.

»Was zum Teufel war das?«, keuchte er und sah mich mit einem Blick an, der mich dazu bringen wollte, mir auf der Stelle meine Kleider vom Leib zu reißen.

Aber anstatt mich in seine Arme zu werfen, lächelte ich und lief rückwärts in Richtung Schlafzimmer. »Das war ein schwacher Moment.«

Er lachte auf, und ich flüchtete in mein Zimmer und schloss die Tür hinter mir ab.

KAPITEL 15

Der Sonntag verlief nicht halb so vielversprechend wie gedacht. Mum und ich waren nicht lange auf dem Friedhof geblieben. Ich brachte es noch nicht über mich, am Grab meines Vaters über all die seltsamen Dinge zu sprechen, die mir in letzter Zeit passiert waren. Vielleicht waren die vielen Veränderungen mit Schuld daran, dass ich heute heftiger in Tränen ausgebrochen war als sonst. Ich vermisste meinen Dad. Irgendwo hatte ich mal gelesen, dass man nach zwei Jahren die Trauer einigermaßen bewältigt hatte, doch dessen war ich mir nicht so sicher. Ich hatte das Gefühl, dass er mir mehr fehlte als je zuvor. Wenn er noch da gewesen wäre, hätte alles so viel einfacher sein können. Die Last, die vor allem auf meiner Mum lag, wäre fort, mein Herz ein wenig leichter. Als seine Krankheit zu weit fortgeschritten war, um noch auf Heilung zu hoffen, hatten Mum und ich ihm versprechen müssen, nur hier, an seinem Grab, um ihn zu weinen. Wir sollten unser Leben weiterleben und wieder glücklich werden, und das würde nicht gehen, wenn wir immerzu trauerten. Bis zum letzten Tag hatten wir dieses Versprechen immer und immer wieder geben müssen. Doch egal wie viel Zeit verging, das Loch, welches Dad hinterlassen hatte, blieb unveränderlich bestehen.

Normalerweise war ich es, die den Friedhof am Coldwater River schnellstens wieder verlassen wollte. Doch diesmal war es meine Mutter gewesen, die den Arm um mich gelegt und mich auf dem Weg zurück zum Auto gestützt hatte. Es hatte weit länger als bloß die Autofahrt gedauert, bis ich mich wieder in den Griff bekommen hatte. Während Mum und Tante Kat das Essen vorbereitet hatten, hatte ich ein Bad genommen und anschließend einen Film gesehen – ironischerweise *Fight Club.* Anschließend waren Savannah und Summer gekommen, wir hatten gemeinsam gegessen und uns anschließend ins Wohnzimmer gesetzt.

»... Wieso hat sie eigentlich noch keine zehn Kilo zugenommen?«, fragte Tante Kat in die Runde. »Ich hätte schon längst zehn Kilo zugenommen.«

Wieder putzte ich mir die Nase und sank erschöpft in den Sessel. Meine Augen juckten und brannten.

»Ich bringe ihn um«, murmelte meine Mutter und streichelte gedankenverloren ihren Mops Poppy, der zu ihren Füßen lag. Ich fragte mich, wie dieser Hund überhaupt noch Fell am Körper haben konnte, wo es doch *überall im ganzen Haus verteilt war.* Wieder musste ich niesen und schrie dabei extra etwas lauter, um mein Leiden zu unterstreichen.

»Du solltest das wirklich nicht so in dich hineinfressen, Ella! Die Wut, meine ich«, erklärte Tante Kat und trank einen Schluck von ihrem … na ja, ich wusste nicht, was es war. Tante Kat war Besitzerin einer Buchhandlung, hatte lockiges blondes Haar, Lachfalten um die blauen Augen und einen goldenen Hautton durch die Arbeit im Garten. Sie war klein und athletisch und mit Abstand die coolste Tante, die es gab. Nach dem Besuch am Grab fühlten Mum und ich uns immer wie ausgelaugt. Deshalb hatten es sich Kat, Summer und Savannah zur Aufgabe gemacht, uns abzulenken. Seit Dads Tod war es eine Art Ritual geworden, nach den Friedhofsbesuchen beisammenzusitzen. Nur endete dieses Ablenkungsmanöver heute damit, dass Summer und Sav in großen Tönen über Jason herzogen. Und Kat, die durch meine Mum bereits von der Trennung erfahren hatte, stieg natürlich mit vollem Elan mit ein.

»Ella spricht nicht mehr über Jason«, pflichtete Summer meiner Tante bei und nahm sich ihren siebten oder achten Brownie. »Als hätte er nie existiert.«

Ich rieb mir stöhnend die juckenden Augen. »Ich hasse es, wenn ihr über mich sprecht, als wäre ich gar nicht anwesend! Außerdem, hast du mir nicht sogar geraten, nicht mehr über ihn zu sprechen oder an ihn zu denken, Summer?«

»So ist Ella nun mal«, fuhr meine Mum dazwischen, bevor Summer den Mund aufmachen konnte, um zu antworten. »Als ihr Vater gestorben ist, war das nicht anders. Verdrängen kann sie gut. Es wundert mich nicht, wenn sie dasselbe jetzt mit Jason tut.«

»Ich wiederhole, ich bin hier, genau neben euch.«

»Wollt ihr meine Theorie hören?«, fragte Summer. Sie warf mir einen langen, bedeutsamen Blick zu. »Ich denke, dass du Jason nicht richtig geliebt hast und er dir deswegen auch nicht das Herz brechen konnte. Es ist verletzt, aber nicht gebrochen. Sonst würde es dir jetzt nicht so gut gehen.«

Entrüstet setzte ich mich auf. »Summer, Jase und ich waren zwei Jahre lang zusammen! Natürlich habe ich ihn geliebt!«

»Vielleicht war er einfach nicht deine große Liebe«, korrigierte Savannah versöhnlich. Sie saß vor dem Sofa auf dem Boden, um mit Poppy zu spielen. »Eine große Liebe endet nicht mit Betrug, sondern mit einer Hollywoodschaukel auf einer Veranda, umgeben von Ururenkelkindern. Du musst selbst gestehen, dass du dauernd Kompromisse eingegangen bist. Und du hast dich für Jason total verbogen, nur damit er glücklich war. Also wenn das die große Liebe gewesen sein soll, investiere ich lieber jetzt schon in Haustiere.«

»Das ist doch lächerlich«, sagte ich schnaubend. Doch ein Knoten saß mir in der Brust.

»Ich war immer ich«, erklärte ich hilflos und hatte das absurde Gefühl, mich rechtfertigen zu müssen. Die Worte meiner Freundinnen verletzten mich mehr, als ich erwartet hätte. *Vielleicht, weil ich mehr denn je spürte, wie recht sie hatten?*

»Ich sage ja nicht, dass du ihn gar nicht geliebt hast«, ruderte Summer zurück. »Aber er hat dich schlecht behandelt, Ella. Du durftest mit den anderen Jungs aus dem Footballteam nicht einmal *sprechen*. Er hat dir so viel vorgeschrieben und verboten, und das auf so eine manipulative Art und Weise, dass du es nicht einmal gemerkt hast. Immer wenn wir versucht haben, mit dir darüber zu reden, hast du ihn verteidigt. Ich meine doch nur, dass du höchstwahrscheinlich eines Tages einsehen wirst, dass es keine richtige Liebe war, wenn du erst einmal richtige Liebe erlebt hast. Das mit Jason war keine Liebe. Er war ein waschechtes Arschloch – entschuldige, Nancy.«

Mum winkte ab. »Du hast ja recht, Summer. Er ist ein mieses Schwein. Kein Mann mit Geschmack und Anstand würde meine Ella betrügen.«

»Ich mochte ihn nie«, flötete Tante Kat geradeheraus. »Tut mir leid, erst jetzt damit rauszurücken, aber dieser kleine Schleimer war mir nie ganz geheuer.«

»Tante Kat!« Ich musste wider Willen lachen. Gleich darauf musste ich zwei Mal hintereinander niesen. Verdammte Tierhaarallergie!

»Wie geht es dir denn jetzt, Liebling?«, fragte Mum bedachtsam.

»Bestens, wirklich.« Überrascht stellte ich fest, dass es wirklich stimmte. »Ich habe keinen Liebeskummer mehr und brauche auch kein Frustessen«, fügte ich entschieden hinzu. Es unterstützte meine Worte zwar nicht sonderlich, dass ich mir noch einen Brownie vom Tisch nahm, aber ich konnte einfach nicht widerstehen. Sie waren so unglaublich gut.

»Das sind tolle Neuigkeiten!«, sagte Savannah und schnappte sich den hechelnden Mops, um ihn mit ihrer Liebe zu erdrücken. Passend zum Hund trug Sav ein rosafarbenes Sommerkleid voller aufgedruckter Donuts und einem riesigen Abbild von *Doug The Pug,* einem berühmten Promi-Mops. Ihre Tier- und Baby-Stimme verließ den menschlichen Frequenzbereich und wurde so hoch, dass Poppy wahrscheinlich das einzige Lebewesen im Raum war, das wahrnehmen konnte, wie Sav sie mit Komplimenten und Zusprüchen überschüttete. Der kleine Hund schmiss sich begeistert auf den Rücken und aalte sich grunzend auf den Holzdielen.

Summer grinste und lehnte sich zurück. »Klar brauchst du kein Frustessen, Ella. Deine Methode, Frust abzubauen, ist viel effektiver: groß, muskulös und gut aussehend.«

Mums Augen wurden riesig.

»Wie heißt er, woher kommt er, wie lange geht das schon?«, fragte Kat mit übersprudelnder Neugier und einem leicht vorwurfsvollen Blick.

Ich warf Summer mit einem Kissen ab. »Und du nennst dich beste Freundin?«

»Sie liebt es, Bomben platzen zu lassen«, kommentierte Savannah und seufzte.

Summers Grinsen wurde verlegen. »Und wie. Aber keine Sorge. Die großen Neuigkeiten darfst du selbst überbringen.«

»Sehr großzügig von dir.« Ich wandte mich an Mum und Tante Kat. »Er heißt Ches. Und bevor ihr fragt, nein, wir sind bloß Freunde.«

Savannah hörte auf, Poppy zu streicheln, und blickte ungläubig auf. Dabei rutschte ihr beinahe die Brille von der Nase. »Freunde«, wiederholte sie langsam. »Berühmte letzte Worte.«

Ich war nur von Verrätern umgeben!

Meine Mutter beobachtete mich einen Moment lang, und ihre Mundwinkel hoben sich wissend. »Du wirst ja auf einmal so rot, Ella.«

Ich stieß den Atem aus und putzte mir wieder die Nase. »Na schön, ihr habt gewonnen! Wir haben uns geküsst. Aber nur einmal, also zählt das nicht! Und jetzt sind wir eben Freunde.«

Summer stopfte sich noch einen Brownie in den Mund, um sich selbst am Reden zu hindern. Ich konnte regelrecht hören, was sie gerne laut verkündet hätte: *»Sie wohnen jetzt zusammen, Nancy! Er ist bei ihr eingezogen!«* Außerdem hatte ich ihr und Sav vom gestrigen Abend erzählt. Ich hatte ihnen geschrieben, weil ich vor lauter Anspannung einfach nicht hatte einschlafen können. Sie hatten alles andere als überrascht gewirkt – nein, beinahe sogar enttäuscht, weil Summer gegen Sav gewettet hatte, dass wir sofort im Bett landen würden.

Als ich heute Morgen aufgestanden war, war Ches bereits fort gewesen. Die Decken und das Kissen hatte er ordentlich zusammengefaltet auf dem Sofa gestapelt. Und vor der Wohnungstür hatte eine Rose gelegen. Im ersten Moment hatte ich mich unfassbar darüber gefreut. Dann aber war mir klar geworden, dass sie höchstwahrscheinlich nicht von Ches stammte. Er war nicht der Typ für Rosen, und selbst wenn, warum hätte er sie vor die Tür legen sollen und nicht aufs Sofa oder an einen anderen sinnvollen Ort? Vielleicht gehörte sie einem der Nachbarn, oder jemand hatte sich an der Tür geirrt.

»Woher kennt ihr euch?«, fragte Tante Kat. Sie überschlug die Beine und sah so wissbegierig aus wie ein Kind am Weihnachtsmorgen.

»Von der Straße«, sagte ich und musste wieder niesen.

Savannah prustete los. »Großer Gott, El! Ich kenne keinen grauenhafteren Erzähler als dich!«

Ich grinste und fing noch einmal an. Kurz berichtete ich von meinem und Ches' ersten Zusammentreffen und unserer Begegnung in der Nacht, als wir im Gefängnis gewesen waren.

»Das Beste hat Ella noch gar nicht erwähnt, Nancy«, sagte Summer und lächelte meine Mum unschuldig an.

Nervös fischte ich mir ein Taschentuch aus der Box auf meinem Schoß und zerrupfte es. Gleich würde meine Mutter durchdrehen, das konnte ich spüren. Ich konnte ihr dieses klitzekleine Detail jedoch auch nicht vorenthalten.

»Ich … Na ja, Ches schläft ein paar Nächte auf meinem Sofa.«

Der Brownie fiel meiner Mum aus der Hand und landete auf dem Boden. Poppy sprang augenblicklich auf, sodass Savannah in ihrer Hocke umgehauen wurde und mit einem überraschten Laut auf ihrem Hintern landete.

»Nein, Poppy!«, befahl Kat und packte den Hund so blitzschnell, dass er in der Luft noch versuchte, weiter zu rennen. Schnell hob Savannah den Kuchen auf und brachte ihn außer Reichweite der gierigen, niedlichen Hundeschnauze. Poppy jaulte frustriert und schnupperte wild am Boden, als Kat sie wieder losließ, in der Hoffnung, irgendwo einen kleinen Krümel zu erwischen. Sie leckte sich über die faltige Schnauze und legte Savannah schließlich beleidigt den Kopf auf das Knie.

»Das ist nur temporär«, beeilte ich mich zu sagen, bevor Mum oder Kat wieder ihre Stimmen finden konnten. »Ihr braucht euch keine Sorgen zu machen, und ein Serienkiller ist er auch nicht!«

Ich verschluckte mich beinahe an meiner eigenen Zunge. Wenn sie wüssten. *Er ist zwar kein Serienkiller, dafür nimmt er an illegalen, geheimen Untergrundkämpfen teil!*

Summer beobachtete mich und verengte kaum merklich die Augen. Ihr verdammter Laserblick. Hoffentlich konnte sie mir nicht ansehen, dass mehr dahintersteckte. Ich konnte ihr und Sav oder – Gott bewahre – meiner Familie unmöglich davon erzählen. Außerdem war ich es Ches schuldig, das Geheimnis für mich zu behalten.

Mum wirkte verdutzt. Sie sah erst zu Savannah, dann zu Summer. »Ist das Mädchen da wirklich noch meine Tochter? Was haltet ihr zwei davon?«

Tante Kat unterdrückte ein Grinsen. »Ich wusste immer, dass deine rebellische Phase früher oder später kommt, Süße. Jetzt musst du dir nur noch eine dornige Rose auf die Hüfte tätowieren lassen und du könntest als junge Nancy durchgehen.«

»Ches ist total heiß«, erzählte Summer und wackelte mit den Augenbrauen, was Mum und Kat kichern ließ. »Sogar sehr. Ich bin ein Fan.«

Savannah sah mich gedankenverloren an. »Ich glaube, er ist nett, aber ich habe die beiden bis jetzt nur streiten sehen. Das können sie jedenfalls super. Und er treibt sich in wirklich furchtbaren Clubs herum. Ich will nie wieder dorthin zurück.«

»Ich habe keine rebellische Phase«, widersprach ich mit Nachdruck. Wieder musste ich niesen. »Ich versuche bloß, nett zu sein. Er hat mir geholfen, jetzt helfe ich ihm.«

Meine Mutter nickte einsichtig. »Und habt ihr Sex?«

»Mum!« Das Blut wich mir aus dem Gesicht, nur um Sekunden später wieder in meine Wangen zu schießen.

»Nein. Haben wir nicht. Gott, ich kann nicht glauben, dass du das wirklich gefragt hast.«

»Du bist jetzt erwachsen, Liebling. Es muss dir nicht mehr peinlich sein, mit deiner Mutter über Geschlechtsverkehr zu reden, das ist etwas ganz Natürliches.«

»Macht, dass es aufhört!« Ich vergrub das Gesicht in den Händen. Kat, Summer und Savannah brachen in Gelächter aus.

»Wann können wir diesen Ches kennenlernen?«, fragte Kat mit funkelnden Augen. »Vielleicht hat er ja einen Onkel, der Single ist, oder ein paar ältere Brüder.«

»Gar nicht!«, sagte ich wie aus der Pistole geschossen und setzte mich auf. »Oh. Ich, äh, meine irgendwann.« *Nicht jetzt und nicht morgen. Niemals.*

»Sei einfach vorsichtig, Ella«, sagte Mum ein wenig ernster und streckte sich zu mir, um mir die Hand auf das Knie zu legen. »Pass auf dich auf und tu nichts, was du nicht willst. Wenn du ein komisches Gefühl bekommst, ruf mich oder deine Freundinnen bitte sofort an. Vergiss aber auch nicht, dass du jung und hübsch bist. Das ist schneller vorbei, als du glaubst.«

Der Vortrag konnte definitiv nicht mehr peinlicher werden. Ich nahm mir noch ein Taschentuch und stellte die Box auf dem Tisch ab. Meine Augen juckten und tränten mit jeder Minute stärker, und die Luft schien immer dicker zu werden. Ich putzte mir ein letztes Mal die Nase. »Wir sollten jetzt wirklich gehen, bevor ich noch einen allergischen Schock erleide.«

Wir gingen gemeinsam in die Diele, und Poppy sprang aufgeregt um uns herum. Sie glaubte immer, es sei Zeit für die nächste Runde Gassi, sobald man auch nur in die Nähe der Tür kam.

»Liebling.« Mum drückte mir eine Tüte mit Brownies in die Hand und nahm mich in den Arm. »Wenn ihr möchtet, können du und dein Freund ja nächste Woche zum Essen kommen.«

Ich erwiderte ihre Umarmung fest und lächelte. *Auf keinen Fall.* »Vielleicht.«

Tante Kat lachte und schloss mich ebenfalls in eine Umarmung. »Wir sehen uns am Samstag in der Mall. Summer, Sav, wenn ihr möchtet, könnt ihr uns begleiten.«

»Wir gehen zum Spinning«, erklärte ich, als wir uns voneinander lösten. Kat liebte es, aktiv zu sein. Und ab und zu musste ich ihr versprechen, sie in einen ihrer Kurse zu begleiten, auch wenn sie meistens mein Untergang waren. Kats Buchhandlung befand sich in der Fletcher Mall, und das Fitnesscenter lag nur ein Stockwerk über ihr. Letztes Jahr hatte sie sogar am Honeydew-Halbmarathon teilgenommen.

»Na gut«, murrte Summer und rieb sich den Bauch. »Aber nur, weil Nancys Brownies sonst schuld daran wären, dass ich eine Kleidergröße zulege.«

»Ich habe Mitchell versprochen, ihn zum Schwimmtraining zu begleiten«, sagte Sav entschuldigend. »Er hat diesen Monat noch ein paar wichtige Wettkämpfe.«

»Hauptsache, ihr kommt bald wieder.« Meine Mutter drückte

meine Freundinnen zum Abschied und hob Poppy hoch, als wir die Tür öffneten.

»Bis dann, Mum.« Wir lächelten und winkten, ehe die Tür sich hinter uns schloss.

Sofort wechselte mein Lächeln zu einer erbosten Miene, und ich boxte Summer gegen den Oberarm. »Irgendwann schlägt Karma zurück!«

»Au! Ich glaube, das hast du jetzt schon übernommen.« Sie rieb sich über die Stelle, wirkte aber trotz allem zufrieden. »Woher hätte ich denn wissen sollen, dass du Nancy und Kat noch nichts von Thorsus erzählt hast? Sonst erzählst du den beiden doch immer alles!«

»Ihr zwei seid unmöglich!«, sagte Savannah, schob sich die goldene Brille auf der Nase hoch und entriegelte ihr knallrotes kleines Auto. »Sieh es mal so, Ella. Jetzt ist die Katze aus dem Sack, und du hast es überstanden.«

Ich fischte meinen Autoschlüssel aus der Hosentasche und seufzte. »Stimmt auch wieder.«

»Schreib uns, wenn etwas vorfällt.« Summer zwinkerte mir zu und stieg in Savannahs Auto ein. »Und lass dich von Thorsus nicht zu sehr ablenken. Morgen früh ist dein Vortrag in Linguistik.«

Bei dem Gedanken an die vielen Karteikarten erschauderte ich. »Danke für die Erinnerung. Bis morgen und danke, dass ihr heute wieder mitgekommen seid.«

Wir verabschiedeten uns, und Savannah startete den Motor. Dann stieg ich in mein Auto und tat es ihnen nach.

KAPITEL 16

Eine Hand auf meiner Schulter weckte mich auf. Der Schlaf hatte mich so sehr verschlungen, dass ich Mühe hatte, meine Augen zu öffnen, also tat ich es nicht.

»Ella.«

Die tiefe, angenehme Stimme, die meinen Namen flüsterte, war nicht hilfreich. Sie war mindestens so sanft wie der taube Schlaf um mich herum und eine wahre Wohltat.

Erst als Finger durch mein Haar strichen und deshalb ein warmes Prickeln meinen Rücken hinabfuhr, wurde ich ein wenig wacher.

Ich öffnete die Augen und sah mich verschlafen um. Es war dunkel in meiner Wohnung. Nur das Licht über dem Herd in der kleinen Küchenzeile spendete schummriges, warmes Licht.

Ich war auf dem Sofa eingeschlafen, die Lernkarten überall um mich herum verstreut.

Ches saß neben mir und betrachtete mich mit erstaunlich sanften Augen.

Augenblicklich war ich wacher. Ich richtete mich aus meiner steifen, halb liegenden Position auf und rieb mir ein paar wirre blonde Haarsträhnen aus dem Gesicht. Vermutlich sah ich aus wie eine Vogelscheuche.

»Wie spät ist es?«, ächzte ich und sah mich um.

»Kurz nach vier«, erwiderte Ches. Ein erheitertes Funkeln lag in seinen Augen.

»Schon so spät?« Erschrocken blickte ich auf die Wanduhr – und tatsächlich, es war vier Uhr drei in der Früh.

Ich bemerkte seine feuchten Haare, die sich leicht wellten und sein Gesicht umrahmten. Er war wohl nicht eben erst zur Tür hereinspaziert. Er hatte sogar schon geduscht.

Abgesehen von den feuchten Haaren fiel mir noch mehr an ihm auf – weitaus mehr. Er war wieder oberkörperfrei und trug seine dunkle Baumwollhose. Im Halbdunkeln verlieh das dem ganzen

Moment, zusammen mit meiner Müdigkeit, etwas erstaunlich Intimes. Es war beinahe überwältigend. Ich glaubte sogar zu spüren, wie es die Luft verdichtete.

»Tut mir so leid«, sagte ich und sammelte meine Karten zusammen. »Du wolltest vermutlich schlafen gehen, oder? Und ich blockiere deinen Schlafplatz.«

Ches schmunzelte und richtete sich ebenfalls auf. Ich konnte den Blick nicht von seinen Lippen abwenden und verharrte in der Bewegung.

»Ich wollte dich eigentlich nicht wecken, weil du so friedlich ausgesehen hast, aber wahrscheinlich wärst du morgen mit einem steifen Hals aufgewacht, wenn ich nichts gesagt hätte.«

Ich dehnte meinen Nacken ein wenig – er war tatsächlich verspannt. Ein Gähnen erkämpfte sich einen Weg nach draußen, und ich verdeckte meinen Mund, während ich aufstand und mich herzhaft streckte.

»Konntest du dich wenigstens gut vorbereiten?«, fragte Ches und sammelte die Karten zusammen.

Ich zwang mich, ihn nicht abzuchecken, doch Ella 2.0 hatte, was das anging, keine sonderlich große Selbstbeherrschung. Vielleicht hätte ich es unter dem Deckmantel tun können, bloß seine heilenden Blutergüsse zu inspizieren, doch das wäre eine sehr offensichtliche Lüge gewesen. »Ich, äh, ja«, antwortete ich. »Ich denke schon. Ich bin froh, wenn ich den morgigen Tag hinter mir habe.«

Er legte den Kopf schief und runzelte die Stirn. Zu meinem Glück war es wohl nicht so offensichtlich wie befürchtet, dass meine Hormone schon wieder verrücktspielten.

»Ich bin auch froh, wenn der morgige Tag vorbei ist«, erwiderte Ches und seufzte. Eine Furche erschien zwischen seinen Augenbrauen, und er presste die Lippen zusammen. Er wirkte mit einem Mal angespannt, beinahe niedergeschlagen.

»Dann macht dir das Kämpfen keinen Spaß?«, fragte ich vorsichtig. Ich lief um das Sofa herum, an dessen Rückseite der Tisch dockte, und verstaute die Karteikarten in meiner Handtasche, die auf einem der Stühle lag.

»Nein«, antwortete Ches leise. Einen Moment schwieg er, und die Stille im kleinen Raum war erdrückend. »Ich hasse es.«

Ich beobachtete, wie Ches einen gedankenverlorenen Tunnelblick bekam, und wurde von einer plötzlichen Welle des Mitgefühls erfasst. Wer hätte das gedacht, der knallharte Straßenkämpfer Ches verabscheute das Kämpfen. Und trotzdem tat er es. Ein Haufen Fragen wirbelte mir durch den Kopf.

»Wieso?«, flüsterte ich.

Er hob den Kopf, so als hätte meine Stimme ihn aus seiner Trance gerissen.

Schließlich stand er auf und fuhr sich durch die feuchten Haare.

Ich wurde wieder nervös und lehnte mich gegen den Tisch, setzte mich halb auf ihn drauf.

Ches blieb vor mir stehen, stützte sich mit einer Hand an einer Stuhllehne ab und vergrub die andere in der Tasche seiner Baumwollhose. »Ich denke, wenn man so weit ist, dass man diese Kämpfe genießt, ist die Seele gebrochen und man gehört hinter Schloss und Riegel.«

»Dann besteht doch Hoffnung, solange du es verabscheust«, sagte ich und versuchte mich an einem Lächeln.

Ches erwiderte es nicht. Stattdessen erfüllte jäh ein dunkler, erschreckender Schmerz seine Miene. »Nein. Hoffnung zerstört dich und lässt dich nur noch wünschen, dass deine Seele endlich bricht. Es ist wesentlich gesünder, der Wahrheit direkt ins Auge zu blicken. Sie ist hässlich, aber sie hält dich bei Verstand und …« Er verstummte, als sein Blick meinen traf, und seine Augen weiteten sich.

Ich starrte ihn nur stumm an. Sein Gesicht war so offen. So erschreckend offen. Anscheinend hatte er weit mehr preisgegeben, als er vorgehabt hatte, und nun hatte ich einen Geschmack davon erhalten, wie es tief in ihm aussah. Und das war nicht schön. Oh Gott, nein. Es war hart und düster und verloren.

Mein Hals zog sich zusammen.

Ches wich zurück, sein ganzer Körper stocksteif. »T-tut mir leid. Ich hätte das nicht sagen sollen. Diesen Scheiß hätte ich für mich behalten sollen.«

Ich überbrückte den Abstand, den er zwischen uns geschaffen hatte, indem ich die Arme um ihn schlang und das Gesicht an seiner Schulter vergrub.

Er schnappte nach Luft und erstarrte, was wiederum dafür sorgte, dass mein Herz aus dem Takt geriet.

Einen Augenblick lang rührte er sich nicht.

Dann, zunächst zögerlich, legte er seine Arme um mich, ehe er den Atem ausstieß und die Umarmung vertiefte, bis unsere Körper sich aneinanderschmiegten.

So standen wir eine Weile da. Das hier war ein vollkommen neues Gefühl. Eines, das nichts mit sexueller Anspannung zu tun hatte, sondern mit Geborgenheit. Das Gefühl war so stark, dass es mir beinahe das Herz zerbrach.

Nach und nach wich die Anspannung aus Ches' Körper, so als würde er, was auch immer ihn plagte, zumindest für diesen Augenblick einfach loslassen. Ich genoss die Vollkommenheit dieser Sekunden, vielleicht Minuten und wie gut es sich anfühlte, ihn zu spüren und zu riechen, in ihm zu versinken. Es war tiefe Nacht, und die Müdigkeit in mir wollte wieder schlummern, jetzt mehr denn je, wo ich meine Augen geschlossen hatte und mich ebenfalls entspannte.

Der andere Teil in mir war nicht ganz so sorgenfrei. Er verzweifelte an der Frage, was Ches widerfahren sein könnte. Ich wollte ihm unbedingt helfen. Ich hatte den schmerzerfüllten Ausdruck auf seinem Gesicht nur ein einziges Mal sehen müssen, um zu wissen, dass ich ihn so nie wieder sehen wollte. Es schreckte mich ab, wie tief seine Dunkelheit reichte. Es machte mir Angst. Gleichzeitig fühlte ich mich in meiner sprunghaften Entscheidung, Ches ein paar Nächte auf meinem Sofa schlafen zu lassen, bestärkt. Was auch immer da sonst noch zwischen uns war, wir *waren* Freunde, oder? Zumindest waren wir dabei, welche zu werden. Und Freunde halfen einander.

Sein Daumen strich meine Wirbelsäule entlang, vom Kreuz bis hoch zu meinem Nacken. Schlagartig jagte ein knisterndes Feuerwerk an Empfindungen seiner Berührung hinterher.

Oh ja, definitiv Freunde.

Aber diesmal hatte ich keine Angst. Ich wusste, was ich wollte, und in Zukunft würde ich dieses Verlangen nicht mehr verdrängen. Sicher, er hatte gesagt, dass es gefährlich für mich werden könnte, wenn jemand herausfand, dass er bei mir war. Aber würde das nicht auch passieren, wenn wir uns nicht näherkommen würden? Es spielte keine Rolle.

Ich strich mit der Nasenspitze seine Halsbeuge entlang, als ich den Kopf anhob. Sein Atem geriet ins Stocken.

Es dauerte lange, bis wir uns wieder voneinander lösten.

Ches' Augen hatten einen erstaunlich zärtlichen Ausdruck angenommen, keine Spur mehr von der harten Dunkelheit. Er schenkte mir ein winziges, kostbares Lächeln und strich mir eine Haarsträhne aus dem Gesicht. »Danke, Ella.«

»Nicht dafür«, erwiderte ich mit dünner Stimme. Seine Knöchel fuhren sanft über meine Wange, und ich atmete zittrig ein. Meine Hand fand ihren Weg auf seine Brust, fuhr mit den Fingerspitzen die verblassenden Blutergüsse nach. Es waren unzählige. Abgesehen davon hatte er viele kleine silbrige Narben und eine größere, rötlichere, seitlich über dem Hüftknochen. Ich fragte mich, woher sie stammten. Auch von Kämpfen? Oder waren sie älter? Was hatte ihn in den Käfig gebracht? Wie war er dort hineingeraten? *Wer war er?*

Erst als ich wieder zu ihm aufblickte, bemerkte ich, dass er die Luft anhielt und mich beobachtete.

Ich wollte meine Hand zurückziehen, doch er schloss seine warme, raue Hand um sie und drückte sie an seine geschundene Brust.

»Gute Nacht«, flüsterte er. Meine Augen verweilten auf dem einladenden Schwung seiner Lippen. Ich musste schlucken, als er sich zu mir runterbeugte.

»Gute Nacht«, flüsterte ich zurück und schloss die Augen, mehr als bereit, von ihm geküsst zu werden.

Doch seine Lippen berührten meine Wange. Was auch immer hier passierte, es war leise und zerbrechlich und hinterließ einen süßen Schmerz in meinem Herzen, den ich auch noch spürte, als ich schließlich in meinem Bett lag und darauf wartete, wieder zurück in den Schlaf zu sinken.

KAPITEL 17

Finger schnippten vor meinem Gesicht, was mich erschrocken zusammenfahren ließ.

Ich blinzelte, um den Nebel aus meinem Hirn zu vertreiben.

Langsam nahm ich meine Umgebung wieder wahr. Richtig. College. Die Mensa. Noch immer wartete ich in der Schlange der Essensausgabe. Carla stand vor mir und hob eine schmale Augenbraue, während sie offenbar auf irgendeine Reaktion meinerseits wartete.

Oh. Ja genau. Ihre manikürten Finger waren es gewesen, die vor meinem Gesicht herumgeschnippt hatten.

»Wo ist dein Kopf?«, fragte sie und legte die Hände an die kurvigen Hüften.

»Mein Kopf?«, wiederholte ich langsam. Dann verstand ich ihren missglückten Versuch einer Redewendung und winkte ab. »Ich, äh, bin nur müde.«

Der Speisesaal war überfüllt mit Studenten. Von überall erklangen Stimmen, und der schwere Geruch von Kantinenessen lag in der Luft. Heute war das Ende des Sommers um einiges spürbarer. Dicke, weiße Wolken verhängten den Himmel, und es war zu kühl, um in Jeansshorts und Top auf der Terrasse zu essen – auch wenn es natürlich noch genug Mädchen gab, die genau das taten. Manche sahen aus, als wäre noch immer brennender Hochsommer.

Carla lächelte wissend, während sie mich musterte. »Ich kenne diesen Blick. Lenny hat mir übrigens erzählt, dass ihr im Käfig wart.«

Unglaube machte sich in mir breit. »*Du* kennst den Käfig?«

»Jeder kennt ihn«, erwiderte sie knapp. »Die Partys sind nicht mein Fall, aber ich habe schon ein paar Mal an der Bar gearbeitet.«

Hier stimmte etwas nicht. Nicht nur, dass Carla mir einfach so etwas von sich erzählte, es hatte auch etwas mit dem Käfig zu tun. Vermutlich meinte sie den Bunker, dort, wo die Partys stattfanden. Nicht den wirklichen Käfig.

Wir rückten in der Schlange auf.

»Woher kennen du und Lenny euch eigentlich?«, fragte ich. »Seid ihr wirklich Mitbewohnerinnen?«

»Meine Tante Alma und Lennys Onkel Vince sind ein Paar«, erklärte sie mit gesenkter Stimme. »Es ist kompliziert.«

»Oh!«, erwiderte ich lauter als beabsichtigt. Ich kannte diesen Namen. Vince war Ches' Freund. Ches arbeitete in seiner Werkstatt!

Das Blut in meinen Ohren begann zu rauschen. Das konnte doch kein verdammter Zufall sein. Es gab eine Verbindung zwischen Ches und Lenny und Carla. Verdammt noch mal, Carla!

Nicht nur, dass sie der letzte Mensch war, den ich mir als Lennys Mitbewohnerin vorstellte, noch weniger konnte ich sie mir im Käfig vorstellen. Was hatte das zu bedeuten? Wussten Carla und Lenny, was der Käfig wirklich war, oder kannten sie nur den Nachtclub? Wie tief steckte meine Freundin mit drin?

Ich war als Nächste an der Reihe und ließ mein Tablett mit etwas beladen, was offenbar eine Art Gemüseauflauf darstellen sollte, zusammen mit einer bedenklich wirkenden weißen Soße. Ich nahm mir gleich zwei Schälchen Nachtisch, was die Frau mit Haarnetz auf der anderen Seite der Essensausgabe mit einem missbilligenden Blick quittierte.

»Was hattet ihr im Käfig zu suchen, Ella?«, fragte Carla, als wir uns auf die Suche nach einem freien Tisch machten.

»Wir waren bloß zum Tanzen dort«, erwiderte ich unschuldig und suchte den lauten, vollen Raum nach unseren Freunden ab.

»Du bist schon immer eine furchtbare Lügnerin gewesen«, bemerkte Carla trocken. Wir setzten uns an einen leeren Tisch in der Nähe der offenen Doppeltür, die zur Terrasse führte. Der hereinwehende Wind tat zwar gut, weil er den stickigen Geruch vertrieb, doch gleichzeitig war er auch ziemlich frisch.

»Ich habe übrigens den ganzen Tag Zeit.« Carla verschränkte ihre rot lackieren Krallen über den übereinandergeschlagenen Beinen. Sie trug enge Jeans und eine durchsichtige schwarze Chiffonbluse, welche den Blick auf ein rotes Spitzenbustier freigab. An jeder anderen hätte es wohl billig gewirkt, doch Carla konnte es mit ihren langen dunklen Haaren und dem gebräunten, grazilen Körper irgendwie edel aussehen lassen.

»Also. Wieso wart ihr im Käfig?« Ihre Stimme klang misstrauisch. Es erinnerte mich daran, wie Lenny und auch Ches über den Käfig geredet hatten. Vielleicht wusste Carla ja wirklich mehr, doch ich würde mit meinem eigenen Wissen nicht herausrücken, solange sie nicht von selbst davon anfing. Das war ich Ches schuldig.

Ich stieß den Atem aus und lehnte mich zurück. Vielleicht konnte ich sie mit einem Teil der Wahrheit zufriedenstellen. »Weißt du noch, als wir kürzlich bei Savannah über diesen Kerl gesprochen haben, der mich … geküsst hat?«

»Ja, ist mir im Gedächtnis geblieben. Was ist mit ihm?«

Ich spielte mit der Verschlusskappe meiner Limodose. »Er ist irgendwie der Grund, wieso wir im Käfig waren. Summer hat ihn für mich gestalkt.«

Carla verdrehte die Augen. »Typisch. Wer ist der Kerl?«

»Hm. Du kennst ihn vermutlich gar nicht.«

»Jetzt spuck's schon aus, Ella.«

Ich warf ihr einen Blick zu. »Er heißt Ches«, sagte ich schließlich langsam und beobachtete ihre Reaktion genau.

Carla starrte mich an. Fünf Herzschläge lang sagte sie nichts, und mit jedem Schlag wurden ihre Augen größer und runder. Dann plötzlich sprang sie auf, wobei ihr Stuhl mit einem lauten Schlag zu Boden kippte. Einige Köpfe um uns herum drehten sich herum.

»Mierda! Ches?!«

»Was ist los, Carly?« Wie aus dem Nichts erschien Lenny an unserem Tisch und ließ sich mit einem vollbeladenen Tablett auf den Platz neben mir fallen. Ich war mehr als verblüfft. Lenny hatte noch nie beim Mittagessen bei mir oder den anderen gesessen.

Wie üblich war sie komplett in unförmige schwarze Kleidung gehüllt und hatte ihre braunen Haare zu einem strengen Knoten hochgesteckt.

Carla hob ihren Stuhl auf, setzte sich und ergriff Lennys Arm. *»No me jodas!«,* zischte sie und sah mich an, als sei mir soeben ein zweiter Kopf gewachsen.

Gott, ich konnte kein Spanisch, was zum Teufel hatte das zu bedeuten? Unsicherheit packte mich. Carlas Fassungslosigkeit konnte alle möglichen Ursachen haben. Wenn sie Ches kannte, welche Seite kannte sie? Eine, die ich noch nicht kannte? Kämpfer-Ches? Was, wenn Ches eine Seite hatte, die ich gar nicht kennenlernen wollte? Was, wenn er grausam war? Er hatte gesagt, dass er das Kämpfen verabscheute, und ich glaubte ihm. Aber trotzdem tat er es. Immer wieder. Die Unsicherheit krallte sich spitz und tief in meine Brust.

»Was ist mit Ches?«, fragte Lenny und verengte misstrauisch die Augen.

»Er vögelt sie!«

Bei den Worten drehten sich noch viel mehr Köpfe zu uns herum, und ich hatte das plötzliche Gefühl, vor Entsetzen zu erbleichen und gleichzeitig vor Scham zu sterben. »Was?«, keuchte ich, doch Lenny schnappte bereits nach Luft und packte wiederum meinen Arm.

»Wer oder was bist du?«, blaffte sie. »Eine Art Alien? Wie hast du das geschafft?«

»Wir vögeln nicht!«, zischte ich und sah mich verstohlen in der Cafeteria um. »Und wieso sollte ich ein Alien sein? Ches ist …« Ich suchte fieberhaft nach dem richtigen Wort. Mein Mitbewohner? Meine erste Wahl für atemberaubende Küsse? »… ein Freund.«

»Wie lange kennt ihr euch schon?«, fragte Carla, noch bevor ich zu Ende gesprochen hatte. Mein Gott, sie klang wie eine überbesorgte Mutter. Sie und Lenny tauschten einen bedeutungsvollen Blick.

Ich funkelte die beiden an und verschränkte die Arme. »Eigentlich geht euch das überhaupt nichts an, wisst ihr? Es gibt keinen Grund, hier so einen Aufstand zu machen. Jeder kann befreundet sein, mit wem er will, und das lasse ich mir von euch nicht schlechtreden.«

»Oh, Süße«, sagte Carla und hob beschwichtigend die Hände. »So war das nicht gemeint. Wir sind bloß –«

»Geschockt«, warf Lenny ein. »Scheiße noch mal! Ich meine, wirklich? Du und Ches seid richtige Freunde?«

Meine Wangen wurden rot. »Ja, na ja …«

Carla schlug sich eine Hand auf den Mund. »*No.* Ella, du hast mir, Summer und Savannah erzählt, dass er dich geküsst hat!«

Lennys Blick führte dazu, dass ich mir doch über den Hals reiben musste, um sicherzugehen, dass mir kein zweiter Kopf gewachsen war.

Unruhig rutschte ich auf meinem Stuhl hin und her. »Wieso dreht ihr deswegen so durch? Es ist keine große Sache, ehrlich. Er hat doch keine Freundin, oder?« Der Gedanke sorgte im nächsten Moment dafür, dass sich mein Magen verkrampfte. Ich stopfte mir einen riesigen Bissen des Gemüseauflaufs in den Mund und kaute energisch. Er schmeckte sogar noch furchtbarer, als er aussah. Doch es war mir egal. Mein Puls beschleunigte sich.

Nach allem, was mit Jason und Erica gewesen war, durfte es nicht sein. Ches durfte keine Freundin haben. Das würde mich quasi zu Erica machen. Ich wollte auf keinen Fall Erica sein! *Niemals* wollte ich der Grund sein, dass ein anderes Mädchen sich so fühlte, wie ich mich gefühlt hatte. Allein die Vorstellung sorgte dafür, dass mir schlecht wurde. Wenn es jedoch wirklich so war … Ich würde Ches nicht einfach nur vor meine Tür setzen. Ich würde ihn hochkant rauswerfen.

Doch zu meiner Erleichterung schüttelte Carla im nächsten Moment den Kopf. »Ches hat keine Freundinnen. Er hat auch keine … Freunde, die er küsst. Oder sonst etwas in die Richtung.« Sie schüttelte noch immer ungläubig den Kopf.

»Ich fasse es nicht«, fiel auch Lenny ein. »Wir kennen Ches, seit er vor drei Jahren nach Fletcher gekommen ist. Es hat über ein Jahr gedauert, bis er und Vince sich angefreundet haben, weil er wirklich jeden auf Abstand hält. Bis auf Creed natürlich.«

Carla kennt Ches bereits seit drei Jahren.

Diese Information musste ich erst einmal verdauen. Ich dachte daran, wie schwer es Ches fiel, von sich zu erzählen. Ich dachte jedoch auch daran, wie er sich mir geöffnet hatte und dass es definitiv keine drei Jahre gedauert hatte.

»Wir kennen uns seit ein paar Wochen«, murmelte ich. »Ich weiß auch nicht, es war eher Zufall, dass wir uns begegnet sind. Seitdem sehen wir uns … öfter.« Das war dann wohl die Untertreibung des Jahrhunderts. Und dabei wollte ich ihn noch viel öfter sehen. Am liebsten jetzt sofort. Das Bedürfnis saß besonders tief, denn es war Dienstag – letzte Nacht hatte sein Kampf stattgefunden, und wahrscheinlich war er so spät gekommen und so früh wieder gegangen, dass ich nichts davon mitbekommen hatte. Den ganzen Tag über hatte ich auf heißen Kohlen gesessen. Ich hoffte so sehr, dass es ihm gut ging.

Carla grinste wissend, als sie mich so beobachtete. »*Mierda,* du kleiner Glückspilz. Ich habe noch nie eine Frau an seiner Seite gesehen.« Sie lehnte sich zu mir vor, sah sich um und fügte leise hinzu: »Und das, obwohl er Kämpfer ist.«

Lenny boxte Carla im nächsten Moment auf den Arm, was sie aufjaulen ließ.

»Scheiße, das kannst du nicht einfach sagen!«

Carla schnaubte und nickte in meine Richtung. »Als wüsste sie nichts davon. Zwischen den beiden läuft immerhin was.«

Ich schnappte nach Luft und richtete mich kerzengerade auf. Sie wussten es! Sie wussten von den Kämpfen. Vielleicht war es seltsam, doch mich durchströmte Erleichterung.

Dann wurde ich aufgeregt. *Eine Frau an seiner Seite.* Die Worte brachten etwas in mir zum Klingen und ließen meine Haut angenehm kribbeln. Nun gut, ihre Worte *und* die Erinnerung an große, raue Hände auf meinem Körper und heiße Küsse, mit denen mein Mund erobert wurde. Mittlerweile kam es mir zwar eher wie ein weit entfernter Traum vor, dass Ches und ich uns tatsächlich geküsst hatten, aber der Effekt auf mich war nicht weniger groß.

Oh, verdammt, Ella. Dabei wolltest du doch Abstand gewinnen.

Ein Lächeln stahl sich auf meine Lippen. »Ja, Ches hat mir davon erzählt.«

»Ich fasse es einfach nicht«, murmelte Lenny und schüttelte den Kopf.

»Wieso ist das so ungewöhnlich?«, fragte ich, mit einem Mal unsicher.

Carla ergriff das Wort. »Ches hat eine Menge durchgemacht. Wir wissen selbst nicht, was. Das weiß nur Creed. Aber er redet weder über den Käfig noch über sich selbst. Nie, Ella. Die meisten Kämpfer lassen sich feiern wie Rockstars, aber Ches war immer der einsame Wolf.«

Ich wurde hellhörig. »Ich dachte, diese ganze Kämpfer-Sache ist geheim.«

Lenny verdrehte die Augen. »Wenn du eingeweiht bist, sieht die Welt schon wieder ganz anders aus.« Sie musterte mich und hob abschätzig eine Augenbraue. »Es ist nicht ungewöhnlich, dass einer von den Kämpfern Studentinnen mit in den Käfig schleppt, um sie zu beeindrucken und anschließend aufzureißen. Es kommt eigentlich ziemlich häufig vor. Aber diese Mädchen sind in der Regel von einem … ganz anderen Schlag als du.«

Ich verzog das Gesicht und verschränkte die Arme. Lennys Tonfall machte mir mehr als deutlich klar, was sie von mir hielt – nämlich alles andere als viel.

Ich öffnete bereits den Mund, um etwas Schlagfertiges zu erwidern, dachte dann jedoch an Rory und das Fairy Dust. Ein einziger Abend im Käfig, und schon hatte ein zwielichtiges Arschloch mich unter Drogen gesetzt, um …

Mir wurde eiskalt bei der Erinnerung. Aber ich würde mich jetzt nicht klein machen, nicht vor Carla und schon gar nicht vor Lenny.

»Na und?«, sagte ich schnaubend. Ich musste daran denken, was Ches Sonntagnacht über das Kämpfen gesagt hatte. Gebrochene Seelen. Sollten sich die Kämpfer doch wie Rockstars fühlen – wenn ihnen das ihre Seele wert war. »Wieso muss es dieses Höllenloch überhaupt geben? Wer hat sich diesen kranken Mist ausgedacht? Menschen wie Tiere kämpfen zu lassen ist barbarisch!«

Lenny funkelte mich mit einem tödlichen Blick an. »Pass auf, was du sagst. Du hast keine Ahnung. Wenn es den Käfig nicht gäbe, wäre überall Chaos. Fletcher ist im Untergrund in allen Staaten für den Käfig bekannt, und viele träumen davon, eines Tages mal mitmischen zu können. Weißt du, was ich glaube? Du hast keinen verdammten Schimmer, auf was du dich da eingelassen hast, Ellie.«

»Ich heiße *Ella*«, zischte ich gereizt. »Und was für ein Glück, dass es dich einen feuchten Dreck angeht, was ich –«

Der Stuhl neben mir wurde zurückgezogen, was mich erschrocken zusammenfahren ließ. Summer ließ ihr Tablett halb auf den Tisch fallen.

»Gott, das Zeug riecht grauenhaft. Wenn ich das nächste Mal Gemüseauflauf auf der Karte sehe, bestelle ich uns Pizza … was ist?« Sie hielt inne und sah uns an, so als sei ihr gerade bewusst geworden, dass sie uns unterbrochen hatte. Vielleicht auch besser so, ich hätte Lenny nämlich wirklich gern meine Meinung um die Ohren gehauen.

Aber ich fing mich. »Es ist nichts, alles in Ordnung.«

»Habe ich euch bei irgendetwas gestört?«, fragte sie mit gerunzelter Stirn.

»Nein, wir haben uns bloß unterhalten.« Ich warf Lenny einen letzten finsteren Blick zu, ehe ich beschloss, mich wieder meinem Essen zu widmen. Und das, obwohl mir der Appetit mittlerweile vergangen war. Ich wollte mehr über den Käfig wissen. Ich wollte ihn verstehen, um alles besser einschätzen zu können. Denn wohl oder übel hatte Lenny recht; ich hatte keine Ahnung.

Summer musterte mich skeptisch, knüpfte dann aber zum Glück an ein Gespräch aus unseren letzten Textnachrichten an, in welchem sie mir von ihrer neusten Flamme berichtet hatte. Sie hatte den Kerl vergangene Nacht auf einer Verbindungsparty kennengelernt und sich vorgenommen, auf ein, zwei Dates mit ihm zu gehen, bevor sie mit ihm schlafen würde. Ich hörte ihr zu und nutzte die Gelegenheit, um mein Gemüt zu beruhigen und mich abzulenken. Immerhin konnte ich gerade jetzt, während des Mittagessens, nichts unternehmen. Über Ches und wie es ihm nach dem Kampf ging, hatte ich mir ja nun bereits den ganzen Morgen den Kopf zerbrochen, deshalb durfte ich wohl jetzt mit gutem Gewissen versuchen, auch mal an etwas anderes zu denken.

Mitchell und Savannah, die wohl lange in der Schlange zur Essensausgabe hatten stehen müssen, gesellten sich ebenfalls zu uns an den Tisch.

Seufzend gab ich dem Auflauf eine zweite Chance – und bereute es sofort. Ich hatte ein Stück Rosenkohl erwischt, und er schmeckte grauenhaft. Die Soße war noch schlimmer; wie dicker, salziger Kleister. Hastig spülte ich mit Limo nach und widmete mich anschließend meinem Pudding.

Lenny schob das Essen auf ihrem Teller hin und her und wirkte so, als wäre sie lieber woanders, und ehrlich gesagt, hätte ich nichts dagegen gehabt, wenn sie sich einfach an einen anderen Tisch gesetzt hätte, aber das behielt ich für mich. Wahrscheinlich blieb sie nur, um sicherzugehen, dass ich meinen Freunden nichts von den Kämpfen erzählte.

»… Spieleabend«, beendete Mitchell gerade einen Satz, den ich während meines Tunnelblicks nicht mitbekommen hatte.

Blinzelnd sah ich ihn an. Er war gerade dabei, sich genüsslich eine riesige Gabel des Auflaufs in den Mund zu schieben, nur um direkt die nächste Ladung auf seiner Gabel zu drapieren. Sein hellbraunes Haar war zerzaust, und er grinste so breit wie immer.

»Was?«, fragte ich, während ich angewidert dabei zusah, wie er den Auflauf verschlang.

Mitchell schmunzelte und schluckte hastig, um wieder sprechen zu können. »Diesen Freitag ist Spieleabend, bei mir im *King's*. Ich wollte sichergehen, dass du diesmal auch kommst.«

King House oder auch *King's,* wie es die meisten nannten, war eines der Wohnheime auf dem Campus. Zwei Einzelzimmer teilten sich ein Badezimmer, und eine Etage verfügte über mehrere Aufenthaltsräume. Neben dem *King's* und *Parcell House,* in welchem Savannah wohnte, gab es noch zwei weitere Wohnheime. Die Anlage bildete einen Kreis, in dessen Mitte sich unter anderem eine weitere, kleinere Mensa befand. Dort aßen jedoch meistens nur Seniors. Da ich nicht auf dem Campus lebte, kam mir die Wohnheimanlage, neben dem Parkplatz, immer ein wenig einschüchternd vor. Es war komisch, dazuzugehören und gleichzeitig auch nicht. Vermutlich war es ein ganz anderes College-Erlebnis, wenn man auf dem Campus lebte, doch nichts würde mich dazu bringen, meine Wohnung aufzugeben. Dafür liebte ich sie zu sehr.

Verlegen lächelte ich Mitchell an. »Klar, wieso nicht? Ich komme gerne.«

»Deinen Freund kannst du übrigens auch mitbringen.«

Carla verschluckte sich an ihrer Limonade und schlug sich eine Hand vor den Mund. Sie griff hektisch nach einer Serviette und wischte sich hüstelnd die Mundpartie ab.

Hitze schoss meinen Hals hinauf. »Er ist nicht mein Freund.«

»Echt nicht?« Mitchell warf Savannah einen fragenden Blick zu. »Hast du nicht gesagt, dass der Kerl sogar bei ihr eingezogen ist?«

Jetzt verschluckte sich auch Lenny an ihrem Essen, nur um einiges heftiger, und Carla ließ ihre Dose fallen, die mit einem dumpfen Schlag auf dem Linoleumboden der Mensa aufschlug. Sprudelnd lief die Limo aus, doch weder Carla noch Lenny schienen es zu beachten. Geistesabwesend klopfte Sav Lenny auf den Rücken, die japsend hustete. Die Mädchen sahen mich entsetzt an, und das Herz krachte mir in die Hose.

»Was ist denn mit euch los?«, fragte Savannah mit gerunzelter Stirn. Sie wirkte, als wüsste sie nicht, ob sie lachen oder besorgt sein sollte, denn ihre Mundwinkel zitterten.

»Ches ist nicht bei mir eingezogen!«, sagte ich nachdrücklich, drehte den Kopf zu Carla und Lenny und wiederholte mich. »Er ist nicht bei mir eingezogen, er schläft bloß ein paar Nächte auf meinem Sofa.«

»Immer noch auf der Couch?«, fragte Summer. »Er schläft noch nicht bei dir im Bett?«

Ich knüllte eine Papierserviette zusammen und warf meine beste Freundin damit ab.

»Ich muss noch etwas erledigen«, sagte Lenny kurz angebunden, als sie wieder sprechen konnte, und stand abrupt auf.

Bevor sie ging, blickte sie noch einmal zu uns. »Carla und ich kommen übrigens auch zu diesem, äh, Spieleabend.«

Sie fragte nicht und wartete auch keine Antwort ab, sondern rauschte in ihrer viel zu großen, schwarzen Kleidung einfach davon. Wenigstens ihr Essenstablett hatte sie mitgenommen.

»Was zum Teufel?«, fragte Summer und runzelte die Stirn.

Savannah quietschte bei den Neuigkeiten auf. Sie griff über den Tisch nach Carlas Arm und strahlte sie an. »Hat Lenny das ernst gemeint? Ihr kommt wirklich?«

Carla wirkte verdutzt. »Ich … oh. Ich glaube schon.«

»Cool«, sagte nun auch Mitchell, der mindestens genauso überrascht wirkte. Er lächelte Carla an – und wenn ich mich nicht irrte, breitete sich auf seinen sommersprossigen Wangen eine zarte Röte aus. »Du warst schon seit einer Ewigkeit nicht mehr dabei. Es muss Jahre her sein.«

Carla starrte ihn einen Moment lang an, wandte dann den Blick ab und zuckte mit den Schultern. »*No sé.* Kann sein.« Sie stand nun ebenfalls auf und nahm ihr Tablett in die Hand. Im Gegensatz zu Lenny verabschiedete sie sich nicht, sondern behielt einfach nur den verdutzten Gesichtsausdruck bei und ging wortlos. Aber das warf mich nicht mehr aus der Bahn. So sehr, wie der Kuss sie bereits verstört hatte, und die Tatsache, dass Ches und ich uns auch nur kannten, wollte ich gar nicht wissen, was jetzt in den Köpfen von Carla und Lenny vorging.

»Geht es nur mir so, oder sind die beiden heute schräg drauf?«, fragte Savannah und legte den Kopf schief.

»Musstet ihr das mit Ches erwähnen?«, fragte ich stöhnend und schob mir einen gehäuften Löffel Pudding in den Mund. Zu meinem Leid hatte er besser ausgesehen, als er war. Wie schaffte man es denn, dass Pudding schlecht schmeckte?

Sowohl Savannah, Mitchell wie auch Summer sahen mich erwartungsvoll an.

»Wieso fragst du, El?«, fragte Sav. »War es ein Geheimnis? Ich wusste nicht, dass es ein Geheimnis ist, und Carla hast du doch schon längst von Thorsus erzählt.«

Ja, nur dass ich keinen Namen hatte fallen lassen, wie mir nun klar war. Zu diesem Zeitpunkt hatte ich auch noch nicht gewusst, dass Carla wusste, dass Ches Kämpfer im Käfig war, was nun wiederum auch ich wusste. Das alles war ein einziger gigantischer Wirrwarr.

»Thor-*was?*«, fragte Mitchell verwirrt.

»Das ist es nicht«, erklärte ich seufzend. »Aber sie scheinen ihn über Ecken zu kennen.«

»Was, echt?«, fragte Summer. »Aber theoretisch ist das doch etwas Gutes. Wenn mich Dating eines gelehrt hat, dann dass gemeinsame Kontakte Sicherheit geben. Je mehr gemeinsame Freunde, desto geringer die Wahrscheinlichkeit, dass der Kerl bei eurem Date nicht mit dir in den nächsten Wald fahren wird, um dich zu zerstückeln.«

»Ach ja?«, fragte Mitchell skeptisch. »Hast du dir mal auf Netflix diese Dokumentation über Ted Bundy angesehen? Der Kerl war charmant und in seiner ganzen Nachbarschaft bekannt. Trotzdem hat er mehr als ein Dutzend Frauen in mehreren Bundesstaaten getötet.«

Summer verdrehte die Augen. »Nach dieser Logik könnte jeder der nächste Ted Bundy sein, sogar du. Hey, warte mal.« Sie verengte die Augen. »Oh mein Gott, du bist ein *Good Guy,* schreibst erstklassige Noten und bist der totale Überflieger. Du hast Serienmörderpotenzial!«

Mitchell grinste. »Nur Potenzial? Vielleicht bin ich ja schon längst einer.«

»Das ist nicht lustig«, merkte Savannah an. »Ich habe die Doku auch gesehen und hatte eine ganze Woche lang Albträume.«

Dazu musste man hinzufügen, dass Savannah eher zartbesaitet war. Schon weitaus harmlosere Dokumentationen oder Filme reichten aus, um ihr Albträume zu bereiten.

Sie warf mir einen Blick zu und rückte ihre Brille zurecht. »Summers Logik ist zwar wie immer seltsam, aber ich glaube, sie hat recht, was Ches betrifft. Dass Carla und Lenny ihn kennen, ist doch etwas Gutes.«

»Hm«, murrte ich nur und zwang mich, noch ein paar Löffel vom faden Pudding zu nehmen, damit später mein Magen während der Vorlesungen nicht knurren würde. Als *gut* konnte ich es nicht gerade bezeichnen. Carla wurde mir zunehmend fremder, was mich zugleich bedrückte und verunsicherte, und Lenny lehnte mich ganz offensichtlich ab. Ihre Verbindung zum Käfig verstand ich noch nicht so richtig, und normalerweise wäre in einem solchen Fall meine innere Nancy Drew zum Vorschein gekommen. Doch diesmal zwang ich mich, der Verführung einer Investigation nicht nachzugeben. Auch ich lernte aus Fehlern. Ich würde zukünftig die Finger von allem lassen, was in Verbindung zum Käfig stand – zumindest nahm ich mir das fest vor. Doch als meine Gedanken zu Ches abschweiften, erwischte ich mich dabei, dass ich mir mit der Wortwahl *»die Finger von allem lassen«* keinen Gefallen tat. Also formulierte ich meinen Plan um:

Ich werde die Finger von allem lassen, was in Verbindung zum Käfig steht, und mein Bestes tun, nur eine Freundin für Ches zu sein. Schon besser.

Ich war bester Absichten, genau das umzusetzen.

KAPITEL 18

Das neue Album von Billie Eilish dröhnte aus meinem Handy, während ich im Badezimmer stand und Make-up auftrug. Es war Freitag und früher Abend, und ich war vor gerade mal einer Stunde aus der Bibliothek nach Hause gekommen. Normalerweise brezelte ich mich für unsere Spieleabende nie auf, doch heute Abend waren einige Neulinge dabei, die mich ein wenig nervös machten – dabei dachte ich natürlich *nicht* in erster Linie an Ches. Nicht ansatzweise.

Am Dienstag hatte ich ihm auf dem magnetischen Post-it-Block am Kühlschrank eine Nachricht hinterlassen, ob er und Creed Lust hätten, auch zum Spieleabend zu kommen. Zu meiner Überraschung hatte ich am nächsten Morgen eine kurze und knappe Antwort erhalten: *Gerne.*

Ich hatte mich so sehr über die Nachricht gefreut, dass ich sie heimlich behalten hatte.

Summer, Savannah, Mitchell und ich veranstalteten diese Spieleabende schon seit Jahren, und das mindestens einmal im Monat. Manchmal waren Todrick oder Austin mit dabei, ab und an auch andere Freunde, doch meistens waren wir unter uns. Als wir noch zur Schule gegangen waren, hatten die Abende im Poolhaus bei Mitchell und Sav stattgefunden oder im Haus meiner Eltern. Das hatte jedoch aufgehört, als mein Dad krank geworden war und Besuch für ihn zu viel Stress bedeutet hatte. Von da an hatten wir die Spieleabende nur noch bei Mitchell und Savannah veranstaltet. Jason hatte Gesellschaftsspiele gehasst. Meistens war er deshalb mit seinen Jungs aus dem Footballteam losgezogen, wenn die anderen und ich uns getroffen hatten.

Ich band meine Haare hoch, betrachtete mich im Spiegel und ließ sie wieder los. Der Sommer hatte sie blonder werden lassen. Lang waren sie auch geworden und reichten mir nun schon fast bis zu den Brüsten. Sollte ich sie einfach offen lassen?

War der glitzernde Lidschatten zu viel? Wir gingen doch nicht in einen Club.

Hastig riss ich Klopapier von der Rolle und rieb meine Augenlider damit ab, bemüht, die Wimperntusche an Ort und Stelle zu lassen. Schön, ich hatte ein wenig übertrieben. Und vielleicht war ich auch ein winziges, klitzekleines bisschen nervös. Das lag jedoch nur daran, dass ich Ches schon seit Sonntag nicht mehr zu Gesicht bekommen hatte. Er kam und ging immer dann, wenn ich entweder nicht zu Hause war oder bereits schlief. Nur ein einziges Mal hatte ich gehört, wie er die Wohnung betrat, doch da hatte ich bereits im Bett gelegen. Nur kleine Dinge zeigten mir, dass er sich nicht in Luft aufgelöst hatte. Er kaufte öfter ein, und wenn ich abends von meinen Vorlesungen oder aus der Bibliothek nach Hause kam, stand das benutzte Geschirr vom Frühstück abgespült auf dem Abtropfgitter neben der Spüle.

Was mich allerdings irritiert hatte, war die zweite Rose, die am Mittwochmorgen an meiner Windschutzscheibe befestigt war. Erst vor meiner Wohnungstür und nun an meinem Auto. Ich bezweifelte immer noch sehr, dass sie von Ches stammten, dafür war er einfach nicht der Typ, auch wenn ich das insgeheim ein bisschen schade fand. Aber dass sie für mich bestimmt waren, war jetzt wohl eindeutig, und ich kannte definitiv einen Kerl, der mir in den letzten Jahren immer wieder Rosen geschenkt hatte. Von dem wollte ich allerdings definitiv nichts mehr wissen, nie mehr. Die Genugtuung, auf irgendeine Art und Weise darauf zu reagieren, würde ich ihm nicht liefern. Also hatte ich die Rose wie schon die erste geradewegs in den nächsten Mülleimer befördert.

Seufzend begutachtete ich mich noch einmal kritisch im Spiegel. So sollte es gehen. Wenigstens hatte ich nicht zu viel Rouge aufgetragen. Vielleicht war es ein bisschen zu viel Foundation und eine etwas zu dicke Schicht Wimperntusche. Ich war immer eher der natürliche Typ gewesen, doch ich konnte mich daran erinnern, dass ich in den ersten Monaten, als Jason und ich uns gedatet hatten, ebenfalls vor Nervosität zu viel Make-up getragen hatte.

Nur, dass du und Ches euch nicht datet. Heute ist bloß Spieleabend, nichts Außergewöhnliches. Also krieg dich gefälligst wieder ein.

Ich ging ins Schlafzimmer und schnappte mir eine Umhängetasche. Ich trug helle Jeans, ein enges schwarzes Longsleeve und eine Strickjacke, da es heute recht frisch war. Meine Haare trug ich letztendlich offen, weil ich nicht wusste, was ich sonst mit ihnen anstellen sollte.

Ich überlegte gerade, ob ich mir ein Taxi nehmen oder Summer fragen sollte, ob sie mich abholen konnte, da wir mit Sicherheit etwas trinken würden, als es plötzlich an der Tür klopfte.

Überrascht durchquerte ich die Wohnung und öffnete die Tür.

Mein Mund klappte auf.

Es war Lenny.

Ohne mich von der Stelle zu rühren, starrte ich sie perplex an.

»Carla hat mir gesagt, wo du wohnst«, sagte sie, anstatt mich zu begrüßen.

»Was willst du hier? Ich dachte, du und Carla kommt auch zum Spieleabend.«

Sie hob eine Augenbraue. »Was glaubst du, wieso ich hier bin, Ellie?«

Ärger flackerte in mir auf. Meine Wohnung konnte sie also ausfindig machen, aber offenbar war sie nicht clever genug, um sich einen einfachen verdammten Namen zu merken. »Ich heiße immer noch *Ella.*«

»Wie auch immer. Ich dachte mir, ich hole dich ab. Dann können wir uns unterhalten. Brauchst du noch lange, oder können wir los?«

Sie war hier, um zu reden? Das überraschte mich ungemein. Vielleicht war das meine Chance, endlich Fragen zu stellen.

»Ich bin fertig«, sagte ich und schlüpfte in meinen grünen Regenmantel.

Lenny trabte schnurstracks die Treppe nach unten, nachdem ich die Tür hinter mir geschlossen hatte, und ich beeilte mich, ihr zu folgen.

Vor dem Haus parkte ein kleiner, silberner Golf, der ganz offensichtlich schon bessere Zeiten erlebt hatte.

»Also, Lenny«, sagte ich, während ich einstieg. »Über was wolltest du mit mir reden?«

»Was glaubst du wohl? Den Käfig natürlich. Ich habe mit Creed und mit Carla darüber gesprochen und sogar mit meinem Onkel Vince. Ich mache mir Sorgen.«

»Oh«, murmelte ich, während sie den Motor startete.

Sie warf mir einen kurzen Blick zu. »Meine Sorge gilt übrigens Ches und nicht dir, nur damit du Bescheid weißt.«

»Du magst mich nicht so, oder?«, fragte ich und presste die Lippen aufeinander.

Der Motor heulte auf. Mit einem gewaltigen Ruck schoss das Auto los und polterte schlingernd die Straße hinunter. Ein kurzer Schrei entfuhr mir, und ich klammerte mich am Griff über dem Fenster fest, als Lenny noch mehr Gas gab.

»Nein, nicht besonders«, erwiderte sie seelenruhig, während wir mit halsbrecherischem Tempo die Straße entlangbretterten.

»Oh mein Gott!«

»Mädchen wie du sind alle gleich und interessieren sich nur für Instagram, Netflix und Drama. Aber mach dir nichts draus, Ella. Ich kann die meisten Leute nicht leiden.«

Empörte Wut loderte in mir auf, und ich versuchte, Lenny anzufunkeln, während ich gleichzeitig um mein Leben bangte. Sie fuhr wie eine Wahnsinnige!

Mit einer Gefahrenbremsung hielt sie an einer Kreuzung, und ich wurde gewaltsam in meinen Gurt gepresst.

Keuchend prallte ich zurück in meinen Sitz und sah sie kurzatmig an. Sie setzte in aller Seelenruhe den Blinker und nestelte am Radio herum.

»Du bist nicht nur ein Arschloch, sondern fährst auch noch wie eine lebensmüde Irre!«, herrschte ich sie an. »Hast du überhaupt einen Führerschein?«

»Sicher. Das ist mein Fahrstil.«

»Das ist doch kein Fahrstil!«

»Übrigens bin ich kein Arschloch«, fügte sie hinzu. »Ich bin nur ehrlich.«

»Es gibt einen verdammten Unterschied zwischen ehrlich sein und ein voreingenommenes Miststück sein. Außerdem bin ich weder engstirnig, noch interessiere ich mich nur für materielle Dinge.«

»Genau das ist es, was ich selbst herausfinden will«, sagte sie und musterte mich aus dem Augenwinkel. »Was findet Ches wohl an einem Mädchen wie dir?«

Meine Augenbrauen schossen nach oben. Dann ließ ich die Schultern sinken und lächelte wissend. »Ahh, jetzt wird mir alles klar. Du hättest gleich sagen können, dass du eifersüchtig bist.«

Die Ampel sprang auf Grün, und ich stieß ein Grunzen aus, als der Wagen wieder losschoss.

Lenny schnaubte verächtlich. »Ich bin ganz bestimmt nicht eifersüchtig. Ich versuche bloß, meine Freunde zu beschützen. Creed und Carla glauben zwar nicht daran, aber sollte ich herausfinden, dass du nur irgendein Flittchen bist, das von Rory angeheuert wurde, um mit Ches zu spielen, dann schwöre ich dir, ich bringe dich um.«

»Rory«, wiederholte ich und spürte, wie mein Blut sirrend zum Stillstand kam – trotz der Todesmaschine, in der ich saß. »Wieso sollte ich so was tun?«, fragte ich, zu erschrocken, um empört zu sein. »Und wieso sollte Rory so etwas tun?«

Lenny schwieg einen Moment und drosselte das Tempo, als wir den Campus erreichten.

Sie brummte etwas vor sich hin, während wir auf den Parkplatz fuhren. »Wenn Ches dir das nicht selbst schon erzählt hat, werde ich den Part ganz bestimmt nicht übernehmen.«

»Du kannst nicht so was in den Raum werfen und mich anschließend nicht aufklären!«

»Und ob.«

Eins stand fest: Ich konnte Lenny genauso wenig leiden wie sie mich. Es hatte mich noch nie jemand so vehement abgelehnt, ohne mich zu kennen. Ehrlich gesagt, hatte ich bis dato generell noch nicht so viel offensive Ablehnung erlebt. Während der Highschool hatte es mal Gerüchte und Lästereien gegeben, aber keiner hatte mir so was je ins Gesicht gesagt, so wie Lenny es tat.

Ich verschränkte die Arme vor der Brust, während sie einparkte, und war überrascht, dass sie dabei kein anderes Auto rammte. Der riesige Parkplatz war um einiges leerer als zur Vorlesungszeit, weshalb ich Creeds Jeep sofort entdeckte. Er stand nur wenige Parklücken von uns entfernt.

Mein Herz schlug einen Salto in meiner Brust. Sie waren schon hier.

Lenny schaltete den Motor aus und seufzte. Sie drehte den Kopf in meine Richtung. Für eine Sekunde glaubte ich, etwas Verletzliches in ihren Augen zu sehen. »Weißt du, ich verstehe es einfach nicht. Es hat mich verdammt viel Zeit und Mühe gekostet, Ches irgendetwas zu entlocken, und dass wir Freunde sind, kann ich vielleicht gerade seit ein paar Monaten behaupten. Es ist nicht fair. Ihr kennt euch gerade mal seit ein paar Wochen.«

Unwohl rutschte ich auf meinem Sitz herum. Meine Wut legte sich ein wenig, als ich Lennys Worte auf mich wirken ließ. Sie hatte recht. Ches und ich kannten uns erst seit wenigen Wochen. Und wir waren zwar so was wie Freunde, doch das reichte nicht aus, um sein Vertrauen zu rechtfertigen.

Vielleicht war Lenny also gar nicht so wütend auf mich, sondern viel eher neidisch auf das Vertrauen, das Ches mir schenkte.

»Tut mir leid«, murmelte ich, weil ich nicht wusste, was ich sonst sagen sollte. Ich hätte ihr gerne gesagt, dass ich sie verstehen konnte. Dass ich das Gefühl kannte und irgendwie ebenfalls wütend auf sie war, weil Carla sich ihr anvertraute, während sie sich gleichzeitig von Summer, Sav und mir abgewandt hatte. Ich wusste, wie bitter das schmeckte. Aber ich sagte es nicht.

Lenny blinzelte. Dann schnallte sie sich ab und öffnete die Tür. »Wie auch immer, lass uns gehen. *King's House* war es, richtig? Ich hoffe, es gibt Alkohol.«

Ich folgte ihr und zog meine Regenjacke enger um mich, als mir ein schneidender kühler Wind ins Gesicht blies. Der Sommer war nun endgültig fort und machte Platz für den Herbst. Einige Laubbäume auf dem Campus und in der Stadt färbten sich bereits braun und golden, während andere noch immer dicht und grün waren.

Nur noch wenige Wochen und sie würden ebenfalls bunt werden, ehe sie alle Blätter abwarfen.

Mein Herz klopfte schneller, als ich Lenny zu Creeds Jeep folgte. Die Türen zu beiden Seiten öffneten sich, und Ches und Creed stiegen aus.

Freunde. Wir sind nur Freunde.

Ich konnte nicht anders, als zu lächeln, als ich Ches sah. Es kribbelte auf meiner Haut, und dieser fremdartige, irrationale Teil in mir verspürte das plötzliche Bedürfnis, zu ihm zu rennen und ihm in die Arme zu springen. Seine Haare steckten in einem kleinen Knoten in seinem Nacken, und ein Dreitagebart verdunkelte seine Wangen. Er trug eine Jeansjacke, Stiefel und eine schwarze Hose.

Es war ungewohnt, ihn außerhalb meiner Wohnung und vor allem ohne Blessuren im Gesicht zu sehen. Aber es gefiel mir.

Ich biss mir auf die Lippe, als die Jungs sich zu Lenny und mir umdrehten, und als Ches mich ansah, hätte ich beinahe nach Luft geschnappt. Seine stahlgrauen Augen fixierten mich, wurden erstaunlich warm, und der Ansatz eines Lächelns breitete sich auf seinen Lippen aus.

Meine Knie waren nur wegen der mörderischen Autofahrt weich. Aus keinem anderen Grund.

»Hi«, sagte ich, als wir vier schließlich voreinander standen.

»Hi«, erwiderte Ches und lächelte diesmal richtig. Hätte Creed mir nicht zugezwinkert und gegrinst, hätte ich wohl für eine Sekunde die Welt um mich herum vergessen.

Zusammenreißen.

»Wartet ihr schon lange?«, fragte ich die Jungs. Ich blickte zu Lenny und bemerkte, dass sie stocksteif war. Sie starrte Creed an, bis er ihren Blick erwiderte. Dann blickte sie hastig woandershin und tat teilnahmslos.

»Nope«, antwortete Creed. »Wir sind gerade erst gekommen, und wir haben Nahrung mitgebracht.« Zum Beweis öffnete er eine der Hintertüren des Jeeps und holte zwei Sixpacks Bier heraus.

»Ich muss gestehen, ich habe zuletzt in der Middle School Brettspiele gespielt. Ich bin mehr so der Dart-, Billard- und Whiskey-Typ.«

Lenny gab den Weg vor, wobei sie um einiges steifer wirkte als noch während der Fahrt. Ich würde nicht behaupten, dass ich gut darin war, Menschen zu analysieren, mein Gefühl sagte mir aber, dass einer der Jungs Lenny nervös machte. Und ich hatte auch so einen Verdacht, wer von den beiden es war. Entweder meine Analysefähigkeiten waren besser geworden, oder Lenny war einfach unglaublich schlecht darin, ihre Gefühle zu verbergen. Vielleicht gehörte das ja zu ihrer Natur – immerhin hatte sie gesagt, dass Ehrlichsein ihre Art war.

Ches lief neben mir her, als wir den Weg zu den Wohnheimen einschlugen.

»Danke noch mal für die Einladung«, sagte er beiläufig – und da war es wieder. Dieses kleine Lächeln.

Ich lächelte scheu zurück, unsicher, woher meine plötzliche Schüchternheit kam. »Es ist schön, dass ihr mitkommt. Ich hätte dich ja persönlich gefragt, aber du hast dich seit Sonntagnacht in Luft aufgelöst. Ich habe mir echt Sorgen gemacht, dass dir bei dem Kampf etwas passiert ist.«

Er runzelte überrascht die Stirn. »Du hast dir Sorgen gemacht?«

»Wundert dich das wirklich? Du hast dich immerhin nicht mehr blicken lassen. Hätte das zusammengelegte Bettzeug nicht jeden Morgen an einer anderen Stelle gelegen, und wären nicht wie durch Zauberhand frische Kaffeepads und Bagels aufgetaucht, hätte ich bestimmt Angst bekommen, dass dich irgendwer abgemurkst hat. Danke übrigens für das Einkaufen.«

Creed lief vor uns her und pfiff vor sich hin, auch wenn ich mir sicher war, dass er aufmerksam zuhörte. Ches rieb sich mit der Hand über den Nacken. »Na ja, es gab viel zu tun in der Werkstatt, und ich habe viel trainiert.«

Er klang nicht überzeugend. So wie er die Augenbrauen zusammenzog, schien es ihm selbst auch aufzufallen.

»Dann bist du mir nicht aus dem Weg gegangen?«, fragte ich und schlang die Arme um mich. Der kalte Wind peitschte uns in den Rücken.

»Vielleicht ein wenig«, gab er zögerlich zu.

Aha. Dann hatte ich es mir doch nicht eingebildet.

Er wich meinem Blick aus. »Ich wollte deine Gastfreundschaft nicht überstrapazieren, indem ich dauernd in deiner Wohnung bin, während du zu Hause bist. Außerdem hatte ich tatsächlich viel zu tun.«

»Du strapazierst meine Gastfreundschaft überhaupt nicht!«

»Ich bin jetzt schon fast eine ganze Woche bei dir, ich sollte wieder gehen.«

»Hast du diese Woche denn schon oft genug gewonnen?«, fragte ich skeptisch.

»Nein«, gab er zu und seufzte. »Ich habe Montagabend gewonnen. Mittwoch habe ich verloren.« Er biss die Zähne zusammen und verzog das Gesicht.

»Bleib, bis du so oft wie nötig gewonnen hast«, bot ich an. »A-also nur, wenn du möchtest.«

Er sah mich lange an, und ich konnte seinem Blick nicht ausweichen. Verwunderung lag in seinen Augen.

Lenny konnte sagen, was sie wollte. Es fühlte sich richtig an, Ches bei mir zu haben. Und wenn ich mir Mühe gab, meine Schwärmerei ein für alle Mal zu überwinden, könnten wir vielleicht wirklich Freunde werden. Heute Abend war definitiv der erste Abend, an welchem wir etwas unternehmen würden. Spiele und Drinks. Normaler und harmloser ging es gar nicht.

Wir schwiegen, während wir an *Parcell House* mit seinen roten Backsteinen, den weißen Fensterläden und dem Efeu vorbeiliefen. *King's House* lag auf der anderen Seite der Wohnheimanlage.

»Danke«, sagte Ches leise und rau. Ich glaube, Creed hätte es nicht einmal hören können, wenn er sich angestrengt hätte.

Ich lächelte, ohne etwas darauf zu erwidern. Wärme breitete sich in mir aus, und ich wandte den Blick ab. Das klang nicht so, als hätte er es nur so dahergesagt. Er war dankbar, und irgendwie machte es mich glücklich, dass ich ihm wirklich helfen konnte.

Einige der Studenten, die in den Wohnheimen lebten, aßen gerade zu Abend, was man durch die verglasten Wände der Mensa im Innenhof sehen konnte. Nur zwei Mädchen saßen draußen auf den

Bänken aus Holz und Beton und rauchten Zigaretten, obwohl es auf dem Campus untersagt war.

Ches und ich liefen dicht nebeneinander her und schwiegen. Als wir *King's House* erreichten und Lenny neben der verschlossenen Doppeltür auf eine Klingel drückte, drehte Creed sich zu uns um. »Der Campus sieht fantastisch aus. Wieso wohnt keiner von euch beiden hier? Ich hätte es mir nicht entgehen lassen.«

Lenny schnaubte, ohne sich zu uns umzudrehen. »Den ganzen Tag von so vielen verklemmten Idioten umgeben sein? Mir reichen schon die gemeinsamen Vorlesungen, ich muss nicht auch noch mit ihnen zusammenleben.«

»Ach ja«, sagte Creed und grinste Lenny an. »Ich hatte beinahe vergessen, was für ein Sonnenschein du bist, Liebling.«

Sie schnaubte wieder, doch ich sah, wie sich diesmal eine zarte Röte auf ihren hohen Wangen ausbreitete.

»Ich wollte meine eigene Wohnung«, erklärte ich schlicht, als Ches mich interessiert ansah. »Keine Ahnung, wieso, aber eigene vier Wände waren schon immer mein Traum, so wie andere von einer Weltreise oder einem schnellen Auto träumen.« Ich erinnerte mich daran, wie Summer und ich Nächte damit verbracht hatten, Warenkörbe auf Onlineshops für Inneneinrichtung zu füllen, während wir unsere Laptops auf den Knien balancierten. Natürlich hatten wir keinen einzigen Warenkorb je bestellt, weil wir es uns nicht leisten konnten, Tausende von Dollar für Designermöbel und protzige Deko auszugeben. Es hatte uns einfach Spaß gemacht zu träumen und zu stöbern. Summer hatte sich den Traum einer eigenen Wohnung zu Beginn unseres ersten Semesters ebenfalls erfüllt und lebte in einem Wohnkomplex direkt am Coldwater River. Dieser Teil von Fletcher war zwar am weitesten vom College entfernt, doch ich konnte gut verstehen, weshalb sie trotzdem dort wohnte. Die alten Stadtvillen auf der anderen Flussseite und der Park direkt am Haus waren jede zusätzliche Meile zum College wert.

Ches nickte. »Ich wäre auch lieber in einer eigenen Wohnung gewesen als in einem Wohnheimzimmer. Sieht cooler aus, als es ist, und es ist wirklich ätzend, sich mit einer ganzen Etage den Duschraum zu teilen.«

Creed zuckte mit den Schultern. »Vielleicht sollte ich es ja noch einmal mit dem Studieren versuchen und mich an der Fletcher University bewerben.«

Die Eingangstür begann zu summen, ehe Lenny sie öffnete und wir hineinliefen.

»Das sage ich dir schon, seit wir nach Fletcher gekommen sind«, bemerkte Ches trocken.

»Du weißt doch, dass ich es hasse, auf dich zu hören«, erwiderte Creed mit einem breiten Grinsen.

Ich starrte die Jungs verblüfft an. Mir fiel wieder ein, dass Ches ein paar Jahre älter war als ich – und ich eigentlich nichts über ihn wusste. Zu hören, dass er studiert hatte, klang so normal. Es machte die Tatsache, dass er im Untergrund kämpfte, noch absurder, noch bizarrer, als es ohnehin schon war.

»Du hast studiert?«, fragte ich Ches erstaunt.

Vor uns lag die offene Tür eines Aufenthaltsraumes. Einige Jungs saßen dort mit einem Stapel Pizzakartons auf dem Sofa und sahen sich gebannt ein Footballspiel an.

Ches wirkte verlegen, als wir an ihnen vorbei die alte Holztreppe nach oben liefen. »Ja«, erwiderte er bloß auf meine Frage und presste die Lippen zusammen.

Erwartungsvoll sah ich ihn an, doch er fügte nichts hinzu.

Creed beobachtete uns, während Lenny weiterhin stumm vorweg lief. Mir wurde klar, dass Ches nicht näher auf meine Frage eingehen würde.

»Also ich habe Statistik an der University of Maine studiert und als Sophomore das Studium abgebrochen«, sagte Creed.

»Abgebrochen? Wieso?«, fragte ich.

Wir waren seit dem Sommer auch Sophomores, froh, keine orientierungslosen Freshmen mehr zu sein. Mitchell war bereits in seinem dritten Jahr und somit Junior.

»Ches und ich sind nach Fletcher gegangen.« Er zuckte mit den Schultern, so als wäre es ganz selbstverständlich.

Am liebsten hätte ich Creed gefragt, ob er ebenfalls aus Maine kam oder ob er bloß für sein Studium dort gewesen war, doch ich wollte ihn nicht mit Fragen löchern. Wann hatten sie sich kennengelernt? Und wie? Creed zu fragen, nur um mehr über Ches zu erfahren, wäre ziemlich link gewesen, und das war nicht meine Art. Ich würde wohl oder übel abwarten müssen, bis Ches mir von sich aus mehr erzählte. Also schluckte ich meine Neugierde herunter.

Wir erreichten das zweite Stockwerk, und ich versuchte zu verbergen, dass mein Atem flach geworden war. Den Spinning-Kurs mit Tante Kat hatte ich mehr als nötig.

»Da seid ihr ja!«, begrüßte uns Summer, kaum dass wir den Aufenthaltsraum neben Mitchells Zimmer betreten hatten. Summer, Mitchell und Carla saßen auf den Sofas aus Kunstleder, und leiser Hip-Hop drang aus Boxen. Auf dem Couchtisch standen Snacks, Spiele und Getränke.

Summers Augen wurden groß und leuchteten auf wie poolblaue Scheinwerfer, als sie Creed erblickte. Eventuell hatte ich vergessen zu erwähnen, dass er auch kommen würde, wie mir bei dem Anblick klar wurde. Wie beiläufig setzte sie sich aufrechter hin und überschlug die Beine, die in einer halbdurchsichtigen Strumpfhose steckten. Sie trug einen engen schwarzen Bleistiftrock und einen dunklen Mohairpullover im selben Rotton wie ihr Lippenstift. Verdächtig. Ihr langes blondes Haar und das hübsche Gesicht strahlten dadurch geradezu. Vielleicht hatte sie ja gewittert, dass Creed kommen würde.

»Hi«, sagte ich grinsend und setzte mich neben Carla auf das Dreiersofa. Sie tippte wie so oft auf ihrem Smartphone herum, blickte diesmal jedoch auf. Als sie Ches und Creed sah, trat ein ungläubiger Ausdruck in ihre Augen, den sie nicht zu kaschieren versuchte. Offenbar hatte sie nicht damit gerechnet, sie wirklich hier zu sehen. »*Mierda.* Ihr seid ja wirklich gekommen.«

»Aber sicher doch, Carly«, sagte Creed und zwinkerte ihr zu.

Lenny nuschelte eine Begrüßung, schnappte sich ein Bier und pflanzte sich im Schneidersitz auf den Boden.

Mitchell stand auf und reichte höflich, wie er war, den Jungs die Hand. »Hey, ich bin Mitch. Cool, dass ihr mit dabei seid.«

Creed und Ches schlugen nacheinander bei Mitch ein und stellten sich vor.

»Wir haben Bier mitgebracht«, sage Creed grinsend und hielt die Sixpacks wie zum Beweis hoch. Ich konnte beinahe spüren, wie Summer bei dem Anblick seiner sich wölbenden Armmuskeln aufseufzte. Ich verkniff mir ein Lächeln.

»Ich mag dich«, sagte Mitchell grinsend, ehe er sich ein Bier nahm.

»Wo ist Savannah?«, fragte ich und kam ein wenig aus dem Konzept, als Ches sich neben mich setzte.

»Savy geht es heute nicht so gut«, erklärte Mitchell, ehe er sich neben Summer setzte. Er machte ein bedrücktes Gesicht. »Sie ist auf ihrem Zimmer geblieben und tankt ein wenig Energie.«

Bei den Worten wurde mir eng in der Brust. Ich seufzte. Savannah hatte die schlimmsten Phasen zwar bereits hinter sich, aber an manchen Tagen, und diese kamen plötzlich, ging es ihr wieder für eine Weile schlecht. Es war nie vorherzusehen und mal mehr, mal weniger heftig.

»Ist es schlimm?«, fragte ich besorgt, woraufhin Mitchell mit den Schultern zuckte. »Sie meinte, es ist in Ordnung, sie bräuchte nur Zeit für sich. Möchte ein wenig allein sein und ein Buch lesen.«

Ich atmete aus. »Okay. Das ist gut.«

Mitchell machte sich daran, die Spielebox von Activity auszupacken, während Creed sich neben ihn setzte und die beiden so unverfänglich miteinander redeten, als würden sie sich schon länger kennen.

»Was ist mit Savannah?«, fragte Ches leise neben mir. »Ist sie krank?«

Ich wandte mich ihm zu. »Ja«, sagte ich. »Sie war früher depressiv. Mittlerweile geht es ihr wieder gut, aber ab und an hat sie schlechte Tage.«

Ches nickte ernst, und ich war erstaunt und froh, dass er es ernst nahm. Wie wir in der Highschool hatten feststellen müssen, nahm nicht jeder dieses Thema für voll. Ich erinnerte mich daran, wie Summer einmal beinahe auf Jason losgegangen wäre, weil er behauptet hatte, dass mentale Krankheiten nur Einbildung oder ein schwacher Charakter wären. Mein Magen verknotete sich bei dem Gedanken, und ich wollte mir an den Kopf fassen. Wieso hatte ich nicht mit ihm Schluss gemacht? Wie hatte ich nur zwei verdammte Jahre an seiner Seite vergeuden können? Es war ganz zu Beginn der Beziehung gewesen, und ich hatte ihn sogar noch verteidigt, blind und verliebt, wie ich gewesen war. *»Er hat es bestimmt nicht so gemeint, Summer. Du weißt, dass Jase keiner Fliege etwas zuleide tun könnte!«*

Gott, ich war wirklich so erbärmlich gewesen. Wie hatte ich es Savannah antun können, dieses Arschloch nach einer so respektlosen Aussage auch noch zu verteidigen?

»Alles in Ordnung?«, fragte Ches und musterte mich besorgt.

Ich blinzelte die vorwurfsvollen Gedanken von mir. Allmählich spürte ich nichts anderes mehr als Widerwillen, wenn ich an Jason dachte. Kein Schmerz. Nur Bedauern um die verlorene Zeit. »Ja, sicher«, erwiderte ich und lächelte.

Ches nahm zwei Flaschen Bier vom Tisch, öffnete eine davon, indem er sie erst ineinander verhakte, und benutzte anschließend den Kronkorken, um die zweite Flasche zu öffnen.

»Wow«, sagte ich, als er mir eine Flasche reichte. »Ich bin beeindruckt. Danke.«

Ein Funkeln trat in seine Augen, und er stieß mit mir an. »Gern geschehen.«

Ich konnte nicht anders und lächelte, als sich seine Mundwinkel hoben.

Gerade als ich mich umdrehte, um zu sehen, wie weit Mitchell war, bemerkte ich, dass Lenny uns beobachtete. Unsere Blicke kreuzten sich, was mich die Luft anhalten ließ. Doch sie pfählte mich nicht mit einem giftigen Blick, sondern hatte wieder diesen Du-hast-zwei-Köpfe-Ausdruck in den Augen, wie auch zu Beginn der Woche, als wir zusammen zu Mittag gegessen hatten.

Hastig wandte ich den Blick ab – nur um demselben Ausdruck auch in Carlas Augen zu begegnen.

Himmelherrgott!

Mein Gesicht wurde feuerrot, und ich trank hastig einen großen Schluck Bier. Diese Schlangen. Sie hatten gar nicht zum Spieleabend kommen wollen, um zu spielen, sie waren aus reiner Schaulust hier!

Summer drehte die Musik lauter, als ein Song von Troye Sivan erklang, und Mitchell teilte uns Notizblöcke und Stifte aus für die Aufgaben, in denen man malen musste. Er stellte das Spielfeld und die kleine Sanduhr auf den Tisch und erklärte noch einmal die Regeln, ehe wir Teams bildeten. Creed und Carla bildeten ein Team, Lenny und Summer, und Ches und ich. Mitchell entschied sich dazu, den ersten Spielleiter zu machen, was wir nach jedem Spiel im Uhrzeigersinn abgaben.

»Mitch, wo ist deine Spielleiter-Krone?«, fragte Summer belustigt, ehe sie sich neben Lenny auf den Boden setzte.

Mitchell kräuselte die Lippen. »Die hat Savy mir geklaut und nicht zurückgebracht, weil sie damit Fotos für Instagram gemacht hat.«

Summer lachte, ein klein wenig zu hell, wobei ihr Blick immer wieder verstohlen zu Creed huschte. »Typisch!«

Creed bemerkte es und zwinkerte Summer zu.

Lennys Gesichtsausdruck wurde so finster, dass ich nicht anders konnte, als zu lachen.

Ches' Arm streifte den meinen, als er sich zu mir lehnte. »Was ist so lustig?«

Ich versuchte, mein Grinsen hinter der Bierflasche zu verstecken, und beugte mich zu seinem Ohr. »Ich glaube, Lenny gefällt es nicht, dass Summer mit Creed flirtet.«

Ches lies den Blick durch die Runde schweifen. Dann schmunzelte er und lehnte sich ebenfalls an mein Ohr. »Das bestätigt nur meinen Verdacht.«

Sein warmer Atem an der empfindlichen Haut unter meinem Ohr sorgte dafür, dass mir ein heißer Schauer den Rücken hinunterschoss. Ein Prickeln breitete sich in meinem Nacken aus, und ich gab mir alle Mühe, es zu ignorieren.

»Was für ein Verdacht? Meinst du, dass sie in ihn verknallt ist?«, flüsterte ich zurück.

Er grinste. »Oh ja.«

»Hey, ihr zwei, können wir jetzt anfangen zu spielen, oder wollt ihr euch vielleicht ein Zimmer nehmen?«, fragte Summer laut und deutlich, was mich zusammenfahren ließ.

Ruckartig setzte ich mich wieder aufrecht hin und spürte, dass mein Gesicht kochend heiß wurde und mein Magen einen Purzelbaum schlug.

Summer lachte, doch ich sah ein erfreutes Funkeln in den Augen, kein spöttisches. Sofort wandte sie sich an Mitchell und fragte ihn etwas wegen des Spiels, was die Aufmerksamkeit wieder von uns nahm.

Ches räusperte sich, offenbar war er so verlegen wie ich.

Im Laufe des Spiels erwiesen wir uns als mittelmäßig gutes Team. Immerhin waren wir nicht ansatzweise so grauenhaft wie Carla und Creed, da Carla unter Zeitdruck dauernd Wörter benutzte, die für das Lösungswort verboten waren, oder beim Pantomime nicht auf den richtigen Begriff kam oder ihn auf Spanisch sagte. Sie wurde fuchsteufelswild und fluchte viel, was uns alle lachen ließ. Überraschenderweise waren Summer und Lenny unschlagbar. Erst hatte Lenny sich sehr offensichtlich gesträubt, mit Summer in einem Team zu sein, doch seltsamerweise funktionierten sie so gut zusammen, als wären sie schon immer eine untrennbare Einheit gewesen. Eine Weile – und ein paar Bier – später entspannte Lenny sich sogar und grinste oder lachte ab und an – was ihr viel besser stand als die griesgrämige Miene.

Während des Abends bekam ich das Gefühl, einen ganz neuen Ches kennenzulernen. Es ging weder um zwielichtige Kämpfe noch um Geheimnisse oder um Small Talk. Wir versanken ganz und gar in unserem Spiel, klatschten ab, wenn wir Begriffe errieten, und versuchten zu schummeln, um Summer und Lenny von der Spitze zu vertreiben, was leider nicht funktionierte, weil wir alles andere als vorsichtig oder diskret waren. Ich bewarf Mitchell mit sauren Gummibärchen, als er sich absurde Strafen für uns ausdachte, doch er fing die Gummibärchen bloß in der Luft und aß sie auf.

Viele Runden später, nachdem jeder von uns mindestens einmal den Spielleiter übernommen hatte, packten wir zusammen. Summer hatte irgendwann die Flirtversuche eingestellt, weil Creed, im Gegensatz zu unserem Abend im Käfig, nicht mehr darauf ansprang. Und vermutlich war das zu Summers Glück, denn im Laufe des Abends brach das Eis zwischen ihr und Lenny endgültig. Spätestens als Summer von ihrem Ökotrophologie-Studium erzählte, war es so weit.

»Öko-*was?*«, hatte Lenny verdutzt gefragt, was die häufigste Reaktion war, wenn Summer neuen Bekannten von ihrem Studium erzählte. Summer erklärte dann stets, dass es sich – einfach ausgedrückt – um Ernährungswissenschaften handelte, und erläuterte kurz und auf typisch anschauliche Summer-Art, welche Schwerpunkte ihr Studium hatte. Es war spannend zu beobachten, wie beeindruckt die meisten Leute – Lenny nicht ausgenommen – daraufhin waren. Umwerfend schön, wie Summer war, und weil sie sich darüber hinaus auch noch für Mode interessierte, gingen viele sofort davon aus, dass sie auch im Kopf nichts weiter als eine Barbie sein konnte, nur auf der Suche nach der nächsten Party und dem nächsten One-Night-Stand. Aber Summer spielte mehr mit diesem Vorurteil, als dass sie darunter litt, und wusste es für sich zu nutzen, dass sie so oft unterschätzt wurde.

Als wir zusammengepackt hatten und aufstanden, um uns zu verabschieden, kam Lenny um den Couchtisch herum und stellte sich vor mich. Die Ärmel des viel zu großen schwarzen Pullovers hatte sie hochgeschoben und die Arme verschränkt. »Na schön«, murrte sie. »Vielleicht hatte ich unrecht. Du bist okay.«

Ich grinste Lenny an. »Wer weiß, vielleicht bin ich auch einfach eine gute Schauspielerin.«

Sie blickte zwischen Ches und mir hin und her und schnaubte schließlich belustigt. »Dann hättest du dich beim Pantomime nicht so grauenhaft angestellt.«

Creed lachte, stellte sich zu uns und warf Lenny den Arm um die Schultern. »Das stimmt. Du warst echt ziemlich schlecht, El.«

»Ha ha, vielen Dank auch«, erwiderte ich in gespielter Entrüstung.

Lenny war für den Bruchteil einer Sekunde wie zu Eis erfroren, ehe sie sich wieder fasste. Ich beobachtete sie neugierig und verkniff mir ein Grinsen. Offenbar gab sie sich große Mühe, sich so zu verhalten, als wäre nichts Ungewöhnliches daran, dass Creed ihr so nahe kam – was vermutlich auch stimmte, denn Creed schien ein sehr körperlicher Mensch zu sein.

Er griff in seine Hosentasche und warf Ches seine Autoschlüssel zu. »Hier, du kannst den Wagen nehmen. Ich fahre bei Lenny mit und hole ihn mir morgen ab.«

»Sicher?«, fragte ich besorgt, als Ches den Schlüssel in der Luft fing und einsteckte. »Ist dir bewusst, dass Lenny fährt wie ein Eichhörnchen auf Koks?«

Creed lachte. »Klar! Deswegen haben wir die eiserne Regel, dass ich fahre, wenn wir zusammen im Auto sitzen. Abgesehen davon hat Miss James heute einiges getrunken.« Er drückte Lenny grinsend an seine Seite, was Lenny ein zerknirschtes Grinsen entlockte.

Ches verkniff sich neben mir das Lachen. Wir standen so dicht beieinander, dass sich unsere Arme streiften. Immer wieder berührten wir uns, wie beiläufig, nur dass ich wusste, dass es keine Versehen waren. Zumindest nicht von meiner Seite.

»Dann würde ich sagen, lass uns aufbrechen«, schlug Ches vor. »Ich fahre, wenn du nichts dagegen hast, Ella. Du hast mehr getrunken als ich.«

»Es waren nur drei Bier, verteilt auf den ganzen Abend!«, protestierte ich.

Er hob eine Augenbraue. »Ich hatte nur zwei, und ich bin größer und schwerer als du. Gewonnen.« Er lächelte triumphierend und steckte den Schlüssel ein.

Ehrlich gesagt, war es mir egal, ob nun er oder ich fuhr. Sein Lächeln lenkte mich viel mehr ab, als es sollte.

Carla war die Erste, die sich flüchtig von uns verabschiedete. Summer, Creed, Lenny, Ches und ich wünschten Mitchell eine gute Nacht und gingen anschließend gemeinsam zum Parkplatz. Ein Taxi wartete bereits auf Summer, so wie es ursprünglich auch mein Plan gewesen war. Sie schenkte mir ein vielsagendes Lächeln, ehe sie zum

Abschied winkte und in das gelbe Auto stieg. Als Nächstes gingen Lenny und Creed. Creeds ebenfalls eindeutiges Grinsen dabei implizierte weit mehr als bloß den guten Schlaf, den er uns wünschte. Ich lachte nervös auf, als er mit einem kurzen Hupen davonfuhr. Die Nacht war eiskalt und neblig, was den Lichtern der Wohnheime und der Mondsichel eine gruselige Schummrigkeit verlieh.

Ches' Hand berührte kaum merklich meinen Rücken, als er uns zum Jeep dirigierte. Mein Hals war trocken, und ich versuchte, gleichmäßig weiterzuatmen.

Anstatt um das Heck des Jeeps herumzugehen, blieb er vor mir stehen. Ich blickte zu ihm auf, und das aufgeregte Kribbeln in meinem Magen sorgte dafür, dass mir mein Herzschlag in den Ohren pochte.

»Der Abend war schön«, sagte ich, weil es das Erste war, das mir in den Sinn kam. »Wir sollten das öfter machen.«

Das spärliche Mondlicht erlaubte es mir zu sehen, wie der Ausdruck in seinen Augen weich wurde. »Unbedingt. Wir sind ein gutes Team.« Ein Lächeln umspielte seine Lippen und sorgte dafür, dass sich mein Blick auf sie heftete.

Ich nickte, konnte jedoch nicht schlucken, weil mir das plötzliche Verlangen, ihn küssen zu wollen, den Hals abschnürte. Erst als sich unsere Knie berührten, merkte ich, dass wir uns aufeinander zubewegt hatten.

»Lenny und Summer waren uns allerdings ziemlich überlegen«, warf ich ein. »Wir sollten uns für das nächste Mal ein Spiel raussuchen, in dem wir besser sind.« Wie fremdgesteuert hob ich die Hand und legte sie ihm auf die Wange. Ches schloss die Augen. Seine Lippen teilten sich, so als würde er etwas erwidern wollen. Doch er tat es nicht. Darüber war ich nicht einmal besonders enttäuscht, als seine Hände ihren Weg auf meine Hüften fanden. Seine Daumen strichen langsam meine Seiten entlang, was mich nach Luft schnappen ließ.

Er seufzte und lehnte seine Stirn an meine. Ich spürte die Flanke des Jeeps in meinem Rücken und lehnte mich dagegen. Wir sprachen nicht, sondern kamen uns bloß immer näher, zaghaft und langsam, jedoch stetig und unaufhaltsam. Sein sauberer, männlicher Duft stieg mir in die Nase.

Ches zog mich enger an sich, bis meine Brüste seinen Oberkörper streiften. Sein unregelmäßiger Atem traf auf meinen Mund, und seine Nasenspitze strich so zärtlich an meiner entlang, dass mir schwindelig wurde vor Verlangen.

Ich war hin- und hergerissen. Zwischen dem, was ich wollte, und dem, was am vernünftigsten erschien.

Aber was war schon Vernunft?

Ich legte ihm auch die andere Hand an die Wange, dann zog ich ihn zu mir herunter. Unsere Lippen trafen zart und suchend aufeinander.

Meine Erinnerungen hatten mich getäuscht – Ches zu küssen war tausend Mal besser, als sich bloß daran zu erinnern.

Es brauchte nur einen Sekundenbruchteil, ehe er den Kuss vertiefte und die Arme fester um mich schlang. Er neigte den Kopf zur Seite und verstärkte den Druck seiner Lippen, küsste mich innig und vorsichtig zugleich.

Ein Seufzen entfuhr mir. Meine Finger glitten an seinen Hinterkopf, und ich lehnte mich enger an ihn. Das Blut in meinen Adern sang, und obwohl die Nachtluft eisig war, fror ich nicht. Im Gegenteil.

Ches' Hände schlüpften unter meine Jacke, wanderten über meine Taille, meine Rippen, meinen Rücken, während der Kuss an Fahrt zunahm. Ich konnte die Anspannung in seinen Muskeln spüren, als würde er sich zurückhalten.

Doch diese Willenskraft zerstörte ich, als ich seine Unterlippe zwischen die Zähne nahm und an ihr knabberte.

Ches stöhnte auf, und der tiefe, raue Laut vibrierte an meinem Mund. Im nächsten Moment drängte er mich fest gegen den Wagen und presste seine Lippen besitzergreifend auf meine. Unsere Zungenspitzen berührten sich, und das Gefühl schoss wie ein Blitz quer durch meinen Körper, steckte ihn an genau den richtigen Stellen in Brand. Ich keuchte und vergrub die Hände in seinen Haaren. Die plötzliche Leidenschaft explodierte zwischen uns und sorgte dafür, dass sämtliche Synapsen in meinem Hirn einfach durchbrannten. Meine Hände wanderten haltlos über seine Jeansjacke, bis sie ihren Weg darunter fanden und ich meine Handflächen an seinen warmen Rücken presste. Sein Geruch, das Gefühl seines großen einnehmenden Körpers an meinem, das kalte Auto hinter mir und die kühle Luft, das alles beflügelte mich, sorgte dafür, dass sich die Welt noch weiter reduzierte, bis nichts und niemand anderes als Ches und ich darin übrig waren. Meine Lippen lagen auf seinen, als wären sie für nichts anderes bestimmt, und ich fühlte, wie mir immer mehr die Kontrolle entwich. Ich wollte mehr. Ich wollte seine Hände auf meiner Haut spüren, wollte, dass sie meinen Körper erkundeten, wollte jeden Zentimeter von ihm mit meinen Lippen erforschen. *Ich wollte mehr.*

Gerade als wir noch mehr an Fahrt gewannen, atemloser und hitziger und forscher wurden, löste Ches sich plötzlich ruckartig von mir und taumelte zurück. Er prallte gegen das andere Auto und sah mich schwer atmend an. Ich starrte zurück, unfähig, mich zu bewegen, und noch immer zu benommen und gefangen in dem eben beendeten Kuss.

Heilige. Hölle.

Ich fuhr mir durch die Haare und räusperte mich. Meine Hände zitterten.

»Wow«, flüsterte Ches. Er starrte mich an, und seine Lippen verzogen sich, langsam, aber sicher, zu einem Lächeln. Es war eine ganz andere Reaktion als bei unserem ersten Kuss. Damals hatte er sich vor mir verschlossen und war geflohen, nachdem ich die Blutergüsse auf seiner Brust gesehen hatte. Doch dieser Ches war ein anderer. Es war, als hätte er all den bedrückenden Kummer für den Augenblick vergessen. Heute war er einfach nur Ches, ein junger Mann, der aus Maine stammte, einen netten Abend mit Freunden gehabt und nun ein Mädchen geküsst hatte.

Und verdammt. Dieser Ches gefiel mir so sehr, dass sich meine Brust zusammenschnürte.

»Gehen wir nach Hause«, sagte ich lächelnd und öffnete die Beifahrertür.

Er sah mich noch sekundenlang mit einem hungrigen Blick an, der dafür sorgte, dass sich meine Zehen zusammenrollten. Dann entriegelte er den Jeep, lief um das Heck herum und stieg ein.

Ich kletterte nach einem tiefen, kühlen Atemzug auf den Beifahrersitz und schnallte mich an. Es war dunkel und still im Wageninneren. Der kleine Raum ließ die Luft zwischen uns vibrieren und kam mir durch Ches' einnehmende Gestalt noch kleiner vor, als er bereits war. Einen Moment lang saßen wir beide bloß da und sagten nichts. Die Anspannung zwischen uns schien durch den Kuss nur noch verstärkt worden zu sein, es war kaum auszuhalten, weshalb ich meine Hände in das Lederpolster grub. Den Rest der Fahrt schwiegen wir, doch es war nicht unangenehm. Im Gegenteil. Ich beobachtete Ches. Immer dann, wenn er mir einen Blick zuwarf, tat ich so, als würde ich aus dem Fenster starren. Und jedes Mal, wenn er mich ansah und ich seinen Blick erwidern wollte, huschten seine Augen zurück zur Straße. Ich musste mir auf die Lippe beißen, um bei diesem kleinen Spiel nicht zu kichern, vor allem, da er sich das Lächeln ebenfalls verkniff.

Als wir schließlich meine Straße erreichten, parkten und durch das Treppenhaus liefen, wurde ich zunehmend aufgeregter. Bemüht, ruhig zu wirken, steckte ich den Schlüssel ins Schloss und trat in die Wohnung. Ches war genau hinter mir. Ich drückte die Tür hinter uns zu, schaltete das Licht an und drehte mich zu ihm um.

Sein umwerfendes Aussehen raubte mir immer und immer wieder den Atem, egal, wie oft ich ihn betrachtete. Doch die kühle Nachtluft hatte eine feine Röte auf seinen Wangen und den geschwungenen Lippen hinterlassen.

»Verdammt«, murmelte ich leise.

Fragend hob Ches eine Augenbraue. Es war, als würde er fragen: *»Und was machen wir jetzt?«* Sein Blick senkte sich auf meinen Mund, und ich sah unverkennbar Verlangen in seinen strahlgrauen Augen. Er musterte mich geduldig, wehmütig.

»Brauchst du noch etwas vor dem Schlafengehen?«, fragte ich, während meine Hände wieder ihren Weg zu ihm fanden. Sie legten sich auf seine Brust – die sich wirklich lächerlich gut anfühlte.

Seine Mundwinkel zuckten. »Ist das eine ernst gemeinte Frage, oder willst du etwas Bestimmtes von mir hören, Ella?«

Meine Wangen wurden heiß. »Wieso glaubst du, dass ich etwas Bestimmtes von dir hören will?«

Er trat näher, bis ich den Kopf anheben musste, um ihn anzusehen. Sein Daumen strich meinen Kiefer entlang, was seine Augen geistesabwesend verfolgten. Die Berührung seines rauen Fingers ließ mich erschaudern.

»Na ja«, murmelte Ches und glitt mit der Hand in meine Haare. Ich verkniff mir ein Seufzen.

»Vielleicht kann ich es bloß nicht abwarten, dich wieder zu küssen.«

Ein heißes Ziehen zuckte durch meinen Bauch. Ich lehnte mich gegen ihn und schob die Jeansjacke von seinen breiten Schultern. »Ich auch nicht«, flüsterte ich atemlos.

Die Jacke fiel zu Boden, dann war meine an der Reihe. Seine Augen verdunkelten sich, so als hätten wir soeben viel mehr ausgezogen als bloß unsere Jacken.

»Ich gebe auf«, sagte er mit einem tiefen Seufzen und schlang einen Arm um meine Mitte. Sein Blick brannte sich in meinen, voll von Hunger und einer Entschlossenheit, die dafür sorgte, dass sich mein Magen fest zusammenzog. Seine Stimme war nicht mehr als ein Flüstern, als er sich herunterlehnte und sein Atem auf meine Lippen traf. »Ich habe mein Bestes versucht und bin kläglich gescheitert.«

»Was meinst du?«, fragte ich verwirrt.

»Ich habe versucht, dir zu widerstehen, Ella. Aber es hat nicht funktioniert.« Seine Lippen verweilten genau vor meinen, sodass ich die nächsten Worte mehr spüren, als dass ich sie hören konnte. »Ich will nicht mehr widerstehen.«

Der Kuss, der seinen Worten folgte, war nicht mehr vorsichtig oder bedachtsam. Er war ausgehungert und umwerfend. Eine wilde Mischung aus Erleichterung und Lust ballte sich brodelnd in mir zusammen, ehe ich den Kuss mit derselben Leidenschaft erwiderte. Seine Hände erkundeten mich haltlos, ehrfürchtig, und meine Brüste pressten sich gegen seine Brust. Seine starken Arme waren schwer darum bemüht, jede weitere Lücke zu schließen. Er öffnete mit seinen Lippen meinen Mund und strich mit der Zunge an meiner entlang, was mich keuchen ließ. Der Druck seiner Lippen war sanft und gleichzeitig dominierend, verzehrend.

Stöhnend umfasste er meinen Hinterkopf, lenkte mich, eroberte mich, und ich gab mich ihm hin. Ich wühlte durch seine weichen Haare und fuhr mit den Fingernägeln über seine Kopfhaut.

Ches fluchte an meinen Lippen. Im nächsten Moment küsste er sich meinen Kiefer entlang. »Das hier«, murmelte er und biss mir sachte in den Hals, »wollte ich schon den ganzen Abend tun.«

Seufzend ließ ich meinen Kopf in den Nacken fallen. Seine Zunge glitt die empfindliche Stelle unter meinem Ohr hinauf, und ich verwandelte mich zu Wachs in seinen Händen. All die Empfindungen schickten sehnsüchtige Stoßwellen durch meinen ganzen Körper.

»Wieso hast du es nicht getan?«, stieß ich hervor. Eigentlich hatte ich ein High Five verdient, dafür, dass ich eine ganze Frage formulieren konnte.

Wir bewegten uns rückwärts, und ich hätte es beinahe nicht bemerkt, wäre ich nicht über meine Füße gestolpert. In letzter Sekunde verstärkte Ches den Griff um mich und presste mich an seinen Körper.

»Weil ich nicht mehr hätte aufhören können«, raunte er an meine Lippen. »So wie jetzt.«

Ich presste meine Lippen wieder auf seine, was ihm ein tiefes Stöhnen entlockte. Seine Hände gruben sich in den Stoff meines Shirts und strichen ihn zitternd wieder glatt, so als würde er sich zurückhalten, es mir nicht vom Körper zu reißen.

Tu es!, schrie ein Teil von mir. *Bitte!*

Seine Hände schoben mein Shirt letztendlich hinauf und wanderten darunter, auf meinen Rücken, erkundeten mit rauen, sanften Fingern meine Haut. Seine Berührung knisterte auf mir wie Tannennadeln auf heißer Glut. Ich drückte das Kreuz durch, versuchte verzweifelt, ihm so nahe wie möglich zu sein.

Als ich ihn jedoch weg vom Sofa, welches er anvisiert hatte, und in Richtung Schlafzimmer zog, blieb er plötzlich stehen.

Schwer atmend löste er sich von mir und blickte auf mich hinab. Ein dunkler Sturm aus Zügelung und Begierde tobte in seinen Augen. »Wo führst du mich hin?«

Ich lächelte, mit einem Mal scheu. »In mein Zimmer?«

»Sicher?«

»Wenn du möchtest.«

Er lachte und setzte unsere Wanderung fort. »Du bist niedlich, Ella.«

Ich schnaubte, konnte jedoch kein beleidigtes Gesicht ziehen. Dafür hatte ich gerade zu wenig Kontrolle über meine Gesichtsmuskeln.

»In einer Sekunde«, murmelte er und küsste mich sanft und innig, »bist du schlagfertig und taff und so verdammt heiß.« Ich schloss die Augen und klammerte mich an seine Unterarme. Wir taumelten an meiner Waschmaschine vorbei, den kurzen Gang entlang. Mein heißer, flacher Atem strich über seine Lippen, die Spitzen seiner zerzausten Haare kitzelten meine Wangen. Der Knoten in seinem Nacken musste sich während der Fahrt hierher gelöst haben.

»Und in der nächsten«, flüsterte er, »bist du süß und vorsichtig.« Diesmal küsste er mich leidenschaftlich und bestimmend, was jeden letzten Rest meiner Selbstbeherrschung in Rauch aufgehen ließ. Mit meinem Fuß kickte ich die Schlafzimmertür auf, und wir stolperten in den Raum, ohne die Lippen auch nur eine Sekunde lang voneinander zu lösen. Mein Puls rauschte mir in den Ohren, und meine Finger schlossen sich um den Saum seines Hemdes. Noch bevor ich es richtig anheben konnte, zog Ches es sich ungeduldig über den Kopf. Die Lampe im Wohnzimmer spendete das einzige Licht im Raum. Aber heilige Hölle. Ich konnte jeden definierten Muskel auf seinem Oberkörper erkennen. Etwas Perfekteres als ihn hatte ich noch nie gesehen. Trotz der Blutergüsse. Trotz der Narben.

Er war wunderschön, mit all seinen Makeln.

Ches beobachtete mich dabei, wie ich ihn musterte.

»Was du da tust, bringt mich beinahe um den Verstand«, flüsterte er.

Wie automatisch ließ ich meine Hand über seine Brust wandern, glitt mit den Fingerspitzen tiefer, über seinen Bauch.

Da hatte ich den Beweis. Er fühlte sich noch besser an, als er aussah.

Das Bedürfnis, meine Finger mit meinem Mund zu ersetzen, war kolossal und erschreckte mich genauso sehr, wie es mein Blut zum Kochen brachte. Ich folgte dem dezenten Pfad aus Haaren, der unter seinem Bauchnabel begann und in seiner Hose verschwand. Meine Finger endeten am Hosenbund und strichen daran entlang.

Ches' Lächeln verblasste. Die Muskeln an seinem ganzen Körper spannten sich an, und er atmete hörbar ein.

Mutiger glitten meine Hände wieder nach oben. Ich konnte spüren, wo seine Haut rau von den Narben war. Es waren keine wulstigen, sie waren fein. Nur glaubte ich nicht, dass es die Verletzungen weniger schmerzhaft gemacht hatte, die sie hervorgebracht hatten.

Ich beugte mich vor und küsste ihn genau dort, wo die neusten bläulichen Schatten auf seiner rechten Schulter am dunkelsten waren.

Er seufzte auf und drückte mich nach hinten aufs Bett. Ich ließ es nur zu gern geschehen, streifte die Schuhe von meinen Füßen und rutschte hoch, bis mein Kopf auf dem Kissen lag. Er tat es mir nach, folgte mir, so als seien unsere Körper magisch miteinander verbunden. Er versiegelte meine Lippen wieder mit seinen und drückte mich mit seinem Gewicht in die Matratze. Ich erschauderte bis in die Zehnspitzen. Seine Wärme und sein Duft nach Kernseife und seiner eigenen rauen Note umhüllten mich wie ein Kokon, berauschten mich. Während sein Mund dominierend und hungrig war, waren seine Berührungen sanft und ehrfurchtsvoll.

Mein Herz trommelte gegen meine Rippen, und mein Atem war so flach, dass ich das Gefühl hatte, nicht genug Luft zu bekommen.

Ich schlang ein Bein um seine Hüfte, während er an meiner Lippe leckte und knabberte. Dabei gab er leise, lustvolle Geräusche von sich, die jeder für sich einen Funkenregen durch meine Wirbelsäule schießen ließen. Die Art und Weise, wie Ches mich küsste, stürmisch und gleichzeitig liebevoll, war so erregend, dass mir schummrig wurde. Wo, zum Teufel, lernte man so zu küssen?

Seine Hand strich meine Taille entlang, meine Rippen hinauf und wieder nach unten, weiter, tiefer. Bis zu meiner Kniekehle.

»Ella«, knurrte er an meinen Lippen. »Du hast keine Ahnung, wie sehr ich dich will.«

»Du hast mich«, keuchte ich zwischen Küssen und glitt haltlos mit den Händen über seinen glatten, warmen Rücken.

Es dauerte ein paar Herzschläge lang, bis meine eigenen Worte mich erstarren ließen. Was hatte ich da gerade gesagt?

Ihre Bedeutung war so roh und tief, dass sie mir für eine Sekunde das Blut in den Adern gefrieren ließ. *Du hast mich.* Hatte er mich wirklich? Besaß er mich? *Wollte* ich, dass ich sein war? *Nein. Ja. Keine Ahnung!*

Ich hielt die Luft an. Das plötzliche Gefühlschaos in mir kühlte mich mit einem Schlag ab. Wieso hatte ich so was gesagt? Wieso zerstörte ich diesen Moment, indem ich so etwas dachte?

Wären alle Empfindungen rein sexueller Natur gewesen – und ich konnte nicht bestreiten, dass das zumindest auf einen Großteil zutraf –, hätte ich vermutlich noch damit umgehen können. Aber dieser andere Teil – der Teil, der mich erschütterte und den ich nicht benennen konnte – jagte mir Angst ein. Das hier fühlte sich nicht wie zwangloser Spaß an, sondern wie eine unaufhaltsame Naturgewalt. Eine Lawine, ein Tsunami, den man zwar voraussagen, gegen den man jedoch nichts ausrichten konnte. Oh Gott, ich hatte noch nie mit einem anderen als mit Jason geschlafen. Konnte ich das einfach so tun? Lief es heute Nacht darauf hinaus? Jedenfalls deutete alles darauf hin, oder nicht? Tat ich das Richtige? War es falsch?

Ich öffnete die Augen und bemerkte, dass Ches mich beobachtete. Seine Miene strahlte Besorgnis aus. Mir wurde bewusst, dass er sich ebenso wenig rührte wie ich. Ich war so tief in Gedanken versunken, dass ich es nicht einmal mitbekommen hatte.

Gut gemacht, Johns. Du hast den Moment ganz offiziell zerstört.

»Was ist los?« Zärtlich strich er mit den Fingerknöcheln meine Schläfe entlang. So wie er mich ansah, hatte er meine Miene ganz offensichtlich wie ein Buch gelesen. Und er wirkte nicht glücklich über die Schlüsse, die er daraus zog. »Woran denkst du?«

Ich wollte das hier. Ich wollte es wirklich. Wie oft hatte ich das schon gedacht? Und es war immer noch die Wahrheit.

Seufzend zog ich seine Stirn an meine. »Ich will dich, Ches.«

Die Ahnung eines Lächelns umspielte seine Mundwinkel. »Das trifft sich gut. Ich will dich nämlich auch. Obwohl ich spüre, dass gleich noch ein *Aber* folgen wird.«

»Ist das so offensichtlich?«

»Es ist naheliegend. Und vernünftig. Du wirkst nicht wie ein Mädchen, das alles über Bord schmeißt und sich treiben lässt, und du … Nein, warte. Ich hoffe, das verstehst du nicht falsch. Ich rede von Sex. Damit meine ich aber nicht, dass …« Er presste die Lippen zusammen und erstarrte.

Irritiert hob ich die Augenbrauen, da schüttelte er den Kopf und schnaubte. »Gott, das hört sich nicht so an, wie ich es meine. Versteh mich nicht falsch, ich halte dich auf keinen Fall für prüde. Du bist nicht prüde. Du …« Wieder verstummte er. Er stöhnte auf und vergrub das Gesicht an meinem Hals. »Verdammt, Ella.«

Ein Grinsen stahl sich auf mein Gesicht, als mir dämmerte, was los war. Ganz offensichtlich war nicht einmal er immun gegen Nervosität.

Er strich mit seinen Lippen meinen Hals entlang, und ich schnappte nach Luft.

»Es ist schon eine ganze Weile her, dass ich versucht habe, einem Mädchen Komplimente zu machen. Ignorieren wir, was ich gesagt habe, ich kann nicht denken, wenn du unter mir liegst.« Er stemmte sich auf die Ellbogen und sah mich an – und die Zärtlichkeit darin sorgte plötzlich dafür, dass sich alles in mir zusammenzog, meine Brust plötzlich zu eng für meinen Atem wurde. Er studierte mein Gesicht aufmerksam. »Lass mich noch einmal von vorne anfangen. Du bist umwerfend und sexy und wirkst nicht wie ein Mädchen, das sich auf jeden dahergelaufenen Kerl einlässt. Und deshalb wolltest du gerade ein *Aber* einwerfen, richtig?«

Unsicherheit packte mich, und mein Lächeln verblasste. Es erschreckte mich, wie sehr Ches mit dem, was er sagte, ins Schwarze traf. Jason war mein Erster und Einziger gewesen, mit dem ich je geschlafen hatte. Davor hatte es bloß harmlose Flirts gegeben oder Rumknutschen auf Partys. Vielleicht war es schlichtweg nie mein Ding gewesen, mich so gehen zu lassen. Ella 1.0 war absolut anständig gewesen. Kein Drama, keine sexuellen Eskapaden, nur Jason und … Liebe machen. Ich war immer vorsichtig gewesen. Noch nie hatte ich so sorglos und unbedacht gehandelt wie zum Beispiel Summer. Ich war nie jemand gewesen, der sich irgendeiner wahllosen Person hingeben konnte, nur um die eigenen Bedürfnisse zu erfüllen. Selbst mit Jason war das oftmals ein Kompromisspunkt für mich gewesen. Die Beziehung, das große Ganze, erschien mir wichtiger als das, was *ich* wollte.

Aber was Ches in mir wachrief, war neu. Es war fremd. Es war überwältigend – und es machte mir Angst.

»Du findest mich also umwerfend und sexy?«, fragte ich, um den Knoten in meiner Brust zu lösen. Ich versuchte, zu lächeln, doch es fühlte sich wie eine Grimasse an.

»Oh ja.« Er küsste beide meiner Mundwinkel. »Verdammt. Sehr sogar.«

Tränen schossen mir plötzlich in die Augen, die ich heftig blinzend vertrieb. Das alles hier war zu viel für mich. So, wie er mich berührte, wie er mit mir sprach, was er sagte, was er mich fühlen ließ – all das zog mir den Boden unter den Füßen weg. Noch nie hatte mich irgendwer als umwerfend und sexy bezeichnet – auch nicht Jason –, weshalb es mir schwerfiel, den Worten Glauben zu schenken. Vielleicht gerade deswegen. In zwei Jahren Beziehung nichts Enthusiastischeres zu hören als »Du bist süß« oder »Du bist toll«, brachte ein Mädchen nicht gerade dazu, sich unglaublich begehrenswert zu fühlen. Vor allem nicht, wenn man herausfand, dass derselbe Kerl sich den Kick und den Sex-Appeal, der ihm bei mir gefehlt hatte, woanders beschafft hatte. Wäre ich so, wie Ches mich beschrieb, hätte Jason nicht mit Erica geschlafen. Nein, er hätte nicht einmal das Bedürfnis nach anderen Frauen verspürt, und Ches' Worte fühlten sich an wie eine leere Hülle, eine Verkleidung, die er mir überzog, die jedoch nicht passte.

»Habe ich etwas falsch gemacht oder dir wehgetan?« Ches blickte nachdenklich auf mich hinab, und Falten traten auf seine Stirn.

»Nein!«, beeilte ich mich zu sagen. »Nein, es ist alles bestens. Du hast recht, ich bin so nicht. Ich bin nur ... ich weiß nicht, ob ...« Mein Hirn war wie leergefegt.

»Ella, du bist so hinreißend und sexy, dass ich an nichts anderes denken kann, als dich immer wieder zu küssen.« Er schob das Kinn nach vorne, um genau das zu tun. Der Kuss, den er mir gab, war so sanft, dass mir schwindelig wurde. Sanft genug, dass ich seinen Worten sogar Glauben schenkte. Zumindest ein wenig.

Dann seufzte er und rollte sich von mir herunter. Er schob einen Arm unter mir hindurch und zog mich in eine innige Umarmung.

Ich vergrub das Gesicht an seinem Hals und schloss die Augen. Es war gar nicht so leicht, die Arme um ihn zu schließen, er war regelrecht ein Berg aus Muskeln. Mein Kopf lag auf seinem Oberarm, und meine Hände zeichneten träge Kreise auf seine glatte Brust. Die Geborgenheit, die ich empfand, war überwältigend, und es gab keinen Ort auf der Welt, an dem ich in diesem Augenblick lieber sein wollte.

Seine Hand glitt unter mein Shirt und wanderte gespreizt meinen Rücken hinauf, schob sich unter meinen BH. Ich schnappte nach Luft, als ein Zittern durch meine Wirbelsäule schoss und seiner Berührung folge.

»Das«, murmelte er, »gefällt mir.«

»Was genau gefällt dir?« Ich blickte zu ihm auf, wobei meine Nasenspitze seinen Hals entlangstrich.

Er schwieg einen Moment. »Es gefällt mir, wie es sich anfühlt, mit dir zusammen zu sein.« Er strich mit der Kuppe seines Daumens kleine Kreise auf mein Schulterblatt. »Ich habe so lange darüber nachgedacht und mich dagegen gewehrt, aber es hat nicht geholfen. Vielleicht macht mich das zu einem Mistkerl, dass ich es einfach akzeptiere, anstatt vernünftig zu sein. Aber …« Er schluckte. »Ich will dieses eine Mal nicht vernünftig sein.«

Ein gewisses Zögern, ein Widerstreben lag in seinen Worten, so als fiele es ihm schwer, seine Gedanken mit mir zu teilen. Aber er musste es gar nicht aussprechen, damit ich verstand, was er meinte. Er sprach von dieser überirdischen Anziehung zwischen uns.

»Was wird diese Entscheidung für dich und mich in Zukunft bedeuten?«, fragte ich vorsichtig. Meine Hände wanderten seinen wohlgeformten Bizeps entlang.

Ich war einfach schlecht in so was. Ich war vertraut mit Beziehungen. Ich wusste, wie sie funktionierten, ich war daran gewöhnt und fühlte mich in ihnen sicher. Aber diese undefinierbare pure Anziehungskraft zwischen Ches und mir und das Wissen, dass ich nicht wusste, wohin das alles führte und was überhaupt gerade passierte, war unbekanntes Terrain für mich. Gab es denn kein Handbuch für so was? Oder eine Art Anleitung? Ich hatte keine Ahnung mehr davon, wie es war, jemanden kennenzulernen oder auf Dates zu gehen.

Es dauerte eine Weile, bis Ches etwas sagte. »Ich schätze, das bedeutet wohl, dass ich dir verdammt noch mal nicht widerstehen kann, Ella Johns.«

Ich schloss zwei Finger um sein Kinn und bedeutete ihm, zu mir herunterzublicken. Unsere Blicke hakten sich ineinander, und mir wurde warm.

»Okay«, murmelte ich. »Ich nehme dich beim Wort. Geh mir nicht mehr aus dem Weg, okay?«

Seine Miene wurde ernst. Langsam nickte er. »Okay.«

»Wirst du in Zukunft auch mit mir reden?«

»Aber ich rede doch andauernd mit dir«, erwiderte er überrascht. »Jetzt gerade zum Beispiel.«

»Ich meinte über dich. Ich weiß, du sprichst nicht gerne über dich und dein Leben, aber ich … ich möchte dich kennenlernen. Ich möchte wissen, wer du bist, Ches.«

Er spannte sich an – vielleicht hätte ich das nicht sagen sollen. Meine Worte hatten die Heile-Welt-Blase, in der wir uns für diesen flüchtigen Moment befunden hatten, platzen lassen. Doch das war es mir wert, ich meinte nämlich ernst, was ich sagte. Ich wollte ihn kennenlernen. Ich wollte wissen, wieso er im Käfig war, wollte wissen, wie er und Creed sich kennengelernt hatten, ob er Familie hatte, auf welches College er gegangen war und was er studiert hatte. Es gab so viel, was ich nicht über ihn wusste. Ich fragte mich, ob er mir das jemals erzählen würde.

Er schwieg einen Augenblick. Dann küsste er flüchtig meine Stirn. »Was willst du über mich wissen?«

Hoffnung wallte in mir auf. »Alles«, erwiderte ich etwas zu hastig.

Er grinste. »Sehr spezifisch.«

»Du hast mich kalt erwischt. Gib mir eine Sekunde, ja?«

Ich sah ein Funkeln in seinen Augen. »Ich habe vielleicht eine Idee. Ein Spiel«, sagte er.

»Was für eins?«, fragte ich überrascht.

»Du stellst mir Fragen. Wenn ich sie beantworte, bekommst du den Punkt. Und wenn nicht, dann …« Er senkte den Blick auf meinen Mund. Dann lehnte er sich vor und küsste mich.

Ein Seufzen entfuhr mir, und mein Herz hüpfte gefährlich hoch. Der Kuss währte jedoch leider nicht länger als ein paar Sekunden, und Ches sah mich an und lächelte. Es war ein träges, sexy Lächeln, das dafür sorgte, dass sich meine Zehen zusammenrollten.

»Wenn ich die Frage nicht beantworte, bekomme ich den Punkt«, beendete er seinen Satz.

Es juckte mir in den Fingern, ihm die unangenehmsten Fragen zu stellen, die mir in den Sinn kamen; Fragen, die er auf keinen Fall beantworten konnte, nur damit er mich wieder küssen würde.

»Alles klar«, erwiderte ich stattdessen und zuckte mit den Schultern. »Dann lass uns anfangen. Wie lautet dein voller Name?«

»Chester Williams. Weiter.«

»Woher kommst du?«

»Aus Topsham, das ist ein winziger Ort in der Nähe von Brunswick in Maine.«

Ich blinzelte. Er antwortete mir tatsächlich. Er gab etwas von sich preis. Offenbar war mir meine Verblüffung anzusehen, denn seine Mundwinkel zuckten. Aber er sagte nichts, sondern wartete geduldig auf meine nächste Frage.

»Was hast du studiert?«

»Wirtschaft.«

»Echt jetzt?« Ich sah ihn mit großen Augen an, was ihn schmunzeln ließ. Er verlagerte sein Gewicht und beugte sich über mich. »Ich wusste nicht, was ich nach dem College machen möchte, und es schien mir sinnvoll. Damit kann man immer etwas anfangen.«

»Oh«, murmelte ich und versuchte mir gleichzeitig vorzustellen, wie Ches damals wohl gewesen war. Ohne Kämpfe, unbekümmert, nur ein Student an einem College, der zu Vorlesungen ging, in der Bibliothek lernte und Partys besuchte.

»Hattest du damals schon eine Verbindung zu Fletcher?«, fragte ich vorsichtig, bereit, mit einer ausbleibenden Antwort zu leben. Doch Ches schüttelte den Kopf. »Ich wusste nicht mal, dass Fletcher existiert. Die Stadt hat dreißigtausend Einwohner und ist Hunderte Kilometer von Topsham entfernt.«

»Hattest du damals Probleme? Mit der Polizei oder mit anderen geheimen Kämpfen?«

Wieder schüttelte er den Kopf. Der Ausdruck in seiner Miene wurde zunehmend ernster. Allmählich gelangte ich an seine Grenze, das konnte ich spüren. Doch ich musste trotzdem fragen. Vielleicht hatte ich Glück. Vielleicht würde er es mir trotzdem sagen.

»Was ist passiert, Ches?«, fragte ich leise und sah hoch zu ihm. Ich biss mir auf die Lippe und strich mit der Hand seine Schulter entlang, bis zu seinem Hals.

Einen Moment lang sah er mich nur an. Das Widerstreben war ihm anzumerken, und ich sah Schmerz in seinen Augen aufflammen. Schmerz und Bedauern und … Härte. Die Stille wurde drückend, und was immer damals geschehen war – das flaue Gefühl in meinem Magen sagte mir, dass es düster war.

Ches senkte den Kopf, bis unsere Gesichter unmittelbar voreinander schwebten. Seine Lippen streiften meine, ehe er mich küsste. Vorsichtig, entschuldigend. Es war kein spielerischer Kuss. Er war tief und zerbrechlich.

Als er sich wieder von mir löste, sah er mich nicht an. »Irgendwelche anderen Fragen?«, flüsterte er mit belegter Stimme.

Ich presste die Lippen zusammen. Dann schüttelte ich den Kopf. »Ich … glaube, es ist spät. Vielleicht sollten wir schlafen.«

Er sah mich noch immer nicht an, als er nickte und sich einen Moment später aufsetzte. Ich setzte mich ebenfalls auf, als er aufstand und zur Tür ging.

»Ches?«, fragte ich, als er die Tür erreicht hatte und sein Hemd aufhob. Er drehte sich noch einmal zu mir um, sein Anblick war anbetungswürdig.

Ich wollte ihn fragen, ob er blieb. Die Worte lagen mir bereits auf der Zunge. Mein Bett war groß genug, er musste nicht auf dem Sofa schlafen, ich wollte neben ihm liegen, bei ihm sein. Doch die Mauer um ihn herum schien nun wieder so undurchdringlich, dass mich der Mut verließ. Ich schluckte und schüttelte den Kopf.

»Gute Nacht.«

»Gute Nacht, Ella.« Seine Augen wurden sanfter. Er stand einen Moment da, als wollte er ebenfalls noch etwas sagen. Dann aber ging er doch, zog die Tür hinter sich zu und hüllte mein Schlafzimmer in tiefe Dunkelheit.

KAPITEL 19

»Nicht schlappmachen, Ladys!«, schrie die Instrukteurin auf ihrem Indoor-Fahrrad auf der Bühne und blies in ihre Trillerpfeife, während ein ziemlich stressiger Remix von Justin Timberlakes *Sexy Back* durch den Raum wummerte. Es war lauter und dunkler hier als in jedem Nachtclub, den ich kannte. Vielleicht, damit niemand sehen konnte, wie die Teilnehmer des Kurses regelrecht gefoltert wurden.

Violette und türkisfarbene Lichter tanzten durch den Raum, und zwei gigantische Lavalampen in denselben Farben waren in die Wand hinter der Bühne eingelassen wie dorische Säulen.

Ich stieß ein wimmerndes Grunzen aus, krallte meine Hände an die Griffe und hob meinen tauben Hintern vom Sitz des Indoor-Fahrrads hoch. Meine Beine pochten kraftlos, und Tränen brannten in meinen Augen. Ich war mir allerdings nicht sicher, ob es tatsächlich Tränen oder doch nur Schweiß war, der mir das Gesicht herunterströmte. Jedenfalls bestand meine Atmung nur noch aus Keuchen, Stöhnen und Schluchzen. Und das schon seit einer Stunde.

Es war die Hölle.

Man musste jedoch erwähnen, dass ich mich ganz allein in diese aussichtslose Situation befördert hatte. Letzte Woche Samstag, der Tag nach unserem Spieleabend in *King House,* hatten Summer, Tante Kat und ich den Spinningkurs in der Fletcher Mall besucht. Es war ein Anfängerkurs gewesen und hatte Summer und mir besser gefallen, als wir gedacht hatten. Danach waren wir hochmotiviert gewesen, gemeinsam einmal die Woche Sport zu treiben, also hatten wir uns zusammen mit Tante Kat für den heutigen Kurs verabredet.

Nur hatten wir aus einem unerfindlichen Grund überlesen, dass es diesmal kein Anfängerkurs war. Ernsthaft: Dieser Kurs hätte nicht *»SoulBiking«* heißen sollen, sondern *»exklusiver zehnter Höllenkreis«*.

»Sehr gut, meine Boss-Ladys! Ihr habt das großartig gemacht! Ihr seid heiße, sexy, unbezwingbare Feger, ihr werdet die Welt im Sturm erobern!«

Als es endlich vorbei war – auch wenn ich dem noch nicht ganz traute, da die Instrukteurin uns auch vor den letzten fünf Sprints jedes Mal versprochen hatte, dass es der letzte sein würde –, drosselte ich das Tempo, um allmählich wieder zu einem gleichmäßigen Atem zu kommen.

Noch bevor das dämonische Wesen im violetten Neoprenbody und blauer Strumpfhose fertig gesprochen hatte und noch während alle anderen Frauen auf den Fahrrädern erschöpft klatschten und jubelten, drückte ich bereits den Notfall-Stopp-Knopf, da ich nicht einmal mehr die Kraft hatte, zu bremsen.

Ich rutschte wie ein nasser Sack von meinem Sitz und rollte mich am Boden zusammen – hauptsächlich, weil meine Beine nicht mehr funktionierten.

»Achtung!«, flötete die Instrukteurin und blies in ihre Trillerpfeife. »Eine unserer Boss-Ladys ist über Bord gegangen!«

Ich stöhnte nur und wünschte mir ein schnelles, schmerzloses Ende herbei.

Tante Kat war im nächsten Moment bei mir. Sie half mir, aufzustehen, doch ich konnte mich nicht auf meinen Beinen halten. Glücklicherweise war meine Tante Marathonläuferin und hatte diese Stunde besser überstanden als ich, denn sie legte sich meinen Arm um die Schultern und schleifte mich regelrecht zwischen den Fahrrädern in Richtung Umkleide.

Summer schien es überlebt zu haben. Im Gegensatz zu mir hatte sie aber auch bis zum Ende der Highschool Volleyball gespielt, weshalb sie eine wesentlich bessere Kondition besaß.

Unsere Trainerin, jung, blond und mit viel zu viel Energie, kam mir zu Hilfe geeilt und warf sich meinen anderen Arm über die Schulter, ehe die beiden mich gemeinsam in die Umkleide bugsierten. In diesem Augenblick fühlte ich mich wie Amy Schumer in *I Feel Pretty*, als die von ihr gespielte Hauptrolle einen noch viel peinlicheren Unfall in einem Spinningkurs erlebt hatte. Ich war meilenweit entfernt von einer *»heißen Boss-Lady, die die Welt im Sturm erobern wird«.*

»Alles klar, Süße?«, fragte Tante Kat, als sie mir auf eine Sitzbank geholfen hatten.

»Klar«, keuchte ich. »Alles bestens. Ging mir nie besser.«

Kat grinste. »Das nächste Mal gehen wir dann wieder in den Anfängerkurs.«

Entsetzen machte sich in mir breit. »Das nächste Mal? Können wir nicht lieber ins Kino? Das ist nur eine Etage über uns!«

Tante Kat lachte und wischte sich mit einem pinken Schweißband am Handgelenk über die Stirn. »Du und Summer habt euch vorgenommen, von jetzt an jede Woche Sport zu machen. Du kannst doch nicht eine Woche später den Plan schon wieder verwerfen.«

»Ihr solltet wirklich wiederkommen!«, pflichtete ihr die Instrukteurin bei und nickte aufgeregt. »Der Anfang ist immer hart. Haltet nur noch ein paar Kurse durch, dann wird alles gut.« Sie strahlte mich an.

Natürlich war dann alles gut. Für sie zumindest. Pro Kurs zahlten wir ja auch – trotz Nachlass für Studenten – dreißig verflixte Dollar.

»Sicher«, sagte ich bloß, weil ich einfach zu erschöpft war, um ihr zu widersprechen. Aus dem gleichen Grund schaffte sie es wahrscheinlich auch, mir einen Eiweiß-Powerriegel und einen Post-Workout-Drink mit prickelndem Granatapfelsaft aufzuschwatzen, wofür insgesamt weitere fünfzehn Dollar draufgingen. Doch Tante Kat bestand darauf, da ich offenbar doch recht blass geworden war. Sie bezahlte selbst und bezeichnete es als Investition in meine Zukunft.

Gerade als ich den Riegel verputzt hatte, der seltsamerweise nach Käsekuchen schmeckte, kamen die anderen Kursteilnehmer in die Umkleide getorkelt. Summer taumelte mit steifen Schritten zu uns und ließ sich stöhnend auf die Bank neben mich fallen. Ihr ganzer Körper glänzte vor Schweiß, nasse blonde Haarsträhnen klebten ihr im Gesicht, und ihre Brust in dem neonpinken Sport-BH hob und senkte sich schnell. Während des Sports erlebte man den äußerst seltenen Anblick von Summer Andrews ohne Lippenstift.

»Hier«, sagte ich und reichte ihr den Rest meines Post-Workout-Drinks. Sie trank alles in einem Zug aus und verzog anschließend das Gesicht. »Pfui Spinne, ist das ekelhaft. Was ist das denn?«

»Flüssiges Gold«, erklärte Tante Kat mit gerunzelter Stirn. »Zumindest hat es genauso viel gekostet.«

Sie verschwand kurz und brachte uns ein paar Handtücher. »Ihr habt das übrigens großartig gemacht, Mädchen. Ich bin stolz auf euch. Obwohl es weit über eurer Ausdauerklasse war, habt ihr bis zum Schluss durchgehalten!«

»Verbissen wie Pitbulls. Ich wünschte, ich würde dieselbe Disziplin bei rohem Kuchenteig und gefüllten Donuts aufbringen.« Summer seufzte sehnsüchtig.

»Donuts«, wiederholte ich geistesabwesend. »Ich nehme auch welche.«

»Oh, unten ist doch dieser Stand, der Cupcakes verkauft! Wir könnten uns Red Velvet Cupcakes mit Frosting besorgen! Gott, dafür würde ich gerade glatt töten.«

»Nein!« Kat schnipste Summer gegen die Stirn. »Kein Süßkram nach dem Training! Sonst war alles umsonst!«

»Au«, murrte Summer und rieb sich über die Stirn. »Schön. Dann eben nicht. Aber das Frosting auf den Cupcakes ist wirklich einmalig.«

Ich lächelte, obwohl ich einen Tunnelblick hatte. Mein Hirn war noch nicht wieder zu etwas zu gebrauchen.

Tante Kat ergriff meine Hände, und ich wehrte mich nicht dagegen. »Ella«, sagte sie ernst. »Ich hoffe wirklich, dass du in der Lage bist, ohne Hilfe zu duschen. Das wird sonst seltsam.«

Mit letzter Kraft kämpfte ich mich auf und versuchte, zu stehen. Es funktionierte, auch wenn die Muskeln in meinen Beinen übersäuert waren, kribbelten und zuckten. »Kein Problem. Allein zu duschen dürfte ich schaffen.«

»Falls nicht«, sagte Summer, »solltest du warten, bis du zu Hause bist, damit Ches dir in der Dusche Gesellschaft leisten kann.« Ein durchtriebenes Grinsen breitete sich auf ihren ungeschminkten Lippen aus.

Ich erstarrte. »Summer, hör auf, so was zu sagen!«

Es war nun schon eine Woche her. Seit Ches und ich uns geküsst, seitdem wir dieses eine Gespräch geführt hatten. Seitdem war zwischen ihm und mir alles anders geworden. Wann immer wir uns zwischen Tür und Angel sahen, waren wir beide verlegen. Wir redeten nicht über den Abend, und ich hatte das Gefühl, dass sich eine Schlucht zwischen uns aufgetan hatte. Abgesehen davon schien ich in seiner Gegenwart noch nervöser zu werden als zuvor, was absolut dämlich war. Da ich wegen der anstehenden Prüfungen viel Zeit mit Summer und Sav in der Bibliothek verbrachte und Ches viel arbeitete, sahen wir uns allerdings ohnehin nicht oft. Ein einziges Mal hatten wir in der vergangenen Woche zusammen gegessen. Es war nicht unangenehm gewesen, im Gegenteil, doch die Spannung in der Luft war kaum auszuhalten gewesen. Es hatte nicht bloß an der unausgesprochenen Frage gelegen, die im Raum herumschwirrte. Es war sexueller Natur. Immer noch. Die Anziehung, die er auf mich ausübte, wurde nicht weniger, im Gegenteil. Sie wurde immer stärker, immer durchdringender. Ich hatte kaum einen Bissen herunterbekommen, weil ich so durch den Wind gewesen war.

»Wieso?«, fragte Summer. »Mein Gott, erzähl mir nicht, dass ihr *immer* noch nicht darüber gesprochen habt.«

»Über was gesprochen?«, fragte nun auch Tante Kat, als wir uns in den Duschraum begaben. Die Kabinen waren durch Milchglasplatten voneinander getrennt, und durch den Hall und das prasselnde Wasser hörte man kaum etwas.

»Es ist nichts!«, rief ich Kat zu, während ich mich in meiner Kabine mühsam aus den verschwitzten Sportsachen schälte und unter den Wasserstrahl trat. Ich hatte Summer nichts von dem Gespräch erzählt und meinen Sorgen, die damit einhergingen. Natürlich nicht, schließlich hatte ich es Ches versprochen. Aber es fiel mir schwer. Bei all dem Hin und Her und all den erdrückenden Geheimnissen, die ich aus ihm herausgekitzelt hatte, hätte ich den Rat meiner besten Freundin wirklich gebraucht. Doch ich hatte ihr bloß von dem Kuss erzählen können. Oder vielmehr davon, wie wir übereinander hergefallen waren und meine plötzliche Unsicherheit uns jäh gestoppt hatte.

Erst als wir fertig waren, uns wieder umgezogen hatten und den Weg durch die Mall in Richtung Aufzug einschlugen, griff Tante Kat das Gespräch noch mal auf.

»Also?«, fragte sie und sah mich erwartungsvoll an. Die geräumigen Hallen der Mall waren auf diesem Stockwerk zu dieser Uhrzeit nahezu leer. Herbstregen prasselte gegen die gläserne Front.

»Was denn?«, fragte ich unschuldig und stakste neben ihr her. Die Muskeln in meinen Beinen kribbelten erschöpft. Summer konnte ebenfalls nicht normal laufen, wir mussten aussehen wie eine Entenfamilie. Ich verkniff mir ein Schmunzeln.

»Ist zwischen dir und diesem Ches etwas passiert?«, fragte Tante Kat mit funkelnden Augen. Summer grinste bereits, sagte jedoch nichts. Aber offenbar war das Kat Antwort genug, denn sie nickte im nächsten Moment wissend. »Bekomme ich auch Details?«

Ich seufzte auf, als wir die geschlossen Türen des Personalaufzuges erreichten. Meine Tante hielt ihre Mitarbeiterkarte aus der Buchhandlung vor den Scanner, ehe ein Pfeil über den Metalltüren aufleuchtete.

»Ches und ich haben uns geküsst«, gab ich schließlich zu.

Sie nickte, so als würde sie das nicht überraschen.

»Und?«, fragte sie, als ich nichts weiter hinzufügte. Die Türen öffneten sich, und wir gingen in den Aufzug.

Ich stützte mich ächzend an der Spiegelwand ab und spürte, wie ein nervöses Ziehen durch meinen Bauch ging. Verdammt, jetzt war ich also nicht nur verlegen, wenn Ches und ich im selben Raum waren, ich wurde auch schon befangen, von ihm zu sprechen.

»Na ja, ich weiß es nicht. Danach ist es irgendwie komisch geworden.«

»Dann seid ihr euch nicht noch einmal nähergekommen?«

»Nein«, murmelte ich. »Wir sehen uns kaum. Da wird es schwer. Außerdem war er …«

Im letzten Moment stoppte ich mich und biss mir auf die Zunge. Gott, beinahe hätte ich mich verplappert und etwas zu Ches' Kämpfen gesagt. Gut, dass weder Summer noch Kat wussten, wie blau sein rechtes Auge war. Diese Woche hatte er zweimal gekämpft, aber nur einmal gewonnen. Sein Kiefer war angeschwollen gewesen, und auf seinen Rippen waren einige große Blutergüsse hinzugekommen. Ich war entsetzt und wütend gewesen, und ich verabscheute den Käfig mit jedem Tag mehr.

»Außerdem war er viel arbeiten«, korrigierte ich mich, bevor eine von ihnen misstrauisch werden konnte, und wich ihren Blicken aus.

»Hat er dich nicht mal um ein Date gebeten?«, fragte Tante Kat erschrocken. »Wie lange ist der Junge schon bei dir? Zwei Wochen, oder?«

»Ja«, antwortete ich und wurde rot. Es waren tatsächlich schon zwei Wochen. Und so gerne ich auch etwas anderes behauptet hätte – der Großteil in mir wollte, dass er noch länger blieb.

Summer schüttelte den Kopf und schnalzte mit der Zunge. »Ich verstehe euch zwei nicht. Ihr würdet so gut zusammenpassen, und Thorsus ist wirklich ein guter Kerl.«

»Wer?«, fragte Kat verwirrt.

»Lange Geschichte.«

»Ich habe einfach das Gefühl, dass wir besser nur Freunde sein sollten«, sagte ich – und hob eine Hand, als Kat und Summer ungläubige Laute ausstießen. »Damit sage ich nicht, dass ich nicht gerne mit ihm auf ein Date gehen würde. Aber es wäre sicherer, wenn wir nur Freunde wären. Sicherer für mich. So kurz nach Jason, meine ich.« Ich hoffte, dass das Summer und meine Tante zufriedenstellen würde – auch wenn es mit der Wahrheit nur am Rande zu tun hatte. Denn die Wahrheit war: Wie Ches mich durcheinanderbrachte, war besorgniserregend. Er erweckte Gefühle in mir, von denen ich nicht wusste, dass ich sie so stark empfinden konnte. Und das machte mir Angst, genau wie das Gefühl, nicht ich selbst zu sein, wenn er in der Nähe war. Seit mein Dad gestorben war, brauchte ich Halt im Leben. Und nichts gab mir mehr Halt, als die Kontrolle zu haben. Früher hatte ich immer geglaubt, Jason würde mir Halt geben, doch spätestens, als er mich hatte fallen lassen und ich hart auf dem Boden der Realität aufgekommen war,

war mir klar geworden, dass ich diesen Teil selbst übernehmen musste. Das war es auch, was ich mir immer und immer sagte, seit Ches und ich beinahe miteinander geschlafen hatten. Vielleicht würde ich es irgendwann selbst glauben.

»Scheiß auf Sicherheit!«, sagte Tante Kat, als der Aufzug in der Tiefgarage hielt. »In deinem Alter sollte man noch nicht über Sicherheit nachdenken! Safer Sex – ja. Sicherheit – nein. Hör auf dein Herz und schalte endlich mal deinen Kopf aus.«

Entsetzt sah ich meine Tante an. »Hast du das gerade wirklich gesagt?«

Sie grinste frech, was sie um einiges jünger wirken ließ als ihre Mitte vierzig. »Das ist mein Ernst, Ella. Ich kann verstehen, dass du nach allem, was mit Jason war, Angst hast. Aber wenn du Ches wirklich magst, solltest du dem vielleicht einfach nachgeben und es nicht so zerdenken.«

Summer nickte. »Meine Rede!«

Wir verließen mit noch immer staksenden Schritten den Aufzug und folgten Kat zu ihrem Auto. Einen Moment später saß ich endlich auf der Rückbank und stieß erschöpft den Atem aus. Als Kat sanft und ohne hektische Manöver aus dem Parkhaus fuhr, wusste ich ihren Fahrstil zum ersten Mal wirklich zu schätzen. Vielleicht würde ich fortan jeden Fahrstil zu schätzen wissen, jetzt, wo ich die Autofahrt mit Lenny überlebt hatte.

»Ich habe eine Idee«, sagte Kat und schaltete denn Scheibenwischer auf höchste Stufe, als wir aus dem Parkhaus in einen Vorhang aus Regen fuhren, der in Strömen vom düsteren Himmel fiel. »Wie wäre es, wenn du Ches für Thanksgiving einlädst?«

Überrascht sah ich sie durch den Rückspiegel an. Thanksgiving war schon in ein paar Wochen. Im ersten Moment wollte ich energisch protestieren, aber … tatsächlich gefiel mir die Idee. Wahrscheinlich würde Ches über die Feiertage nicht nach Hause fahren. Die Vorstellung war ein wenig absurd, wenn man bedachte, dass das, was er im Käfig tat, kein herkömmlicher Job war. Und ich wusste ja immer noch nicht, was ihn zu Hause erwartete. Was ihn vielleicht sogar von dort vertrieben hatte.

»Klingt nach einer tollen Idee«, sagte ich schließlich und lächelte. »Ich werde ihn heute fragen und dir und Mum dann Bescheid geben.«

»Und du gibst mir Bescheid, wenn die Bombe endlich hochgegangen ist«, sagte Summer und warf mir über die Schulter einen Blick zu. Sie schwieg einen Moment. »Mit Bombe meine ich übrigens Sex.«

»Oh mein Gott«, stöhnte ich und vergrub das Gesicht in den Händen. Kat lachte laut, was mir letztendlich auch ein Kichern entlockte.

Meine Tante setzte mich zu Hause ab. Die Bäume in meiner Straße waren mittlerweile fast so rot wie die Häuser aus Ziegelsteinen. Der Herbstregen war unnachgiebig und rann in kleinen Bächen an den Rinnsteinen entlang.

»Danke für die Fahrt«, sagte ich und schnallte mich ab. Mittlerweile waren meine Beine schwer wie zwei Betonklötze. Mit aller Kraft zwang ich mich, auszusteigen.

»Wir sehen uns nächste Woche!«, rief Tante Kat. Summer bedeutete mir mit den Händen, dass sie mir später schreiben würde.

Ich lächelte, schloss die Autotür und eilte zur Haustür. Wie immer war sie offen, und ich stolperte ins Treppenhaus. Seufzend rieb ich mir den Regen aus dem Gesicht und schüttelte mich. Das müde Pochen in meinen Beinen war unerträglich, und ich sehnte mich nach einer Jogginghose, einer großen Tasse Tee und ein paar Folgen irgendeiner Krimiserie auf Netflix. Zu blöd, dass zwei ganze Stockwerke zwischen mir und diesem Traum lagen.

Ich kam genau fünf Stufen weit, bis ich auch schon aufgab. Ächzend setzte ich mich und lehnte meinen Kopf gegen die Metallstreben des Treppengeländers. Für einen Moment schloss ich die Augen und lauschte dem Regen. Ein kühler Zug drang durch die kaputte Tür und ließ sie klappern.

Hier war es doch gar nicht so schlecht. Irgendwie würde ich mich schon arrangieren können. Es gab sicher weitaus ungemütlichere Schlafplätze als eine kalte, steinerne Treppe. Ich würde ja auch nur für ein paar Tage hierbleiben, bis ich endlich die Kraft aufbrachte, die restlichen Stufen bis in meine Wohnung zu erklimmen. Ich könnte mich mit meinen Sportsachen zudecken, und in meiner Wasserflasche müsste sogar noch ein kleiner Rest übrig sein. Der würde mich die nächsten Tage schon versorgen.

In diesem Moment öffnete sich die Haustür. Erschrocken riss ich die Augen auf.

Von allen Menschen, die in diesem Moment das Haus hätten betreten können, war es natürlich ausgerechnet Ches. Er schloss hastig die Tür, drehte sich um und kam schlitternd vor der Treppe zum Stehen, als er mich erblickte.

Wir starrten uns an. Er war vollkommen durchnässt, als hätte er sich vollbekleidet unter die Dusche gestellt. Die Haare klebten ihm am Kopf, und ein stetiges Tropfen war in der Stille des Flurs zu vernehmen.

»Hi«, sagte ich leichthin. Wenn ich Glück hatte, würde er einfach an mir vorbeigehen und die Szene unkommentiert lassen. Doch natürlich hatte ich nicht so viel Glück.

Seine Mundwinkel zuckten, und er runzelte die Stirn. »Ella, was machst du da?«

»Gar nichts.«

»Du sitzt auf der Treppe.«

»Ich weiß. Ist gar nicht so übel.« Jetzt musste ich mir selbst ein Lächeln verkneifen. »Du bist übrigens klitschnass.«

»Oh, wirklich?« Er fasste sich in gespielter Überraschung an seine triefende Jeansjacke. »Seltsam, das ist mir auf dem Weg von der Werkstatt hierher gar nicht aufgefallen.« Er trat auf die erste Stufe und blickte auf mich hinab. Ich blickte mit großen Augen zurück, und ein belustigtes Schmunzeln breitete sich auf seinen Lippen aus. »Ich nehme mal an, dass das Spinning hart war?«

»Du hast ja keine Ahnung«, erwiderte ich. »Ich glaube, ich kann diese Stufe nie wieder verlassen. Vielleicht gebe ich ihr einen Namen und richte mich hier häuslich ein. Würdest du mir vielleicht den Gefallen tun und mir mein Kopfkissen herbringen?«

Er lachte und schüttelte den Kopf. »Heb die Arme, ich trage dich.«

»Nein!« Ich versteifte mich, und Hitze schoss mir ins Gesicht. »A-auf keinen Fall. Außerdem bist du total nass.«

»Komm her.« Er umfasste meine Hände, und mein Magen zog sich bei dem Gefühl zusammen.

Ches zog mich hoch und schlang anschließend einen Arm um meine Mitte.

Ich quiekte auf und wand mich. Er war eisig und nass.

Ches grinste bloß, fischte meine Sporttasche vom Boden auf und half mir dabei, die Stufen zu erklimmen.

»Ich wiederhole mich ja nur ungern, aber wir würden viel schneller vorankommen, wenn ich dich einfach tragen würde«, bemerkte er – doch ich sah den Schalk in seinen Augen. Ich schüttelte den Kopf, während ich mich von ihm die Treppen hochziehen ließ. Dabei klammerte ich mich an ihn wie ein Äffchen. »Nein. Ich bin weder Jane, noch bist du Tarzan. Das eine Mal war einmal zu viel!«

»Na schön«, sagte er leichthin. »Aber behaupte später nicht, ich hätte es dir nicht angeboten.«

Als wir meine Wohnung endlich erreichten, wimmerte ich und klammerte mich praktisch mit meinem ganzen Gewicht an ihn. Er grinste, während er die Wohnung aufschloss und wir hineingingen.

Vor Erleichterung seufzte ich auf. »Ich war noch nie so froh, hier zu sein.«

»Gern geschehen.«

Mir fiel auf, dass er gute Laune hatte. Er wirkte entspannt und im Vergleich zu unserem ersten Zusammentreffen beinahe schon wie ein anderer Mensch. Er lachte öfter, er redete mehr. Ich mochte diese Seite von ihm. Das hatte ich auch schon während des Spieleabends festgestellt. Sie sorgte dafür, dass sich ein warmes Gefühl in mir breitmachte.

Unsere Blicke trafen sich, und die Intensität, die sie auslösten, haute mich um. Sie hätte mich wohl in die Knie gezwungen, wenn Ches mich nicht noch immer gehalten hätte.

Langsam streckte er die Hand aus und strich eine Haarsträhne hinter mein Ohr. Seine Knöchel streiften dabei meine Wange, und mein Hals wurde trocken. Die Luft im Raum lud sich auf, wie auch die vergangenen Tage. Doch diesmal fühlte es sich gewaltiger an. War es wirklich möglich, dass ich immer stärker auf ihn reagierte?

Der Moment endete, Ches richtete sich auf und ließ mich los.

»Ich gehe jetzt duschen«, verkündete er, zögerte dann. »Möchtest du … danach vielleicht einen Film sehen? Mit mir?«

Ich starrte ihn an. Er wirkte so todernst, unruhig und angespannt, dass ich beinahe gelacht hätte. Irgendwie war es süß. Kaum zu glauben, doch ihn unsicher zu sehen, rührte mich.

»Okay«, sagte ich lächelnd. »Sehr gerne.«

Er erwiderte das Lächeln, nickte dann und ging anschließend ins Badezimmer.

Ich stieß den Atem aus, als er die Tür hinter sich schloss, und stakste anschließend in mein Schlafzimmer. Die Laken waren noch zerwühlt, da ich vergessen hatte, mein Bett zu machen, und einige frisch gewaschene Kleidungsstücke lagen zu einem Haufen getürmt auf einem Stuhl.

Ich fischte mir eine Jogginghose und ein T-Shirt aus dem Haufen und zog mich um, als es im nächsten Moment an der Wohnungstür klopfte.

Aufstöhnend stakste ich los – wobei ich nicht sonderlich schnell vorankam. Dann öffnete ich die Tür und …

Niemand war da.

Überrascht blickte ich mich um. Der Flur war dunkel, und keine Geräusche waren zu hören.

Ich runzelte die Stirn. Ob ich mir das Klopfen nur eingebildet hatte? Nein. Bestimmt nicht. Vielleicht war es bloß Ches im Badezimmer gewesen und ich hatte das Geräusch falsch gedeutet.

Doch gerade als ich die Tür wieder schließen wollte, fiel mir etwas ins Auge. Etwas, was eben bei unserer Ankunft noch nicht da gewesen war.

Da lag ein Päckchen auf meiner Fußmatte.

Ich hob es auf, sah mich noch einmal im Flur um und schloss schließlich die Tür.

Wie seltsam, auf dem braunen Papier stand weder Adressat noch Absender.

Ich lief mit dem Päckchen zu meinem Sofa, setzte mich und riss die Pappe auf. Unter etwas Füllmaterial steckte ein CD-Rohling in einer durchsichtigen Hülle.

Neugierde machte sich in mir breit, und ich zog die Augenbrauen zusammen. Auf die CD hatte jemand mit einem Edding *»SPIEL MICH AB!«* geschrieben.

Meine Vorfreude wuchs, als ich die CD aus der Hülle nahm, den Fernseher anschaltete und die CD in den DVD-Spieler schob.

Gebannt setzte ich mich zurück auf das Sofa und starrte auf den blauen Bildschirm. Einige Sekunden lang geschah nichts. Dann wurde der Bildschirm schwarz, ehe eine wackelige, selbstgefilmte Aufnahme erschien. Die Szenerie war dunkel und kaum zu erkennen. Ich hörte nur ein stetiges Rauschen und sah schemenhafte Schatten. Etwas quietschte, so als würde jemand eine Tür öffnen. Dann erklangen knirschende Schritte und ein drückender Wind.

Endlich tauchte von irgendwo eine Lichtquelle auf. Es war der Schein einer warm leuchtenden Straßenlaterne. Sie beleuchtete eine ruhige Straße und …

Diese Straße kannte ich. Das war hier, meine Straße. Und wer auch immer die Kamera hielt, lief genau auf mein Haus zu.

Ich erstarrte.

Nur das gedämpfte Rauschen der Dusche war zu hören. Nun kam noch das Pochen meines Herzens hinzu.

Die Kamera fuhr über die Straßenseite, bis sie vor der Eingangstür anhielt. Der Straßenboden auf der Aufnahme war nicht mit Laub bedeckt, und so wie ich es im Schein der Straßenlaterne ausmachen konnte, waren die Blätter an den Bäumen zwar braun, jedoch noch nicht vom Wind abgerissen worden. Die Aufnahme musste schon vor einer Weile gemacht worden sein. Der Kameramann öffnete mühelos die kaputte Haustür und trat in den dunklen Flur. Er schaltete das Licht an, wobei man eine Männerhand auf dem Bildschirm erkennen konnte. Keine, die ich hätte zuordnen können – sie passte weder zu Ches noch zu Mitchell, Creed oder Austin. Nicht einmal zu Jason passte sie. Sie war völlig fremd.

Beinahe lautlos stieg der Unbekannte das Treppenhaus hinauf. Je näher er meiner Tür kam, desto heißer wurde mir. Dann erschien die Männerhand wieder vor der Kamera. Doch sie hielt etwas in der …

»Oh mein Gott«, flüsterte ich und bedeckte meinen Mund. *Was um alles in der Welt?*

Der Fremde hielt eine rote Rose in der Hand und legte sie vor meine Tür.

In diesem Moment entriegelte sich die Badezimmertür, und ich fuhr mit einem spitzen Schrei zusammen, wirbelte herum und sprang auf.

»Ella?«, fragte Ches mit einem Schmunzeln und rieb sich mit einem Handtuch durch die nassen Haare. Er war barfuß, trug bereits seine dunkle Baumwollhose und ein graues T-Shirt. »Was …?« Er verstummte und betrachtete mein Gesicht genauer. Dann ließ er den Blick zum Fernseher weitergleiten.

Seine Miene zerfiel, und das Handtuch glitt ihm aus der Hand.

»Was ist das?«, fragte er beinahe tonlos. Doch seine Reaktion sagte mir, dass er bereits eine Vermutung hatte.

Ich setzte mich mit steifen Gliedern wieder zurück auf das Sofa. Ches setzte sich neben mich, und wir sahen stumm dabei zu, wie eine neue Aufnahme einen anbrechenden Tag zeigte und der Unbekannte wieder ins Treppenhaus eindrang.

Diesmal machte er nicht vor meiner Wohnung halt. Er steckte einen drahtigen Gegenstand ins Schloss, machte irgendwelche Bewegungen damit und …

Es war, als würde ein Blitz geradewegs durch meine Wirbelsäule fahren, mich paralysieren.

Mir wurde schlecht.

Der Mann betrat meine Wohnung.

Oh Gott, irgendetwas stimmte hier nicht.

»Fuck«, flüsterte Ches neben mir.

Die Kamera schwenkte umher. Langsam schloss der Unbekannte

die Tür hinter sich und schlenderte durch alle Räume. Er betrat mein Schlafzimmer … und dort lag ich.

Ich konnte mich nicht bewegen. Mir war eiskalt.

Der Unbekannte richtete die Kamera auf mein schlafendes Gesicht. Er streckte seine Hand aus und strich mit seinen dreckigen Fingern über mein Haar. Schwere Atemgeräusche erklangen.

Das Herz klopfte mir fest gegen die Brust, und Tränen brannten vor Entsetzen in meinen Augen. Ein Albtraum. Das musste ein Albtraum sein. Ein Schluchzen entfuhr mir, und ich presste meine Finger fester gegen meine Lippen.

Noch eine neue Aufnahme startete, diesmal am hellllichten Tage, aber ich hielt es keine Sekunde länger aus. Ich schaltete Fernseher und DVD-Player mit der Fernbedienung ab.

Ches und ich saßen wortlos nebeneinander. Ich zitterte, als hätte ich in nichts als einem Sommerkleidchen ewige Stunden im Schneesturm verbringen müssen. Aber die Kälte kam von innen, und ich konnte nichts tun, als sie schließlich Besitz von mir ergriff. Mein Magen hatte sich so stark zusammengezogen, dass er auf die Größe einer Rosine zusammengeschrumpft sein musste, und jegliche Härchen auf meinen Armen hatten sich aufgestellt.

Jemand war in meine Wohnung eingebrochen, so mühelos, als hätte er einen Schlüssel gehabt. Und es war nicht Jason gewesen, der die Rosen hinterlassen hatte, wie ich es geglaubt hatte. *Er* hatte Rosen hinterlassen. *Er* hatte mich verdammt noch mal berührt. Ich hatte geschlafen, und dieser Mann hatte genau vor mir gestanden, in meinem Schlafzimmer.

Ich schluchzte wieder auf, zu entsetzt, um richtig zu weinen. »Wer war das?«, fragte ich mit hohler Stimme und zerriss damit die drückende Stille.

Ches zuckte zusammen, antwortete aber nicht. Seine Miene war kalkweiß, so als hätte er ein Gespenst gesehen.

»Ches?«, hakte ich nach.

Er sah mich mit leeren Augen an. Und dieser Ausdruck darin jagte mir beinahe noch mehr Angst ein als das Video. Es sah aus wie Akzeptanz und ein gewisses Maß an Hoffnungslosigkeit.

Er stand auf und begann hin und her zu tigern. »Das ist meine Schuld.« Seine Stimme triefte vor Bitterkeit. »Das ist allein meine Schuld.«

Trotz meiner protestierenden Muskeln stand ich auf. »Wer war das, Ches?«, fragte ich noch einmal, diesmal energischer. Das Herz klopfte mir bis zum Hals.

Seine Schultern waren angespannt und hoben und senkten sich mit jedem flachen Atemzug. Er drehte sich langsam zu mir herum, wagte es jedoch nicht, mir in die Augen zu sehen. »Der Kerl heißt Marcus. Er arbeitet für Rory.«

Rory.

Der Name war wie ein Schlag in die Magengrube.

Ich hätte es mir denken können. Immerhin war es naheliegend. »Aus Rache?«, flüsterte ich. »An mir?«

Ches schüttelte den Kopf, doch erst als er sprach, merkte ich, dass es keine Antwort auf meine Frage war. »Ich hätte wissen müssen, dass dieser Abend im Käfig größere Konsequenzen nach sich ziehen würde.«

»Was meinst du damit? Größere? Dann hat es schon Konsequenzen gegeben? Was hat er getan?«

Er wich meinem Blick aus und zögerte lange, so als wollten ihm die nächsten Worte nicht über die Lippen kommen. »Er hat mich gegen Leute antreten lassen, die auf irgendwelchen Putschmitteln waren. Deshalb habe ich auch so viel trainiert, ich wusste, dass Rory mich auf allen vieren sehen wollte. Er wollte mich genauso demütigen, wie ich ihn gedemütigt habe. Vielleicht hätte ich mich einfach verprügeln lassen sollen, dann wäre er glücklich gewesen und hätte dich nicht ins Visier genommen. Aber ich habe mich gewehrt. Deshalb ist das hier meine Schuld.«

Mit bebenden Fingern fuhr er sich durch die feuchten Haare und atmete tief durch – und dieser Anblick sorgte dafür, dass sich mein Hals zusammenschnürte.

Ich musste endlich der Wahrheit ins Auge blicken. Ches war verdammt noch mal Kämpfer an einem geheimen Ort im Untergrund, in welchem die Mafia involviert war. Ich sollte endlich versuchen, das Ausmaß von alldem zu begreifen und als Tatsache zu akzeptieren, anstatt es zu verdrängen. Denn genau das hatte ich getan. Ich hatte nicht versucht, heimlich in den Käfig einzudringen, um Ches kämpfen zu sehen. Ich hatte ihn nicht weiter mit Fragen gelöchert, bis ich genau wusste, was Sache war. Und ich hatte ignoriert, dass er mich gewarnt hatte. Davor, dass es gefährlich für mich war, ihm nahe zu sein. Ich hatte es ignoriert, verdammt, weil ich egoistisch war und meine Gefühle mich abgelenkt hatten.

Das hatte ich jetzt davon. Ich konnte mir nicht vorstellen, mich hier je wieder sicher zu fühlen, in meiner Wohnung. Mein Traum, mein Weltreise-Ersatz.

»Ches, du musst mir endlich sagen, was hier eigentlich los ist«, verlangte ich und ergriff seinen Arm. »Sag mir endlich, was es mit Rory und dir auf sich hat.«

Da zog er mich so unerwartet in eine Umarmung, dass mir ein überraschter Laut entfuhr. Ich schlang meine Arme um ihn und vergrub das Gesicht an seiner Halsbeuge, nasse Haare kitzelten meine Wange. Er streichelte mir über den Kopf und presste seine andere Hand auf mein Kreuz. Es war, als würde er versuchen, mich durch diese Umarmung zu beschützen, mich abzuschirmen vor dem Grauen und vielleicht auch vor dem, was er mir gleich erzählen würde.

Wir setzten uns zurück aufs Sofa, doch Ches ließ mich nicht mehr los. Seine Arme waren noch immer um mich geschlungen, und sein Oberschenkel presste sich fest an meinen. Seine Nähe gab mir Trost, und ich wollte unbedingt glauben, dass dieses Gefühl von Sicherheit echt war.

»Rory ist einer der gefährlichsten Menschen, die ich kenne«, begann er endlich. Seine Stimme war nicht laut, aber klar und deutlich zu verstehen. »Er ist einer der Sponsoren des Käfigs. Er zahlt eine beträchtliche Summe, um im Käfig mitzuwirken. Er tut das nicht, weil er einen gemeinnützigen Hintergedanken hat – ich weiß nicht mal, ob er weiß, was das Wort bedeutet. Er erhofft sich durch die Gelder auch kein Schutz vom Käfig, sondern lediglich eine Ausweitung seines Netzwerkes. Ich habe keine Ahnung, in was für illegale Geschäfte dieser Mann verstrickt ist, aber ich bin mir sicher, dass man besser dran ist, es nicht zu wissen. Als Sponsor des Käfigs«, fuhr er fort, diesmal noch widerstrebender, »gibt es aber noch mehr Möglichkeiten, Geldsummen beizutragen. Man kann an den Wetten der *Bet Fights* teilnehmen. Oder aber man nimmt nicht nur teil, sondern heimst auch noch jeden Gewinn eines Kämpfers ein.«

Er hatte mir gesagt, dass er für Rory kämpfte. Was bedeutete es? Welche Macht hatte er über Ches?

Mein Innerstes war zum Zerreißen angespannt, als er endlich wieder den Mund öffnete, um zu antworten. Seine Miene wirkte gequält.

»Er profitiert von den Kämpfen, indem er Kämpfer besitzt. Sie … sind sein Eigentum.«

Einen Herzschlag lang, dann zwei starrte ich ihn an. Der Blitz, der durch mich hindurchfuhr, war weder zu hören noch zu sehen, doch ich spürte seine fatalen Auswirkungen in jeder Faser meines Körpers.

»Was?«, flüsterte ich. »Bitte sag mir nicht, dass Rory … dass er dich …« Ich konnte es einfach nicht aussprechen, es ging einfach nicht. Mir wurde schlecht.

Ches ließ mich los, ganz so, als könnte er es nicht mehr ertragen, mich zu berühren. Er stützte die Ellbogen auf den Knien ab und ließ den Kopf tief hängen. »Ich bin ein Nichts«, flüsterte er. »Nichts weiter als einer seiner Köter, die sich für ihn im Kampf zerfleischen lassen.«

»Wieso? Wieso machst du das? Wieso um alles in der Welt bist du im Käfig, Ches?«

»Ich kann nicht, Ella. Ich kann nicht darüber reden. Ich habe in der Vergangenheit etwas Furchtbares getan, und dafür muss ich jetzt zahlen.« Seine Stimme brach. »Das hier ist meine Strafe. Ich gehöre hierher. Ich gehöre in den Käfig.«

»Nein!«, sagte ich, heftiger als beabsichtigt. Doch die plötzlichen Gefühle, die in mir aufkochten, waren nicht zu stoppen. Ich streckte meine Hand aus und legte sie ihm auf den Rücken. Ich kämpfte gegen das Brennen in meinen Augen an. »Du gehörst nicht in den Käfig, Ches! Niemand gehört dorthin.«

Er setzte sich auf und sah mich mit gefurchter Stirn an.

»In meiner Vergangenheit sind Dinge passiert, die ich mir nicht verzeihen kann. Und ich sagte dir schon, dass ich im Käfig bin, um mich zu verstecken. Ich brauche den Käfig. Er schützt mich. Rory schützt mich.«

»Das ist dein Arrangement?«, flüsterte ich. »Du versteckst dich hier und kämpfst für Rory?«

Wenn Rory in dieser Geschichte derjenige war, der Ches Schutz bot, und Ches all das mit sich machen ließ … Die Härchen in meinem Nacken stellten sich auf. Gott, mit wem hatte er sich angelegt, wenn Rory in dieser Konstellation das kleinere Übel war?

»Ich habe keine andere Wahl, Ella«, erwiderte er hoffnungslos. »Ich mache das nicht nur für mich. Ich beschütze damit meinen Bruder. Ich …«

Er fluchte und rieb sich mit den Händen über das Gesicht.

Ich wollte unbedingt wissen, wie dieser Satz ausging. Ches hatte einen Bruder. Er beschützte ihn. Wovor und wieso? Doch er ließ den Satz in der Luft hängen und griff ihn nicht wieder auf.

»Ich muss in den Käfig«, sagte er plötzlich und stand auf. »Jetzt gleich. Rory wird dich nicht noch einmal belästigen, dafür sorge ich.«

»Warte!« Ich sprang auf und stellte mich ihm in den Weg. »Du kannst doch nicht einfach zu ihm gehen und ihn zur Rede stellen! Was, wenn er dir etwas antut?«

»Ich kann und ich werde, Ella.«

»Und was ist mit mir?«, fragte ich schrill. Die Tränen wurden immer schwerer zurückzuhalten. Ich würde vollkommen durchdrehen, wenn er mich heute Nacht allein ließ! Dieser Irre konnte jederzeit einfach in meine Wohnung eindringen!

»Was ist, wenn dieser Marcus zurückkommt?« Meine Stimme überschlug sich beinahe.

Ches fluchte. Dann bückte er sich und holte sein Handy aus dem

Seesack neben dem Sofa. »Ich rufe Creed an. Er wird dich an einen sicheren Ort bringen.«

»An einen sicheren Ort«, wiederholte ich wie betäubt. Ich kam mir vor wie in einem schlechten Film.

Doch Ches hielt sich bereits das Telefon ans Ohr. Einen Moment später sprach er mit Creed und erzählte ihm kurz und knapp, was passiert war.

Ich hörte ihm regungslos zu. Ich war selbst dann noch regungslos, als er auflegte und sich wieder zu mir umdrehte.

»Ella, alles wird gut«, sagte er eindringlich und legte mir die Hände an die Wangen. Ein Tosen lag in seinen grauen Augen. »Creed wird dich zu Carla bringen. Rory kommt nicht noch einmal in deine Nähe, dafür sorge ich.«

Eigentlich hätte es mich nicht überraschen sollen. Carla war meine Freundin und seine und Ches' ebenfalls, und in alle Geschichten des Käfigs war sie eingeweiht. Zumindest glaubte ich das. Aber ich war noch nie bei Carla gewesen. Auch nicht zu Schulzeiten, als sie uns noch nicht so ausgeschlossen hatte. Ich wusste nicht einmal, wo sie momentan wohnte. Aber hatte ich eine Wahl? War es leichtsinniger, Ches zu vertrauen, als hier allein darauf zu warten, wann ich das nächste Mal ungebetenen Besuch bekam? Wohl kaum. Zumal noch immer jede Faser in mir sagte, dass Ches ein guter Mensch war, ganz gleich, was er mir erzählte. Er hatte es nicht verdient, im Käfig festzustecken, was auch immer er getan hatte.

Ich zog ihn näher zu mir, stellte mich auf die Zehnspitzen und küsste ihn.

Er erwiderte den Kuss nur einen Wimpernschlag später, und das weitaus drängender, als ich erwartet hatte. Er hatte etwas Verzweifeltes an sich, war erfüllt von Dringlichkeit und Hunger und Sorge. Leidenschaft entbrannte in mir, und mein Hals wurde eng. Wir pressten unsere Lippen atemlos aneinander, ich vergrub meine Hände in seinen Haaren und schmiegte meinen weichen Körper an seine harte Brust. Seine Hände glitten unter mein Shirt, und das Gefühl von warmen, rauen Fingern ließ die Haut unter der Berührung beben. Ich stöhnte auf, als er meine Lippen mit seinen öffnete und unsere Zungen sich berührten. Ein schmerzlich-süßes Sehnen trat in meine Mitte, breitete sich von dort aus in meinem ganzen Körper aus. In diesem Kuss steckte mehr. Ich konnte es in dem Verlangen spüren, welches mir den Atem raubte, und der Unersättlichkeit, die meinen Puls in die Höhe trieb. Ich wusste, dass mehr dahintersteckte. Ich *wollte,* dass mehr dahintersteckte. Auch wenn ich Angst hatte. Es fühlte sich richtig an, richtiger als alles andere. In diesem Augenblick schien es völlig unmöglich, dass wir uns je wieder voneinander lösen könnten. Und doch taten wir es.

»Ich muss noch eine Tasche packen, bevor Creed hier ist«, keuchte ich und lief mit steifen Schritten in mein Zimmer.

Als Creed schließlich kam, war meine Tasche gepackt, ich war angezogen und saß stumm am Küchentisch. Genau wie Ches, der in Jeans, einem Shirt und seiner nassen Jacke steckte.

Wir sprangen beide auf, als es an der Tür klopfte, und für einen Moment krampfte sich mein Magen zusammen.

»Ich mach das«, sagte Ches und lief zur Tür.

Kurz darauf atmete ich auf. Es war tatsächlich Creed.

»Können wir los?«, fragte er anstelle einer Begrüßung. Seine Augen blieben an mir hängen, voller unruhiger Sorge. »Ella? Alles klar?«

»Alles bestens«, erwiderte ich und schulterte meine Tasche. »Wir können gehen.«

Zu dritt verließen wir meine Wohnung und liefen nach unten. Als wir in Creeds Wagen stiegen und er den Motor startete, redeten wir nicht. Creed fuhr uns durch die Dunkelheit, der Scheibenwischer wischte quietschend den Regen von der Scheibe, der nicht mehr ganz so heftig war wie vorhin.

Ich bekam nicht mit, wohin wir fuhren. Meine Gedanken drehten sich zu schnell im Kreis. Ich wusste nicht, was mir mehr Angst machte – das, was passiert war, oder das, was noch folgen würde? Ches saß reglos neben mir und starrte ins Nichts, vollkommen in sich gekehrt.

Irgendwann bog Creed ab und fuhr auf einen breiten Parkplatz vor einem etwas heruntergekommenen Wohnkomplex. Vor einigen Fenstern hingen leere, rostige Wäscheleinen. Ein zerrupfter Softball und anderes Spielzeug lagen auf der schmalen Rasenfläche vor dem Gebäude, und das schummrige Farbenspiel von Licht hinter den Fenstern ließ vermuten, dass einige Bewohner den Fernseher laufen hatten.

Ich entdeckte eine Gestalt unter einem schmalen Vorsprung neben einer der Eingangstüren. Sie hatte die Kapuze tief ins Gesicht gezogen und die Arme um sich geschlungen.

Creed stellte den Motor ab und drehte sich zu mir um. »Wir sind jetzt da, Ella. Carla wartet schon auf dich, bei ihr wirst du heute Nacht sicher sein.«

Ich blickte zu Ches, und er erwiderte meinen Blick.

»Sei vorsichtig, okay?«, sagte ich leise. Ich streckte die Hand aus und schloss sie um seine. Er legte seine andere Hand darüber, was mich schlucken ließ. »Pass auf dich auf, Ches.«

»Ich hole dich morgen Abend bei Carla ab. Versprochen.« Er lehnte sich zu mir und drückte seine Lippen auf meine Stirn. Die intime Geste sorgte dafür, dass ich mich verletzlich und kostbar zugleich fühlte.

Langsam löste er sich von mir.

Dann schnallte ich mich ab, nahm meine Tasche und stieg aus dem Wagen.

KAPITEL 20

Carlas Zuhause war nicht das, womit ich gerechnet hatte. Und vor allem waren ihre Mitbewohner nicht das, womit ich gerechnet hätte. Tatsächlich hatte ich mit überhaupt nichts gerechnet. Ich hatte nie darüber nachgedacht wie Carla lebte. Ich wusste, dass sie noch zwei kleine Brüder hatte, als ich sie jedoch zuletzt gesehen hatte, war einer von ihnen ein Kleinkind, der andere ein Baby gewesen.

Carlas Wohnung war winzig. Allein schon das Wohnzimmer: Ein kleiner Fernseher, eine durchgesessene Ledercouch und ein massiv wirkender Esstisch füllten beinahe den gesamten Raum. Jemand hatte jeden der Holzstühle in einer anderen Farbe angemalt, was dem Raum etwas Tröstliches verlieh. Durch einen Rundbogen, vor welchem ein bunter Perlenvorhang hing, gelangte man in die kleine Küche, die wohl noch aus den Siebzigern stammen musste: dunkelbraune, klobige Schränke, ein abgenutzter Herd und vergilbte Motivtapete.

Und dann waren da noch Carlas Brüder. Oskar und Mateo. Anscheinend waren sie ziemlich regelmäßig hier, denn überall lagen ihre Sachen rum, und ihre Namen standen, auf Papier gekritzelt, an einer Tür, die vom Wohnzimmer abging.

Es war Carla sichtlich unangenehm, dass ich bei ihr war, aber sie schickte mich nicht fort. Sie war besorgt und hatte mir auf dem abgewetzten Sofa einen Schlafplatz arrangiert. Ihr mussten Dutzende Fragen unter den Nägeln brennen, von denen sie allerdings keine stellte.

»Brauchst du noch etwas?«, fragte sie nur, nachdem sie mir ein Wasserglas auf den Couchtisch gestellt hatte. Ihre dunklen, welligen Haare waren zu einem unordentlichen Knoten zusammengebunden, und sie trug einen Pyjama voller lächelnder Sonnen und Monde.

Ich saß auf meinem Nachtlager und hatte die Arme um mich geschlungen. »Nein«, murmelte ich. »Danke, dass ich hier schlafen darf.«

»No problemo«, sagte sie, trat zu mir und küsste meine Wangen, so wie sie es ab und an tat, wenn sie mich oder die anderen begrüßte. »Wir reden morgen, Ella. Ruh dich aus und mach dir keine Gedanken. Die Jungs wissen schon, was sie tun.«

Ich presste die Lippen aufeinander. »Ich hoffe es. Ich will nicht, dass Ches … Es soll ihm nichts passieren.«

Carlas Miene wurde weicher, und sie seufzte. »Du bist in ihn verliebt.«

Mein Blick schoss hoch zu ihr. Weder in ihren Worten noch in ihrem Tonfall hatte eine Frage gesteckt. Es war eine Feststellung. *Du bist in Ches verliebt.*

Ich konnte nicht mehr denken. Nicht heute Abend.

»Ich weiß es nicht«, gestand ich, auch wenn ich glaubte, die richtige Antwort bereits zu kennen. Doch ich wollte sie nicht aussprechen. Es hätte nichts als Ärger bedeutet, das wusste ich besser als je zuvor, weshalb ich es vielleicht auch niemals tun sollte.

Carla nickte bloß, bohrte nicht nach, wofür ich ihr dankbar war, sondern wünschte mir nur eine gute Nacht und zog sich dann in ihr Zimmer zurück. Kaum zu glauben, dass Carla und Lenny tatsächlich zusammen hier lebten und scheinbar noch mit Mateo und Oskar? Und, wenn das der Fall war, dann ja wohl auch mit ihrer Mum. Oder ihrem Dad? Ich wusste es nicht, und ich fragte mich, wie so viele Menschen hier unterkommen sollten. Und ich hatte geglaubt, meine Wohnung wäre klein.

Ich trank das Wasserglas, das Carla mir hingestellt hatte, in einem Zug leer, deckte mich zu und vergrub das Gesicht in dem nach frischer Wäsche riechenden Kissen. Ich war plötzlich todmüde. Und es dauerte nicht lange, bis ich trotz meiner lauten Gedanken in einen erschöpften, unruhigen Schlaf fiel.

Der nächste Tag startete früh. Noch vor acht Uhr war ich geweckt worden, da Carlas Tante vorbeigekommen war, um die Jungs zum Fußball zu fahren. Mateo und Oskar hatten sich nicht mehr an mich erinnern können, weshalb wir uns noch einmal einander vorgestellt hatten, ehe sie gingen und den hektischen frühmorgendlichen Lärm mit sich nahmen. Erst nachdem Carla Kaffee gekocht und wir uns an den Holztisch gesetzt hatten, der viel zu groß war für den kleinen Raum, stellte sie endlich die Frage, die sie seit letzter Nacht am meisten umtreiben musste.

»Was ist gestern Abend passiert, Ella?«

Ich grub die Zähne in meine Unterlippe. Allein der Gedanke daran sorgte dafür, dass mir anders wurde. »Eine Video-CD«, sagte ich schließlich. Dann erklärte ich kurz und knapp, was darauf zu sehen war, und beobachtete, wie sich Carlas Augen weiteten. Trotz ihrer karamellfarbenen Haut wurde sie blass.

»Ay juemadre«, flüsterte sie. »Wieso um alles in der Welt sollte Rory so etwas tun?«

Ich hatte den Namen nicht einmal fallen lassen müssen, damit sie wusste, wer verantwortlich war.

»Ches und Rory sind vor ein paar Wochen aneinandergeraten.«

Carla saß plötzlich kerzengerade da. »Aneinandergeraten? Was meinst du damit?«

»Als ich mit Summer und Sav im Käfig war, hat er Fairy Dust in meinen Drink getan und wurde aufdringlich. Ches ist wie aus dem Nichts aufgetaucht und hat ihm eine runtergehauen.«

Carla stieß einen kurzen Schrei aus und sprang von ihrem Stuhl auf. *»Ay no! Hijo de puta!«*

»Was?«

Carla raufte sich die Haare. »Dieser Esel! Was denkt er sich dabei? Waren viele Leute da, die das gesehen haben?«

»J-ja, ich denke schon«, erwiderte ich.

Carla stieß eine unverständliche Schimpftirade auf Spanisch aus und rieb sich mit der Hand über die Stirn. »Es ist Wochen her, ja? Rory hat Leuten schon für weniger demütigende Dinge Schlimmeres angetan. Er hat dir also einfach nur Rosen geschickt, und Ches blieb unversehrt? Dieser *Idiota.* Dann war das nur der Anfang.«

Bittere, saure Angst stieg in mir auf.

Nur der Anfang.

»Oh nein«, stieß ich hervor, als mir etwas dämmerte. Ich sprang ebenfalls auf. »Ches und Creed sind gestern Nacht in den Käfig gefahren.«

Carla erstarrte. Ihre Miene wurde starr vor Entsetzen. »Sag mir, dass das ein gottverdammter Scherz ist.«

Ich schüttelte hektisch den Kopf. »Ches hat gesagt, er will das mit Rory klären. Vielleicht wollte er nur mit ihm reden. Vielleicht wollte er …« Um Verzeihung bitten? Ich würde mich lächerlich machen, wenn ich diesen Gedanken aussprach. Im Käfig galten andere Regeln, und Ches hatte gesagt, dass Rory ihn auf allen vieren sehen wollte. So jemanden bat man nicht einfach um Verzeihung.

»Oh Gott, was machen wir jetzt?« Mein Atem beschleunigte sich. »Wir müssen die Polizei rufen!«

»Spinnst du?«, fauchte Carla, kam um den Tisch und riss mir mein Handy aus der Hand, welches ich mir gerade aus der Hosentasche gezogen hatte.

»Wenn du ihm die Polizei auf den Hals hetzt, wird Rory Ches umbringen! Er ist unantastbar, Ella. Er hat seine Leute überall, auch im Fletcher Police Department.«

Mit abgehackten Schritten stakste ich zum Sofa und packte meine Sachen zusammen. »Darf ich dein Auto benutzen?«

»Nein, darfst du nicht. So lebensmüde, wie du bist, würdest du noch auf die glorreiche Idee kommen, höchstpersönlich zum Käfig zu fahren.«

»Ich will bloß nach Hause und nachsehen, ob Ches dort ist. Er hat gesagt, dass er mich heute Abend abholen wird, aber ich kann nicht so lange warten.«

»Wir fahren zusammen«, sagte Carla mit einem Ton, der keinen Widerspruch duldete. »Ich versuche Creed anzurufen. Hoffentlich geht es ihnen gut.«

Ich nickte und schlüpfte hastig aus meinem Pyjama. Jeder Muskel in mir war steif wegen des Trainings und schmerzte höllisch – ganz wie erwartet. Aber der Plan für heute war ja auch gewesen, zu lernen, meine Einhorntasse mit einem Haufen Kakao und Marshmallows zu füllen und anschließend den Rest des Tages in der schlabbe-rigsten Kleidung zu verbringen, die ich besaß. Vorzugsweise zusammen mit Ches. Wütende Tränen stiegen mir in die Augen. Das war doch einfach nicht fair.

Als ich fertig mit Packen war und mir gerade die Jacke überzog, kam Carla aus ihrem Zimmer zurück. »Ich konnte Creed nicht erreichen«, sagte sie angespannt. »Wenn wir weder ihn noch Ches in deiner oder Creeds Wohnung antreffen sollten, werde ich Vince Bescheid geben.«

»Lennys Onkel?« Vince war Ches' Freund, das wusste ich.

Carla nickte, zog ihre langen dunklen Haare aus dem Pullover und schlüpfte in eine Jacke. »Was glaubst du, woher Lenny und ich die Jungs kennen? Vince hat sie uns vorgestellt. Sie haben sich im Käfig kennengelernt. Bei den Fights.« Sie sah mich vielsagend an, dann wandte sie den Blick ab und schnappte sich die Autoschlüssel von einem unordentlichen Stapel Schulaufgaben ihrer Brüder, welcher auf dem Esstisch lag.

Oh. War Vince also ebenfalls Kämpfer? Aber das ging mich nichts an, und das Thema war bereits heikel genug, darum stellte ich die Frage nicht laut.

Wir verließen die Wohnung, hasteten durch einen schmalen, muffig riechenden Flur nach draußen und steuerten Carlas Auto an. Der Morgen war kalt, die Luft roch nach feuchtem Laub und frischem Regen, welcher in der Nacht überall Pfützen hinterlassen hatte. Der Himmel war von einer grauen Wolkendecke verhangen, welche jedoch die bunten Farben der Bäume umso mehr erstrahlen ließ.

Während der Fahrt wurde ich zunehmend angespannter. Aufgekratzt kaute ich auf meiner Unterlippe herum und klemmte die Hände zwischen die Knie. Hatte ich es doch gewusst. In den Käfig zu gehen, schien immer eine dämliche Entscheidung zu sein. Ich betete nicht oft, eigentlich gar nicht mehr, seit mein Dad gestorben war. Doch nun tat ich es, hier in Carlas kleinem Auto. Ich betete, dass Ches und Creed nichts geschehen war.

Wir parkten direkt vor dem Haus und eilten zur Eingangstür.

Carla riss sie auf – und blieb schlitternd vor der ersten Stufe stehen, sodass ich unsanft gegen sie knallte.

»Ella, da ist Blut auf der Stufe.«

»Was?« Ich schob mich an ihr vorbei.

Mein Magen verkrampfte sich. Carla hatte recht. Auf den Stufen waren Blutstropfen, nicht sehr groß, doch sie bildeten eine stetige Linie die Treppe hinauf.

»Schnell!«, keuchte ich und rannte los. »Ruf irgendjemanden an! Vielleicht brauchen wir Hilfe!«

Trotz ihrer wie immer hohen Absätze war mir Carla dicht auf den Fersen. Schon im Laufen fingerte ich meinen Wohnungsschlüssel aus der Tasche. Doch als ich ihn ins Schloss steckte, bemerkte ich, dass die Tür gar nicht abgeschlossen war … Leise glitt sie auf, und was mich dahinter erwartete, ließ mich erstarren.

»Dios mio«, flüsterte Carla neben mir.

Das Herz in meiner Brust hörte auf zu schlagen. Mir wurde kalt. So kalt, wie es in mir noch nie gewesen war.

Chaos. Überall.

Alles war verwüstet.

»Nein«, wisperte ich. Mein Mund war staubtrocken. Meine Augen zuckten durch den Raum, konnten nicht alles auf einmal in sich aufnehmen. Doch das Entsetzen schwappte durch meine Adern wie brodelnde, ätzende Säure.

Der Boden war mit glitzernden Scherben übersät. Jemand hatte sämtliche Schubladen und Schränke meiner Küchenzeile aufgerissen und entleert. Überreste von Tellern und Gläsern lagen zerschmettert neben dem umgeworfenen Esstisch. Das goldene Regal mit den Lichterketten war umgestürzt, hing zwischen Sofa und Boden, und überall war die Erde meiner Topfpflanzen.

Ich wusste nicht, wann ich losgelaufen war, weiter in die Wohnung hinein. Die ganze Welt und all ihre Geräusche waren weit weg.

»Ches«, sagte ich lautlos. Mein Herz riss mit jedem Schritt, den ich tat, weiter entzwei. Ich rutschte beinahe auf einer Scherbe aus, und als ich genauer hinsah, sah ich, dass es das goldene Horn meiner Einhorntasse war.

Ich öfnete die Badezimmertür und blieb wie angewurzelt stehen.

Mit dem Rücken an die Kachelwand gelehnt und oberkörperfrei, saß Ches auf dem Boden, die Augen geschlossen. An seinen Schläfen mussten wohl Platzwunden sein sowie über seiner Augenbraue, denn getrocknetes Blut hatte in dunklen Rinnsalen seine Spuren auf seinem Gesicht hinterlassen, war auf seine Brust getropft und dort in Bahnen weitergeflossen, bis es getrocknet war. Eines seiner Augen war stark zugeschwollen, und seine Lippe war blutig und aufgeplatzt.

Ein Schluchzen entfuhr mir. Meine Knie wurden butterweich, als ich vor ihm zu Boden sank und ihm meine zitternden Hände an die Wangen legte. Hinter mir telefonierte Carla bereits mit einem Notdienst.

»Ches«, sagte ich leise. Ich traute mich nicht, ihn zu rütteln, immerhin wusste ich nicht, wo er überall verletzt war, wo er Schmerzen hatte.

Seine Augenlider flatterten. Wie im Delirium blinzelte er mich an. »Ella?«, ächzte er mit rauer Stimme.

»Ich bin hier, Carla auch«, sagte ich und streichelte sanft seine Wangen, dort konnte ich immerhin keine Verletzung ausmachen. Nur getrocknetes Blut.

Ich schloss kurz die Augen. *Reiß dich zusammen. Du musst ihm helfen. Diesmal kannst du helfen. Nicht wie bei Dad. Diesmal kannst du etwas tun.*

»Ella«, murmelte er mit schwer belegter Stimme. »Es … tut mir leid. Ich dachte, ich kann … Aber Rory …« Er hustete, zuckte deshalb jedoch heftig zusammen und stöhnte vor Schmerz auf.

»Der Krankenwagen ist unterwegs«, sagte Carla und erschien neben uns auf dem Badezimmerboden. »Ella, wo hast du Handtücher?«

»In der Kommode neben der Tür«, antwortete ich.

Verdammt noch mal, es wollte mir einfach nichts einfallen, was ich tun konnte, um Ches zu helfen. Ich war eine Erste-Hilfe-Katastrophe!

Carla drehte den Wasserhahn am Waschbecken auf, dann, einen Moment später, kniete sie sich wieder neben uns und drückte mir ein nasses, warmes Handtuch in die Hand. »Hier. Damit bekommen wir wenigstens das Blut ab.«

Sie wirkte vollkommen gefasst, trotz der furchtbaren Ausnahmesituation. Ihre Miene war eisern, doch ihre Hände zitterten. Ich war auf bizarre Weise fasziniert von ihrer Stärke. Wie machte sie das? Und wie konnte ich auch so werden? Denn ich wollte so sein. Nützlich und mit klarem Kopf, nicht panisch und verängstigt.

Vorsichtig tupften und wischten wir Ches über den Oberkörper. Es dauerte nicht lange, bis die weißen Handtücher sich rosig verfärbten und wir sie am Waschbecken auswaschen mussten. Am Gesicht gingen wir besonders vorsichtig vor, doch es nutzte nichts. Die Wunden bluteten zwar nicht mehr, aber Ches war vollkommen zerschlagen.

»Wo ist Creed?«, fragte Carla angespannt. »Wieso ist er nicht hier bei dir, Ches?«

Er atmete flach, und Schweißperlen standen auf seiner Stirn. »Außer Gefahr. Rory hat ihn rauswerfen lassen. Hat gedroht … es zu beenden, wenn er bleibt. Als es vorbei war, haben sie mich hier abgeladen. Ist … eine Warnung. Diesmal.«

Es zu beenden. Ein kalter Schauer kroch meinen Rücken hinunter.

»Creed hatte keine Wahl«, fuhr Ches mit kaum hörbarer Stimme fort. »Er musste gehen.«

»*Aye,* wieso hat er nicht Vince gerufen?«, fauchte Carla. Für einen winzigen Moment verlor sie die Beherrschung, was ihre Stimme schrill machte. Bebend atmete sie ein. »Wieso hat uns niemand Bescheid gesagt?«

Es dauerte einen Moment, bis Ches wieder antwortete. Sein Gesicht war eine zugeschwollene Grimasse. »Hätte alles nur noch schlimmer gemacht, das weißt du. Du … kennst Rory.« Wieder stöhnte er auf.

»Damit kommt er nicht davon«, hörte ich mich sagen. Meine Stimme klang fremd und erstaunlich fest. »Ich lasse Rory das nicht durchgehen.«

»Ella …«, warnte Carla, doch ich presste die Lippen zusammen und schüttelte den Kopf. Dieser kranke Soziopath hatte es zu weit getrieben. Niemand sollte einen anderen Menschen verletzen und dann ungeschoren damit davonkommen können. Und meine Wohnung, sie war …

Meine Lunge fühlte sich zu eng an, und das Adrenalin ließ mein Blut kribbeln, als würden in meinen Adern Tausende Ameisen wüten und beißen.

Das konnte einfach nicht real sein.

Nachdem Carla und ich getan hatten, was wir konnten, halfen wir Ches dabei, sich auf den Holzboden zu legen. Die Sirenen des Krankenwagens waren das Erste, was wir hörten. Keine zwei Minuten später erklangen dumpfe Schritte aus dem Treppenhaus, und ich eilte zur Wohnungstür, um den Sanitätern zu öffnen. Dann wartete ich mit Carla vor dem Haus, während sie Ches auf einer Trage nach unten trugen. Bevor sie ihn in den Krankenwagen schoben, trat ich noch einmal zu ihm.

Er sah mich mit müden Augen an, auch wenn eines davon kaum zu sehen war.

»Ich werde im Krankenhaus auf dich warten«, versprach ich entschlossen. Gedanklich hatte ich bereits angefangen, den heutigen und morgigen Tag so zu arrangieren, dass ich bei ihm sein konnte. Das Krankenhaus lag in Frayton, einem Ort etwa zehn Minuten von Fletcher. Das Lernen konnte warten. Ich wollte ihn unter keinen Umständen allein lassen.

Doch Ches deutete ein winziges Kopfschütteln an. »Ich bin ein großer Junge, Ella. Ich schaffe das schon. Morgen sieht die Welt schon wieder anders aus, versprochen. Bleib bei Carla, bis ich alles geregelt habe.«

Ich wollte auflachen. Was wollte er in seinem Zustand regeln? Das letzte Mal, als er etwas regeln wollte – nämlich gestern Abend –, hatte ihn doch überhaupt erst in diese Lage gebracht!

»Ches hat recht«, schaltete sich nun auch Carla ein und trat neben uns. »Du kannst bei Lenny und mir bleiben, bis wir uns etwas überlegt haben.«

Ich blickte von Carla zu ihm und gab mich schließlich zähneknirschend geschlagen. »Na gut. Aber wenn du mich brauchst …« Ich konnte den Satz nicht beenden. Ches brauchte mich nämlich nicht. Ich war nutzlos. Es gab nichts, was ich tun konnte, und hätte ich an diesem verhängnisvollen Abend nicht mit Rory getanzt, wäre das alles niemals passiert. Es war meine Schuld.

Finger berührten meine Hand, was mich aufblicken ließ. »Ella, ich …« Ches schluckte. »Es tut mir leid. Das alles. Es tut mir leid.«

»Miss, wir müssen los«, sagte eine Sanitäterin.

Ich wollte ihm sagen, dass es ihm nicht leidtun musste – mir musste es leidtun, und das tat es auch. *Es war meine Schuld. Meine Schuld.*

Carla und ich traten zurück und wir sahen dabei zu, wie Ches in den Krankenwagen verfrachtet wurde und die Notärzte die Türen schlossen. Dann stiegen sie ein, aktivierten die ohrenbetäubend lauten Sirenen und fuhren davon.

Als wir wieder auf dem Weg zu Carla waren, checkte ich gefühlt zum ersten Mal seit einer Ewigkeit mein Handy. Ich hatte unzählige Textnachrichten. Mitchell kündigt den nächsten Spieleabend an, Summer hatte mir ein Bild von einer riesigen Menge selbst gemachter Sushis geschickt und gefragt, ob sie mir etwas vorbeibringen sollte – und sie fragte, ob *»die Bombe«* mittlerweile hochgegangen war. Sav hatte mir die Playlist zu einem neuen Broadwaymusical geschickt, welche sie gerade rauf und runter hörte, und Mum und Tante Kat wollten wissen, ob ich Ches denn nun zu Thanksgiving mit nach Hause bringen würde oder nicht. Das alles klang so normal, und noch vor weniger als vierundzwanzig Stunden war es das auch gewesen. Aber neben Ches' Verletzungen kam es mir gerade furchtbar unwichtig vor. Ich hatte nicht die Energie, um auch nur einem von ihnen zu antworten, also drückte ich den Tastensperre-Knopf und schob das Smartphone zurück in meine Hosentasche.

Zu Hause bei Carla erwartete uns Lenny, und sie wirkte regelrecht bestürzt, als sie mich sah. Ganz anders als sonst trug sie ihre braunen Haare offen, sodass sie ihr in glänzenden, schönen Wellen bis unter die Brust reichten. Außerdem trug sie ausnahmsweise mal keine übergroße schwarze Kleidung, sondern karierte Schlafshorts und ein enges, weißes Top – und sie machte ein Gesicht, als hätte ich sie auf frischer Tat bei einem Verbrechen ertappt. »Ella, was machst du denn hier?«

»Ches ist im Krankenhaus«, sagte Carla, bevor ich antworten konnte, und schmiss den Autoschlüssel achtlos auf den Esstisch.

»Ella bleibt hier, bis es ihm wieder besser geht. In ihrer Wohnung ist es nicht sicher, Marcus ist dort eingebrochen und hat alles verwüstet.«

Die Kaffeetasse, welche Lenny eben noch in der Hand gehalten hatte, polterte im nächsten Moment auf den Fußboden, der Henkel brach, und das Geräusch ließ mich heftig zusammenfahren.

»Das ist ein Scherz«, sagte Lenny wie erstarrt.

»Nein«, erwiderte ich und sank auf das abgewetzte Ledersofa.

Lenny fluchte wie ein alter Seemann, ging durch den bunten Perlenvorhang in die Küche und kehrte mit einem Handtuch und einem Kehrbesen aus Blech zurück. »Ich will jedes Detail wissen. Habt ihr Teddy informiert?«

»Wer ist Teddy?«, fragte ich und runzelte die Stirn.

»Er hat das Sagen im Käfig«, erklärte Lenny und fegte die Scherben auf. »Er sorgt dafür, dass jeder sich an die Regeln hält. Und Rory hat die Grenzen ein für alle Mal nicht nur ausgedehnt, sondern verdammt noch mal überschritten.«

Carla schüttelte heftig den Kopf. »*No.* Wenn wir Teddy irgendetwas sagen, wird es hässlich.«

»Es ist schon längst hässlich geworden«, erwiderte ich gereizt. »Wenn es irgendeine Möglichkeit gibt, etwas gegen Rory zu unternehmen, dann müssen wir die Gelegenheit beim Schopf packen.«

Hektisch wischte Lenny den Kaffee vom verschlissenen Holzboden auf. »Ella hat recht. Ich sehe mir den Scheiß nicht länger an. Wir sollten mit Creed und Vince darüber sprechen und hören, was sie dazu zu sagen haben.«

»Ich kann Creed immer noch nicht erreichen«, sagte Carla und zückte ihr Telefon. »Ich versuche es noch mal.«

Lennys Kopf fuhr ruckartig nach oben, und sie erstarrte. Panik blitzte in ihren Augen auf. »Scheiße, wieso seid ihr hier, wenn ihr noch nicht sichergestellt habt, dass es Creed auch gut geht?«

Ich öffnete den Mund. »Ches hat gesagt, er …«

Lenny hörte mir gar nicht zu. Sie sprang auf, eilte in ihr Zimmer und zog sich bei offen stehender Tür um. »Was, wenn Rory ihn genauso hat zurichten lassen? Was, wenn er –«

»Creed!«, sagte Carla im nächsten Moment und presste sich das Telefon ans Ohr. »*Dios mío,* wieso bist du nicht an dein Telefon gegangen?«

Ich atmete auf. Lenny stand regungslos da und hörte gebannt zu, ihre Arme steckten auf halber Strecke in einem ihrer übergroßen Pullover. Es war still, während Carla der Stimme auf der anderen Leitung lauschte. Dabei schob sie die Augenbrauen zusammen und kräuselte die Lippen. Eine Sekunde später sah sie Lenny und mich an und nickte dann. »Creed geht es gut, er ist bei Vince.«

Lenny und ich stießen gleichzeitig den Atem aus.

»Gott sei Dank!«, sagte Lenny und zog sich den Pullover über.

Während Carla mit Creed telefonierte, setzte ich mich auf meine kalten, schwitzigen Finger. Meine Gedanken konnten nicht aufhören, um Ches zu kreisen. Er war zusammengeschlagen worden, weil er mich hatte beschützen wollen. Meine Wohnung war verwüstet. Ich stand vor einem einzigen Scherbenhaufen, der einst mein Leben gewesen war. Ich hatte das Gefühl zu ersticken, und ich hasste es. Ich hasste Rory. Ich hasste den Käfig.

Carla beendete das Telefonat. »Creed und Vince werden sich um Ches kümmern. Sie sind schon auf dem Weg ins Krankenhaus und halten uns auf dem Laufenden.«

Plötzliche Wut flammte in mir auf und breitete sich heiß in meinem Bauch aus. Aber mich hatte Ches dort nicht haben wollen! Er schloss mich aus. Er traute mir nicht zu, dass ich ihm helfen könnte.

»Lenny, wann, glaubst du, könnten wir mit diesem Teddy sprechen?«, fragte ich und knirschte mit den Zähnen.

Carla grollte, was Lenny jedoch ignorierte. Sie kehrte ins Wohnzimmer zurück und band sich die Haare zu einem typischen, strengen Dutt zusammen. »Ich werde sehen, was ich arrangieren kann, aber es ist schwer, an ihn ranzukommen.«

»Woher kennst du ihn?«

Abfällig hob sie eine Augenbraue. »Ich glaube nicht, dass dich das etwas angeht.« Vollkommen schamfrei schlüpfte Lenny aus ihren Shorts und lief in nichts als ihrem Pullover und einem Slip zurück in ihr Zimmer. Einen Moment später hatte sie sich eine weite schwarze Anzughose angezogen und ließ sich neben mich auf das Ledersofa fallen.

»Also, es läuft folgendermaßen«, erklärte sie und stützte sich mit den Unterarmen auf den Knien ab. »Ich arrangiere ein Treffen mit Teddy, und du kneifst in der Zwischenzeit deine Arschbacken zusammen, verstanden? Kümmere dich einfach um all den Scheiß, um den du dich sonst auch immer kümmerst; Partys und Lernen und Spieleabende.«

»Ich hasse diesen Plan«, sagte Carla und sank auf einen grünen Holzstuhl am Tisch.

Beinahe hätte ich Lenny eine runtergehauen. »Nur fürs Protokoll, mein Leben besteht aus weit mehr als das! Und ich werde nicht tagelang tatenlos rumsitzen!«

»Darum geht es nicht, Johns«, sagte sie und verengte die Augen. »Es gibt gerade nichts, was du für Ches tun kannst – nicht, bis ich Teddy erreicht habe. Du kannst nichts tun, außer zu warten, also versuch einfach, tief durchzuatmen. Ich weiß, dass es hart ist, aber jetzt ist der Punkt gekommen, an dem du stark sein musst. Und manchmal bedeutet stark sein auch, einen kühlen Kopf zu bewahren und sich in Geduld zu üben.«

Das nahm mir den Wind aus den Segeln – nicht aber meine Wut. »Na schön!«, fauchte ich und verschränkte die Arme vor der Brust. Wie ich es schaffen sollte, mich in dieser Situation auf normale Alltagsdinge zu konzentrieren, war mir ein Rätsel. Aber Lennys Worte ergaben Sinn, und das hasste ich am meisten. Ich musste mich zusammenreißen und durfte die Nerven nicht verlieren, bis ich eine echte Chance bekam, etwas zu unternehmen.

»Also«, seufzte Lenny und schlug die Hände ineinander. »Jetzt wäre dann wohl der Zeitpunkt, mir endlich alles, bis ins kleinste Detail zu erzählen. Und lass nichts aus, Ella.«

KAPITEL 21

Verschlafen und geplagt von einem Muskelkater, der noch viel schlimmer war als am Tag davor, hastete ich über das Campusgelände. Es regnete in Strömen, und durch die vielen goldenen, braunen und roten Blätter war der Weg zwischen den Gebäuden gefährlich rutschig geworden. Die meisten Studenten hatten Regenschirme bei sich oder trugen die Kapuzen ihrer Regenmäntel tief im Gesicht. Ich hatte nichts dergleichen und kam deswegen völlig durchnässt bei *Dakota Hall* an, wo meine erste Vorlesung an diesem grauen, nassen Montagmorgen stattfand. Da wir vergessen hatten, meine Unterlagen aus meiner Wohnung mitzunehmen, hatte Lenny mich schnell rübergefahren – und mit schnell meinte ich in tödlicher Geschwindigkeit. Sie war ohne mich weitergefahren, und ich hatte schließlich mein eigenes Auto genommen. Die Fahrt hatte mich einiges an Zeit gekostet, vor allem, weil der Anblick meiner verwüsteten Wohnung mich in Tränen hatte ausbrechen lassen.

Deshalb stolperte ich erst kurz vor knapp in den Hörsaal. Ich war durchnässt und atmete schwer, während ich die Stufen zu einer der hinteren Reihen erklomm.

»Ella!«, rief Savannah und winkte mir strahlend aus der hintersten Reihe zu. Ihre Zimmergenossin Arden saß zu ihrer Linken, doch sie hatte mir den rechten Platz neben sich freigehalten. Da Summer etwas anderes studierte als Sav und ich, besuchten wir nur zwei Kurse zu dritt, und das waren Englisch und Weltliteratur.

»Brauchst du ein Handtuch?«, fragte Sav, als ich mich keuchend auf den Stuhl neben ihr fallen ließ. Es kam mir vor, als hätten wir uns seit Wochen nicht gesehen, obwohl es gerade mal drei Tage her war.

»Du hast eins dabei?«, fragte ich hoffnungsvoll und wischte mir das Wasser aus dem Gesicht.

»Klar. Hier, nimm.«

Dankbar rieb ich mir mit dem Handtuch über das Gesicht.

»Wow, du siehst fertig aus«, bemerkte Savannah besorgt. »Ist alles in Ordnung? Die Schatten unter deinen Augen sind ziemlich dunkel.«

»Alles bestens, es geht mir gut. Ich hab bloß wenig geschlafen.« Ich versuchte, mein Unbehagen mit einem Lächeln zu kaschieren. Wenig geschlafen war noch eine Untertreibung. Es war die unruhigste Nacht meines Lebens gewesen. Die Sorgen um Ches hatten mich wachgehalten und waren durch mein Hirn gespukt wie ein böser Geist in einem alten Schloss. Und ich hasste es, Geheimnisse vor Savannah und vor Summer zu haben. Ich hasste es, mich ihnen nicht anvertrauen zu können und sie nicht um Rat zu fragen, so wie ich es sonst immer tat. Vor allem jetzt, wo so viele furchtbare Dinge geschahen. Aber ich hatte keine Wahl, und das schlechte Gewissen deswegen schnürte mir die Brust zu.

Sav legte den Kopf schief und musterte mich aufmerksam durch ihre filigrane Brille. Es war, als könnten ihre mitfühlenden Augen geradewegs bis hinter meine Stirn blicken. Ich wich diesem Blick aus und holte meine Unterlagen aus der Handtasche, was ich noch nie so hingebungsvoll getan hatte.

»Aber was ist mit dir, Savy? Geht es dir besser?«, fragte ich schließlich, als wenigstens ein kleiner Teil meines Hirns geistesgegenwärtig genug wurde, um sich daran zu erinnern, dass sie nicht zum Spieleabend gekommen war. Wer hätte gedacht, dass mein schlechtes Gewissen *noch* größer werden konnte? Savannah ging es nicht gut, und ich hatte ihr am Wochenende nicht einmal geschrieben, um mich nach ihr zu erkundigen. Auf die Nachricht von gestern hatte ich auch nicht geantwortet. Ich war eine grauenhafte Freundin.

Doch Sav lächelte bloß und winkte ab. »Alles in Ordnung, wirklich. Ich habe nur ein wenig Zeit für mich gebraucht.«

»Und für ihr Buch«, warf Arden ein und beugte sich zu uns. »Sie hat innerhalb von zwei Tagen sechshundert Seiten gelesen!«

»Ernsthaft?«, fragte ich und zwang mich zu einem Lächeln. »Wer von uns hat jetzt nicht geschlafen, du oder ich?«

Sav zuckte verlegen mit den Schultern. »Es war einfach unglaublich. Ich habe das Buch sogar mit auf die Toilette genommen, um beim Pinkeln weiterlesen zu können. Manchmal wünschte ich mir, dass ich eines Tages einfach in Nordengland im achtzehnten Jahrhundert aufwachen würde. Dann würde ich einen zurückgezogenen Lord mit Ländereien und einem riesigen Anwesen heiraten, nur um mich in einen Dienstboten zu verlieben.«

Ich musste unweigerlich lachen, als sie verträumt aufseufzte. »Selbst für einen Dienstboten müsstest du erst noch an deiner Schüchternheit arbeiten.«

»Ach, das ist schon in Ordnung so. Stille Frauen waren in dieser Zeit ohnehin besser dran als die vorlauten.« Ihre sommersprossigen Wangen wurden rot, was meine Worte noch einmal unterstrich. Sobald Savannah Moore einen halbwegs attraktiven Mann auch nur ansah, würde sie sich am liebsten unter einem Felsen verstecken.

»Wie geht es denn Ches?«, fragte sie. »Irgendwelche Neuigkeiten? Du warst so still in den letzten Tagen.«

Es war ein ziemlich offensichtliches Ablenkungsmanöver, damit wir nicht länger über sie redeten. Woher sollte Savy wissen, dass ihre Frage mein Hirn zurück an die düsteren Orte katapultierte, denen ich eben für den Bruchteil eines Augenblicks entflohen war? Ich durfte es ihr ja nicht sagen.

Ich spürte, wie ich mich versteifte.

Glücklicherweise betrat gerade in diesem Moment unser Dozent den Raum und ließ Ruhe in den Saal einkehren.

»Nein«, sagte ich deshalb nur schnell. »Nichts Neues. Alles ist prima.« Aber ich konnte Savannah dabei nicht ansehen.

Die Zeit bis zur Mittagspause schien heute besonders langsam zu vergehen. Immer wieder warf ich einen Blick auf mein Handy. Carla hatte versprochen, mir Bescheid zu geben, sobald sie Neuigkeiten von Creed erhielt, und meine Nervosität ging bereits so weit, dass ich mir mehrmals einbildete zu spüren, wie mein Handy vibrierte, obwohl es gar nicht der Fall war.

Erst als ich mich schließlich an Savannah klammerte, um unter ihren Regenschirm in Froschoptik – samt abstehender Augen – zu passen, vibrierte mein Telefon tatsächlich. Wir waren gerade auf dem Weg zum Mittagessen, und ich konnte Summer bereits unter dem Vordach der Mensa stehen sehen, als ich innehielt und mein Handy aus der Tasche fischte.

»Eine Sekunde«, sagte ich, entsperrte es und hielt die Luft an, als ich die neue Textnachricht las. Sie stammte von Carla.

Creed hat Ches zu dir nach Hause gebracht. Lenny und ich wollen gleich los, wir treffen uns auf dem Parkplatz.

Ein Schauer jagte meinen Rücken hinunter. Nur mit Mühe gelang es mir, halbwegs ruhig zu bleiben.

»Kann ich mir gleich deinen Regenschirm leihen?«, fragte ich Savannah und zog sie etwas ungeduldig weiter. »Ich, äh, muss noch wohin.«

»Klar«, erwiderte sie und musterte mich. »El, bist du dir sicher, dass alles in Ordnung ist? Du bist echt blass.«

Mir wurde schlecht von der Lüge. »Alles bestens, Savy. Wirklich.«

Wir erreichten den überdachten Eingangsbereich der Cafeteria, und ich löste mich von ihr. Summer grinste zur Begrüßung. Wie immer trug sie knallroten Lippenstift und war heute sogar in Keilabsatzschuhe geschlüpft, die sie gigantisch machten und nahezu jeden überragen ließen. »Hast du es eilig, Ella? Keine Sorge, ich bin mir sicher, dass es genug fades Chili con Carne für alle gibt.«

»Ich esse heute nicht mit«, verkündete ich und nahm dankbar den Frosch-Regenschirm von Savannah entgegen. »Ich muss noch mal nach Hause.«

Summer hob eine Augenbraue, dann blitzten ihre blauen Augen wissend auf. »Hat es was mit Ches zu tun?«

»Ja«, sagte ich und rang mir ein Lächeln ab, doch offenbar sah es genauso sehr nach einer Grimasse aus, wie es sich anfühlte.

»El … Ist alles okay?«, fragte nun auch Summer.

Ich klammerte mich an den Regenschirm und lief rückwärts. Das Herz schlug mir bis zum Hals. »Es ist alles in perfekter Ordnung, macht euch einfach keine Sorgen, okay? Ich muss jetzt los. Wir sehen uns morgen.«

Ich drehte mich um und ging.

»Morgen?«, rief Savannah mir hinterher. »Was ist mit Phonetik und Weltliteratur? Ella!«

Ich antwortete ihr nicht und hasste mich dafür, während ich durch den Regen eilte. Das Gewicht auf meiner Brust schien immer größer zu werden. Mein Leben schlug in so vielen Punkten gleichzeitig den falschen Weg ein, ich verlor allmählich den Überblick.

Lenny und Carla warteten bereits auf mich, als ich den Parkplatz erreichte. Carla tippte trotz strömendem Regen wild auf ihrem Smartphone herum, und Lenny wirkte ein wenig ungeduldig.

»Was hat Creed gesagt?«, fragte ich, als ich sie erreichte. »Wie geht es Ches? Ist er okay?«

»Es geht ihm gut«, sagte Lenny und musterte den Regenschirm. »Ist das ein Frosch?«

»Der gehört Savannah. Was genau hat Creed denn gesagt?«

»Die Platzwunden wurden genäht. Außerdem sind ein paar Rippen geprellt und er hat eine Gehirnerschütterung. Es geht ihm bald wieder besser, Ella. Er wurde nicht lebensbedrohlich verletzt.« Sie musterte mich einen Moment lang. »Aber vielleicht ist es besser, wenn du dir selbst ein Bild davon machst. Das will ich übrigens auch, also fahren wir.«

Ich atmete auf. »Wir treffen uns bei mir.«

Carla fluchte im nächsten Moment auf Spanisch und blickte von ihrem Smartphone auf. »Ich kann nicht mitkommen. Oskars letzte Schulstunde entfällt, und ich muss zu Hause sein, wenn er kommt. Ich hab versprochen, mit ihm einkaufen zu gehen.«

»Dann lade ich dich zu Hause ab und fahre dann zu Ella«, sagte Lenny. »Oh, kannst du mir Bohnenpaste mitbringen?«

Carla verzog das Gesicht. »Sicher. Du bist der einzige Mensch, den ich kenne, der auf dieses Zeug abfährt.«

Lenny schnaubte, was beinahe schon einem Lachen glich, ehe sie die Fahrertür öffnete. »Du bist und bleibst die Beste, Santos. Aber überlass das Kochen lieber Oskar, bevor du die Küche abfackelst.«

Trotz des Umwegs, den Lenny Carla zuliebe machte, kam sie keine fünf Minuten nach mir in meiner Straße an. Wir stiegen gleichzeitig aus, da ich noch im Auto gesessen hatte, um mich zu sammeln. Es hatte natürlich nichts gebracht, doch es war einen Versuch wert gewesen. Nichts konnte mich darauf vorbereiten, wieder das verwüstete Chaos meiner geliebten Wohnung zu betreten. Gott, wie sollte ich das meiner Mutter beibringen? Was sollte ich ihr und Tante Kat erzählen? Mit jeder Stufe, die wir nach oben stiegen, wurde ich ein wenig nervöser. Meine Hand bebte, als ich schließlich den Schlüssel im Schloss drehte und die Tür öffnete.

»Oh«, machte ich kurz darauf, und meine Augen weiteten sich.

Es war, als hätte jemand mit einer Zeitmaschine die Wohnung zurück in ihren ursprünglichen Zustand verwandelt. Alles war ordentlich, der Boden frei von Scherben und Erde, und das Regal neben der Küchenzeile stand wieder, auch wenn die Anordnung der Bücher nicht mehr dieselbe war und all meine Pflanzen verschwunden waren. Aber die Lichterkette leuchtete. An einem der Küchenstühle hing ein blauer Müllsack, der prall gefüllt zu sein schien. Mit Scherben.

Die Erleichterung wollte mich in die Knie zwingen. Doch dann entdeckte ich Creed, der auf dem Sofa saß und ein wenig erschöpft wirkte. Auch er hatte dunkle Schatten unter den Augen. Als er Lenny und mich sah, sprang er auf.

»Da seid ihr ja«, sagte er erleichtert und rieb sich mit der Hand über das kurz geschorene dunkle Haar.

»Hast du die ganze Wohnung aufgeräumt?«, fragte ich ungläubig. »Creed, ich … danke. Das hättest du nicht tun müssen.«

Er lächelte traurig. »Das war das Mindeste, Ella.«

Lenny zog ihre Jacke aus und hängte sie so selbstverständlich an den Kleiderhaken neben der Tür, als sei sie schon Tausende Male bei mir gewesen. »Wo ist Ches?«, fragte sie. Mein Blick huschte geradewegs zu meiner geschlossenen Schlafzimmertür. Ich ging bereits darauf zu, als ich Creed sagen hörte: »Er schläft. Er ist echt fertig.«

Vor der offenen Badezimmertür wurden meine Schritte langsamer, und ich blieb stehen. Das Bad war sauber. Nirgendwo war auch nur die Spur von Blut oder auch nur den blutigen Handtüchern zu erkennen.

»Haben die Ärzte noch etwas gesagt?«, fragte Lenny, gerade als ich es auch tun wollte.

Creeds Miene wirkte besorgt, als ich mich wieder zu den beiden umdrehte. »Er muss sich schonen. Bis auf die Platzwunden sind die anderen Verletzungen zwar nicht sichtbar, aber das macht sie nicht weniger schmerzhaft. Die nächsten paar Wochen sollte er seine rechte Schulter möglichst nicht belasten.«

Das Herz rutschte mir in die Hose. *Oh nein.*

»Scheiße«, knurrte Lenny und setzte sich auf das Sofa. Sie rieb sich über das Gesicht und stöhnte auf. »Wir müssen endlich etwas unternehmen, Rory ist zu weit gegangen. Ich habe versucht, Teddy zu erreichen, aber keine Chance bisher.«

»Ich weiß. Ich habe es auch versucht.«

Ich riss die Augen auf. »Dann willst du auch etwas gegen Rory unternehmen?«

Creed sah mich lange an. Dann nickte er schließlich. »Ich warte schon seit drei verdammten Jahren auf einen Grund, der Chester dazu bewegt, endlich gegen den Dreckskerl vorzugehen. Aber er hat sich immer dagegen gewehrt wegen …«

… *seinem Bruder.* Wenigstens das wusste ich schon, ohne dass er es mir verraten musste.

Creed räusperte sich. »Jedenfalls … Ich werde für Ches kämpfen, bis er es selbst wieder kann.« Er senkte den Blick. Er wirkte angespannt.

Nun war ich es, die zwischen ihm und Lenny hin- und herblickte. Ich beobachtete, wie Lenny aschfahl wurde. »Creed, du … Bist du dir sicher? Du willst für ihn kämpfen? Du weißt, du musst das nicht tun.«

»Ich habe es Chester versprochen, und er ist mein bester Freund. Wenn er nicht kämpft, verliert er seinen Schutz, also muss jemand für ihn einspringen.«

Lenny ließ sich neben Creed auf das Sofa fallen. Eine Weile schwiegen wir alle drei.

»Ich werde damit niemals glücklich. Mit dem ganzen verdammten Mist, der da abläuft«, sagte Lenny endlich leise.

Creed lächelte, doch es erreichte seine Augen nicht. »Es ist nicht das erste Mal, dass ich Kämpfe für Ches übernehme, Len. Oder für Vince. Ich krieg das schon hin.«

Ich schloss die Augen und atmete tief durch. »Meine Schuld«, flüsterte ich. Offenbar nicht leise genug.

»Was hast du gerade gesagt, Ella?«, fragte Creed sofort.

Ich blinzelte angestrengt, als meine Augen gefährlich zu brennen begannen. »Das alles ist allein meine Schuld. Wäre ich Ches nicht in den Käfig gefolgt, wäre das alles nicht passiert.«

»Hör sofort auf!«, zischte Lenny, was mich mehr als überraschte. »Gott, du bist so ein Idiot! Es ist passiert, weil Rory ein Bastard ist und Ches dir geholfen hat. Du hast es im Käfig selbst gesagt: Du warst nur auf einer Party.«

»Richtig«, stimmte Creed ihr zu. »Ches hat gestern Nacht nur nach seinem Gewissen gehandelt, es war seine freie Entscheidung. Mann, eins muss man euch beiden lassen: Ihr ladet euch alles selbst auf die Schultern. Chester ist darin Meister, was glaubt ihr, was ich mir die letzten Jahre dauernd anhören musste, obwohl die Sache damals ...« Wieder verstummte er und schloss den Mund. Offenbar fiel es ihm heute nicht leicht, seine Gedanken beisammenzuhalten. Aber wer wollte es ihm verübeln? Ich konnte nur zu gut verstehen, wie es sich anfühlte, über etwas reden zu wollen, es aber nicht zu dürfen. Weil es Ches' Angelegenheit war. Ich verstand das sehr gut.

Ich seufzte schwer und wünschte mir dennoch insgeheim, Creed wäre nicht ganz so eine treue Seele und hätte einfach geredet. Aber er tat es nicht. Natürlich nicht.

»Ich mache Kaffee«, sagte er schließlich nur und stand auf. »Übrigens habe ich ein paar Teller und Tassen mitgebracht. Du kannst sie behalten.«

»Creed«, sagte ich gerührt. »Danke. Auch dass du das Chaos beseitigt hast und hier bist. Ich weiß gar nicht, was ich sagen soll.«

Er schenkte mir ein mitfühlendes Lächeln. »Nichts zu danken.

Siehst du mal nach unserem Patienten, so lange der Kaffee durchläuft?«

Ich nickte. »Danke«, flüsterte ich noch einmal, ehe ich wieder mein Zimmer anvisierte.

Mit angehaltenem Atem öffnete ich die Tür und lugte in den überraschend hellen Raum. Irgendwie hatte ich geschlossene Rollläden erwartet, aber das war nicht der Fall. Der Regen prasselte hart gegen die Scheiben, und dunkle Wolken leuchteten auf. Ein paar Augenblicke später erklang ein Donnergrollen.

Ches lag unter der Bettdecke und hatte die Augen geschlossen. Ein dunkelblaues Band an seiner Schulter lugte unter der Decke hervor, und er wirkte ermattet. Ihn so in meinem Bett liegen zu sehen, löste alle möglichen Gefühle in mir aus.

Ich setzte mich neben ihn auf die Bettkante und betrachtete ihn. Der Dreitagebart war um einiges dichter geworden, und die Schwellungen waren zurückgegangen. Sein eines Auge hatte ein dunkles Veilchen, und die Platzwunde über seiner rechten Augenbraue war genäht worden.

Obwohl ich ihn weder berührte noch ein Geräusch machte, änderte sich seine Atmung und in seinem Gesicht regte sich etwas. Dann öffnete er die Augen, blinzelte ein paar Mal, ehe er mich verschlafen ansah.

»Du bist hier.« Seine Stimme war so brüchig und tief, als hätte er am vergangenen Abend eine Flasche Whiskey getrunken und ein Dutzend Zigaretten geraucht.

»Ja«, flüsterte ich und lächelte traurig. »Wie fühlst du dich?«

Er schluckte und blickte dann auf den Nachttisch. Dort stand ein Wasserglas.

»Moment«, sagte ich und hielt es ihm an die Lippen.

Er hob den Kopf an und trank ein paar Schlucke. Ich konnte das Zucken in seinen Augenbrauen sehen, als ihn Schmerzen durchfuhren.

»Ella«, begann Ches, »ich werde in den nächsten Wochen nicht kämpfen können.«

»Ich weiß. Creed hat es eben erzählt.«

Er schwieg, und seine Miene wirkte nachdenklich. »Ich werde ihn bitten, das Schloss unten zu reparieren und ein zusätzliches an deiner Haustür anzubringen.«

»Das ist eine gute Idee.«

Er starrte an die Decke. Seine Atmung war flach.

»Ches?«

»Hm?«

»Was ist gestern Nacht passiert?«

Ich musste diese Frage stellen. Auch wenn er Schmerzen hatte und sich erholen musste, ich musste wissen, ob Rory noch einmal zuschlagen würde.

»Es ist vorbei, Ella.«

Ich verspannte mich und saß im nächsten Moment kerzengerade. »Was meinst du damit?« Auch wenn er unmöglich von uns beiden sprechen konnte – immerhin waren wir kein Paar –, musste ich unwillkürlich an Jason denken. Was für ein verdammt ungünstiger Moment, um ausgerechnet daran zu denken. Aber als Jason und ich an jenem letzten Abend im *Black Birch* gesessen hatten, hatte er das ganze Ich-habe-dich-Betrogen-Thema mit genau diesen Worten eingeleitet. *»Es ist vorbei, Ella.«*

Unweigerlich bildete sich ein Kloß in meinem Hals.

»Rory hat bekommen, was er wollte«, erklärte Ches und schloss die Augen. Jedoch sah ich, wie ein Muskel in seinem Kiefer zuckte. »Er wollte Rache an mir nehmen, und er hat sie sich genommen. Du musst dir also keine Sorgen mehr machen. Es ist vorbei, ein für alle Mal.«

Seine Worte besänftigten mich kein bisschen. Rory hatte gar nichts beendet, und wenn Lenny oder Creed endlich Kontakt zu diesem Teddy aufgenommen hatten, würde Rory bekommen, was er verdiente. Ches konnte nicht für immer an diesen Kämpfen teilnehmen. Wen er schützte – ob sich selbst, seinen Bruder oder wen auch immer –, das konnte es unmöglich wert sein. Er hatte etwas Besseres als das verdient. Ein besseres Leben.

»Und was jetzt?«, fragte ich und strich mit den Fingern wieder durch seine weichen Haare.

Seine Gesichtszüge entspannten sich, und er gab einen leisen unverständlichen Laut von sich. Oh. Er war wieder dabei einzuschlafen. Seine Schmerzmittel waren vermutlich stark, und er war erschöpft. Ich beschloss, ihn in Ruhe schlafen zu lassen, und verließ lautlos das Zimmer.

»Und?«, fragte Lenny, als ich die Tür hinter mir ins Schloss zog. »Wie geht es ihm?«

»Er war kurz wach, ist jetzt aber wieder eingeschlafen. Er sieht fertig aus.«

Creed nickte und trank aus einer einfachen weißen Tasse, die nicht mir gehörte. »Ich glaube, er braucht jetzt vor allem Ruhe. Der Kerl schläft ohnehin zu wenig.«

Ich setzte mich auf den letzten freien Stuhl am Tisch und knotete meine Hände ineinander. »Ches hat gefragt, ob du vielleicht das Schloss unten reparieren kannst. Und ob du hier oben ein zusätzliches anbringst.«

Creeds Mundwinkel hoben sich. »Sieh mal in die Plastiktüte auf der Küchenanrichte, Ella.«

Ich tat wie geheißen. Und tatsächlich. Dort lagen Verpackungen. Verpackungen von Türschlössern.

»Ches kann Gedanken lesen«, mutmaßte Creed. »Vincent und ich kommen in den nächsten Tagen noch einmal vorbei und installieren eine stille Alarmanlage. Wenn jemand ohne Schlüssel in die Wohnung eindringt, werden wir darüber per Handy informiert. Falls Marcus oder sonst wer also jemals wieder vorhat, hier hereinzuspazieren, werden wir ihn dabei abfangen und uns um ihn kümmern.«

Tränen schossen mir im nächsten Moment in die Augen, und ich drehte mich gerührt zu Creed um. »Danke, Creed. Wirklich. Du weißt gar nicht, wie viel mir das bedeutet. Ich hatte schon Angst, wieder hierher zurückzukommen.«

Er nickte, verständnisvoll und ernst, und lehnte sich tiefer in den Stuhl. »Mach dir keine Sorgen, Ella. Wir biegen das wieder hin. Und wenn wir alles richtig machen und Glück haben, werden wir diesem gottlosen Ort vielleicht endlich den Rücken kehren können.«

Lenny versteifte sich kaum merklich und wirkte plötzlich alarmiert. Creed schien es zu bemerken, er streckte die Hand aus, legte sie auf ihre und lächelte sanft. »Nicht Fletcher, Len. Nur dem Käfig.«

Und obwohl Lenny darauf nichts erwiderte und bloß hastig die Hand unter seiner wegzog, um einen Schluck Kaffee zu trinken, konnte ich sehen, wie ihre Schultern vor Erleichterung sanken.

Hoffnung machte sich in mir breit, als ich Creeds Worte in Gedanken immer wieder wiederholte. Wenn alles gut ging, wenn wir oder sie oder Teddy es schafften, gegen Rory vorzugehen, wäre Ches frei. Dann blieb nur noch zu klären, vor wem oder was er sich versteckte. Und was ich tun konnte, um die nächstgrößere Gefahr ebenfalls aus der Welt zu schaffen.

KAPITEL 22

Ches wurde erst gegen Abend wieder richtig wach und nahm eine neue Dosis Schmerzmittel zu sich.

Creed und Vince waren nicht erst in den folgenden Tagen vorbeigekommen, sondern noch am selben Tag, vor Sonnenuntergang, um die neuen Schlösser anzubringen und die Eingangstür zu reparieren. Vince war ein netter Typ und ungefähr Ende zwanzig, vielleicht auch Anfang dreißig, was mich überrascht hatte – schließlich war er Lennys Onkel. Er hatte leuchtend rote Haare und einen dichten roten Vollbart. Er wirkte wie ein Naturtyp, trug braune Timberlands, Jeans und ein rotes Holzfällerhemd. Ich hatte den Hausmeister nicht erreichen können, weshalb ich an jede Wohnung im Haus persönlich klopfte und die neuen Schlüssel selbst verteilte.

Bevor die Jungs gingen, sahen sie noch einmal nach Ches. Dann verabschiedeten sie sich und ließen uns allein zurück.

Kaum dass sie gegangen waren, betätigte ich meine neuen Schlösser sowie das alte Schloss. Ich schob den dicken Vorhängeriegel vor, ein Stück unter dem Türknauf, betätigte ein weiteres Schloss und drehte meinen Schlüssel, bis er nicht mehr zu drehen war. Vince hatte mir geraten, den Schlüssel stecken zu lassen und auch dann abzuschließen, wenn ich zu Hause war. Und er hatte mir gezeigt, wie man die stille Alarmanlage aktivierte. Erst als all das erledigt war, entspannte ich mich und atmete tief durch.

Creed hatte keine Ahnung, wie dankbar ich ihm und Vince wirklich war. Ich hatte schon geglaubt, dass ich mich in meiner Wohnung nie wieder sicher fühlen könnte. Doch tatsächlich fühlte ich mich sicher.

Nachdem ich meinen Pyjama angezogen und mir die Zähne geputzt hatte, ging ich ins Schlafzimmer und krabbelte lautlos neben Ches unter die Bettdecke.

Ich bemerkte erst, dass er wach war, als er mich ansprach.

»Tut mir leid, dass ich in deinem Bett liege.«

Ich fuhr zusammen und schaltete mein Nachtlicht ein.

Ches lag auf der Seite. Er wirkte erschöpft und entkräftet.

Ich seufzte schwer, aber ich lächelte. »Du glaubst doch nicht wirklich, dass ich dich in diesem Zustand auf dem Sofa schlafen lassen würde.«

Seine schönen grauen Augen musterten mich, und er verzog seine Lippen zu einem schiefen Lächeln, was unfairerweise ein Flattern in meiner Brust auslöste. Dann streckte er seinen Arm aus und strich mit den Fingern so zärtlich über meine Wange, dass ich die Luft anhalten musste.

»Wie geht es dir?«, fragte ich leise und rutschte näher zu ihm.

»Es kommt mir zwar immer noch so vor, als hätte mich ein Güterzug überrollt, aber die Schmerzmittel wirken. Ich bin ein wenig high.«

»Brauchst du noch irgendetwas?«

»Nein. Ich habe alles, was ich brauche, Ella.«

So, wie er es sagte, klang es beinahe so, als würde er mich meinen.

Eine Weile lagen wir einfach nur da. Seine große, warme Hand war auf meiner Wange zum Liegen gekommen, weshalb ich die Augen schloss und das Gefühl genoss.

Die Müdigkeit ermattete mich bereits, und mein Körper wurde schwerer. Ich konnte noch nicht ganz glauben, dass es wirklich überstanden war. Meine Skepsis war zu groß. Ches würde ein paar Wochen nicht kämpfen, was gut war, da er sich in dieser Zeit endlich ein wenig ausruhen konnte, doch es war noch nicht vorbei.

»Mein Bruder heißt Maxx.«

Seine Stimme zerschlug die Stille so plötzlich, dass ich die Augen aufriss.

»Wie bitte?« Vielleicht hatte ich mich ja verhört.

Er sah mir tief in die Augen. »Ich sagte, ich habe einen Bruder namens Maxx. Er müsste jetzt so alt sein wie du.«

Gespannt wartete ich darauf, dass er noch etwas hinzufügte. Die entschlossene Grimmigkeit in seiner Miene verriet mir, dass er wohl irgendeine Entscheidung getroffen hatte. Und jetzt erzählte er mir etwas, was wahrscheinlich weitaus gewichtiger war, als ich es mir vorstellen konnte. Langsam legte ich meine Hand über seine und schmiegte sie an meine Wange. »Und lebt dein Bruder immer noch in Topsham? Bei deiner Familie? Oder geht er aufs College?«

Ches schüttelte kaum merklich den Kopf. »Keine Ahnung. Ich habe den Kontakt nach Hause abgebrochen.«

»Darfst du nicht?«, fragte ich vorsichtig, doch auch daraufhin schüttelte er den Kopf. »Ich sollte nicht. Es ist besser so.«

»Und standen du und Maxx euch nahe?«

Ches' Blick schien sich nach innen zu richten. Seine Fingerspitzen an meinem Haaransatz bewegten sich und lösten eine Gänsehaut aus.

»Eine Zeit lang, ja. Vor allem in unserer Kindheit. Er und Creed gingen in dieselbe Klasse, und Maxx hat ihn eines Tages mit nach Hause gebracht wie einen streunenden Welpen.«

»Und trotzdem ist Creed dein bester Freund und nicht der deines Bruders?«

»Maxx war kompliziert.«

Man hörte noch immer den Regen gegen die dunklen Fensterscheiben trommeln, jedoch ein wenig sanfter als zuvor. Der Himmel leuchtete kurz auf, ehe er wieder dunkel wurde. Das Gewitter war so weit entfernt, dass man den Donner nicht mehr hören konnte.

Ches starrte eine lange Zeit regungslos an die Zimmerdecke. »Als wir noch zur Schule gingen, war immer Creed derjenige von uns beiden, der sich in Schlägereien verwickelt hat. Bis zu meinem Collegeabschluss hatte ich in meinem Leben genau drei Raufereien.«

»Das ist wirklich nicht oft, wenn ich darüber nachdenke, wie oft sich selbst Mitchell in der Kindheit geprügelt hat. Dann hatten die drei Male bestimmt einen triftigen Grund«, schlussfolgerte ich.

Ches lächelte. »Natürlich.«

Zu meinem größten Erstaunen sprach er weiter. »Bei den ersten beiden Malen hab ich Maxx verteidigt. Er wurde dauernd von den anderen Kids in der Nachbarschaft gepiesackt, und irgendwie musste ich dafür sorgen, dass sie Angst vor mir bekamen. Du weißt schon, der große, böse Bruder. Maxx hat sich dauernd in Ärger geritten, und unsere Mum war am Rande der Verzweiflung. Er hatte immer das Talent, zur falschen Zeit am falschen Ort zu sein.«

»Du hast also die Kids in eurer Nachbarschaft verprügelt, um deinen kleinen Bruder zu beschützen«, fasste ich zusammen und musste lächeln.

Er erwiderte es. »Oh, und wie. Nach dem ersten Mal war erst mal Ruhe, aber ein halbes Jahr später haben sie wieder damit angefangen. Eigentlich war es Creed, der die zweite Prügelei angezettelt hat. Ich habe einem Jungen namens Ben die Nase gebrochen und musste mit meinem Vater bei ihm zu Hause vorbeifahren und mich vor seiner ganzen Familie entschuldigen. Es war grauenhaft.« Er drehte seinen Kopf wieder zur Decke und schloss die Augen. »Meine dritte Schlägerei war wegen meiner ersten Freundin. Ich war sechzehn und bin mit ihr auf den Homecomingball gegangen. Dort ist ihr Ex-Freund aufgetaucht und hat mich blöd angemacht. Stacy war ganz versessen darauf zu sehen, wie zwei Kerle sich um ihre Liebe schlagen, und letzten Endes ist das dann auch passiert. Rick oder wie der Mistkerl hieß, hat den Kampf gewonnen und mir wiederum die Nase gebrochen. Ich glaube, das war Schicksal. Creed und ich wurden danach für zwei Wochen vom Unterricht suspendiert.«

»Was hatte Creed damit zu tun?«

»Irgendwann hat er einfach mitgemacht. Das hätte er sich niemals entgehen lassen.«

Ich lachte, und Ches fiel erschöpft mit ein.

»Aber dann ist es gar nicht so verwunderlich, dass Creed für dich kämpfen will«, bemerkte ich.

Ches zuckte zusammen. Der kurze Augenblick der Gelassenheit verflog mit nur einem Wimpernschlag, und ich hätte mich dafür ohrfeigen können.

»Tut mir leid, vergiss einfach, was ich gesagt habe.«

»Nicht«, murmelte er. Es brauchte einen Moment, doch der schmerzliche Ausdruck wich aus seinem Gesicht. »Du hast recht. Creed versucht immer zu helfen, wo er kann. Ich … Ich bin froh, dass er für mich kämpft.« Ich konnte sehen, wie er schluckte, so als fielen ihm die Worte schwer.

»Und es ist ja auch nur für eine Weile«, stimmte ich beschwichtigend zu.

»Ja«, flüsterte Ches. »Nur für eine Weile.«

Wir schwiegen und lauschten dem Regen.

Ich drehte mich zum Nachttisch herum und schaltete das Licht wieder aus. Dass Ches in meinem Bett lag, hatte etwas unheimlich Intimes, vor allem jetzt in der stillen Dunkelheit, die bloß ab und an von einem Wetterleuchten erhellt wurde. Ich wünschte mir nichts sehnlicher, als ihn zu berühren. Wäre er nicht verletzt gewesen, hätte ich mich an ihn lehnen wollen. Seine Körperwärme strahlte aus und erfüllte mich mit Sehnsucht.

»Danke«, flüsterte ich und schloss die Augen.

»Wofür?« Seine Stimme klang überrascht.

»Dass du mir etwas von dir anvertraut hast. Dass du von Maxx erzählt hast.«

Anstelle einer Antwort ließ Ches seine Hand unter die Bettdecke gleiten. Er berührte meinen Arm, fand schließlich meine Hand und strich mit der Kuppe seines Daumens über meine Knöchel. Mit ineinander verflochtenen Fingern lagen wir schließlich da, und ich glitt langsam in den Schlaf.

Im Laufe der Woche pendelte sich nach und nach eine Art Alltag ein, obwohl es mir schwerfiel, wieder zur Ruhe zu kommen. Ich ging in meine Vorlesungen, dann in die Bibliothek, um zu lernen, und kaufte zwischendurch ein oder schmiss des Haushalt. Creed kam die meisten Tage vorbei, leistete Ches Gesellschaft oder hing einfach bei uns herum, wenn Ches schlief, so als würde er ihn bewachen.

Summer und Savannah hatten natürlich nicht lange gebraucht, um herauszufinden, dass etwas im Busch war. Und da ich ihnen nicht sagen konnte, was es war, es gleichzeitig aber auch nicht ertrug, von ihren Fragen gelöchert zu werden, begann ich, meinen Freundinnen aus dem Weg zu gehen. Stattdessen begleitete Lenny mich manchmal in die Bibliothek und setzte sich überraschenderweise zu uns an den Tisch, wenn wir zu Mittag aßen. Sie und Creed waren noch immer dabei, Kontakt zu Teddy aufzubauen, doch bisher hatten sie noch keinen Erfolg gehabt.

Ches verbrachte die meiste Zeit im Bett oder auf dem Sofa. Ich hatte ihm gezeigt, wie er meinen Netflix-Account abrufen konnte, doch der Fernseher lief kein einziges Mal, wenn ich abends nach Hause kam. Stattdessen hatte er sich ein Buch aus meinem Bücherregal genommen und las. Es war wie diese »Heiße Kerle mit süßen Tierwelpen«-Kalender. Man wollte nicht drauf stehen, aber tat es total. Wenn Ches ein Buch in der Hand hielt, war er unwiderstehlich. Er hatte sich einen Band von Simon Beckett ausgesucht und nach nur zwei Tagen schon mehr als die Hälfte verschlungen. Das Buch hatte meinem Dad gehört und die letzten Jahre nur auf dem untersten Brett meines Bücherregals vor sich hin gestaubt. Ich hatte es behalten, weil es von ihm so oft gelesen worden war, dass es schon ganz abgewetzt wirkte. Es hatte meinem Dad etwas bedeutet. Irgendwie war es ein schönes Gefühl zu wissen, dass Ches und mein Dad etwas gemein hatten.

Als ich Freitagabend nach vielen Stunden auf dem Campus nach Hause kam, tigerte Ches ruhelos vor der Küchenzeile auf und ab.

»Hey. Ich habe Essen vom Asiaten mitgebracht«, sagte ich zur Begrüßung und warf ihm ein Lächeln zu. Ich betätigte die Schlösser an der Tür sowie die Alarmanlage.

Ches' Veilchen hatte sich mittlerweile von rot zu bläulich violett verfärbt. Er gab bloß ein unverständliches Brummen von sich und trank einen tiefen Schluck aus der Tasse, die er in der Hand hielt. Es hatte mir einen Stich versetzt, dass meine geliebte Einhorntasse die Randale in meiner Wohnung nicht überlebt hatte.

»Was ist los?«, fragte ich, stellte die Tüte mit dem Essen auf dem Tisch ab und schälte mich aus Mantel und Schal.

»Heute ist Creeds Kampf«, erwiderte er knapp und tigerte weiter.

Ich versteifte mich. *Oh.*

In den letzten Tagen hatten Ches und ich nicht mehr über den

Käfig gesprochen. Er hatte auch seinen Bruder nicht noch einmal erwähnt. Ich wollte ihn in Ruhe genesen lassen, weshalb ich ihn nicht mit Fragen zu diesem Thema löcherte, doch jetzt konnte ich mir eine Frage nicht verkneifen.

»Glaubst du, er gewinnt?«

Ches blieb stehen, ohne mich anzusehen. »Das werden wir wohl früh genug erfahren.«

Ich nickte. »Sobald der Kampf vorbei ist, ruft er mit Sicherheit an, um dir zu sagen, wie es gelaufen ist.«

»Ich weiß, dass er das tun wird. Ich mache mir trotzdem Sorgen.«

Ich stellte Besteck, Gläser und eine Flasche Wasser auf den Tisch, ehe wir uns setzten.

»Ich bin übrigens fertig mit dem Buch«, sagte er, um das Thema zu wechseln, und holte die weißen Essenscontainer aus der Tüte. Ich hatte gebratenen Reis bestellt, außerdem noch Wan-Tan-Suppe, Frühlingsrollen und gebackene Ente. »Es war ziemlich gut. Hast du es auch gelesen?«

»Ja, vor ein paar Jahren«, erwiderte ich und lächelte. »Mein Dad hat Simon Beckett geliebt, seine anderen Bücher stehen alle zu Hause bei meiner Mum.«

Ches hielt inne. »Das Buch hat deinem Dad gehört?«

»Ja«, erwiderte ich und öffnete die Schachteln.

»Und du hast es mich einfach so lesen lassen?«

Ich spürte, wie meine Wangen rot wurden. »Ehrlich gesagt, hat es mich sogar gefreut, dass du es gelesen hast. Genau deswegen.«

Er betrachtete mich nachdenklich, während ich damit begann, meinen Teller vollzuladen. Nach einem Moment tat er es mir nach, doch die Furche zwischen seinen Augenbrauen verschwand nicht.

»Erzählst du mir, was mit ihm passiert ist?«, fragte er vorsichtig. »Wenn du nicht darüber reden willst, kann ich das verstehen.«

»Es macht mir nichts aus, wenn du fragst«, sagte ich ehrlich. »Ich kann mittlerweile darüber sprechen.« Es war eine merkwürdige Sache, über meinen Dad zu reden. Noch immer fiel es mir schwer, das Wort »Tod« auszusprechen, der Rest war gar nicht mal so schwer. Auch wenn die Erinnerungen an seine letzten Monate schmerzhaft und furchtbar waren, konnte ich mittlerweile über ihn reden, ohne in Tränen auszubrechen oder in ein Loch zu fallen. Dennoch hasste ich es, wie sich dieses eine Wort auf meiner Zunge anfühlte, und ich hasste seinen Klang. *»Tod.«*

Ich balancierte einen Turm aus köstlich duftendem Essen auf meiner Gabel. Den halben Tag schon hatte ich Bauchschmerzen vor Hunger gehabt, und ich konnte es kaum erwarten, etwas in den Magen zu bekommen. Bis auf einen Müsliriegel hatte ich nichts gegessen, da ich die gesamte Mittagspause in der Bibliothek verbracht hatte.

»Es ist vor zwei Jahren passiert«, erklärte ich und schob mir die Gabel in den Mund. Ich beeilte mich zu kauen, um weitersprechen zu können. »Der Tumor war von der fiesen Sorte, und er hat gestreut. Zwischen der Diagnose und seinem … seinem Tod lagen ungefähr neun Monate. Von einem auf den anderen Moment ging es ihm plötzlich schlecht. Den einen Tag trainierte er noch in unserer Garage für den nächsten Triathlon, einen Tag später ist er beim Frühstück plötzlich einfach umgekippt und hatte höllische Schmerzen.«

»Tut mir leid«, murmelte Ches, weil er vermutlich wie die meisten nicht wusste, was er sonst sagen sollte.

»Danke«, erwiderte ich leise. Ich nahm mir einen Löffel und begann, ein wenig von der Suppe zu essen. Für ein paar Minuten aßen wir stumm.

»Ist es hart für dich, über ihn zu sprechen?«, fragte Ches nach einer Weile.

Überrascht sah ich ihn an. Sein Blick war sanft und zeugte von echtem Interesse.

»Die ersten Monate war es hart, weil ich meine Mutter und meine Tante bei den vielen formellen Dingen unterstützt habe und Mum und ich aus dem Haus ausziehen mussten, in dem ich aufgewachsen bin. Mum ist bei Kat eingezogen und hat sich einen Hund angeschafft, ich bin in diese Wohnung hier gezogen. An manchen Tagen ist es schlimmer als an anderen. Mittlerweile komme ich gut durch.

Manchmal treffen mich bloß irgendwelche Gerüche, oder ich höre Lieder, die Dad gerne mochte, und dann … werde ich traurig.« Es war seltsam, wie Erinnerungen und Emotionen miteinander verwoben waren. Meist reichten schon die winzigsten Auslöser. Einmal hatte ich zufällig den Weichspüler gekauft, mit welchem Mum früher immer unsere Wäsche gewaschen hatte. Noch bevor ich den Dosierdeckel mit der blauen Flüssigkeit in die Waschmaschine hatte füllen können, hatte mich ein heftiger Heulkrampf erwischt, da mich der Geruch so sehr an unser früheres Leben erinnert hatte. An Dad.

Vielleicht war es die Tatsache, dass er mich nicht in Mitleid ertränkte. Jedenfalls fühlte es sich gut an, Ches davon zu erzählen. Ich war froh, dass er nicht einfach das Nächstbeste sagte, was ihm in den Sinn kam, denn er schien nachzudenken, und er ließ sich Zeit. Im letzten Highschooljahr, als es passiert war, hatte ich beobachtet, dass es einige meiner Mitschüler nervös machte, wenn ich ihnen eine zu ehrliche Antwort gegeben hatte. Sie konnten nicht damit umgehen, und ich hatte mich schuldig gefühlt.

»Weißt du eigentlich, dass du ziemlich stark bist, El? Ich bewundere dich dafür.«

Ich hielt den Atem an.

El.

Es hatte etwas erschreckend Persönliches, dass er meinen Spitznamen benutzte. Und ich mochte es. Sogar mehr, als ich bereit war, mir einzugestehen.

Ein Lächeln machte sich auf meinen Lippen breit, und ich legte mein Besteck ab. »Und weißt du eigentlich, dass du mich glücklich …«

Mein Herz rutschte mir plötzlich in die Hose, und mit offenem Mund starrte ich Ches an.

Hatte ich das gerade etwa wirklich gesagt? Wie um alles in der Welt war mir das denn gerade herausgerutscht?

Ich verfluchte meinen voreiligen Mund. »I-ich meinte, ich wollte bloß sagen, dass –«

»Ich mache dich glücklich?«, wisperte er, so als könnte er nicht glauben, was er gehört hatte. Blanke Ungläubigkeit lag in seinen Augen.

Ich nickte, schaffte es jedoch nicht, mich anderweitig zu rühren. »Ja«, flüsterte ich.

Im nächsten Moment wurde sein Blick so zärtlich, dass Wärme durch meine Brust sickerte und sie eng machte.

Ches stand auf. Er trat vor mich, beugte sich nach unten und küsste mich.

Ich hielt vor Überraschung den Atem an. Es war ein vorsichtiger Kuss, der mich dahinschmelzen ließ. Vor allem, als er den Druck seiner Lippen verstärkte. Meine Hände legten sich an seinen Hals, und ich seufzte auf.

Langsam löste er sich von mir und richtete sich wieder auf. »Hör zu, Ella«, flüsterte er. »Ich will, dass du weißt … wann immer du über deinen Dad reden möchtest oder über andere Dinge … ich höre dir zu. Wenn du das möchtest.«

Mein Herz zog sich mit einem Mal zusammen. Ein Kloß im Hals hinderte mich am Schlucken, und ich musste mich zurückhalten, um ihm nicht um den Hals zu fallen. Er hatte keine Ahnung, was mir seine Worte bedeuteten, was sie in mir auslösten. Letztendlich gab ich mich jedoch mit diesem kurzen, kostbaren Moment zufrieden und blieb auf meinem Stuhl sitzen. Dieses Gefühl, das sich immer stärker, immer tiefer in mir ausbreitete, schien zu groß für mich. Als wollte es ausbrechen, weil in mir nicht genug Platz für seine bloße Existenz war.

Carlas Worte schossen mir plötzlich durch den Sinn. *Du bist in ihn verliebt.* Mein Herz klopfte schnell, als Ches sich wieder setzte und wir weiteraßen.

»Übrigens«, sagte Ches nach einer Weile, ohne zu merken, was in mir vorging, »Creed hat vor dem Kampf gefragt, ob wir morgen ins *Leo's* kommen. Mitchell hat er auch eingeladen. Ich dachte, du könntest deine Freundinnen fragen, ob sie auch kommen möchten.«

Mit dem Löffel auf halbem Weg zu meinem Mund hielt ich inne. »*Leo's?* Ist das nicht eine Kneipe auf der North Side?«

Ches nickte. »Creed und ich sind oft dort. Wenn wir bei Vince in der Werkstatt Feierabend gemacht haben, spielen wir dort Billard und trinken ein paar Bier.«

»Und Creed hat Mitchell schon gefragt? Die beiden stehen in Kontakt?«

»Sie simsen sich die ganze Zeit wie zwei verknallte Teenager. Creed behauptet, es wäre eine Bromance auf den ersten Blick gewesen.« Ein Grinsen stahl sich auf seine Lippen, und er schob den leeren Teller von sich weg.

Ich lachte. »Pass auf, sonst wirbt Mitch dir noch deinen besten Freund ab.« Hastig schob ich mir noch die letzte Frühlingsrolle in den Mund, ehe ich meine Hände an einer Papierserviette abwischte und ebenfalls meinen Teller in die Mitte des Tisches schob.

»Ist es denn okay für dich?«, fragte ich vorsichtig. »Wenn du dich noch nicht erholt genug fühlst, müssen wir das nicht machen. Außerdem werden die anderen mit Sicherheit Fragen stellen.«

Vor diesen fürchtete ich mich, ehrlich gesagt, am meisten. Wenn meine Freunde sahen, in welchem Zustand sich Ches befand, wären sie womöglich wütend, dass ich mich ihnen nicht anvertraut hatte. Vermutlich waren sie das sowieso schon. Na ja, nein. Mitchell und Sav konnte ich streichen – Summer wäre wütend auf mich. Hauptsächlich vermutlich, weil es sie verletzte.

»Mir geht es gut«, erwiderte Ches ausweichend. »Wenn sie Fragen stellen, erzähle ich ihnen einfach das, was ich auch den Ärzten erzählt habe; dass ich überfallen worden bin. So weit entfernt von der Wahrheit ist das ja gar nicht.«

Ich rieb mir mit der Hand über den Nacken. Mir war nicht wohl bei der Sache. Ich wollte meine Freunde nicht anlügen, und mir war noch nicht ganz wohl bei der Vorstellung, Summer unter die Augen zu treten.

Schließlich knickte ich ein. »Na schön. Dann erzählen wir ihnen also einfach dasselbe.«

Ich stopfte die leeren Aufbewahrungscontainer in die Plastiktüte und spülte unser benutztes Geschirr ab. Ches nahm währenddessen seine Schmerzmittel zu sich. Er konnte seine Verletzungen noch so kleinreden, ich konnte mit eigenen Augen sehen, wie sehr sie ihm zusetzten.

Während ich abspülte, stand er vor dem Bücherregal, um die Buchrücken zu studieren. Viele der Titel waren Klassiker, welche auf der Empfehlungsliste für mein Studium gestanden hatten. Dann sah ich, wie Ches' Augen an einem gerahmten Bild mit zersprungenem Glas vom letzten Halloween hängen blieben, auf welchem Summer, Sav und ich die Powerpuff Girls waren und Mitchell unser Professor. Seine Augen suchten und fanden das nächste Bild. Dieses zeigte Mum, Dad und mich am Strand von Cancún. Es war ein Jahr vor Dads Tod entstanden, und wir alle drei strahlten vor der traumhaften mexikanischen Strandkulisse – weißer Sand, blauer Himmel, türkises Meer. Wir waren in unseren Badesachen, verbrannt und gebräunt und hielten gefährlich hoch getürmte Softeistüten in den Händen. Ich liebte dieses Bild. Ich erinnerte mich daran, wie uns kurz nach dieser Aufnahme das halbe Eis über die Hände gelaufen war, weil es schlichtweg zu viel und die Sonne zu heiß gewesen war. Ich war mir nicht sicher, ob er sich dessen überhaupt bewusst war, doch Ches lächelte leicht. Und dieser Anblick wiederum sorgte dafür, dass sich wieder dieses ziehende, süße Gefühl in mir ausbreitete.

Das Spülwasser wurde allmählich kälter, was mich aus meiner Erinnerung riss. Ich beeilte mich, den letzten Teller abzuspülen.

»Wenn du willst, kann ich Savannah fragen, ob sie dir den nächsten Band von Simon Beckett besorgt«, bot ich an und wischte mir die Hände an der Jeans ab. »Sie besucht morgen bestimmt meine Tante in der Buchhandlung der Mall.«

»Deine Tante arbeitet in einer Buchhandlung?«

»Genauer gesagt gehört ihr die Buchhandlung sogar. Savannah ist ihre treuste Kundin, sie hängt dauernd dort herum.«

Ches fuhr sich durch die Haare. Unbehagen zeichnete sich in seinem Gesicht ab. »Nur, wenn es ihr keine Umstände macht. Und das Geld …«

»Kannst du ihr geben, wenn sie das Buch auch wirklich bei sich hat. Ein fairer Tauschhandel.«

»Klingt nach einem Deal«, sagte er mit funkelnden Augen und ließ vom Regal ab.

Ich lächelte, zückte mein Smartphone und brachte meine Finger in Angriffsposition. Ich würde eine Menge Nachrichten verschicken müssen.

Am nächsten Morgen weckte mich pfeifender Wind und Regen, der an das Schlafzimmerfenster trommelte. Verschlafen wälzte ich mich herum und kuschelte mich tiefer in mein Kissen. Es war noch nicht sonderlich hell draußen, was vermutlich nur bedeuten konnte, dass es noch sehr früh war.

Mit nur einem geöffneten Auge tastete ich zwischen den Laken nach meinem Handy und entsperrte es schließlich, um auf die Uhrzeit zu linsen. Und tatsächlich – es war gerade mal halb acht. Dieser verdammte College-Schlafrhythmus.

Ich streckte den Arm zur Seite aus, doch da, wo eigentlich Ches hätte liegen sollen, war das Bett kalt. Und leer. Gähnend schlug ich die Bettdecke zurück, zog mir schaudernd einen roten Strickpullover über und öffnete die Schlafzimmertür. Ich konnte Ches leise reden hören, weshalb ich an der Waschmaschine vorbeischlich und um die Ecke lugte. Prompt begegneten sich unsere Blicke, was mich zurückschrecken ließ – entweder ich war viel lauter, als ich gedacht hatte, oder sein Gehör unglaublich fein.

Er hielt sich ein Telefon ans Ohr. Seine kinnlangen Haare waren vom Schlaf zerzaust, was ihn irgendwie noch anziehender machte. Wie ich war er barfuß und trug nichts, bis auf seine Baumwollhose. Die unzähligen Blutergüsse auf seinem Oberkörper sahen furchterregend aus, besonders an der Stelle, wo seine Rippen verletzt waren. Dort war seine Haut rot und blau und violett.

»Creed«, sagte er als Nächstes in den Hörer, »ich muss jetzt auflegen. Wir reden heute Abend.«

Er beendete das Gespräch und legte sein Handy auf den Esstisch. »Entschuldige. Habe ich dich aufgeweckt?«

»Nein.« Ich trat zu ihm und schlang die Arme um mich. »Wie ist es gelaufen? Wer hat den Kampf gewonnen?«

»Creed hat gewonnen.« Ein Muskel an seinem Kiefer zuckte.

»Aber das ist doch etwas Gutes, oder?«, fragte ich und runzelte verwirrt die Stirn. Sollte er sich nicht freuen?

»Sicher. Es ist nur ...« Er seufzte. »Es gefällt mir einfach nicht, dass er überhaupt gekämpft hat.« Erschöpft rieb er sich über die Augen, aber offenbar hatte er sein Veilchen vergessen, denn er zuckte jäh zusammen und hörte sofort wieder auf.

Ich musste daran denken, wie ich Ches gestern von meinem Dad erzählt hatte, wie sehr ich mich innerlich gegen die Beileidsfloskeln gesträubt hatte – und bemerkte, dass ich im Begriff war, nun genau dasselbe zu tun, nur weil ich nicht wusste, was ich sonst sagen sollte. *»Das wird schon wieder.« »Kopf hoch.«*

»Geht es Creed gut?«, fragte ich stattdessen. »Wurde er verletzt?«

Ches schüttelte den Kopf. »Nein, es geht ihm gut, er hat sich wacker geschlagen.«

Die Neuigkeit erleichterte mich.

Ches legte sich zurück ins Bett, während ich unter die Dusche sprang und anschließend ein Frühstuck zubereitete.

Summer und Sav waren überrascht gewesen, dass ich sie für heute Abend eingeladen hatte, doch sie hatten zugesagt. Savannah freute sich sogar richtig, da sie Ches und Creed endlich kennenlernen würde. Nur Summer war knapp angebunden gewesen. Auf die Nachrichten, die sie mir in unserem privaten Chat geschickt hatte, hatte ich nämlich nicht geantwortet, weil sie eine Frage nach der anderen gestellt hatte, die ich einfach nicht beantworten konnte. Ich hatte keine Ahnung, wie ich das je wieder geradebiegen sollte.

Den restlichen Tag wirkte Ches nachdenklich. Wann immer ich zu ihm blickte, schien er abwesend zu sein und grübelte vor sich hin. Sein Blick fixierte nie ein bestimmtes Ziel, sondern war stattdessen in die Ferne gerichtet. Irgendetwas an seinem Verhalten bereitete mir Sorgen. So grüblerisch war er die letzten Tage nicht gewesen, und ich wurde das Gefühl nicht los, dass es etwas mit mir zu tun hatte. Er hatte sich alle gerahmten Bilder in meiner Wohnung angesehen, als wären sie Teil einer bedeutsamen Ausstellung und nicht bloß Schnappschüsse. Seine Miene war schwermütig, fast schon niedergeschlagen. Und ich fragte mich, was es zu bedeuten hatte.

Erst als wir nach Sonnenuntergang in meinem Auto saßen und in Richtung North Side fuhren, traute ich mich, etwas zu sagen.

»Ist alles in Ordnung, Ches?«

Seine Antwort kam ein wenig zu schnell und zu glatt. »Absolut. Alles bestens.«

»Du, äh, wirkst bedrückt.«

»Ich bin bloß müde, Ella.«

Na, das läuft ja toll. Ich presste die Lippen zusammen und drehte das Radio lauter, das ein altes Stück von den Beatles spielte. »Hast du noch Schmerzen?«, fragte ich weiter.

»Kaum. Es geht mir gut.«

Das war's. Er log mich an, blockte mich ab, und das nicht gerade unauffällig.

Hatte ich etwas falsch gemacht? Hatte ich irgendetwas getan, um ihn zu verärgern?

Hör auf damit, Ella. Ches ist nicht Jason. Er treibt diese Spielchen nicht.

Es war bestürzend, wie schnell ich dazu neigte, in alte Muster zu verfallen. Ich konnte mich nicht daran erinnern, je einen Streit mit Jason gehabt zu haben, bei dem nicht am Ende ich die Schuld getragen hatte.

»Übrigens«, sagte ich, als das Radio einen Hit aus den Achtzigern anspielte. »Meine Mum und meine Tante haben dich für Thanksgiving eingeladen.«

Ich spürte seinen Blick auf mir. »Wirklich?«, fragte er verblüfft.

»Natürlich nur, wenn du möchtest«, sagte ich hastig. »Wenn du darauf keine Lust hast oder etwas anderes geplant hast, ist das überhaupt kein Problem.«

»Ich möchte mich euch nicht aufzwingen. Thanksgiving ist ein Familienfest.«

»Nicht nur. Es ist auch für Freunde. Und wir …«

… waren keine Freunde. Ich wusste selbst nicht, was wir waren.

Ich räusperte mich, während ich in die Straße des *Leo's* einfuhr. Die vertrauten Fassaden waren in der Dunkelheit von Neonschildern und Lichtern beleuchtet, und auf den Gehwegen lag das Laub der immer kahler werdenden Bäume. »Die Einladung steht jedenfalls«, sagte ich schließlich und presste die Lippen zusammen.

Ein paar Meter von der Bar entfernt parkte ich und stellte den Motor ab. Ich blickte zu Ches und erwischte ihn dabei, wie er mich musterte. Wieder hatte er diesen nachdenklichen Ausdruck auf dem Gesicht. Er streckte die Hand aus und legte sie mir auf das Knie. »Danke für die Einladung, Ella.«

KAPITEL 23

Das *Leo's* lag zwischen einer Bowlingbar und einem Tabakladen. Die Wände waren mit dunklem Holz vertäfelt und mit Nummernschildern aus den verschiedensten Bundesstaaten, Dartscheiben und alten Fotos von Motorrädern behängt. Es war warm, roch nach Bier und vielen Menschen, und wir wurden von lauter Rockmusik begrüßt, als wir den Laden betraten. Die Bar war offen und groß und bereits gut besucht, obwohl es gerade mal neun Uhr war. Die meisten der anwesenden Leute waren keine Studenten mehr und deutlich älter als wir, doch trotz allem tummelten sich hier durchaus Leute, deren Gesichter ich auf dem Campus mit Sicherheit schon einmal gesehen hatte.

Ches und ich schlängelten uns zwischen Körpern hindurch, bis wir ein Stück weiter hinten im Laden den Ecktisch gefunden hatten, wo bereits meine Freunde, Lenny und Creed, saßen. Sofort suchte ich ihn mit den Augen nach sichtbaren Verletzungen ab, doch ich konnte keine entdecken. Ein erleichtertes Seufzen entfuhr mir.

Als Summer, Sav und Mitchell uns erblickten, breitete sich erst Verwirrung und schließlich Entsetzen auf ihren Gesichtern aus.

»Heilige Scheiße!«, sagte Summer anstellte einer Begrüßung. Sie starrte Ches unverblümt an, als wir zu ihnen in die Sitznische rutschten.

»Was ist passiert?«, fragte Mitchell mit großen Augen. »Du siehst übel aus, Mann.«

Abgesehen von Ches' blauem Auge konnte man noch immer die heilende Platzwunde über seiner Augenbraue erkennen, deren Fäden noch nicht gezogen worden waren. Über einem verwaschenen Jeanshemd trug er das Fixierband an seinem rechten Arm, damit seine Schulter geschont wurde.

»Ich hatte eine Art kleine unschöne Begegnung«, sagte Ches ausweichend. »Ein Überfall. Aber es geht mir gut, es sieht schlimmer aus, als es ist.«

»Wann ist das passiert?«, fragte Mitchell bestürzt.

Und dann kam der Moment, vor welchem ich mich gefürchtet hatte. Sowohl Mitch wie auch Savannah und vor allem Summer sahen mich vorwurfsvoll an.

»Wieso hast du uns das nicht erzählt, El?«, fragte Savannah, und obwohl sie eher besorgt klang, konnte ich heraushören, dass sie betrübt war.

»Das ist wohl meine Schuld«, kam Ches mir überraschenderweise zu Hilfe. Ich sah ihn verblüfft an, gab mir jedoch Mühe, mitzuspielen. Er kratzte sich am Kopf und wirkte beinahe verlegen. »Ich habe sie gebeten, es niemandem zu erzählen. Es ist mir etwas unangenehm.«

Seine Worte nahmen meinen Freunden mit einem Mal den Wind aus den Segeln, und ich konnte nichts weiter tun, als überrumpelt dazusitzen.

»Oh«, sagte Sav und starrte mit roten Wangen auf den Tisch. »Sicher. Tut mir leid, es geht uns nichts an.«

Ches erzählte in knappen Worten genau das, was wir besprochen hatten; dass er überfallen worden war und der Angreifer eine Sturmmaske getragen hatte.

»Deswegen warst du so durch den Wind«, bemerkte Summer und biss sich auf die Lippe. »Gott, das tut mir leid. Ich habe mir schon Sorgen gemacht, Ella. Du hast Savy und mir plötzlich nicht mehr geschrieben und bist uns aus dem Weg gegangen.«

»Ja, tut mir leid.« Ich lächelte zerknirscht. »Ich wusste nicht, wie ich damit umgehen sollte.«

»Du solltest Anzeige erstatten, Ches«, sagte Mitchell und trank aus seiner Bierflasche. »Wenn dieser Mistkerl irgendwo da draußen immer noch sein Unwesen treibt, wird es sonst noch bald jemandem genauso ergehen wie dir.«

»Was du nicht sagst«, murmelte Lenny, die genau wie Creed bis eben ruhig geblieben war. Ihre Augen landeten auf mir und blitzten auf. »Ella, kommst du mit vor? Wir sollten Getränke besorgen.« Sie machte eine seltsame Grimasse, fast so, als wollte sie mir damit etwas sagen.

»Äh, ja sicher«, sagte ich verwirrt. Ich rutschte aus der Sitznische. Summer, Mitch, Creed und Savannah hatten bereits Getränke, weshalb mein Blick fragend auf Ches zu ruhen kam. »Was möchtest du?«

»Ein alkoholfreies Bier, bitte«, erwiderte er. »Alkohol mit Schmerzmitteln verträgt sich nicht sonderlich gut.«

Ich nickte lächelnd. »Kommt sofort.«

»Wir sind gleich wieder da«, sagte Lenny, ergriff meine Hand und zog mich mit sich. Erst als wir die Bar erreicht hatten, ließ sie mich wieder los. Lenny winkte dem Barmann zu und lehnte sich gegen die abgenutzte Holztheke.

»Ich habe endlich mit Teddy gesprochen«, verkündete sie gedämpft und sah sich um, ob uns auch niemand beobachtete.

Mein Herz schlug einen Purzelbaum. »Wann das? Wieso hast du mir nicht Bescheid gegeben?«

»Ich sage es dir jetzt gerade, oder nicht? Er will mit dir persönlich sprechen und kommt gleich vorbei. Ches darf das auf keinen Fall mitbekommen, sonst wird er wissen, dass etwas nicht stimmt.«

Meine Erleichterung war so groß, dass ich erschauderte. Was hatte sie Teddy erzählt? Was würde jetzt passieren?

»Okay«, sagte ich und strich mir die Haare hinter die Ohren. »Hat er schon gesagt, was er vorhat? Was hast du ihm erzählt? Weiß Creed davon?«

Als ich Creed erwähnte, wich Lenny mit einem Mal meinem Blick aus und wirkte unbehaglich. »Nein. Ich habe auch Teddy gebeten, nicht auf seine Kontaktversuche einzugehen.«

»Wieso?« Bestürzt sah ich sie an. »Ich dachte, Creed will auch, dass Rory –«

Lenny boxte mir plötzlich gegen den Oberarm, was mich aufschreien ließ. *»Au!«*

»Vollidiot!«, zischte sie. »Du kannst doch nicht einfach seinen beschissenen Namen aussprechen, wer weiß, ob uns jemand hört?«

Ich rieb mir über die schmerzende Stelle und sah sie finster an.

»Wie dem auch sei. Jedenfalls, als Teddy mir erzählte, was er vorhat, wollte ich nicht mehr, dass Creed daran beteiligt wird. Wenn

Ches jemals davon erführe, könnte er ihm nie wieder in die Augen blicken. Und du weißt, wie eng die Jungs miteinander sind.«

Die Härchen in meinem Nacken stellten sich auf. Irgendetwas sagte mir, dass das hier eine Richtung einschlug, die sehr hässlich werden könnte. »Lenny, was hat Teddy gesagt?«

Doch bevor sie mir antworten konnte, tauchte ein älterer Barkeeper vor uns am Tresen auf und wollte unsere Bestellung aufnehmen. Wir bestellten Bier, eines davon alkoholfrei für Ches.

Gerade als ich die Dollarscheine aus meiner kleinen Umhängetasche fischte und bezahlte, erklang über die laute Rockmusik ein durchdringendes Piepen. Lenny griff hastig in die vordere Tasche ihres Kapuzenpullovers und holte ihr Handy hervor. Sie schnappte nach Luft. »Das ist Teddy!«

Mein Magen zog sich zusammen, und ich klammerte mich an der Bar fest. In null Komma nichts nahm sie das Gespräch entgegen und hielt sich das andere Ohr zu, um etwas verstehen zu können.

Ich beobachtete gebannt und nervös zugleich, wie sie eine Zeit lang nichts sagte. Dann irgendwann nickte sie und legte wieder auf.

»Er ist eben gekommen, Ella. Ich habe eine Idee: Du gehst raus vor die Tür, und ich bringe die Getränke an den Tisch und sage den anderen, dass du nach der Toilette suchst.«

Ich nickte hastig. Das Herz schlug mir bis zum Hals, als Lenny mich auch schon in Richtung Tür schob. »Geh. Er hat sicher nicht allzu viel Zeit, und Teddy lässt man nicht warten.«

Das ließ ich mir nicht zweimal sagen. Ich wirbelte herum und bahnte mir einen Weg zurück zum Eingang.

Die eisige, frische Nachtluft schlug mir entgegen, was mich demonstrativ erschaudern ließ. Ich blickte mich um und suchte … Eigentlich wusste ich nicht so recht, wonach ich suchte. Vielleicht nach einem Motorrad?

»Bist du Ella?«, erklang eine tiefe Stimme hinter mir.

Erschrocken wirbelte ich herum – und musste den Blick anheben. Weit.

Oh mein Gott. Vor mir stand ein Berg von einem Mann. Er war mindestens zwei Meter groß, um die fünfzig, trug eine Glatze und wies erschreckend viele Ähnlichkeiten mit Vin Diesel auf. Nur dass er voller Tattoos war. Sogar auf dem Kopf und im Gesicht hatte er welche – drei Tränen unter dem rechten Auge.

»Du … Du bist Teddy«, stieß ich hervor. Ich war sogar unfähig zu blinzeln.

Er nickte und bedeutete mir, ihm zu folgen. Direkt vor meinem Wagen stand ein gigantischer schwarzer Truck. Teddy hielt mir die Beifahrerseite auf, und ich kletterte in das Innere des Ungetüms. Einen Moment später stieg auch er ein, und das Schließen der Fahrertür verbannte jegliche Geräusche, die vom Nachtleben zu uns gedrungen waren. Nur das blau und rot schimmernde Licht des Armaturenbretts und das Licht der Straßenlaternen erhellten die Fahrerkabine.

Nervös knotete ich meine Finger ineinander, als Teddy sich mir zuwandte. Der Wagen roch sauber und neu und war unterkühlt. Ich hatte das Gefühl, als könnte ich jeden Moment vor Anspannung einfach platzen.

»Lenny hat mir erzählt, dass du Chesters Mädchen bist«, sagte er, und seine Wortwahl überraschte mich so sehr, dass mir der Mund aufklappte. *Chesters Mädchen.* So hatte Lenny mich ihm vorgestellt?

Da Teddy mich erwartungsvoll ansah und ich mich mit ausschweifenden Erklärungen nicht lächerlich machen wollte, sagte ich also bloß: »Ja. Das bin ich.«

»Kommen wir direkt zu den weniger erfreulichen Dingen, wegen derer ich hier bin. Ches wurde letzte Woche zusammengeschlagen. Außerhalb des Käfigs, was klar gegen unsere Regeln verstößt. Der Vorfall steht in Verbindung zu Rory. Kannst du das bestätigen?«

»In Verbindung?«, wiederholte ich verwirrt. »*Rory* hat ihn zusammengeschlagen.«

Teddy schüttelte mit grimmiger Miene den Kopf. »Nein, hat er nicht. Vermutlich hat er es jemand anderes tun lassen. Und genau da liegt das Problem. Solange Rory nicht gegen die Regeln verstößt und sich weiterhin in Grauzonen herumtreibt, können wir ihn nicht dafür bestrafen.«

»Du meinst, er kommt damit davon?«, fragte ich verzweifelt.

»Können wir denn nicht die Polizei verständigen? Jemanden, von dem wir wissen, dass er nicht für Rory arbeitet.« Denn Teddy musste doch wissen, wem er vertrauen konnte, zumindest stellte ich es mir so vor.

Teddys Blick wurde so missbilligend, dass ich den Kopf einzog, aus Angst, er könnte ihn mir sonst abreißen. »Wenn du mir die Bullen auf den Hals hetzt, wird die Sache für dich nicht gut enden, Mädchen.«

Ich verschluckte mich beinahe an meiner Zunge. Seine Drohung war unmissverständlich und direkt. »J-ja sicher. Keine Polizei. Verstanden.«

Teddy nickte. »Was ich brauche, ist ein Geständnis. Ich muss hören, was Rory getan hat, und zwar von ihm persönlich. Dieser Mann hat ein ausgefeiltes Netzwerk und weiß, was er tun muss, um nicht selbst der Sündenbock zu sein. Letztes Jahr hat er einen FBI-Agenten verschwinden lassen und sich damit keine Freunde im Käfig gemacht, weil diese Dreckskerle seitdem umso mehr versuchen, uns auf die Spur zu kommen. Aber wir haben ihn nicht dafür drangekriegt, und ganz ehrlich: Es kotzt mich an. Die Gesetze im Käfig sind klar: Wir bleiben unter uns, kümmern uns um unsere Angelegenheiten und legen keine Leute um. Wir gehen auch nicht gegeneinander vor, weil wir neutrales Gebiet sind. Deswegen gibt es ja die verdammten Kämpfe. Es ist ein hartes Geschäft, und wir nehmen es ernst.«

»Und wie kann ich helfen?«, fragte ich mit erstaunlich fester Stimme.

Teddy musterte mich. Im schummrigen Licht vermischten sich die Schatten mit den Tattoos auf seiner Glatze und seinem Gesicht.

»Du sollst der Lockvogel sein.«

Ich erstarrte.

»Wir brauchen einen Köder«, fuhr Teddy ungerührt fort. »Und so wie ich das verstanden habe, warst du der Auslöser dafür, dass Rory Ches ins Visier genommen hat.«

Das Blut rauschte mir in den Ohren. Ich? Ein Lockvogel? Das klang nicht nur riskant. Es klang tödlich.

»Überleg dir gut, ob du das Risiko eingehen willst, Kleine. Wenn ich dich in ein paar Wochen kontaktiere, brauche ich eine Antwort, ob du dabei bist oder nicht. Ist ’ne große Sache. Die meisten würden den Schwanz einziehen.«

Ich wollte Ches helfen. Ich wollte, dass Rory verdammt noch mal das Handwerk gelegt wurde. »Nein, ich bin dabei. Du kannst auf mich zählen«, erwiderte ich fest entschlossen. Dann fiel mir etwas anderes ein. »Nur um eins muss ich dich bitten, Teddy.«

Er verengte die Augen. »Was willst du?«

»Ches hat einen Bruder. Sein Name ist Maxx. Maxx Williams aus Topsham. Ches weiß nicht, wo er ist und ob es ihm gut geht. Du hast doch bestimmt … Möglichkeiten, das herauszufinden. Würde das gehen?«

Teddys Miene entgleiste für einen Moment. »Er hat dir von Maxx erzählt?« Er musterte mich eindringlich. Dann schüttelte er leicht den Kopf. »Ches muss sich wirklich was aus dir machen, Mädchen. Ich werde sehen, was ich tun kann.«

»Danke, Teddy«, sagte ich ernst. Es war vielleicht nicht viel, doch wenigstens etwas.

»Also«, sagte ich und biss die Zähne zusammen. »Was soll ich tun?«

KAPITEL 24

Der Abend im *Leo's* wurde der erste von vielen. Wir spielten zwar keine Brettspiele wie bei unseren Spieleabenden, doch wir hatten trotzdem Spaß. Zu Anfang hätte ich nicht gedacht, dass mir der Laden gefallen könnte, doch es war so. Ich mochte die Atmosphäre, das Dartspielen und das Poolbillard. Ches und Creed fügten sich nahtlos in unsere Clique ein, und selbst Lenny schien ein wenig aufzutauen, vor allem, seit Summer es endgültig aufgegeben hatte, mit Creed zu flirten.

Etwa eine Woche nach unserem ersten Abend in der Bar ließ Creed sich allerdings plötzlich nicht mehr blicken. Ich wusste, dass Ches mir nicht alles erzählte, was die Kämpfe anging, und vermutlich war das auch besser für mich und mein Seelenheil. Was ich jedoch herausfand, war, dass Creed mehr als einmal verlor, und ich vermutete, dass wir ihn deshalb nicht mehr allzu oft zu Gesicht bekamen. Ich wusste ja nur zu gut, wie der Käfig einen Körper zerstörte, ich hatte es an Ches gesehen. Nun aber sah ich vor allem, wie sehr es ihm zusetzte, dass sein bester Freund für ihn kämpfte. Ches wurde mit jedem Tag stiller und in sich gekehrter, verschlossen geradezu – ganz ähnlich dem Ches, dem ich im Spätsommer zum ersten Mal begegnet war.

Und er begann von Neuem, mir aus dem Weg zu gehen.

Ich wollte es nicht wahrhaben, aber es war schon bald nicht mehr zu leugnen. Kaum dass es ihm etwas besser ging, verbrachte er die Tage nicht mehr zu Hause, sondern arbeitete in der Werkstatt. Was er anschließend tat, verriet er mir fast nie, aber er blieb meist bis spät abends fort und ging, bevor ich aufstand. Er schlief auch nicht mehr bei mir im Bett, sondern war wieder auf das Sofa umgezogen.

Die Mauer, die zu überwinden mich so viel Mühe gekostet hatte, war wieder da, und ich hatte keine Ahnung, wie ich sie überwinden sollte.

Am Freitagabend der zweiten Novemberwoche hielt ich es schließlich nicht mehr aus. Es war schon spät, und Ches war gerade dabei, das Sofa für die Nacht herzurichten, als ich zu ihm trat und ihm eine Hand auf den Rücken legte. Er warf mir einen Blick über die Schulter zu und drehte sich schließlich um. Sein Veilchen war mittlerweile nur noch ein gelber Schatten, und auch die Blutergüsse an seinen Rippen waren einer grünlich gelben Farbe gewichen. Körperlich war er fast wieder der Alte. Aber zwischen uns hatte sich eine Schlucht aufgetan, die zu überwinden mir in diesem Moment schlicht unmöglich schien. Es versetzte mir einen schmerzhaften Stich. Was war nur passiert? Ob er etwas von meinem und Teddys Plan ahnte? Oder war es etwas ganz anderes? Meine Gefühle jedenfalls hatten sich nicht geändert, und ich musste wissen, was in ihm vorging. Ich musste wissen, ob er das, was zwischen uns war – auch wenn wir nie darüber gesprochen hatten –, aufgegeben hatte.

Und deshalb, bevor mich mein Mut wieder verlassen konnte, stellte ich mich auf die Zehenspitzen und presste meine Lippen auf seine.

Ches stieß einen überraschten Laut aus und versteifte sich. Zwei furchtbare Herzschläge lang, eine Ewigkeit geradezu, und Panik keimte in mir auf.

Dann gab er nach. Seine Arme schlangen sich um mich, und der Druck seiner Lippen wurde weich.

Ich seufzte auf und konnte nichts dagegen tun, dass mein Kuss gieriger wurde. Verzweifelter. Mein Körper reagierte auf ihn wie zuvor, vielleicht sogar noch stärker.

»Ella«, murmelte er an meinen Mund. Einen Moment später löste er sich von mir und sah mich mit großen Augen an. »Was tust du denn da?«

Seine Worte waren wie ein Schlag in den Magen. Hätten seine Arme nicht noch immer um mich gelegen, hätten vielleicht sogar meine Knie nachgegeben.

»Ich habe dich geküsst«, erwiderte ich mit dünner Stimme. Verdammt. Ich wollte nicht so schwach klingen. Ich wollte ihn wissen lassen, wie wütend und machtlos es mich machte, dass er mich ausschloss, und wie sehr es mich verflucht noch mal verwirrte. Aber meine Stimme versagte.

Er löste sich von mir und trat einen Schritt zurück. »Das ist keine gute Idee.«

Ein weiterer Schlag.

»Wieso?«, flüsterte ich. »Ich dachte, wir … Ich dachte, du und ich …«

Er schloss die Augen und fuhr sich durch die Haare. »Nein. Verstehst du, Ella, es geht nicht. Ich versuche bloß, das Richtige zu tun.«

Mechanisch schüttelte ich den Kopf und ballte die Hände zu Fäusten. »Gehst du mir deshalb schon wieder aus dem Weg? Ich dachte, du hättest versprochen, dass das vorbei ist!«

»Ich will nicht, dass du verletzt wirst. Meine Nähe bedeutet Gefahr für dich. Auch wenn Rory dich momentan nicht im Visier hat, bedeutet das nicht, dass es nicht wieder passieren könnte. Er ist immer noch da! Er hat nicht vergessen, was passiert ist. Ich gehöre immer noch ihm, das musst du endlich begreifen. Creed spürt das gerade jeden Tag, und du könntest jederzeit die Nächste sein. Verdammt, ich sollte nicht einmal mehr hier sein.«

Wut flammte in mir auf, und ich ballte die Hände zu Fäusten. »Du musst mich nicht beschützen!«

»Und ob ich das muss.«

»Ich bin nicht mal mehr in die Nähe des Käfigs gegangen, wieso um alles in der Welt sollte Rory mir etwas antun wollen?«

Plötzlich explodierte er. »Weil du in meiner Nähe bist und alle Menschen in meiner Nähe früher oder später verletzt werden!«

Wütend starrten wir uns an. Mein Puls rauschte mir in den Ohren, und seine Worte hallten in mir nach, immer und immer wieder.

Ches trat noch einen Schritt zurück und richtete den Blick auf den Boden. »Ich nutze deine Gastfreundschaft schon viel zu lange aus. Ich sollte gehen.«

»Gastfreundschaft«, wiederholte ich wie betäubt. »Nach allem, was du mir anvertraut hast, nach allem, was war, willst du jetzt einfach gehen?«

Er lächelte freudlos. »Sieh dir doch nur mal deine Tür an. Deine Wohnung ist zu einer Art Fort Knox geworden, und das nur, weil ich in dein Leben getreten bin.«

Ich schnaubte verächtlich und unterdrückte mit aller Kraft die Tränen, die mir in die Augen schießen wollten. »Mach doch, was du willst! Und ich habe ernsthaft geglaubt, dass dir etwas an mir liegt. Ich dachte, was auch immer das zwischen uns ist, wäre …« Meine Stimme brach, und ich sah, wie meine Worte ihn zusammenzucken ließen. Wütend wischte ich mir über die Augenwinkel. »Ist ja auch egal. Oder eher dir. Oder wie auch immer. Dann verschwinde eben einfach aus meinem Leben, wenn es dich so glücklich macht. Wenn du wirklich so denkst, ist das sicher das Beste. Gute Nacht, Ches.« Ich drehte mich um und stürmte in mein Schlafzimmer. Ein Kloß saß mir im Hals, und ich wusste, sobald die Zimmertür hinter mir zugefallen war, würde ich die Tränen nicht mehr zurückhalten können.

Doch so weit kam es nicht. Noch bevor ich die Tür erreicht hatte, erklangen Schritte hinter mir. Dann plötzlich wirbelte Ches mich zu sich herum, legte die Hände an meine Wangen und presste seine Lippen auf meine.

Ich keuchte auf, was sich mit einem Schluchzen vermischte. Er küsste mich nicht vorsichtig, sondern hart und verzweifelt. Mein Körper übernahm instinktiv die Überhand, schaltete mein Hirn ab, und ich erwiderte den Kuss, mindestens genauso hungrig, genauso sehnsuchtsvoll. Ich schluchzte wieder auf und krallte mich an ihm fest, so als könnte ich ihn verlieren, wenn ich ihn losließ. Unsere Lippen pressten sich aufeinander, bekamen nicht genug. Das Feuer zwischen uns entflammte stärker als je zuvor und verbrannte mich augenblicklich, sorgte dafür, dass sich mein Unterleib zusammenzog. Seine Hände fuhren meinen Rücken hinunter. Sie schoben sich unter mein Schlafshirt und umfassten meine Hüfte. Er presste meinen Körper an seinen, was mir ein Stöhnen entlockte.

Im nächsten Moment stießen wir gegen die Schlafzimmertür und stolperten hinein.

Fiebrig packte ich mein Shirt, ehe Ches es mir im nächsten Moment auszog. Ich wusste nicht, was hier gerade passierte. Eine

Sicherung war durchgebrannt. Es war wie ein volles Fass, welches ein letzter Tropfen zum Überlaufen gebracht hatte.

Einen Herzschlag lang schien Ches den Atem anzuhalten. Dann packte er mich plötzlich und hob mich hoch. Ein Schrei entfuhr mir, und ich schlang die Arme um seinen Hals, um das Gleichgewicht nicht zu verlieren. Im selben Moment keuchte er vor Schmerz.

»Deine Schulter«, sagte ich an seinen Lippen, doch er stieß bloß ein Knurren aus und lief los. Mit mir auf den Armen glitt er aufs Bett, und im nächsten Moment lag ich unter ihm.

»Ches …«

Er hob den Kopf und sah mich an. Seine Augen brannten vor Verlangen.

Verlangen nach mir.

»Sag mir, was du willst, Ella.«

»Ich will dich«, sagte ich wie aus der Pistole geschossen. »Und ich will nicht, dass du gehst. Ich will nicht, dass du aus meinem Leben verschwindest, Ches.«

Sein heißer Atem traf auf meine Lippen. »Dann gehe ich nicht«, flüsterte er. »Ich habe bloß versucht, das Richtige zu tun. Wenn wir zusammen sind, fühle ich mich wieder wie ich selbst, und das, obwohl ich dachte, dass …« Er verstummte und küsste mich, diesmal weitaus verzweifelter als zuvor. Es zeriss mir das Herz. »Und das, obwohl ich dachte, dass ich mich verloren habe.«

»Schließ mich nicht mehr aus.«

»Nein«, erwiderte er und glitt mit den Lippen hinunter bis zu meinem Hals. »Ich kann nicht. Nicht bei dir. Bei dir kann ich es einfach nicht, Ella.«

Ich keuchte auf, als seine Lippen die Stelle über meinem rasenden Puls fanden. Ich schlang meine Beine um seine Hüften, drückte das Kreuz durch und … spürte ihn. Er war hart.

Das Verlangen spülte durch meinen Kopf wie eine Schockwelle.

Seine großen Hände glitten meine Seiten entlang. Da ich eben noch im Begriff gewesen war, ins Bett zu gehen, trug ich keinen BH, und meine Brüste streiften seinen Oberkörper. Ein sehnlichsüßer Schmerz pochte in meinem Bauch und wanderte in tiefere Regionen. Ich hob seinen Kopf an und küsste ihn wieder. Er stöhnte leise, und der tiefe, männliche Klang drang bis zwischen meine Beine.

Wir kosteten einander, tasteten uns immer dringlicher voran, so als würden wir verhungern, wenn wir es nicht taten. Er biss mir in die Unterlippe, was mir ein Keuchen entlockte. Und das, was seine Zunge anschließend mit meiner tat, sorgte dafür, dass jegliche Synapsen in meinem Hirn durchbrannten. Ich drängte mich ihm entgegen, spürte ihn genau zwischen meinen Beinen und wurde von der Intensität der Lust beinahe umgehauen. All die sexuelle Anspannung, all das elektrische Knistern der letzten Wochen schien sich zwischen uns mit einem Mal zu entladen. Und es war heftig.

Seine Hand umschloss meine Brust, und er küsste eine glühende Spur hinunter, bis zu meinem Dekolleté. Die Stoppeln seiner Wangen auf meiner Haut ließen mich erschaudern. Dann schlossen sich seine Lippen endlich um eine meiner Brustwarzen.

»Oh Gott«, stöhnte ich und krallte meine Hand in seinen Haaren fest. Er stieß einen tiefen Laut aus und glitt genüsslich mit der Zunge über die harte Spitze.

Er ließ sich Zeit, kostete den Moment aus, *reizte* ihn aus und brachte mich damit beinahe um den Verstand. Anschließend widmete er sich mit derselben Hingabe der anderen Brust und ließ seine Hand tiefer gleiten, über meinen Bauch. Kurz bevor sie meinen Hosenbund erreichte, verharrte er und blickte zu mir auf. »Wenn dir das zu weit geht, sag es jetzt.«

Ich schüttelte den Kopf. »Es gibt kein Zu-weit. Nicht mehr.« Ich wollte ihn so sehr, dass es wehtat.

Ches setzte sich auf und packte den Saum meiner Schlafshorts. Noch bevor er etwas sagen konnte, hob ich meine Hüfte an, und in null Komma nichts hatte er mir auch schon die Hose ausgezogen, inklusive Slip.

Anstatt sich jedoch wieder auf mich zu legen, blieb er, wo er war, und betrachtete mich im spärlichen Licht, das durch den Türschlitz fiel.

»Wow«, murmelte er und ließ seine großen, sanften Hände meine Schenkel hinauffahren. »Du bist wunderschön, El.«

Obwohl ich mich noch nie wohlgefühlt hatte, vor jemandem splitterfasernackt zu sein, fühlte es sich vor Ches anders an. Besonders. Der faszinierte und ehrfürchtige Ausdruck in seinen Augen sorgte dafür, dass ich mich genauso schön fühlte, wie er mich sah. Es war … intensiv.

»Warte kurz«, sagte er mit rauer Stimme und kletterte vom Bett.

»Was tust du?«, fragte ich, da schwebte er im nächsten Moment schon wieder über mir. Er hielt eine Packung Kondome in die Luft.

»Sag nichts.« Ein träges, verführerisches Lächeln erschien auf seinen Lippen, was allein schon dafür sorgte, dass mir schwindelig wurde. »Creed hat sie mir schon an dem Tag gegeben, als ich eingezogen bin.«

Ich lachte auf. Verlegen und gebannt beobachtete ich, wie er sich seiner Baumwollhose entledigte. Die Dunkelheit offenbarte genug, damit sich eine angespannte Vorfreude in mir breitmachte.

Dann war er splitternackt.

Wenn ich geglaubt hatte, Ches wäre in Kleidung bereits verboten heiß, dann war das nichts im Vergleich zu dem Bild, welches sich mir jetzt bot. Sein Körper war perfekt. Ein Sinnbild aus harten Muskeln, breiten Schultern und schmalen Hüften. Und weiter unten …

Er ließ mir Zeit damit, ihn anzustarren, während er die Kondompackung aufriss und sich das Kondom sorgfältig überzog. »Ich liebe es, wie du mich gerade ansiehst«, flüsterte er und legte sich wieder auf mich. »Wenn du dich nur selbst sehen könntest, dann wüsstest du, wovon ich spreche. Das bringt mich beinahe um den Verstand.«

Das Feuer in seinen Augen war alles andere als erloschen, doch es hatte sich etwas anderes zu seiner Lust gesellt. Es sorgte dafür, dass die Luft im Raum dicker und schwerer wurde und meine Haut sich zu eng anfühlte. Ches legte seine Hände an meine Knie und drückte sie sanft auseinander. Unser heißer, flacher Atem vermischte sich, und seine Haarspitzen kitzelten meine Wangen. Nicht eine Sekunde löste er den Blick von meinem, während er seine Hand nach unten fahren ließ. Dann glitten seine Finger zwischen meine Beine, und ich stieß ein lustvolles Keuchen aus.

Stöhnend vergrub er das Gesicht an meinem Hals und küsste mich unterhalb meines Ohres. »Du fühlst dich so gut an.« Er begann, seinen Daumen kreisend zu bewegen, bis ich mich aufbäumte.

»Bitte«, stieß ich hervor und presste meine Knie an seine Hüfte. Ich war nicht mehr ich selbst. Ich bestand nur noch aus Empfindungen und Verlangen. Meine Hände lagen um seinen Rücken und krallten sich an ihm fest. Ches küsste mich wieder. Er kostete von meiner Unterlippe und schob dabei einen Finger in mich hinein.

Ein kleiner Schrei entfuhr mir, und ich sank tiefer in die Matratze, so als würde ich schmelzen.

»Perfekt«, flüsterte Ches. »Gott, Ella.«

Dann, endlich, verlagerte er das Gewicht und positionierte sich. Mein Körper bebte vor Aufregung. Ich senkte den Blick und sah zu, wie er die Spitze seiner Erektion an meine Mitte führte. Einen Herzschlag lang schwebte er über mir. Dann glitt er langsam in mich hinein. Meine Fingernägel bohrten sich in seinen Rücken, und meine Lippen teilten sich, als ein feiner Schmerz den überwältigenden Druck begleitete. Ches' Kiefermuskeln arbeiteten, und er keuchte. Er gab mir kurz Zeit, mich an ihn zu gewöhnen, doch dann, mit einem Stoß, drang er vollständig in mich ein.

Ein erstickter Laut entfuhr mir.

»Alles in Ordnung?«, fragte er sofort und küsste meinen Mundwinkel.

»Ja«, stöhnte ich. »Hör nicht auf.«

Er zog sich zurück, ehe er wieder in mich eindrang, diesmal weitaus weniger vorsichtig. Seine Bewegungen fanden einen fiebrigen, lustvollen Rhythmus, und ich bewegte mich mit ihm. Es gab keine Zurückhaltung mehr. Unsere Körper drängten sich aneinander, und es hatte beinahe etwas Animalisches, als Ches uns plötzlich herumwirbelte, sodass ich auf ihm lag. Er stieß ein Knurren aus und küsste mich auf so eine rohe Art, dass ich vollkommen aus der Bahn geworfen wurde. Seine Hände packten meine Hüften und führten sie, während er das Becken anhob und in mich stieß.

Ich stöhnte laut, als er genau die richtige Stelle in mir fand und mit jedem Stoß einen Funkenregen durch mich hindurchjagen ließ. Ich verlor das Gefühl für Raum und Zeit. Es glich einem Rausch, ich versank in den Empfindungen, seinem Geruch, seiner Wärme. Nicht einmal meine gewagtesten Vorstellungen waren dem hier gewachsen. Es war noch tausend Mal besser. Der Sex war wild und haltlos, bis wir uns durch die Laken wälzten, atemlos und keuchend. Und ich war laut. Ich war nie der laute Typ gewesen, doch mit Ches war ich ein neuer Mensch.

Mein Unterleib zog sich immer schmerzhafter, immer köstlicher zusammen vor Lust. Ich spürte, dass es nicht mehr lange dauern würde. Der Orgasmus braute sich bereits brodelnd in mir zusammen wie dunkle Gewitterwolken, die sich immer stärker aufluden.

»Ches«, keuchte ich. »Ich … Ich …«

Er lag wieder auf mir, küsste meinen Hals und drang so tief und lustvoll in mich ein, dass das Bettgestell gegen die Wand schlug.

»Ich glaube, ich werde gleich …« Den Rest des Satzes konnte ich nicht zusammenbringen und atmete hörbar aus, als er die Bewegung wiederholte. Er schob meine Schenkel auseinander und ließ seine Hand nach unten gleiten. Seine Finger rieben über meinen empfindlichsten Punkt, und er küsste mich wieder, hitziger, leidenschaftlicher. Gott. *Oh Gott!* Ich stand so kurz davor. Jeden Moment …

»Komm für mich, El«, raunte er und streichelte meine Wange, ehe seine Hand in mein Haar glitt und eine Handvoll packte. Die Mischung aus Zärtlichkeit und Leidenschaft gab mir den Rest.

Der Höhepunkt ließ mich explodieren wie ein hochgegangenes Feuerwerkslager, und ich schrie seinen Namen, zog mich fest um ihn herum zusammen. Süße Lust entlud sich knisternd und bebend in meinem ganzen Körper, und meine Beine zuckten heiß. Mir wurde schwarz vor Augen.

Mit einem erstickten Laut erstarrte Ches, ehe er ein letztes Mal in mich drang und erzitterte. Das Gewicht seines Körpers legte sich auf meinen, als er sein Gesicht an meinem Hals vergrub und noch einmal erbebte.

Keuchend lagen wir da. Ich durchlebte die Nachwellen des Höhepunktes, die mir einen Schauer nach dem anderen durch den ganzen Körper jagten.

Heilige Hölle.

Seufzend rollte Ches sich auf die Seite und zog mich bei der Bewegung mit sich. Ich schmiegte das Gesicht an seine Halsbeuge und erschauderte, als er seine starken Arme um mich schlang.

Seine Lippen strichen mein Ohr entlang. »Du bist anbetungswürdig, wenn du kommst«, flüsterte er so leise, als würde er ein Geheimnis mit mir teilen. Sanft streichelte seine Hand über meinen Rücken, hoch bis zu meinem Hals. Er strich mir das zerzauste blonde Haar aus dem Gesicht und hob meinen Kopf an. »Ella, ich …« Es war, als wollte er etwas sagen. Doch er tat es nicht und glitt stattdessen mit den Lippen über meine Schläfe.

Und da bemerkte ich, dass ich darauf hoffte, nein, dass ich mir sogar herbeisehnte, etwas ganz Bestimmtes zu hören. Worte lagen mir auf der Zunge, die verzweifelt versuchten, sich von dieser zu lösen. *Ich hab mich in dich verliebt. Ich hab mich in dich verliebt, Ches, und es ist vielleicht das Beste, was mir je passiert ist.*

Um meinen Mund zum Schweigen zu bringen, küsste ich ihn, in der Hoffnung, dass er spüren konnte, was ich für ihn empfand. Ich war noch nicht bereit, die Worte auszusprechen. Und ich wollte nichts falsch machen. Ich hatte das Gefühl, in letzter Zeit immer wieder den Augenblick zu zerstören, deshalb behielt ich dieses kleine Geheimnis für mich, jedenfalls für den Moment.

Und es war genug.

Wir lagen einfach nur da, und es gab auf der ganzen Welt nichts, was ich lieber getan hätte.

KAPITEL 25

Das ganze Wochenende sprachen wir nicht ein Wort über den Käfig, die Kämpfe oder all die anderen unschönen Dinge. Genau genommen redeten wir generell nicht viel, da wir weitestgehend mit anderen Dingen beschäftigt waren. Wir verließen das Bett kaum und wenn doch, taten wir alles, was wir ansonsten dort getan hätten, an anderen Orten in meiner Wohnung. Ich hätte mir im Traum nicht vorstellen können, dass mehr als eine Person in meine Dusche passte, aber Ches hatte es mir bewiesen, als er schließlich zu mir in die kleine Kabine gestiegen war.

Doch so überwältigend er auch war, so überwältigend *wir* waren, immer wieder – ich wusste, dass diese Traumwelt, die wir uns geschaffen hatten, nur eine Seifenblase war, und am Sonntagabend neigte sich unsere Zeit dort allmählich dem Ende zu.

Wir lagen auf dem Sofa, erschöpft von dem, was wir gerade getan hatten, und sahen uns, zusammengekuschelt unter einer Decke, einen *Star Wars*-Film an. Zumindest taten wir so. Ich für meinen Teil war vollends damit beschäftigt, mit dem Ohr auf Ches' Brust zu liegen, seinem Herzschlag zu lauschen und mit den Fingerspitzen träge Kreise auf seine Schulter zu malen.

»Ella?«

Seine tiefe Stimme vibrierte unter meinem Ohr, während seine Hände den Schwung meiner Wirbelsäule nachzeichneten.

»Hm?«, fragte ich und hob den Kopf. Der betrübte Ausdruck in seinen grauen Augen ließ mich innehalten. Mein Bauchgefühl sagte mir, dass es gleich vorbei war mit unserer Seifenblase.

Und ich hatte recht.

»Ich werde bald wieder kämpfen.«

Ich stützte mich auf den Ellbogen zu seinen Seiten ab, um ihn besser ansehen zu können. »Was heißt bald?«

»Nächste Woche.«

»Schon? Aber ist das nicht ein wenig früh?«

Er schüttelte den Kopf. »Es geht mir besser, und ich möchte nicht, dass Creed noch einen Kampf für mich übernehmen muss.«

»Na schön«, sagte ich widerwillig. Das verstand ich, auch wenn es mir nicht gefiel. Dann seufzte ich jedoch frustriert auf. Ich konnte nicht anders. »Gibt es keine Möglichkeit, dass du mit den Kämpfen aufhörst? Ich meine, für immer? Du kannst das doch nicht dein ganzes Leben lang tun.«

»Ich weiß nicht, wie lange. Vielleicht nicht mein ganzes Leben, aber für ein paar Jahre bestimmt noch.«

»Das ist Wahnsinn, Ches«, flüsterte ich. »Es muss doch irgendeine Möglichkeit für dich geben? Wieso bist du so hoffnungslos?«

Oh. Das war wohl die falsche Wortwahl. Er zuckte zusammen, so als hätte ich ihm einen Schlag verpasst.

Ich krabbelte von ihm runter und schlang die Wolldecke um meinen nackten Körper, damit er sich aufsetzen konnte.

Ches rieb sich mit den Händen über das Gesicht. »Ich verdiene das hier, Ella. Es ist meine eigene Schuld, dass ich hier bin, und ich muss ausbaden, was ich angerichtet habe.« Mit einem Mal wirkte er erschöpft. Seine Schultern senkten sich, so als würde ein unsichtbares Gewicht auf ihnen lasten.

Eine dumpfe Angst schnürte mir plötzlich den Hals zu. »Ches«, flüsterte ich, »was ist passiert? Wieso kämpfst du im Käfig?«

Er schwieg. Ich erwartete nicht, dass er mir auf die Frage antworten würde, da er es bis jetzt noch nie getan hatte. Doch als er den Kopf zu mir drehte, konnte ich sehen, wie er mit sich rang. Ein Kampf stürmte in seinen stahlgrauen Augen, und die Verlorenheit in ihnen ließ mein Herz schwer werden.

»Willst du es wirklich wissen?«

Ich erstarrte. Es kostete mich Mühe, nicht zu hastig zu antworten. »Bitte.«

Er atmete tief ein und zog mich im nächsten Moment zu sich. »Ich habe lange darüber nachgedacht, Ella. Aber vielleicht hast du recht. Ich möchte, dass du es weißt. Ich will dir nichts vormachen. Danach kannst du entscheiden, ob du mich immer noch bei dir haben willst oder nicht. Das ist nur fair.« Seine Miene war verschlossen. Seine Worte wirkten einstudiert und dennoch so, als hätte er alles lieber gesagt, außer das.

Seit ich herausgefunden hatte, dass Ches kämpfte, wollte ich schon wissen, weshalb. Doch er hatte immer diesen Abstand gewahrt.

Er musterte mich vorsichtig, beobachtete mich.

Ein wenig fahrig strich ich mir durch die zerzausten Haare. »Okay. Ich höre dir zu. Ich bin hier.«

»Okay«, wiederholte er und atmete tief durch. »Weißt du, Ella, nur Creed, Vince und einer der Verantwortlichen im Käfig wissen über das hier Bescheid. Aber wenn das zwischen uns … wenn wir beide …« Er rieb sich über das Gesicht und seufzte schwer. »Ella, du und ich – das fühlt sich gut an. Mehr als das. Und ich will, dass du weißt, worauf du dich eingelassen hast.«

»Okay«, sagte ich bloß wieder mit dünner Stimme, weil ich nicht wusste, was ich anderes sagen sollte. *Das fühlt sich gut an. Mehr als das.* Der Schwarm Schmetterlinge in meinem Bauch hatte wohl noch eine Familie Glühwürmchen bei sich einziehen lassen.

Ches lehnte sich zurück und starrte in die Luft, als würde er nach den richtigen Worten suchen. Als er endlich zu sprechen begann, wäre ich beinahe zusammengezuckt, so nervös war ich.

»Ich habe dir doch von meinem Bruder erzählt. Maxx.«

»Ja. Was ist mit ihm?« Wenn Ches wüsste, dass Teddy gerade dabei war, herauszufinden, wo Maxx war, was würde er sagen?

»Vor vier Jahren ist er auf die schiefe Bahn geraten«, murmelte er. »Maxx hat sich ständig mit den falschen Leuten eingelassen. Dauernd kam er mit einem zerschlagenen Gesicht oder blutigen Fingerknöcheln nach Hause. Nicht einmal Creed hat es geschafft, ihm ins Gewissen zu reden, und Maxx hat Creed vergöttert. Er begann zu viel zu trinken und zu viel zu rauchen. Dann ist er plötzlich für ein paar Monate verschwunden, einfach so. Niemand wusste, wo er war, und meine Eltern haben die Polizei eingeschaltet. Als er wieder auftauchte, hat er sich seltsam benommen. Er hatte dieses rote Cadillac Cabrio und ist zu den unmöglichsten Uhrzeiten gekommen und gegangen. Irgendwann hab ich es nicht mehr ausgehalten und begann damit, ihm zu folgen. Er hat sich mit einem Mädchen getroffen und irgendwelche Päckchen entgegengenommen.

Natürlich hat Maxx mich eines Tages dabei ertappt. Wir haben uns gestritten, bis er mir endlich gebeichtet hat, mit welchen üblen Kerlen er sich diesmal eingelassen hatte. Erst da wurde mir bewusst, wie tief er wirklich in der Scheiße steckte.«

Ches fuhr sich durch die zerwühlten Haare. Sein ganzer Körper war angespannt, die Stirn in tiefe Falten gezogen. »Er hat für einen komischen Kerl namens Malcolm gearbeitet. Angeblich nur ein lokaler Drogenkurier, der andere gut dafür bezahlte, ihm etwas Arbeit abzunehmen. Aber wie sich herausstellte, war dieser Kerl *der* Malcolm. Der größte Drogenboss des Bundesstaates Maine. Ich wusste es zu diesem Zeitpunkt natürlich noch nicht. Ich musste Maxx versprechen, ihn nicht mehr zu verfolgen, und er versprach mir dafür, nach einer allerletzten Auslieferung die Finger von dem Geschäft zu lassen. Aber ich habe mein Versprechen nicht gehalten. Ich konnte nicht. Weil ich da schon ahnte, dass Maxx sein Versprechen ebenso wenig halten würde. Und niemand außer Creed und mir wusste, wie weit Maxx wirklich vom rechten Weg abgekommen war.

Nach dieser letzten Auslieferung hat dieser Malcolm Maxx zusammenschlagen lassen. Sein Bein war lahm, und er konnte nicht aufrecht stehen, ohne gleich wieder zur Seite umzukippen. Er wollte mir einfach nicht verraten, was er angestellt hatte, aber es muss übel gewesen sein. Vielleicht gefiel ihnen auch einfach nicht, dass er aussteigen wollte. Maxx war verzweifelt und hat von einer letzten großen Auslieferung gesprochen, die er erledigen musste. Ich habe es ihm verboten. Ich habe ihn angefleht, es zu lassen. Ich habe sogar mit unseren Eltern und der Polizei gedroht. Aber er ließ sich nicht abhalten, trotz seiner üblen Verletzungen. Es war unheimlich. Er war nicht mehr er selbst. Ich weiß nicht, wer ihn mit was bedroht hat, aber Maxx *musste* diese Auslieferung machen. So habe ich meinen Bruder noch nie erlebt. Also bin ich die Nacht über wach geblieben und habe darauf gewartet, dass er sich aus dem Haus schleicht. Aber er hat seinen Wagen nicht mehr erreicht. Davor ist er zusammengebrochen.«

Ches' Miene wirkte mit einem Mal gequält. Die Bilder in seinem Kopf mussten ihm Schmerzen bereiten. »Maxx war außer sich, und obwohl er nicht einmal mehr laufen konnte, wollte er diese Lieferung machen. Er sagte, alles hinge davon ab. Also habe ich das getan, was vermutlich nur einem Idioten hätte einfallen können. Ich habe angeboten, die Lieferung für ihn zu machen, wenn er sich im Gegenzug nie wieder auf irgendwelche krummen Geschäfte einließ. Ich habe Ernst gemacht und ihm gedroht, dass ich höchstpersönlich dafür sorgen würde, dass er aufflog und die Polizei sich seiner annehmen würde. Schließlich haben wir einen Pakt geschlossen, er hat mir die Route gegeben, ich habe sein Auto genommen und bin losgefahren.« Ches hielt inne und schloss die Augen, und ich ahnte, dass wir jetzt zum schlimmsten Teil seiner Geschichte kamen. Eine Gänsehaut kroch über meinen Nacken. Aber ich schwieg und lauschte nur.

»Auf dem Weg sollte ich noch jemanden mitnehmen. Ein junges, hübsches Mädchen namens Rose, offenbar Maxx' Freundin. Ich wusste nicht, wer sie war, nur dass sie scheinbar auch irgendwie in der Sache drinsteckte. Wir fuhren immer weiter stadtauswärts, und es begann, in Strömen zu regnen, bis wir kaum noch die Straße sehen konnten. Aber dieses Mädchen, Rose, hat mich angefeuert, schneller zu fahren, weil wir offenbar spät dran waren. Wir haben uns gestritten. Ich war sowieso wütend auf sie, denn nach allem, was ich herausgehört hatte, war sie der Grund, weshalb Maxx diesen Mist baute. Ich hab sie angeschrien. Gott, ich wäre ihr noch während der Fahrt beinahe an die Gurgel gegangen. Ich war so … so wütend, dass ich …«

Wieder musste er innehalten. Sein Atem ging zittrig, und er rieb sich angestrengt über das Gesicht. »Ich habe nicht richtig auf die Straße geachtet. Wir waren zu schnell und mitten auf einer Brücke. Ich habe den Wagen zu nah an die Brüstung gebracht. Wir gerieten auf der nassen Straße ins Schleudern, und das Auto stürzte in den Fluss.«

Ches ließ meine Hand los, so als könnte er es nicht ertragen, mich zu berühren, während er mir das erzählte. Die Stille im Raum legte sich über uns wie eine stickige Decke.

Mein Hals war wie zugeschnürt. Ich schluckte vergebens und schlang die Arme um mich. »Was ist dann passiert?«, flüsterte ich. *Bitte lass dieses Mädchen nicht gestorben sein. Bitte.*

Ches stützte sich mit den Unterarmen auf seinen Knien ab, sodass seine Haare nach vorne fielen und ich sein Gesicht nicht mehr sehen konnte. »Es ging alles ganz schnell. Mein Gurt hat geklemmt, aber ich habe es irgendwie geschafft, ihn zu lösen. Dann habe ich Rose und mich aus dem Wasser gezogen. Keinem von uns ist etwas Ernstes passiert. Aber sie ist auf mich losgegangen, kaum dass wir an Land waren. Sie war total außer sich. Ihr Wagen, dieses Cabrio, das sich gerade auf den Weg zum Flussbett gemacht hatte, war mit Kokain im Wert von über einer halbe Million Dollar befüllt gewesen.«

»Heilige Scheiße!«, entfuhr es mir mit aufgerissenen Augen.

Er nickte grimmig. »Es kommt noch schlimmer. Rose steckte da nicht nur *irgendwie* mit drin. Sie war Malcolms Tochter. Maxx hat sie flachgelegt.«

Meine Schultern sackten nach unten. Was für eine Geschichte. Es klang geradezu unglaublich.

»Ich habe also nicht nur Drogen im Wert von über einer halben Million Dollar zerstört, sondern auch noch beinahe dafür gesorgt, dass Malcolms Tochter dabei draufgeht. Ganz davon abgesehen, dass mein kleiner Bruder sie gevögelt hat. Rose war verletzt, ihr ganzes Gesicht war blutüberströmt, und ich wusste, dass ich tief in der Scheiße saß. In dem Moment ist irgendwas bei mir durchgebrannt. Es war meine Schuld, dass wir den Unfall gebaut hatten. Es war meine Schuld, dass die verdammte Tochter eines Drogenbosses verletzt wurde. Wäre ich nicht gewesen, hätten sie vermutlich diese letzte Auslieferung ohne Komplikationen abgeschlossen und Maxx hätte sich von der Szene verabschiedet. Er hätte sein Leben wieder in den Griff bekommen und Mum und Dad und Creed und mir gezeigt, was er alles draufhatte. Aber all das war nicht möglich, weil ich dafür gesorgt habe. Weil ich ihm nicht vertraut habe und unvorsichtig gewesen bin. Ich wusste nicht, was ich tun sollte. Also habe ich getan, was ich schon immer getan habe – ich habe meinen kleinen Bruder beschützt. Ich habe Rose gesagt, sie solle behaupten, dass sie mir den Auftrag übergeben hätte. Ich wollte, dass sie behauptete, dass Maxx absolut nichts mit dieser Auslieferung zu tun hatte. Und all das, weil ich es wäre, der sie flachgelegt hätte, nicht Maxx. Rose war einverstanden mit meinem Vorschlag. Ich bin mir nicht ganz sicher, wieso. Nachdem sie sich halbwegs wieder eingekriegt hatte, hatte ich jedenfalls den Eindruck, dass ihr vielleicht wirklich etwas an Maxx lag und sie ihn auch schützen wollte. Ich jedenfalls war mir gar nicht sicher, welchen Pakt ich da eigentlich schloss. Ich wollte nicht sterben, darauf hatte ich es gar nicht abgesehen. Alles, woran ich in diesem Moment hatte denken können, war, meinen Bruder zu beschützen. Wie damals vor den Kids in der Nachbarschaft. Aber Rose bot mir an, mir zu helfen. Mir einen Unterschlupf zu suchen – du weißt, wo ich gelandet bin, und ja, der Käfig ist ein übler Ort. Aber hätte Rose sich nicht dazu entschieden, wäre ich vermutlich schon längst tot. Noch in derselben Nacht war ich auch schon auf dem Weg hierher. Rose und der Käfig haben mir das Leben gerettet. Malcom weiß von den zerstörten Drogen und dass seine Tochter wegen mir beinahe gestorben wäre. Der Käfig beschützt mich vor ihm. Wenn ich nicht mehr kämpfe, wird es Malcolm erfahren. Und dann wird er mich umlegen.«

Ches' Schultern sackten nach unten. Es war, als würde die Last der Vergangenheit so schwer auf seinem Körper lasten, dass sie ihn zu Boden riss.

Meine Augen brannten heiß. Ich blinzelte und presste die Lippen zusammen. Ich wusste nicht, was mir mehr das Herz brach – dass er sich für seinen kleinen Bruder aufgeopfert hatte oder dass er sich die Schuld an der ganzen Sache gab. Drei Jahre. Es waren nun schon drei Jahre seines Lebens, die man ihm geraubt hatte. Man zwang Ches wie einen Hund, zu kämpfen und auf der Straße zu leben, wenn er nicht gewann. Der Käfig war ein Gefängnis, nur dass Ches unschuldig war. Er hatte bloß versucht, seinen Bruder zu beschützen. Ich konnte verstehen, dass er sich die Schuld daran gab, dass diese Drogenlieferung schiefgegangen war, aber wenn diese Rose der Grund war, weshalb Maxx überhaupt erst auf die schiefe Bahn geraten war … dann war sie die Schuldige.

Eine Träne rollte über meine Wange. »Sieh mich an, Chester«, flüsterte ich.

Langsam richtete er sich auf, und als ich sein Gesicht sah, zog sich mein Herz noch fester zusammen. Seine hellgrauen Augen glänzten nass, und Schmerz erfüllte seine Miene. Schmerz und Schuld und Hoffnungslosigkeit, so als rechnete er niemals mit Vergebung. Er hatte aufgegeben.

Mein Puls beschleunigte sich, und ich nahm sein Gesicht in meine Hände.

»Ella«, ächzte er. »Wenn du mich nicht mehr hier haben willst, kann ich das verstehen, ich …«

»Hör auf«, sagte ich eindringlich. »Für mich klingt das, was in dieser Nacht passiert ist, nach einem Unfall.«

Er schnaubte verächtlich, doch ich lehnte mich vor und küsste ihn. Er schnappte erschrocken nach Luft, als wäre ein Kuss das Allerletzte gewesen, womit er gerechnet hätte.

Ich lehnte mich wieder zurück und ließ ihn langsam los.

»Die ganze Situation war beschissen, und ja, du hättest auf die Straße achten müssen. Aber alles andere war die Schuld deines Bruders und die von Rose. Nicht deine.«

»Aber ich habe dir gerade erzählt, dass ich –«

»Ich weiß.«

»Wenn ich nicht gewesen wäre, hätte mein Bruder die Kurve bekommen.«

»Woher willst du wissen, dass er es geschafft hätte? Das ist nur etwas, was du glauben willst.«

Seine Stimme bebte. »Ich bin sein großer Bruder. Ich hätte ihn beschützen müssen, hätte früher etwas bemerken sollen. Wenn ich nicht so mit dem Studium beschäftigt gewesen wäre, wenn Mum und Dad sich mehr Zeit genommen hätten, wäre alles anders gewesen. Ich hätte für Maxx da sein müssen, so wie eine Familie das tut. Ich habe ihn im Stich gelassen. Ich hätte ihm öfter sagen sollen, wie viel er mir bedeutet, aber das habe ich nicht getan. Das hätten wir alle tun sollen. Dann hätte er vielleicht nicht wie besessen von einem besseren Leben geträumt.« Seine Wangen waren fleckig geworden. Er fluchte und zog sich seine Hose an, die zu einem Haufen geknüllt neben dem Sofa gelegen hatte. Dann begann er, auf und ab zu laufen.

Ich war wie betäubt. Verdammt noch mal, kein Wunder, dass er nicht wollte, dass Creed für ihn kämpfte. Nicht etwa, weil er selbst scharf drauf war oder weil er Creed nicht zutraute zu gewinnen – Ches musste kämpfen, weil es sein Kampf war, den er selbst austragen musste, bis nichts mehr von ihm übrig war. Er hatte nicht nur sein Leben und seine Träume aufgegeben. Er hatte sich selbst aufgegeben. Vielleicht nicht in dem Moment, als er dem Käfig beigetreten war, aber innerhalb der letzten drei Jahre. Irgendwo in dieser Zeit hatte er sich verloren.

Ich biss mir von innen auf die Wange, schlang die Arme um mich und wartete. Ich gab ihm Zeit, sich zu beruhigen, und überlegte fieberhaft, was ich sagen wollte.

Irgendwann blieb Ches stehen. Langsam drehte er sich zu mir um. »Was denkst du?«, fragte er mit brüchiger Stimme.

Mit weichen Knien stand ich auf und trat vor ihn. Mein Herz klopfte fest gegen meine Brust. *Ich denke, dass du der aufrichtigste, selbstloseste und unerschütterlich furchtloseste Mensch bist, den ich kenne. Ich denke, dass du gut bist, bis auf die Knochen.*

»Jeder macht Fehler, Ches. Du hast diesen Wagen nicht mit Absicht von der Brücke gelenkt. Ich denke, dass du der beste große Bruder bist, den sich ein Mensch nur wünschen könnte. Ich denke, dass du aufrichtig und selbstlos und gut bist und dass nicht ein schlechter Knochen in deinem Körper steckt. Du bist manchmal etwas griesgrämig, aber irgendwie ist das auch liebenswert. Ich kenne niemanden, der so ist wie du, und was du für Maxx getan hast, hätten die wenigsten getan. Die allerwenigsten, da bin ich mir sicher.«

Als Ches protestieren wollte, hob ich eine Hand, um ihn zum Schweigen zu bringen. »Warte«, sagte ich. »Was ist Creeds Meinung dazu?«

Er schloss die Augen und kniff sich mit zwei Fingern in die Nasenwurzel. »Er sagt ähnliche Dinge wie du.«

Irritiert schüttelte ich den Kopf. »Und wieso glaubst du uns nicht?«

»Ihr wisst nicht, wie es ist. Ich kann mir nicht verzeihen, was passiert ist. Ihr habt nicht diese vielen hundert Momente und verpasste Möglichkeiten vor Augen, in denen ich einen Weg hätte finden können, Maxx in bessere Bahnen zu schubsen. Ich … Gott, ich habe noch genau vor Augen, wie wir mit meinen Eltern zusammen zu Abend gegessen haben oder wie ich ihn regelmäßig vom Footballtraining abgeholt habe. Ich hätte es besser machen müssen. Und ich hätte niemals in diesen verdammten Wagen steigen dürfen.«

»Dein Bruder ist kein Hund, Ches. Und deine Aufgabe als großer Bruder war, ein großer Bruder zu sein und nicht sein Vater. Ich hatte nie Geschwister und schon gar keinen großen, beschützerischen Bruder, und trotzdem habe ich noch nie Drogen ausgeliefert.«

Er zog mich in eine tiefe Umarmung, vergrub das Gesicht an meinem Hals und schien die Luft anzuhalten. Meine Wange lag an seiner Halsbeuge, und ich kniff fest die Augen zusammen. So standen wir da. Vielleicht vergingen bloß Minuten, vielleicht auch Stunden oder bloß Sekunden. Jedenfalls fühlte es sich so unendlich an wie die Weiten eines alten Universums.

»Du wirst nicht nachgeben, oder, Ella?«, murmelte Ches nach einer Ewigkeit. Sein Herzschlag unter meiner Hand hatte sich allmählich beruhigt.

»Ich bin mindestens so stur wie du – also nein«, erwiderte ich und lehnte mich vor, um seinen Hals zu küssen.

Er hob mein Gesicht mit einer Hand an und lenkte meinen Kuss auf seinen Mund. Die Dringlichkeit und die Sehnsucht, die in diesem Kuss steckten, ließen mich erschaudern, entfachten Verlangen. Seine Hände fuhren über meinen Rücken und streiften die Decke von meinen Schultern. Auf fast schon ehrfürchtige Art schlang er seine Arme um mich. Ich fuhr mit den Händen seine Schultern entlang und glitt mit den Lippen über seinen Hals.

Er schob uns zum Sofa, ehe ich auch schon unter ihm lag und die Beine um seine Hüfte schlang. Jeder quälend langsame Strich seiner

Zunge an meiner, jede Berührung zwischen uns machte mich volltrunken. Meine Welt drehte sich und schwankte, während er sie aus den Angeln hob.

Nun war ich mir sicher – jetzt, wo ich sein dunkelstes Geheimnis kannte: Ich wollte ihn noch immer. Etwas Furchtbares war geschehen, doch es konnte mich nicht davon abbringen, an ihn zu glauben. Ihn zu wollen.

Ich würde nie genug von Chester Williams aus Topsham, Maine, bekommen.

Denn ich liebte ihn.

KAPITEL 26

Es war Donnerstag und somit der Tag vor Ches' erstem Kampf seit des Angriffs auf ihn.

Ein Klingeln an der Tür entlockte mir einen erschreckten Schrei, und ich fluchte. Ich war es einfach nicht gewohnt, dass diese Klingel wieder existierte.

»Ich gehe schon!«, rief ich und eilte aus dem Badezimmer. Meine Haare baumelten in einem Pferdeschwanz von meinem Kopf und waren noch feucht.

Ich entriegelte die vielen Schlösser, deaktivierte die stille Alarmanlage und drückte den Knopf neben der Gegensprechanlage, um die Haustür unten zu öffnen.

Schritte erklangen aus dem Treppenhaus, ehe ich auch schon ein paar Augenblicke später von einem großen Stapel himmlisch duftender Pizzakartons begrüßt wurde.

»Hi, Pizza. Schön, dass du kommen konntest«, sagte ich lächelnd und trat zur Seite.

»Die Pizza«, erwiderte Summers Stimme hinter den Kartons mürrisch, »bekommt übrigens vierundzwanzig Dollar von dir.« Sie trat ein, gefolgt von Savannah, die eine schwer aussehende Tasche trug. »Mitchell kommt noch, lass die Tür am besten offen«, begrüßte sie mich und fixierte dann strahlend einen Punkt hinter mir. »Hi, Ches!« Es hatte zwar ein wenig gedauert, aber Savannah hatte es geschafft, den Großteil ihrer Schüchternheit vor Ches und Creed abzulegen. Zwar dauerte es, bis das Eis bei ihr geschmolzen war, aber das war es allemal wert.

Ches stellte gerade ein Sixpack Bier auf den Tisch und machte Platz für das Essen. Er schenkte meinen Freundinnen ein Lächeln. »Ihr seid früh dran.«

»Wir sind pünktlich«, protestierte Summer, was mich grinsen ließ.

»Das ist ja das Seltsame. Was ist aus den obligatorischen dreißig Minuten geworden?«

»Wir haben Hunger und Lust auf Spiele.« Summer zuckte mit den Schultern und stellte die Kartons ab. Obwohl ich in letzter Zeit jede freie Minute mit Ches verbrachte und nicht mehr mit ihr und Sav, wirkte sie nicht ernsthaft verärgert. Das beruhigte mich. Ich hatte schon angefangen, mir Sorgen zu machen. Nicht, dass sie sich noch dafür entschied, ein ganzes Jahr nicht mehr mit mir zu reden, so wie sie es bei Carla auf der Highschool getan hatte.

»Wenn wir das Sofa an die Wand rücken, können wir uns auf den Boden setzen«, überlegte ich laut und stemmte die Hände in die Hüften.

»Gute Idee, Elmo«, erklang es aus der offenen Tür, und ich drehte mich um. Mitchell kam in die Wohnung spaziert und balancierte dabei einen Berg an Chipstüten auf den Armen. Seine hellbraunen Haare waren zerzaust und noch etwas feucht, so als käme er geradewegs vom Schwimmtraining – was vermutlich auch der Fall war –, und das sommersprossige Gesicht war von der Novemberkälte gerötet.

»Wow«, sagte ich und nahm ihm ein paar Tüten ab. »Hast du aus Versehen Snacks für dein ganzes Schwimmteam besorgt, Captain?«

Er zwinkerte mir spitzbübisch zu. »Du liebst Chips. Ich bin einfach nur aufmerksam und zuvorkommend.«

Savannah machte ein Würgegeräusch. »Mum ist die Einzige, die dir das jemals abkaufen wird. Ich hoffe, das ist dir klar.« Sie stellte zwei Weinflaschen und eine Flasche Hochprozentiges auf den Tisch und wischte sich die Hände an ihrem roten Latzhosenkleid ab.

»Und wenn Mum wüsste, dass du eine Schnapsdrossel bist, müsstest du wieder zu Hause wohnen und von dort aus zum Campus fahren.«

Sav streckte ihm die Zunge raus und schnappte sich eine Schüssel, um die Snacks umzufüllen.

Ich half meinen Freunden, das Sofa an die Wand zu schieben, während Sav und Mitch sich gegenseitig aufzogen. Ches und ich warfen uns währenddessen verstohlene Blicke zu, die mir warme Schauer über den Rücken rieseln ließen. Diese letzten Tage sollten doch zu Folge haben, dass mein Körper allmählich satt war. Gesättigt von ihm, genug von körperlicher Nähe, gesättigt von Sex. Doch das war überhaupt nicht der Fall – im Gegenteil. Seit er mir endlich erzählt hatte, was ihn verfolgte, fühlte ich mich ihm näher denn je, und ihm schien es genauso zu gehen. Endlich gab es keine Geheimnisse mehr. Gut möglich, dass wir uns zurück in unsere Seifenblase geflüchtet hatten, aber mir sollte es recht sein. Morgen wäre es sowieso vorbei. Teddy hatte zu Beginn der Woche eine Nachricht für mich an Lenny weitergegeben. Morgen war nicht nur Ches' erster Kampf seit Langem, morgen war auch der Tag, an dem wir endlich gegen Rory vorgehen würden – oder eher gesagt, ich. Lenny war alles andere als glücklich über den Plan. Ich hätte sie zwar noch nicht zu meinen Freunden gezählt, aber unser gemeinsames Ziel, gegen Rory vorzugehen, schweißte uns auf eine andere Art und Weise zusammen, als Freundschaft es tat. Deswegen sagte sie mir auch ganz offen, dass ich mich auf eine Selbstmordmission begab, wenn ich bei diesem hirnrissigen und gefährlichen Plan mitmachte.

Summer klaute sich ein Pizzastück und verband ihr Handy mit meiner Bluetoothbox. Im nächsten Moment dröhnte Ariana Grande in voller Lautstärke durch die Wohnung.

»Nein!«, stöhnte Mitchell gequält. »Mach irgendetwas anderes an, aber nicht das.«

»Shawn!«, quiekte Savannah vom Boden aus, wo sie sich auf ein Kissen gesetzt hatte. Sie klatschte begeistert in die Hände. »Oder etwas aus *The Greatest Showman!*«

»Gib mal her, ich mache was an«, sagte Ches und zog Summer das Telefon aus der Hand. Sie wirkte überrascht und überließ es ihm vermutlich nur deshalb.

»Gott, müssen wir uns jetzt den ganzen Abend so Hardcore-Metal-Zeug anhören?«

»Wenn du jetzt Ja sagst, werde ich dich für immer lieben«, sagte Mitchell todernst, was uns andere lachen ließ.

Es klingelte wieder an der Tür, was mich erneut vor Schreck zusammenzucken ließ. Mitchell stand auf. »Ich gehe schon.«

»Nein, kein Hardcore-Metal-Zeug«, sagte Ches schmunzelnd. »Aber Mitchell hat recht, dieses Gequake ist kaum auszuhalten.«

Ich verpasste ihm einen Klaps auf den Arm. »Ariana ist großartig!«

Die Musik verstummte, ehe etwas anderes erklang. Der Sound überraschte mich sofort, denn er klang vollkommen … eigen. Rockig, aber nicht zu sehr. Er erinnerte mich an die Musik, die Tante Kat immer im Auto hörte.

»Was ist das für eine Band?«, fragte ich und lehnte mich an seine Schulter. Sein vertrauter Duft erfüllte mich mit Wärme, und ich musste mich zurückhalten, nicht mein Gesicht an seinem Holzfällerhemd zu vergraben.

Er schlang die Arme um mich. »Die heißen *Arctic Monkeys.* Der Song ist schon uralt, aber dieses Album war immer mein liebstes.«

»Ich liebe diesen Song!«, erklang plötzlich Creeds Stimme. Er, Lenny und sogar Carla betraten meine Wohnung und grüßten einmal in die Runde.

»Ich brauche Bier und Pizza«, erklärte Lenny verdrossen und vergrub die Hände in dem viel zu großen schwarzen Pullover. »Und wir spielen heute Abend echt schon wieder so richtige Spiele wie Monopoly und so was?«

»Wir fangen gleich mit einem Trinkspiel an«, flötete Savannah mit einem Lächeln, was selbst Carla ein Grinsen entlockte. Sav hatte sich die Haare zu zwei Zöpfen geflochten, die über ihre Schultern fielen, ihre Brille saß tief auf ihrer Nase, und sie hatte sogar ein wenig pinkes Rouge aufgetragen. Sie sah so niedlich aus, dass selbst ich Muttergefühle entwickelte. Vielleicht auch gerade deshalb, weil sie es kaum erwarten konnte, endlich einen Drink in die Hände zu bekommen. Sie trank nicht oft und vor allem nicht viel, aber dann und wann überkam sie eine so plötzliche Lust auf Cocktails, dass man aufpassen musste, dass sie es nicht übertrieb.

Carla stolzierte auf mörderisch hohen Absätzen zu den Getränken. »Ich muss unbedingt etwas Spaß haben, bevor der Abend vorbei ist. Meine erste Vorlesung morgen fängt erst mittags an, ich muss nicht arbeiten und werde zu Hause nicht festgenagelt.« Sie schüttete sich eine bernsteinfarbene hochprozentige Flüssigkeit großzügig in ein Glas.

»Spaß kann man auch ohne Alkohol haben«, sagte Mitchell, wofür er von Carla einen bösen Blick erntete.

»Ella, habt ihr Milch?«, fragte sie, ohne ihn zu beachten.

»Äh, klar.« Verblüfft holte ich die Milchtüte aus dem Kühlschrank und sah mit einer angewiderten Grimasse dabei zu, wie sie ihren Drink mit der Milch vermischte. »Das sieht irgendwie ekelhaft aus«, bemerkte ich.

»Gott, was ist das denn?«, fragte Mitchell und stellte sich neben sie an den Tisch.

Carla hob eine Augenbraue und musterte ihn, so wie man eine Stechmücke ansah, die gerade auf dem Handrücken gelandet war. »Das ist mein Drink. Er schmeckt gut.« Sie sagte die Worte mit einem solch eisernen Nachdruck, dass man gar nicht anders konnte, als sie einfach zu akzeptieren. Ches, Creed und ich verkniffen uns ein Lachen, und ich räusperte mich, um es zu kaschieren.

Mitchell wirkte nicht überzeugt. »Dann gib mal her und lass mich *deinen* Drink probieren, Prinzessin.«

Carla murmelte etwas Unfreundliches und reichte ihm das Glas. Mitch roch vorsichtig daran, ehe er die Nase rümpfte. »Karamell?«

»Natürlich ist das Karamell!«

Wir beobachteten ihn erwartungsvoll dabei, wie er einen vorsichtigen Schluck nahm.

»Hm. Das schmeckt gar nicht schlecht.«

Carla zuckte mit den Schultern. »*Ya lo sé.*«

Er beugte sich zu ihr und sagte etwas auf Spanisch, als er ihr das Glas zurückgab. Erschrocken blinzelte sie ihn an, und ich glaubte zu sehen, wie ihre Wangen ein wenig Farbe bekamen.

»Wieso kannst du Spanisch sprechen?«

»Eine Fremdsprache im Nebenfach war Pflicht.« Ein Grinsen machte sich auf seinen Lippen breit. »Außerdem macht mich der Klang davon irgendwie an.«

Carla verdrehte die Augen und ließ Mitchell am Tisch stehen.

Ches lehnte sich vor und wisperte mir ins Ohr: »Mein Radar schlägt wieder aus. Ich glaube, Mitchell steht auf Carla.«

Ein Lachen entfuhr mir, und ich drehte mich zu ihm um. »Auf keinen Fall. Sie würde ihn bei lebendigem Leibe fressen.«

Er hob abwehrend die Hände. »Zwanzig Dollar, dass es so ist.«

Ich schnaubte und verschränkte die Arme. »Dreißig Dollar, dass es nicht so ist.«

»Ihr da!«, rief Summer, und irgendetwas wurde mir an den Kopf geworfen. Popcorn. »Bewegt eure Hintern her und lasst uns anfangen!«

Nach einer Runde Ich-habe-noch-nie und zwei Runden Activity erwischten Lenny und ich einen ruhigen Moment, an dem wir im Badezimmer ungestört reden konnten. Mädchen gingen schließlich öfter zusammen aufs Klo, weshalb es nicht weiter auffiel, als wir die Tür hinter uns schlossen.

Lenny sah sehr ernst aus. »Ella, du solltest da nicht mitmachen. Es ist viel zu gefährlich. Wir finden bestimmt eine andere Lösung, um gegen Rory vorzugehen.«

Bestürzt sah ich sie an. »Aber mein Entschluss steht fest!«

»Es ist wirklich verdammt gefährlich. Wenn das schiefgeht, könnte Rory weiß Gott was tun – und dann wärst nicht nur du in Gefahr, sondern auch Ches.«

»Das wussten wir doch die ganze Zeit schon!«, zischte ich. »Du warst es doch, die das Treffen mit Teddy organisiert hat!«

Lenny warf aufgebracht die Arme in die Luft. »Mir geht eben der Arsch auf Grundeis, verstanden?«

»Und jetzt?«

»Wir überlegen uns einen besseren und sicheren Plan.«

»Und wann genau soll der dann in die Tat umgesetzt werden? Jeder Kampf ist einer zu viel!«

Lenny stieß hart den Atem aus und presste die Lippen aufeinander. »Gib mir ein paar Wochen Zeit, okay? Ich lass mir etwas einfallen. Tu in der Zwischenzeit einfach nichts Unüberlegtes.«

Ich schnaubte verächtlich und öffnete die Badezimmertür. »Klar. Wie du meinst.«

»Warte, Ella.« Sie streckte die Hand aus und ließ die Tür wieder ins Schloss fallen. »Da ist noch etwas, das ich dir sagen muss.«

»Was denn?«, fragte ich, wobei ich genauso gereizt klang, wie ich mich fühlte.

»Teddy hat mir erzählt, dass du nach Ches' Bruder gefragt hast«, sagte Lenny und presste die Lippen aufeinander.

Ich erstarrte. »Du … Du weißt von Maxx?«

»Na ja, nein. Teddy hat mir davon erzählt.«

»Wieso hat er dir davon erzählt?« Es fühlte sich an wie Verrat. Das konnte Teddy nicht machen. Nicht, wenn Ches so sparsam damit umging, anderen Menschen etwas anzuvertrauen. Dieser Mistkerl.

Unbehaglich biss Lenny sich auf die Wange. »Ich wusste nicht, dass Ches einen Bruder hat. Aber Teddy wollte, dass ich dir sage, dass er ihn gefunden hat. Das wolltest du doch wissen, oder? Wo er ist?«

Mein Puls beschleunigte sich, und ich starrte Lenny mit großen Augen an. »Ja. Ja, das wollte ich wissen. Was hat Teddy gesagt? Wo ist Maxx?«

»Er sitzt seit drei Jahren im Knast.«

»Was?« Meine Brust zog sich zusammen, und ein furchtbares Gefühl breitete sich in mir aus, wie auslaufende Batteriesäure. Wenn Ches davon erfuhr, würde er …

Ich wusste nicht, was er tun würde. Maxx hatte nicht die Kurve bekommen. Er hatte sich nicht an den Pakt mit seinem großen Bruder gehalten. Stattdessen saß er hinter Gittern und hatte aus der ganzen verdammten Sache nichts gelernt.

Ich legte mir die Fingerspitzen auf die Lippen und schüttelte den Kopf. Das konnte doch alles nicht wahr sein. Mir wurde schlecht. »Hat Teddy noch etwas gesagt?«, fragte ich leise. »Weißt du, warum Maxx im Gefängnis ist?«

Immerhin war Teddy ganz schön in Plauderlaune gewesen. Verdammt, nun hoffte ich es.

Doch Lenny schüttelte den Kopf. »Er wollte mir nichts Genaues sagen. Einer von Teddys Leuten hat ihm jedenfalls einen Besuch abgestattet, und Maxx hat ihm gesagt, dass er sitzt, um irgendetwas wiedergutzumachen. Ehrlich, Ella, ich habe keine Ahnung, wovon er geredet hat. Was zum Teufel geht da vor sich? Was haben Maxx und Ches getan? Hat es irgendetwas damit zu tun, weshalb Ches im Käfig kämpft?«

Ich schüttelte den Kopf, zu erschüttert, um auch nur klar denken zu können. »Wenn Ches es dir nicht erzählt, werde ich es auch nicht tun, Lenny. Aber danke, dass du es mir gesagt hast.«

Sie fluchte grollend, aber das war mir egal. Ich riss die Tür auf und ging zurück zu den anderen. Verdammt noch mal. Hier lief etwas gewaltig schief. Ches musste sich nicht vor Malcolm verstecken, denn jemand beschützte ihn bereits. Vielleicht war Maxx gar nicht zurück auf die schiefe Bahn geraten. Vielleicht besaß er einfach nur dieselbe aufopfernde Haltung wie sein großer Bruder. Er war für diesen Drogenboss ins Gefängnis gegangen, da war ich mir sicher. Es saß, um *etwas wiedergutzumachen.* Es musste mit dem Unfall, mit Ches, zu tun haben. Anders konnte es nicht sein. Der Zeitpunkt stimmte einfach zu perfekt überein. *Drei Jahre.*

Ich schnappte mir ein Bier, trank es in einem Zug leer und wischte mir anschließend mit zitterndem Handrücken über den Mund.

Mir war schlecht und eiskalt. Wenn es stimmte, wenn ich mit meiner Vermutung richtiglag, dann kämpfte Ches völlig umsonst. Er hätte jederzeit aufhören können, und jeder Kampf, jedes Leid, jede Demütigung von Rory wäre absolut umsonst gewesen.

»Oh Gott«, flüsterte ich und stützte mich an der Küchentheke ab. Ich musste herausfinden, ob ich richtiglag. Und wenn dem so war, würde ich dafür sorgen, dass Rory ein für alle Mal das Handwerk gelegt wurde.

Ich würde Ches aus dem Käfig befreien.

KAPITEL 27

Ich hatte meinen Wagen in einer Nebenstraße geparkt und vergrub nun das Gesicht in meinem Schal. Eine feine Schicht des ersten Schnees überzog die Straße, obwohl es erst Anfang November war, und frostige Laubblätter säumten den Gehweg. Kühl leuchtende Straßenlaternen spendeten Licht und verursachten schaurige Schatten auf dem Unrat und den verlassenen Gebäuden der Anlage hinter dem Zaun.

Der Käfig machte einen genauso trostlosen Eindruck auf mich wie auch schon, als ich zum ersten Mal hier gewesen war. Nur hatte ich diesmal einen triftigen Grund, man könnte fast schon sagen, eine Mission.

Ich zog mir meine Mütze tief ins Gesicht, als ich durch das Loch im Zaun stieg und wie ein paar andere auch über das tiefschwarze Gelände lief. Manche schalteten die Taschenlampen an ihren Smartphones an, woran ich mich orientierte.

Ich schluckte meine Nervosität hinunter, als ich endlich die beiden beleuchteten Container mit der Kasse erreichte. Überraschung durchfuhr mich, als ich die alte Frau an der Theke erblickte, die an jenem Abend an der Garderobe gearbeitet hatte. Sie machte ein lustloses Gesicht, während sie Eintrittsgeld entgegennahm und Leuten Stempel auf den Handrücken verpasste.

Ich verlagerte ungeduldig das Gewicht von einem auf den anderen Fuß, bis ich endlich an der Reihe war.

»Hi«, sagte ich und lächelte sie an. »Ich, äh, war schon einmal hier. Ich bin eine Freundin von … von Rory.«

Allein die Worte auszusprechen, hinterließ einen widerlichen, fahlen Beigeschmack auf meiner Zunge.

Die Frau hob die schwarz nachgemalten Augenbrauen bis zum Haaransatz und musterte mich mit unverhohlener Abschätzigkeit. Störrisch reckte ich das Kinn nach vorne und verschränkte die Arme vor der Brust.

»Immer glauben seine Püppchen sich aufspielen zu müssen«, murmelte sie, nicht gerade leise. Dann, etwas lauter, fügte sie hinzu: »Bist du hier, um zu tanzen oder wegen der anderen Sache?«

»Wegen der anderen Sache«, erwiderte ich sofort. Ich hatte eine Stunde zu Hause gewartet, nachdem Ches für seinen Kampf aufgebrochen war. Creed hatte ihn abgeholt, weshalb ich mich immer wieder verstohlen umblickte. Er durfte mich auf keinen Fall entdecken, sonst wäre der Abend schneller vorbei, als er angefangen hatte.

»Häng dich an Roger dran, Mädchen«, sagte die Frau mit derselben Lustlosigkeit. »Das ist der Kerl gleich da drüben. Er ist auch unterwegs zur *anderen Sache.*« Sie deutete auf einen stämmigen Kerl in Lederjacke, der gerade in den Schatten neben dem Container verschwand.

»Okay, danke«, sagte ich hastig, ehe ich mich beeilte, ihm nachzugehen.

Der Kerl, Roger, war nicht der Einzige, der zu den Kämpfen unterwegs war. Andere liefen in dieselbe Richtung. Sie unterschieden sich stark von den Leuten, die zum Feiern in den Bunker kamen. Sie waren zielstrebiger. Grimmiger. Ich wusste, wieso. Ches' Kampf an diesem Abend war ein *Coin Fight.*

Ich versuchte mich unauffällig zu verhalten, als wir durch ein großes, eisernes Tor in erstickende Dunkelheit traten, und hoffte, dass niemand mein wild klopfendes Herz hören konnte. Wir durchquerten die Halle, ehe wir eine Tür erreichten. Jemand öffnete sie, und dahinter brannte zur Abwechslung einmal Licht.

Es war eine Treppe, die unter die Erde führte. Diese Treppe war ich schon einmal hinabgestiegen. Zusammen mit Rory. Ich war high gewesen.

Hinter mir kamen weitere Leute, die zu den Kämpfen gehen wollten, das konnte ich hören. Unbeirrt lief ich die Stufen nach unten und wurde mit jedem Schritt schneller. Es roch feucht, nach Metall und Beton, und ich kam mir vor wie in dem Setting eines Horrorfilms. Der Treppe folgte ein langer Gang, anschließend noch eine Treppe, die wiederum nach oben führte. Ich vermutete, dass wir unter den stillgelegten Bahnschienen durchgelaufen waren. Das Gelände des Käfigs war noch größer, als ich es in Erinnerung hatte.

Dann hörte ich Lärm und Musik, als wir eine schwere Metalltür erreichten. Und da war sie. Die Arena. Jetzt, wo ich nicht auf Fairy Dust war, sondern nüchtern, raubte sie mir erst recht den Atem. Es war dunkel dort drin.

Und voll.

Die riesige Arena war *voll.*

Wie bei meinem ersten Besuch mit Rory lief ich die Stufen zur Mitte der Halle hinunter. Das letzte Mal hatten nur eine Handvoll Leute auf den Stufen nach unten gesessen. Nun waren die Ränge bis auf den letzten Platz besetzt, und ich fragte mich, woher zum Teufel all diese Menschen kamen. Einige der Anwesenden trugen teuer aussehende Anzüge, andere Lederkutten und rote Bandanas an tiefsitzenden Hosen. Es waren kaum Frauen zu sehen, und die, die ich entdeckte, waren wohl Prostituierte. Sie trugen ewig lange Extensions, Netzstrumpfhosen, grelles Make-up und nichts als schillernde Stofffetzen, die nur das Nötigste bedeckten. Sie rekelten sich auf Männern oder liefen mit langsam lasziven Schritten herum, auf der Suche nach ihrem nächsten Kunden.

Doch sie alle beobachteten das, was in der Mitte der Halle vor sich ging, so gebannt wie Männer bei einem Pferderennen, die einen Haufen Kohle auf die Tiere gesetzt hatten. In der Mitte der Halle ragte groß und grell beleuchtet der Käfig aus der Menge.

Zwei Männer waren darin, oberkörperfrei, glänzend vor Schweiß und … blutüberströmt.

Sie kämpften.

Das Blut rauschte in meinen Ohren. Ich konnte nicht wegsehen. Meine Augen versuchten aus der Entfernung auszumachen, ob einer von ihnen Ches war, und zu meiner Erleichterung schien das nicht der Fall zu sein. Keiner von ihnen hatte lange Haare oder seine Statur. Sie waren massiger. Einer von ihnen war schwarz und riesig, der andere ungesund bleich und breit. Ich fragte mich, um was es bei diesem Kampf ging. Auch ein *Coin Fight?* Oder doch nur ein Anheizer für …

Ich schluckte mühsam.

Ches.

Weil ich keine Ahnung hatte, wohin ich gehen musste, machte ich genau dasselbe wie die anderen frisch eingetroffenen. Ich folgte ihnen zu einer Garderobe und gab meine Jacke und den Schal ab. Es war sofort offensichtlich, dass ich nicht hierhergehörte. Zwar trug ich Chucks, schwarze Jeans und einen schwarzen Wollpullover mit Perlenstickerei, doch ich kam mir vor, als sei es mir auf die Stirn geschrieben, wie fehl am Platz ich war.

Als ich mit hochgezogener Augenbraue gemustert wurde, nahm ich schließlich widerwillig auch meine Mütze ab, unter welcher ich mich eigentlich hatte verstecken wollen, bis mein Einsatz kam.

Schließlich stand ich ein wenig unbeholfen auf einer der breiten Stufen neben einer Gruppe von Männern in mit Rockband-Aufnähern bestickten Jeanskutten. So wie sie mitfieberten, hätte man meinen können, dass sie sich den Superbowl ansahen. Es war widerlich. Wie konnte man sich das ansehen, ohne bei jedem der brutalen Schläge zusammenzuzucken?

Fröstelnd rieb ich mir über die Arme und sah mich um. Ich ertrug es nicht, länger zur Bühne zu blicken. Es war zu viel Gewalt, mehr, als ich aushalten konnte.

Die Böden von mehreren Etagen über uns lagen frei. Ich legte den Kopf in den Nacken, um das gesamte Ausmaß erfassen zu können, wobei mir von der schieren Größe schwindelig wurde. Die Wände der oberen Etagen über der Bühne waren aufgerissen, um eine Art Balkone zu schaffen, von denen man den Kämpfen zusehen konnte. Auf bizarre Weise erinnerten sie mich an Logen in Theaterhäusern. Sicher war es hochexklusiv und schweineteuer, dort zu sitzen.

Für Mafiabosse? Höchstwahrscheinlich saßen dort nur die allerwichtigsten Leute.

Das hier, wurde mir plötzlich mit einer Wucht bewusst, war der Ort, an welchem Ches seit drei Jahren unschuldig festsaß. *Hier* wurde er wie ein Hund vorgeführt, um zu kämpfen, um anderen Leuten Geld in die Taschen zu spielen, indem sie auf ihn oder gegen ihn wetteten oder damit sie ihre Fehden nicht selbst austragen mussten. Die Wut in mir war roh und wild und sorgte dafür, dass ich trotz der Heizstrahler zu zittern begann. Ich war entschlossener denn je. Ich wollte Rory nicht bloß auffliegen lassen. Ich wollte Ches rächen. Ich war nie rachsüchtig gewesen, aber Ella 2.0 war es. Ich musste dafür sorgen, dass der Horror ein Ende fand.

»Na, sieh mal einer an«, erklang in diesem Moment eine Stimme hinter mir.

Ich erstarrte urplötzlich, als ich einen warmen Körper an meinem Rücken spürte. Alles in mir kam zum Stillstand, und mir wurde eiskalt.

»Meine Freundin Alice hat mich soeben darüber informiert, dass du hier bist, um mich zu sehen, Ella Johns. Ich wusste, dass du früher oder später zurückkommen würdest.«

Seine Stimme drang mir in Mark und Knochen, und ich konnte mich nicht rühren, konnte nicht einmal einen Mucks von mir geben. Der Hass in mir half mir jetzt nicht mehr. Er paralysierte mich regelrecht.

Rory drehte mich zu sich herum, bis wir uns gegenüberstanden. Sein Lächeln war noch genauso charmant wie bei unserem ersten Zusammentreffen. Er trug ein schwarzes Hemd, das wie eine zweite Haut anlag. Die Knöpfe waren bis auf die Mitte seiner wulstigen Brust aufgeknöpft und überließen nicht viel der Fantasie.

»Zwei Monate«, sagte Rory seufzend und schnalzte vorwurfsvoll mit der Zunge. »Der Fick mit meinem Köter muss entweder ziemlich schlecht sein und du brauchst etwas Abwechslung, oder aber du bist aus einem anderen Grund hier, Täubchen.« Er legte den Kopf schief und musterte mich eindringlich.

Seine Art, über Ches zu reden, sorgte dafür, dass ich ihm mit Schwung in die Weichteile treten wollte, aber ich hielt mich zurück. Stattdessen atmete ich tief durch und schluckte die Wut herunter. *Halte dich an den Plan. Läuft doch perfekt bisher.*

Ich straffte die Schultern und sah ihn mutig an. »Ich bin hier, um den Kampf zu sehen.«

»Ach. Hast du etwa Blut geleckt? Aber, aber. Das ist doch bestimmt nicht alles«, schnurrte er und grinste verschlagen. Beinahe zärtlich tippte er mir mit dem Finger ans Kinn. »Du hast übrigens eine ganz bezaubernde Wohnung. Mein Freund Marcus hat mir Aufnahmen davon gezeigt.«

»Ich weiß«, erwiderte ich ungerührt, ohne mit einer Wimper zu zucken. Davon würde ich mich ganz bestimmt nicht einschüchtern lassen. »Und danach hast du Ches zusammengeschlagen.«

Wieder schnalzte Rory mit der Zunge, diesmal vorwurfsvoll. »Aber wie kommst du denn darauf? Damit hatte ich nichts zu tun.«

»Wir wissen beide, dass das nicht stimmt, Rory.«

Er starrte mich einen Augenblick lang an, und ich sah, wie sich seine Augen verengten. Dann jedoch lachte er, vergrub eine Hand an meiner Hüfte und zog mich mit sich. »Ich mag es, wenn Frauen ein wenig Feuer haben. Aufregend.«

Alarmiert blickte ich mich um, während ich von ihm in eine Richtung dirigiert wurde, die von der Bühne wegführte. »Wo bringst du mich hin?«

»Ich dachte, du wolltest sehen, wie mein Köter kämpft, Täubchen? Wir gehen auf meinen Balkon. Der Blick von dort oben ist fabelhaft. Außerdem kannst du mir dort ganz ungestört zeigen, weshalb du wirklich hier bist.«

Seine Finger schlüpften unter den Saum meines Pullovers, und er zog mich näher an sich. Ich unterdrückte ein angewidertes Würgen und hoffte darauf, dass das, was ich hier tat, nicht umsonst war.

Du tust das hier für Ches. Halte durch. Für Ches.

Rory führte mich an der Menge vorbei, die sich gebannt den Kampf ansah. Immer wieder donnerte der Chor der vielen Stimmen durch die Arena, wenn die Menge gemeinsam mit dem Kampfrichter einen der Kontrahenten anzählte. Ich erlaubte es mir nicht, genauer hinzusehen, denn ich hatte Blut registriert. Die Männer dort oben zeigten vollen, brutalen Körpereinsatz, und mit bitterer Angst fragte ich mich, wie oft hier wohl schon Menschen zu Tode geschlagen worden waren.

Kurz bevor wir eine Treppe erreichten, die hinter einer bewachten Glastür lag, blickte ich mich um und …

… sah geradewegs in Creeds Gesicht.

Seine Augen weiteten sich im selben Moment wie meine. Die Bierflasche rutschte ihm aus den Fingern und zersprang am Boden.

Creed wurde kreidebleich und stolperte einen Schritt auf mich zu, doch da zog Rory mich auch schon durch die Glastür, die hinter uns gleich wieder geschlossen wurde. Ich hatte nicht einmal die Gelegenheit, ihm einen um Verzeihung bittenden Blick zuzuwerfen. Oder einen Blick, der sagte: *Mach dir keine Sorgen. Ich habe alles hier im Griff (glaube ich). Rede mit Teddy, er wird es dir erklären!*

»Brauchst du einen Drink, Herzchen?«, fragte Rory, während wir die Stufen hinaufgingen. »Du siehst ein wenig angespannt aus.«

»Ein Drink klingt gut«, murmelte ich.

Das Treppenhaus wurde von weitaus schickeren Lampen beleuchtet als der Rest der Halle. Die Stufen waren von einem schwarzen Teppich bedeckt und die Betonwände ordentlicher verputzt und dunkelblau angestrichen.

Wir kamen an mehreren Türen vorbei, die wohl allesamt auf die Balkone führten, doch Rory führte mich höher. Schließlich liefen wir einen kurzen Flur entlang und erreichten die letzte Tür. »Willkommen im Penthouse.«

Mit offen stehendem Mund sah ich mich um. An einer Seite war der Raum offen und fing die Musik und das Gewirr aus Stimmen vom Käfig ein. Ein breites, teuer aussehendes Sofa war zur offenen Seite gerichtet, und nur ein gläsernes Geländer schützte vor dem tiefen Fall dahinter, der vier Stockwerke betragen musste. Die Wände waren mit schwarz lackierten Holzbrettern getäfelt, ein großer Tisch stand an einer Wand sowie eine gut bestückte Minibar.

Ich trat um das Sofa herum an das gläserne Balkongeländer und spähte nach unten. Von hier oben aus hatte man einen vollkommen freien Blick auf die Bühne.

Und dann sah ich ihn.

Die Kämpfer von eben waren fort. Nun stand dort Ches, zusammen mit einem anderen Kerl. Oberkörperfrei und in Angriffsposition. Die nackten Füße hielten nicht still. Er und sein Gegner bewegten sich aufeinander zu.

In den letzten Monaten hatte ich mich immer wieder gefragt, wie es wohl wäre, wenn ich Ches einmal bei einem Kampf zusehen könnte. Höchstwahrscheinlich hatte ich die Kämpfe in meiner Vorstellung romantisiert, sie so dargestellt, wie sie auch in den meisten Filmen gezeigt wurden. Ich hätte nicht im Leben daran geglaubt, dass ich Ches eines Tages wirklich kämpfen sehen würde, doch hier war ich nun. Auf einem verdammten Balkon mit Rory. Ich fühlte mich wie einer dieser furchtbaren reichen Menschen aus *Die Tribute von Panem,* die den Spielen aus sicherer Entfernung zusahen.

Es war nicht wie beim Boxen, dass eine Klingel ertönte. Sie gingen einfach im nächsten Moment wie Tiere aufeinander los. Es war brutal, schnell und erbarmungslos. Mit jedem Schlag, den Ches austeilte, wurden meine Augen größer und mein Mund trockener. Noch schlimmer waren die Hiebe, die er einstecken musste. Fausthiebe. Tritte. Dann teilte er jedoch wieder Schläge aus. Und Tritte. Vor die Brust. Ans Knie. Ins Gesicht. Es dauerte nicht lange, bis das erste Blut floss. Und die Menge johlte bei jedem Treffer.

Ich hatte mir die Kämpfe nachvollziehbarer vorgestellt, nicht so unübersichtlich und schnell, wie sie waren. Es war ein einziger Albtraum. Nach diesem Abend wollte ich nie wieder auch nur einen einzigen Kampf sehen. Mein Körper rührte sich nicht. Mein Magen war schwer wie Bleiklumpen, und mir wollte Galle aufsteigen. Jeder Schlag, ob von Ches oder von dem anderen, beförderte nur ein einziges Wort in meinen Kopf: Nein.

Nein. Nein. Nein. Nein.

Noch ein Schlag. Noch mehr Blut. Der andere hatte Ches übel erwischt. Ob das Blut aus dem Mund oder der Nase gekommen war, konnte ich auf die Entfernung nicht ausmachen.

Und dann hörte ich Ches brüllen. Wild. Wie besessen. Wie ein anderer Mensch.

»Gefällt es dir?«, fragte Rory hinter mir, ehe auch schon ein Kristallglas mit einer bernsteinfarbenen Flüssigkeit vor meiner Nase erschien.

Wie mechanisch nahm ich es in die Hände, ohne die Augen von

Ches zu lösen. Ich schüttelte langsam den Kopf. »Es ist grauenhaft. Ich hasse es.«

»Erschreckend, nicht wahr?«, fragte Rory und trat neben mich. Wie zwei Menschen, die sich interessiert ein Werk auf einer Kunstausstellung ansahen.

»Unzivilisierte Tiere. Ich habe heute nur fünfzigtausend Dollar auf meinen Köter gesetzt.«

Heilige Scheiße. So viel Geld für nur einen einzigen Kampf! »Setzt du immer so viel Geld?«, fragte ich ungläubig. Rory lachte bloß, was fälschlicherweise sympathisch und charismatisch klang. »Viel? Das ist gar nichts. Er ist momentan nicht gut in Form, deshalb halte ich mich zurück. Jemand hat mir gesagt, dass die Gegenseite knapp eine Viertelmillion Dollar auf den anderen Kämpfer gesetzt hat. Teddy wird sich über das Kleingeld freuen, weil meiner definitiv gewinnen wird, egal wie er in Form ist. Er ist eine seelenlose Kampfmaschine. Der Beste von allen.«

Gott. Er redete von ihnen tatsächlich so, als seien sie nichts weiter als Hunde. Jetzt konnte ich mir ansatzweise vorstellen, was Ches damit gemeint hatte, als er davon sprach, dass diejenigen, die das Kämpfen genossen, sich selbst verloren hatten. Es war barbarisch. Ich bewunderte ihn dafür, dass dieser Ort ihn auch nach drei Jahren nicht hatte brechen können. Da war noch immer Licht in ihm, das wusste ich. Ich hatte es gesehen! Und die vergangenen Wochen war er glücklich gewesen. Wir waren glücklich gewesen. Dieser Ches hatte nichts mit der wütenden, blutigen Bestie dort unten gemein.

Eine Weile sahen wir beide hinunter zum Kampf, bis ich es nicht mehr aushielt und mich auf das Sofa setzte.

Rory setzte sich augenblicklich neben mich und breitete einen seiner wulstigen Arme auf der Rückenlehne hinter mir aus.

»Kommen wir zum Punkt«, sagte er und sah mich über den Rand seines Kristallglases an. »Was willst du hier, Herzchen?«

Ich betrachtete mein eigenes Glas. Dann hielt ich es ihm hin und zog ihm seines aus der Hand.

Mit einem fragenden Blick ließ Rory es geschehen und legte den Kopf schief.

»Das letzte Mal hast du mir Drogen in den Drink geschüttet«, erklärte ich trocken. »Ich wollte bloß sichergehen, dass es dieses Mal nicht der Fall ist.«

Er lachte laut und bellend. Dann setzte er das Kristallglas an und kippte die hochprozentige Flüssigkeit in einem Zug herunter. »Keine Sorge. Siehst du? Kein Fairy Dust, nur guter alter Whiskey. Es sind ja keine K.o.-Tropfen gewesen, ich wollte bloß, dass du ein wenig hemmungsloser wirst. Es macht wirklich keinen Spaß, eine bewusstlose Frau zu vögeln. Es ist viel zu langweilig.«

Mit offenem Mund starrte ich ihn an. Heißes Entsetzen machte sich in mir breit. Hatte er das gerade wirklich gesagt? Hatte ich mich auch nicht verhört?

Rory scherte sich nicht um meine Entgeisterung und fuhr einfach fort: »Wäre dieser Streuner dort unten nicht dazwischengegangen, hätten wir beide noch viel Spaß haben können, Kleines.«

Die Knöchel meiner Hand, die das Glas hielten, färbten sich weiß, und ich biss die Zähne fest zusammen. Wenn dieses Arschloch Ches noch ein einziges Mal als Hund bezeichnen würde, dann würde ich ihm verdammt noch mal wehtun.

Ich leerte meinen Drink ebenfalls in einem Zug, was meine Kehle heiß brennen ließ. Im nächsten Moment nahm Rory mir das Glas aus der Hand, lehnte sich über mich hinweg und stellte es auf den Beistelltisch. Für einen Moment befand ich mich unter ihm, und mein Puls schnellte panisch in die Höhe. In diesem Augenblick wurde mir zum ersten Mal bewusst, wie groß die Gefahr, in der ich mich befand, wirklich war. Rory konnte mir nicht nur wehtun – er konnte auch weitaus Schlimmeres versuchen. Er konnte mich zerstören.

Aber er tat es nicht. Zumindest nicht jetzt. Der Moment war vorbei, und er setzte sich wieder aufrecht hin – nur war er mir nun um einiges näher als noch gerade eben.

»Du hattest recht, Rory«, sagte ich und presste meine Hände gegen die Knie. »Ich bin nicht bloß wegen der Kämpfe hier.« Als sich ein lüsternes Grinsen auf seinem Gesicht ausbreitete, unterdrückte ich ein Knurren. »Aber ich bin auch nicht für … die andere Sache gekommen.«

»Ach ja?«, schnurrte er. »Das ist aber schade. Weshalb bist du dann hier?«

Konzentrier dich. Wenn du Rory zum Reden bringen willst, musst du ein wenig mitspielen.

Ich zwang mich zu einem Lächeln, das hoffentlich scheu wirkte. »Ich will einen Deal. Deshalb.«

Überrascht hob er die Augenbrauen, ehe das Grinsen breiter wurde. Sein Arm rutschte von der Lehne auf meine Schultern, und er rückte so nahe, bis sich unsere Oberschenkel aneinanderpressten. Ich hasste das Gefühl seiner Berührung und hätte es am liebsten von mir geschüttelt.

»Du bist mutig, solche Forderungen zu stellen, weißt du das, Süße?« Er war voll und ganz damit beschäftigt, mit seinen Augen über meinen Körper zu gleiten. So als wäre ich ein Gegenstand oder eine Immobilie, die er schon bald kaufen, bald besitzen würde. »Schieß los. Ich bin ganz Ohr«, sagte er schließlich.

»Ich will, dass du Ches nie wieder anrührst«, sagte ich. »Weder du noch irgendein anderer von deinen Leuten.«

Er starrte mich an. Dann grinste er belustigt. »Und was springt für mich dabei raus? Deals mit mir kommen nicht zum kleinen Preis.« Seine Augen glitten an mir herunter, ehe er eine Hand auf meinen Oberschenkel legte. »Außer natürlich … du bist bereit, einen Schritt weiter zu gehen. Ich bin so lange nett zu Ches, wie du nett zu mir bist.«

»Nett«, wiederholte ich erschrocken und schob seine Hand schneller fort, als mein Hirn schalten konnte. »Du glaubst, ich würde wirklich mit dir schlafen, um eine Gefälligkeit zu erhalten?«

»Die stärkste Waffe einer Frau ist der Ort zwischen ihren Beinen«, erklärte er mit einem spitzbübischen Grinsen, als sei es das Offensichtlichste der Welt.

»Gott, das ist so …« *Halt dich zurück, Johns.* »D-das stimmt«, stieß ich widerstrebend hervor. »Aber ich möchte nicht auf diese Art und Weise verhandeln, Rory.« Ich rückte von ihm ab und lächelte entschuldigend. Vielleicht auch zerknirscht, da war ich mir nicht sicher. »Ches wird bald nicht mehr im Käfig kämpfen.«

»Ach?« Er hob eine Augenbraue.

»Ja. Er ist nicht dazu verpflichtet. Er braucht den Schutz des Käfigs nicht mehr, und er wird aufhören.«

Rory nickte und wirkte dabei beinahe beeindruckt. »Nur zwei Monate und du hast schon eine ganze Menge herausgefunden, was? Soweit ich weiß, versteckt er sich hier vor Malcolm, während sein Bruder die Scheiße bereits ausgebadet hat. Ein Tragödie – das hat mir zumindest ein Vöglein gezwitschert.«

Schock. Stille.

Ich versuchte, mir meine Bestürzung nicht anmerken zu lassen, während sich die Härchen in meinem Nacken aufrichteten. Rory wusste von Malcolm. Er wusste davon, dass Ches nicht mehr im Käfig sein musste. Wie war das möglich? Wer hatte ihm davon erzählt?

Offenbar war ich nicht sonderlich gut darin, meine panischen Gefühle zu verbergen, denn ein zufriedener Ausdruck trat auf Rorys schmieriges Gesicht, das ich ihm am liebsten zerkratzt hätte.

»Wenn du davon weißt«, sagte ich wie betäubt, »wieso lässt du Ches dann für dich –«

Rory lachte und ließ mich damit verstummen. »Du kannst wirklich eins und eins nicht zusammenzählen. Ich mag die Macht. Ich mag das Geld. Warum sollte ich darauf verzichten? Ich sagte doch, er ist der Beste von allen.«

Oh mein Gott. Geld! Natürlich. Ches kämpfte für ihn, und Rory machte Geld damit. Natürlich hatte er nichts gesagt, was dem im Weg stehen würde!

»Du bist ein furchtbarer Mensch!«, keuchte ich und rückte von ihm weg. Rote kribbelnde Wut flammte in mir auf, und ich ballte die Hände zu zitternden Fäusten. »Und du bist ein Mörder! Du vergehst dich an Frauen, und du tust anderen weh!«

Das Grinsen wich nicht eine Sekunde aus seinem Gesicht, und er lehnte sich tiefer in das Sofa. »Du lernst schnell, Täubchen.«

»Sag es!«, verlangte ich wütend, beinahe schrill. »Du hast Ches zusammenschlagen lassen! Du hast diesen Marcus beauftragt, in meine Wohnung einzubrechen!«

Rory richtete sich mit einem Mal bedrohlich auf und lehnte sich über mich. »Ja, Süße«, raunte er. »Ich habe all das getan, und ich werde deinen Freund umlegen lassen, wenn du es wagst, auch nur ein Sterbenswörtchen an ihn weiterzutragen. Das verspreche ich dir.«

»Dann verschwinden wir eben«, zischte ich und sprang auf. »Ich lasse nicht zu, dass Ches auch nur einen weiteren Kampf für dich austrägt, du dreckiger Mistkerl!«

Plötzlich stand Rory ebenfalls, streckte die Hand aus und packte eine Handvoll meiner Haare. Ich schrie vor Schmerz auf. Die rohe Gewalt ließ meine Kopfhaut prickeln.

Sein Grinsen wich in nur einem Wimpernschlag einer kalten Maske, und seine Stimme wurde gefährlich leise. »Hör mir jetzt gut zu, du vorlaute kleine Schlampe. Dieser Bastard ist mein Eigentum, und ich werde nicht zulassen, dass mir eine *Frau* meinen besten Kämpfer abverlangt.«

Ich packte sein Handgelenk und versuchte, es von mir zu zerren. »Lass mich los!«

Doch er ließ nicht locker, zog mich stattdessen mit einem Ruck zu sich und schloss seine Hand um meinen Hals. Er drückte zu, und ein ersticktes Quieken entwich mir.

Rory schnaubte verächtlich. »Dachtest du wirklich, du könntest hier einfach hereinspazieren und mir vorschreiben, was ich zu tun und zu lassen habe? *Mir?* Bist du so naiv zu glauben, dass ich mich auf einen Deal mit irgendeinem dahergelaufenen Flittchen einlasse, das nicht einmal bereit ist, sich dafür von mir ficken zu lassen?«

Mein Magen verwandelte sich in einen harten, bleiernen Klumpen, und ich presste meine Hände gegen seine Brust. Doch der Versuch, ihn von mir zu drücken, war genauso erfolgreich, als würde ich versuchen, einen Felsen zu bewegen. Die Kampfgeräusche und das Stimmengewirr unter uns drangen nur noch wie durch Watte zu mir durch, da mir das Blut in den Ohren wie ein Wasserfall rauschte. Die Wut war verflogen, und es blieb nichts als aufkeimende Panik, die mein Blut sauer werden ließ. Ich rang nach Luft, die gerade noch so ihren Weg in meine Lunge fand.

»Lass mich los«, krächzte ich und krallte meine Finger in seine Hand, als er fester zudrückte. »Ich will gehen. I-ich sage Ches nichts von unserem Gespräch. Bitte.«

»Gott, du bist tatsächlich genauso naiv, wie du aussiehst, Täubchen.« Er seufzte und schüttelte den Kopf. »Es ist beinahe schon bemitleidenswert. Typisch Frau.«

»Rory …« Ich kratzte an seinen Armen und rang nach Luft. Seine dunklen Augen wurden lüstern, und er leckte sich über die Lippen. »Wenn ich es mir recht überlege, ist es gar nicht so schlecht, dass du vorbeigekommen bist, Herzchen. Dieser Bastard soll sehen, was passiert, wenn er sich gegen mich auflehnt.«

Mit einer ruckartigen Bewegung wirbelte er mich herum und presste meinen Rücken an seinen Oberkörper. Seine Lippen legten sich an mein Ohr, und er drückte seine gespreizte Hand auf meinen Bauch. »Hörst du das? Er hat gewonnen, wie ich vorausgesagt habe. Vielleicht ist das ein guter Moment, um es dir am Balkongeländer zu besorgen, damit er zusehen kann. Was meinst du, Täubchen?«

»Nein!«, stieß ich hervor und überlegte fieberhaft, wie ich fliehen konnte. *Nein, nein, nein.* Das hatte der Plan nicht vorgesehen. Dieser Abend durfte so nicht enden.

Mit meinem gesamten Gewicht ließ ich mich im nächsten Moment zu Boden fallen – und vielleicht hatte ich ja einfach Glück oder das Überraschungsmoment war auf meiner Seite, denn ich riss mich damit aus seinem Griff.

Dann schnappte ich mir den erstbesten Gegenstand, den ich sah – eines der Kristallgläser –, wirbelte herum und schleuderte es ihm an den Kopf.

Volltreffer.

Mit einem überraschten Laut taumelte Rory zwei Schritte zurück, und ich schnappte mir das zweite Glas und warf es ebenfalls.

Ich hatte wirklich ein Händchen dafür, hinterhältigen Schweinen Gläser ins Gesicht zu schmeißen. Vielleicht war das eine Art Superkraft.

Das zweite Glas landete an seiner Schläfe, was Rory wütend brüllen ließ.

Ich rappelte mich vom Boden auf und rannte mit vor Panik rasendem Herzen zur Tür.

Doch gerade als ich die Klinke heruntergedrückt hatte, packte mich eine Hand an den Haaren und schleuderte mich auf den Boden. Ich riss dabei einen Beistelltisch mit um. Die Luft wurde mit einem heftigen Schlag aus meiner Lunge gepresst, und der Aufprall hinterließ einen stechenden Schmerz an meiner Schläfe. Ich sah Sterne.

Kaum hatte ich mich gerade aufgesetzt, da wurde mein Kopf schon durch eine Backpfeife zur Seite geschleudert.

»Was glaubst du eigentlich, wer du bist, du kleines Flittchen?«, schrie Rory wutentbrannt und setzte sich auf mich. Blut rann seitlich seinen Kopf hinunter, und der Ausdruck auf seinem Gesicht glich einer entstellten wahnsinnigen Grimasse. Ich versuchte, nach ihm zu schlagen, doch er packte meine Handgelenke und drückte sie auf den Boden. »Billig!«, knurrte er. »Glaubst du wirklich, du kannst Rory Schaden zufügen, ohne dafür zu zahlen? Jetzt ist es persönlich geworden für dich und mich, und ich schwöre dir, ich werde dich nicht gehen lassen, bis ich nicht jeden jämmerlichen Knochen in deinem Körper gebrochen habe. Du gehörst *mir.*«

Er holte aus und verpasste mir noch einen Schlag ins Gesicht, der mich keuchen ließ. Brennender Schmerz breitete sich auf meiner gesamten Gesichtshälfte aus, und ein Stöhnen entfuhr mir. Der metallische Geschmack von Blut erfüllte meinen Mund.

»Bitte nicht«, schluchzte ich, unfähig zu atmen. Mein Hals war zu eng, meine Brust nicht groß genug, um genug Sauerstoff aufzunehmen. Die Panik ließ mich hyperventilieren.

Ein Schrei entfuhr mir, als er mich wieder an den Haaren packte und mich vom Boden hochzerrte. Er schleppte mich zum Sofa und schmiss mich drauf.

»Du bist selbst dran schuld, weißt du?«, sagte er, während er seinen Gürtel auszog und ihn auf den Boden fallen ließ. »Wärst du nicht so verdammt verklemmt gewesen, hätte ich mein Wort gehalten. Wir hätten Freunde sein können, Herzchen. Aber dann hast du etwas gewagt, was niemand tut. Siehst du das hier?« Er fasste sich an den Kopf und zeigte mir anschließend seine blutigen Fingerspitzen. Ich versuchte, erneut zu fliehen, da holte er plötzlich aus und schlug mir seine blutigen Finger hart ins Gesicht. Ich schrie auf.

»Du hast mein Blut vergossen, Miststück.« Er krallte seine Finger in meine Wangen, damit ich ihn ansah. Meine Haut brannte, die Welt drehte sich, und der Schmerz pfiff in meinen Ohren.

»Aber ich muss schon sagen, netter Versuch.« Er grinste plötzlich, was von der wütenden Grimasse so nahtlos überging, dass er einen noch viel gestörteren Eindruck bei mir hinterließ. Er knöpfte sein Hemd auf. »Ist lange her, dass jemand die Hand gegen mich erhoben hat. Hast du auch nur den leisesten Schimmer, was jetzt passiert?«

Er zog sein Hemd aus und ließ es, wie auch seinen Gürtel, zu Boden fallen. Sein bleicher Oberkörper strotzte nur so vor widerwärtigen aufgeblasenen Muskeln. Er legte seine Hände auf meine Knie, und die Geste hatte etwas beinahe Freundliches an sich. Genauso wie sein Lächeln. »Ich werde dich jetzt zum Schreien bringen, Baby.«

Mein Hirn hatte eine Kurzschlussreaktion. Fast ungläubig sah ich meiner Hand dabei zu, wie sie nach der Vase auf dem Tisch neben dem Sofa griff und sie ihm so fest auf den Kopf schlug, dass er mit einem Grunzen zur Seite kippte.

Keuchend rappelte ich mich auf, doch da packten mich seine Hände schon wieder an den Beinen, und ich stürzte zu Boden. Ein gellender Schrei löste sich von meinen Lippen, als sich eine Scherbe von den Kristallgläsern in meinen Handteller bohrte.

Ein Zischen war zu hören, dann plötzlich peitschte etwas auf meinen Rücken nieder, das mich abermals schreien ließ. Es war sein Gürtel. Die Schnalle hatte mich am Schulterblatt erwischt.

Brüllend warf Rory sich auf mich, wirbelte mich herum und hielt mich mit seinem Körper gefangen. Ich trat ihm zwischen die Beine, was ihn winseln ließ wie einen Hund, und krabbelte weg von ihm, was die Scherbe tiefer in meine Hand trieb. Keuchend vor Schmerz zog ich sie heraus. Blut quoll aus der Wunde, doch ich hatte keine

Zeit, mich darum zu kümmern. Ich nahm mir alles, was ich zu fassen bekam, was in diesem Fall bloß noch der Beistelltisch war. Ich warf ihn nach Rory, doch ich verfehlte ihn, was den Tisch kurzerhand über den Balkon beförderte.

Ich schnappte nach Luft, als mir eine ganz offensichtliche Idee kam.

»HILFE!«, schrie ich aus Leibeskräften und betete, dass mich jemand hörte, denn Rory rappelte sich bereits wieder auf.

»Hilfe!«, brüllte ich wieder, während ich herumwirbelte und zur Tür rannte. Doch auf halbem Weg holte Rory erneut mit seinem Gürtel aus und ließ ihn auf mich hinabschnellen. Er traf meinen Unterarm, und er wurde brennendheiß. Und nass. Der Schmerz ließ die ganze Welt rot werden.

»Du hast keine Chance!«, schrie Rory, blind vor Wut. »Ich bringe dich um!«

Mit einem Ruck zog er mich zu sich und packte meinen Hals. »Du bist mein«, knurrte er und zerrte mich auf den Boden.

Die Luft wurde erneut aus meiner Lunge gepresst, und ich bog den Rücken durch, als sich Scherben hineinbohrten. Ein Schlag traf meine Schläfe und machte mich ganz benommen. Wieder traf mich eine Faust, diesmal in den Magen. Erstickte Laute entfuhren mir.

Seine Hände schlossen sich um meinen Hals und drückten zu. »Sieh mich an!«, brüllte er. Seine Brust hob und senkte sich schnell, und Blut rann sein Gesicht hinab. Er sah irre aus, verlassen von allen guten Geistern.

Mit einem dumpfen Ächzen kratzte ich an seinen Händen, versuchte verzweifelt, Luft zu bekommen, doch er zerquetschte meine Luftröhre in seinem eisernen Griff. *Nein.* So durfte es nicht enden. Es war noch nicht so weit. Ich hätte besser sein müssen. Schlauer. Besser vorbereitet. Lenny hatte recht gehabt, und ich hatte gewusst, dass es eine reine Selbstmordmission war, doch welcher Plan hätte bessere Chancen haben können als mit Teddy im Rücken?

Aber wo war Teddy jetzt? *Wo?*

Die Welt begann sich zu drehen, und meine Lunge zog sich zusammen. Es fühlte sich an, als würden mir die Augen aus dem Kopf quellen wollen.

»Du bist so schön«, flüsterte Rory. »Verdammt, du bist so schön, Täubchen.« Er leckte sich die Lippen und atmete schwer. »Gleich gehörst du ganz allein mir. Gleich wird alles gut.«

Die Welt wurde an den Rändern schwarz, und weiße Lichtpunkte tanzten vor meinen Augen. Der Griff seiner Hände bohrte sich in meinen Hals, stählern und unnachgiebig. Blind fuhren meine Hände über den Boden, suchten nach etwas, um mich zu wehren. Ein letzter Versuch. »Schsch. Gleich ist es vorbei. Gleich wirst du nichts mehr spüren.«

Da. Eine Scherbe.

Mein Überlebensinstinkt nahm überhand, ich holte mit letzter Kraft aus und rammte sie ihm in die Seite.

Rory erstarrte. Der Griff um meinen Hals lockerte sich, wodurch ich ächzend wieder nach Luft schnappen konnte. Grunzend zog ich die längliche Scherbe aus ihm heraus, wobei sie mir in die Hand schnitt, und stieß wieder zu. Ich bohrte die Scherbe so tief in seine Seite, bis ich sie nicht mehr herausziehen konnte. Das Gefühl war ekelerregend, knirschend und voll Widerstand in Form von Muskelgewebe.

Rory brüllte vor Schmerz, und seine Augen weiteten sich.

Ich hatte kaum noch Energie, meine Glieder zitterten, doch ich stemmte mich mit aller Kraft gegen ihn, damit er von mir wich. Doch das tat er nicht.

»Scheiße«, keuchte er und wischte sich Blut aus dem Gesicht, wodurch er es nur verschmierte. Ich konnte es kaum erkennen, dafür wurde die Welt zunehmend dunkler und unschärfer. »Dafür wirst du büßen.«

Wieder packte seine Hand meinen Hals, und ich wusste, dass es diesmal ein für alle Mal vorbei sein würde. Ich hatte keine Kraft mehr, um mich noch einmal zu wehren, und sein eiserner Klammergriff um meinen Hals wurde zu entschlossen.

Meine Glieder begannen zu zucken, als meine Lunge nach Sauerstoff bettelte, diesen jedoch nicht bekam. Die Welt schien sich aufzulösen …

Mit einem donnernden Schlag flog die Tür auf.

Jemand schrie meinen Namen. Plötzlich verschwanden die Hände um meinen Hals, und durch den Körper über mir ging ein heftiger Ruck.

Stimmen sagten etwas, Rufe erklangen, doch ich konnte sie nicht verstehen.

Hände berührten meine Wangen, tätschelten sie sanft, aber eindringlich.

Creed. Das war Creed. Und … Lenny?

Und die andere Gestalt …

Teddy.

Gott, sie waren hier. Ich hatte es geschafft. Ich wusste nicht, wie, doch ich hatte es geschafft.

Mir blieb jedoch nicht viel Zeit, erleichtert darüber zu sein, denn im nächsten Moment entglitt mir die Welt und ich verlor das Bewusstsein.

KAPITEL 28

Ein kaltes Piepen drang durch meine Ohren. Ansonsten war es still. Mein Atem ging gleichmäßig und tief. Eine Weile lag ich einfach nur da und konzentrierte mich darauf. Mein Körper fühlte sich ungewöhnlich schwer an, und meine Rippen schmerzten beim Einatmen. Sobald mir dieser Gedanke kam, veränderte sich meine Atmung. Schmerz … Ich wurde wacher. Der Nebel wich aus meinem Hirn, und je länger ich dalag, desto klarer wurde mir, wo ich war. Dieser Geruch nach Desinfektionsmitteln und Zitruspolitur und das Piepen hatten sich in mir eingebrannt.

Ich war im Krankenhaus.

Plötzlich kehrten die Erinnerungen alle mit einmal Mal zu mir zurück, und mein Atem kam ins Stocken. Der Piepton wurde deutlich schneller.

»Ella?«

Jemand hielt meine Hand. Drückte sie.

Ich öffnete die Augen und blinzelte, damit mein Blick sich fokussieren konnte.

Mein Herz beschleunigte sich erneut, und der Piepton passte sich an.

Ches.

Das war Ches' Gesicht, in das ich blickte.

Etwas steckte in meiner Nase. Ich hob die Hand, um es rauszuziehen, doch er schüttelte den Kopf und drückte sanft meine Hand nach unten. »Nicht. Das muss dortbleiben, Schatz.«

Ich senkte den Blick. Da steckte ein Schlauch in meinem Handrücken. Und meine Hand war bandagiert. Hastig huschte mein Blick zu meiner anderen Hand. Sie war nicht bandagiert. Sie lag in seiner großen, warmen Hand. Dafür war mein Unterarm bandagiert. Und er tat weh.

Die Schmerzen drangen zu mir hindurch, und es war nicht nur mein Arm und meine Hand, die ich zu spüren bekam.

Ich sank tiefer in das Krankenbett und stöhnte auf.

»Wie geht es dir?«, fragte Ches leise. Er beugte sich nach unten und küsste die Hand, die er hielt. »Gott, Ella. Ich dachte, ich hätte dich verloren.«

»Was machst du hier?«, lallte ich. Mein Herz tat beinahe so sehr weh wie meine Verletzungen. Er sollte nicht hier sein. *Ich* sollte nicht hier sein. Alles war so dermaßen aus dem Ruder gelaufen.

Verwirrt zog Ches die Stirn in Falten. »Ich habe darauf gewartet, dass du aufwachst.«

»Nein«, murmelte ich und versuchte, den Kopf zu schütteln. Das war jedoch eine wirklich dämliche Idee, weil mein Kopf sich dabei entschloss, sich in ein ziemlich schnelles Karussell zu verwandeln. »Ich meine, was machst du hier im Krankenhaus?« Meine Stimme war kaum zu hören. »Woher weißt du, dass ich hier bin?«

Er schwieg. »Ich habe gekämpft, als plötzlich ein Tisch vom Himmel gefallen ist. Creed und Lenny haben mir erzählt, was passiert ist. Sie und Teddy haben dich in letzter Sekunde da rausgeholt.«

Ich schluckte. Mein ganzer Mund fühlte sich rau an wie Schmirgelpapier.

Ches schien es zu bemerken und hielt mir im nächsten Moment ein Glas mit einem Strohhalm hin.

Dankbar trank ich einen Schluck, zuckte dabei jedoch zusammen. Schmerz pochte in meinem Hals, was das Trinken gleichermaßen zu einer Qual wie zu einer Wohltat machte.

Er stellte das Glas wieder weg und strich mir vorsichtig eine Strähne aus der Stirn. Die Geste war so liebevoll, so vertraut, dass mir ganz warm wurde.

»Ich sollte wütender auf dich sein, als ich es bin«, sagte er nach einem Moment des Schweigens. »Aber ich bin einfach nur froh, dass es dir gut geht. Du warst *dort.* Du bist einfach in den Käfig spaziert, um einen der gefährlichsten Kerle überhaupt zu stellen. Ich weiß wirklich nicht, ob ich das bewundernswert oder sehr dämlich finden soll. Aber du … du hast es geschafft, Ella.«

»Was?« Ich war noch zu benommen, um ein wirklich verwirrtes Gesicht zu ziehen. Doch genau das war der Fall. Ich war absolut verwirrt.

»Teddy hat mir erzählt, dass er überall im ganzen Käfig Wanzen angebracht hat. Ich weiß von eurem Plan, und ich kann einfach nicht fassen, dass er funktioniert hat. Teddy hat Rorys Geständnisse auf Band.«

»Oh, Gott sei Dank«, stöhnte ich und schloss die Augen. Vermutlich hätte ich noch mehr Erleichterung empfunden, wäre ich nicht voller Schmerzmittel.

»Wo ist Rory jetzt?«, murmelte ich. »Ist er …?« Ein Schauer kroch meinen Rücken hinunter, und ich sah Ches besorgt an.

Wieder küsste er meine Hand, so als könne er noch immer nicht glauben, sie wieder zu halten. »Er ist am Leben. Teddy hat sich seiner angenommen. Ich habe keine Ahnung, was sie mit ihm machen werden, aber Rory wird mit Sicherheit nie wieder jemandem Schaden zufügen können. Am wenigsten dir und mir.«

Tränen ließen meine Sicht verschwimmen, und ich atmete stockend ein. »Wirklich?«

Sein Lächeln machte mein Herz ganz schwer. Er lehnte sich vor und küsste meine Tränen fort. »Er ist weg, Ella. Es ist vorbei.«

Ich weinte. Die Erleichterung und der Horror dieser Nacht waren zu viel für mich. Es war vorbei. Es war ein für alle Mal vorbei. Rory würde nie wieder jemandem etwas antun. Ich konnte es noch nicht glauben, mein Hirn war über alle Maßen überfordert.

Ches verteilte vorsichtig Küsse auf meinem ganzen Gesicht und schließlich, endlich, auf meinen Lippen.

Ihn zu küssen, war wie nach Hause zurückzukehren. Es war, als würden sich zwei Hälften, die zusammengehörten, wieder zusammenfügen. Ich konnte es spüren.

Ich hob meine bandagierte Hand und legte sie ihm auf die Wange.

»Nicht«, murmelte er sanft. »Du hast doch bestimmt Schmerzen.«

»Ches, sieh mich an«, flüsterte ich. Er wich gerade so viel vor mir zurück, dass wir uns ansehen konnten. Er war so unglaublich schön, so gut, so unersetzlich.

Ich lächelte und strich mit meinen Fingern über seine Wange. »Ich liebe dich, Chester.«

Mein Herz glühte förmlich in meiner Brust. Mein ganzer Körper vibrierte unter meinen Worten, wurde federleicht. Ich schluchzte auf. »Ich liebe dich.«

Seine Augen wurden glasig. Er war wie erstarrt, so als könnte er nicht glauben, was ich da soeben gesagt hatte.

Dann küsste er mich, vorsichtig und gleichzeitig so übersprudelnd vor Emotionen, dass mir wieder schwindelig wurde. Er küsste mich wieder und wieder, bis ich ganz benommen vor Glück war.

»Und ich liebe dich«, sagte er, küsste mich wieder. »Ella, ich liebe dich. Und ich hätte es dir früher sagen sollen. Ich glaube, ich habe mich schon in dich verliebt, als du mir meine Hose weggenommen hast.«

Ein Lachen stieg aus meiner Brust auf, auch wenn es höllisch schmerzte, und er stimmte mit ein. Wieder musste ich schluchzen – ich war ein emotionales Wrack. Aber dafür war ich glücklich. Und ich liebte Ches. Und, heilige Mutter Gottes, er liebte mich.

Ich verlor den Überblick darüber, wir oft wir uns diese kostbaren drei kleinen Worte sagten. Sie schlichen sich zwischen jeden Kuss und jeden liebevollen Blick.

Ein sachtes Klopfen an der Tür ließ uns schließlich aufblicken.

Ein riesengroßer Mann mit Glatze und Tattoos im Gesicht trat ein. Er hatte verblüffende Ähnlickeit mit Vin Diesel, wirkte bloß um einiges breiter und älter.

Tedddy.

Er nickte Ches zu und setzte sich an die freie Seite meines Bettes. »Wie geht es dir, Ella?«

Ich seufzte, noch immer lächelnd. »Ich bin noch an einem Stück.«

Teddy verzog keine Miene, sondern nickte bloß. »Das ist gut. Dann nehme ich mal an, dass Ches dir bereits berichtet hat, dass wir Rory drangekriegt haben.«

Ich nickte. Ich konnte noch immer nicht glauben, was gerade passierte. »Ja. Hat er.«

»Deswegen bin ich eigentlich nicht hier«, sagte Teddy und wandte sich Ches zu. »Ella hat mich gefragt, ob ich deinen Bruder ausfindig machen kann. Und das habe ich getan.«

Ich hielt die Luft an. Mit großen Augen sah ich zu, wie Ches Teddy anblinzelte. Er wirkte erst perplex, dann ungläubig und schließlich erschrocken. Sein Blick glitt zwischen Teddy und mir hin und her. »Du … Sie … hat *was?*«

»Rory hat dich betrogen, Mann«, sagte Teddy und schüttelte missbilligend den Kopf. »Über die Wanze habe ich sogar ein Geständnis darüber. Deswegen teilen wir seine ganze Kohle auf, die wird er in Zukunft sowieso nicht mehr benutzen können. Du bekommst einen Teil als Entschädigung, und außerdem haben die anderen aus dem Käfig und ich beschlossen, dir zu helfen. Wenn du damit einverstanden bist, uns vierzig Prozent von deinem Anteil zu überlassen, zahlen wir Malcolm aus, damit er deinen Bruder und dich in Ruhe lässt. Ist das ein Deal?«

Ich atmete nicht. Ches auch nicht. Wir starrten Teddy einfach nur an.

So. Viele. Fragen. In. Meinem. Kopf.

Ich wollte gar nicht wissen, was mit Rory passierte, wenn sie schon sein Vermögen unter sich aufteilten. Ich wollte es wirklich nicht wissen, ich wollte absolut nichts damit zu tun haben. Was mich jedoch überraschte, war, dass Teddy Ches helfen wollte. Er war wirklich bereit, ihn von Malcolm zu befreien.

»Wo ist Maxx?«, flüsterte Ches beinahe lautlos.

»Er sitzt im Maine State Prison. Für Malcolm, offenbar um eine alte Schuld zu begleichen.«

Ches sagte nichts. Er sah Teddy einfach nur mit geweiteten Augen an und war wie zur Salzsäule erstarrt.

»Es war alles umsonst«, flüsterte er schließlich erstickt. »All die Jahre.«

»Nein«, sagte ich und drückte seine Hand. »Rory hat dich betrogen. Er wusste davon und hat es dich mit Absicht nicht wissen lassen.«

»Und er hat Ches nicht ausgezahlt«, fügte Teddy hinzu. »Pro Kampf wären das zwei Prozent vom Gewinn gewesen. Bei fünfzigtausend Dollar sind das immerhin tausend Dollar. Zwei Coin Fights im Monat ergeben schon zweitausend Dollar. Rechne das mal auf drei Jahre, das ist ein Haufen Kohle. Die steht dir natürlich auch neben dem Deal noch zu.«

Auf unsere entgeisterten Blicke hob er die Augenbrauen. »Der Käfig ist dafür da, klare Linien zu ziehen und Regeln zu befolgen. Fair zu bleiben. Sonst gäbe es mehr Chaos unter den Gangs und anderswo, als sich irgendwer vorstellen könnte. Deswegen muss Ches das Geld erhalten, das ihm zusteht. Und ich will an Rory ein Exempel statuieren, damit kein anderer auf die Idee kommt, ihn nachzuahmen.« Er stand auf und legte Ches eine große Hand auf die Schulter. »Wir kümmern uns um deinen Bruder, und danach will ich dich nie wieder im Ring sehen, Junge. Hast du verstanden?«

Ches erwiderte nichts. Er konnte bloß nicken. Ich wusste, dass er geglaubt hatte, seinen Bruder nie wiederzusehen. Deshalb brachte es mich um, zu sehen, wie seine starken, breiten Schultern zu beben begannen und er sich mit einer Hand über das Gesicht fuhr.

Es war vorbei. Endgültig. Es war vorbei, Ches würde nicht mehr kämpfen müssen, nie wieder in seinem ganzen Leben.

»Ich werde jetzt gehen«, erklärte Teddy. »Danke noch einmal, Ella, für deinen Einsatz. Chester, wir bleiben in Kontakt.«

Der bullige, große Kerl ging zur Tür, öffnete sie und verschwand, ohne sich noch einmal umzudrehen.

Ches sah mich an. Seine Stimme war heiser und gebrochen, als er sprach. »Ella, ich weiß nicht, was ich …« Er schluckte. Er beugte sich zu mir herunter und küsste mich.

»Ich liebe dich«, sagte er. »Und ich weiß nicht, wie ich dir jemals danken soll. Vom ersten Moment an, als wir uns begegnet sind, hast du an mich geglaubt. Und ich werde mich immer fragen, womit ich dich verdient habe.«

Die Erleichterung in mir verwandelte sich in einen süßen Schmerz, der sich wiederum mit meinen richtigen Schmerzen vermengte. Alles in mir pochte. Ich war ermattet, und die Schmerzmittel hinterließen ein dumpfes Gefühl. Doch ich war glücklich. Erleichtert und glücklich und bereute nichts von dem, was ich getan hatte. Es war alles wert gewesen.

Ches war mir alles wert gewesen.

Meine Verletzungen und die Schmerzmittel hatten mich nach einer Weile wieder in den Schlaf befördert. Eine Stunde vor Ende der Besuchszeiten wachte ich wieder auf. Eine Krankenschwester werkelte an mir herum, entfernte den Schlauch aus meiner Nase, überprüfte meine Verletzungen und verband zwei von ihnen neu. Der Schnitt an meiner Schulter, welchen Rorys Gürtel mir verpasst hatte, hatte bei meiner Einlieferung genäht werden müssen, ebenso wie der Schnitt auf meiner Handfläche und der an meinem Unterarm. Abgesehen von weiteren harmloseren Schnitten und einer leichten Gehirnerschütterung fehlte mir jedoch nichts. Die Quetschungen durch Rorys Strangulationsversuch hatten nicht operativ behandelt werden müssen, und die Schmerzmittel hemmten das Brennen beim Atmen. Ich war am Leben. Mehr als das.

Die Schwester beendete, was auch immer sie noch überprüft hatte, und schenkte mir ein freundliches Lächeln. »Es warten eine ganze Menge Leute auf Sie im Wartebereich, Miss Johns. Möchten Sie sie sehen?«

Ich nickte verblüfft. Was bedeutete eine ganze Menge? Waren Mum und Tante Kat hier?

Als die Schwester fortging und sich kurz darauf wieder die Tür öffnete, wurde mir klar, was sie gemeint hatte. Sie meinte *eine ganze Menge.*

Nicht nur Mum und Tante Kat waren hier. Auch Lenny, Carla, Savannah, Summer, Mitchell und Creed.

Großer verdammter Gott. Sie waren alle hier.

Sie hatten Luftballons dabei, und zwar solche mit Helium! Außerdem hielt Mum einen Strauß Blumen im Arm.

»Hi«, krächzte ich und versuchte, nicht allzu müde auszusehen.

Meine Mutter eilte an mein Bett und bremste sich, bevor sie mir um den Hals fallen konnte.

»Was hast du nur angestellt?«, schluchzte sie, halb erleichtert, halb tadelnd. Ihre Augen waren gerötet und glasig. »Ich war krank vor Sorge, Ella! Du kannst dich doch nicht einfach mit irgendwelchen zwielichtigen Typen einlassen!«

Mein Mund klappte auf. »Mum, woher –«

»Ich wusste, dass mit diesem Rory irgendetwas ganz und gar nicht stimmt, aber wer hätte gedacht, dass er in einer Straßengang ist!«, sagte Savannah, die ebenfalls schluchzte.

Mein Schock wich Erleichterung. Offenbar hatten Lenny und Creed Vorarbeit geleistet und eine plausible Geschichte zusammengereimt, um zu erklären, was passiert war. Sie war mit Sicherheit schöner als die echte.

Tante Kat stellte eine Tupperschachtel auf dem Tisch neben meinem Bett ab, beugte sich nach unten und drückte mir einen Kuss auf die Stirn. »Wir haben dir Brownies mitgebracht. Wie fühlst du dich, Süße?«

Was die Tränen anging, bildete Summer keine Ausnahme. Ihre Nase war rot und ihre Wangen fleckig. Es war das erste Mal seit bestimmt fünf Jahren, dass ich sie in der Öffentlichkeit ohne roten Lippenstift sah. Sie war vollkommen ungeschminkt, und ihr Gesicht wirkte gleich um einiges jünger und unschuldiger. Hastig wischte sie sich über die Augen. »Verdammt, du bist eine Idiotin, El. Was denkst du dir nur? Wenn du noch einmal vorhast, einen Gangster der Polizei zu überführen, dann sag uns vorher wenigstens Bescheid, damit wir dir Rückendeckung geben können!«

Mitchell trat ebenfalls an mein Fußende und stupste meinen Fuß an. »Ich habe keine Ahnung, was gelaufen ist, aber ich bin froh, dass es dir gut geht.«

Er und Creed hatten Luftballons, auf denen »Gute Besserung!« stand. Auf seinem war es jedoch mit einem schwarzen Filzstift durchgestrichen. In krakeliger Schrift stand darunter. *»Kick Asses, Punch Gangsters!«*

Ich musste lachen, was eine ganze Reihe Schmerzen auslöste. Ches setzte sich wieder zu mir ans Bett und verschränkte unsere Finger miteinander.

»Erst wollten Kat und ich dich lynchen«, erklärte meine Mum, »aber darüber sind wir hinweg. Wir sind bloß froh, dass du wohlauf bist, Liebes.«

»Du bist also Ellas Nur-Freunde-Mitbewohner«, bemerkte Tante Kat, ehe mir auffiel, dass sie Ches und mich ziemlich aufmerksam beobachtete. Sie hielt Ches die Hand hin und lächelte. »Ich bin Katherine, Ellas Tante. Aber alle nennen mich Kat.«

Ches lächelte und warf mir einen verstohlenen Blick zu, der so viel sagte wie: *»Nur Freunde also?«*

Er ergriff ihre Hand. »Ja, genau der bin ich. Freut mich, Sie kennenzulernen, Kat. Ich bin Chester.«

Mum hielt ihm ebenfalls die Hand hin und stellte sich vor. Dabei grinsten sie so breit, dass ich im Erdboden versinken wollte. Meine Wangen brannten.

»Jetzt gibt es zumindest keine Geheimnisse mehr«, murmelte ich. Ches und ich sahen uns an. Dann beugte er sich vor und küsste mich, was ein kollektives »Aww!« auslöste.

Ich lief feuerrot an, lächelte jedoch.

»Keine Geheimnisse mehr«, wiederholte er leise, ohne die anderen zu beachten.

»Danke, dass ihr alle gekommen seid«, sagte ich in die Runde. Bei dem Anblick meiner Freunde wurde mir ganz warm ums Herz. Meine Kehle wurde eng. »Das bedeutet mir wirklich viel.«

Meine Freunde suchten sich schmerzfreie Stellen an mir, die sie gefahrlos drücken konnten. Carla küsste meine Wangen, und selbst Lenny drückte meine Hand und lächelte, was sie davor noch nie getan hatte. Ich sah so etwas wie Anerkennung in ihrem Blick.

»Wie geht es jetzt weiter, El?«, fragte Summer. »Bleibt Ches bei dir?«

Ich sah ihn an. Das war die große Frage, die ich mich noch nicht getraut hatte zu stellen. Nicht einmal mir selbst.

Er war drei lange Jahre von zu Hause, von seinem Leben fort gewesen, und er hatte einen Bruder, den es aus dem Gefängnis zu befreien galt. Ich wusste nicht, was als Nächstes passieren würde.

»Ich suche mir eine Wohnung«, sagte Ches lächelnd. »Hier, in Fletcher. Davor werde ich aber nach Hause fahren und meine Eltern besuchen. Ich dachte … vielleicht willst du mich begleiten?«

Was er sagte, mochte in den meisten Ohren unschuldig klingen. Doch nicht in meinen. Ich wusste, was sie bedeuteten, wie gewichtig sie waren.

»Ja«, flüsterte ich gerührt. »Wohin du auch gehst. Ich bin zu Hause, wo du bist.«

Sein Blick wurde zärtlich, und er lächelte, drückte sanft meine Hand.

Meine Mutter räusperte sich. »Du kannst gehen, wohin du willst, nachdem dein Studium abgeschlossen ist, versteht sich natürlich. In deinen Semesterferien kannst du gerne die Welt bereisen, aber wehe, du brichst das College ab, Ella Johns.«

Ich grinste und verdrehte die Augen. »Nein, Mum, ich werde das College nicht abbrechen. Mach dir keine Sorgen.«

Sie verschränkte die Arme, und ihre blauen Augen blitzten auf. »Gut so. Sonst wäre ich ungemütlich geworden.«

Ich blickte zurück zu Ches und sah, dass er und Creed sich einen bedeutsamen Blick zuwarfen. Creeds Augen waren glasig und sein Kiefer angespannt. Einer seiner Mundwinkel hob sich, ehe er lächelte. Immer breiter. »Wir fahren endlich nach Hause, Chester.«

Ich hob Ches' Hand an meine Lippen und küsste sie.

Meine andere Hand streckte ich nach meiner Mum aus. Sie ergriff sie und wiederholte die Geste nun bei mir. »Jetzt geht es nur noch bergauf, Liebling«, sagte sie. »Du wirst im Nu wieder ganz die Alte sein. Es wäre außerdem eine Schande, wenn du und Ches nächste Woche nicht zum Thanksgiving-Essen kommen könntet.« Sie drehte sich zu meinen Freunden um. »Falls ihr noch nichts vorhabt, ihr seid ebenfalls herzlich eingeladen.«

Ich musste lächeln und hörte zu, wie Kat und Mum damit begannen, meine Freunde zum Kommen zu überreden, indem sie vom Truthan und Cranberrysoße und Mums berühmten Crumblepie zu schwärmen begannen. Ich liebte ihre Aufmunterungsversuche, egal wie düster die Zeiten schienen. Sie hatte immer die Gabe, Licht ins Dunkel zu bringen.

Zuletzt landeten meine Augen dort, wo sie letztendlich wohl immer ankommen würden, egal wohin ich meinen Blick richten sollte. Zu dem Mann, den ich liebte. Der Mann, der mich liebte.

Zu Ches.

Er erwiderte meinen Blick sofort und lächelte mich breit an. So breit, dass seine Augen winzig wurden und mein Herz einen kleinen Freudentanz vollführte. Mit einem Mal wusste ich, dass alles gut werden würde. Alles würde gut werden, solange nur er und die Menschen in diesem Raum an meiner Seite waren.

EPILOG

1 Monat später …

CHES

Der Schnee fiel in so dicken Flocken vom Himmel, dass man kaum etwas sehen konnte. Unter meinen Füßen knirschte es, und die Schneefahrzeuge kamen wegen des Wetters ebenfalls kaum hinterher. Glücklicherweise hatte das Schneefiasko erst angefangen, als Ella und ich mit dem Flieger schon längst wieder sicher gelandet waren. Creed hatte mich angerufen und mir erzählt, dass er wegen des Wetters in Maine feststecken würde, aber er hatte nicht so geklungen, als hätte es ihm sonderlich viel ausgemacht. Wenn ich ehrlich war, wäre ich auch gerne länger geblieben. Doch Ella musste wieder zurück ans College, und ich hatte einen neuen Job, den mir Ellas Tante besorgt hatte. Wir hatten nicht länger in Topsham bleiben können.

Mein Herz wurde schwer, als ich an die vergangenen zwei Wochen dachte. Ich war nie ein Mensch gewesen, der nah am Wasser gebaut hatte, aber als meine Mutter die Haustür geöffnet hatte … da hatte ich einen ziemlich dicken Kloß im Hals bekommen.

Sie war alt geworden. Innerhalb der letzten drei Jahre schien sie um zehn Jahre gealtert zu sein. Und ich konnte es verstehen. Auf einen einzigen Schlag waren ihre beiden Söhne einfach verschwunden. Sie hatte Maxx im Gefängnis besucht, auch wenn er ihr nicht gesagt hatte, was er verbrochen hatte – da er immerhin unschuldig saß. Das fraß meine Mum auf. Es trieb sie zur Verzweiflung, und dann war auch noch ich verschwunden. Damals hatte Rose mir versprochen, ihnen eine Nachricht von mir zu überbringen, aber ich fragte mich, ob sie sie jemals bekommen hatten. Denn so, wie meine Mutter mich angesehen hatte, als Ella und ich auf der schneebedeckten Veranda gestanden hatten, hatte sie ausgesehen, als hätte sie einen Geist erblickt. Und Rory … er hatte davon gewusst. Er hatte mich betrogen und mir jahrelang vorgemacht, ich müsste mich verstecken, hatte mir regelmäßig damit gedroht, ich würde meinen Schutz des Käfigs verlieren, wenn ich nicht tat, was er sagte. Und währenddessen hatte er es gewusst und mich ausgespielt.

Ich schüttelte den Gedanken von mir. Die eisige Luft hinterließ einen stechenden Schmerz in meiner Nase, als ich tief einatmete. Es war vorbei. Dieser Teil meines Lebens war Geschichte. Rory war fort von der Bildfläche, und ich hatte wieder die Chance auf ein Leben. Und nicht einfach nur auf irgendeins, sondern auf ein Leben mit Ella.

Der Gedanke lockerte die Enge in meiner Brust ein wenig, vertrieb sie aber nicht. Zu viel hatten wir durchmachen müssen. Es würde noch einen ganzen Monat dauern, bis ich den ersten Termin bei dieser Psychologin hatte, welche Savannah uns empfohlen hatte – ich hätte nicht gedacht, wie unfassbar lang die Wartelisten für Sitzungen waren. Nahezu lächerlich lang.

Ich öffnete die Tür des Gebäudekomplexes in einer Seitenstraße der Main Street. Hier lag Ellas Wohnung, nahe des Coldwater Rivers – und im selben Gebäude wie auch die Wohnung ihrer besten Freundin Summer. Nach allem, was passiert war, konnte ich verstehen, weshalb sie einen Neustart gebraucht hatte. Die Wohnung war größer und ein wenig teurer als die letzte, weshalb Ella nun drei Mal die Woche in einem Café auf dem Campus jobbte. Ich lebte in einer winzigen Wohnung auf der North Side von Fletcher, nahe des *Leo's*. Es machte mir nichts aus, dass Ella und ich fast eine Stunde Fußweg voneinander getrennt waren, da ich die meiste Zeit sowieso bei ihr war.

Als ich den dritten Stock erreicht hatte, atmete ich tief durch, zog die Schultern zurück und klopfte schließlich an die Wohnungstür. Herrgott noch mal, ich war nervös. Ich war nie nervös. Das ließ mich beinahe die Augen verdrehen.

Tief durchatmen, Chester. Du schenkst deiner Freundin bloß eine Kleinigkeit. Ich war nie der nervöse Typ gewesen, das war neu. Doch … Ich war so gespannt darauf, was Ella zum Geschenk sagen würde und ob es ihr gefiel, dass ich kaum ruhig bleiben konnte. Creed und Mitchell zogen mich deswegen schon auf.

Wenige Augenblicke nachdem ich geklopft hatte, hörte ich Schritte von drinnen, dann das Herumhantieren an unzähligen Türschlössern. Das war ein Überbleibsel von den Erfahrungen mit Rory. Ihrer Familie und ihren Freundinnen hatte Ella erzählt, dass es am Überfall lag. Niemand hinterfragte es, so schlimm, wie sie zugerichtet gewesen war. Manchmal hatte sie Albträume, ein weiterer Grund, weshalb ich sie keine Nacht allein lassen wollte. Es war keine einfache Zeit. Nur weil wir den Käfig hinter uns gelassen hatten, hieß das nicht, dass er uns nicht mehr beeinflusste. Das tat er, war immer präsent, und ich wurde das Gefühl nicht los, dass das noch sehr lange so bleiben würde. Diese schwere Zeit jedoch gemeinsam zu durchstehen, nicht mehr allein, nicht abgeschottet, machte es leichter. Erträglicher. *Sie* machte es erträglicher. Wann immer wir zusammen waren, konnten wir für flüchtige Augenblicke in unsere eigene, kleine Welt entfliehen, in welcher es nur uns beide gab.

Ella riss die Tür auf. Als sie mich erblickte, strahlte sie mich an, und ihre blauen Augen leuchteten auf. »Da bist du ja!« Die Freude und die Erleichterung in ihrer Stimme lösten in mir dieselben Gefühle aus, und ich spürte, wie ich lächelte.

Ich lehnte mich nach unten und küsste sie auf die Lippen. »Tut mir leid, das Wetter hat mich etwas langsamer gemacht.«

»Ches, du bist eiskalt!«, quiekte sie, als ich meine Hand an ihre Wange legte.

Ich grinste, schloss die Tür hinter uns und zog sie mit in die Küche.

Die Wohnung war geräumiger, als es für den Preis möglich sein sollte. Sie hatte viel Licht und eine unglaubliche Aussicht über den kleinen Fluss am Stadtrand. Seit Fletcher so verschneit war, sah sie von oben aus wie ein glitzerndes Winterwunderland. Aber es war nicht nur die Stadt. Ella und ihre Freundinnen hatten hier gewütet und lauter … Zeugs aufgehängt. Überall funkelte, leuchtete es weihnachtlich.

Ich räusperte mich und lehnte mich gegen die Kücheninsel. Ella beobachtete mich dabei. Ein Lächeln zuckte in ihren Mundwinkeln, so als hätte sie mich geradewegs durchschaut. Darin war sie besonders gut.

»Was ist los? Du wirkst irgendwie nervös.«

»Ich habe etwas für dich.«

»Was, ein Geschenk? Jetzt schon? Es dauert noch eine Woche bis Heiligabend.«

»Es ist nur eine Kleinigkeit«, erklärte ich und zog ein Päckchen aus meiner Tasche. Es hatte eine silberne Verpackung und eine weiße Schleife obendrauf.

Ich drückte es Ella in die Hand. Ihre Augen wurden groß, Unglaube stand in ihnen.

»Du weißt, wir müssen uns nichts schenken«, sagte sie, schloss dennoch ihre Hände um das Päckchen.

»Jetzt mach schon auf, Ella«, drängte ich lächelnd.

Vorsichtig schüttelte sie es und hielt es sich ans Ohr. »Schuhe sind es nicht, oder?«, fragte sie.

»Kommt drauf an. Wenn du die Füße einer Zweijährigen hast, könnte es vielleicht noch hinkommen.«

Grinsend riss sie das Papier runter und öffnete die Box.

Ich konnte nicht leugnen, dass es mich amüsierte, wie der irritierte Ausdruck auf ihre Stirn trat. Sie schob das Verpackungsmaterial beiseite, ehe ihr Lächeln erblasste. Überraschung und Wehmut huschten über ihre Miene, und sie hob den Kopf, um mich anzusehen.

»Ches …« Ihre Stimme versagte, was meine Brust eng werden ließ.

»Es war Savannahs Idee«, sagte ich verlegen. »Sie hat mir den Link geschickt. Ich konnte nicht bis Weihnachten warten, um sie dir zu schenken. Sie hat hier irgendwie gefehlt.«

Es war eine Tasse.

Sie war babyblau und glitzerte, hatte ein niedliches Gesicht und ein langes, pink glitzerndes Horn.

Ella stellte die Tasse auf der Anrichte ab, nahm mein Gesicht in die Hände und küsste mich. »Ich liebe dich.«

Gott, es hörte sich jedes Mal wieder so gut an, wenn sie diese Worte aussprach.

»Und ich liebe dich«, sagte ich lächelnd, nein strahlend. »Frohe verfrühte Weihnachten, El.« Ich legte die Arme um ihre Hüfte, hob sie mit einem Ruck hoch und setzte sie auf der Kochinsel ab.

Sie lachte auf. Dieser Klang war einer der schönsten, die ich kannte.

Mit den Beinen schob sie mich näher zu sich und schlang die Arme um meinen Hals. »Du bist wundervoll, Chester. Das meine ich ernst, ich kenne keinen fantastischeren Menschen als dich. Du bist der Wahnsinn.«

»Du bist auch nicht übel«, erwiderte ich grinsend und küsste ihren Mundwinkel.

Sie seufzte und zuckte mit den Schultern. »Ich weiß. Deswegen koche ich jetzt auch Kaffee.«

DANKSAGUNG

Bevor ich Ellas und Ches' Geschichte erzählt habe, habe ich mich immer gefragt, wieso in Danksagungen so viele Menschen vorkommen. Ein Buch – ein Autor, richtig?

Ja genau, das stimmt so überhaupt nicht! (Brace yourself, friends. Jetzt kommen einige Worte an einige Menschen. Ist das bei Debüts immer so, oder bin ich einfach eine Quasselstrippe?)

Zunächst muss ich meiner Lektorin Anika Beer danken. Der Zeitdruck hat sich als die schwierigste Challenge überhaupt bewiesen, und du hast sie gemeistert und mich gleichzeitig sogar noch mit virtuellen Keksen versorgt. Außerdem kann ich immer noch nicht glauben, dass wir Karten für eine Wrestling Show gewonnen und einfach nach Berlin gefahren sind! Die beste Entscheidung überhaupt, es hat den Käfig zu dem gemacht, was er jetzt ist. Danke für diese tolle Zusammenarbeit!

Als Nächstes danke ich meinen wundervollen Testleserinnen, aber ganz besonders Anna, Vicci und Josi. Ich wüsste gar nicht, was ich ohne euch gemacht hätte. Ihr habt mich am Durchdrehen gehindert, habt euch meinen Gedankenwusel angetan und wart immer für Ella, Ches und mich da. Ihr seid die beste Truppe überhaupt!

Leyla, dir ist dieses Buch gewidmet. Du warst der allererste Mensch, der an die Geschichte geglaubt hat. Ella und die anderen wären niemals so gute Freundinnen, wenn ich von der Freundschaft zu meiner großen Schwester nicht dermaßen inspiriert worden wäre. Dasselbe gilt für dich, Mona. Danke, dass ihr die tollsten Schwestern und besten Freundinnen überhaupt seid und mir in jeder Situation den Rücken stärkt. Love you.

Dank gilt auch meinen Eltern, die mich mit Nahrung versorgt haben, als ich mich in meine Schreibhöhle zurückgezogen habe. Ohne euch wäre ich wohl verhungert.

Mein größter Dank gilt auch Hannah Paxian und dem gesamten großartigen Team bei Droemer Knaur! Leute, ihr seid Superhelden, alle miteinander. Ihr habt so sehr an die Geschichte und an mich geglaubt und so viel auf die Beine gestellt! Danke für eure Begeisterung und die ganze Arbeit.

Elena Appel und ganz besonders Bernhard Fetsch, wenn ihr nicht gewesen wärt, hätte ich meinen Weg zu Knaur wohl nicht gefunden.

Judy, du hast Ella zum *Star Wars*-Fan gemacht und warst immer mein Fels in der Brandung. Ein mickymausförmiger Fels mit rosa Glitzerohren und Regenbögen. Du bist die Beste!

Ich danke auch meiner besten Freundin für die verrückten Brainstorm-Sessions auf ihrem Bett, mit salzigen Sonnenblumenkernen, Chips und Tee. Nina, ohne dich gäbe es weder Maxx noch den Käfig.

Danke an meine Knaur-Bubble-Kolleginnen und ganz besonders Kathi. Ich freue mich auf alles, was uns in der Zukunft noch erwartet!

Ein riesiges Danke auch an meine Kollegen aus der Thalia-Filiale in Darmstadt. *Burning Bridges* und meine Ausbildung zur Buchhändlerin sind die letzten Meter zum Ziel gemeinsam gegangen, und ihr habt jeden Tag zu etwas Besonderem gemacht. DANKE.

Laura, Lucia, Mel, danke fürs Testlesen!

Danke an alle, die mich online tagtäglich auf Social Media begleiten. DANKE für eure Freude, eure Zuversicht, eure Begeisterung und den ständigen Austausch sowohl auf Instagram, YouTube wie auch damals auf Wattpad. Ihr seid die beste Bücherfamilie überhaupt!

Und zu guter Letzt danke ich dir, lieber Leser / liebe Leserin. Ich hoffe, *Burning Bridges* hat dir gefallen und dass du Ella und Ches genauso ins Herz geschlossen hast wie ich. Hoffentlich sehen wir uns bald schon wieder in *Sinking Ships* bei Carla und Mitchell!

DER SOUNDTRACK VON BURNING BRIDGES

Creep – Radiohead
Weak Heart – Ed Prosek
The Kitchen – Tow'rs
She Wants To Know – Half Moon Run
Tragedy Is Not The End – Joel Ansett
Ghost – Natasha Blume
Like To Be You – Shawn Mendes
Hey Now – London Grammar
Where Is My Mind? – Pixies
Come As You Are – Nirvana
Devil's Playground – The Rigs
bury a friend – Billie Eilish
Bad For Good – JMR
Psycho – Lauren Aquilina
Don't Watch Me Cry – Jorja Smith
Light – Sleeping At Last
3 Hours – Canyon City
Yet Again – Grizzly Bear
Descent – Lawless, Dawn Golden
Common Ground – Anthony Ramos